Diogenes Taschenbuch 20567

de
te
be

W0200777

Jeremias Gotthelf

AUSGEWÄHLTE WERKE

IN ZWÖLF BÄNDEN

HERAUSGEGEBEN VON

WALTER MUSCHG

SIEBTER BAND

JEREMIAS GOTTHELF

Käthi die Großmutter oder Der wahre Weg durch jede Not

EINE ERZÄHLUNG FÜR DAS VOLK

DIOGENES

Lizenzausgabe mit freundlicher Genehmigung
des Birkhäuser Verlags, Basel
Umschlagillustration: Albert Anker,
›Hohes Alter‹, 1885

Veröffentlicht als Diogenes Taschenbuch, 1978
Alle Rechte vorbehalten
30/92/29/3
ISBN 3 257 20567 8

Einleitung des Herausgebers

Im Herbst 1846 erschien in einem sächsischen Volksschriftenverlag der erste Band von «Jakobs, des Handwerksgesellen Wanderungen durch die Schweiz», mit denen sich Gotthelf vom Schauplatz seiner bisherigen Erzählungen entfernte und dem deutschen Publikum als fanatischer Tendenzschriftsteller präsentiert wurde. Es war ein folgenschwerer Schritt, dessen Nachteile im zwiespältigen Gesicht dieses Romans deutlich zum Ausdruck kommen und bei dem es dem Dichter offenbar nicht ganz wohl war. Denn im gleichen Herbst begann er die Niederschrift einer neuen großen Erzählung, die das Thema des «Jakob» – den Gegensatz zwischen Sozialismus und Überlieferung – und sein immer wieder variiertes Motiv – das Verhältnis des jungen Revolutionärs zur Welt der Alten, namentlich zu seiner Großmutter – neu aufnahm, aber mit dem denkbar größten Unterschied des äußeren Rahmens. Statt der fahrigen Zickzackreise des Wanderburschen durch die halbe Schweiz wird in «Käthi, die Großmutter» das Häuschen einer armen alten Bäuerin im Emmenschachen vorgeführt, wo alle Vorgänge das Miniaturmaß der Idylle haben, und dieser allerengste Raum ist mit einer Geduld und Liebe ausgemalt, wie sie erst von den konsequenten Naturalisten wieder für ein so armseliges Objekt aufgebracht wurden.

Die im «Jakob» verfochtene Tendenz erhob sich erst in dieser Umkehrung zur Höhe des Dichterischen. Im Mittelpunkt der «Käthi» steht das von der neuen Generation verlachte und bekämpfte Ideal des gottseligen Lebens, herausfordernd verkörpert in einer alten Mutter, und die feindlichen Kräfte spielen nur von außen in ihre Hütte und in ihr Herz hinein. Die ideologische Spannung ist dadurch nicht abgeschwächt. Die «Käthi» führt die im «Geltstag» und im «Jakob» begonnene Linie der politischen Schriftstellerei weiter, ja eröffnet sie eigentlich erst im großen Stil. Auch sie wurde von vornherein als ein politisches Buch von aggressiver Haltung entworfen. Zwar gestaltet Gotthelf hier noch einmal sein Ideal, das bäuerliche Leben, aber er stellt es in der Verteidigung dar, so daß das neue Werk zwischen seiner «homerischen» und der neuen polemischen Dichtung in der Mitte liegt: politischer als der «Geltstag», aber dichterischer als «Zeitgeist und Bernergeist» und die erbitterten Pamphlete, die dem «Jakob» nachfolgten.

Käthis Sohn Johannes sieht dem Wanderburschen Jakob zum Verwechseln ähnlich, nur daß er ein Schweizer ist. Er verlottert in dem vielen Militärdienst der Freischarenzeit, wird aus einem dummen, gutmütigen Kerl ein aufbegehrischer Lump, der sich seiner Herkunft schämt und mit kommunistischen Schlagworten um sich wirft, verliert seine Stelle als Knecht und liegt schließlich seiner alten Mutter auf dem Hals, die seinetwegen gedarbt und ihm sein Kind durchgebracht hat. Mit seiner Frechheit bringt er auch ihren Hausmeister, den harten Grotzenbauer, in Harnisch, der Käthi aus ihrem Häuschen zu jagen droht. Erst das unfreiwillige Zusammenleben mit der Alten öffnet dem Taugenichts langsam die Augen. Er geht in sich, wird ein demütiger und frommer Mensch wie sie. In einer Wassernot, die er daheim miterlebt, bewährt er seinen neuen Sinn, und der Segen der Mutter verschafft ihm zuletzt die Heirat mit dem schönen, reichen Bäbeli. In den Hochzeitsgesprächen werden die kommunistischen Phrasen ironisch abgetan, und die letzten Sätze weisen ausdrücklich darauf hin, daß die Erzählung in der unmittelbaren Gegenwart spiele.

Das alles ist massive Tendenz und stellenweise – besonders in der Verlobungsgeschichte – recht unbekümmerte Mache und Schwarzweißmalerei. Der Freisinn wird als das Böse schlechthin dargestellt und mit dem Kommunismus in einen Topf geworfen. Der Grotzenbauer ist erst als Freisinniger brutal geworden; die Bäuerin, bei der Johannes dient, erscheint als ein Musterbild konservativer Tugenden, auch in den Seitenhieben, die sie gegen alles

Fortschrittliche austeilt. So erhält alles einen lehrbuchhaft gewollten, allegorischen Zug. Die Wassernot am Schluß wird zum Gleichnis der drohenden politischen Weltgefahr und des Kampfes um den einzig sicheren Grund, von dem aus sie abgewendet werden kann. Der Ton, in dem Gotthelf hier gegen den Zeitgeist eifert, verrät deutlich, daß ihm dieser Doppelsinn klar vor Augen steht. Am Neujahrstag predigt der Pfarrer in prophetischer Erregung vom kommenden Untergang der gottlosen Regierungen und ihrer Völker. «Es wird uns, als ob alles zugrunde gehen müßte, alles verschlungen werden würde von der Finsternis und den Schatten des Todes. Und es werden Viele zugrunde gehen, Menschen, Familien, Regierungen voran; vielleicht bricht die Zeit einer großen Läuterung an, vielleicht will Gott mit Wasserwogen und Meeresfluten ausspülen die Geschwüre der Welt.» Mit größter Entschiedenheit deckt Gotthelf auch hier die Konsequenzen auf, denen er den Materialismus zusteuern sieht. Er spricht von den Zaubersprüchen, mit denen der Zeitgeist den Teufel rufe, und davon, daß es zu den Wahrscheinlichkeiten des Tages gehöre, mitten in Europa als Christ verfolgt zu werden.

Im Walten der Mutter Käthi aber, in ihrer Gottesfurcht und demütigen Einfalt lebt noch die alte, fromme Zeit, die unter der Feindschaft des heutigen Geschlechts vergehen zu müssen scheint. Das Leben, das Käthi führt, die Gedanken, die sie hegt, werden bedingunglos verherrlicht, ja die Rolle, die sie im Leben ihres mißratenen Sohnes spielt, bedeutet nichts anderes, als daß die neue Zeit in ihrem Übermut immer noch auf Kosten der Vergangenheit lebt, ohne es wahrhaben zu wollen. Auch die sozialen Bedingungen, unter denen die Alte sich abmüht, das patriarchalische Verhältnis der Abhängigkeit, in dem sie zu den Reichen steht, die es gut mit ihr meinen, werden ausdrücklich als die beste Lösung der sozialen Frage bezeichnet. Denn der Gegensatz zwischen Arm und Reich ist letztlich von Gott geordnet; wenn die «Armennot» noch seine heilbare Seite von der unheilbaren unterschied, so wird jetzt nur noch das Grundsätzliche, Gesetzhafte an ihm hervorgehoben. Der bürgerliche Lehrsatz von der Arbeit als der neuen Religion der Menschheit reizt Gotthelf im dreizehnten Kapitel zu einer Erwiderung, in der er ausführt, was aus einer Welt wird, die nichts mehr von Käthis Genügsamkeit und Frömmigkeit weiß. Er spricht nach seiner Überzeugung im Namen des Volkes gegen alle, die sich mit ihrem Machtstreben und ihrer doktrinären Demagogie an der Substanz der Menschheit vergreifen. «Das Volk liebt das Einförmige, Bekannte, Bleibende, und zwar in seinem ganzen Lebenskreise, in Sitten und Speisen, Büchern und Gesängen, Häusern und Bekannten, kurz in allem. Diese Eigentümlichkeit liegt in der Natur aller Kernvölker, und was Gott in die Natur gelegt, ist gut, und wer es aus der Natur tun will, frevelt. Pfropfe man einen Baum alle Jahre neu oder versetze ihn alle zwei Jahre und sehe dann zu, wie mächtig er wächst, welche Früchte er trägt, wie lange er lebt! Ein Baum, der schön, stark, fruchtbar werden soll, muß fest wurzeln auf seiner Stelle, nicht immer neu gepfropft werden; in seinen Ästen und Zweigen darf man nicht herumfahren wie ein Perückenmacher oder Friseur in den Haaren einer Pariser Dame. Darum sind Leute, welche wenig mehr als ihre uralten Hausbücher lesen, gründlich viel gescheiter, wirklich gebildeter als die, welche nichts lesen als alle Tage frische Zeitungen. Würde man diese Wahrheit besser begreifen, man würde nicht am Volke herumpfuschen und -zerren ärger als Buben an einem jungen Hunde.»

So großartig und denkwürdig diese Polemik ist, eine Dichtung ist «Käthi, die Großmutter» nicht durch sie geworden. Was noch heute unmittelbar an ihr fesselt und Gotthelfs Stellungnahme erst rechtfertigt, ist die Genialität, mit der er hier wieder, anders als im «Jakob», eine menschliche Gestalt in den Mittelpunkt stellt. Es ist schon immer als ein eigentliches Wunder empfunden worden, daß er imstande war, eine Figur wie die alte Käthi zur Heldin eines Buches zu machen. Es fehlt ihr alles, was an einer Romanfigur interessieren kann, und das Beiwerk, das sie begleitet, ist absichtlich auf das Allermindeste reduziert, auf einen mit ihr plappernden Enkel, zwei Hühner und ein Kartoffeläckerchen. Als eine mythische Person agiert noch die Emme im Hintergrund mit und stellt den Zusammenhang der kleinen Welt mit der großen her. Mit diesen Requisiten wird hier ein Leben hervorgezaubert, das die Leidenschaft der Polemik mit dem Glanz der Dichtung überstrahlt.

Die Großmutter als Heldin brachte Gotthelf noch mehr als die Heldin des «Geltstags», die Wirtin Eisi, in die Nähe des «Anne Bäbi». Als weibliche Hauptgestalt und in ihrem Charakter ist auch Käthi zum Teil dessen Wiederholung, denn es handelt sich auch hier zunächst darum, die Welt eines beschränkten Geschöpfs zu schildern. Auch Käthi ist dumm und abergläubisch, auch sie verzieht ihren Enkel unvernünftig (mit ihrem Sohn wird sie es nicht anders gehalten haben) und läßt sich töricht von ihm tyrannisieren. Auch ihre Beschränktheit zeigt sich darin, wie sie mit ihrer winzigen Heimat verwachsen ist. Ein Gang über ihr Dorf hinaus kommt ihr vor wie eine Reise nach Amerika, die zweistündige Wanderung zu ihrem Sohn wie eine Fahrt ins Weltmeer, wie Anne Bäbi die Fahrt nach Solothurn, und die Heimkehr von diesem Abenteuer, bei der sich die Alte im Nebel verirrt und schrecklichen Gespenstern begegnet, erinnert an Jakobli Jowägers Rückkehr vom Zyberlihoger. Trotzdem ist von einer Wiederholung keine Rede, denn alle diese Züge sind hier wieder unter ein anderes Vorzeichen gestellt. Im Pfuscherroman hatte Gotthelf die Beschränktheit humoristisch verklären können, weil er in ihr ein gutes, ewiges Element des Menschenlebens, das Frommsein, wirken sah. Dieser tiefere Zusammenhang dominiert jetzt ganz, und die Veränderung des Bildes, die sich daraus ergibt, läßt den großen Wandel der Beleuchtung erkennen, der für Gotthelfs Spätwerke charakteristisch ist. Die Schuldfrage wird hier kaum mehr gestreift, Käthis Beschränktheit ist das eigentlich Vorbildliche an ihr und wird trotz aller möglichen Kritik gelobt und verklärt. So stellt Gotthelf jetzt, in der Notwehr gegen den Atheismus, die primitive Geisteshaltung dar. Sie ist ihm immer noch mehr, tausendfach besser als der Unglaube der modernen Zeit.

Besonders Käthis Aberglaube und ihre kindlichen Vorstellungen von Gott und der jenseitigen Welt, die sich inhaltlich kaum von denen Anne Bäbis unterscheiden, sind ernst genommen und entsprechend behandelt. Denn Käthi ist im Unterschied zu Anne Bäbi ein tieffrommer Mensch und ihr Aberglaube wirklich nur das armselige Kleid einer echten Verbundenheit mit Gott. In dieser naiven Gläubigkeit des Volkes, der alten Weiber lebt noch etwas von dem, was den Menschen über das Tier erhoben hat und was durch keine Wissenschaft ersetzt werden kann. Es lebt darin die Seele, die allein den Menschen adelt, der Sinn für das Geheimnis der Schöpfung, für die Abhängigkeit von überlegenen Kräften, die Segen und Fluch bewirken. Diese Poesie der Beschränktheit, die tiefere Wahrheit im scheinbaren Unverstand, tritt in der schönen Erzählung der Großmutter von den Erdmännchen hervor, zu der Anne Bäbi nicht fähig wäre. Sie dient nicht mehr bloß der psychologischen Charakterisierung, sondern spricht in echt dichterischer Form eine ewige Wahrheit, das Geheimnis des göttlichen Segens im Menschenleben, aus. Käthis Glaubensleben erschöpft sich aber nicht in solchen volkstümlichen Regungen, sondern steigt ins ganz Persönliche und tief Ergreifende auf, ohne je den Kreis ihrer Beschränktheit zu verlassen. Diese Analphabetin besitzt das Höchste, was der Mensch erlangen kann: eine unverlierbare Heimat im Leben und im Tod. Ihre winzige Hütte ist ihr Himmelreich, und sie kann nicht aus ihr vertrieben werden, weil ihre Geborgenheit in ihrem Glauben begründet ist. Diese Dichtung der Genügsamkeit, der demütigen Dankbarkeit gegen Gott und Menschen ist eine Predigt gegen die Heimatlosigkeit der modernen Zeit, deren Aktualität im Zeitalter der totalen Zerstörung Gotthelf nicht voraussah.

Die Zeichen seiner Zeit genügten ihm, um diese seherische Idylle zu schaffen.

Die schönsten Bilder des Daheimseins in der Welt findet man in den Kapiteln, die Käthis Freude an der Sonntagsruhe schildern; sie gehören zu den klassischen Stellen von Gotthelfs Sonntagspoesie und sind schon früher zitiert worden. Am Buß- und Bettag – der «Herbstweihe» – erlebt die Greisin die Gnade Gottes und die Güte der Menschen, die sie nicht in Not geraten lassen, das «unbeschreibliche Behagen, daheim zu sein, daheim bleiben zu können», das mit den gleichen Worten auch in der geschichtlichen Erzählung «Der Druide» gepriesen wird. Dieses Glück und die Kunst, es zu erlangen und zu bewahren, hat Gotthelf in seinem Großmutterroman außerordentlich dargestellt. Käthis Haushalt, der aller Berechnungen spottet, der in den Augen der Welt unmöglich ist, aber durch den Segen Gottes und die Gaben der guten Leute dennoch besteht, wurde ein neues Gleichnis der Weisheit, auf die er seine Idealdichtungen aufbaut. Diese gesegnete Armut ist das Widerspiel zum Haushalt der gottlosen Welt, die mit all ihrer Pracht und Genußsucht der Hölle zufährt. Die Hauptszenen treiben diese symbolische Bedeutung des Buches mächtig hervor und entrücken es der Sphäre des Tendenziösen. Wassernot und Erdäpfelkrankheit stellen die Katastrophen dar, durch die für den Gläubigen immer neu die Ohnmacht der Menschen und die Allmacht Gottes erwiesen wird. Diese Heimsuchungen erschüttern auch Käthi, und in der Überwindung des Schreckens und Zweifels, die sie ihr erzeugen, erneuert sich ihre Gläubigkeit, die nichts weniger als ein blindes Vertrauen, vielmehr eine durch Leiden teuer erkaufte Kraft ist. Im Ringen um ihr Gottvertrauen erhebt sie sich am höchsten über das hergebrachte Frommsein des Volkes. Da wird ihr Gebetskämmerlein zur Stätte, wo sich die wichtigste geistige Entscheidung der Menschheit vollzieht, und jene Stelle im achten Kapitel, wo in ihr die Verzweiflung über die Kartoffelpest durch Gottes eigene Worte niedergeschlagen wird, ist in ihrer religiösen Unmittelbarkeit der größten Dichtung würdig.

Kein Wunder, daß gerade dieses Buch mit biblischen Wendungen und Bildern gesättigt ist. Diese Greisin ist im Grund selber eine biblische Gestalt und die «Gegenwart», in der sie lebt, die urzeitliche Ewigkeit, die alle großen Gestalten und Szenen Gotthelfs umfließt. Deshalb eröffnet er auch diesen beschränktesten Schauplatz mit dem weitesten Ausblick. Er spricht zuerst von der donnernden Entstehung der Berge, der Erschaffung der Welten, bevor er das Blickfeld langsam auf die kleine Hütte verengert, wo die Alte in ihrer Dürftigkeit haust.

Über das «Anne Bäbi Jowäger» geht aber die «Käthi» noch mit einem andern entscheidenden Zug hinaus. Die Jowägers sind reich, Käthi ist arm. Um ihre Beschränktheit aufs äußerste fühlbar zu machen und den wesentlichen Punkt ihrer Zufriedenheit ganz rein aufleuchten zu lassen, hat Gotthelf dieser Bäuerin auch den irdischen Besitz bis auf das Unentbehrlichste genommen. Auch dazu sah er sich in der Verteidigung seines Ideals gegen den Unglauben gezwungen. Die «Käthi» ist nicht nur eine Dichtung des Frommseins, sondern auch eine des Armseins, wie es in deutscher Sprache wenige gibt. Not und Entbehrung hat Gotthelf auch in der Zeit der großen Glücksdichtungen als Gegensatz des Reichtums gelegentlich dargestellt, aber hier wurde er wieder das, was er in den Erstlingsschriften gewesen war: ein Dichter der Armen. Die Armut Käthis ist freilich nicht dieselbe wie die des Jeremias und des Peter Käser, nicht jenes finstere, als Fluch empfundene Elend der Ungerechtigkeit und des Geächtetseins, in dem alle naturalistische Kunst wurzelt, sondern das innerlich verklärte und erwärmte Dunkel, in dem der Erlöser geboren wird. Dennoch ist es wunderbar und ein Beweis für die Größe dieses Dichters, daß er sich gedrängt sah, seinen in homerischer Fülle schwelgenden Werken nun Bücher wie dieses folgen zu lassen. Er ist als Dichter der Armut ebenso groß wie als Dichter des Reichtums, und die

«Käthi» bringt nur diese andere Seite seiner Welt zur stärksten Entfaltung, die dann im «Erdbeeri-Mareili», im «Besenbinder von Rychiswyl», in «Barthli, der Korber» weiterblühte. Sie alle stellen das Armsein als eine Form der Seligkeit auf Erden dar. Sie zeigen im Armen die Würde des Menschen, der sein Schicksal mit Ehren trägt und durch die Welt kommt, ohne jemanden zu plagen, wie es Käthi nachgerühmt wird. Erst die «Erlebnisse eines Schuldenbauers» lassen tiefere Schatten in diese Szenerie hineinfallen, Zweifel und Resignation, die verraten, aus welcher Tiefe eigenen Erlebens Gotthelf die Welt Käthis und ihren Wahlspruch «Der alte Gott lebt noch» zum Leuchten brachte.

Der Rückkehr zur sozialen Tendenz entspricht schon in diesem Werk eine gewisse Wiederannäherung an den naturalistischen Stil der Frühwerke. Die Heldin führt den banalen Familiennamen Herzig, und die Erzählung ist auf den Tag genau in das Jahr 1845 datiert, nur die Örtlichkeit wird nicht näher bezeichnet. Aber auch diese nüchternen Züge sind nur dazu angetan, die Stärke der Gestaltungskraft ins Licht zu setzen. Wie der «Jakob» und «Uli, der Pächter» ist allerdings auch der Großmutterroman, der 1847 in Berlin erschien, ganz frei von Mundart und darin ein Zeuge des Verzichts auf Ursprünglichkeit, den sich Gotthelf als Schützling eines betriebsamen deutschen Verlegers auferlegte. Julius Springer in Berlin, der sich jetzt mit Erfolg seines Schaffens annahm, machte sich eine Ehre daraus, «den Jeremias Gotthelf in Frack und Weste, nachdem er sein Schweizerhabit ausgezogen, einherstolzieren zu sehen.»

Welch großer Künstler Gotthelf nach wie vor war, kann man an den Schlußkapiteln bewundern, in denen die Heirat des Johannes mit Bäbeli erzählt wird. Sie sind das einzige Konstruierte des Buches, denn daß das schöne, reiche Mädchen diesen Burschen nimmt, ist wenig wahrscheinlich und eine allzu optimistische Auflösung der Fabel. Aber gerade hier, wo die Gefahr der bloßen Mache am nächsten lag, findet er einen meisterlichen Weg. Hier taucht, wie gelegentlich schon in den pädagogischen Kapiteln, der Humor des «Anne Bäbi» auf. Käthi, die auszieht, um Bäbeli für ihren Johannes zu erobern, wirkt plötzlich komisch; der blinde Trieb des Heiratstiftens, der auch in Anne Bäbi mächtig ist, kommt als das Ewigweibliche auch an ihr zum Vorschein, und in der törichten Ahnungslosigkeit und Selbstsucht, mit der sie dann vor dem mit sich kämpfenden Mädchen steht, sieht sie genau wie jene aus. Mit solcher Freiheit stand Gotthelf auch dieser Gestalt gegenüber! Er erspart ihr jede falsche Idealisierung, und gerade dies macht sie so lebendig. Aber wieder handelt es sich dabei nicht bloß um einen psychologischen Kunstgriff. Das Genie in ihm wußte, daß er den Leser über diese Alte auch einmal lachen lassen müsse, damit sie ihm nicht zu einem Ungetüm werde. Das Wunderbarste an ihr ist tatsächlich, daß sie in ihrer Mutterallmacht und unerschütterlichen Einfalt nicht wie Anne Bäbi als ein Dämon, sondern wirklich als ein beglückendes Urbild erscheint.

Gotthelfs Manuskript, das nicht mehr vorhanden ist, wurde in Berlin offenbar einer sprachlichen Reinigung unterzogen, die stellenweise für uns unerträglich ist. Gottfried Bohnenblust hat deshalb in seinem Neudruck einige Verballhornungen verbessert (z.B. «sonderbar» für «bsunderbar»). Wir gehen darin noch einen Schritt weiter. Wo in dem glücklicherweise erhaltenen handschriftlichen Entwurf (abgedruckt Gesamtausgabe X. 355f.) der mundartliche Ausdruck bezeugt ist, haben wir ihn eingesetzt, und gelegentlich auch dort, wo das von Gotthelf gebrauchte Wort sicher vermutet werden kann. Wir drucken also «Emd» statt «Grummet», «Äpfelschnitze» statt «Backobst», «Eiertätsch», statt «Pfannkuchen», «nötlich» statt «nötig» usw. Alle diese Änderungen sind in den Anmerkungen verzeichnet. Man wird später hierin vielleicht noch entschiedener verfahren, als wir es heute verantworten zu können glauben.

****

ERSTES KAPITEL

Von einem Gewitter, welches schönen Flachs in die Erde schlägt, dagegen aus der Erde gute Leute

Wer dabei gewesen wäre, als die Erde die Berge gebar, als die ungeheuren Kinder der Erde Schoß sich entwanden, die, nackt geboren aus glühendem Schoße, erstarrten in der kalten Luft, welche über der Erde lag; wer dabei gewesen wäre, als lauere Lüfte kamen, die kalten Kinder auftauten in warmer Sonne, ihr eisig Gewand zu Wasser ward, die Wasser aus den Bergen brachen, Rinnen rissen, Gründe gruben, Täler schufen, die Schweiz ein ungeheurer Wasserfall ward – dessen Mund wäre verstummt im Schauen der Allmacht, seine Sinne wären erloschen, seine Seele ein ewig Gebet geworden.

Wer in tiefem Bergestale – Bergwände ringsum, über ihnen weiße Häupter, die gen Himmel starren, eine enge Rinne der einzige Ausgang – es erlebt hat, daß warme Winde über die weißen Häupter kamen, an die steilen Wände schwarze Wolken sich legten, Gottes Hand die schwarzen Wolken so preßte, daß sie Blitze sprühten, ihr donnernder Weheruf die Erde erschütterte, ihre Tränen über die Seiten der Berge rannen, zu Fluten wurden, welche zu Tale donnerten; wer so stand im engen Bergesschlund, wenn auch des Lebens sicher, von Blitzen umzuckt, alle Bergwände ein Wasserfall, das Tal ein schäumender Wasserkessel, verhallt im Donner der Wasser der Donner des Himmels: dessen Seele hat sich wohl in Demut gebeugt. Zum Gebete ward sein Bangen; es dämmerte ihm die Ahnung, wie die Erde die Berge geboren, wie Welten erzeugt worden sind.

Wer ganz hinten im Schächentale, im Lande Uri, im Boden, «im Äsch» genannt, vor sich die steile Balmwand, zu beiden Seiten himmelhohe Berge, Wasserfälle an jeder Wand, den 22. August gestanden wäre, der hätte erlebt, was oben angedeutet worden, über den wäre ein Beben gekommen wie das Beben des Todes. Gebet wäre sein Zittern geworden, auf die Knie wäre er gesunken und hätte seine Seele vor dem Allmächtigen gebeugt in unaussprechlicher Demut.

Wer nun aber auf einem runden Hügel steht in üppigem Grün, schöne Häuser sieht in den Talgründen und an den Bergwänden prächtige Bäume, ein lieblich, reich Gelände, dem wird es schwer, an den Graus und Kampf zu denken, in welchem diese lieblichen Täler und Hügel geboren oder gebildet wurden; und zwingt er sich, daran zu denken, so beugt er sich vor der Allmacht Gottes, die nicht bloß im Schaffen der Welten, im Aufruhr der Elemente sich kündet, die am größten ist im stillen, lieblichen Schaffen, im Wandel einer wilden Wüste zum freundlichen Garten.

Wer auf einem der freundlichen Hügel des Emmentales steht, die ersten schwellenden Gedanken überwunden hat, das Einzelne ins Auge faßt, der wird in einem schmalen Tale, welches die Emme sich gerissen hat, über welchem zu beiden Seiten eine Reihe fruchtbarer Hügel, die Dörfer trägt und das reichste Gelände, ein klein Häuschen sehen, aus Holz erbaut, mit Stroh gedeckt. Das Häuschen liegt gar lieblich in grünem Grunde, und gar Manchem, der die Hütte sah und dem der Welt Getümmel zur Plage geworden ist, wünschte seufzend, dorthin sich retten zu können, aus der Welt Getümmel in die stille Ruhe des freundlichen Häuschens. Wen dieser Wunsch bewogen hätte, das Häuschen in der Nähe zu sehen, dem verging der Wunsch sicherlich nicht. Das Häuschen ist freilich alt, die meisten der kleinen Scheiben in den kleinen Fenstern sind blind; aber reinlich ist alles ums ganze Häuschen her, und in jedem Winkel, an jeder Seite hat es ein klein Bänklein, und vor dem Hause ist ein Gärtlein. Freilich ist der Zaun zerfallen, aber drinnen sieht es doch niedlich aus. Es ist nicht Kraut und Unkraut darin, sondern kein Unkraut, und statt dessen Nelken und Rosen nebst einigen andern lieblichen Blümchen. Und über das Gärtlein weg sieht man die gewaltigen Bernerberge so kühn und ehrenfest, auf der Erde die gewaltigen Füße, halb im Himmel die ehrwürdigen weißen Häupter. Wer auf das Bänklein vor dem Häuschen sich setzt, hat eine schöne Matte vor Augen; sittig und still fließt zu seinen Füßen ein Bach, aus dessen klarem Wasser Forellen nach Mücken springen. Auf dem Bänklein hinter dem Häuschen wäre es für manches Gemüt schöner noch. In tieferm Grunde zieht ein Streifen Land sich hin, eine ländliche Speisekammer, bepflanzt mit Flachs, Bohnen, Kartoffeln; auch Rüben, Möhren und Kohl hätte man bei genauerm Nachsehen gefunden. Das Land stößt an ein Gebüsch, und aus dem Gebüsche steigt ein herrlicher Vogelgesang, denn es ist der befiederten Sänger Lieblingsaufenthalt. Sogar die in der Schweiz so seltene Nachtigall soll hier sich hören lassen. Hinter dem Gebüsche rauscht tief und einförmig der Baß zum lustigen Gezwitscher; es ist die wilde Emme, welche das Tal gegraben hat und welche es von Zeit zu Zeit dem Menschen ins Gedächtnis ruft, daß sie des Tales Mutter sei, und zwar eine gewaltige und zornige.

Wer den 12. Brachmonat 1845 des Nachmittags diese Hütte besichtigt hätte, hätte hinter dem Häuschen im Kartoffelstück auch des Häuschens Bewohner gesehen, deren viere waren, ein alte Frau, ein Bub zwischen vier und fünf Jahren und zwei Hühner, ein schwarzes und ein weißes.

Die alte Mutter stand in den Kartoffeln und hackte darin das Unkraut aus; sie war ärmlich, aber sauber gekleidet, sie hatte Runzeln im Gesichte, aber auch zwischen den Runzeln war sie sauber. Glatt war des Knaben Gesicht und von Natur schön rot und weiß; aber man merkte es fast nicht, denn nicht so sauber war es als der Großmutter Gesicht. Aber daran war diese nicht schuld; denn wenn sie es ihm alle Viertelstunden abgewaschen hätte, so hätte sie allemal viel abzuwaschen gefunden. Es war ein hübscher Bub mit weißem Krauselhaar, der aber wohl viel Recht bei der alten Frau, seiner Großmutter, hatte, daher auch des Glaubens war, er könne mit seinen Händen anrühren, was er wolle, und dann mit den Händen fahren, wohin und worein er wolle, natürlich also auch in das eigene Gesicht. Kostbar war er nicht gekleidet, etwas besser als Eva ihre Buben gekleidet haben wird; jedoch hätte man ihm durchaus nicht angesehen, wie schwunghaft jetzt das Schneiderhandwerk betrieben wird. Er schnitzte an Schindeln zu einem Hühnerbauer und wollte alle Augenblicke von der Großmutter wissen, ob der Bauer groß genug würde, um ausgebrütete Hühnchen zu beherbergen. Unterdessen weideten traulich und friedlich das schwarze und das weiße Huhn in ihrer Nähe, besonders um die alte Frau herum, da sie dort in der aufgehackten Erde das beste Futter fanden. Zuweilen jedoch trat das eine oder das andere zum Buben und blinzte mit schiefem Kopfe dessen Treiben an. Eben dahin schaute auch sehr oft das alte Mütterchen mit sichtbarem Wohlbehagen, ohne die Hacke ruhen zu lassen deswegen. Sie konnte die Hände rühren und die Augen brauchen zu gleicher Zeit, was gar manche junge Dirne nicht kann. Ja es war allemal, wenn ihre Augen zurückkehrten vom Jungen zu den Händen, als ob sie neue

Kraft brächten den Händen, die um so rüstiger sich rührten. Die Großmutter hatte nicht bloß große Freude an dem Großkinde, sondern es war ihr Leben, es war ihre Liebe, und weil es ihre Liebe war, so diente sie ihm auch mit voller Hingebung. Ihr Leben ging nicht bloß in seinem Leben auf, sondern ihr Leben hätte sie mit aller Freude zehnmal des Tages für sein Leben gegeben. Man sah es aber auch ihren Augen, wenn sie auf dem Buben ruhten, an, daß es also war.

Es war ein sehr schwüler Nachmittag, einzelne schwarze Wolken standen hier und dort am Himmel, Divisionen gleich, des Rufs gewärtig, zusammenzustoßen zur beschlossenen Schlacht. Die Hitze hemmte jedoch die alte Frau an der Arbeit nicht; selten stand sie an ihrer Hacke, frischen Atem zu schöpfen. Die Frau wußte, wie schnell der Abend kömmt, wie rasch die Zeit von dannen eilt, die Nacht da ist, wo das Arbeiten ein Ende nimmt.

Wie Viele die einzelnen Geldstücke erst dann bedächtig und besonnen ausgeben, wenn sie an den letzten sind, so haben es gar Viele mit ihren Tagen. Die besten Tage verschwenden sie, lassen sie dahinrinnen wie Sand durch die Finger, solange sie noch eine unzählbare Menge derselben im Hintergrunde wähnen. Geht dann das Leben zur Neige, stehn unerwartet nur einzelne wenige Tage vor ihren Augen, dann soll auf einmal die Arbeit beginnen, mit Weisheit wollen sie diese Tage zählen; dann aber wissen sie gewöhnlich nicht, wie sie dieses machen sollen. So hatte es diese Frau nicht gemacht. Sie hatte treu gearbeitet immerdar, doch fleißiger, je älter sie ward, und heute mit ganz besonderm Fleiße; sie hatte ein Tagewerk, welches sie vollenden wollte, sie wußte nicht, war morgen Zeit dazu, sie wußte nicht, wie lange das Gewitter säumte. Sie freute sich im Herzen, wie die Leute dann sagen würden: Käthi sei doch immer die Fleißigste, sei fertig mit ihrer Sache, wenn die Andern erst anfingen; wenn alle Leute so wären, würde es weniger arme Leute geben und die Zuchthäuser nicht mehr so voll sein.

Endlich war die letzte Reihe gehackt. «Gottlob, so wäre das auch gemacht», sagte die Frau, welche also Käthi hieß, Käthi Härzig vollständig, strich und schabte sorgfältig die Erde von der Hacke und sagte: «Jetzt, Bubi, wollen wir heim, aber erst nach dem Flachs sehen, ob er bald blühen wird.»

Der sogenannte Flachsplätz war von den Kartoffeln nur durch zwei Reihen Bohnen getrennt, und wie man sich wohl denken kann, nicht sehr groß und doch gleichsam die Schatzkammer der alten Frau, denn derselbe gab ihr zumeist den besten Teil an ihre Miete. Sorgfältiger konnte wohl auch ein Flachsplätz kaum gepflegt werden als der ihre, der auch den Vorteil sehr günstigen Bodens hatte, eine sandige, durch die Emme angeschwemmte, wahrscheinlich mit etwas Mergel vermischte Erde. Käthi war berühmt ihres Flaches wegen. Es tat ihr auch nichts wohler auf der Welt, als wenn ihr jemand sagte: Sie habe doch da das schönste Büebli und dazu den schönsten Flachs, den man sehen könne das Land auf und ab. Mit großem Behagen stand sie auch diesmal an ihrer Pflanzung und sagte für sich: Wenn es Gottes Wille ist, so habe ich ein gutes Jahr und brauche nicht zu sorgen, was essen und wo die Miete nehmen.

Wirklich gewährte das kleine Stück ein schönes Ansehen. Der Flachs stand wenigstens zwei Ellen hoch, blühte noch nicht, war dicht, fein und aufrecht durchaus in seinem Netze. In demselben standen nämlich, etwas mehr als einen Fuß von einander, keiner eine Linie weiter als der andere, kleine Stäbe, und alle akkurat gleich hoch gesteckt, und von einem zum andern und dann übers Kreuz liefen grobe Fäden und bildeten kleine Felder oder Quadrate. In diese war der Flachs hineingewachsen, fand da Halt und Kraft, so daß der Wind ihn nicht beugte und übereinander warf, wodurch bekanntlich der Flachs krank wird, wenig und schwachen Stoff liefert. In Gedanken rechnete Käthi den Ertrag auf dem kurzen Heimwege, verglich ihn mit dem Bedarf, zog die Bilanz. So eine Frau trägt ihr Hausbuch im Kopf mit herum und rechnet auf Stegen und Wegen wie der erste Kaufmann, verrechnet sich kaum weniger und mehr als derselbe; nur klingen die Summen, um welche sie rechnet, anders.

Das Häuschen stand, wie erwähnt, etwas höher als der Grund, in welchem die Pflanzungen lagen, gewährte also eine freiere Aussicht. Noch im Rechnen vertieft, stellte Käthi die Hacke weg, ging vors Häuschen, Holz zu holen zum Kochen des Abendessens, und sah nun die zornige Gestaltung des Himmels. Über dem Jura, gegen Norden, lag eine schwarze Wolkenwand; nach Süden, an den Alpen, türmten sich Wolkenmassen, ragten, weißlich gezackt, hoch herauf am Himmel, neue Berge auf den alten Bergen. «Du mein Gott», seufzte die Alte, «wie sieht das aus! Wenn uns nur unser Herrgott verschont mit Hagel und harten Wettern! Verdient hätten wir es wohl, aber wer wollte es aushalten, wenn er strafte nach Verdienen?»

Da kam das Bübchen gelaufen und sagte: «Großmüetti, komm und sieh, wie die Fische springen im Wasser, da soll es gut sein zu angeln, mußt mir geschwind eine Angel machen.» Die Großmutter sagte es dem lieben Kleinen nicht rund ab, sondern nur beziehungsweise, gab Gründe an, erkannte halb und halb den Gegenstand an sich für ganz recht, nur den Zeitpunkt dafür nicht passend; akkurat tat die Großmutter wie unsere Staatslaffen, durch deren Schuld die größten Dummheiten ins Staatsleben hineinlaviert und -bugsiert werden.

«Was wolltest du mit den Fischen anfangen», sagte sie,

«du wüßtest ja nichts damit zu machen.» «Verkaufen, Großmutter, verkaufen; des Wirts Mareili hat mir gesagt, die Fische gelten viel Geld, viele, viele Batzen.» «Ja, die großen», sagte die Großmutter, «aber solche sind keine in dem Bach; nur kleine sind darin, nur ganz kleine, und die gelten kein Geld.» «Die backe man und esse sie selbst; sie seien gar grusam gut, hat Wirts Mareili gesagt, sie hätten oft solche, wenn der Vater nicht daheim sei», entgegnete das Kind. «So, geht es dort so?» sagte die Großmutter. «Sie würden dir nicht schmecken, und die Fische haben Gräten, und daran erstickt man. Möchtest ersticken?» «Nein, Großmutter, das nit. Aber Wirts Mareili hat schon manchmal gegessen, und es lebt auch noch, und was es essen kann, das kann ich auch essen, und es wird mir schmecken, so gut als ihr.» «Sieh, Büebli, ich habe jetzt nicht Zeit, muß kochen, eine Erdäpfelrösti machen, denke, eine Rösti, wie du so gerne issest.» «Mag nicht mehr Rösti», sagte das Büebli, «mag keine Erdäpfel mehr, sie sind mir verleidet, Großmutter. Eine Angel will ich, eine Angel», und zu heulen begann das Büebli: «Großmüetti hat mich nicht lieb, Großmüetti hat mich nicht lieb» (akkurat das Geheul der Staatslaffen, daß man das Volk nicht lieb habe, man liebe das Volk nicht).

Das Büebli wußte, das war der Kernschuß auf der Großmutter Herz, der nie fehlte, den Zweck immer traf. «Büebli, schweig doch, schweig», sagte die gute Frau erschrocken, «schweig und versündige dich nicht. Die Erdäpfel verleidet! Du mein Gott, was willst du denn essen? Und was meinst, wenn jetzt der liebe Gott die Erdäpfel verhageln täte oder die Emme kommen ließe, was wolltest du essen, und was sollten wir essen? Dann würdest du wohl wieder Erdäpfel wollen, du weißt noch nicht, du guets Büebli, was Erdäpfel sind; bitt Gott, daß du es nie erfahren müssest wie ich im sechzehnten Jahr! Du arms Tröpfli, die roten Backen würden dir vergehen, wenn du von Fischen leben solltest und keine Erdäpfel mehr hättest.»

Während sie so dem Kleinen zusprach, machte sie ihm eine Angel zurecht, das heißt sie band an einen langen Faden eine krumme Stecknadel. Jubelnd sah der Kleine zu, und wir zweifeln sehr, daß er ein Wort vom Zuspruch vernommen habe. «Sieh, da hast jetzt eine Angel, aber falle mir nicht in den Bach, sonst sieh, wie es dir geht!»

Ehe die Frau vollendet hatte, hing der Faden bereits im Bache. Nun erst konnte sie feuern, ihre Hacke recht waschen und den Hühnern ihr Abendbrot geben, welche darauf ängstlich ihren gewohnten Nachtsitz in der Küche suchten. «Du mein Gott», sagte Käthi, welche zuweilen unter die Türe trat, nach dem Bübchen zu sehen, «wie das doch blitzt; ists nicht, als ob man ganze Körbe Feuer ausleere? Erbarme sich Gott der armen Leute, über welche das Wetter dahinfährt!» «Sieh, Großmutter, wie feurige Ketten herumfahren! Ja Tausend, wenn die ganz von Gold wären und ich hätte eine und du hättest eine, dann, Großmutter, wären wir reich genug, könnten es gut haben, und dann wollten wir einen Hahn kaufen und noch mehr Hühner und Schafe und Roß und Kühe, und dann würde ich auch ein reicher Bauer, nicht wahr, Großmutter?» «Du arms Bubi, was du nicht sagst, ei aber nein, was dir nicht alles in Sinn kömmt! Komm du herein, hörst, wie es donnert in der Ferne? Kömmt es hier durch, dann erbarme sich Gott unser!»

Die Großmutter hatte viel zu tun, ehe sie den Kleinen in der Küche hatte. Er war auf die Fische versessen, und es donnerte noch nicht sattsam verständlich, bloß so von ferne, als ob ein Wagen über eine hölzerne Brücke fahre. Wenn es weit ist, so sind Kinder und große Leute außerordentlich keck, und wenn es donnert von ferne oder hinter den Bergen, so stehen die Helden im Lande so dick als der Flachs in

Käthis Pflanzung. Dann, wann Blitz und Donner über die Häupter brechen, die Flut um die Füße spült, der Augenschein da ist, daß was ferne war, nahe kommen kann, dann werden die Helden dünn, und wer unter ihnen der größte schien, als das Wetter jenseits der Berge war, der ist verschwunden, wenn der Blitz über dem Haupte zischt. Umgekehrt geht es auch, daß die zu Helden werden in der Gefahr, welche vor ihr warnten und zu zittern schienen, als sie in der Ferne noch war und nichts schien als eine dunkle Nebelwolke im Traum.

So brachte die Großmutter an ihrem Kinde nichts ab, bis ein so recht blendender Blitz vorüberfuhr und ein ziemlich starker Donner folgte, ein verlorner Vorläufer. Da waren die Fische vergessen und die goldenen Ketten. Das Kind lief der Alten vorauf und bat sie, die Türe fest zuzumachen, daß Blitz und Donner nicht hinein könnten. Aber was zur Türe nicht hinein kann, findet oft durch die Fenster den Weg, und wie sie die Türe öffneten, zuckte ein roter Schein ihnen entgegen. Johannesli schrie laut auf: «Großmutter, es brennt!» und steckte seinen Kopf in ihre Schürze. Mit Mühe brachte die Großmutter den Kleinen hinter den Tisch, auf welchem ihr spärlich Mahl stand, Kaffee und Erdäpfelstücke in wenig, wenig Butter gebraten.

Der Kleine war ein kecker Bube und ein furchtsam Kind; was er fassen konnte, dem sah er kühn ins Gesicht, vor allem aber, was aus der unsichtbaren Welt in seine ragte, vor jeglichem Geiste, der erscheinen konnte, bebte und zitterte er, und weil Geister des Nachts erscheinen, so fürchtete er die Nacht. Wenn er im Stübchen saß an der Großmutter Seite, und sie erzählte von Geistern, oder er hörte Gott donnern in der Höhe, sah dessen Blitze feurig zur Erde fahren, so bebte er; aber es war keine Pein in dieser Furcht, sondern etwas Süßes, Wohltuendes, er war der Zuversicht, hier im Stübchen sei er sicher und wohl behütet und keine böse Gewalt habe Macht über ihn. «Bet, Johannesli», sagte die Großmutter. Beide falteten die Hände.

«Speis Gott, tränk Gott
Alle arme Kind,
Die auf Erden sind»,

betete Johannesli.

Die Blitze wurden häufiger, dagegen fast Nacht über der Erde, obgleich die Sonne kaum untergegangen sein konnte. Aber es hatten tief die Wolken sich gesenkt, hingen schwarz und drohend über niedern Hügeln, einem Kriegsheere gleich, das sich erhebt und langsam in die Ebene steigt zur mordenden Schlacht. Die Vorboten des nahenden Gewitters brausten heran, einzelne Windstöße sausten durch die Bäume, beugten ihre Wipfel zur Erde, dumpf und mächtig rollte der Donner näher, und die Hütte bebte.

«Du mein Gott», seufzte Käthi, «es wird Nacht, und hör, wie es toset, und die Wolken streichen ganz über den Boden. So schwarz habe ich es lange nicht gesehen. Was will unser Herrgott wohl mit uns? Bet, Johannesli, bet das Gebet vom Wetter! Wenns schon donnert und windet, unser Herrgott hört es doch.» Johannesli faltete wieder seine Händchen und betete:

«Behüt uns, Gott, vor aller Not,
Vor Wetter, Wasser und dem Tod,
Stell für uns Engel auf zur Wacht,
Die uns behüten diese Nacht,
Und wenn wir einstens müssen sterben,
So laß uns dann den Himmel erben. Amen.»

«Kannst das Vaterunser noch?» frug Käthi. Johannesli begann; da klopfte es an der hölzernen Wand des Häuschens und auf dem kleingehauenen Holze, das an der Wand aufgeschichtet war, scharf und seltsam. Da ward Käthi blaß, fuhr auf und rief: «Du mein Gott, das ist Hagel!» Stille ward es wieder draußen. «Bet, Johannesli, bet! Es ging viel zu übel, wenns noch hageln sollte; was sollte man essen, was sollte man machen!» Und kaum hatte die gute Frau dies gesagt, als es draußen wieder klopfte, rascher und rascher, bis endlich die Hagelstücke heftig an Wände und Fenster prasselten, Blitz um Blitz vom Himmel fuhr, die einzelnen Donnerschläge ineinanderflossen, in einem Donnerschlag die Erde bebte.

In grauser Macht und Pracht tobte ein Gewitter über die Erde, wie sie selbst im Berglande selten sind, ein Gewitter, in welchem die Sterblichen beben allzumal, die frechsten Lippen sich nicht weigern, Jehova, den Allgewaltigen, anzurufen um Gnade und Erbarmen. Die Elemente schienen ihre Fesseln zerrissen zu haben, entbunden gegen einander zu toben in ihrer wildesten Wut. In Feuer und Wasser gemischt, getragen auf den Schlägen des Sturmes, ward die Erde gebadet; die Erde ward gestürmt, als ob ihre Feste zertrümmert, die Splitter weggespült werden sollten in den Ozean, in welchem Gottes Welten schwimmen. In wildem Zorn waren die Elemente; drei Schwestern, gegen die vierte entbrannt, trachteten wütend nach ihrem Untergange, unbekümmert um das Elend der Geschöpfe, ihr Bangen und Zittern. Hagel und Regen rasselten in dichten Massen nieder, Blitze flammten durch Häuser und Wälder, in der Gewalt des Donners bebten die Grundfesten der Erde, die Brunnen der Tiefe brachen auf, Bergwände rollten zu Tale, Flüsse rauschten an die Berge auf, brachen durch die Dämme, strömten über das Land.

Es war ein Aufruhr, in welchem unwillkürlich Könige und Bettler ihre Ohnmacht zu Gemüte fassen, jede denkende

Seele es fühlt in tiefer Demut, wie nichtig der Mensch ist: eine Blume des Feldes, die verwelket, wenn ein Hauch vorüberfährt; wo die Augen unwillkürlich aufschauen nach der Hand, welche die Welten gegründet hat, die Elemente ordnet, den Sturm zügelt und in Fesseln legt. Verstummt waren Großmutter und Kind im Donner der Elemente, gefaltet lagen ihre Hände auf dem Tische, und dicke Tränen rannen der guten Frau die Wangen nieder. Vor ihr standen ihre Pflanzungen, zermalmt, verschüttet, dahin die Frucht ihres Fleißes; was sie im Schweiße ihres Angesichtes erarbeitet hatte, das sollte sie weder erfreuen noch nähren. Über ihr Gemüt lagerte sich eine dunkle, schwarze Wolke. Es war nicht die Stimmung des Schiffahrers, wie sie ihn erfaßt, wenn auf weitem Ozeane Feuer ausbricht auf seinem Schiffe, ums Schiff die Wellen rauschen, kein rettend Segel das Auge sieht, der Schiffahrer sein Haupt verhüllt, in stillem Gebete des Versinkens gewärtig. Über Käthi kam die Stimmung des erschöpften Wanderers, der einen schweren, langen Tag gerungen hat mit des Weges Pein und Not, einen freundlichen Abend hoffte in traulicher Herberge, und auf der Höhe des Weges sieht er keine Herberge, sondern eine endlose Ebene, tief mit Schnee bedeckt, über welche eisige Winde wehen, und hinein in diese soll er, sieht kein Ende, kein Ziel; ein unaussprechlich Ermatten ergreift ihn, alle Gedanken fliehen, nur einer bleibt: Schlafen, o schlafen, ruhen, o ruhen, nur nicht weitergehen, nicht ringen mit Schnee und Weg! So kam es über Käthi, die siebenzig Jahre gewandert war in Treue und Ehrlichkeit auf schwerem Wege, und jetzt stand sie vor dem steilen Berge der Not im Gefühle ermatteter Kraft, und kein Weg führte um den Berg, freundlicher Ruhe zu, als der Tod.

Aus diesem Versinken in trostloses Ermatten wurde die Großmutter plötzlich gerissen durch des Kindes Stimme:

«Großmutter, Wasser, Wasser, wir ertrinken!» Käthi fuhr auf aus dem trüben Sinnen; um die Füße plätscherte ihr bereits das Wasser, welches durch die gebrechlichen Fenster und die vom Hagel zerschlagenen Scheiben flutete, und durch die Fenster drang ein Rauschen und Tosen, wie Käthi es nie gehört. In größter Angst riß sie die Türe zur Küche auf, fand auch dort Wasser, riß die Küchentüre auf, welche ins Freie ging; da schlugen Blitz und Regen sie fast nieder, kaum daß sie die Türe wieder schließen konnte. Sie tappte zurück ins Stübchen; das Wasser war gestiegen, war so hoch als die Schwelle zwischen Küche und Stübchen. Sie nahm Johannesli, setzte sich auf das Bett, hielt ihn auf dem Schoße und bangte jetzt nicht mehr um ihre Pflanzungen, sondern ums Leben, nicht um ihres, sondern um das des armen Kindes. Sie wußte nicht, gings zum Leben, gings zum Tode. Es donnerte und brauste so gewaltig um das Häuschen her; das Wasser stieg, daß sie den Donner der Emme zu hören glaubte, die gewaltig die Dämme durchbrochen und sie dahinreißen werde samt dem Häuschen in ihren Wogen. In solchen Wettern war Flucht unmöglich, Rettung in Gottes Erbarmen allein. So harrte zwischen Hoffen und Fürchten Käthi bange lange Stunden auf das Erbarmen des Herrn, denn das Gewitter war von seltener Dauer. Schien es vorüber, so kehrte es wieder in erneuetem Zorne, als ob zu zerstören es noch was vergessen hätte. Die Hand, welche in Fesseln legt die Elemente, schien erlahmt. Johannesli schlief, Käthi bangte und betete, begann endlich wieder zu hoffen, als die Blitze seltener wurden, der Donner schwächer, der Hagel ausblieb, der Regen nicht mehr so prasselnd an die Fenster schlug, das Wasser nicht mehr stieg. Dies war ein besonderer Trost, als Zeichen, daß das Wasser vom Regen komme und nicht vom Fluß, welcher zumeist erst recht ansteigt, wenn das Gewitter vorüber ist. Doch hörte sie in dem

Maße, als der Donner schwieg, lauter des Wassers Tosen und Toben; über ihr blieb lange noch schweben wie ein zweischneidend Schwert die Gefahr des Todes. Endlich schien es Käthi, als sei die Gefahr vorüber; sie legte sachte das Kind aufs Bett, schob das Schiebfensterchen zurück und versuchte sich umzusehen draußen. Aber finster war die Wolkenmasse, wogte noch unzerrissen am Himmel, und seltsam wars auf Erden, graulicht statt grünlicht, daß Käthi erst glaubte, es liege hoch übereinander der Hagel auf der Erde; aber seltsam rauschte es, und beweglich schien die Oberfläche, daß Käthi zweifelhaft wieder ward, ob es nicht Wasser sei, was so grau die Erde bedecke, und von ihm das seltsame Rauschen komme.

Sie plätscherte durchs Wasser bis zur Küchentüre; diesmal schlug kein Sturm sie zurück, sie konnte über die Schwelle, aber anfangs sah sie nichts. In der Rinne des Daches lag der Hagel, es rauschte und wogte ums Haus wie Wasserfluten, aber die Emme schien es nicht, ihr Donner war es nicht. Endlich riß die Wolkendecke, es schimmerte einige Augenblicke der Mond; Wasser war, so weit Käthis Augen sahen, es wogte wild und brauste mächtig, aber der Donner der Emme war es nicht. Es waren unbekannte Wasser, welche Käthi nie gesehen, darum ward es Käthi von neuem angst; was die wollten und konnten, wußte sie nicht. Sie schloß die Türe wieder, setzte aufs neue neben ihr Kind sich, zu beten und zu wachen über dasselbe. Aber stiller ward es draußen, leise zog das Kind den Atem, es zog Käthi neben dasselbe hin. Nur ein wenig die Augen zuzutun dachte sie, und als sie dieselben wieder auftat, schimmerte der Tag ins Stübchen, aber blaßgrau, einem Angesichte gleich, welches dem Grabe verfallen ist oder welches aus dem Grabe kommt.

Lange durfte die gute Frau den Kopf nicht heben, nicht nach dem Schaden sehen, den sie erlitten; es war ihr wieder so matt ums Herz, daß es sie dünkte, sie möchte sterben. So war es ihr, bis sie das Bübchen sah, welches so schön und süß neben ihr schlummerte. «Ach du arms Kind, wie wird es dir gehen», seufzte sie und betete. Das stärkte sie; sie erhob sich, sah hinaus und sah Himmel und Erde grau, so weit sie sehen konnte. Sie sah nicht näher nach, feuerte, machte das Morgenbrot, Kaffee und geröstete Kartoffeln. Das Feuer prasselte, ein Huhn gackelte; darob erwachte das Kind, rief nach der Großmutter, wollte aufstehen, sah durchs Fenster den Wandel der Dinge draußen und konnte ihn nicht begreifen. Die Angst vor Geistern hatte es verschlafen, wußte nichts mehr vom Wetter. Es vergessen die Kinder vieles so leicht vom Abend bis zum Morgen, und anderes will nicht mehr aus der Seele, hat wie mit Widerhaken sich festgemacht, und gewöhnlich ist dies das Schlimmste von allem Schlimmen.

Als die Großmutter ihm erzählte mit Klagen und Jammer, daß der Flachs dahin sei, die Kartoffeln, alles, auf was sie gehofft, und sie nun arme, arme Leute seien, die nichts mehr zu essen hätten, nicht mehr wüßten, wo sie hin sollten, da sagte der Kleine: «Iß du, Großmüetti, es bessert dir dann schon bsunderbar, wenn du Kaffee gehabt hast.» «Und wenn es mir jetzt schon bessert, du arms Büebli, was hülfs, wenn wir nichts mehr zu essen haben? Hungers sterben ist doch grüslich, denk, Bubi, mys Bubi!»

«Großmüetti, so grüslich wird es nicht sein; es ist keine Schlacht so groß, daß nicht ein paar übrig bleiben, sagst du ja sonst. So wirds auch Kartoffeln geben; an den Kirschbäumen rötelen die Kirschen, die Bäume hängen voll Äpfel, und dann, Großmüetti, gebe es immer gute Leute, sagst du ja, und der alte Gott lebe noch. Und obendrein denke an meine Hühner, die legen fast alle Tage; an denen hätten wir ja fast genug, und wer weiß, wenn ich sie recht füttere, ob sie mir nicht zweimal legen des Tags!» Und damit streichelte er die beiden Tiere, welche zu seinen beiden Seiten standen, fast wie der schwarze und der weiße Engel, mit dem Unterschied, daß sie es beide gleich gut meinten, beide Brosamen aus ihres Herrchens Hand gewärtig.

Es klingt uns anfangs wunderlich, wenn die Worte, mit welchen wir sonst Andere trösten, uns wiederkommen aus fremdem Munde, uns zu trösten; wir sind zuweilen geneigt, sie als Spott aufzunehmen, böse zu werden darüber. Aber wenn sie uns kommen aus dem Munde eines Großkindes, absonderlich wenn wir ein Großmüetti sind, werden sie ihre Wirkung nicht verfehlen. Im traurigsten Herzen wird es blitzen wie Freude, wenn aus dem lieben kleinen Mund Trost uns träufelt, unsere eigenen Worte als Balsam auf unsere Wunden gelegt werden. Es ist wohl nichts weiser, als wenn Großeltern die Herzen ihrer Großkinder zu ihren Schatzkammern machen, aus denen sie dann, wenn die Tage kommen, von denen man sagt, sie gefallen mir nicht, schöpfen können Trost, Freude, Hoffnung, Glaube, Liebe, alles, was sie bedürfen.

So gings auch Käthi. Alsbald blitzte ihr Licht ins Herz, doch sagte sie, wenn der Flachs verhagelt sei, die Kartoffeln verwässert, so seien sie dahin, und weder Gott noch gute Leute könnten da helfen. «Aber Großmüetti, versündige dich nicht! Bei Gott seien alle Dinge möglich, sagst du ja, und warum können gute Leute dir nicht Flachs geben oder Erdäpfel, oder vielleicht noch was Bessers, wenns gute Leute sind? Darum, liebs Müetti, weine nicht und iß; dann wollen wir hinaus, wenn es dir gebessert hat.»

Es besserte Käthi; obs der Kaffee machte oder des Büeblis Zuspruch, wissen wir nicht, denken aber, es werde beides geholfen haben.

Als sie hinauskamen, war das Wasser bis auf einige Pfützen verlaufen, und Käthi sah nun, daß es wirklich nicht die Emme gewesen, von welcher das viele Wasser gekommen war. Ein unerhörter Wolkenbruch, teilweise mit Hagel vermischt, hatte sich ergossen über die Umgegend und einige Seitentäler, deren jedes einen Bach zur Emme sendet. Diese Bäche waren zu Strömen aufgeschwollen, hatten entsetzlichen Schaden angerichtet, ehe das weite Bett der Emme sie aufnahm, wo sie wieder unschädlich wurden. Brücken waren gebrochen, Straßen zerrissen und vieles Land mit Sand und Kies überschüttet. Was der Hagel übrig gelassen, hatte das Wasser verdorben. Für Käthi namentlich sah es schrecklich aus. Der Flachs war zerhackt, die Trümmer im Sande begraben, das Laub der Kartoffeln hatte Löcher, der Sand war mehrere Zoll hoch herbeigetragen, in den Furchen stand noch Wasser, und trat Regenwetter ein, so gab es faule Kartoffeln. Während zerschlagen im Gemüte Käthi den Schaden betrachtete, der unermeßlich für sie war, so wenig er für einen Reichen zu bedeuten gehabt hätte, kickerten lustig um sie herum die Hühner. Das Gewässer hatte ihnen überschwengliches und zartes Futter gebracht, wie sie es nie gefunden hatten, Würmer und Gramseltiere von allen Sorten, welche Gelehrten unbekannt gewesen wären, geschweige Hühnern. Aber bekannt oder nicht bekannt, was gramselte, das fraßen sie. Was Andern Schlimmes gebracht, brachte ihnen Gutes; sie genossen es unbedenklich, doch auch ohne Bosheit und Schadenfreude, was man leider in ähnlichen Fällen nicht allen Menschen nachrühmen kann.

Versunken in ihrem Jammer, achtete Käthi der Hühner nicht; aber als das Bübchen neben ihr aufjauchzte: «Sieh, Großmüetti, sieh!» und einer Pfütze zustürzte, sah sie auf und sah eben, wie, plumps, kopfüber der Kleine in die Pfütze fiel, daß Schlamm und Wasser hoch aufspritzten. Er hatte Bewegung im Wasser gesehen, an Fische gedacht und lag nun selbst als ein kleines Wasserungeheuer mitten im Wasser. Nun vergaß Käthi plötzlich Flachs und Kartoffeln, stürzte mit lautem Aufschrei dem Liebling nach, und plumps, wäre sie beinahe an seiner Seite gelegen. Mit Mühe zog sie den Buben, einem kleinen Seehund ähnlicher als einem Menschen, aus dem Loch, jammerte und wimmerte, ihn halb oder ganz tot glaubend, da derselbe den Mund zu voll hatte, um ordentlich schreien zu können.

Es war ihr ein großer Trost, als er wieder schreien konnte, als ob man ihn am Spieße hätte, und statt wie sonst zu sagen: «Schweig doch, mein Bübchen, schweig!» sagte sie: «Ei gottlob, daß du wieder schreien kannst! Schrei nur recht, so laut als du magst, so kömmt raus, was dir in Hals gekommen!» Mit dem Schreien kam auch das Zappeln, er wollte durchaus von Großmutters Armen weg, den Fischen nach; sie hatte Mühe, ihn festzuhalten, da ihr der Schreck noch in allen Gliedern lag, sintemalen er in alten Gliedern länger liegen bleibt als in jungen, aber aus dem Kopfe brachte sie ihm die Fische nicht. Er mußte sich reinigen lassen, mußte was Warmes zu sich nehmen, denn was Warmes hielt die Großmutter als das beste Mittel gegen jeglichen Schaden an Leib oder Seele. Essen und Trinken ließ begreiflich Johannesli sich gefallen, sobald es aber vorüber war, war es aus mit dem im Bette Bleiben; die Großmutter mußte ihn anziehen, ja mußte einen Kessel nehmen und mit dem Bübchen aufs neue ans Fischen gehen, denn es seien Fische dort, behauptete der Kleine, ganz schrecklich viel und große.

Der Kleine hatte allerdings recht; in einigen Pfützen rührte sich was, und es waren wirkliche Fische, wie es bei plötzlichen Wasserstürzen, wo die Fische nicht Zeit haben, sich zu sichern, zu geschehen pflegt; da müssen die armen Fische aus ihrer schönen, klaren Heimat plötzlich weg, bleiben gleich anderm Gerölle auf verwüsteten Feldern liegen und sterben eines elenden Todes, wenn nicht eine mitleidige Hand ihnen ein rasches Ende schenkt oder ein scharfblikkender Vogel ihnen ein Grab gestattet in seinem hungrigen Magen. Es war aber kein Leichtes, diese Fische zu fangen; sie trieben ein boshaft Spiel mit den steifen Händen der Alten, den schwachen des Bübchens. Und während der wilden, verwegenen Jagd jammerte Käthi in einem fort, wie das keine Art habe, daß es in seinem Alter noch fischen müsse; wenn nur kein Mensch es sehe, sie glaubten sonst, sie sei ein Narr geworden, und täten sie in den Kalender. So komme es, wenn Kinder so zwängisch würden in der heutigen Welt, ehemals sei das nicht so gewesen, wohl, sie hätte ihrer Mutter so was zumuten sollen, die hätte ihr würden! Und jetzt sei es so, es gehe witzigern Leuten, als sie sei, auch so, es werde so sein sollen, und da werde man sich in Gottes Namen darein schicken müssen, wie dumm dasselbe auch sei.

So jammerte die gute Großmutter, jedoch mit aller Ergebung, bis endlich die Fische bezwungen waren und im blechernen Kesselchen wild schwaderten, sieben ganze Stücke, als der Junge jauchzend und die Großmutter mit einem gewissen Behagen sie zählten. Aber mörderlich sahen die beiden Fischer aus; als die Großmutter es endlich merkte, ging ihr Jammer neu an. Das Kind jedoch hatte keine Teilnahme für sie; ein Held, der sieben Länder bezwungen, sieben Kronen erobert hatte, fühlte kein stolzeres Selbstgefühl. Man denke sich aber auch sieben ganze Fische, einige freilich von der Sorte, welche niemand essen mag, aber das wußte das Kind nicht, einige eßbare und endlich einen großen, großen, er kam Johannesli wie ein Walfisch vor, war ungefähr acht Zoll lang und hatte so schöne rote Punkte, wie Johannesli nie gesehen hatte und also auch nach der Schlußweise junger Weisheit nie gesehen und erlebt worden waren.

Nun entstand, wie bei allen Helden nach der Eroberung, die große Frage: Was jetzt? Vor allem, meinte Johannesli, solle die Großmutter ihm dieselben kochen; Wirts Mareili habe gesagt, wie sie so gut seien. Auf den Einwurf der Großmutter, sie könne nicht Fische kochen, meinte Johannesli: «Aber Großmüetti, nicht Fische kochen! Feuern mußt, und dann brav Sachen dran, was du hast, so sieh dann, obs nicht gut kömmt!» «Du einfalts Kind, jetzt, wo wir nichts mehr haben, nicht wissen, was essen, sollen wir anfangen Fische essen; ich brächte kein Stücklein hinunter.» Da nahm Johannesli sichtlich sich zusammen und sagte, wenn die Großmutter nicht möge, so möge er auch nicht; sie wollten die Fische verkaufen, da lösten sie viel, viel Geld und könnten damit Brot und Erdäpfel kaufen, viel, viel, für manche Dublone. «Du arms Kind», sagte Käthi und weinte fast, «was hast du für einen Verstand von der Sach! Es wäre wohl gut, wenn wir zu vielem Gelde kämen, aber solche Fische kauft kein Mensch.» «Wenn du sie nicht kochen willst und nicht verkaufen, warum hilfst sie fangen, Großmüetti?» sagte das Kind. «Aber probiere und komm ins Dorf, da kaufen viele Leute sie uns ab. Aber zu wohlfeil gib sie nicht, und sag den Leuten, ich hätte sie zuerst gesehen und die meisten gefangen!»

Die Großmutter wollte ablenken mit mancher Einwendung und namentlich, wie sie jetzt aus ihrem Lande das Wasser ableiten, das Gröbste wegräumen müsse; aber es half alles nichts, sie war nicht mehr Meister, sie mußte versprechen, die Fische zum Verkauf auszutragen. Nur wollte sie es verschieben bis zum Abend, am Abend dann bis zum Morgen, nach Art vieler Eltern, die versprechen und nicht halten, durch Verschieben betrügen.

So was ist kein Laster, fromme Leute treibens; aber es ist ärger als ein Laster, es ist eine höllische Mode. Die Kinder nehmen daran ein Exempel, und nach der Eltern Treiben schneiden sie sich den himmlischen Vater zurecht, halten dafür, er verspreche auch und halte nicht, verschiebe von einem Morgen zum andern Morgen, und nie komme der Morgen, an dem er das Verheißene erfülle, diesseits nicht und jenseits erst recht nicht, das Jenseits sei bloß erfunden, um die diesseitigen Täuschungen zu bemänteln.

Johannesli wollte aber davon nichts wissen; vielleicht hatte er bereits Erfahrungen in diesem Punkte, jedenfalls hatte er es wie größere Kinder, welche auch nicht warten mögen, bis ihre Heldentaten und namentlich ihre ersten bekannt werden, und wenn niemand es tut, sich selbst dran machen, und wenn sie eben keine Heldentaten getan, ihre Kindereien oder Schelmereien zu Heldentaten stempeln und die Welt vollbrüllen damit. «Jetzt, Großmüetti», sagte er, «jetzt muß es sein. Die Fische könnten sterben, und dann könnten wir sie nicht essen und andere Leute auch nicht, und dann lösten wir kein Geld und hätten umsonst Mühe gehabt. Jetzt, Großmüetti, komm, jetzt ist es gerade am besten, jetzt sind die Fische noch fett, und wenn sie nichts zu fressen haben, so magern sie.»

Sie mußte, die gute Frau, und schämte sich gewaltig. Alle Leute würden sie auslachen, dachte sie, «Der alt Narr», würden sie sagen, und wahrscheinlich war dabei das Gewissen in etwas im Spiele, welches ihr sagte, die Leute könnten merken, wie sie sehr Närrisches zu tun imstande sei, wenn Johannesli es wolle. Es war ihr, als wären ihre Beine Blei, und als sie von weitem den ersten Menschen sah, kam es über sie wie über gewisse Tiere, wenn sie plötzlich ein neues Tor erblicken; die alte Käthi hätte Seitensprünge versucht, wenn ihre Beine leider nicht alt und obendrein wie von Blei gewesen wären. Die Augen durfte sie nicht aufschlagen, bis der Mann sie freundlich anredete, sie frug, wie es ihr ergangen; er habe mitten im Wetter an sie denken müssen, da sie so nahe am Auslauf des Baches in die Emme wohne. Als Käthi, erquickt durch die freundliche Teilnahme des angesehenen Mannes, ihre Not erzählt hatte, frug er, was sie da habe in dem Kesselchen. Da schämte sich Käthi wieder und sagte: «Ach was!» und erzählte, was wir wissen, und mit offenen Augen und offenem Munde paßte Johannesli auf die Rede des Mannes. Die Erben eines reichen Mannes sperren bei Eröffnung seines Testamentes ihre Augen sicherlich nicht weiter auf, als Johannesli es tat. Jetzt machte der Mann den Mund auf und rühmte den Buben, daß er begehre, der Großmutter zu helfen und auch was zu verdienen; das gebe einmal einen tüchtigen Kerl, es wäre gut, es wären alle so. Aus den Fischen lösten sie allweg Geld, und wenn auch wenig, so sei es doch besser als nichts.

Das machte Käthi guten Mut, und der kam ihr wohl, denn sonst wäre sie trotz Johanneslis Zerren und Protestieren wahrscheinlich umgekehrt. Heute waren alle Menschen vor den Häusern, selbst Kranke verließen ihre Betten und wankten herum; alle wollten den Schaden sehen, die Zerstörungen an eigenen und fremden Sachen, und während die Einen wehklagten und jammerten, lobten und priesen die Andern Gott, weil es noch viel übler hätte gehen können, und was man hätte anfangen wollen, wenn auch die Emme groß geworden und losgebrochen wäre! Das Gefühl der Ohnmacht, und daß der der Herr sei, der da Licht schafft und Finsternis, Regen gibt und Sonnenschein, taucht doch noch an solchen Morgen auf, wo der Mensch die Wirkungen einer Macht vor Augen hat, welche augenscheinlich keine Grenzen hat. Dieses Gefühl, Schlechten eine Pein, tut guten Gemütern wohl, ist ein kühler Balsam in heiße Wunden. Allenthalben wurde Käthi mit Teilnahme angesprochen, allenthalben erhielt sie freundliche Worte. Im Donner Gottes, da fühlt man es, daß wir alle gleich sind; der Donner Gottes sprengt Herzen auf und macht sie weich, welche gegen alles menschliche Gerede eine Steinwand waren. Dieses Aufgehaltenwerden tat ihr wohler als den Fischlein, welche alle auf dem Rücken lagen, als ein freundlicher Mann sie aufmerksam gemacht hatte, sie bringe die Fische nicht lebendig an den Mann, wenn sie dieselben nicht tränke mit frischem Wasser. Aber der alten Frau, die sich auf Fische nicht verstand, war diese Unaufmerksamkeit zu verzeihen in einer Stunde, wo der reichste Bauer ihr Verstand zeigte und daß er es begreife, wie es ihr, welche alles eingebüßt, viel übler gegangen als ihm, welcher noch gar manche Jucharte unbeschädigtes Land hatte, einen gefüllten Speicher, einen gut besetzten Stall und einen nicht schlecht versehenen Geldsäckel. Endlich schlugen sie sich durch bis ins Dorf; da ging das Schämen von neuem an und zugleich das Überlegen, wo sie ihre Fischlein zuerst feilbieten sollten, ob im Pfarrhaus oder im Wirtshaus oder beim Krämer oder beim Schreiber oder beim Doktor oder bei irgend einer Frau, welche gerne etwas Gutes aß, doch so, daß nicht bloß niemand was davon kriegte, sondern auch niemand was davon wissen sollte. Wenn Johannesli nicht dabei gewesen wäre, Käthi hätte die Fische ausgeleert ins erste beste Gräbchen. Da trat das Pfarrhaus ihr vor Augen, dorthin steuerten sie. Pfarrers lachten sie am wenigsten aus und verstünden sich am mindesten auf die Sache, dachte Käthi, und Käthi hatte nicht unrecht. Freilich lächerte es die Pfarrerin fast, als sie die Fischlein sah; indessen begriff sie den Zusammenhang der Dinge alsbald, gab einige Batzen für die Fische, freundliche Worte Beiden und sagte Käthi, wenn sie ins Dorf komme, so solle sie zu ihr kommen und erzählen, wie es ihr auch gehe.

Die gute Alte wußte fast nicht wie ihr war, als sie so manchen Batzen in der Hand hatte und so guten Bescheid obendrein; sie hörte fast die Freude des Kindes nicht und wie er ihr vorhielt: «Großmüetti, gäll gäll, hab ichs nicht gesagt, gäll, Großmüetti, wenn ich nicht gewesen wäre, so viel Geld hättest du nicht!»

Wer aus dem Pfarrhaus kömmt, wird gerne angesprochen, besonders wenn Weiber in der Nähe wohnen, die vor Neid ganz gelb sind, daß nur Gott allwissend ist und sie nicht auch; so geschah es auch Käthi. Sie mußte an gar manche Küchentüre treten, erzählen, wie es ihr gegangen, was sie im Pfarrhaus gemacht und was die Pfarrerin gesagt. Dann wurde noch mehr als ein Herz weich, und eine Bäurin reinigte ihren Kessel, gab ihr Milch darein, eine andere steckte ihr ein halbes Brot unter den Arm, eine dritte hieß sie das nächste Mal vorbeikommen, sie wolle ihr was zurechtmachen, so daß die gute Käthi einen ihrer glücklichsten Gänge gemacht hatte und hatte ihn doch so ungern angetreten. Sie brachte die Hände voll Sachen heim, das Herz voll Dank und Hoffen, und was will der Mensch mehr?

Freilich mußte sie wieder weinen, als sie heimkam und die Zerstörung wieder sah. Denn sie war nicht der Art, daß sie ihre Zukunft auf fremde, wenn auch gute Leute hätte setzen können; zudem liebte sie, was sie gepflanzt, fast wie was Lebendiges, und jedes Unglück, das dasselbe traf, tat ihr im Herzen weh und nicht bloß im Kopf wegen dem erlittenen Batzenschaden. Aber es lag doch nun schon ein Tag zwischen jetzt und ihrem Unglück, und ein viel glücklicherer, als sie erwartet hatte. Der Schmerz hatte sich nicht eingraben können, statt dessen war ihr Hoffnung ins Herz gekommen. «Weine nicht, Großmüetti; weißt nicht, wie viel wir erhalten? Und wenn das gebraucht ist und du weißt nichts anzufangen, so bin ich noch da, ich will dir dann schon wieder was angeben!» tröstete das Bubi. Früh faßte diesmal der versöhnende Schlaf Käthi in seine Arme, und als sie am Morgen erwachte, war sie wieder fest im Gemüte, sah ohne Jammer den Schaden an und überdachte, was vorzukehren sei, daß er so gering als möglich werde. Ist einmal der Mensch bei einem stattgehabten Unglück so weit, so ist er wie einer, der in einen Sumpf gefallen, sich aber hinausgearbeitet und wieder festen Boden unter den Füßen hat. Vor allem aus ging sie hinter die Erdäpfel, säuberte sie bestmöglichst von Kies und Sand und nahm die abgeschlagenen Zweige weg. Der Flachs war dahin; das Land umzugraben und Kartoffeln zu pflanzen hielt sie für das Beste, den 12. Juni war noch Zeit dazu. Einer, der nicht meint, er müsse vor der Sonne aufstehen, behauptete steif und fest: Die Kartoffeln, welche er drei Tage nach dem jüngsten Tage (längsten wollte er sagen) pflanzte, gerieten ihm immer am besten.

Eins war Käthi im Wege. Kartoffeln hatte sie kaum dürftig zum Hausbrauch, und welche zu kaufen, fehlte ihr das Geld. Sie dachte freilich an die Leute, welche ihr ihre Hülfe verheißen; aber sie meinte, es sei unverschämt, sie jetzt schon anzusprechen, wo sie mit sich selbst genug zu tun hätten, und da, wo Acht bis Zehn um einen Tisch säßen und alles verloren hätten, sei es noch übler gegangen als bei ihr, und diesen möchte sie die Guttaten nicht vorwegnehmen.

Das ist ein Sinn, der selten mehr gefunden wird in Israel, der aber, wo er sich findet, vom alten Gott nie übersehen wird und seinen Segen in sich trägt. So dachte Käthi, während sie das Stücklein Land umgrub, so tief als sie konnte, damit die gute Erde wieder obenauf komme, und dann fiel ihr ein, obs wohl wahr sei, daß es in alten Zeiten Feen gegeben hätte, welche umhergegangen und fromme Leute mit dem Nötigen beschenkt hätten, und wie sie doch froh wäre, wenn der Busch sich auftäte und eine Fee käme heraus und brächte ihr einen Korb Kartoffeln oder zwei.

Und wie Käthi so dachte, tat der Busch sich auf, aus dem Gezweige junger Tannen trat eine Gestalt. Da ließ Käthi die Hacke fallen, stieß einen Angstruf aus, als ob sie auf eine Schlange getreten, schlug die Hände zusammen und hätte zu beten angefangen, wenn sie vor Schrecken gekonnt hätte. Da lachte die Gestalt, und zwar ganz wie ein Mensch, und sagte: «Aber nein, Käthi, so alt und noch so klüpfig! Wollte dich doch wirklich nicht erschrecken, sondern bloß sehen, wie es dir ergangen ist und deinem Flachs; er war der schönste weit und breit, ich hatte immer große Freude, wenn ich hier vorüberging.»

«E aber nein, Lisi», sagte Käthi, «wie kömmst du da in das Gebüsch? Es ist sich nicht zu verwundern, daß man erschrickt, wenn auf einmal jemand vor einem steht.» «Du weißt», sagte Lisi, eine tüchtige, muntere Bäurin, «wir haben da unten unsern Kornacker, und die Leute machten den Schaden so groß, daß es mich dünkte, es wäre am Halben zu viel, wenns so wäre. Ich wollte wissen, wie es sei, und viel zu übel ist es uns ergangen, schlimmer noch, als sie sagten. Es gab Jahre, wo es uns weniger geschadet hätte, aber du weißt, wir bauen, und Wasser, Hagel und Bauen in einem Jahr ist wohl streng. Mancher hat an einem zu viel. Aber in Gottes Namen, man muß es annehmen, wie er es schickt; er wird wohl wissen, für was es gut ist. Es ist dir auch übel gegangen, dein Flachs reut mich, als wäre er mein gewesen; was willst du jetzt mit dem Platz?»

«Ich dachte an Kartoffeln», sagte Käthi, «aber ich habe sie nicht wohl.» «Wenn du diesen Abend Milch holst, so nimm dein Karrli mit; ich kann dir geben, was du nötig hast.» «Nein, Lisi, das darf ich nicht, das wäre unverschämt», sagte Käthi, «so übel, wie es euch ergangen, und so viel Leute, als ihr zu speisen habt alle Tage.» «Meinst, wir seien so übel dran, daß wir nichts mehr hätten für eine alte Frau?

Können wir das nicht einmal mehr, so will ich dann lieber das Haushalten aufgeben. Du hast es also gehört, und daß du kommst, sonst zürne ich», sagte Lisi und verschwand, wie sie erschienen war, beinahe wie eine wirkliche Fee.

«Nein aber», sagte Käthi, «wars Lisi oder ein Geist? Das ist wahr, glücklich bin ich, und klagt man doch so viel über die Welt und daß keine guten Leute mehr seien; die seien ausgestorben wie die Engel, und nichts mehr als schlechte Leute und Teufel, Blutsauger und Schelmen. Ich will nicht sagen, daß es nicht Teufel und Schelmen gibt und Blutsauger gegen die Armen, aber gute Leute gibts noch viele; ungesucht habe ich deren viele gefunden und dieselben mir tausendmal mehr genützt als die schlechten geschadet.»

Die gute Käthi wußte nicht, daß es ein eigen Wesen ist mit dem Finden von guten und bösen Leuten. Gute Leute finden immer gute Leute, und böse scheinen zumeist nur böse zu finden, und finden sie zuweilen jemand, von dem sie selbst bekennen müssen, er gehöre zu den guten Leuten, so mißbrauchen sie ihn so lange, bis er sich ändert und bös wird, wie sie klagen, das heißt bis er sich nicht länger will mißbrauchen lassen. Dies möchte Vielen manches erklären und hierin ein schwer Urteil für Viele liegen, ein warnender Vorläufer des noch schwereren Urteiles Gottes.

Das Bewußtsein, gute Leute zu haben, den Leuten lieb zu sein, gibt gar kräftigen Trost und macht das Vertrauen auf Gott erst so recht lebendig und ins Leben greifend. Es ist damit fast wie mit der Liebe, von welcher Johannes sagt: Wenn du deinen Bruder nicht liebst, den du siehst, wie willst du Gott lieben, den du nicht siehst? Wenn rund um uns keine Liebe ist, alle Menschen gehässige Blicke auf uns richten, ihre Hände uns verschließen, dann verhärtet sich so gerne auch unser Herz, dann wird es so schwer, uns über alle irdische Pein und Trostlosigkeit, ohne alle Stufe, gleich zur

Liebe und Vertrauen zu Gott zu erheben; es wird dann so gerne auch dunkel über uns, wie es dunkel um uns ist. Dagegen halten Liebe und Güte unser Herz offen; liebe, gute Leute sind uns Zeugen der Liebe und Güte Gottes, seine Engel, welche er und sendet, zu verkünden, der alte Gott lebe noch in alter Liebe und Güte, habe uns nicht vergessen, wir sollten nur getrost sein und ausharren, es sei der Herr, der in die Hölle führe und wieder heraus, der selig mache, wer getreu bleibe bis ans Ende. Härte und Unbarmherzigkeit, Unglaube und Gottlosigkeit sind immer beisammen.

So arbeitete Käthi getrost an ihren Erdäpfeln, verwand mehr und mehr den Verlust, obgleich sie nicht wußte, wie es ferner gehen solle. Sie sehnte sich nach dem Sonntage wie ein müder Wanderer nach der Spitze des Hügels, an dessen Seiten er emporklimmt, wie ein dürstender Wanderer nach der kühlenden Quelle. Die Sonntage waren ihr Sterne im Leben, waren die Tage, wo sie neu sich stärkte mit geistiger Notdurft zur fernern Wanderschaft. So wars nicht immer gewesen, aber so war es jetzt geworden.

ZWEITES KAPITEL

Der Sonntag nach dem Gewitter

Als endlich der Sonntagmorgen anbrach, schön und klar, das erste Zeichen klang durch die stille Luft, da war es Käthi so recht sonntäglich oder hochzeitlich im Gemüte. Den Frieden störte ihr Verlust nicht mehr. Sie dachte bei sich, Gott habe ein Zeichen getan aus Liebe, woran die Menschen erkennen sollten, daß er der Allmächtige sei und sonst Keiner mehr. Es gehe so schrecklich in der Welt und der Abfall sei so groß, daß wenn es nicht anders komme, die Menschen sich änderten, die großen Gerichtstage einbrechen und alle mit einander zugrunde gehen müßten. Sie freute sich, wie der Pfarrer das Ereignis kräftig anwenden werde, daß es gehe wie ein zweischneidig Schwert in die Herzen und sie bekehre.

Käthi gehörte nicht unter die Kirchenleute, welche lange, ehe der Prediger kömmt, um die Kirche stehen und über die Menschen reden oder über die Kühe. Sie nahm sich zwar jeden Sonntag vor, einmal zu rechter Zeit fertig zu sein, daß sie nicht so pressieren müsse, und jedesmal war sie froh, wenn sie zur Kirche kam, ehe der Gesang zu Ende war, und ohne Schnaufen und Husten. Der Pfarrer hatte zum Text das sechsundzwanzigste Kapitel im Buche Hiob, welches also lautet: «Da antwortete Hiob und sprach: Ei, wie fein hast du geholfen dem, der keine Kraft hat, wie fein hast du errettet den Arm, der keine Stärke hat! Wie fein hast du Rat gegeben dem, der keine Weisheit hat, und hast ihm den Handel nach der Länge erklärt! Lieber, wem hast du diese Reden verkündigt, oder wessen Atem ist von dir ausgegangen? Es wäre kein Wunder, daß die Toten wiedergeboren würden, die unter dem Wasser sind und darinnen wohnen. Die Hölle ist aufgedeckt vor ihm, und das Verderben hat keine Decke. Er breitet die Mitternacht aus auf das Leere, er hängt die Erde an nichts. Er fasset das Wasser zusammen in seine Wolken, und die Wolken zerspalten darunter nicht. Er hält seinen Stuhl, er breitet seine Wolken darauf. Er hat um das Wasser her ein Ziel in die Runde gezogen, bis daß das Licht samt der Finsternis ein Ende nehmen wird. Die Säulen des Himmels erzittern und erstaunen ob seinem Schelten. Durch seine Kraft spaltet er das Meer, durch seinen Verstand schlägt er dessen stolze Wellen nieder. Durch seinen Geist hat er den Himmel gezieret, seine Hand hat erschaffen den Walfisch. Siehe, dies sind Stücke seiner Wege, und wie geringe ist es doch, das wir von ihm gehört haben. Wer möchte den Donner seiner Macht genugsam betrachten?»

Nun stellte er dar Gottes Majestät, Weisheit und Macht, ihr gegenüber die Ohnmacht der Menschen in Einsicht und Kraft, wie töricht also der Übermut sei, wie köstlich dagegen die Demut; wie das eine falsche sogenannte Weisheit sei, welche zum Stolz den Menschen verführe, daß er sich dünke ein selbständig, unabhängig Wesen, dessen Wissen und Vermögen keine Schranken gesetzt seien in der wohlbedachten Einrichtung seines ganzen Wesens; wie dies dagegen die wahre Weisheit sei, welche die herrlichen Gaben des Menschen wohl würdige, ehre, anerkenne als von Gott und sie weihe Gott, aber auch die Schranken sehe, welche Gott selbst gesetzt und gesagt: Bis hieher und nicht weiter, und alle Tage unsere Schwäche erkenne und bekenne, welche kein Haar auf unserm Haupte festigen und unserer Länge keine Linie zusetzen könne, annehmen müsse in aller Ohnmacht, was Gott verhänge, Regen oder Dürre, Gesundheit oder Krankheit, fruchtbare oder unfruchtbare Jahre, Leben oder Tod, Not oder heitere Tage. Sie sollten doch gedenken, was sie dagegen vermocht hätten, als der allmächtige Gott in den letzten Tagen seine Donner rollen ließ, die Wolken spaltete, die Grundfesten der Erde erschütterte. Da hätten sie gezittert und gebebt, und ob es Einem eingefallen sei, dieser Macht sich zu widersetzen oder bei einem sterblichen Menschen Schutz und Erbarmen zu suchen, ihn anzuflehn fürs Ablassen oder sonstige Hülfe gegen die entfesselten Elemente? Da habe Gott gewaltet, und in solchem Walten verstumme jede Afterweisheit und alles lästige Überheben. Nun, nachdem Gott seine Macht gezeigt, erwarte er vom Menschen, daß er den Sinn zeige, welcher in ihm sei, ob er den habe, in welchem in fruchtbaren und unfruchtbaren Jahren, in nötigen oder heiteren Tagen ein großer Segen liege. Der

Schaden sei groß, aber wo Liebe und ein christlich Genügen sei, sei er wohl zu ertragen, denn es sei mehr übrig geblieben, als vernichtet worden, mehr als genug, daß niemand Hunger leiden solle. Solche Tage sollten die Liebe anfachen, die brüderlichen Bande enger schnüren, denn in solchen Tagen trete es hervor, wie wir alle vor Gott ohnmächtige Kinder seien, eins des andern bedürftig, und wie solche schwere Tage des Unglücks nur in Friede und Eintracht zu ertragen seien. Schwer hätten so Viele gelitten; aber wenn sie den Sinn erringen könnten, den Hiob mit den Worten ausgedrückt: Der Herr hat es gegeben, der Herr hat es genommen, der Name des Herrn sei gelobt, so hätten sie unendlich mehr gewonnen als verloren. Liebe Kindlein, liebet euch untereinander, rief er ihnen mit Johannes zu. Vielleicht liege schweres Unglück in der nächsten Zukunft, welches nur in Liebe zu überwinden sei; durch den Donner seiner Macht habe der Herr die Schläfer wecken wollen, damit sie noch Zeit hätten, nach der Liebe zu trachten, welche alles erduldet und alles überwindet.

Die Predigt hatte Eindruck gemacht, hatte Armen und Reichen gefallen, denn weder der eine noch der andere war auf Kosten des andern erhoben worden, und wenn auch einige mit der allerneusten Weisheit Behaftete zugegen gewesen wären, so war die Angst noch zu rege in den Herzen, der Donner von des Herrn Macht noch zu unvergessen in den Ohren, als daß sie sich mit ihrem Spotte hervorgewagt hätten. Ihr Glaube ist von der Art, daß er nicht gerne Schläge riskiert, auch mag er die Sonne nicht ertragen; er kömmt am besten fort bei eben rechter Feuchtigkeit und läßt sich am liebsten des Nachts hervor, ungefähr wie die kriechenden Tiere und unter dem Geflügel die Eulen und die Fledermäuse, die eigentlichen Philosophen unter den Tieren. Den Tag ertragen sie nicht; in etwas Licht und sich mehrender

Nacht, da tummeln sie sich lustig und machen sich bedeutend, sogar gefürchtet, besonders bei den Frauenzimmern. Ists ganz Nacht geworden, so sieht man bekanntlich gar nichts mehr, weder Philosophen von dieser Sorte noch Fledermäuse noch anderes Vieh.

Käthi hatte besondere Erquickung in der Predigt gefunden; sie kam sich nicht bloß vor als eine arme alte Frau, sondern als ein Kind Gottes, mit welchem der Vater auch gesprochen und welches seinen Beitrag zu leisten habe, damit die Welt gebessert und Gottes Barmherzigkeit ergriffen statt mit den Füßen weggestoßen werde. Es sei traurig, sagte sie einer Nachbarin, welche mit ihr heimging, daß die Menschen nicht wüßten, wie man Nahrung und Kraft in der Kirche finde, sondern meinten, bloß beim Bäcker hole man das wahre Brot, nicht wüßten, wie der rechte Mensch nicht von Bäckers Brot allein leben könne, sondern auch von jedem Wort leben solle, welches aus des Herrn Mund gehe. Das seien ihr doch die allerärmsten Leute, welche dieses wahre Himmelsbrot nicht kennten, keine Nahrung hätten für ihre arme Seele, so daß diese kein Kräftlein mehr hätte zum Dulden, zum Hoffen, zum Trost, zur Heiligung, keinen Teil an der Welt und keinen am Himmel, nichts als Hölle hier und dort, Hölle inwendig und Hölle auswendig.

So wanderte Käthi heim und verwischte den guten Eindruck nicht, weder mit eiteln Worten noch mit eiteln Gedanken. Als sie heimkam, mußte sie feuern, das Mittagmahl bereiten. Der Leib will auch seine Speise, das faßt der Mensch; wollte Gott, er faßte es ebenso gut, daß die Seele ebenfalls der Speise bedürftig ist, auch wenn der Leib die Fülle hat und gesättigt ist bis obenaus.

Käthi hatte weder ein Huhn noch sonst Fleisch im Topfe; es war ihr zu teuer, und den ganzen Morgen Feuer zu unterhalten, fehlte das Holz. Indessen ließ sie doch nicht gerne einen Sonntag verstreichen, ohne etwas Besseres als gewöhnlich auf dem Tische zu haben, wenigstens für Johannesli; das gehörte gleichsam zu ihrer Religion. Es sei nicht ein Tag wie ein anderer Tag, sagte Käthi; derselbe solle mahnen an die guten und heiligen Tage im Paradiese, welche verloren seien, und an die guten und reinen Tage im Himmel, welche verheißen seien, und darum solle der Mensch an diesem Tage reiner und besser leben als an den gemeinen Tagen und ebenfalls inwendig und auswendig. Zumeist kochte sie etwas von Eiern oder was von süßem Obst oder einen Specksalat, oder es erschien gar für einen halben oder gar ganzen Batzen Käse zum Brot. Diesmal hatte sie Eier und Brot geröstet, und zwar in so bedeutender Menge, daß Johannesli sagte: «Heute hast du einmal recht viel gemacht, warum?» Sie wisse es selber nicht, aber was man nicht auf einmal möge, sei ein andermal auch gut, antwortete sie.

Der Sonntagnachmittag hat eine gar eigentümliche Bedeutung. Er ist ein Meilenzeiger auf unserer Pilgerstraße, er ist aber auch eine Geistesprobe für unser Inwendiges. Junge Beine laufen Spiel und Freuden nach, zum Verstande gekommene Beine gehen allerlei nützliche Gänge, alte Beine ruhen gerne auf warmem Ofentritt oder einem sonnigen Bänklein. Sinnliche Gemüter müssen die Beine tragen zu Lust und Tanz, andere pflegen den faulen Leib, andere tragen ihn umher zu allerlei Erwerb, andere verbringen ihn in ungeheurer Langeweile; das sind die öden Seelen, die aller geistigen Speise entwöhnt, den höheren Gefühlen abgestorben sind, die für nichts mehr Gefühl haben als für das Werktagstreiben, das Geklatsch des Tages, einen guten Schoppen und eine appetitliche Bratwurst. Andere gibts denn doch auch, die ihn feiern, indem sie dem Wehen des Geistes die Seele öffnen, Gott schauen in seinen Werken, in seinen Worten, ihre vergangenen Tage schauen und das Walten

Gottes in denselben, hinausschauen in die kommenden Tage, prüfen ihre Stellung, sich stärken, gottesfürchtig zu bleiben für und für. So hatte es unsere Käthi; sie ruhte gerne am Sonntage in stillem Sinnen, freute sich der schönen Stunden, wo sie, ungestört von der Welt, nachdenken konnte über das Vergangene und Zukünftige, wie Gott ihr schon so manchmal geholfen und ferner wohl auch helfen werde.

Als Käthi die Reste vom Mittagbrot wohl zugedeckt, das Geschirr sauber abgewaschen, den Haushalt wohl bestellt hatte, setzte sie sich auf ihr Bänklein gegen den Bach zu, wo sie das Bübchen im Auge hatte, welches in großem Zorne angelte, weil die Fische nicht anbeißen wollten; zwischen Beiden teilten die Hühner ihre Aufmerksamkeit. Wer nicht sechs Tage arbeitet, wer noch nicht morsche Glieder hat, welche siebenzig und mehr Jahre des Lebens Last getragen haben, der kennt die Süßigkeit der Sonntagsruhe nicht. Wer in geschäftigem Müßiggange lebt oder in gierigem Jagen nach des Lebens Gütern oder Genüssen, dem ist Ruhe Langeweile, eine lästige Pein, der macht den Sonntag zu einem Werktage, den andern gleich. Aber unbeschreiblich wohl ists dem alten Mütterchen, welches Sonntags in der Sonne sitzt, in süßem Behagen die Stunden kann verrinnen lassen, ohne aufzustehen, ohne sie auszufüllen mit Arbeit; es ist ihm der Vorgeschmack der Seligkeit. Wohl hat ein alt Mütterchen, welches des Sonntags auf seinem Bänklein in der Sonne sitzen konnte, zuerst von himmlischer Ruhe gesprochen und so recht innig Sehnen und Verlangen empfunden, an diese Ruhe zu kommen.

Diesmal schien Käthi dieses Behagen nicht so ungestört zu empfinden. Anfangs sah man nichts Besonderes; heiter und freundlich redete sie mit Bübchen und Hühnern, sah mit hellen Augen zum hellen Himmel auf. Allmählig aber richtete sie ihr Auge stetiger vom Bübchen weg, einem

Wäldchen zu, in welches der Weg sich verlor, welcher bei dem Häuschen vorbeiging; eine Wolke legte sich über ihre Augen, Unruhe kam in ihre Glieder, sie stand auf, setzte sich wieder nieder. Man sah keine äußere Ursache, wer jedoch der Menschen Art und Weise nur wenig kundig gewesen wäre, hätte erraten, Käthi erwarte jemand mit großem Verlangen, das Ausbleiben mache ihr Kummer und Verdruß, presse ihr manchen schweren Seufzer aus, mache ihr die Augen feucht. Und wer gar in die Seele hätte schauen können, würde gesehen haben, wie dort die Liebe mit der Seele rang, jeden plagenden Gedanken, der zum Vorwurf sich gestalten wollte, zu unterdrücken, damit nicht etwa Gott in ihrer Seele eine Anklage sehe, Entschuldigung um Entschuldigung aufbrachte und damit zudeckte alles, was Unzufriedenes in der Seele aufsteigen wollte.

Schon senkte sich die Sonne, als ein hager, lang Weib mit bösem Gesicht des Weges kam, bei Käthi sich stellte und sagte: «So allein, Käthi? Was ist mit dem Sohn? Nimmt es deinen Johannes nicht wunder, wie es dir geht? Dem würde doch wohl zukommen, einen Besuch zu machen und zu sehen, wie es der Mutter ergangen. Es ist aber gar eine elende Welt und fast nicht auszuhalten.» «Er ist nicht gekommen», sagte Käthi, «aber es nimmt mich nicht wunder; alles, was zu machen ist, kommt an ihn; dann werden auch die Meisterleute alle Tage schärfer und wunderlicher, und Werktag und Sonntag soll gearbeitet werden.» «So ist es nicht», sagte die Frau, welche man Beselise nannte. «Ich war in vergangener Woche dort, seine Meisterfrau nahm mir ein Dutzend Besen ab; das ist eine resolute, die hat die Hand am Arm, daneben aber hat sie Verstand, und bös ging es nicht, wenn alle wären wie die. Die hat gefragt, wie es bei uns ergangen, es nehme sie wunder; einer ihrer Knechte habe seine Mutter dort, und sie habe ihm schon gesagt, er müsse am Sonntag hin und sehen, was sie mache.»

Es werde etwas dazwischengekommen sein, sagte Käthi.

«Möglich, und auch nicht möglich», sagte die Beselise. «Aber, daß ich es dir gerade heraussage, es halten sich alle Leute darüber auf, daß dein Bub noch nicht bei dir war und wie er so schlecht ist, dir das Kind auf dem Halse zu lassen und selbst den Großen zu spielen. Das geht sauber zu, wenn alte Weiber ihren Söhnen die Kinder erziehen sollen!»

«So ist es nicht», sagte Käthi, «er ist bsunderbar gut gegen mich; aber was kann er dafür, daß er im Militär ist und zBern bsunderbar ästimiert, daß er immer hinein muß, wenn etwas los ist, und sein Geld brauchen muß auf diese Weise? Er hat es mir schon manchmal geklagt, daß es mich recht erbarmet hat. Aber wenn du in dieser Woche dort durchgehst und dir die Mühe nehmen wolltest, zu sehen, was er macht, ihm den Gruß zu verrichten und zu sagen, es freute mich, wenn er bald käme, so sollst du großen, mächtigen Dank haben. Aber sieh, daß du zu ihm selbst kömmst, und richte es nicht der Bäurin aus; sie könnte meinen, wie nötlich ich tun wollte.»

«Zähl darauf», sagte die Beselise, «dem Bürschli will ich Beine machen, und wenn du nötlich tätest, so hätten alle Leute mehr für dich als jetzt, wo du dem Möff alles gibst und es für ihn bös hast in deinen alten Tagen. Nun leb wohl», und ehe Käthi was entgegnen konnte, war sie weg.

«Wenn es noch Hexen gibt, so ist das eine», brummte Käthi ihr nach.

DRITTES KAPITEL

Der Großmutter Vergangenheit

Der geneigte Leser wird es nicht ungern haben, wenn wir Käthis Vergangenheit und gegenwärtige Lage einigermaßen beleuchten.

Vor fünfzig Jahren war die alte Frau ein armes, aber rüstiges und hübsches Mädchen gewesen. Kätheli hatte man sie damals genannt. Da war ihr begreiflich auch die Liebe angekommen zu einem gutmütigen Burschen, der aber ärmer war als sie, das heißt Beide hatten kein Geld, aber Kätheli mehr Gaben, mehr Überlegung und Ausdauer. Er tat, was ihm geheißen wurde, nahm, was ihm geboten ward; aber etwas für sich zu beginnen, seine Lage zu verändern, dazu fehlte ihm nicht bloß Kraft und Einsicht, sondern wir glauben wirklich, er habe niemals daran gedacht, das war zu kühn selbst für seine Gedanken.

Die Leute hatten Kätheli diese Heirat sehr widerraten, denn Kätheli war von denen eine, welche allen Leuten lieb sind. Wenn es geheiratet sein müsse, so finde sie in dreißig Jahren noch einen Solchen, sagten ihr alle. Allein, wer allen Leuten lieb ist, muß auch viele Liebe im Herzen haben. Käthelis Liebe fand kaum Platz in ihrem Herzen; sie glaubte, es sei jetzt gut und sonst nimmermehr, und heiratete Sami. Das erste Kind gaben sie in Kost, und Kätheli diente wieder. Als das zweite anrückte, mußte sie den Dienst verlassen; sie glaubten, zu zwei Kostgeldern reiche ihr Lohn nicht hin, mit einer Haushaltung kämen sie besser fort, und einmal müsse es doch sein. Das Anschaffen des Hausgerätes, ein Bett, eine Pfanne, einige Töpfe und Schüsselchen, zehrte ihr ganzes Vermögen auf. So eine Haushaltung einzurichten, sei ein schrecklich Ding, sagten sie; sie hätten es nie gedacht, daß das so viel kostete, bis man nur das Halbe habe von dem, was man nötig hätte. Sami hatte dreißig Taler Lohn und einiges Trinkgeld von verkauftem Vieh, fünfzehn Taler betrug die Miete für eine kleine Wohnung und ein Stück Pflanzland, fünfzehn Taler blieben noch für den Rest übrig, das heißt für die ganze Haushaltung, Essen, Trinken, Kleidung und das beiderseitige Privatvergnügen. Kätheli rechnete daneben auf vielen Nebenverdienst. Wenn man den Leuten anständig sei, so gebe es viel zu verdienen und daneben noch manches. Man müsse in Gottes Namen sehen, wie man es mache. Die Hauptsache sei, daß man sich nach der Decke strecke. Das Übrige werde Gott dann schon machen, so rechnete Kätheli. So begannen sie guten Mutes, und es ging wirklich, und zwar recht wunderbar. Es ging umgekehrt wie in vielen reichen Häusern, wo man von vorneherein mehr als genug sieht und hinterher viel zu wenig hat. Hätte man ihren Bedarf in Zahlen gefaßt, ihren Verdienst dagegen gestellt, so wäre immer viel zu wenig gewesen, und doch hatten sie am Ende des Jahres genug, und manchmal noch einen Kreuzer Geld. Knapp ging es freilich zu, und was Kätheli tat und entbehrte, davon haben tausend und abermal tausend Damen zu Stadt und Land keine Vorstellung; aber Kätheli liebte ihren Haushalt, Sami, Kinder und alles, was dazu gehörte; ihm in guten Treuen vorzustehen, das war ihr Ehrenpunkt, ihre Krone, und wo Liebe und Treue ist, da wird die Bürde leicht und sanft das Joch. An Privatvergnügen dachte Keines, für Wein und Schnaps gab Sami das Jahr durch keinen Batzen aus und stand deswegen keine grausamen Entbehrungen aus. Erstlich war er nicht daran gewöhnt, und zweitens dachte er nicht daran, sondern an Weib und Kinder.

Kätheli brauchte nichts für sich, als dann und wann etwas für Schuhe. In der ledigen Zeit hatte sie für Kleider gesorgt, und zwar für gute, haltbare und nicht für lumpichte Fähnchen. Jetzt konnte sie für die Kinder sorgen und doch ehrbar vor die Leute treten. Kätheli trug die Hauptlast, hatte Kinder im Umsehen; keins konnte dem andern helfen, man hätte alle mit einer Wanne zudecken können. Vier Kinder warten und verdienen dazu, dafür sorgen, daß die Kinder aus den Händen wachsen, das ist eine strenge Sache. Aber Kätheli hatte die Kinder lieb, sie waren keine Last, sie waren ihre Blumen; sie zu reinigen und zu pflegen, war ihre Freude und Erholung. Darum siechten sie nicht, überstanden rasch und leicht die Kinderkrankheiten. Freilich mußte dabei die Mutter oft ganze Nächte wachen; wenn eins schwieg, schrie das andere. Sie spann dann zwischen den Kindern, legte, wenn der Schlaf gar zu mächtig wurde, für einige Augenblicke die Arme auf den Tisch, den Kopf darauf, und mußte doch am Morgen früh wieder an die Arbeit. Aber Kätheli meinte nicht, es müsse nicht so sein, sondern schickte sich darein, schimpfte nicht über den Mann, daß der ihr nicht half, sondern wahrscheinlich ruhig im Bette lag. Sie schimpfte ebenso wenig über die reiche Bäurin, welche eine Kindermagd hatte, Milch im Keller und Geld im Sack; daß sie arm geboren worden, hatte Gott geordnet, und an der Heirat war sie selber schuld, und zur selben Zeit haßte und verfolgte man seinen Nebenmenschen nicht um Dinge willen, welche Gott getan oder welche man selbst getan. Käthelis Hauptsorge war, genug Erdäpfel zu pflanzen, und gelang es, daß die alten langten, bis die neuen kamen, so war sie freudenvoll; geriet dazu noch der Flachs, daß sie einige Pfund verspinnen und verkaufen konnte, so dankte sie Gott am Neujahr für das gesegnete Jahr und bat, wenn es sein Wille wäre, daß das kommende nicht schlimmer sein möchte. Wenn dann an einem Sonntage Sami, der Vater, heimkam, was selten geschah, da er nicht in der Nähe diente, so war es ein Familienfest. Wie am Baume die Raupen, krochen die Kinder an ihm auf, in heller Freude lief Kätheli herum und tat ihm Gutes, was in ihren Kräften stand. Nie klagte sie, wie bös sie es hätte, oder verglich neidisch die beiderseitige Bürde, sondern lobte die Kinder, hatte die größte Freude, verdiente Batzen zu zeigen oder das Flachsgeld zu Samis Lohn zu legen als Steuer für die Miete. Solche Tage stärkten dann aber auch Sami; das Lob seiner Frau posaunte er aus, so weit er konnte, sparte um so eifriger und wandte das nächste Mal ein Trinkgeld zu einem kleinen Krämlein für Weib und Kinder an, zu einem weißen Brötchen, einer Flasche Wein oder einigen Lebkuchen.

Freilich, wenn der Winter vor die Türe kam, gabs schwere Tage, wie das Geld gestreckt werden könne, daß es reiche den lieben langen Winter durch zu Kleidern, Öl, Holz und was eine Haushaltung sonst noch bedarf. Und Kätheli streckte es so gut wie möglich, und da sie vielen Leuten lieb war, taten ihr diese Leute auch viel Gutes. Manchmal war die Not ganz vor der Türe; dann erschien wie von Gott gesandt plötzlich ein Pate oder eine Patin vor der Türe und verjagte die Not. Wahrscheinlich hatte der liebe Gott seine absonderliche Freude daran, wie dankbar und demütig Kätheli jede Gabe empfing und wie sie dann dieselbe also zu Gemüte faßte, daß nie verzagen solle, wer noch glaube an den alten Gott, und daß er gezählt habe alle Haare auf unserm Haupte. In der Gegend, in welcher Kätheli wohnte, gehörten die Wälder einzelnen Besitzern, arme Leute baten diese um Holz; da war wohl kein Bauer, welcher Kätheli eine solche Bitte abgeschlagen und nicht beigefügt hätte: «Hast du es zusammengelesen, so sags, so kann man es dir heimfahren.» Und wenn Kätheli sagte, sie dürfe doch nicht so unverschämt sein und diese Mühe ihnen zumuten, so hieß es: «Wenn niemand unverschämter wäre, so wäre es gut.» Und wer treu ausharrt, dem bleibt die Hülfe nicht aus, und Käthelis Pflege der Kinder ward vergolten durch die Kinder selbst. Freilich ist diese Hülfe zuerst nur klein, und törichte Mütter weisen sie ganz von der Hand, weil dieselbe sie anfangs nur zu versäumen scheint. Sobald die Kinder ihr von dem Arme liefen, leitete Kätheli sie an, sich selbst zu helfen, sich gegenseitig zu helfen, der Mutter bei der Arbeit nicht im Wege zu sein. Von Natur war Kätheli freundlich gegen fremde Leute und gegen ihre Kinder. Diese Töne hörten die Kinder der Mutter ab, wurden freundlich unter einander, die Mutter versäumte wenig Zeit damit, Streit zu schlichten und Heulen zu beschwichtigen. Jedes Haus hat seine eigene Tonart. Man spricht viel vom guten Ton; der wahre gute Ton für Alt und Jung, für Reiche und Arme und für alle fünf Weltteile wäre doch der milde Ton, der freundliche Ton, in welchem die Liebe liegt, welche aus dem Herzen kommt.

Das älteste Mädchen konnte bald geschickt werden, Öl, Kaffee beim Krämer, Brot beim Bäcker zu holen. Für ein fleißig Weibchen, welchem jede Minute eine Münze ist, ist dies schon eine bedeutende Erleichterung. Redselige Weibchen freilich fragen solchen Erleichterungen wenig nach! Dann lernten sie auch einen Kreuzer verdienen. Was das für ein Jubel war, als sie den ersten verdienten Kreuzer in Händen hatten! Sie konnten kaum mehr schlafen, konnten nicht erwarten, bis der Vater heimkam, daß sie ihm denselben zeigen konnten. Der gute Sami begriff nicht, was das Freudengeschrei zu bedeuten hatte, mit welchem man ihn empfing, ob etwa ein Sack mit Geld durchs Dach gefallen oder die Mäuse im Häuschen zu Ochsen geraten seien.

So viel Verstand hatte Sami, zu begreifen, daß der erste Kreuzer, welchen ein Kind verdient, mehr wert ist als ein Sack Geld, welcher durchs Dach fällt. Der Fund vermindert sich nach und nach, der Verdienst mehrt sich, wird alle Tage neu. Es kam ein großer Trieb zu verdienen in die Kinder; das Ziel ihres Strebens war, der Mutter eine Ziege kaufen zu können, damit sie selbst Milch hätten, die Mutter nicht mehr so sauer das Geld dazu verdienen müßte. Futter für eine solche wollten sie schon sammeln, meinten sie; alle Jahre kriege eine Ziege ein Gitzi, so hätten sie alle Jahre eine Ziege mehr, könnten Milch verkaufen, viel, viel, und mit dem Gelde könnten sie dann ein Häuschen kaufen und eine Kuh, vielleicht gar ein Roß.

Das sind schöne Tage in einer Mutter Leben, wenn sie Kraft in den Kindern sich entfalten sieht; aber noch schöner werden sie, wenn sie sieht, daß die Liebe der Kinder ihr diese Kräfte weihen, die Erstlinge ihrer Anstrengungen ihr zum Opfer bringen will. Indessen fehlten auch die bösen Tage in Käthelis Leben nicht; Krankheiten und Mißwachs stellten sie oft weit, weit zurück, aber Kätheli nahm sie hin in Ergebenheit und Geduld. Sie weinte wohl auch bitterlich, aber sie verarbeitete die Drangsal im Gemüte, bis sie beten konnte: «Der Herr hats gegeben, der Herr hats genommen, der Name des Herrn sei gelobt.» Darum wurde Kätheli bei allem Unglück nie unglücklich, war bei allem Unglück unendlich glücklicher als mancher arme Teufel, Graf und Fürst, welche Geld haben wie Heu und Hochmut wie ein Bauernhaus, aber weder Frieden noch Genügen.

Aus dem Kätheli ward ein Käthi, es wußte niemand wie, gerade so, wie niemand weiß, wann er eigentlich alt wird, ja oft nicht einmal, wie er aus einem Dreißiger zu einem Fünfziger gerät. Die Kinder wuchsen ihr nicht bloß aus den Händen, sondern auch aus dem Häuschen. Die Leute stritten sich fast um sie für Dienstboten; sie waren treu und fromm, reinlich und fleißig, genügsam und freundlich, an Arbeit und nicht an Butterbrot gewöhnt. Nun konnte es Käthi nach vieler Leute Meinung gut haben, das heißt weniger arbeiten und besser essen. Aber das wäre für Käthi kein Guthaben gewesen; denn es ist eben nicht bloß ein Guthaben auf der Welt, sondern jede Richtung des Sinnes oder des Gemütes hat ihr eigenes Guthaben, und dieses begreifen viele Philosophen, ja selbst viele Räte nicht. Käthis Guthaben war, wenn sie ihren Kindern was Liebes und Gutes erweisen konnte, und es dünkte sie zehnmal besser, sich etwas abzudarben, um einem Kinde eine Freude zu machen, als dasselbe selbst zu genießen.

Sie war ihre Wäscherin, strickte ihnen Strümpfe an, schenkte ihnen Leinewand zu Hemden, wenigstens zu Hemdenärmeln, sie war ihre sichtbare Vorsehung, und an das Sorgen für ihre alten Tage dachte sie nicht, dachte auch nicht daran, daß eine solche aufopfernde Liebe eben das beste Sorgen sei. Die Kinder erkannten aber auch diese Treue, denn Käthi hatte sie nicht verzärtelt, nicht meisterlos erzogen, Käthis Liebe war nicht die blinde; diese ists, welche selbstsüchtige, undankbare Kinder erzieht. Käthis Kinder vergaßen die Mutter nicht, sie besuchten sie oft und krameten ihr, was in ihren Kräften stand. Dafür kriegten sie jedesmal Schelte, und Käthi war imstande, ein weißes Brötchen vierzehn Tage zu sparen, weil es sie reute, es selbst zu essen, und hoffte, einem andern Kinde damit aufwarten zu können. Die Kinder besuchten sie oft, denn sie hielten das Bewußtsein, eine Heimat zu haben, als ihr höchstes Gut; «gottlob», sagten sie, «es mag mir gehen, wie es will, so weiß ich doch wohin, und muß nicht zu fremden Leuten oder gar auf die Gemeinde.» Dieses Bewußtsein, eine Heimat zu haben, in derselben ein mitleidig Herz, eine milde Hand, eine ruhige Ecke, um unverkümmert zu genesen oder zu sterben, ist ein unbeschreiblicher Trost und bewahrt vor vielem: viele Mädchen vor leichtsinnigem Buhlen, viele Bursche vor unzeitigem Heiraten. Wer einen warmen Ofentritt weiß, wo er ruhig absitzen kann, ein gut Mütterchen dazu, welches von weitem frägt: «Was hast, was magst, wo fehlts?», der hat einen Halt im Leben, eine gewisse Zuversicht; er kann warten, bis er erstarket ist, auf eigenen Beinen zu stehen vermag, ehe er einen eigenen Haushalt gründet und auf die Schultern nimmt.

Diesem nebst dem guten Grunde im Herzen hatte es Käthi zu verdanken, daß es keinen sogenannten Verdruß an den Kindern erlebte. Anderem Leiden und Weinen jedoch enthob Gott sie nicht; sie war ihm lieb, und wen er lieb hat, dessen Herz läutert er durch Leid. Erwachsen erkrankten die meisten ihrer Kinder, suchten die Heimat und starben dort. Ein solcher Tod tat jedesmal Käthi grausam weh, es war ihr, als ob ein Stück vom Herzen geschnitten würde, denn ihr Leben war in ihren Kindern, und doch blieben alle diese Ereignisse in süßem Gedenken. Nit, sagte sie in solchem Falle, daß sie dem armen Tröpflein nicht gerne die Ruhe gönne, es sei ihm ja so wohl gegangen. Aber doch zerreiße es ihr das Herz, denn ein so Gutes sei es gewesen und hätte sie so lieb gehabt. «Müetti, o Müetti», hätte es am letzten Tage noch gesagt, «wenn ich wieder aufkommen sollte, so werde ich dir nie vergessen, was du an mir getan hast, und so lange du lebst, will ich für dich sorgen als dein treu und aufrichtig Kind, und sterbe ich, so soll es dir unser Herrgott vergelten und mir nehmen von der Seligkeit und dir zulegen, solange du auf Erden bist, daß du zu bessern Tagen kömmst.» «Als der Tod ihm übers Herz kam – reden konnte es nicht mehr –, nahm es meine Hand, sah mich an, den Blick vergeß ich nie; wenn ich dran denke, rührt es mir das Herz noch, ich muß denken, wenn ich nur drüben bei ihm wäre.»

Käthi mußte manchmal jammern im Laufe der Jahre,

denn bis auf zwei starben ihr alle Kinder, und eben wie es elterlichen Herzen gewöhnlich am schmerzlichsten ist, erwachsen und gut geraten, wenn die Freude an ihnen eben in der schönsten Blüte war. Freilich sollte theoretisch (wissenschaftlich!?) beim Tode erwachsener, wohlgeratener Kinder der Dank gegen Gott größer sein als der Schmerz, der Dank, daß er sie so lange gelassen, so große Freude an ihnen beschert und die Gnade, eine Seele für den Himmel erzogen zu haben. Aber die Liebe ist eben weder theoretisch und gottlob auch nicht wissenschaftlich, sondern akkurat noch so, wie sie Gott geschaffen hat, nicht zum Dividieren, Spekulieren und Subtrahieren, sondern sich zu freuen über Freudiges, zu weinen, wenn es wieder dahingeht. Zwei Kinder blieben, eine Tochter und das jüngste Kind, ein Knabe. Die Tochter heiratete weit weg ins Züribiet. Züribiet und das Mohrenland lagen für Käthi, welche nie drei Stunden von der Heimat weggekommen war, unter dem gleichen Himmelsstrich, und ob ihr ein Kind sterbe oder ins Züribiet oder unter die Mohren und Kindlifresser komme, das kam Käthi akkurat auf das Gleiche. Wehren konnte sie die Heirat nicht, ja sie half dazu mehr, als klug war, und weinte doch in einem fort darüber. Von dem armen Kinde werde sie hienieden nichts mehr vernehmen, jammerte sie, und sie fürchte, auch im Himmel nicht; für die da unten werde darin kaum mehr Platz sein, denn wenn die auch noch hinein wollten, so müßte er, es weiß kein Mensch wie groß sein.

Kaum war ihr das Mädchen aus den Augen und im Züribiet wie vom Nebel verschlungen, so brachte man ihr Sami heim. Eine harte Krankheit war in langsames Siechtum übergegangen und hatte Sami zu jeglichem Dienst unfähig gemacht. Sami war grausam wunderlich; nichts war ihm recht, und was Käthi auch tat, es war ihm immer zu wenig.

Die Art seiner Krankheit soll diese Wunderlichkeit mit sich bringen, und was wäre nun Sami für ein armer Tropf gewesen, wenn die unchristliche Freiheit schon eingeführt gewesen wäre, welche dem Manne erlaubt, vom Weibe, und dem Weibe, vom Manne zu laufen, gerade wenn das Eine das Andere am nötigsten hat! Sami besaß die sogenannte politische Freiheit; aber was half ihm die in seiner Krankheit und seiner Wunderlichkeit! Da wäre die christliche Freiheit eine hohe Wohltat gewesen, die, welche frei macht von Welt und Materie, den Geist zum Herrn über den Körper, ihn erhebt über des Körpers Leiden und seine Freuden regelt nach dem Maßstabe seines Heils. Diese Freiheit besaß Sami nicht, er faselte aber auch über die Freiheit nicht; sein Kreuz trug er nicht mit Geduld, aber er erhob doch nicht den Freiheitsbaum über das Kreuz, frönte weder dem Fleische, noch höhnte er die christliche Freiheit, tanzte weder als Wolf im Schafpelze noch als Fuchs mit eingezogenem Schweife um das goldene Kalb, das immer neu aufgerichtet wird, sobald über Sinai oder Golgatha einen Augenblick sich ein Nebel legt. Sami war kreuzwunderlich, wie ein Kind, welches die Blattern hat, er war von Ungeduld nach Gesundheit verzehrt, er verzappelte vor Angst, nichts verdienen zu können, denn woher sollte die Miete kommen, wenn sein Lohn ausblieb? Und daß es so langsam ging, daran sollte Käthi schuld sein; wenn sie besser zu ihm sehen, seine Sache besser besorgen würde, er wäre längst wieder gesund. Der Doktor predigte ihm dringlich Geduld, aber Sami verlor allen Glauben zu ihm. Der Schelm könnte die Sache, aber er begehre ihm nicht zu helfen, er gebe ihm absichtlich schlechtes Zeug, welches nicht anschlagen wolle, um desto länger ihm sein Geld abnehmen zu können. Er wollte daher zu andern Ärzten und mit brav Essen seine Gesundheit erzwingen. Käthi, welche einige Erfahrung gewonnen und zum Arzt, der ihr schon oft gar treu beigestanden, ein unbedingtes Zutrauen hatte, war gegen beides. Nun trug Sami das Mißtrauen gegen den Arzt auf Käthi über, meinte, auch sie begehre nicht, daß er aufkomme, ein jüngerer Mann wäre ihr lieber, sonst würde sie das Geld nicht reuen, zu andern Ärzten zu gehen oder bessere Speise ihm zu geben, von der er auch essen möge.

Der gute Sami war zum ersten Male krank in seinem Leben und zum ersten Mal daheim in seinem kleinen Haushalt, das brachte er aber nicht in Anschlag. Er konnte nicht arbeiten, daher dünkte ihn das Essen schlecht, bei so schlechtem Essen könnte er also nicht gesund werden. An eine große Haushaltung gewöhnt, wo Hülle und Fülle war und große Schüsseln auf den Tisch kamen, sah er nirgends genug und meinte, Käthi gönne es ihm nicht, obgleich immer mehr da war, als er aß. Er begann zu glauben, Käthi hätte schlecht gehaushaltet, sei schuld, daß sie nicht zu Gelde gekommen, die Kinder so früh gestorben, und wenn er es Käthi auch nicht auf den Kopf zusagte, so sah man doch, daß er es dachte. Das tat Käthi sehr weh, daß sie dies am Ende ihrer Ehe noch erleben mußte, war doch Sami sonst ganz anders und hatten doch die Kinder der Mutter Güte empfunden und erkannt bis zum letzten Augenblicke, und tat sie Sami noch mehr als den Kindern! Sie kannte die Ursachen von Samis Stimmung nicht recht, versuchte alle Tage, es ihm recht zu machen, ihm zu zeigen, wie gerne sie ihn pflegte, und traf es doch nicht, stellte ihn nicht zufrieden. Es wollte ihr fast das Herz abdrücken, wenn Sami seufzte: Er hätte sein Lebtag so großen Lohn verdient, allen heimgegeben, und jetzt wisse er nicht, wo er hingekommen, denn wohin man sehe, sei nichts. Wußte doch Käthi am besten, wie sie abgeteilt, wie kleine Teile es gegeben, wie hart sie gearbeitet und dabei doch zuweilen hungrig zu Bette gegangen sei. So durfte sie Sami die Bedrängnis, in welche sie nach und nach geraten, nicht einmal mitteilen, aus Furcht, er werfe ihr vor, daran schuld zu sein; dennoch verwand Käthi diese geistige und leibliche Not recht ritterlich, ließ sie Sami nicht entgelten. Sie werde das verdient, sich mit etwas versündigt haben, dachte sie. Sie wisse zwar nicht worob, aber unser Herrgott werde es wissen, und sie hätte Ursache, ihm zu danken, daß er sie hier die Schuld abbüßen lasse, drüben hoffe sie dann um so eher zu Gnaden zu kommen.

Käthi sagte ebenfalls nicht, wie es wohl manche Frau in ihrer Stelle getan hätte, es werde hoffentlich bald eine Änderung geben, es ginge dann ihr und Sami wohl, und wenns gestorben sein müsse, so wolle sie am liebsten, es würde je eher je lieber geschehen, von wegen der Mühe und wegen den Kosten, sie möge Sami die ewige Ruhe von Herzen gönnen. Und als Sami endlich starb, weinte sie nicht bloß, sondern sie trug wirklich großes Leid im Herzen. Er sei ein gar Guter und Treuer gewesen, und keinen Kreuzer hätte er unnötig vertan, es könnten Tausende an ihm ein Exempel nehmen; aber sagen, wie gut ers meine, das habe er nicht gekonnt, und wenn er in der Krankheit zuweilen hässig gewesen, so sei sich dessen nicht zu wundern, und es sei ihm selbst am übelsten dabei gewesen. Wenn sie ihn wieder lebendig machen könnte, sie wartete keinen Augenblick, sie habe grausam Längizyt nach ihm, es dünke sie, sie habe niemand mehr auf der Welt.

Buchstäblich war dies nicht zu nehmen, und bald darauf hätte Käthi auch nicht mehr so gesprochen; denn einen Anhaltepunkt in der Welt, ohne welchen ein Mensch nicht gerne ist, absonderlich ein Weib nicht, fand sie alsbald wieder, und zwar in ihrem noch übrig gebliebenen Kinde. Johannesli hieß dieses, war bereits aus dem elterlichen Hause, als der Vater starb, ein munterer, aufgeweckter Bursche; diesem wandte sie nun das Herz ungeteilt zu, und sobald sie sich aus den dringendsten Nöten gearbeitet hatte, begann sie dem Sohne zu helfen mit allerlei. Wenn er ihr etwas kramte oder sonst helfen wollte, so entschuldigte er sich wohl wie üblich, daß es nicht mehr sei; aber der Lohn sei klein, mit diesem wollten die Bauern nicht nach, während doch alles teuerer sei als ehedem und man ohnehin auch mehr brauchen müsse des allgemeinen Gebrauches wegen. Das glaubte Käthi natürlich, verbat sich alle Hülfe und bedauerte sonst noch das arme Kind gar sehr.

Nun aber hat es eine sehr eigentümliche und zwar sehr gefährliche Bewandtnis mit dem Bedauern. Gar zu gerne ist jeder Mensch geneigt, sich selbst zu bedauern, zu glauben, es gehe ihm bös, er werde nicht nach Verdienst angesehen von Gott und Menschen. Kommt aber noch einer hinzu und sagt ihm, und er braucht es ihm nicht alle Tage dreimal zu sagen: «Du Armer, wie du mich doch dauern kannst, so einer wie du und so bös haben und solchen Dank, solchen Lohn, nein, es ist gar zu arg; ich und meine Frau sagen es alle Tage zu einander, einen geplagteren Menschen, als du seist, gebe es nicht», so ist der Teufel los. Ist der so Bedauerte ein vierschrötiger Bauer, so wird ihm halb ohnmächtig, er muß sich setzen; aber dann ballt er die Fäuste und flucht: «Aber jetzt habe ichs satt, den – will ich, wohl!» Ist derselbe aber nicht vierschrötig, sondern schmächtigerer Art, Schulmeister oder gar Regent, so wird der ganz ohnmächtig, fällt dahin wie ein Ochs, und kommt er wieder halb zu sich, so weint er Ströme und seufzt, daß es knallt und grollt, als ob Lawinen donnerten, und wirft die Hände über den Rücken, daß es dem Mond übel wird, die Sterne das Zittern kriegen, die Sonne selbst ein verblüfft Gesicht macht, weil sie nicht weiß, soll sie retirieren oder stehen bleiben.

Geschieht solches Helden, so kann man es Käthis Johannesli nicht verübeln, wenn er bei stetigem Bedauern der Mutter wirklich den Wahn kriegte, er sei zu bedauern und hätte der Mutter Hülfe wirklich noch nötig. Es ging ihm wie vielen Kindern: sie überschätzen die Lage der Eltern, wollen nicht begreifen, wie es ihnen geht, besonders wenn sie nicht bei ihnen wohnen oder ihre Geschäfte nicht teilen. Er dachte nicht daran, wie leicht ein Taler ihm aus den Händen ging und wie schwer es der Mutter ward, wie manchen Bissen sie ihrem Munde abbrechen mußte, ehe sie für ihren Johannesli ein Hemd errungen und erschunden. Es gibt sich wirklich mancher Mensch tausendmal weniger Mühe für seine Seele und seine Seligkeit, als Käthi sich gab um ein Hemd für ihren Johannesli. Leider gefiel derselbe nicht bloß der Mutter wohl, sondern auch den Mädchen, und das Geschick wollte, daß wie um den Paris drei Göttinnen, um Johannesli drei Näherinnen sich stritten. Die eine säumte ihm unentgeltlich, was er zu säumen hatte, bald ein Schnupftuch, bald ein Halstuch; die andere zupfte ihm den Hemdekragen zurecht, band das Halstuch ihm schön um; die dritte tanzte schön und zahlte ihm Wein. Alle drei taten zimperlig, aber spröde waren alle drei nicht, auch waren alle sehr beredt wie Ratsherren und wußten zum Beispiel handgreiflich darzutun, wie darin das größte Lebensglück liege, daß man die Unfläte, die Schneider, los werde, und dies geschehe auf keine Weise bündiger und angenehmer, als wenn einem das Glück wolle, daß man eine Näherin zur Frau kriege.

Da nun wirklich Johannesli sich so bedaurungswürdig glaubte, als die Mutter es ihm sagte, so begann er zu denken, es sei wenigstens schon etwas gewonnen, wenn er einem Unglück entrinne, den Unfläten, den Schneidern; daß man aus dem Regen in die Traufe kommen könne, war er zu jung, um es zu wissen. Schwierigkeiten und Bedenken verursachte ihm die Auswahl. In der Zärtlichkeit merkte er keinen großen Unterschied; wenn sie nähten, machten alle Drei Stiche, und wegen Schönheit und Reichtum konnte Keine der Anderen etwas vorhalten. Endlich kam er zum Schluß, da werde Liebe und Hülfe am größten sein, wo man ihm am meisten schenke und ihn am meisten rühme. Der gute Johannesli hatte die Welterfahrung ebenfalls noch nicht, daß Näherinnen und heutige Volksliebhaber darin sich aufs Haar gleichen, daß sie Würste nach Speckseiten werfen, darum mit ihrer anlässigen Liebe so nötlich tun, um desto bälder auf Kosten der Geliebten leben zu können, ja daß gar oft die geworfene Wurst nicht einmal bezahlt ist, sondern nachträglich von den Geliebten bezahlt werden muß. So heiratete Johannesli sein Lisettli, glaubte sich nun aller Not enthoben, von allen Unfläten frei, und dachte wirklich an einen Himmel nicht bloß voll gewöhnlicher Geigen, sondern voller Baßgeigen.

Käthi hatte große Freude an dieser Heirat, obgleich sie sich in ihrer Demut vor einer so vornehmen und geschickten Frau fast schämte. So ein anschlägig und geschickt Mensch sei ihr viel lieber, sagte sie, als eine reiche Bauerntochter, welche alle Tage ihrem Bub den Reichtum vorhielte. Begreiflich hatte Johannesli sein Lisettli der Mutter sehr gerühmt und gesagt, wie es eine rechte Mutter an ihm gewesen. Das zog bei Käthi, sie war nicht, wie viele Mütter sind, sie war nicht eifersüchtig, liebte ihren Buben nicht um ihretwillen, sondern um seinetwillen. Wenn ihr auch an der Schwiegertochter einiges auffiel, so nahm sie ihren Verstand gefangen und urteilte: Es sei halt eine neue Welt und nicht mehr wie ehedem, das werde jetzt so sein müssen, und zweitens sei sie eine Näherin, und die werden zeigen müssen, was wohl anstehe und jetzt Mode sei, wegem Verdienst. Der Schwiegertochter gefiel die Schwiegermutter desto weniger; das sei eine alte, dumme Frau, sagte sie; ehe sie bei einer

Solchen sein möchte, wollte sie lieber betteln gehen. Lisettli dachte nicht daran, daß man sich mit Worten so gut versündigen könne als mit Taten. Aber Worte und Taten sind Samenkörner; Samenkörner gehen auf, der Säemann muß sie kosten, er mag wollen oder nicht, früher oder später, seien sie süß oder bitter.

Als nun Lisettli Frau war, so änderte sich das Ding akkurat wie bei den Volksliebhabern; das Rühmen und Schenken hörte auf, jetzt sollte der Mann den Brotkorb vorstellen, jetzt wollte Lisettli ernten, es hatte lange genug ausgesäet, wollte ruhen einem Wanderer gleich, welcher einen steilen Berg erstiegen hat. Es kam dem Johannesli, der nun ebenfalls zum Johannes avancierte, sonderbar vor, als die Sache sich so änderte, als nun auf einmal Lisettlis Verdienst nicht reichte, als er an allen Ecken und Enden zuschießen sollte, und wenn er es nicht tat, ein schlechter Kerl, ein Bauernlümmel und grober Joggi genannt, mit Tränen und Schmollen regaliert wurde. Er hatte einmal gehört, man müsse sich nicht unterdrücken lassen, und einmal komme der Fall, wo man zeigen müsse, wer der Mann sei und die Hosen anhabe, dann habe man gewonnen für immer. Bei einem Anlaß, wo Lisettli munter ihre Schrepfhörner an seinen Geldsäckel setzte, der ohnehin nicht viel ertragen mochte, da wollte er nun zeigen, wer Meister sei, und fabrizierte ein Donnerwetter, das schrecklich sein sollte. Aber gemachte Wetter bleiben gemachte Wetter; es knallt, aber es wirkt nicht. Lisettli, potz Wetter, führte eine Batterie auf, daß Johannes lange schwieg, als Lisettlis Batterie noch lange, lange fortdonnerte, ja daß er Lisettli der tusig Gottswillen bat, es solle wieder zufrieden, gut sein; wenn er gewußt hätte, in was für Umständen sie sei, er hätte ja nichts gesagt, und sie hätte ihm sagen sollen, wie es mit ihr stände, dann wäre er nicht so gekommen; er wisse doch wohl noch, was Brauch sei. Je mehr er einlenkte, desto schärfer donnerte Lisettlis Batterie. Wer nicht besonnen angreift, besonders wenn er zum erstenmal ein Gefecht macht, der wird nicht bloß diesmal vollständig geschlagen, sondern er wird zumeist sein Lebtag kein Held mehr. Je mehr er gutmachen wollte, desto länger schmollte Lisettli und lebte derweilen besser als gar manche Bäurin in solchen Umständen; das gute Leben schlug ihr in die Glieder, daß sie nicht nur übermütig ward gegen ihren Mann, sondern auch vornehm tat gegen die Kunden. Leider sind nun Kunden mit einer Näherin nicht verheiratet, meinen bei der stattfindenden Auswahl nicht, daß sie sich alle Flausen gefallen lassen müßten; ein Kunde nach dem andern ging ab. Nun gab es böse Zeiten, und Lisettli hielt sie nicht aus.

Daß die Enden sich berühren, sagt das Sprüchwort; daß aus dem unverständig hoffärtigen Mädchen nicht eine Hausfrau, sondern eine Haussau wird, das lehrt die Erfahrung. Lisettli ward das unappetitlichste Weib, welches man sehen konnte: Sauberes einen Kreuzer groß hätte man am Leib und um den Leib nicht gefunden, und hätte man einen Fürsprecher mit einer Doppelbrille dazu beauftragt; Besen hatte es keinen und flicken tat es nichts, und wärs ein Loch gewesen, durch welches man ein Dorf samt der Kirche hätte stoßen können. Johannes tat, was er aufbringen mochte; aber es war, als ob er Wasser gieße auf einen heißen Stein. Das erste Kind starb, das zweite war auf dem Wege. Lisettli bedurfte je länger, je mehr, verdiente je länger, je weniger. Johannes wußte keinen Rat, als für seine Frau die Heimat anzusprechen, wie alle seine Geschwister getan, wenn Not an Mann kam. Die Mutter war mit allen Freuden bereit, obgleich sie von Lisettli nie ein Liebeszeichen empfangen hatte, desto wüster aber tat Lisettli; das sei nichts als Aufweisung von der alten Hexe, sagte sie, aber der wolle sie es eintreiben, sie sei ihr gut dafür. Was sie dachte, hielt sie auch.

Was Käthi tat, war ihr nicht recht, und was Käthi hatte, vertat Lisettli und klagte daneben allen Leuten und absichtlich, daß die Mutter es hören mußte, wie dieselbe wüst gegen sie sei, und wenn sie sterben müsse, so solle sich darüber niemand wundern. Anfänglich nahm das Käthi sehr zu Herzen; Lisettli und Johannesli waren als ein Fleisch und nicht mehr zwei im gleichen Verschlag ihres Herzens. Aber allmählig nahm Käthi eine geheime Ehescheidung vor, bugsierte Lisettli hinaus und bedauerte Johannes grausam, daß er an eine solche Frau geraten und einen solchen Schuhvoll habe herausnehmen müssen. Sie wisse wohl, das, was einem beschieden sei, sei ihm beschieden, und was einem auf die Nase fallen solle, falle einem nicht auf die Füße; aber sie müsse bekennen, vom lieben Gott dünke es sie streng, daß gerade ihr Johannes, ihr einzig Kind, mit einer solchen Frau geschlagen worden sei. Es liefen doch der Maulaffen genug herum, für die es gar nicht schade gewesen wäre, wenn sie ein solches Lisettli hätten haben müssen. Sie könne nichts Bessers wünschen, als daß der liebe Gott wieder von einander täte, was er zusammengetan, und je eher er es täte, desto weniger würden sie sich an einander versündigen. Sie wünsche Lisettli gar nicht den Tod, aber denken hätte sie schon manchmal müssen, ein Mensch, wenn er nicht gesund sein könne und nicht arbeiten möge, sei nirgends wohler als im Himmel.

So redete Käthi, aber nicht vor der Schwiegertochter. Doch für solche Dinge, für Haß und Liebe haben die Weiber ein fein Gefühl; Lisettli warf der Mutter nicht bloß vor, sie sähe sie gerne sterben, sondern behauptete steif und fest, sie bete sie zu Tode, sie fühle ganz deutlich, wie ein Stück Leben nach dem andern weggebetet werde. Das solle ihr aber nichts nützen; wenn es gestorben sein müsse, so wolle sie der alten Hexe eine Suppe anrichten, worob sie das Maul verbrennen solle, daß ihr das Beten vergehe in alle Ewigkeit. Kam dann Johannes, so fielen beide Teile ihn mit ihren Klagen an, daß er nichts zu sagen wußte als, er könne in Gottes Namen nicht helfen, sie sollten Geduld haben, der Fehler werde auf beiden Seiten sein; was aber niemand so recht glauben wollte. Endlich gebar Lisettli einen Knaben, mochte ihn aber kaum ansehen, hatte gar keine Liebe zu ihm. Die Großmutter dagegen empfing ihn mit der größten Freude, breitete ihre schützenden Fittige über ihn aus, unter welchen er zu einem kräftigen Buben gedieh. Je mehr die Großmutter daran Freude hatte, desto mehr ärgerte sich Lisettli und behauptete, die Großmutter pflege das Kind so gut bloß aus Bosheit, um zu zeigen, daß sie Kinder mit dem Leben davonbringen könne, was Lisettli nicht gekonnt. So verzehrte Lisettli selbst noch den Rest ihrer Lebenskräfte; sie starb, und als ihr Leib der Erde wiedergegeben war, war es in Käthis Häuschen fast, als ob ein bös Geschwür, welches alle gesunden Säfte an sich gezogen, den ganzen Körper krank gemacht, aufgegangen sei. Der Schmerz hatte aufgehört, das Behagen, welches Genesende empfinden, stellte sich ein, Käthi atmete frisch auf, ein trüber Schleier, welcher sich über ihr Leben gelegt hatte, war zerrissen; sie sah in eine Zukunft hinein voll Rosenrot und Sonnenschein, wie es sie dünkte, eine unbeschreibliche Freude am Großkinde glänzte in ihrer Seele auf. Diese Freude war nicht bloß die übliche großmütterliche, sondern sie hatte noch eine tiefere, eigentümliche Bedeutung.

Es war Käthi gegangen, wie es vielen Weibern geht. Sie hatte sich, ohne es zu wissen oder zu wollen, der Kirche entwöhnt. Ein Weib, welches allein haushaltet, ein Kind nach dem andern hat und kein Kindermädchen dazu, entwöhnt sich leicht der Kirche. Es fehlt die Zeit dazu; die Kinder darf man nicht allein lassen, und der Sonntagmorgen ist für ein Weib, welches die Woche durch verdienen muß, eine gar verführerische Zeit, manches in der Haushaltung nachzuholen, für was in der Woche keine Zeit war. Es wäre auch anders zu machen, wenn das Beispiel da wäre und ein rechter Ernst in der Zeit, denn bei den Katholiken sieht das anders aus. Als endlich andere Zeiten kamen, die Pflege von Kindern Käthi nicht mehr so scharf ans Haus fesselte, da waren die Kleider alt geworden; und was die Leute sagen und denken würden, wenn sie wieder zur Kirche ginge, daran dachte Käthi ebenfalls, und das Letzte namentlich hielt sie ab, denn die Furcht vor den Leuten und was dieser oder jener sagen würde oder gar denken, will den Leuten nicht aus dem Leibe, sogar Majestäten nicht. Dabei war Käthi treu und fromm geblieben, dachte an Gott, betete zu Gott, las fleißig Gottes Wort und übte sein Gebot nach dem Maße der erhaltenen Kräfte. Eine Lücke blieb ihr doch im Herzen, ein wunder Fleck, welchen zu heilen sie nicht die Kraft fand. Das Missen der Sakramente und der Verkündigung des lebendigen Wortes schmerzte Käthi. Mit tiefer Sehnsucht dachte sie an die Zeit der Unterweisung, des Tages, an welchem sie die Erlaubnis zum heiligen Abendmahl erhalten, an den Tag, an welchem sie es zum erstenmale genossen hatte, und wie es ihr da so heiß gewesen sei im Herzen, als ob Feuer darin sei oder Gottes Auge, welches schaue, was darinnen sei, und wie sie sich gefreut, daß sie, das arme Mädchen, in einem Bunde sei mit Gott und den besten Menschen der Erde, mit Hohen und Niedern, Weisen und Unmündigen. So freute sich also Käthi der großen Tage in ihrem Leben und auch des Tages, an welchem ihre Ehe vor Gott geheiligt wurde; aber die eingerissene Gewohnheit zu überwältigen, dazu fehlte ihr die Kraft. Das aber ließ sie sich nicht nehmen, am Samstag aufzuräumen ums Häuschen, zu fegen, was sich fegen ließ, sich und die Kinder zu waschen, und zwar gründlich und nicht so oberflächlich, wie zuweilen die hoffärtigsten Mädchen tun. Am Sonntag waren sie und die Kinder rein angezogen, die schlechten Hemdchen so rein als möglich gewaschen. Das sei der Tag des Herrn, sagte Käthi, habe der Pfarrer gesagt, und da schicke es sich doch, daß man rein zu sein suche vor dem Herrn inwendig und auch auswendig; zudem sei er auch der Gedächtnistag an das verlorne Paradies und der Verheißungstag, daß wer wieder rein zu werden trachte, wie der Heiland rein gewesen, statt des Paradieses den Himmel finden werde.

Wenn die Leute lachen und spotten wollten, solch Aufräumen und Reinhalten sei nicht für arme Leute, die hätten das Arbeiten nötiger, das sei nur Hoffart, so blieb Käthi hier standhaft und sagte: Sei das, wie es wolle, so sei sie so gewöhnt von Jugend auf und habe noch nie gemerkt, daß es ihr schade. Sie denke, der Herr des Sonntags sei auch der Herr der Woche, und wenn man seiner am Sonntag gedenke, so werde er nicht Gutes mit Bösem vergelten, sondern durch die Woche auch derer gedenken, welche den Sabbat feierten und heiligten, daß sie nicht darum weniger hätten. Wenn am Sonntag es dann zur Kirche läutete, so saß Käthi gerne auf einem Bänklein und gedachte ihrer schönen großen Tage, und Tränen kamen ihr in die Augen; aber deswegen ging sie doch nicht mit den Christen, den Herrn zu verehren.

Als Johannesli geboren wurde, da sollte Käthi dessen Patin sein. Lange weigerte sie sich dessen, mußte am Ende doch nachgeben. Am Abend vor dem Tauftage war es ihr gar seltsam zumute, fast wie am Abend vor dem ersten Abendmahl oder vor dem Hochzeittage; im Schlafe ängstigten sie allerlei Träume, sie ließ das Kind fallen, sie gab es dem Pfarrer verkehrt, daß er es bei den Beinen taufte, sie sagte die Namen unrichtig, daß das Kind Anne Bäbi geheißen ward. Als sie das Kind zur Taufe trug, hatte sie Angst wie ein siebenzehnjährig Mädchen, und erst als sie das Kind abgegeben hatte, saß und singen hörte, da wich die Angst und es ward wirklich wieder ein großer Tag für Käthi. Derselbe brach die Macht der Gewohnheit, verwischte das Bangen vor den Menschen und knüpfte Käthi wieder mit der Gemeinde zusammen. Sie hatte erfahren, daß an den geringen Kleidern niemand Ärgernis nahm, ging nun, so oft sie konnte, zur Kirche, und es tat ihr unbeschreiblich wohl; es stärkte ihren Glauben an die Menschen, ihr Vertrauen auf Gott, es ward ihr viel heiterer vor den Augen, viel leichter im Herzen, und dieses hatte sie dem Johannesli zu verdanken; er war ihr von Gott gesandt, sie wieder einzuführen in sein Haus. Sie hatte nun wieder ein Kind, welches sie nicht mit der Welt teilen mußte, bloß mit einzelnen Spenden erfreuen durfte, ein Kind, welchem sie leben, vergelten konnte, was es ihr getan.

Wie in einem Brennglase die Sonnenstrahlen zusammenlaufen und zum zündenden Strahle werden, während sie vereinzelt bloß leidlich wärmen, so sammelte sich Käthis Kindesliebe auf Käthis großmütterlichem Herzen und strahlte in vielfach erhöhter Glut über das geliebte Großkind. Ein Armer, welcher einen Schatz gefunden, ein Seefahrer, welcher ein neu Land entdeckt, ein Held, welcher einen Weltteil erobert oder zwei, können nicht größere Freude haben als Käthi am Großkinde, denn ein Mensch kann nicht mehr Freude haben als das Herz voll, und so viel Freude hatte Käthi. Dann aber war ein großer Unterschied zwischen Käthis und des Helden Freude: die Freude des Helden ist am größten gleich nach errungenem Siege, schrumpft dann alsbald wieder zusammen in den Mühen und Kümmernissen, welche die Behauptung der Eroberung mit sich bringt; die Freude der Großmutter wächst jeden

Tag, wächst mit dem Kinde, jede Sonne bescheint neu entdeckte Schönheiten und Tugenden, und diese wachsende Freude dehnt das Herz aus täglich und zersprengt es doch nicht. Tag und Nacht ließ Käthi ihren Schatz nicht aus den Augen; ging sie einen Schritt von Hause, trug sie ihn auf den Armen mit herum, bei der Arbeit lag er in einem Korbe neben ihr, des Nachts hatte sie ihn in ihrem Bette, und wenn er sie nicht schlafen ließ, so war sie am glücklichsten, denn dann konnte sie sich ungestört ihres Bübchens freuen. Etwas Wunderbares, Unbegreifliches liegt in solcher Liebe, denn die Liebe ist auch eine Kraft, welche Berge versetzt, welche das giftigste Unkraut tötet im Herzen des Menschen, die Selbstsucht und den Eigennutz; sie krönt aber auch diese Hingebung des eignen Ichs mit hohen Freuden, und zwar schon hienieden, während auf der Selbstsucht, welche Kinder für eine Last hält, ein schauerlicher Fluch liegt, und zwar sichtbarlich.

Diese Liebe dachte begreiflich an kein Kostgeld. Als Lisettli starb, nahm man als ausgemacht an, das Kind bleibe bei der Großmutter. «Komm zuweilen und sieh, was es macht», sagte Käthi zum Sohne. «Ja», sagte der Sohn, «und was mir möglich ist, werde ich tun.» Das war die Abrede, und bei dieser blieb es. Was der Sohn brachte, nahm Käthi gerne, nicht ihretwegen, sondern um ihres kleinen Abgotts willen, dann hatte der es desto besser. Kam der Vater aber lange nicht oder brachte er nichts, so klagte sie nicht, forderte sie nichts, sondern dachte, er werde nicht fortkommen können oder sein Geld haben brauchen müssen. Dieser Mangel an Nötigung jedoch taugte für den Vater Johannes nicht, er mochte ihn nicht ertragen. Johannes war kein böser Mensch, aber von denen einer, die am schlimmsten werden können. Ihm fehlte die Kraft der Selbstüberwindung und Selbstbestimmung, er hing von denen ab, mit welchen er in

Berührung kam. Wer ihn zum Beispiel recht unter dem Daumen hielt, konnte ihm all sein Geld abnehmen, wer es ihm aber nicht abnötigte, dem gab er keinen Kreuzer, sondern opferte es alsdann seinen Gelüsten. Er hatte viel zu früh geheiratet, weder an Leib noch Seele ausgewachsen; er wußte, daß er eine Frau hatte, die sagte ihm, was er zu tun hätte, was er mit seinem Gelde machen solle. Als Lisettli starb, hörte dieser Druck auf, und Käthi legte ihm keinen neuen auf; er ward frei, atmete wieder frisch auf. Nun geschieht es gar oft, daß namentlich junge Männer, welche lange in Not und Druck gewesen und frei werden, in den Wahn fallen, sie wollten Versäumtes nachholen, sie hätten es lange bös gehabt, wollten es nun auch gut haben, auch wieder einmal an sich denken, sie seien keine Hunde, es sei ihnen auch was zu gönnen. Wie weit aber solches Sinnen und Denken führt, daran denken sie leider nicht.

Es gibt Zeiten, wo der Versucher gar heftig umhergeht wie ein brüllender Löwe und sucht, wen er verschlinge, und da nimmt er denn gar gerne die, welche frisch aufatmen, sich was gönnen wollen. Unglücklicherweise traf es sich gerade in einer solchen Zeit, als Johannes frisch aufatmen, sich was gönnen wollte. Johannes war Soldat, und zwar ein hübscher, der Freude am Soldatenspiel hatte, dem Auge der Obern sich gefällig darstellte, dem man eine Sache nicht siebenmal sagen und dazu noch jedes Wort mit sieben Rippenstößen begleiten mußte. Es traf sich in einer Zeit, wo er alle Augenblicke in die Uniform mußte; das kostet Geld, bringt gar Manchen rückwärts, absonderlich einen Knecht, der mit seinem Lohn noch jemand ernähren sollte. Er war, obgleich Knecht, ausnahmsweise noch Korporal, und darauf hielt er viel und Käthi noch mehr. Wir sind weit davon entfernt, Johannes und Käthi auszulachen, weil sie Gewicht auf einen Ehrenposten setzten; wir sind überzeugt, solche Stufenerhöhungen in der Gesellschaft sind durchaus notwendig, nicht bloß um der Ordnung willen, sondern um der Trägheit aufzuhelfen, den menschlichen Kräften einen höhern, edlern Schwung zu geben. Wir gehören nicht zu den Narren, welche den Menschen annehmen als ein rein Tugendbild, einen Tugendhelden von Natur, der rein tugendhaft sei aus innerm Trieb und nicht bloß ohne Lohn, sondern auch ohne Zweck, indem er in allerhöchster Majestät selbst die Seligkeit verschmähe, zum Zeugnis, daß er den sittlichen Halt in sich habe und tugendhaft sei um der Tugend willen und in vollem Bewußtsein, daß er kein ander Ziel habe als das sechs Fuß lange und drei Fuß breite Loch, in welchem ihn die Würmer fressen. Ein solcher Narr sind wir nicht; wir erkennen den Menschen als ein schwach Gebilde, dem hundertfältig unter die Arme gegriffen werden muß. Wir meinen, der Narr solle er nicht sein, ein eng Loch dem unendlichen Himmel vorzuziehen, bloß um der sogenannten Tugend und des beliebten sittlichen Haltes willen. Das sogenannte Zopftum wird lächerlich gemacht, aber die Geschichte liefert den Beweis, und zwar einen vaterländischen und christlichen, welchen Einfluß das Bewußtsein übte, Vater, Großvater, Ahn seien in Liebe und Ehre gestanden im Gemeinwesen, im Vaterlande, und wie gar Mancher dadurch gestärkt und gehoben ward zu einer Würdigkeit, welche er sonst nicht erreicht hätte. Wir nehmen es daher unserm Johannes durchaus nicht übel, wenn er auf seine Würde viel hielt, nur meinen wir, es sollte auf die rechte Weise wirken, es sollte ihn zur rechten Würdigkeit spornen und nicht bloß eitel machen und zur Meinung verleiten, er müsse sich nun auch zeigen und glänzen und genießen, dieweil er Korporal sei. An dieser Sucht wird gar manche neusilberne oder galvanisch übergoldete Majestät unserer Tage erblassen und erblinden.

Johannes sprang allemal hoch auf vor Freude, wenn ein Aufgebot kam für eine Garnison oder ein Lager oder sonst was, war zehnmal lieber unterm Gewehr als im Tenn oder am Pfluge. Es war nicht seine Sache, welche er versäumte, und das Geld, welches er vertat, reute ihn nicht, er gönnte es sich, lag doch keine Schuldigkeit auf ihm, und wenn er mit leeren Händen zur Mutter kam, so entschuldigte ihn diese besser, als er selbst konnte. Mit leeren Händen kam er gewöhnlich, denn als Korporal wollte er nicht gerne der Letzte sein, und wenn er schon nicht besondere Ausschweifungen beging, so ists doch immer zu viel für einen Knecht, wenn er es Bauernsöhnen gleichtun will.

Das Jahr 1844 nahm die militärische Jugend gar sehr in Anspruch mit allerlei Spielereien und allerlei Teufeleien, und als man endlich sich in Ruhe glaubte für dieses Jahr, sprengte ein quasidiplomatischer Handstreich die Bataillone neu auf die Beine, aber zu früh; die Mine ging zu früh los, der Schuß hintenaus. Es ist heillos, mit welcher Gewissenlosigkeit sogenannte Volksliebhaber und Republikaner mit dem Volke umgehen, mit den Milizen manövrieren, als ob sie Holundermännchen oder bleierne Soldaten wären. Die Leute, die im Warmen sitzen, reich besoldet sind, reich sonst sind oder reich auch werden möchten, sprengen, um einen Streich zu machen oder Rache zu üben, Tausende von der Arbeit weg und kümmern sich keinen Augenblick um die armen Weiber, welche darben, die Kinder, welche frieren, die Mütter, welche Not leiden, die Väter, welche die Arbeit liegen lassen müssen, um die Haushaltungen, welche zerrüttet werden; um das alles kümmern sich diese Volksliebhaber nicht, und dieses sagen soll man nicht, sonst schlagen sie einen aufs Maul. Sie spielen mit dem Wohl des Ganzen, dem Glücke der Hütten, wie Spieler mit Karten spielen, und verspielen sie alles, schieben sie das Unglück Andern in die

Schuhe und laufen davon, wie Kinder von einem Hause, welches sie in Brand gesteckt.

Den Rest seines Lohnes, den er für die Mutter aufgespart hatte, mußte Johannes einziehen, und wenn es schon nicht lange dauerte, so ging doch sein Geld dahin. Im Winter bei den langen Abenden, im Gebirge in Eis und Schnee macht ein Korporal es nicht mit seinem Solde, und was bei solchem Wetter an Schuhwerk draufgeht, ist ebenfalls keine Kleinigkeit. Die Mutter mußte es entgelten, mußte den Hauszins allein schaffen, ging wahrhaftig manchmal hungerig zu Bette, um einige Tropfen Milch, einige Bissen Brot zu sparen. Daran denkt der Schlingel, der um das Vaterland spielt, an einen politischen Rappel das Glück von Tausenden setzt, nicht; an die arme Käthi dachte der politische Seiltänzer nicht, während er seine politischen Trabanten fütterte und füllte mit Gänseleberpasteten und Champagner. Die Gemeinde durfte Käthi begreiflich auch nicht angehen; man hätte sonst gleich nach dem Sohne gefragt, der ja Korporal sei, und was er Kostgeld zahle für sein einzig Kind. Die Welt sei bös, seufzte Käthi. «Ich und Sami haben sechse erzogen, und es ist gegangen, ohne jemand anzusprechen; jetzt kömmt man mit einem nicht durch, und Johannes muß in Gottes Namen alles dargeben, was er verdient, wegem Vaterland, und an das arme Kind dächte kein Mensch, wenn ich nicht wäre.»

Johannes hatte versprochen, Lohn einzuziehen, sobald er dürfe; da hagelten neue Aufgebote in alle Häuser, und auf die Beine mußte aufs neue die Miliz. Die Regierungen und die entschiedenen Fortschrittler hatten Blindekuh mit einander gespielt; unter den sogenannten Augen der Regierungen hatten die Freischärler sich gebildet, waren bundesbrüchig in den Kanton Luzern eingefallen, und wer von ihnen noch laufen konnte, zu allen Löchern, welche sie fanden, wieder hinausgestoben. Jetzt konnten die unschuldigen Milizen büßen, konnte der Landmann büßen, welchem die Arbeit stille stand, mußten des gebrochenen Friedens wegen auf den Beinen sein, die Ruhe zu bewahren. Der arbeitsreiche April wurde vermilizlet, teilweise in ausgehungerten Quartieren brauchte der Soldat sein Geld, und Johannes kam so arm heim, daß er die Mutter dringlich bat, sie sollte ihm doch waschen, er hätte weder saubere Wäsche mehr noch einen Kreuzer Geld für die Wäscherin, und Käthi tat es mit großem Bedauern für den Johannes; aber daß sie manchmal nicht genug aß, das sagte sie nicht. Daß sie im Rückstand mit dem Hauszins geblieben war, welcher halb am sogenannten Frauentag oder der Maria Verkündigung fällig gewesen war, das wußte Johannes.

Käthi hatte auf den Johannes gezählt, der mußte ins Feld, hatte die Hoffnung auf den Flachs gesetzt, der war verhagelt. Nun, als siebenzigjähriges Mütterchen, nach so vielem Schaffen und Arbeiten, war sie übler daran als je. Rückstände, nichts zum Verkaufen, niemand, der sich ihrer annahm, einen Sohn, der nicht einmal kam zu sehen, wie es Mutter und Kind gehe, und die Mutter hatte ihn doch so sehnlich erwartet – das war Käthis Lage und dieses ihr Lebenslauf. Daß es der armen Frau wehe tat, daß ihr Sohn nicht kam, ist begreiflich; aber sie klagte es keinem Menschen, sie schlug es sich aus dem Kopf so gut als möglich, und wenn die Leute fragten, ob ihr Sohn noch nicht dagewesen, so sagte sie, er habe Bescheid bringen lassen, er werde nächsten Sonntag kommen, er könne da, wo er sei, fast nicht weg.

VIERTES KAPITEL

Des Sohnes Besuch und der Mutter Glück

Als am folgenden Sonntag Käthi aus der Kirche kam, fand sie ihren Johannes auf dem Bänklein. Er hatte es eingerichtet, daß er nicht in die Kirchenleute laufen mußte. Es war ein stattlicher Bursche, schade, daß auf seinem Gesichte nicht die herzliche Freude lag, welche Käthi und sBubi an den Tag legten. Es war etwas in seiner Miene, es wäre schwer gewesen, zu entscheiden, war es etwas Verlegenes oder etwas Mißvergnügtes. Er übergab der Mutter ein großes Säcklein; das sei was für sie, sagte er. Käthi sagte: «Du bist doch immer der Beste, das wäre doch nicht nötig gewesen, sorge du für dich. Zu essen haben wir einstweilen.» «Ihr habt mir nichts zu danken», sagte Johannes, «die Meisterfrau hat es mir gegeben für Euch.» «Aber nein», sagte Käthi, «daran hätte ich doch gar nicht gedacht, und so viel! E aber nein, gebackene Birnen, so schöne, und noch was in einem Papier, Speck, ein großes Stück, und so schönen und fetten, wie ich lange nicht gesehen! Wohl, die muß das Mästen verstehen! Eine besonders gute Frau muß das sein, mir so viel zu schicken und kennt mich doch nicht, und du mußt ihr auch grausam anständig sein, daß sie dir das gegeben. Aber komm hinein und nimm ein bißchen Brot, bis ich Warms gemacht, anders habe ich weiß Gott nichts.» «Eine wunderliche Frau ists», sagte Johannes im Hineingehen, «von der Güte ist nicht viel zu rühmen. Das ist eine, es dürfte kein Metzgerhund hinter sie; abputzen und einen heruntermachen wie sie kann kein Landvogt, und wenn es sie ankömmt, so nimmt die noch den Stock und jagt die Leute vom Hause weg.» «He, sie wird recht haben und wird ihre Leute kennen; es gibt jetzt gar viele schlechte Leute in der Welt; wenn man sich ihrer nicht erwehren könnte, würde man ja von ihnen gefressen wie ein Hund von den Flöhen», entgegnete Käthi. «So spitz nimmt sie das nicht», sagte Johannes, «sie macht dies, wie es sie ankömmt, treffe es dann, wen es wolle. Sie hat mir auch schon manchmal wüst gesagt, gerade heute auch; aber zähle darauf, die macht mir das nicht mehr oft so.» «Es wird nicht sein», sagte Käthi, «du wirst dich mit etwas vergangen haben.» «Wegen Euch hat sie mir wüst gesagt, als sie mir das Säcklein gab; ich hätte es ihr bald um den Kopf geschlagen: erst, daß ich nicht letzten Sonntag gekommen, und wußte sie doch, daß ich nach Gräulige mußte, wohin mir einer Geld für eine Sackuhr bringen sollte, und dann, daß ich immer Lohn einziehe durchs Jahr durch und dann nichts hätte, wenn es plötzlich etwas gäbe.» «Du mußt das nicht so übel aufnehmen, sie wird es nicht so bös gemeint haben», meinte Käthi. «Wohl, freilich meint die es bös, und dann, was geht es sie an, ziehe ich Lohn ein oder nicht!» begehrte Johannes auf. «Aber die meint, unserein sei ein Hund, der sich gar nichts gönnen solle, sondern das ganze Jahr vorlieb nehmen mit halbguter Milch, halblauterm Kaffee, ganzer Erdäpfelsuppe und ungeschundenen Erdäpfeln.» «He, wenn man gesund sein kann», sagte Käthi, «und brav arbeiten mag, so dünkt einem alles gleich gut, und das ist die Hauptsache.» «Mutter», sagte Johannes, «eine Zeit ist nicht alle Zeit, und was einem Menschen zu gönnen, das ist dem andern auch zu gönnen, und geschrieben ists nirgend, daß die Einen wie das Vieh leben sollen und die Andern wie die Herren, und wenn ich zuweilen einen Schoppen trinke, so habe ich das Recht dazu und es geht die Meisterfrau nichts an.» «Es wird sein», sagte Käthi, «aber wenn sie es daneben gut meint, so muß man ihr die Worte nicht abwiegen.» «Ich pfeife auf solch Gutmeinen; aber zähl darauf, es kommt anders», sagte Johannes. «Willst etwa gehen und sehen, wie es mir gegangen ist? Grausam übel, der Johannesli zeigt es dir. Unterdessen koche ich, aber da mußt du wahrhaftig vorlieb nehmen; ich gebe es, wie ich es habe», sagte Käthi. Das eben mache den Unterschied, sagte Johannes, sie gäben es nicht, wie sie es hätten.

Nun wendete Käthi alle Kochkunst auf, den Kaffee sparte sie für den Nachmittag. Da sie Speck hatte, so sprang sie ins nächste Häuschen, suchte, ob da ein halb Glas voll Essig zu leihen sei, was glücklicherweise der Fall war. Salat hatte sie im Garten, Eier und Mehl waren vorrätig; so war das Mittagmahl bald fertig, ein wahres Herrenessen: Suppe, geröstete Kartoffeln, Eierkuchen und Specksalat. Ehe noch Johannesli dem Vater alles erzählt und gezeigt hatte, konnte Käthi sie zum Essen rufen und die Freude erleben, dem Sohn aufstellen zu können, was sie in Haus und Heim vermochte, und das Lob zu vernehmen, es hätte das alles nicht gebraucht, Geringeres hätte es auch getan.

Nachdem wie üblich zuerst die Vergangenheit durchgemustert war und Käthi erzählt hatte, was sie jenen Abend erlebt und gedacht und wie es ihr am Morgen gewesen sei, glitt man allmählig auf die Zukunft, verhandelte diese, und zwar ohne alles Hehl vor dem Kinde, das wohl aufpaßte und nicht selten ein Wort dareinredete. In höhern Ständen oder gar sogenannten vornehmen Häusern hat man hundert Geheimnisse vor den Kindern, diese bleiben eine Art von Fremdlingen im elterlichen Hause; was sie davon vernehmen, vernehmen sie zumeist durch Dienstboten oder sonst fremde Menschen; dadurch entsteht eine Teilnahmlosigkeit gegenüber den Eltern, welche oft haarsträubend ist. In armen braven Familien ist es anders; da wird dem Kinde wenig verhehlt, es ist Zeuge von dem Meisten, was verhandelt wird, es kennt namentlich aufs Haar den Finanzzustand, weiß, ob die Miete gegeben ist, wieviel daran noch fehlt, worauf man zählt, was der Vater verdient, die Mutter braucht, was anzuschaffen, was zu verkaufen ist. Aus diesem Wissen wächst die Teilnahme; das Kind ist keine Schmarotzerpflanze, sondern ein lebendiges Glied, welches Freuden und Leiden der Familie empfindet, die Quellen von beiden kennt, die Sorgen teilt. Da entfaltet sich die Treue der Kinder, ihre empfangenen Gaben zu Nutz und Heil der Eltern anzuwenden, da werden Kinder ein Segen Gottes. Freilich scheint dann das Kind nach dem üblichen Maßstabe zuviel zu vernehmen; aber je mehr man in einem Hause einem Kinde verbirgt, desto mehr wird seine Neugierde erregt, desto mehr vernimmt es anderwärts und richtig gerade das Unpassendste, und dadurch wächst es eben nicht in die Familie hinein als Freund, sondern steht ihr gegenüber mehr als Widersacher. Verhehle man es sich auch nicht: an dieser Geheimniskrämerei ist sehr oft das böse Gewissen, sind Familiensünden schuld oder eine unglückliche Stellung zur Welt, welche zu den Verhältnissen und dem Zustande des Hauses durchaus nicht passt, welche zum Abgrund werden wird und welche aufzugeben man die Kraft nicht hat.

Käthi kummerte hauptsächlich um die Miete. Nicht daß man sie drücke, sagte sie, auch habe der Bauer nicht aufgeschlagen damit; er werde es angesehen haben, daß sie seit vierzig Jahren da seien, schon unter seinem Vater selig, und ihm nie zur Last gewesen und ihm immer die Miete gegeben, daß er nie lange darauf habe warten müssen. Aber jetzt wisse sie gar nicht, woher sie nehmen, und der Bauer sei streng auf dem Gelde, er sei viel auf der Straße und viel der Halunken kehrten bei ihm ein, und wer viel Geld brauche, müsse sehen, woher er es nehme. Für das Andere sei ihr nicht bange; es gebe immer gute Leute, welche an arme Leute dächten, ohne daß man zu klagen und zu betteln brauche an den Türen.

Johannes hatte kein verstockt Gewissen gegenüber der Mutter; er fühlte, was er sollte. Es sei ihm leid, daß er diesen Augenblick nicht helfen könne, sagte er; aber es solle bald geschehen, wenn den Großköpfen nicht was Neues in Sinn fahre, daß sie auf die Beine müßten und den Jesuiten nachspringen im Land herum wie Hunde den Dachsen, wo keiner weder zu riechen noch zu schmecken sei; «da können wir springen und unser Geld brauchen, während sie am Bratentisch sitzen, anderer Leute Geld verzehren und anderer Leute Geld verteilen.»

«Wegen selben sage mir nichts», antwortete Käthi, «und wenn man dich noch zehnmal gegen die Falliten oder Isiliten schickt, so marschiere noch zehnmal, das sollen mir schreckliche Leute sein, gräßlich, nicht viel minder als der Teufel, und wo sie hinkommen, den Leuten die Religion nehmen und das Geld dazu, wenn sie nämlich deren haben. Wegem Geld wäre es mir gleich, deren fände man keins bei mir, aber wegen der Religion. Denk o, Johannes, was ist eine arme Frau, wenn sie keine Religion mehr hat? Darum, wenn man dich wieder schickt gegen die Utüfle, Ismaeliten oder wie man ihnen sagt, so kriege gegen sie, bis keiner mehr ein Bein machen kann! Daneben tue nit z'grüslich, vergiß nie, zuletzt sind es immer Menschen, und wenn du einen fängst, so lasse ihn wieder laufen, aber heiße ihn laufen über alle Berge! Hörst du!»

Wegen der Religion sei es nicht halb so gefährlich, meinte Johannes; die, welche an der Sache trieben, hätten wegen der Religion so wenig zu fürchten als die Mutter wegem Geld. Das sei ihnen um ganz andere Sachen, sie wollten den Nutzen haben, und sie arme Burschen hätten den Schaden davon. «Im Aargau verlor ich letzthin mein bestes Hemd; ich gab es zu waschen, wir mußten plötzlich fort, man versprach es mir nachzusenden, und wer es mit keinem Auge wieder sah, das war ich.» «Da hätte dir die Regierung wohl ein anderes geben können», sagte Käthi, «aber sie werden sie vielleicht selbst nicht wohl haben, oder allweg nicht saubere; deretwegen sei aber nicht böse, über mich nicht und über Andere nicht. Ich wollte dich wahrlich nicht betrüben. Wenn du die Strapazen hast, so ists billig, daß ich mich ein wenig einrichte, und wenn ich dem Bauer anhalte, so wird er wohl noch warten. Aber du kannst mich dauern wegen dem Hemde; sie werden es nötig gehabt haben im Aargau, sie hätten es dir doch sonst nicht genommen, einem so armen Bürschli. Zürns deswegen nicht an ihnen, es kommt mir in Sinn, ich könnte dir vielleicht helfen; ein schön Hemd ist allweg das Brävste, was man anhaben kann.»

Sie zog aus einem Schrank ein Bündel hervor. «Sieh», sagte sie, «es gibt vielleicht für zwei und ist bsunderbar schöne Leinwand; ich hatte es für das Bubi da gespart, wenn es zum erstenmal zum Nachtmahl geht und ich es erleben sollte. Bis dahin aber geht es noch lange, und der Flachs wird, so Gott will, wohl wieder einmal recht geraten, daß ich für ein paar Ellen kann auf die Seite tun.» «Mutter, Leinwand ist mir anständig», sagte Johannes, «übel habe ich es nötig; aber ich will es zahlen, anders nehme ich es nicht, nur habe ich jetzt das Geld nicht.» «Was denkst, zahlen!» sagte die Mutter, die ganz glücklich war, freigebig sein zu können (Geben ist seliger denn Nehmen), «von selbem red mir kein Wörtli mehr! Stürbe ich unter der Hand, so wäre es ja ohnehin dein.»

Das ging Johannes doch ins Herz. Wenn er auch nicht dachte, er sei einer solchen Mutter nicht wert, so kam ihm doch ein, es sei nicht recht, wie er an ihr handle; daß eine alte Frau ihm sein Kind erhalte und obendrein noch ihn unterstütze, das sei doch wohl nicht in der Ordnung, und es wäre doch wohl Zeit, daß er wenigstens den guten Willen zeige. Johannes begann vom Aufbruch zu reden; den ließ die Mutter nicht zu, bis er Kaffee getrunken habe.

«Mutter, Ihr gebt mir ein wenig das Geleite», sagte Johannes. «Was denkst auch, Johannes», sagte sie, «so eine Alte und Wüste, wie ich bin; du würdest dich meiner wohl schämen, und dazu noch an einem Sonntage, wo so viele Leute auf der Straße sind! Geh in Gottes Namen und komme bald wieder!» «Kommt, Mutter», sagte Johannes, «Wehren hilft nichts. Ich wäre vielleicht weiter gekommen, wenn ich mit niemand gelaufen wäre, der hübscher und hoffärtiger war als Ihr, Mutter. Leeret das Säckli ganz, ich muß es mitbringen, sonst sagt mir die Frau wüst, und kommt, daß wir nicht so pressieren müssen.»

Plötzlich schrie Käthi laut auf, und als Johannes sich umwandte, sah er, daß Käthi Geld in Händen hatte. «Ich habe geglaubt, es habe Euch ein Löwe im Maul oder ein Skorpion gebissen, so habt Ihr mich erschreckt», sagte er. «E aber nein», rief Käthi, «sieh, zehn Batzen noch im Säckli zu allem Guten; nein, das muß mir eine Frau sein! Das Säckli darf ich ihr doch so leer nicht zurücksenden, und was anderes als Eier habe ich nicht. Zürnen wird sie mir nicht, wenn ich ein Dutzend hineintue. Sage ihr dann, es sei nur ein Zeichen, und ich wolle Gott alle Tage bitten, daß er so viel Jahre, als Eier im Säcklein seien, ihrem Leben zulege; einer armen Frau zulieb wird er es wohl tun, und er wird am besten wissen, wieviel andern Leuten es dabei noch wohl geht.» Johannes wollte wehren, sie hätte Hühner und Eier genug, aber es half nichts. Käthi wollte auch geben, und zwar geben aus frommem, gutem Herzen.

Endlich ging der Zug von dannen. Käthi war ganz stolz auf den Sohn und daß er ihrer sich nicht schäme. Johannes war stolz auf seinen Buben. Es wäre schade, wenn zu dem nicht recht gesehen würde, aus dem könnte es etwas geben, dachte er; und der Bube war stolz auf sich selbst, daß er ein so großer sei, Fische gefangen habe und jetzt mit dem Vater könne, weit, weit weg. Käthi war aber nicht bloß stolz, sie war auch glücklich. Sie konnte dem Sohne sagen, wem dieser und jener Acker sei, und es tut einer Mutter immer wohl, wenn sie erwachsenen Kindern etwas sagen kann, das sie nicht wissen; sie hörte ihn Bemerkungen machen, wobei sie denken mußte: E aber nein, wie hat der einen Verstand von der Sache, einen solchen habe ich die längste Zeit nicht angetroffen. So wäre die Welt eigentlich voller Freuden, man könnte deren auflesen bei jedem Schritt und Tritt; aber man muß eigene Augen haben, sie zu sehen, man muß eine Art von Glückskind sein dafür. Es gibt Augen, welche keine Freude sehen, und wenn man sie darauf stieße; wer solche Augen in seinem Kopfe hat, der ist ein armer Tropf.

Mehr als eine halbe Stunde weit waren sie miteinander getrappet, hatten daran mehr als eine Stunde gemacht, da stand Käthi still und sagte: «Wir wollen dich nicht länger säumen, so leb wohl. Habe acht, daß du die Eier nicht zerbrichst, danke der Frau z'hunderttausend Malen und der liebe Gott wolle es ihr vergelten, und lässest du die Hemden machen, so gib sie einer Näherin, welche dir nicht die halbe Leinwand stiehlt; es ist zwischen ihnen und den Schneidern fast kein Unterschied mehr.»

«Mutter», sagte Johannes, «das macht sich jetzt nicht so; dort ist ein Wirtshaus, dort zahle ich noch eine Flasche Wein, wir können da noch ein Wort miteinander reden.» «Vexier nicht», sagte Käthi, «bist nicht witzig, ja wolle, ich ins Wirtshaus! Es weiß kein Mensch, wann ich in einem war.» «Eben darum müßt Ihr jetzt kommen, ein Tropfen Wein tut Euch wohl», sagte Johannes, nahm sie bei der Hand und wollte mit ihr gehen. «Nit, nit», rief Käthi, «mach nit dr Narr mit mir! Denk, was würden die Leute sagen, wenn du so ein alt, verhagelt Witfraueli ins Wirtshaus brächtest! Ich müßte mich ja schämen mein Leben lang.»

Da half aber alles Wehren nichts, der Sohn zog, der Großsohn, dem das sehr recht war, stieß, und es war ein lustig Zusehen, wie die alte Frau so gleichsam ins Wirtshaus geschroten wurde, halb weinend, halb lachend. Halb weinte sie, wie der junge und der alte Uflat ihr Gewalt antäten, halb lachte sie wie ein jung hoffärtig Mädchen; daß die sich wehrten, sei der Brauch, aber daß man ein alt Fraueli zum Weine schleppe, das sei doch wohl noch nie erhört worden, die sagten es sonst, wenn sie Wein möchten. Und doch freute sich Käthi innerlich, daß Johannes sich ihrer nicht schäme, und noch dazu vor so vielen Leuten, und während sie immerfort grollte und klagte, so oft sie der Wirtin ansichtig wurde, nippte sie doch mit sichtlichem Behagen den Wein; freilich klagte sie nach dem ersten Schlucke schon, sie werde sturm, das würde was absetzen, wenn sie das Glas austrinken wollte! Indessen Johannes zwang sie zum zweiten, und Wecken mußte sie essen, obgleich sie sagte, die seien nicht für arme Leute, und wenn sie jemand darnach sehen würde, er würde sie schön bereden. «Wenn mein Hausbauer hineinkäme, ich glaube, ich stürbe vor Angst; die Hausmiete nicht gegeben und jetzt hinter Wein und Wecken! Der würde mir!»

«Du gute Frau», sagte die Wirtin, «du lebst abgeschieden von der Welt und weißt nicht mehr, wie es geht. Wenn niemand ins Wirtshaus gehen und trinken wollte, als wer die Miete bezahlt hat, müßten wir ja Hungers sterben. Gerade Solche sind die besten Kunden; Zahlen sei ein verfluchter Zwang, sagen sie, es sei ja jetzt Freiheit, und so hätten sie das Recht, mit ihrem Gelde zu machen, was sie wollten. Und es wird wohl so sein, allweg ists mir so recht.» «Du mein Gott», seufzte Käthi, «kein Wunder, hagelt und wettert es so, und wer weiß, wie es noch kömmt! Es wird einem recht angst, und am wohlsten ist man daheim, wo man solches nicht vernimmt.»

Indessen vergaß sie das Elend wieder, und nach herzlichem Abschied ging sie ganz glücklich heim, es war recht rührend zu sehen; so glücklich wird in den obern Regionen wohl selten ein Menschenkind gefunden. Der Mund brummte zwar immerfort, aber das Herz hatte die freudigsten Empfindungen. Traf sie einen bekannten Menschen an, so stellte sie sich zu ihm und sagte: Er werde nicht wissen, wo sie herkomme, und wenn es nur dr tusig Gottswille kein Mensch vernehme. Der Sohn sei bei ihr gewesen, wo Korporal sei beim Militär; er sei gar grusam gut gegen sie und gekommen zu sehen, wie es ihr ergangen. Sie hätte ihm das Geleit gegeben, und habe der Uflat sie nicht ins Wirtshaus gerissen, als ob sie ein jung Meitschi wäre! Sie habe trinken müssen, ob sie habe wollen oder nicht, und sei nun ganz betrunken, und wenn sie nur dr Gottswille niemand anrede; sie wüßte gar nicht, wie Bescheid geben, und wenn es nur der Hausbauer nicht vernehme, daß sie im Wirtshause gewesen seien. Sie seien ihm noch an der letzten Miete schuldig, es wisse kein Mensch, was er sage, wenn er es vernehmen sollte; aber sie hätte es nicht erwehren können. Der Sohn habe es nicht anders tun wollen, er gönne ihr dSach grusam. Aber sie müsse machen, daß sie heimkomme; es sei ihr lieber, es sähen nicht alle Leute, wie voll sie sei, und fragten sie, woher sie käme.

«Aber Großmutter», sagte endlich Johannesli, «wenn du es so ungern hast, wenn die Leute wissen, wo du gewesen, so mußt du dich nicht bei allen stellen und es selbst ausdampen. Wenn du es allen Leuten sagst, so vernimmt es der Bauer noch diesen Abend und kommt er und jagt uns aus.»

«Du tausends Bubeli du», sagte Käthi, «was dir nicht in

Sinn kommt, e nein aber, was du für einer bist! So komm jetzt schnell, daß kein Mensch uns mehr sieht!» Und beim nächsten Menschen stellte sich Käthi wieder und war nicht wohl, bis sie gebeichtet hatte, von wegen, wessen das Herz voll ist, dessen läuft der Mund über.

Dieser Tag ward auch zu einem der freundlichen Sterne, welche Licht werfen ins Leben des Menschen. Wohl dem, über dessen Leben viele solche Sterne stehn, und wehe dem, dessen Augen keine sehn, vor dessen Augen beständig nur Graus und Not stehen oder Zorn und Neid!

FÜNFTES KAPITEL

Wie Käthi kummert, und was sie von den Erdmännchen erzählt

Mit großer Anstrengung, wie aus hartem Gesteine, mußte Käthi der Welt das tägliche Brot abpressen und hatte noch einen Schaden erlitten, an welchen sie anfänglich gar nicht dachte. Die Zeit war gekommen, wo sie die erste ihrer drei kleinen Ernten halten sollte und manchen Batzen erübrigen für die Zeit, wo der Herr auch dem Sperling ein spärlich Futter gibt. Der Arme hat keinen eigenen Acker ererbt, auf dem er säet und erntet, und hat er genug geschnitten, ihn wieder auf seine Kinder vererbt. Aber ein großes Erntefeld hat der Herr dem fleißigen Armen doch bereitet, auf welchem er nicht zu pflanzen braucht, auf welchem er und Kind und Kindeskinder sammeln können, wenn sie fleißige Hände haben und den Sinn, der das Kleine nicht verschmäht aus Trotz, weil das Große ihm versagt ist. Wenn im Walde der Kuckuck schweigt, im Busche die Amsel verstummt, dann reifen in Wald und Busch Beeren von allen Sorten für alle, welche der Herr im Himmel speiset. Frei ist ihr Sammeln, kein Herr nimmt den Zehnten, kein Markstein beengt das weite Sammelfeld, in kühlem Schatten flattert das Vögelein der Speise nach, welche Gott ihm bereitet hat, sucht der Arme die süßen Beeren unter dunklem Laube, und mancher Junge, der den Kreuzer nicht nötig hätte, erinnert sich mit unverwischter Freude der glücklichen Stunden, wo er Beeren gesucht im dunklen, geheimnisvollen Walde.

Nun ging eines Abends Käthi aus, zu schauen, ob die Erdbeeren bald reif seien, und sah nun zu ihrem großen Schrecken, daß auch dieses Feld verwüstet sei, die besten Stellen versandet, die lieben Sträucher begraben. Sie weinte, als sie dieses sah, und nicht bloß aus getäuschter Hoffnung; es waren ihr diese Sträucher liebe Bekannte seit vierzig Jahren, hatten alle Jahre ihr freundlich geblüht, ihr willig ihre süßen Früchte geboten. Jetzt waren sie begraben, die höhern Sträucher der Himbeeren und Brombeeren versandet, schauten wehmütig sie an wie Leidtragende in Sack und Asche, wie Sterbende, welche ihr Angesicht verhüllen. Wenn Käthi in den Wald ging, so war es ihr allemal gar schaurig wohl zumute; sie betrat ihn immer wie ein groß Geheimnis, ihr bangte, sie müßte doch einmal einen Waldgeist sehen, oder aus einer Eiche herab rufe ein Luftgeist ihr zu, oder eine Fee erscheine ihr. Sie lebte unendlich wohl an dem Schreck, welcher sie dann erfassen werde, und sann stundenlang an die Antwort, welche sie zu geben hätte, daß es die rechte sei. Am liebsten aber weilte sie, wenn sie Erdbeeren suchte, bei dem Glauben: nachdem die Erdmännchen der bösen Leute wegen die Häuser verlassen, hätten sie sich in Busch und Wald zurückgezogen; die Erdbeere, so züchtig verdeckt unterm grünen Schirme, so duftig, so süß, so demütig und verschämt, sei ihrer Hände Werk, Gaben für arme Leute, welche nicht eigene Äcker hatten, nicht eigene Bäume. Und allemal, wenn Käthi die erste reife Erdbeere pflückte, dachte sie: Gottlob, glücklich haben die lieben Leutchen überwintert, sind nicht aus dem Busche gewichen und gedenken meiner noch.

Jetzt, als Käthi die Verheerung sah, die Erdbeerensträucher begraben in grauem Grabe, mußte sie weinen und denken, ihre Zeit sei ausgelaufen gewesen, ihre Händchen, welche den armen Leuten die lieblichen Blüten, die süßen Früchte gewoben, seien erstarrt, und für die armen Leute komme nun eine böse Zeit, wo niemand mehr ihrer gedenke. Oder ob sie wohl weitergezogen seien in ein ander Land, satt der Menschen, welche weder dankbar mehr seien noch demütig, weil sie nicht mehr gläubig seien, sondern ungläubig, sich nicht mehr liebten, sondern einer des andern Feind sei, weder der Menschen Obrigkeit untertan noch der Obrigkeit Gottes, Diebe den Wald plünderten mit Fluchen und wildem Geschrei und unter dem Schutze der Obrigkeit! Und sie müßten es büßen, sie, die armen Weiber und die armen Kinder, was große und kleine Sünder frevelten gegen Gott und seine heiligen Gebote, und ob das gemacht sei von Gott! So dachte Käthi und weinte bitterlich, an eine Tanne gelehnt. Da kam es ihr aber doch ein, daß ihr Grollen ein ungerechtes und sündiges sei, daß der Heiland auch habe leiden müssen, und zwar um aller Sünden willen, und daß es eine Gnade Gottes sei, um Anderer Sünden willen leiden zu müssen und nicht der eigenen wegen, und daß sie Gott zu loben und zu preisen hätte, daß sie Käthi sei, welche niemand unglücklich mache, und nicht so ein gewissenloser Schurke, welcher das Verderben über Viele bringe. Der liebe Gott werde die armen Leute ernstlich läutern wollen, damit ihnen ja der Himmel nicht fehle und sie die bösen kommenden Zeiten geduldig und gottergeben überstehen könnten. So werde es sein, dachte sie, und nicht wie jüngst ein alter Kesselflicker gesagt habe, daß der Teufel von Zeit zu Zeit neue Treib- und Jagdhunde nötig hätte und sich dieselben hier dressiere auf der Welt und sie abrichte auf die Menschen; in solchen Zeiten hätten es die guten Menschen und die armen Leute bös, auf sie absonderlich dressiere sie der Teufel, und was nicht des Teufels sei, sei vor ihnen nicht sicher, und das währe so lange, bis der Teufel sie gehörig dressiert habe, daß er sie brauchen könne in der Hölle, dann gehe es wieder besser auf der Welt. So habe der Kesselflicker geredet. «In Gottes Namen», sagte Käthi, «sei es, was es wolle, so wird man sich darein ergeben müssen», und wandte sich nach Hause; aber weder aus dem Herzen noch aus dem Gesichte brachte sie die Trauer weg.

Als Käthi heimkam, merkte Johannesli dies alsbald; denn Käthi lachte gar nicht, als er die Nachricht brachte, beide Hühner, das schwarze und das weiße, hätten gelegt. Solche Trauer konnte aber der Kleine nicht dulden; sie mußte ihm fort, und er war Herr in der Großmutter Herz. So ein kleiner Herzensherr ist viel mehr als ein sogenannter Hausherr, der vielleicht nicht über einen andern Finger als über die zehn seinigen zu befehlen hat, geschweige denn über Gebärden oder gar über Stimmungen. Solche kleine Herzkönige, man nennt sie auch Herzkäfer, laufen gar viele in der Welt herum, leider aber wachsen die meisten aus den Herzen heraus. Ach, und wie viele sind, welche, wenn sie zu Grabe getragen werden, nur noch ein klein Plätzlein in irgend einem Herzen bewahrt haben, geschweige denn einen Thron in vielen Herzen!

Der Kleine hatte es wie alle Könige, vertrug nicht Widerspruch, geschweige Widerstand. «Großmüetti», sagte er, «wenn du so gegen mich sein willst und ein solches Gesicht machen, so habe ich dich nicht mehr lieb und laufe fort zu Käsrese; sie haben mir einen Widder versprochen, wenn ich kommen wolle, und dann ein lebendig Roß, wenn ich groß bin.» «So», sagte Käthi, «also ein Roß ist dir lieber als ich, hasts auch wie die Andern. He nun, in Gottes Namen, ich bin froh, daß ich alt bin und bald sterben kann.» «Nein, Großmüetti, sterben sollst nicht», sagte Johannesli, «aber tue nicht so wüst und rede und mach ein freundlich Mieneli wie sonst, dann bist du mein lieb Großmüetti und ich will nicht zu Käsrese.» «Ach Gott, Bubi», sagte Käthi, «gern wollte ich, wenn ich könnte; aber unsereins hat gar viel Kummer, welcher einem fast das Herz abdrückt, von welchem du nichts weißt.» «Daran bist du selbst schuld, Großmüetti», sagte der Kleine, «warum sagst du es mir nicht.» «Man kann einem Kinde nicht alles sagen», sagte Käthi. «Das wäre wunderlich», meinte Johannesli, «und jetzt tue doch nicht so wüst und sag mir auf der Stelle, was dir das Herz abdrückt!»

«Aber Bubi, schämst du dich nicht, mit der Großmutter so zu reden; kein Wort sage ich dir, wenn du so tust. Willst lieb und gut sein, so mußt dus wissen, aber erst muß ich kochen.» Das ließ Johannesli sich gefallen, denn er hatte Hunger, half aber nach seinen Kräften, trug Holz herbei und schaltete, daß die Großmutter, welche wußte, was das Holz wert war, aus Leibeskräften wehren mußte. Die gute Großmutter hatte überhaupt mit der Ungeduld des Kindes viel Plage, und war sie doch so geduldig; aber der Unterschied war der: der starke Gott hatte sie erzogen, die schwache Großmutter den Johannesli.

Endlich war das Nötigste getan, Käthi ließ vom Kinde auf das bekannte Bänklein sich zerren. «Jetzt red», sagte das Bubi, und Käthi tat also. «Nun, wenns sein muß», sagte sie, «aber schweig mir still und unterbrich mich nicht! Habe gar ein schwach Gedächtnis und vergesse, was ich habe sagen wollen. Ehedem wars nicht so, aber wenn man altet, so schwachet man.» «Großmüetti, stürme nicht mehr, fange doch an!» «Bös Bubi, was du bist», sagte Käthi und begann:

«Gott der Herr liebte die Menschen und verstieß sie nie ganz, wenn sie auch böse wurden. Einmal, als der liebe Gott die Engel im Himmel zu brauchen hatte und der Heiland ebenfalls noch nicht Zeit hatte, auf die Welt zu kommen, da wollte der liebe Gott, daß die Menschen doch nicht verlassen wären, denn der Mensch ist gar ein arm Wesen und nichts für sich alleine. Tief unten im Boden, viel tiefer als der längste Kirchturm auf Erden oder im Himmel, leben kleine, kleine Leutchen, die größten wie mein Daumen, die kleinsten wie dein klein Fingerchen. Sie leben in unseres Herrgotts unterirdischen Kammern, sind gar gute Leute, lieben den Frieden und was schön sonst ist und herrlich. Sie kochen unserm Herrgott die Diamanten und Edelsteine, sondern vom groben Gestein die edlen Metalle, tragen jedes an seinen Ort und weben die Blümlein und bereiten den himmlischen Tau. Es ist ein gar zahlreich Völklein, sie haben einen König und eine Königin, die tragen die herrlichsten Krönlein auf ihren Häuptchen; aus einem Karfunkelsteine ist des Königs Krone, aus einem Diamanten die der Königin, denn in den Stunden, welche unser Herrgott sie nicht braucht, machen sie aus den Edelsteinen und Metallen ihre Hausgeräte und Zieraten, so schön, wie kein Mensch sie machen kann, und das leuchtet und glänzt in ihren Kammern so herrlich und schön, als ob die Sonne scheine für und für. Aber unterirdisch ist immer unterirdisch; da leuchten die himmlischen Sterne nicht, wehen frische, laue Winde nicht, wandelt der Mond nicht durch den blauen Himmel, wohnen nicht vernünftige Menschen; da sind schreckliche Schlangen und Drachen, welche Gott gebannt hat und gefesselt in schauerlichen Höhlen, deren Gebrüll tönt bis in die Kammern der guten Leutchen; da wohnen böse Geister, welche Schätze hüten und zu Zeiten wiederkommen müssen, die einen zu plagen, die andern zu warnen.

«Als eben nun einmal der liebe Gott viel zu schaffen hatte im Himmel und doch die Menschen nicht ganz ohne Hülfe und Hüter wollte sein lassen, sandte er den Engel Gabriel zu den Leutchen und ließ ihnen sagen, sie sollten sich aufmachen auf die Erde hinauf und da den Menschen helfen und sie hüten. Die guten Leutchen sollen anfangs sich gar grausam erschreckt haben über den Auftrag. Sie liebten den Frieden so, und so böse, wüst und zänkisch sollten die Menschen sein, haben sie gesagt. Da hat ihnen der Gabriel zugesprochen und gesagt, sie brauchten nur zu den guten Menschen zu gehen, die bösen begehre ja der liebe Gott nicht hüten zu lassen, und sobald an einem Orte Unfrieden und Streit einreiße, den sie nicht verhüten könnten, sollten sie sich aufmachen und weiterziehen. Da ihnen das versprochen war, machten sie sich ans Werk und gruben Gänge hinauf auf die Erde gar sicher und schnell; denn sie sind Bergleute von Natur und wissen umzugehen mit den Steinen gar wunderbar und mächtig. Als sie auf die Erde kamen zum ersten Male, ward ihnen fast übel in der frischen, kühlen Luft. Aber bald gefiel es ihnen gar grusam wohl hier oben unterm Himmel, wo die Sterne scheinen und der Mond schiffet durch den Himmel. Die Sonne war ihnen zu hell und heiß; es war ihnen ein zu großer Abstand zwischen den Sonnenstrahlen und der Luft in ihren unterirdischen Gewölben, und mußten sie am Tage auf Erden sein, so hausten sie in Kellern oder im dunkelsten Waldesschatten. Aber in schönen Nächten, wenn im Sternenglanz und Mondeslicht die Erde silbern schimmert und leise, warme Winde wehen, dann machte das liebe Völklein sich auf, voran Spielleute, welche auf goldenen Flöten und Schalmeien gar herrlich spielten; dann kamen der König und die Königin, ihre Kronen auf den Köpflein, die rot und weiß gar wunderbar erglänzten durch die Nacht, und hinterdrein in unabsehbaren Reihen des Völkleins ungezählte Scharen, und wo die Blumen am süßesten duften, die Quelle am reinsten rieselt, der Wiesengrund am lieblichsten und zärtlichsten sich lehnt an den dunkeln Waldessaum, da schlingen sie ihre Reihen und tanzen in fröhlicher Lust in der klaren Luft, bis der Hahn kräht und einzelne Lichtstrahlen, Vorreiter der Sonne, in der Luft erzittern; dann ordnen sie sich wieder in lange Reihen, und wer nicht auf Erden Arbeit hat, zieht unter hellem Spielen, voran der König und die Königin, hinunter in die untere Welt.

«Wenn es aber Winter war, weiß die Erde, kalt die Luft, und sie hatten eine große Freude, welche sie gerne gefeiert hätten so recht von Herzensgrund, eine Hochzeit, eine Taufe oder sonst was Schönes, da suchten sie sich ein fromm, vornehm Haus aus, wo schöner Platz war und doch ein ehrbar Wesen. Dort hauchten, wenn der Abend kam, Gesandte des Völkleins die Bewohner mit süßem Schlafe an, ordneten dann und säuberten den Platz; dann kam Haufe um Haufe der Leutchen mit goldenem Geschirre, mit demantenen Bechern und Näpflein, gar so klein alles und doch so herrlich und schön. Wenn alles geordnet war, kamen der König und die Königin mit den Spielleuten, den Hochzeitleuten und allen, die fröhlich waren im Gemüte, und bankettierten da die ganze Nacht in großer Lust und Freude, bis der Hahn krähte, der erste Tagesschimmer erzitterte in der Luft. Dann gingen der König und die Königin und legten schöne Geschenke, kleine, niedliche Geräte aus Gold oder Edelstein auf die Betten der schlafenden Bewohner, und am Morgen, wenn sie erwachten, fanden sie dann die herrlichen Sachen; daran merkten sie, wer dagewesen, freuten sich sehr, denn es war ihnen ein Zeichen, daß sie vor Gott angenehm seien und sein Segen mit ihnen sei. Was aber das Allerbeste und Köstlichste war, das war, daß solche Häuser von den guten Leuten absonderlich bewacht und behütet wurden, weit mehr als alle andern. Sie hüteten die Kinder und das Vieh, kein Kind fiel in einen Bach, vom Baume, kein Vieh wurde verhext im Stalle, an der Milch oder am Fleisch. Sie verscheuchten die Wölfe, reinigten von giftigen Kräutern die Wiesen, bewahrten die Häuser vor Feuer, die Felder vor Wasser, schafften viel für Fleißige; wenn diese am Morgen an die Arbeit wollten, war sie gemacht: treue Knechte fanden Tannen und Buchen gefällt, welche an gefährlichen Orten standen, treuen Mägden ward die Milch nie sauer in ihren Milchgeschirren, arme Weiber fanden Bürden Holz vor den Fenstern, und armen Vätern trugen sie Heu zum Stalle von den steilen Felsbergen. Die Menschen wußten um diese Gäste, freuten sich ihrer, erzählten von ihnen den Kindern, damit diese sich nicht fürchteten, wenn ihnen die Erdmännchen erscheinen sollten, was sie zuweilen bei lieben, guten Kindern taten, mit ihnen spielten, die Zeit ihnen verkürzten, während die Eltern auf dem Felde waren.

«Aber wenn Erwachsene sie belauschten, duldeten sie es nicht, und gar manch vorwitzig Knechtlein fand man mit umgedrehtem Kopfe; denn was Gott verborgen hat, das soll der Mensch nicht ergründen, und wers sucht, muß gar schrecklich büßen seinen Vorwitz. Sonst hatten sie große Freude auf der Erde, das Arbeiten unter dem Himmel war ihnen viel lieber als das Arbeiten unter der Erde, und wer sich auszeichnete da unten und in Gunst kam bei dem Könige und der Königin, wurde ein Auserwählter und durfte oben die Werke tun, die Gott ihnen auftrug. Da Gott sah, wie geschickt sie sich stellten auf der Erde und wie lieb ihnen das Arbeiten da oben war, so ließ er sie da, auch als er die Engel nicht mehr so nötig brauchte im Himmel und der Heiland geboren worden. Aber eines blieb ihnen: Zank und Streit, Geiz und Unbarmherzigkeit mochten sie nicht leiden, und wo so was in einem Hause einriß, da verließen sie es und kehrten nimmer wieder. Wo Unfriede einzog, Zank und harte Worte an den Wänden widertönten, die Menschen Geld zählten statt beteten, schlemmten und praßten und die armen Leute vergaßen, da blieben die Kinder ohne Hut, erkrankten, fielen tot; über das Vieh kamen Krankheiten, über die Felder stürzten Ströme, und oft vom Feuer wurden die Häuser verzehrt.

«So ward Haus um Haus, Schloß um Schloß verlassen, und weil sie nimmer wiederkehrten, wurden die Häuser, wo sie ihre Banketts hielten und absonderlich sie hüteten, immer seltener, bis ihnen endlich hier in weiter Umgegend ein einziges blieb, eines reichen Bauern Haus auf dem Brittenwalde. Jetzt steht dort manch stattlich Haus, und Platz ist da für mehr als einen reichen Mann; damals stand dort ein einzig Haus, und der Bauer auf dem Brittenwalde war reich wie Salomo, seine Wälder, Felder und Matten waren ungemessen und sein Vieh ungezählt, und Knechte und Mägde hatte er fast wie Abraham. Es waren grusam gute Leute, die Bauern auf dem Brittenwald, so lange man wußte; sie lebten in der Eintracht, und ohne Trost verließ kein Mensch das Haus, und wer den Brittenwald erreichen konnte in Not, Winter oder Krankheit, der brauchte nicht mehr zu kummern, bis Not und Winter und Krankheit vorüber waren, und wenn es aus war mit ihm, konnte er auf einem ruhigen Plätzlein in der Wärme sterben. So wars gegangen seit Menschengedenken, und der Leutchen liebstes Haus blieb es, und sie hüteten sorglich auch das einzige Söhnelein von dem Brittenwaldbauer, unter welchem sie das Haus verlassen mußten. Derselbe und sein Weib waren auch gute Leute ganz von der alten Art, und ihr Söhnelein war gar ein gut Kind und gehorchte den Eltern und war darum auch gar schön groß und stark.

«Nun gewann derselbe ein Mädchen gar lieb und wollte

es heiraten. Das Mädchen war auch schön, hatte himmelblaue Augen und Haare gelb wie Gold und zart wie Flachs, aber es war nur eines Knechts Tochter und arm. Drüben über der Emme wohnte eine gar erschrecklich reiche Bauerntochter; diese gefiel den beiden Alten absonderlich und viel besser als das arme Mädchen, und waren streng hinter dem Sohne, daß er sich hinter die reiche Tochter mache. Es waren recht gute Leute; sie sagten, je reicher sie seien, desto mehr Gutes könnten sie tun, und Gleich und Gleich geselle sich am besten. Aber vielleicht meinten sie eigentlich nur, wer reich sei, sei gut, und hatten ein Gelüste nach noch größerem Reichtume, und was sie eigentlich meinten und was sie im Herzen hatten, merkten sie selbst nicht. Der Sohn wollte die Eltern nicht traurig machen, er heiratete die Reiche, ließ die Arme. Dem schönen Kinde brach das Herz. Erst weinte es, bis seine Augen schwarz wurden wie die Nacht, und grämte sich, daß seine Haare weiß wurden wie frisch gefallener Schnee, dann starb es. Die Reiche zog ins Haus; nun erfuhren es die Alten, daß nicht alle Reichen gut sind und daß Reich und Reich nicht immer Gleich und Gleich ist. In der Reichen steckten zwei Teufel, aber wie es auch bei den Menschen geht, nicht gleich große, erwachsene Teufel, sondern nur ganz kleine, kleine Teufelchen, welche man gar nicht merkt; Hörner und Schwänze sind auch noch nicht gewachsen, wie es auch bei den Hähnen geht, welchen der Kamm und die Schwanzfedern erst lange hintenher kommen. Die beiden Teufel hießen der Hochmutsteufel und der Geizteufel, und wo diese beiden sich zu rühren anfangen, Schwanz und Hörner ihnen wachsen, da geht es gar grob und unmanierlich zu und es wird den Leuten übel dabei, wenn auch nicht wegen des Gestanks, so doch sonst wegem Wüsttun. Nach und nach sahen die alten Leute mit Grauen, wie die Schwiegertochter die armen Leute verachtete, sie für zu schlecht hielt für gute Worte und immer mehr auch für gute Gaben, und wie sie einen Kopf bekam wie der Hahn einen Kamm, so rot, kühn und trotzig, und herumschoß den Arbeitern nach wie die Schwalben den Mücken. Sie taten das Möglichste mit Geduld und Sanftmut, die junge Frau ins altertümliche Geleise zu bringen und die alte Hausart und Sitte ihr beizubringen; aber mit Sanftmut und Geduld bändigt man bekanntlich zwei Teufel, den Hochmutsteufel und den Geizteufel, in einer Schwiegertochter nicht.

«Die armen Leute, sie sollten es gewahr werden, was es heißt, einen reichen Menschen einem armen vorziehen, unbekümmert darum, ob werdende Teufel oder werdende Engel in dem einen oder in dem andern wohnen, dieweil auf dieses zu sehen, gründlich genommen, die Hauptsache ist. Auch der Sohn sah das Unglück und besser noch als die Alten, denn gegen ihn ließ sie absonderlich ihre wachsenden Teufel los. Er versuchte ihr dieselben mit guten Worten und schönen Sprüchen aus dem Leibe zu jagen, aber er fand die rechten nicht; die Teufel wuchsen alle Tage mehr, und die schönen Sprüche schienen für sie zu sein was Hafer für die Rosse.

«Die junge Frau hatte alle Tage größern Zorn im Herzen über die alten Leute und ihren Mann; alle Tage wuchs der Widerwille gegen die alte Hausordnung, und alle Tage glühte heißer der Vorsatz, dem alten, dummen Wesen ein Ende zu machen und ein neues einzuführen nach ihrem Sinn und wie es recht sei und Brauch sein sollte. Sie sah in nichts mehr Heil, als daß es anders werde, und daran, daß sie das Rechteste wolle und das Beste, kam ihr kein Zweifel. Alle Tage blitzte es mehr und mehr um sie herum, so wie es auch wettert an den Bergen herum oder sonst von weitem, bis das rechte Wetter kömmt und über unsern Köpfen losbricht. Die alten Leute fühlten alle Tage bitterer die Reue, aber ungeschehen macht man kein geschehen Ding, gebrochene Herzen nicht mehr ganz und tote Leute nicht mehr lebendig. Die Reiche, die da herumschoß im Hause wie eine Wespe an den Fenstern, konnten sie nicht mehr austauschen gegen das arme Mädchen, welches nun ruhig im Grabe lag. Dort wäre auch der Sohn gerne gelegen; ihm ahnte das sich sammelnde Wetter, aber ihm fehlten Mut und Liebe, sein Weib zu ändern.

«So gings eine Weile, da kam ein heißer Erntetag, und der letzte dazu; die letzten Garben, und zwar viele, viele Fuder, sollten des sonnigen Wetters wegen eingefahren werden. Das war von je ein großer Festtag auf dem Brittenwalde, für den eigens geschlachtet ward, manches Malter Korn in die Mühle wanderte, als weißes Mehl zurückkehrte und mehr als ein Zentner Butter zum Kuchenbacken harrte. Der Arbeiter waren viele auf dem Hofe, zumeist waren ihre Familien groß, Scharen von Ährenlesern deckten die weiten Felder. Alte, Lahme, Blinde trabten daher; alle wußten, daß an diesem Tage niemand ungesättigt den Brittenwald verließ. Darum, wenn es auch heiß war auf dem Acker, so war es doch ohne Vergleich heißer noch in der Küche, wo während zwei Tagen das Feuer nicht ausging, um das Gehörige zu backen und zu kochen, damit niemand ungesättigt den Hof verlasse und Greis und Kind diesen Tag und den Brittenwald lobe und preise und noch mancher Kranke daheim und manches Mütterchen, dessen Füße es nicht mehr trugen und denen Gaben und Labung ins Haus geschickt wurden. Sie hattens, und sie gönntens.

«Das war ein Tag, an welchem die Erdmännchen sehr große Freude hatten, aber auch große Arbeit. Sie hatten große Freude am Fleiße der Arbeiter, an der Guttätigkeit des Bauern und seiner Frau, an den glücklichen Gesichtern derer, die gaben, und derer, die nahmen. Sie hatten große

Arbeit, alle Störungen zu vermeiden und in der Hitze der Arbeit die Ordnung und die nötige Sanftmut zu bewahren überall. Sie wehrten auf dem Acker den Rossen die Bremsen, damit die Rosse nicht wild würden, dämpften des Feuers Wildheit und Tücke, damit die Butter nicht zornig werde, sich in das Feuer stürzte; sie schafften neue Butter in die Kübel, damit diese nicht leer würden, sie hüteten aber auch das Geschirr der Rosse, das Werkzeug allzumal, sie hüteten alles und vorab der Menschen Gemüter, daß diese nicht heiß würden, nicht überliefen in Zorn und Wut, Streit und Zank den Tag nicht verdürben. Darum hatte seit Menschengedenken an diesem Tage kein Unfall auf dem Brittenwalde sich ereignet, kein Wagen stürzte um oder fiel ein, weder Roß noch Mensch nahm Schaden, keine Butter kam ins Feuer, kein Feuer ins Dach, kein Streit entweihte diesen Tag; es war immer der glücklichste Tag auf dem Brittenwalde.

«Nun war der Tag da, wo es anders werden sollte; die junge Frau ward die Butter, welche ins Feuer lief und das Feuer ins Dach brachte und die Erdmännchen aus dem Hause. In stummem Zorn hatte sie schon lange von dem Erntetage reden hören und gesehen, wie die Leute sich darauf freuten, sie wußte nicht warum. Als sie nun eine Kuh schlachten sah und zwei Schafe, die Körbe dürren Fleisches sah, welche gekocht werden, die Körbchen voll Eier, die Kübel voll Butter, die Säcke voll Mehl, welche verbacken werden sollten, alles für einen Tag, sah, wie es wimmelte auf dem Acker, wie es schlich und lief von allen Seiten dem Hause zu, da wuchsen Zorn und Angst in ihrem Herzen gewaltig. Angst kriegte sie, sie kämen um Hab und Gut; sie hatte es nie erfahren, wie solche Güte durch größern Fleiß und größere Treue reich vergolten wird, Zorn, daß man für solche Menschen solche Mühe habe und schaffen müsse für sie und schwitzen, ärger als Knechte und Mägde für ihre

Herren. Und je heißer es ward in der Küche, desto heißer ward ihr Blut, und je stärker die Butter brodelte in der Pfanne, desto wilder kochte der Zorn ihr im Gehirne. Bös wurden ihre Augen, scharf ihre Worte, und polternd flog das Geschirr aus ihren Händen auf Tischen und Bänken herum. Die Erdmännchen, welche unsichtbar in der Küche wachten und schalteten, erschraken und flohen, und alsbald zeigte es sich, wie es fehle an der üblichen Hut: Schüsseln brachen, aus den Vorräten wich der Segen, aus Feuer und Butter die Mäßigung; mit der größten Mühe waren sie auseinanderzuhalten. Darüber erschraken die einen Gemüter, in heißer Ungeduld siedeten die andern auf, heißer und immer heißer und immer ungestümer ging es zu in der Küche, im ganzen Hause herum lärmte und polterte es.

«Auf dem Acker gings wie üblich; die Rosse standen, die Arbeit ging lustig von der Hand, gradauf luden sich die Garben, kein Rad brach oder sank ein, kein Strick und kein Riemen riß. Aber als der erste Wagen in die Einfahrt lenkte, stürzte er um; denn da waren keine Erdmännchen mehr, welche die Pferde in die gehörige Runde führten, die Räder hüteten vor dem großen Abweissteine. Ein umgeworfener Wagen in der Einfahrt, welche nicht zu umfahren ist, bringt große Säumnis, und wenn dazu noch zornige Wolken auf die Berge sich stellen, wenn es wetterleuchtet in der Ferne, allmählig dumpf donnert und viele Garben gebunden im Felde liegen, dann kömmt eine unheimliche Hast über den Menschen, er stolpert über die eigenen Beine und meint, sein Nachbar habe ihm einen Knittel dazwischengeworfen. Je mehr er zappelt und wirtschaftet, desto mehr scheint ihm Harz in den Händen zu wachsen, nichts will ihm mehr aus den Händen, und je mehr die Eile nottut, desto mehr stockt es allenthalben. Endlich, ehe noch das Wetter losbrach, aber spät und unmutig, sammelten sich die Arbeiter im Hause;

unmutig saßen Ährenleser und Dürftige, denen die gewohnten Gaben noch nicht verabreicht waren, ums Haus. Doch war man drinnen noch nicht fertig; die angetriebenen Mägde stolperten über die Schwellen, zerbrochene Näpfe flogen in der Stube herum, Fleisch wälzte sich unterm Tische, immer lauter ward das Schelten in der Küche, glühender züngelten am schwarzen Himmel die Blitze, und lauter begann es zu donnern.

«Den alten Leuten und ihrem Sohne ward es bang und schwer ums Herz, unheimlich, denn so war es noch nie gewesen bei ihrem Gedenken. Sie gingen von einem zum Andern, sühnten und sänftigten mit freundlichen Worten, trugen den draußen Vergessenen Gaben zu. Sie wollten mit Liebe und Güte sühnen die Schuld und ihre Folgen, welche sie ahnten; aber wann haben leise Winde und der Bäume Fächeln ein Gewitter gehemmt, die Wolken aufgelöst, die Blitze ausgelöscht, den Donner erstickt? Der Sohn war der Mundschenk, trug den Wein herbei in großen Flaschen und zählte sie nicht, schenkte ein, und je mehr man trank, desto mehr freute es ihn, alles wie üblich. Aber was nicht üblich war: es tranken alle bösen Wein, und allenthalben züngelte der Zorn hervor, die Flamme des Streits schlug auf, wenn auch nur auf Augenblicke; wie Öl nicht gut tut im Feuer, so Wein nicht in entbrannten Herzen.

«Wenn Knechte im Stalle zornig werden über den Meister, pflegen sie sein Vieh zu schlagen; wenn Menschen zornig werden an einem Mahle über Meister oder Mitmenschen, so muß gewöhnlich zuerst das gebrechliche Geschirr herhalten, ein Glas oder ein Teller oder was sonst am nächsten zur Hand ist, und das klirrte und klingelte, als ob Kobolde das Oberste zu unterst kehrten und das Unterste zu oberst. Als die junge Frau, deren Kopf glühte wie eine seit drei Tagen über dem Feuer gestandene Kuchenpfanne, sah, wie der Mann nach

Wein rannte und einschenkte, wie das Essen verschwand, Schüsseln und Teller brachen, da zersprengte der Zorn ihr Herz, und wie aus einem zerborstenen Dampfkessel das siedende Wasser über die Reisenden, so ergoß sich nun ihr Zorn über die Essenden und Trinkenden. Das sei ein teurer Tag für eine schlechte Ernte und viel Essen für schlechte Arbeit; mehr Aufwand und nichtsnutziger Volk hätte sie nie an einem Erntetage gesehen. Lieb wärs ihr, sie ließen ihr wenigstens die Schüsseln ganz und drin noch was übrig für den nächsten Tag, sonst wolle sie rechnen mit ihnen ein für allemal. Frau, sagte ein Graubart, seit siebenzig Jahren bin ich an dem Erntetage auf dem Hofe, sie hattens und gönntens. Wie sie gaben, so geschah, was wir ihnen wünschten, sie hatten nie desto weniger, sondern alle Jahre mehr; denn alles ging in Frieden und hatte den Segen, sie gönnten es uns und wir ihnen. Heute geht es anders, und an dir liegts. O Frau, bedenke, halte uns weder Arbeit vor noch Essen, laß dich Gutes nicht reuen und meide Zank, sonst, o Frau, treibst du mit deiner neuen Mode den alten Segen aus.

«Da schwur die Frau, dem alten Segen frage sie nichts nach, wenn sie neue Arbeiter hätte. Siebenzehn hätten heute gemäht in der Matte, und was sie abgehauen, fresse eine Kuh in einem halben Tage, und was sie heute verzehrt und zerschlagen hätten, sei mehr, als aller Segen in zehn Jahren gutmachen könne. Frau, frevle nicht! Was du sagst, weißt du nicht. Was es ist, durch Wurmerde mähen, kennst du nicht, und was der Segen Gottes ist, hast du nie erfahren, darum schweige; schweige, schweige wenigstens in dieser Nacht! Wie nahe dir Gott ist, weißt du nicht.

«Da schlug die Frau auf den Tisch, daß die Flaschen zitterten, die Gläser aufsprangen, riß den schäumenden Mund auseinander; aber ehe diesem ein Laut entfahren war, füllte ein Lichtstrom die Stube, und ein Donner prasselte, als ob der

Himmel gläsern gewesen und in Millionen Scherben zersprungen wäre. Geblendet, betäubt waren alle; stille wie im Grabe ward es einen Augenblick, dann prasselte das Feuer über alle Balken, an allen Wänden auf, zur Türe stürzte, wer seiner Sinne mächtig war. Der Greis trat hinter dem Tische hervor, ihm wars gewesen, als fahre der Blitz zwischen ihm und der Frau herab; er sah sie nicht, suchte sie am Boden, fand sie nicht, und gefunden ward sie nimmer.

«Die alten Leute und der Sohn waren nicht im Hause gewesen. Als die junge Frau in die Stube stürzte, hatten sie Geld in die Tasche genommen, waren in die Küche gegangen, hatten zusammengerafft an eßbaren Sachen, was sie noch fanden, hatten alles hinausgetragen und gelabet und beschenkt, wen sie draußen noch fanden. Dann setzten sie sich an den Zaun, weinten Beide bitterlich, und obs auch immer wilder wetterte und donnerte, mochten sie doch nicht ins Haus.

«Da hörten sie hinter sich ihren Namen, und als sie aufsahen, sahen sie niemand; aber auf den beiden Zaunpfählen über ihnen glänzte es wie zwei Sterne, und als sie genau hinsahen, waren auf den Zaunpfählen zwei Erdmännchen, von denen sie von Kindsbeinen auf gehört und keines je gesehen. Diese waren ungefähr einen Daumen hoch und hatten Krönlein auf den Köpfen, denn es waren der König und die Königin, und die Krönlein waren es, welche leuchteten in der Nacht.

«Der König mit der roten Krone sprach ganz fein und daß es ihnen doch durch Mark und Bein ging: Lebt wohl, wir müssen scheiden. Durch manches Geschlecht gingen wir in diesem Hause aus und ein, uns war es lieb und dem Hause zum Segen. Ihr habt einen Geist ins Haus gebracht, der vertreibt uns, wir ziehen aus mit Leid und Schmerz und kehren nimmer wieder. Lebt wohl, sprach darauf die Königin mit dem weißen Krönlein, ihr habt uns weh getan, doch weher noch euch selbst, aber ohne Andenken wollen wir nicht scheiden. Gar mühsam ward oft das Mähen in den Matten dem armen Arbeiter, der nicht viel Kräfte hatte, dieweil so viel Wurmerde in der Matte war. Von dieser Stunde an soll zu Nutz und Frommen von Bauer und Knecht, solange auf dem Brittenwalde gemäht wird, keine Wurmerde daselbst zu finden sein. Das waren ihre letzten Worte; darauf verschwanden sie, und wie sie verschwunden waren, fuhr der Blitz vom Himmel, das Haus stand in Feuer, fiel in Graus und Asche, aber auch Wurmerde war keine mehr in der Matte und ward keine mehr gefunden auf dem Brittenwalde bis auf den heutigen Tag.»

So erzählte Käthi dem kleinen Herzkönig ihr Märlein, pünktlich, wie ein Märlein erzählt zu werden pflegt, und der Kleine horchte lautlos zu und unterdrückte alle Fragen, weil er nach dem Ende begierig war und bereits erfahren hatte, daß das Ende gar nicht kommen wolle, wenn er die Großmutter unterbreche und aus dem Geleise bringe.

«Jetzt», sagte Johannesli und weinte fast, «jetzt, wegen der wüsten Frau, kommen die Erdmännchen nicht mehr auf Erden? Und ists auch recht, daß der liebe Gott wegen einer Viele straft?» «Aber, was du nicht sagst! Schäme dich, denk, wenn es der liebe Gott hörte, was würde er sagen», meinte Käthi. «Nein, so ist der liebe Gott nicht. Es erbarmte sich der liebe Gott der Erdmännchen, welche gar sehr trauerten, daß sie jetzt kein Haus mehr hatten, wo sie einkehren konnten, und keine Menschen, welchen sie Gutes tun konnten; denn dieses war ihnen gar lieb geworden, und sie hatten keinen Mut mehr in den unterirdischen Gewölben, und was sie da arbeiteten, kriegte Flecken und war ohne Glanz und Schönheit. Der liebe Gott schickte ihnen wieder den Gabriel, den Engel nämlich, und ließ ihnen sagen, sie sollten Stäudchen und Blümlein flechten, welche süße Beeren trügen, sollten, wenn die Sonne steige, der Schnee weiche, in lauen Nächten diese pflanzen in Busch und Wald, dann gute, fleißige Leute, fried- und folgsame Kinder locken, sie zu pflücken zur eigenen Labung oder zum Verkauf, hungerige Vöglein locken zu den Sträuchern zur süßen Nahrung.

«Das freute nun die Erdmännchen sehr, sie bekamen neuen Mut, und was sie arbeiteten, hatte wieder den alten Glanz, und als der Frühling kam, zogen sie in großen Reihen hinaus in Busch und Wald, pflanzten die zarten Sträucher und tanzten lustig in den Wiesengründen, wenn Mond- und Sternenglanz die Erde versilberten. Im Sommer bergen sie sich im kühlen Waldesschatten, locken und lauschen, freuen sich der hungerigen Vögelein, der guten Kinder, der armen Leute, welche kommen, den Hunger zu stillen oder Beeren zu sammeln, um Brot zu kaufen.»

«Aber Großmüetti, ist es denn wahr? Ich habe auch Beeren gewonnen und keine solche Leutchen gesehen, und weißt nicht, was letzthin der Krämer gesagt hat, man müsse nicht alles glauben, was die Leute sagen und was man nicht selber sehe?» «O Bubi, o Bubi, mußt du solche wüste Worte behalten, und denkst nicht, daß du den lieben Gott ja auch nicht siehst? Ja freilich glaube ich an die Erdmännchen, wenn ich sie schon nicht sehe», sagte Käthi. «Wenn du recht gut und folgsam bist und ich noch lebe im andern Frühjahr, dann will ich dir was zeigen, wenn die guten Leutchen nicht erschrocken und fortgezogen sind.»

«Wo, Großmüetti, wie, Großmüetti?» schrie Johannesli. Käthi wollte anfänglich nichts sagen, wollte ihn vertrösten auf den Frühling, wenn sie noch lebe, aber umsonst, sie mußte reden, sie mochte wollen oder nicht. «Sieh», sagte sie endlich, «wenn sie in warmen, hellen Nächten die Sträuchchen gepflanzt, das Erntefeld für die armen Leute bereitet haben, so freuen sie sich und ziehen hinaus auf eine nahe Wiese oder in einen Baumgarten und schlingen da ihre Reihen, bis die Sterne bleich werden, der Morgenwind in den Blättern lispelt; dann ziehen sie hinunter in ihren unterirdischen Palast. Wo sie einmal getanzt ungestört, da tanzen sie alle Frühling wieder. Im jungen Grase sieht man dann die Ringe rund und ineinandergeschlungen, wo sie getanzt haben, und freut sich, daß sie dagewesen, und hofft auf viele Beeren. Droben bei dem Dorfe nun tanzen sie, dort sieht man die Ringe im Grase, dort will ich sie dir auch zeigen, wenn sie wieder kommen, aber eben werden sie ausbleiben, und darum war ich auch so traurig.»

«Aber warum, Großmüetti?» sagte Johannesli, «das wäre ja nicht recht vom lieben Gott, wenn er sie nicht kommen ließe, denn daran, daß die Erdbeeren versandet worden, ist ja er schuld, und die armen Leute vermögen sich dessen nichts, und den Erdmännchen wird Gott ihre Freude nicht verderben wollen. Nein, Großmüetti, habe nicht Kummer; wenn nur schon der Schnee ab wäre, ich kann es nicht erwarten, bis ich die Ringe sehe im Grase.»

SECHSTES KAPITEL

Vom Ährenlesen und Kräutersammeln, von Müllern und Apothekern

Es kam Käthi die zweite ihrer Ernten allmählig näher, und darüber freute sie sich sehr. Kornäcker hatte Käthi keine, aber an die Kornäcker ein Recht, welches ihr Gott schon durch Moses gewährleistet hatte, wie man heutzutage zu sagen pflegt. Käthi war eine treue, fleißige Ährenleserin, wie sie schon vor viertausend Jahren in Ehren standen, eine, die mit frommem Sinn und ohne Sünde Ähren las, den Bauer um seine Garben nicht beneidete, ein fröhlich Genügen fand an ihrem Körbchen voll Ähren. Das ist der fromme Sinn, der aus dem Glauben hervorgeht, daß nichts aus dem Zufall hervorgehe, sondern alles von Gottes väterlicher Hand uns zugeteilt werde, vieles oder weniges, und alles zu unserer Seligkeit. Dieser Sinn findet eben das fröhliche Genügen in dem Wenigen, was ihm Gott beschert; in diesem Wenigen ist Gottes Segen, und frei von dem verzehrenden Neid ist sein Herz, von dem Neid, dem nichts recht ist, was Gott geordnet, und der an dieser Ordnung nichts ändern kann, nichts kann, als durch das Auflehnen gegen diese Ordnung sich und Andere unglücklich machen. Dieser Neid kommt, wenn der fromme Glaube geht; ein Kind dieses Neides ist der Kommunismus dieser Zeit, der eigentlich gar nichts ist als ein reißender Wolf im Schafspelz; dieses reißende Kind würde dem Ährenlesen ein für allemal ein Ende machen. Erst würden Ährenleser und Bauern sich gegenseitig erschießen oder totschlagen, darauf würde niemand mehr der Narr sein wollen, den Acker zu bestellen, dann ists begreiflich aus mit der Ernte.

Käthi freute sich allemal sehr auf diese Zeit, und absonderlich jetzt, wo Johannesli zu helfen begann; an jeder Ähre, welche er auflas, hatte sie eine Freude, als ob sie eine goldene wäre. Es ist freilich eine strenge Sache für einen siebenzigjährigen Rücken, Ähren lesen zu müssen, aber Käthi trug dies unbeschwert. Sie mußte dabei immer an den schönen Spruch des Heilandes denken: «Sorget nicht für euer Leben, was ihr essen und trinken werdet, auch nicht für euern Leib, was ihr anziehen werdet! Ist nicht das Leben mehr als die Speise und der Leib mehr als die Kleidung? Sehet die Vögel des Himmels an; sie säen nicht, sie ernten auch nicht, sie sammeln auch nicht in die Scheunen, und euer himmlischer

Vater nähret sie doch. Seid ihr aber nicht viel besser denn sie? Wer ist aber unter euch, der mit Sorgen seiner Länge eine Elle zusetzen möge? Und warum sorget ihr für die Kleidung? Betrachtet die Lilien auf dem Felde, wie sie wachsen; sie arbeiten nicht, auch spinnen sie nicht, doch sage ich euch, daß auch Salomo in aller seiner Herrlichkeit nicht bekleidet gewesen ist als derselben eine. So dann Gott das Gras auf dem Felde also kleidet, das doch heute steht und morgen in den Ofen geworfen wird, sollt' er nicht viel mehr euch kleiden? O ihr Kleingläubigen! Darum sollt ihr nicht sorgen und sagen: Was werden wir essen, oder was werden wir trinken, womit werden wir uns kleiden? Denn nach solchem allem trachten die Heiden. Denn euer himmlischer Vater weiß, daß ihr des alles bedürfet. Trachtet aber am ersten nach dem Reiche Gottes und nach seiner Gerechtigkeit, so wird euch dies alles zugegeben werden. Darum sorget nicht auf den morgenden Tag, der morgende Tag wird für das Seine sorgen. Es ist genug, daß ein jeglicher Tag seine eigene Plage habe.»

Viele Ähren fanden sich aufzulesen. Das Korn war mürbe, mußte oft mehrere Tage liegen, wurde zuweilen in großer Hast eingesammelt, wobei dann nicht sanftmütig mit den Garben umgegangen ward. Käthi hätte eine ihrer besten Ernten gemacht, wenn nicht ein Umstand eingetreten wäre, der ihr hinderlich war. Eben diese Hast, welche über die Menschen gekommen war auf seltsame Weise, ohne daß sie eigentlich in andauerndem Regenwetter zureichenden Grund hatte, verleitete die Menschen, an den Sonntagen zu ernten, und zwar gerade an diesen Tagen mit einer Hast, als ob sie vor Gott die Sache retten, sie ihm gleichsam aus den Händen reißen müßten. Aber der Herr zeigte ihnen, wer Meister sei. Am Sonntag wurde schlecht und feucht das Korn gesammelt, am Montag war schön Wetter, und wer gewartet hatte, dem wurden Gehorsam und Vertrauen gesegnet. Der arme Menschentropf, erzwingen kann er nichts, ist nichts ohne Gott; wohin gerät er nun ohne Gehorsam gegen Gottes Gebot? Es mag Jahre geben, in welchen man von Christus die Erlaubnis hat, am Sonntag zu ernten, wenn man das Korn fast aus dem Wasser ziehen muß wie den Ochsen aus dem Brunnen; eine solche Nötigung war aber lange nicht vorhanden. Käthi brachte es nun aber nicht übers Herz, am Sonntag Ähren zu lesen. Sie sagte, wenn die armen Leute, welche niemand hätten als Gott, seine Gebote nicht mehr hielten, wer sie dann eigentlich halten solle; einmal den reichen Leuten sei es nicht zuzumuten, welche noch so viel anderes hätten neben Gott, worauf sie ihr Vertrauen setzen könnten. Was die armen Leute aber, welche Gottes Gebote verachten, dächten, das begreife sie nicht. Sie hätten keinen Teil an der Welt, bekämen keinen am Himmel; hier bös haben, dort noch böser und dann in alle Ewigkeit, Schrecklicheres könne man sich doch nicht denken! Nun hatte Käthi auch so gleichsam ihre Erbäcker, Äcker, auf welchen sie seit vierzig oder mehr Jahren Ähren gelesen hatte, wo sie gleichsam die privilegierte Ährenleserin war, zunächst hinter dem Wagen ging und vom Bauer Winke bekam, wenn er unter einer Garbe, die er an die Gabel steckte, ein Häuflein Ähren sah. Wenn nun auf einem solchen Acker am Sonntage eingesammelt ward, Käthi es wimmeln sah von Ährenlesern, so tat das weh, und schwer war es zu verwinden. Käthi dachte dann wohl: In Gottes Namen, deretwegen werde ich nicht verhungern, und wenn es sein müßte, ei nun, so würde ich es annehmen müssen; wenn nur dann die Seele in den Himmel kömmt, das ist allweg die Hauptsache.

So saß einmal Käthi an einem Sonntage auf dem Bänklein, sah in einiger Ferne nach einem Acker, worauf es wimmelte, und hatte fast Tränen in den Augen, denn das gerade war immer ihr ergiebigster Acker gewesen. «Bist krank, Käthi, daß du nicht auf dem Acker bist?» tönte plötzlich eine Stimme, und eine Bäurin stand neben ihr, die Käthi, versunken in Betrübnis, nicht kommen gehört hatte. «Gottlob nein», sagte Käthi, «aber es ist heute Sonntag, Anne Bäbi.» «Selb weiß ich», sagte die Bäurin und ward rot im Gesichte. «Habe bloß geglaubt, wenn wir uns heute mit Ernten mühen mögen, werdest du nicht zu vornehm sein zum Ährenlesen. Wirst es aber besser vermögen als wir, Sonntag zu halten!» So sprach sie und schritt weiter. «Sei doch nicht böse, Anne Bäbi», sagte Käthi, «es ist nicht wegem Hochmut, sondern wegem lieben Gott.» «He nun», sagte Anne Bäbi, «wann du dann Holz mangelst oder sonst was, so gehe auch zu dem, mag er dir selbst helfen.»

So sei es doch fast nicht dabei zu sein, seufzte Käthi; sehe man auf Gott, so mache man böse Leute, und wolle man es den Menschen treffen, so verspiele man es mit Gott. «Guten Abend, Käthi», tönte es wieder, und wieder kam die Frage: «Warum nicht auf dem Acker? Sitzest da so ruhig, als ob du allen Ähren auf der Welt nichts nachfrügest.» Da erschrak Käthi, und eine Lüge war ihr auf der Zunge. Da dachte sie, Sünde sei ja Sünde, und was es ihr hülfe vor Gott, hier ruhig zu sitzen, wenn sie dabei lüge und trüge. «Darf es dir nicht sagen, Mädeli», seufzte Käthi, «du wirst sonst auch böse über mich, und das ginge mir viel zu übel.» «'s ist keine Gefahr», sagte Mädeli, «ich wüßte nicht, was ich dir übel nehmen sollte.» «Hör», sagte Käthi, «ich mache mir ein Gewissen daraus, am Sonntag Ähren zu lesen. Wenn ich auf den lieben Gott mein Vertrauen setzen will, so muß ich auch so viel möglich seine Gebote halten. Daneben will ich die nicht tadeln, welche ernten, sie werden wohl wissen, was sie machen; bei mir hat es in Gottes Namen nicht gehen wollen.» «Das ist die Frage», sagte Mädeli, «ob sie wissen, was sie machen», und setzte sich fast neben Käthi. «Mein Vater war ein sehr alter Mann; er sagte oft, er habe am Sonntag nie eine Garbe eingeführt und deswegen doch nie weniger gehabt als die Andern. Mein Vater selig war ein reicher Mann, aber er verlumpte die heiligen Werktage auch nicht im Wirtshause, darum konnte er den Sonntag heilig halten. Aber die neue Ordnung hat alles verkehrt; sechs Tage hudeln und arbeiten am siebenten, das wird einen saubern Ausgang nehmen. Ich habe heute großen Verdruß gehabt, vielleicht noch keinen so, dir darf ichs wohl sagen. Wir haben zwei so hoffärtige Knechtlein, die nie in die Kirche wollen, aber nach Mädchen laufen alle Nächte und den Lohn weit voraus eingezogen haben; die haben ihre Freude daran, alles auszuspotten und den Menschen und dem lieben Gott alles zTrotz zu machen, was sie können, werden aber, ehe es lange geht, sauber an die Kost kommen und kopfvoran ins Elend. Die hatten die Freude, meinen Buben in Kopf zu tun, heute müsse geerntet werden, diese taten es meinem Alten in Kopf, ich redete dagegen, aber wie gegen eine Wand; was die Knechtlein wollten, das galt. Das tat mir weh, ich glaubte, ich könnte es nicht verwinden. Nun freut es mich, daß es noch jemand gibt, der meinen Sinn hat. Wenn du heute auch nicht auf dem Acker bist, deswegen sollst du nicht weniger haben. Willst du Obst im Herbst, so hole es ungeheißen, hast sonst was nötig, so sags; kann man, so hilft man, kann man nicht, so habe es nicht ungern! Jetzt muß ich gehn ihnen das Abendbrot bringen, hätte lieber sechs Tage arbeiten wollen wie ein Roß, als dieses tun.»

Als Käthi allein war, dachte sie, wie es doch wunderlich sei mit den Menschen; mache man einen bös, so treffe man es dem andern, wer es allen treffen wolle, sei ein Narr oder müsse einer werden. Da sei es doch am besten, Gott zu gehorchen und nicht den Menschen, der bleibe allezeit der

Gleiche; mit Gott hätte man noch die guten Leute, und wie Gott einem helfen und lohnen könne, wenn man es mit ihm halte, habe sie gleich jetzt erfahren.

«Hast Sonntag und gute Ruhe?» erscholl plötzlich eine rauhe Stimme neben Käthi, und als Käthi sich umsah, stand Mädelis Mann neben ihr, ein großer, dicker Bauer. Es ist gut zu feiern, wers vermag und nicht sehen muß, woher das Brot kömmt», sagte er. «O Hans», sagte Käthi, «spotte mich nicht aus! Ärmer und nötiger ist niemand als ich, und Andere plagen tue ich nicht mehr, als es sein muß. Aber eine arme alte Frau, mit einem Fuß im Grabe, hat niemand nötiger als Gott, und dem es recht zu machen, ist ihr die Hauptsache.» «Ein paar Ähren aufzulesen, hätte dich nicht um die Seligkeit gebracht», sagte der Bauer. «Daneben mache, was du willst, an deinem Glauben will ich dir nichts befehlen, aber behalte ihn für dich und hetze nicht andere Weiber auf! Machst du das noch einmal, so ist es mir lieber und dir besser, du kommest mir niemals mehr ins Haus.» «Aber Hans, deine Frau habe ich nicht aufgewiesen, wir haben nur miteinander geredet, und so wüst wirst nicht gegen mich sein. Wenn du vielleicht bald mit mir zu Grabe mußt, so würde dir das doch leid sein.» «Leid sein oder nicht leid sein, aber mich dünkt, du könntest tun wie andere Leute. So eine alte Frau wird die Ordnung nicht machen wollen, weder auf der Welt noch im Himmel. Gute Nacht geb dir Gott und denk daran!»

Dahin ging er und kehrte sich nicht um, wie Käthi ihm auch nachrief. So gehe es einem, sagte Käthi für sich selbst; wenn man alsobald den Lohn der Welt haben wolle, so gehe einem der Ruhm bei Gott dahin. Aber schrecklich sei das doch, dachte sie bei sich, daß man nicht mehr seines Glaubens leben dürfe und verfolgt werde, wenn man Gottes Gebote halten wolle. Man rede immer von der Freiheit, aber ein solcher Zwang sei doch noch nie erhört worden (Käthis Geschichtskunde reichte nicht übers Großmüetti hinauf). So könne es ja dahin kommen, daß man Gott verleugnen oder abschwören müsse und daß man in jedem Dorfe einen zum Moloch mache, den man als Herrgott zu verehren und anzubeten hätte.

Käthi nahm die Worte sehr ernsthaft, und mit Recht. Man könnte zwar sagen, sie hätten nichts zu bedeuten, nur einer habe sich so ausgesprochen, oder gar, nur Hansli habs gesagt; aber man täte sehr unrecht, wenn man solche Redensarten und Zumutungen übersehen wollte, ihnen alles Gewicht absprechen, sie sind im Gegenteil von hoher Bedeutung.

Was so e Hansli sagt, ersinnet der Hansli nicht, es sind Floskeln, Phrasen des Zeitgeistes, mit denen man erst spielt als wie mit Zahlpfennigen, dann aber werden sie Samenkörner des Zeitgeistes, gehen auf, gestalten sich zu lebendigen Formeln, zu den Grundsätzen der Zeit, zu den Zaubersprüchen, mit welchen man den Teufel ruft; aus scheinbar leeren Redensarten solche Grundsätze und Zaubersprüche zu machen, ist des Teufels Bande tätig Tag und Nacht. Mitten in Europa als Christ verfolgt zu werden, gehört zu den Wahrscheinlichkeiten des Tages.

Bei gedachtem Hans hatte die Zeit allerdings noch nicht so tief gegriffen; denn als Käthi bald darauf scheu an seinem Hause vorüberstrich, rief er sie, hieß sie hineingehen, da seine Frau etwas mit ihr wolle. «Es ist brav, daß du wieder kommst», sagte drinnen Mädeli. «Was bringt dich Guts?» «Hans hat mich gerufen und heißen hineingehen, du wollest was mit mir», antwortete Käthi. «So, hat er das?» sagte Mädeli. «Der Wüstest war er nie und wirds hoffentlich nicht auf die neue Mode. Ich hatte es grausam ungern, daß er dich so angefahren. Er rühmte sich dessen, sobald er heimkam.

Aber wohl, dem machte ich die Läuse runter. Es sei kein Wunder, wenn die armen Leute die reichen haßten, wenn diese ihnen nichts mehr gönnen, nicht einmal mehr die Religion und die Gnade Gottes, und ihnen den Glauben zu nehmen begehrten. Das sei eine saubere Freiheit, wenn eine alte Frau nicht einmal mehr die Gebote Gottes halten dürfe. Das sei ja viel ärger als zu Eleasars Zeiten, wo die Aegypter die Juden zwingen wollten, Schweinefleisch zu essen; jetzt aber wollten Christen Christen zwingen, zu sündigen und vom Gehorsam abzufallen. Wohl, denen werde der alte Gott ihre saubere Freiheit und ihr noch sauberer Christentum tapfer ausklopfen seiner Zeit. Hans hats eingesehen, und jetzt hocke du nur vor deinem Häuschen am Sonntag, Hans wird dir nichts mehr sagen, er mag heuen oder ernten. Für den Schreck mußt jetzt Äpfel haben. Wir haben sie in diesem Jahr, und z'danken brauchst nicht so nötiglich; ich bin froh, wenn ich die frühen los werde und Platz kriege für die spätern.» Sie füllte Käthi einen Korb und meinte: «Du wirst wohl daran leben, sie sind honigsüß, und Holz brauchen sie fast keins, sie brauchen nur kurze Zeit auf dem Feuer zu sein, so sind sie weich und gut.»

Wer es nie erfahren, weiß nicht, wie glücklich eine arme christliche Frau ist, wenn sie unerwartet zu einem Korb voll Speise gekommen ist, während sie denselben nach Hause trägt. Sie ist viel glücklicher als so ein Krösus, wenn er eine Million gewonnen hat. Bekanntlich haben es unchristliche Weiber ganz anders, sie entbehren dieses Glück, weil sie nichts wissen von der Dankbarkeit; sie sind unzufrieden, daß es nicht mehr ist, oder denken, es sei doch verflucht, daß sie das selbst tragen müßten, daß der Bauer sie nicht in einer Chaise habe heimfahren lassen.

Als Käthi heimging, begegnete ihr Hans wieder, und als sie danken wollte, fragte er: «Kennst du den Huebechbaum im Acker, gegenüber deinem Häuschen am Zaun?» «Ja», sagte Käthi, «den schönen runden Baum wirst meinen?» «Gerade den», sagte Hans. «Hast du unsere Ähren nichts geschätzt, so nimm dort die Äpfel, wenn du sie was schätzest, und meinethalb hol sie am Sonntag oder am Werktag, das kannst dann machen, wie du willst.» Käthi verstummte ordentlich ob solcher Güte, und als ihr das Reden wiederkam, war Hans schon weit weg.

Käthi hatte übrigens beim Ährenlesen einen guten Ertrag gehabt, Johannesli hatte tapfer geholfen, es war ordentlich zu merken; neun ganze Mäß hatte Käthi zusammengelesen, und das ist viel für eine alte Frau, da bekanntlich alte Frauen auch alte Rücken haben. Mit gesenktem Kopfe ging sie manchen Tag herum, man wußte nicht, wars ihr besonders im Rücken oder was Apartes im Kopfe. Bald schaute sie den Sack mit Korn an, bald einen hervorspringenden Schrank, der bis an die Decke der Stube reichte und ungefähr zwei Schuh hoch war. Diesen Schrank nennt man das Gänterli, und er ist, wenn nicht in den meisten Stuben, so doch fast in allen Nebenstübchen zu finden. Dieses Gänterli ist ein gar bedeutsamer Behälter, an manchem Orte fast was das Herz im Leibe; er ist die Schatzkammer des Hauses, birgt Kleinodien, Schriften und Barschaft. Bei ärmern Leuten sind begreiflich die Kleinodien sehr einfach; es ist ein Ring, der aussieht wie Gold, ein glänzend Silberstück, ein schönes Glas, eine weiße Flasche. Den Übergang von den Kleinodien zu den Schriften bilden die sogenannten Einbünde der Kinder, Geschenke der Paten am Tauftage. Der Einbund besteht vor allem aus einem gemalten Blatte, schön gefärbt, oft zwei Engel obenan, unten ein schöner Spruch aus der Bibel oder ein Vers mit Anmerkung des Tages und vom Paten unterschrieben. Dieses Blatt ist künstlich zusammengefaltet und enthielt ursprünglich den eigentlichen Einbund, ein schönes Geldstück von einem Gulden weg bis zu einem Doppellouisdor. Bei diesen Einbünden befindet sich die Barschaft der Kinder, gewöhnlich in einer Büchse oder einer kleinen Schachtel, die Batzen, welche sie hier und dort geschenkt kriegen oder verdienen. In einer großen Schachtel liegen die Schriften, Tauf- und Kopulationsscheine, Zeugnisse, manchmal sogar Quittungen, sogar manchmal ein Mietakkord, ja vielleicht sogar eine Gschrift, eine Erbteilung, ein Erbauskauf, die weiß Gott wie in den Händen des Besitzers geblieben, durchaus wertlos ist, aber doch mit großer Sorgfalt aufbewahrt wird, von wegen, man könne nie wissen – !

Hier befindet sich endlich auch die Barschaft, der Hausschatz, und in zwei Teile gesondert. Vornen in einem Körbchen oder einer zerbrochenen Untertasse befindet sich die Kasse für die laufenden Ausgaben, sie besteht aus mehr oder weniger schlechten Münzen. Hinten in einer Ecke liegt ein Säcklein oder ein alter Strumpf, jedenfalls wohl verbunden, um unbedachtes Dreinfahren zu verhindern; darin liegt das Silber, welches man das Jahr durch in die Hand kriegt, es ist bestimmt, Miete oder sonst Zinse zu entrichten. Bleibt nach Bezahlung des Schuldigen was übrig, dann gibt es was Neues, Notwendiges, ein Bettstück, einen Karren, eine Axt, einige Hemden oder sonst Kleider, und bleibt dann noch was übrig, ja dann ist die Freude groß und bedenklich wird das Überlegen: Was jetzt? Die Einen denken an die Kinder, sammeln künftige Lehrgelder, Andere an die alten Tage und sparen ein Ruhkissen, Andern zuckt es in allen Gliedern, und: «Frau», sagt der Mann, «was meinst, wenn wir uns einmal ein Freudeli gönnen würden? Was willst lieber, einen Spiegel, einen Schrank, oder wollen wir zu Markte gehen und es einmal lustig flädern lassen, Fraueli, was meinst?»

Dieses Gänterli wars, welches Käthi eine ganze Woche

bedenklich angesehen hatte und endlich am Sonntagnachmittag öffnete. Das war allemal ein festliches Ereignis für den Kleinen, denn da erhielt er zum Besehen seine Einbünde, von denen nicht bloß das Papier übrig war, sondern auch die Zulagen. Gewissenlose Eltern gebrauchen dieselben als ihr Eigentum, mißbrauchen sie namentlich zu einem Taufschmause. Sie wollen auch einmal freigebig sein, groß tun, Gäste bewirten. Das ist schön und gut, wenn man es hat. Aber dafür die Einbünde brauchen, darüberaus drei bis vier Taler schuldig bleiben, dabei Frau und Kinder darben lassen, das ist nicht bloß unverständig, es ist schlecht. Käthi hätte manchmal die Einbünde brauchen können, aber sie dachte nicht einmal daran, und wäre es ihr angeraten worden, so hätte sie es mit Abscheu als einen großen Frevel von der Hand gewiesen. Während Johannesli an seinem Schatz sich erfreute, nahm Käthi den ihren zur Hand, welcher in einem ihrer Hochzeitstrümpfe enthalten war. Er war dünn, dieser Strumpf, und als er ausgeleert war, lag ein gar klein Häufchen auf dem Tische, einige Basler Dreibätzler, ein halber Brabantertaler, einige Franken und halbe Guldenstücke. Als Käthi das sorgsam zusammenzählte, so fand sie, aber nicht beim ersten Male, daß ungefähr drei und einen halben Taler ihr Schatz betrug, und sieben und einen halben Taler betrug ihre Schuld, und das halbe Jahr, wo wieder ein Mietzins entrichtet werden sollte, war mehr als halb verflossen. Da ward es Käthi recht himmelangst; sie faßte den Entschluß, diesmal die Ähren zu verkaufen, und dieser Entschluß kam Käthi sehr hart an. An diesen Ähren hatte Käthi sonst große Freude gehabt, es war ihr Korn, sie konnte auch in die Mühle geben; das Mehl, welches sie erhielt, war vom eigenen Gewächs, und jeder weiß, was es sagen will: vom eigenen Gewächs, und wie ganz anders solches schmeckt als gekauftes! So hält der Weinbauer sein eigenes Gewächs höher als Burgunder und

Rheinwein, während es andern Leuten vorkömmt, wenn sie davon trinken müssen, als kratze man ihnen mit einem Dornbusche den Hals hinunter, als fahre eine scharfe Lauge nicht bloß durch den Magen, sondern den Leib hinunter durch die Schuhsohlen tief in den Boden hinein. Dieses Mehl hatte Käthi das ganze Jahr hindurch in besondern Ehren gehalten, nur bei besondern Anlässen, wenn sie so recht gut leben wollte, dasselbe gebraucht, ein Breichen gekocht, wenn die Kinder so recht gut gewesen, dem Mann, wenn er zum Besuch kam, einen Eierkuchen gebacken, am Neujahr Kuchen gebacken, um das Fleisch zu sparen usw. Verkaufte nun Käthi diese Ähren, so opferte sie alle die damit verbundenen Freuden, aber dann war sie die Schuld größtenteils los, denn allerwenigstens drei Taler schätzte sie die Ähren, ja sie dünkten ihr so schön, sauber und schwer, daß drei und ein halber Taler nicht übertrieben schienen; löste sie so viel, dann hatte sie ja sieben Taler, «und wer weiß, wenn ich ihm die sieben Taler bringe und er den guten Willen sieht, so schenkt er mir den halben, weil ich verhagelt und verwässert worden», so dachte Käthi, doch nur ganz leise und ja nicht, als ob ein Recht zu solchen Erwartungen dawäre. Freilich war dann gar kein Geld mehr da als einige St. Galler Halbbätzlein, hinter welchen nicht viel Trost liegt.

Dies machte ihr jedoch nicht Kummer; es gab im Herbst nicht bloß Verdienst, sondern es ging ihr jetzt eine Ernte an, von welcher Käthi manchen bessern Batzen hoffte. Käthi sammelte alle Jahre Bocksbart, Kamille, Kümmel, Wacholderbeeren, und was sie nicht in den sogenannten bessern Häusern absetzen konnte, trug sie in die Apotheke und löste dort immer etwas, wenn auch eben nicht viel. Die Apotheker heißen die Neunundneunziger sicher nicht umsonst. Doch wir gönnen ihnen den Profit von ganzem Herzen. Aber wenn in demselben so ein rechter Gottessegen sein soll, dürfen sie keine harte Hand haben gegen die alten Mütterchen und die Kinder, welche ihnen Beeren und Kräuter bringen, müssen sich nicht mästen wollen am Schweiße der Fleißigen, müssen sich begnügen lassen am Verdienste von der Torheit der Reichen und den Seufzern der Kranken. Wenn so eine Provisors- oder Prinzipalsseele, die eine wie die andere dürr wie getrockneter Holunder, von denen die erste jeden dritten Sonntag den Nachmittag frei hat, die andere jeden Abend, beide aber alle Tage was Fettes und gut Gepfeffertes auf dem Tische, von unserm Herrgott verurteilt würde, durch Sommer und Herbst, in Tau und Regen und Sonnenbrand einem alten Mütterchen, welches für sie Kräuter sammelt und Beeren, nachzukriechen und dazu zu essen und zu trinken, was das Mütterchen ißt und trinkt, die würden weicher werden und nicht wegen Mangel an Konkurrenz und weil sie wissen, daß die alte Frau Holunder und Kamille nicht selbst vertrinken kann, ihre Ware wie einen andern Handelsartikel betrachten, den man am liebsten um halb nichts hätte, sondern würden Fleiß und Armut betrachten und ihr Privilegium, mit billigem Profit sich begnügen, würden leben und leben lassen.

Wenn so eine ausgetrocknete Pillenseele auf Kanonenschußweite hören könnte, wie alte Mütterchen, denen man schlecht gewogen, schlechtes Geld gegeben, vielleicht erst eine halbe Stunde dr Gottswille hat bitten lassen, daß man ihnen ihre Sache abnehme, seufzen und brummen; wenn diese Seele eine Apothekerwaage würde, auf welcher er diese Seufzer und die damit verbundenen Wünsche wägen müßte, wir glauben, die Kamille und der Bocksbart würden aufschlagen und die dürreste Apothekerseele auftauen.

Nun sind aber nicht alle Apothekerseelen dürr und trokken wie Kamillenstengel nach Michelstag; solchen noch grün und saftigen Seelen wünschen wir ebenfalls Ohren, welche hören auf Kanonenschußweite (was übrigens nicht bloß den Apothekern, sondern auch andern Majestäten zu wünschen wäre). Solche würden dann auch hören: «Das ist noch ein rechter Herr und ein guter, wenn sie nur alle so wären; der führt einem die Sache nicht aus, als obs lauter Hühnerdreck wäre, und tut, als ob ers dr Gottswille nehme und er lieber sonst ein Almosen geben würde, und putzt einen ab, daß man ihm dieses Jahr nicht mehr vor das Haus komme. Der hat noch Verstand, der weiß, wie genug man tun muß, bis man zusammengelesen hat, daß man ans Verkaufen denken kann, der schnauzt einen nicht an, als ob man ein Hund sei, sondern gibt einem ein gut Wort, und das tut einem auch wohl. Bist aber fleißig gewesen, Mutterli, sagt er, das hat manchmal Bückens gekostet, bis du das beisammen hattest! Wenn alle wären wie du, es wären Viele weniger arm und Reichs und Arms besser gegen einander als jetzt. Wenn alle Herren Verstand hätten wie der und wüßten, wie wohl unsereinem ein freundlich Wort tut, man liefe für sie durchs Feuer. Ja, ein bsunderbar ein guter ist das, nach unserm Herrgott ist der mein Trost, und wenn er nur länger lebt als ich! Wenn der mir stürbe, ich grämte mich zu Tode. Und hör du, Bubi», sagte sie zu dem Kinde, das ihr an der Schürze hing, «den Herrn, der dir den Zuckerstengel gegeben hat, den vergiß du nie, und wenn du ihm einst was tun kannst, so spar es nicht, laß es dich nicht reuen; das ist einer, wie es unter Tausenden nicht Zwei gibt. Unser Herrgott muß bös zufrieden sein mit den Menschen, daß er Solche so rar werden läßt. Sieh, wie schönes Geld er mir gegeben hat und einmal, wo mir so wunderlich gewesen, gar ein Gläsli, und hat nichts dafür wollen. Etwas Bsunderbares muß das gewesen sein, hab mein Lebtag so was nicht gehabt; dWunderligi ist mir auf der Stelle vergangen, und es ist mir in die Glieder geschossen, es dünkte mich, ich werde wieder jung und möchte über Stock und Stein. Ach ja, wenn der nur hundertjährig würde, ich möchte es allen armen Leuten gönnen. Bubi, wir wollen fleißig für ihn beten, vielleicht daß unser Herrgott noch auf uns hört.» Von ganzem Herzen gönnten wir einem guten Apotheker, der nicht bloß alle Tage was Fettes und gut Gepfeffertes auf dem Tische liebt, sondern wirklich noch Besseres, Ohren, solche Herzergießungen zu hören auf Kanonenschußweite.

Käthi zählte also auf diesen Verdienst, darum scheute sie sich nicht so sehr, so ganz von Gelde sich zu entblößen. Sie hatte einen Herrn an der Hand, wenn auch nicht einen von den besten, so doch auch nicht einen von den bösen; er hatte wohl die Batzen sehr lieb, und die guten reuten ihn immer mehr als die schlechten, aber gute Worte hatte er doch und Manieren, welche einer alten Frau wohl taten.

In zwei Bündeln, da Käthi das Ganze nicht tragen konnte, lud sie ihren Reichtum auf einen Schiebkarren, fuhr damit zur Mühle, trug dem Müller ihr Anliegen vor und sagte: Sie hätte sonst die Ähren nie verkauft, sondern sie mahlen lassen; aber jetzt sei sie die Hausmiete schuldig, der Flachs sei ihr verhagelt, sie müsse zu Geld machen, was sie könne und möge. Der Müller glich vielen Apothekern, im Handel hatte er nur einen Grundsatz: so wohlfeil als möglich zu kaufen. Zu diesem Zwecke machte er die Ware so schlecht als möglich, stellte sich, als hätte er dieselbe durchaus nicht nötig, und merkte er noch dazu, daß die Verkäufer Geld nötig hatten, dann wußte er sich zu drehen und zu winden, und während er mit dem Munde sagte, er wolle lieber mit der Sache nichts zu tun haben, klingelte er mit der Hand fortdauernd im Hosensack mit dem Gelde, und wenn er am Ende die Sache ums halbe Geld kaufte, so sollte es doch den Schein haben, als nähme er es höchst ungerne, eigentlich nur so dr Gottswille und wegem guten Herzen, den Leuten zu Gefallen. Das war sein Grundsatz, von dem er nie abließ, der nur insoweit eine Veränderung erlitt, daß der Müller denselben um so schärfer und härter anwendete, je geldnötiger die Leute waren, also am allerhärtesten gegen die Allerärmsten. Der Müller konnte das, sein Herz war ein Mühlstein, und wenn jemand kam, der ihm sagte: «Müller, ich habe Geld nötig», dann hatte er eine Freude akkurat wie eine Katze, welche eine Maus kommen hört. Der Müller gehörte unter die scheußlichste Klasse der Wucherer, welche mit ihrem Gelde armen Leuten ihre Kreuzer abpressen, ihnen alles zu teuer verkaufen, zu wohlfeil abkaufen; er konnte es, weil er Geld hatte und sie keines. Was doch solche abgepreßten Kreuzer brennen müssen in der Hölle!

Dieser Müller also machte mit Käthi keine Ausnahme; erst kriegte er Galgenfreude ins Herz, als er hörte, was Käthi sagte, dann machte er das Korn schlecht, wog es schlecht, maß es schlecht, zahlte es schlecht, und zwar wollte er dieses noch mit schlechtem Gelde tun, und dieser Mann besaß vielleicht hunderttausend Taler. Käthi mußte sich alles gefallen lassen, nur das schlechte Geld wollte sie nicht; sie müsse damit die Hausmiete zahlen, sagte sie, und solches dürfe sie dem Hausbauer nicht bringen. Der Müller begehrte sehr auf und meinte, auch diesen Profit wolle er sich nicht entgehen lassen, und erst als Käthi erklärte, lieber wolle sie das Korn zurück und dieses statt Geld dem Hausbauer bringen, rückte er mit Silber heraus. Dieses Silber tröstete Käthi einigermaßen, daß sie nur zwei Taler in der Tasche hatte statt drei oder drei und einen halben, also mit den gehabten dreiundeinhalb Talern nur fünf und einen halben an der Miete bezahlen konnte, zwei Taler schuldig bleiben mußte, welche geschenkt zu erhalten sie keine Hoffnung hatte.

SIEBENTES KAPITEL

Käthi erzeugt ein schreckliches Donnerwetter und ist doch keine Hexe

Die Bäurin gab Bescheid, als Käthi an der Türe klopfte und dem Bauer nachfrug. «Bin froh, daß du kömmst, daß er von dem verfluchten Gstürm weg muß», sagte dieselbe. «Er hocket schon den ganzen Abend darob, buchstabiert daran, kein vernünftig Wort kriegt man aus ihm, und hat er genug gelesen, läuft er fort, und es weiß kein Hund, wann man ihn wieder sieht. Oh, ich wollt – !» Der Rest verhallte. Wahrscheinlich meinte die Bäurin mit dem Gstürm die Darstellungen, welche dem reichen, freien Bauernvolke seinen Druck und sein Elend handgreiflich klar machten.

Der Bauer war sehr unwillig, als er im Stübli, wohin er gerufen wurde, nur Käthi fand. Wahrscheinlich hatte er eine jener Majestäten erwartet, welche im Lande herumliefen, den Leuten einen Begriff von deren Elend beizubringen, und zu gleicher Zeit mit Schmarotzen ihr Leben fristeten. Solche taten seit einiger Zeit dem Bauer häufig die Ehre an, bei ihm einzukehren, weil der Bauer eine gute Speisekammer hatte, und solche lieben bekanntlich sowohl geistliche als politische Speisprediger. Käthi brachte Entschuldigungen vor, daß sie ihn gestört, daß sie so lange mit der Hausmiete gewartet; sobald sie etwas gelöst, hätte sie es gebracht; leider sei noch nicht alles da, so bald möglich wolle sie den Rest bringen. Sie löste das Band um den Strumpf, leerte das Geld auf den Tisch und sagte, er solle zählen, wieviel es sei; sie hätte es auch getan, aber sie könnte sich geirrt haben. Während er zählte, frug die Frau: «Was hast du denn zu verkaufen gehabt?» Käthi erzählte es. «Bist so lang hinter uns zu Haus und hast solch Zutrauen zu uns, daß es dir angst wird, als ob wir die wüstesten Leute von der Welt wären und armen Leuten den Weibel auf den Hals schicken? Wohl, das ist sauber von dir», brummte die Bäurin. Käthi entschuldigte sich sehr, daß dies nicht also sei. Sie seien ja immer gut gegen sie gewesen, aber es plage sie so, wenn sie jemand schuldig sei, und sie müsse immer denken, die Leute könnten denken, sie begehre gar nicht zu zahlen. «Solche Leute sind rar», sagte die Bäurin.

«Also zwei Taler fehlen noch», sagte der Bauer, der das Geld gezählt hatte, «die bringst du mir, so bald du kannst.» «Es wäre mir lieb, ich könnte es machen, ehe wieder einer verfallen ist; aber diesen Augenblick weiß ich wahrhaftig nicht, wo ich das Geld hernehmen soll», antwortete Käthi. «He», sagte die Bäurin, «wegen denen zwei Talern wollte ich nicht kummern, Käthi; Christen wird dir, so Gott will, daran denken, daß du Hagel gehabt hast.» «He», sagte Christen, «sieh einmal, daß du sie bekömmst; kann ich dir dann was schenken, so wirst es immer noch nehmen. Ich bin auch verhagelt worden, und es kommt keinem Menschen in Sinn, mir einen Kreuzer daran zu geben.» Käthi dankte für den guten Bescheid und ging.

«Der wüstest Hund bist du doch», sagte die Bäurin, «der armen Frau die zwei Taler nicht gleich zu schenken, sondern sie in der Angst zu lassen, und wenn sie dieselben bringt, so bist du Hunds genug, sie zu nehmen.» «Solche Leute muß man nicht leichtsinnig machen», sagte Christen, «sie müssen wissen, daß sie nicht bloß auf der Welt sind, für einen zu plagen und zu schmarotzen.» «Diese Frau machst du einmal nicht leichtsinnig; aber der Brauch wars unser Leben lang bei braven Leuten, den Lehnsleuten zu schenken, wenn sie verhagelt wurden», entgegnete die Frau. «Meinethalb sei es der Brauch oder nicht. Aber wofür wird man alle Tage gescheuter und witziger, als um solche alte dumme Bräuche abzuschaffen und desto besser zu sich selbsten zu sehen.» «So redet mancher Lümmel», sagte die Frau, «und sieht nicht, wie er mit all seiner Weisheit, mit Leib und Seele, mit Weib und Kind dem Teufel zusteuert.»

Das war der Eingang zu einem gewaltigen Ehegewitter, welchem lange böses Ehewetter folgte. Es ist am Ehehimmel ähnlich wie am natürlichen Himmel. Am natürlichen Himmel sammeln sich allmählig Dünste, der elektrische Stoff häuft sich, die Dünste ballen sich, es kömmt Reiz in die Wolken, sie reiben sich, es blitzt hier, es blitzt dort, Lücken reißt der Blitz, ins Leere stürzen Massen nach, ihnen nach strömt und flutet, was hinter ihnen liegt. Je mehr von hinten nachgerissen wird, desto gewaltiger wettert, donnert und blitzt es vornen, desto mehr dehnt das Gewitter sich aus, desto wütender braust der Sturm, desto feuriger gießt der Himmel sein Feuer aus, desto gewaltiger kracht der Donner, desto jämmerlicher bebt die Erde. Und solche Gewitter enden nicht, bis alle Massen herangezogen sind, bis es wettert von einer Bergkette zur andern über alle Täler, alle Kräfte im Kampfe erschöpft sind. Ohnmacht kömmt über die streitenden Mächte, es hüllt sich alles in trübes, dunkles Nebelwetter. Das Ehewetter ist einem feuerspeienden Berge auffallend ähnlich. In tiefen Schlünden grollt und gärt der Berg, und je mehr er gärt und innerlich grollt, desto stiller wird es äußerlich, ja selbst der übliche Rauch bleibt aus, staucht sich wahrscheinlich innerlich auf, um, wenn das Ding reif ist, loszubrechen mit vollem Rachen. Wenn es losbricht innerlich, der schauerliche Bauch die glühende Masse, den qualmenden Dampf nicht mehr fassen mag, dann brichts los, in Absätzen erst, hier ein Maulvoll, dann wieder eins, bis endlich in ungemessenen, unbezähmbaren Strömen die zurückgehaltene Wut des Berges sich ergießt, Schrecken verbreitet, Verderben ausströmt weit über den Fuß des Berges, weit über die Wurzeln des Berges hinaus, bis die Kraft erschöpft ist und jahrelang die erschöpfte Kraft nichts mehr vermag als grollen und grollen, brummen und brummen und rauchen immerfort und ohne Unterlaß. Ein rechtes Ehegewitter am Ehehimmel ist ungeheuer ähnlich einer Schlacht in weitem Felde, geliefert von großen Armeen, zusammengesetzt aus allen möglichen Truppengattungen, vom Baschkiren an, der mit Pfeilen schießt, bis zum Artilleristen, der feuert mit dem schwersten Positionsgeschütz, drei Batterien auf einmal, lauter Vierundzwanzigpfünder, und wenn er sie hätte, schösse er aus Vierundsechzigpfündern. Beide Armeen sind giftig auf einander und wollen streiten, aber jede um Vorteil. Oft sind die Jäger losgebrochen, haben geschossen mörderlich, aber zur eigentlichen Schlacht fand sich keine Armee bewogen. Nachdem einige Jäger erschossen worden, zog sich jede in ihr Lager. Endlich gibts eine Schlacht, manchmal weil es beide suchen, manchmal weil der Zorn und das Gift so mächtig ausbrechen, daß alle Vorsicht und aller Rückhalt zum Teufel gehen. Im Anfang ging es wohl auch gemessen zu, hier ein Schuß und dort ein Schuß, hier ein Stich und dort ein Stich; wie aber ein Stich durchs Leder ordentlich aufs Leben geht, ja da wirkts wilder, da prasseln die Schüsse von Regimentern, da hauen Husaren ein, dann rücken Massen nach, dann donnert die Artillerie, Batterien fahren auf, eine speit der andern ins Gesicht, bis eine schweigt. Massen rücken nach, Kürassiere reiten auf, die Bajonette werden aufgesteckt, die Pferde kriegen die Sporen in Leib, das geht einander im Ernst auf den Leib, die Schlacht geht los. Zum Wirbel wird die Schlacht, schwankt hierhin, schwankt dorthin in Donner und Blitz, in Rauch und Dampf. Das ringt nun miteinander, bis die Kräfte dahin sind, jedes absetzt, um ermattet zu ruhen, zu grollen, einen gelegnern Augenblick abzupassen, oder es bricht die Reserve los von einer Seite; eine verborgen herbeigezogene Macht, eine verdeckte Batterie oder Utüfel von Dragonern, die stille in einem Graben gesessen, brechen, donnern los auf den betäubten Feind, sprengen ihn auseinander, reiten ihn zu Boden, machen stumm seine Geschosse, erringen einen vollständigen Sieg, jedoch nur einstweilen, denn gar mancher Feind am Boden erholte sich wieder, und nach einer Weile war es anders: der Sieger lag am Boden, gebunden an Händen und Füßen, das Maul verstopft, entweder mit einer Bratwurst oder einem braven Knebel oder einer tüchtigen Bombe.

Wie Gewitter, Feuerberg und Schlacht sich ähnlich sind in Feuer, Donner, Dampf und Graus, Anfang, Fortgang und Ende, und doch weder das Eine noch das Andere sich gleich sind, so umfaßt ein Wetter am Ehehimmel alle jene drei in Ähnlichkeiten und Unähnlichkeiten, es ist ein wild, wüst, grausig Ding, und ein solches brach auch aus zwischen Lisi und Christen, scheinbar ganz um nichts und wieder nichts. Aber da hatte es sich auch schon lange angesammelt, aufgestaucht innerlich, während es äußerlich ganz windstill gewesen war. Lisi war über ihren Mann sehr böse, der immer freisinniger ward, immer weniger tat, das Vaterland immer mehr liebte, immer weniger daheim war, immer hochmütiger wurde, je weniger er taugte, immer brutaler, je liberaler er sich nannte, immer unbarmherziger gegen die Armen, je mehr er als Volksliebhaber und Freiheitsfreund sich gebärdete, immer mehr über die Herren schimpfte, immer mehr den Herrn machte, immer mehr von bessern Zeiten sprach und immer mehr den Grund zu Bösem legte und legen half, immer lauter von Selbständigkeit sprach und immer handgreiflicher von Andern ausgebeutet wurde. Dieses alles kochte schon lange in Lisis Herz, und seit einem Jahre immer heftiger; so lange kocht es selten in einem Weiberherz, ohne loszudonnern. Bei Christen kochte es ebenfalls nicht schlecht. Es schien ihm, seine Frau hielte zu wenig auf seine Sache, ästimiere ihn zu wenig, mute ihm zu viel zu, trage seiner Stellung zu wenig Rechnung, habe zu viel ihren eigenen Kopf, sei zu träge, ihre Sachen zu machen und seine dazu, sei viel zu altväterisch, eigentlich viel zu dumm für ihn, spare am unrechten Orte, sei wiederum freigebig am unrechten Orte, gebe sich überhaupt viel zu viel mit schlechten Leuten ab und sei viel zu abergläubisch, das heißt christlich, und wenn man leben wolle zeitgemäß, so spränge sie an den Wänden hinauf wie eine tolle Katze. Das alles ging längst in ihnen herum wie Wurmpulver, und Selbstgespräche waren längst gehalten worden lange und bündige, gegen welche die Reden der angebranntesten Großräte zarte Wiegenlieder sind. Die unglückliche Käthi berührte unglücklicherweise die aufgeschwollenen Zornwolken, sie gerieten aneinander, und jetzt brachs los, was längst in Beider Herzen kochte. Rasch ging die Schlacht los, alle Truppen wurden ins Feuer gejagt, die Batterien spieen einander die Grundsuppe ins Gesicht, die Schüsse brannte man sich in die Augen, die Munition wurde verschossen bis auf die Patrone, welche schon am Tage nach der Hochzeit gemacht wurde; nur zum Handgemenge kam es nicht, das Terrain gabs nicht zu, Mangel an Munition und Entkräftung machten der Schlacht ein Ende. Christen lief ins Wirtshaus, ergab sich dem Vaterland und verschrie seine Frau, Lisi blieb daheim und weinte sich fast die Augen aus dem Kopfe über des Mannes entschiedenen Fortschritt.

Wie schnell einer fleißigen alten Frau die Tage durch die Finger rinnen, begreift nicht, wer im geschäftigen Müßiggange lebt; der Buß- und Bettag, die eigentliche Herbstweihe, war da, ehe Käthi daran dachte. Wenn die Äcker getragen haben, der Wind mit den Blättern zu spielen beginnt, soll der Mensch seine Schuld fühlen und fassen seine Vergänglichkeit, sich sehnen nach der Sühnung seiner Schuld, fassen nach der Hand, welche ihn zieht aus dem Wirbel der Vergänglichkeit, ihn stellt auf den Fels, dessen Fuß ruht in der Ewigkeit, dessen Gipfel die himmlische Krone trägt von Ewigkeit zu Ewigkeit. Dieser Tag ist frommen Leuten überaus lieb, besonders alten. Er ist ihnen die Weihe für den langen Winter, vielleicht auch die für das kalte, dunkle Grab. Es rieselte ihnen im vergangenen Winter so kalt durch die Glieder; sie wissen, was solch Rieseln so gerne bedeutet, das manchmal lange vorauskömmt, sehr oft aber erst, wenn der Angekündigte vor der Türe ist. Sie freuen sich auf das, was jenseits ist, aber mit Furcht und Zittern; sie fühlen im Gewissen, daß zwischen ihnen und Gott noch manches ist, zwischen ihnen und dem neuen Menschen in wahrer Gerechtigkeit und Heiligkeit noch ein großer Unterschied. Dessen möchten sie sich daher noch versichern so recht von Herzensgrund, daß der Heiland ihr Wahrer und Hüter sei, wenn die Nacht kömmt, durch die man muß zum Grabe, daß er ihr Führer und Fürsprecher sei durch die enge Pforte und vor Gottes Throne. Aber nicht alle lieben diesen Tag, absonderlich junge Regenten nicht; denen ists wie Schwefel unter die Nase, wenn man von Sünde spricht, denen klingts wie Hochverrat, daß Strafe und Gnade bei Gott sind, nicht bei ihnen, und daß seine Züchtigung so gut über junge Regenten kommt als über alte arme Sünder.

Je älter Käthi ward, desto inbrünstiger feierte sie diesen Tag, sie fühlte, wie leicht in den kurzen Tagen ihr der immer kürzer werdende Atem ausgehen könnte. Selig zu sterben, war ihr höchster Wunsch; aber zu leben, bis Johannesli selbst fortkommen könnte, das war der zweite, den sie freilich nicht mit Worten ausdrückte am Bettage, aber alle Tage mit unaussprechlichen Seufzern. Käthi freute sich aber auch, Gott zu danken an diesem Tage. Dankbarkeit ist ein sehr merkwürdig Kennzeichen der Beschaffenheit eines einzelnen Herzens sowie der Kulturstufe eines ganzen Geschlechtes. Bei der Dankbarkeit ist Demut, Freude, Friede in Gott und die Liebe, welche unbeschwert gibt und nimmt, der Geber den Begabten liebt, der Begabte den Geber; bei der Undankbarkeit ist ein ewig Begehren, ein ewig Ungenügen, ist Neid und Hader, ein Dunkel, auf Nebel gegründet, ein Überschätzen, welchem der Fall folgt, eine Selbstsucht, welche sich selbst vernichtet. So bei Einzelnen, so bei ganzen Geschlechtern.

Käthi, trotz kürzlich gemachten Erfahrungen, behauptete doch, sie hätte nie geglaubt, daß die Leute so gut seien und sie ihnen so lieb, und wenn sie nicht verhagelt worden wäre, so hätte sie dies nie erfahren; darum habe sie Gott zu loben und zu preisen, daß er ihr dies in ihren alten Tagen noch gezeigt.

Der Pfarrer predigte gewaltig von der Sünde und von der Gnade, den Übeltaten der Menschen, den Guttaten des Herrn. Es sei Zeit, umzukehren und sich zu bekehren, der Herr habe warnend den Finger aufgehoben; auf den Unbußfertigen und Verstockten werde sich legen des Herrn schwere, gewaltige Hand. Käthi hatte gebetet, geschauert, sich gefreut und ging heim fast wie in einer heiligen Wolke.

Käthi flutete nicht lange im Strome der Menge, sie lenkte seitwärts ab; sie liebte das Geschwätz der meisten Kirchengänger nicht, welche statt der eigenen Sünden die mutmaßlichen Schwächen der Nächsten verhandelten. An ihrer Hand zottelte Johannesli, welcher in der Kirche vaterländisch geschlafen hatte, jetzt übellaunig war, über Durst klagte, ums Trinken die Großmutter übel plagte. «Dem mußt abhelfen, Frau!» erscholl hinter ihnen eine rauhe Stimme, «ein solch Bübli darf man nicht so befehlen lassen, potz Sacker!» «Hörst jetzt», sagte Käthi, «der Mann hat es gehört, wie du ein Zwängischer bist, jetzt kannst dich schämen.» «Er wird es so gewohnt sein», sagte der graue Mann, von dem die Stimme kam, mit gutmütigem Lachen. «Allweg ists besser, man sage es, wenn man durstig ist, als man saufe den Leuten hinterm Rücken kübelweise. Sieh, dort bei jenem Hause mußt du zu trinken haben, bis du selbst sagst, jetzt sei es genug.» «Mag nicht Wasser, will Milch!» schrie der Junge.

Was Käthi das ungern hatte und wie sie auch redete, sie machte die Sache immer schlimmer. «Tritt ein, Frau», sagte der Mann, «heute dressierst du deinen Jungen nicht anders. Frau, da bringe ich dir einen Jungen, der Milch will, hast welche?» sagte er zu seinem Weibe, welches sie erwartend auf des Hauses Terrasse stand. «Der soll Milch haben und Kaffee dazu, wenn er will. Wir kochen am Bettag nie Fleisch», sagte sie zu Käthi, «machen es kurz über Mittag, damit zur Kirche kann, wer laufen mag; nachmittags schmeckt dann ein Kaffee doppelt gut.»

Der Mann ging dem Hause zu, Johannesli zögernd nach, Käthi blieb stehen mitten auf der Straße. «Seh, komm», rief die Frau, «und halte mit, du hast doch nichts zu tun daheim.» Käthi weigerte sich, sagte, das wäre viel zu unverschämt, das mache sie nicht, und ließ sich erst bewegen, zu gehn, als der Mann sagte: «He nun, wenn du ihn nichts schätzest und meinst, meine Frau mache den Kaffee dir zu schlecht, so wollen wir dich nicht zwingen.» Kommend wehrte sich Käthi doch noch und meinte, sie dürfe wahrlich nicht mit ihnen Kaffee trinken, das sei gar nicht anständig. «Hätte nicht geglaubt, daß du so hochmütig seiest und dich unser verschämtest», sagte der Mann. «Komm du», meinte die Frau, «sonst mußt du noch mehr hören. Wenn er ans Trümpfen kommt, so wäre es mir manchmal lieber, er hätte die Peitsche in der Hand als Trümpfe im Maul.»

Noch vor dem Hause meinte Käthi, in die Stube dürfe sie

nicht; wenn man ihr eine Tasse da auf die Bank geben wolle, so wolle sie es mit grausamem Danke angenommen haben. «Mach nicht länger Schneckentänze! Hast nicht gehört, was der Pfarrer gesagt hat: wir seien alle arme Sünder, Reiche und Arme, und in manchen Stücken hätten sich die Reichen vor den Armen zu schämen, erstlich wegen dem Beispiel und zweitens wegem Hochmut. Und jetzt marsch!»

Es war Käthi ganz eigen zu Mute, als sie da in dem vornehmen Hause zu Tische saß, und wenn der Kaffee schon sehr gut war, wie sie ihn seit Jahren nicht getrunken, so tat es ihr noch wohler, und zwar nachhaltend, daß solche Leute sich ihrer nicht schämten und mit ihr umgingen akkurat wie mit ihresgleichen. Drei Tassen voll mußte Käthi trinken, den Rest des aufgestellten schönen Emmentaler Käses wickelte die Frau ihr in ein Papier, sie mußte ihn in die Tasche stecken, und als sie fort wollte, fragte der Mann: «Hast zu pressieren?» «Apart nicht», antwortete Käthi, «zu kochen brauche ich heute nicht mehr; ich habe gegessen und getrunken, ich könnte es vierundzwanzig Stunden aushalten.» «Das könnte dir doch wohl zu lange werden», bemerkte er. «So komm und sitz ab». Somit saß er selbst auf die große grüne Bank vor dem Hause, rief seine Frau, sie solle auch kommen, und Käthi mußte zu ihnen sitzen, wo alle Leute es sehen konnten.

Es war ein schöner Abend. Wunderbar klar war der Himmel, und wunderbar stille war es unterm Himmel, so eine rechte Sabbatsstille, wo es einem so unendlich weit wird ums Herz, es einen dünkt, man fühle Flügel wachsen und werde aufgehoben stille zum Himmel auf. Kein Fuhrwerk rollte durch die Straße, keine Stimme scholl von einem Hügel zum andern Hügel, der Mühlebach rauschte leiser, die Vögel regten sich nicht im Baume, es war, als ob auch sie Bettag hätten und in stiller Andacht dem Herrn dankten für den grünen Baum, auf dem sie saßen, für das reiche Feld, welches er ihnen bereitet hatte.

In stiller Freude saßen sie auf der Bank, wechselten trauliche Worte, und wenn sie schon weltlich lauteten, klangen sie doch feierlich und geistlich in den Seelen. Sie merkten das Eilen der Zeit nicht, und wer weiß, wie lange sie zusammengesessen hätten, wenn Johannesli nicht nach Kinderweise Heimweh bekommen und immer ungestümer heimbegehrt hätte. «Den dressiere dann anders», sagte der Mann beim Abschied, «und komm bald wieder. Es Plätzli und es Bitzli ist immer da für dich.»

In stillem Glücke ging Käthi heim, so wohl war es ihr lange nicht gewesen. Sie hatte im Herzen Gottes Gnade gefühlt und die Güte der Menschen erfahren, was will der Mensch mehr auf Erden? Wie am wolkenlosen Himmel heute die Sonne unterging, so legte sich auch Käthis Seele sorgenlos in die Arme des Schlafes, und ein unbeschwert Gemüt ist vielleicht seltener noch als ein wolkenloser Himmel. Solche Tage hinterlassen im Gemüte lange einen freundlichen Eindruck, wie die Furche, welche ein Schiff im See gezogen, sichtbar bleibt, wenn längst das Schiff vorüber ist. Aber auf wolkenlosen Himmel folgt gerne der Sturm, auf ein unbeschwertes Gemüte lagern sich gar zu gerne schwere Tage ab.

ACHTES KAPITEL

Gott stellt eine Lebensfrage, da werden die Gelehrten sturm und die Unmündigen bange

Die Tage wurden kürzer; wer nicht mit den Hühnern zu Bette wollte, mußte die Lampe hervorsuchen. In andern Jahren hatte Käthi Öl gehabt von ihrem Flachssamen; ach, und wie brannte das eigene Öl so schön und hell, solches kriegte sie nie beim Krämer, wie teuer es auch war! Dieses Jahr hatte Käthi keinen Flachssamen, mußte zum Krämer gehen. Fleißige Weiber tun solche Gänge gegen Abend. Das Restchen Sonnenlicht reicht nicht zur Arbeit, ist aber vollkommen genügend zu einem kurzen Gange auf bekanntem Wege. Leichtsinnige Mädchen benutzen die gleiche Zeit zu lustigem Geflatter; das bißchen Licht reicht hin, zu finden, was sie suchen, und willkommen ist ihnen dann die Nacht, ihren Fund zu verbergen, zu verhüllen in Finsternis, wessen sie sich schämen müßten, nicht vor den Menschen nur, sondern vor jedem Lichtstrahle, der vorüberstreift.

Als Käthi ins Dorf kam, sah sie viele Leute beisammenstehen, andere liefen fort, andere herbei; dabei war ein Reden und Händeverwerfen, daß es Käthi recht angst wurde. Feuer sah man keins, Krieg war nicht, vom Ausjagen der Obrigkeit war nicht die Rede gewesen, und doch mußte es was Wichtiges sein. Es werde ein Mann seine Frau halb totgeschlagen oder ein Pintenwirt sich gehängt haben; es werde für sie nichts Schlimmes sein, allweg werde es sie wenig angehen, dachte Käthi und wollte vorübergehen. Einen Vorwand, sich zu versäumen, suchte Käthi nie; sie mied das Versäumen, wie ein Mütterchen es wohl tun muß, welches einem Korporal sein Kind durchzubringen hat. Da riefen zehn Stimmen auf Käthi los: «Hast sie auch, hast sie auch?» Käthi erschrak; «Herr Jesus, was soll ich haben?» rief sie. «Die Erdäpfelkrankheit, den Erdäpfelbresten», rief es von allen Seiten. Sie fühle nichts, sagte Käthi, sie sei eine alte Frau, aber arbeiten und essen möge sie gottlob. Keine Miene verzog sich ob dieser Antwort. «Nicht am Menschen ist die Krankheit, sondern an den Erdäpfeln. Sind deine Stauden nicht auch schwarz und stinken schrecklich?» riefs von allen Seiten. «Weiß nichts», sagte Käthi, «habe sie seit einigen

Tagen nicht gesehen. Aber es wird nicht sein, bin eine alte Frau und habe von solcher Krankheit nie gehört.» Da sagte ihr eine Bekannte, die Zeitungen hätten schon lange davon gestürmt; aber man habe sich dessen nicht viel geachtet und gedacht, das sei gerade so wie das andere Gestürm, wo das Halbe nicht wahr sei und das andere Halbe gelogen. Aber jetzt sei die Krankheit da, kein Mensch wisse woher. Schwarz wie ein Leichentuch seien alle Äcker, es sei eine grausame Pestilenz. «Die Erdäpfel haben Pestilenzflecken, und wer davon ißt, Mensch oder Vieh, muß sterben. Denk o, Käthi, was soll man essen bis das andere Jahr?»

Von allen Seiten her kamen mehr und mehr Menschen, brachten von allen Seiten her Bericht, daß die Pestilenz auch bei ihnen sei, alles schwarz. Niemand weinte, aber Ratlosigkeit, Trostlosigkeit lag auf allen Gesichtern. Es war ein Donnerschlag aus hellem Himmel, in Angst wie versteinert standen die Menschen, wie das Vögelein vor der Schlange versteinert, deren Beute es im nächsten Augenblicke werden wird.

Auch Käthi war wie vom Schlage gerührt, vermochte kaum die zitternden Glieder zum Krämer zu schleppen; die Krämerin konnte kaum das Öl ausmessen, so zitterten ihr die Hände. «Es wird nicht sein, es kann nicht sein, so wird unser Herrgott uns doch nicht heimsuchen», seufzten Beide. Aber wie in heißen Fiebern kein Trank den Durst löscht, so stillte kein Seufzen ihr Bangen. Die Angst zog Käthi heim, die zitternden Beine wollten nicht fort, der Atem stockte in der gepreßten Brust; stille stehen, absitzen mußte Käthi manchmal, ehe sie zu ihren Erdäpfeln kam. Es war Nacht geworden, mondlos der Himmel, an demselben glitzerten viele Sterne, und doch war es finster auf Erden, ungefähr wie es bei vielem Wissen doch dunkel bleibt in mancher Seele. An den Erdäpfeln war nichts zu sehen, wie Käthi auch die

Augen anstrengen mochte. In der Ungewißheit bleiben eine liebe lange Nacht durch konnte Käthi nicht. Sie ging heim, zündete die Lampe an, stellte sie in ein Laternchen und eilte wieder den Erdäpfeln zu, hintendrein Johannesli, der wissen wollte, was das gebe, und immer lauter schrie, je weniger die Großmutter den Atem fand zu gehöriger Auskunft.

Gebeugt leuchtete Käthi in den Erdäpfeln herum, hintendrein schrie immer lauter Johannesli. Wer aus einiger Ferne das wackelnde Licht gesehen, des Kindes Geschrei gehört hätte, würde wahrscheinlich geglaubt haben, da spuke es; entweder habe ein böser Geist ein Kind geraubt und fahre damit von dannen, oder einer wolle einen Schatz heben und suche die Stelle, wo er zur Hebung desselben das Blut eines Kindes vergießen müsse. Jetzt sah Käthi im Lampenscheine die grause, schwarze Pestilenz an allen ihren Erdäpfeln, und es war ihr, als werde, je mehr sie zünde, die Pestilenz immer schwärzer und grausiger. Da überwältigte der Jammer die alte Frau. Sie setzte sich an die Furche und weinte bitterlich, und Johannesli setzte sich neben sie und weinte noch weit bitterlicher, aber nicht wegen den Erdäpfeln, sondern weil die Großmutter so bitterlich weinte und ihm nicht sagen wollte warum. Das war eine viel bitterere Nacht als die Gewitternacht. Damals war es früh im Sommer, Hoffnung zum Gedeihen einer neuen Pflanzung; jetzt war diese dahin, der Winter vor der Türe. Verkaufen zur Bezahlung der Miete konnte Käthi nicht nur nichts, sondern es stand schwarz und grausig die Frage vor ihr wie ein wildes Tier und wollte nicht weichen von ihrer Seele: Was sollen wir essen, und womit sollen wir uns kleiden? Käthi rang mit dieser Frage, fast wie wenn sie der Teufel selbst gewesen wäre; Käthi wußte, die Frage war Sünde, wußte, daß man nicht kummern solle um den folgenden Tag, aber sie konnte in Gottes Namen nicht anders, sie mußte fortweinen, und zwar bitterlich.

Das Auge, welches nie schläft, sah wohl diesen Kampf in Käthis bebender Seele; aber der, welchem das Auge gehört, zürnte wohl nicht, hielt wohl ein mild Gericht. Ein ganz ander und schwerer Gericht wird sicher der Herr über Manchen haben ergehen lassen, der ganz sorglos an seiner schwarz gewordenen Pflanzung stand, sich gar nicht darum kümmerte, was sollen wir essen, womit sollen wir uns kleiden, vielleicht zehn Kinder daheim hatte und nicht zehn Kreuzer vorrätig Geld dazu, ja vielleicht mehr als zehn Taler Rückstände. Aber diese Sorglosigkeit war nicht die Frucht eines schwer errungenen, bewährten Gottvertrauens, ferner als nie stand der Sorglose von Gott, sie war das Erzeugnis eines übermächtig gewordenen tierischen Sinnes. Mit großem Behagen glaubte so einer einen guten Grund erhalten zu haben, sich einstweilen gütlich zu tun. Unter dem Vorwande, seine Kartoffeln seien angesteckt, es sei besser, etwas daraus zu lösen, als sie faulen zu lassen, brachte er, was er hatte, dem Brenner, nahm Branntewein dafür oder Geld, um es anderwärts zu vertrinken. Mit großem Behagen glaubte er einen fernern Grund gefunden zu haben, sich samt seiner Familie ohne Arbeit durch Andere erhalten zu lassen, oder das Recht, zu nehmen, was sie nicht freiwillig gaben. Eine solche Sorglosigkeit ist keine christliche, sondern das Gegenteil. Der Christ weiß, daß was er ernten will, er säen muß, er auf Anderer Fleiß sich nicht verlassen dürfe, sondern das eigene Pfund gebrauchen, jeder im Schweiß seines Angesichts sein Brot essen müsse, wer nicht arbeiten wolle, nicht essen solle, und wer seiner Haushaltung nicht Vorsorge tue, ärger als ein Heide sei. Der Christ weiß, Gott hilft da nicht, wo er Kräfte gegeben hat, sich selbst zu helfen, und gibt zur menschlichen Hülfe nur da den Segen, wo sie dem Unvermögen nachhilft, und nicht dem Kreuzer, welchen der faule Bettler erhält, nicht der Gabe, welche dem Müßiggänger wird. Hat der Christ im Schweiße seines Angesichts treu gearbeitet, und die Wetter kommen, die Wasserwogen brausen, Hagel fällt, ein giftiger Hauch weht über die Felder, die Früchte sind verschwunden, am öden Acker steht der Christ, zagt und weint, da zürnt ihm wohl der Herr nicht. Es ist ja das Zagen und das Beben das Ursprüngliche in der menschlichen Natur, so bebte auch Hiob, denn ein arm, sündig Menschenkind ist der Mensch, und nicht umsonst heißt es: Was ist der Mensch, daß du sein gedenkest, und das Menschenkind, daß du dich seiner annimmst? Gott ist unser Fels und Hort und reicht uns seine Hand, auf diesen Fels uns zu stellen; abzustellen darauf unsern Glauben, unser Vertrauen, unser ganzes Sein, das ist unsere Aufgabe, und auf diesem Felsen sollen wir uns halten in guten und bösen Tagen, im Leben und im Sterben. Aber daß hier auf dieser Erde das Kind selbst zum Felsen werde, der nie wankt, nie bebt, nie erschüttert wird, nie das Haupt beugt im Gefühle unaussprechlicher Ohnmacht, wenn die Schläge fallen, die Wogen rauschen, das Vergängliche dahinrollt, das Liebste auf Erden untergeht, das will ja Gott nicht.

Ein Gott kann der Mensch nicht werden, bloß ein Götz, einen solchen nimmt jeder Wind; ein Kind soll er werden, ein lieb, gut Kind, solchen gehört das Himmelreich. Und wenn die Nacht kömmt und noch dazu der Sturm, der Blitz über die Erde zuckt, das Haus im Donner bebt, da bebt auch jedes Kind; schaurig rieselt es ihm durch die Glieder, und eben in diesem Zittern sucht es den Vater, klammert sich an ihm fest, und dann noch zittert es lange fort und lange gehts, bis es zum Bewußtsein sich erholt, daß es unter des Vaters Schutze sicher sei und keine Macht und keine Kreatur es von dessen Liebe scheiden könne. Und wie lange einer bebt und wie stark der Sturm ist, in dem er bebt, und wie groß die Gefahr ist, in welcher er bebt, alles dies zu wägen und daraus auf die Größe des Vertrauens zu schließen, dafür hat der Mensch weder Waage noch Urteil, beide hat Gott sich vorbehalten. Die arme alte Frau, welche bebend und zitternd am vergifteten Äckerlein sitzt, dessen Ertrag wenige Taler beträgt, ist vielleicht vor Gott doch viel stärker im Vertrauen als der Handelsmann, der kaltblütig zerfahrenen Millionen nachsieht, der König, der um einen umgestürzten Thron, der Schultheiß, der um einen eingebrochenen Sessel flennt.

Dieser Gott nun, der für solche Dinge allein die rechte Waage hat, wenn auch keine obrigkeitlich gestempelte, der sah die arme Käthi weinen und wußte, wie lange sie weinte; sie wußte es nicht. Neben ihr war Johannesli eingeschlafen, das Lämpchen erloschen, sie hatte es nicht bemerkt. Allgemach rieselte es ihr kalt durch die Glieder, ein kühler Wind weckte sie aus ihrem Weinen und Sinnen. Tiefe Nacht war ringsum, kein Licht flimmerte mehr im Dorfe, in tiefem Schlafe schien alles Lebendige begraben, aber klar glänzten am dunkeln Himmel die Sterne. Es kam Käthi wunderbar ins Herz. Es ward ihr, als sei sie mit Gott allein und nicht im engen Kämmerlein, sondern in seiner unendlichen Weltenkammer, und er öffne ihr alle Geheimnisse der Natur und zeige ihr alle Geschöpfe, die da in den Wassern sind und in der Erde kriechen, unter dem Himmel fliegen und rennen, für welche er sorge tagtäglich, und er rolle vor ihr die Jahrtausende auf und zeige ihr, wie er mit väterlicher Hand alles geleitet bis auf diesen Tag und der Zufall nichts gemacht habe, weder Regen noch Dürre, weder Laub noch Gras, weder Gesundheit noch Krankheit, weder fruchtbare noch unfruchtbare Jahre. Und als er ihr alles gezeigt habe, da nehme er Käthi ihr Herz aus der Brust, falte es auseinander weit, weit und suche darin und sehe Käthi an, als ob er fragen wolle: «Käthi, und wo ist dein Vertrauen?» Da ward ihr heiß und ihr Kopf brannte ihr, und ihre siebenzig Jahre standen vor ihr, und in jedem Jahre sah sie Gottes Hand mächtig über sich, sah sich sichtbarlich so manchmal von Gott gerettet, und trotzdem kein Vertrauen und wie sie doch bei jeder neuen Drangsal die alte Hülfe vergessen, in der neuen Not gewimmert habe, als wäre es die erste und wüßte sie von keinem Helfer. Jetzt sei wieder so eine Not da, eine nie erlebte zwar, aber jede Not sei einmal zuerst gewesen, und über jede Not sei der alte Gott mächtig gewesen; warum sollte er es nicht auch über diese sein? Siebenzig Jahre sei sie alt und so nahe der letzten Not, welche über jeden Menschen auch nur einmal komme; wie es ihr dann ergehen werde, wenn da auch kein Vertrauen sei, der Herr ihr Herz auseinanderfalte und sie ansehe, fragend: «Käthi, und das Vertrauen?» Käthi kam sich vor wie eine der fünf törichten Jungfrauen, welche kein Öl in ihren Lampen hatten, als der Bäutigam kam. Sie weinte, daß die Ergebung nicht bei ihr einkehren wolle, welche mit Hiob sage: Der Herr hats gegeben, der Herr hats genommen, der Name des Herrn sei gelobt, das Zagen nicht aufhören, das Beten nicht kommen wolle: Vater, nicht wie ich will, sondern wie du willst.

Als Käthi so weinte, ward es ihr nach und nach heller im Gemüte; es schien ihr, Gott vergebe ihr das Wanken, weil es doch kein Abfall sei und sie sich aufrichte und ihn zu ergreifen suche, und weil sie das könne, sei sie doch unendlich viel besser daran ohne Erdäpfel mit Gott im Herzen als andere Menschen mit viel Erdäpfeln, aber ohne Gott im Herzen. Nun wolle sie ihn aber auch behalten, dachte sie, damit wenn die letzte Not komme, er drinnen sei, vielleicht daß dann keine Zeit wäre, ihn lange zu suchen. Da regte sich Johannesli im Schlafe, mahnte Käthi an sein Dasein. Da erschrak Käthi gar sehr, begann laut zu reden und sagte: «E aber nein, du arms Tröpfli, habe ich dich so ganz vergessen hier in Tau und Nachtluft. Wenn das arm Büebli nur keinen Schaden nimmt! Hab ich dich vergessen! Und wie würde es dir erst gehen, wenn du kein Großmüetti hättest, das noch an dich denkt; keinen Menschen hättest du, der deiner sich annehmen würde, ganz verlassen wärst du, du arms Tröpfli! Ja weiß Gott, wenn ich sterben sollte, es wüßte kein Mensch, wie es dir erginge.» So kummernd trug Käthi ihren Johannesli heim und kummerte noch daheim lange um ihn, daß sie fast nicht schlafen konnte. Die gute Käthi, welche sich wegen der Erdäpfel Gott ergeben hatte, dachte nicht daran, das errungene Vertrauen auch auf Johannesli auszudehnen, und daß das wieder nicht recht sei, daran dachte sie wieder nicht. Oh, es ist schwer für den armen Menschen, ein unumschränktes Gottvertrauen zu fassen, welches über alle Gebiete des Lebens sich erstreckt. All unser Jagen führt nicht zum Ziele, unser Ringen ist kein Erringen, unsere Siege sind nur Bruchstücke und Stückwerke im Kampfe, der alle Morgen neu beginnt; uns mangelt der Ruhm vor Gott, unsere Gerechtigkeit ist wie ein unflätig Kleid, mit Sünden befleckt sind unsere besten Werke.

Käthi hatte am folgenden Morgen Mühe, den vergangenen Tag sich zu vergegenwärtigen, sich zu erinnern, wann und wie sie zu Bette gekommen. Als es endlich geschah, wollte neue Angst sie erfassen, besonders als die Erdäpfel ihr am Tage noch viel schwärzer vorkamen als des Nachts, so recht grausig, daß sie nicht einmal wagte, den Fuß hineinzusetzen, aus Furcht, derselbe könnte angesteckt werden von der Pestilenz. Es duldete Käthi nicht daheim, sie mußte ins Dorf, mußte zu vernehmen suchen, was da zu machen, was Menschen vorzukehren hätten. Denn die Frage: Was soll ich tun? stellt dem Menschen sich um so dringlicher, je fester sein Vertrauen auf Gott ist, dieweil er weiß, daß Gott dem Menschen das überläßt, welches im Bereiche von dessen

Kräften liegt. Innerhalb dieses Bereiches erwartet der Christ nie göttliche Hülfe. Käthi fand nun des Geredes viel im Dorfe, aber guter Rat war nicht nur teuer, sondern gar nicht zu haben. Man hatte seit einiger Zeit so viel von Lebensfragen geschwatzt, jede Lumperei zu einer solchen erhoben, mit Gewäsch und Geschrei sich darum gerauft, verlogen und verlästert; man hatte an solchen Lumpereien, welche man Lebensfragen nannte, so gewaltig sich versündigt, daß Gott es für gut fand, den Völkern einmal selbst eine Lebensfrage zu stellen, und zwar die Kartoffelfrage.

Da hatte der Mensch Gelegenheit, zu zeigen, wie selbständig, mündig, unabhängig er sei, sein eigener Gott; da konnten die Weisen der Zeit ihre Weisheit an den Tag legen, ihren Nutzen für das wirkliche Leben, konnten den Beweis führen, daß sie auf der Kulturhöhe ständen, von welcher aus sie alle Lebensgebiete nicht bloß übersehen, sondern auch beherrschen könnten, viel besser als weiland Satan auf seinem bekannten Berge alle Reiche der Welt; da konnte das gegenwärtige Geschlecht den Weisheitszahn, mit welchem es sich allen gewesenen Geschlechtern gegenüber so gewaltig brüstet, erproben, den Versuch machen, ob es eigentlich wahr sei oder eine bloße Verleumdung, derselbe tauge eigentlich zum Beißen nicht, und obgleich er am spätesten komme, gehe er doch am frühesten wieder ab.

Es war in der Tat eine Lebensfrage, wie nur Gott sie schaffen konnte, welche dem Menschen vom Scheitel bis zur Fußsohle durchs Mark und alle Glieder fuhr, an welcher die Masse menschlichen Wissens am besten sich erproben konnte, so an einer scheinbar einfältigen und geringen Sache, wie die Kartoffeln sind. Und sie begriff ihren Beruf und die Gelegenheit, die menschliche Weisheit und Wissenschaft, sie stürzte sich auf diese Frage wie auf ein fettes Lamm der hungrige Wolf. Von Ratschlägen und sichern Hülfsmitteln wimmelten die Zeitungen, fuderweise flogen die guten Räte unter dem Volke herum, und zwar unentgeltlich, und doch kamen sie Manchen teuer genug zu stehen.

Gründlich und zwar wissenschaftlich gab man die Gründe an, warum diese Krankheit entstanden sei, habe entstehen müssen, wie nun ihr Fortgang zu hemmen, der Krankheit künftig gründlich vorzubeugen sei; dann kamen die Räte und Mittel, wie man mit den Kartoffeln zu verfahren hätte, sie zum Teil ganz zu retten, die angesteckten so gut als möglich zu benutzen, denn nach einigem Schwanken und Zweifeln hatten die Gelehrten mit Glanz zur bestimmten Wahrheit erhoben, daß weder Schweine noch Menschen vom Genusse der angesteckten Erdäpfel stürben; es hatten nämlich einige Schweine und Menschen davon gefressen, und es hatte ihnen nichts geschadet, und daraufhin eben bewiesen die Gelehrten gründlich, daß es ihnen wirklich nichts geschadet und auch nichts hätte schaden können.

Über den Ursprung der Krankheit waren die Gelehrten verschiedener Meinung; begreiflich behauptete jeder, er habe recht. Nach dem einen war der Regen schuld, nach dem andern die Sonne, nach dem dritten der Dünger, nach dem vierten der Boden, nach dem fünften der Same oder die Setzlinge, nach dem sechsten Schwämme, nach dem siebenten Insekten usw. usw. Nun sollte man das Kraut abmähen und vergraben kirchturmtief, sollte eggen, sollte schnell graben nach dem einen, nach dem andern die Erdäpfel im Boden lassen, bis sie zu sich selbst gekommen und sich wieder erholt hätten; denn warum sollten Erdäpfel sich nicht so gut erholen können als Menschen, seien ja doch die Vorrechte aufgehoben! Nach dem einen sollte man sie auf dem Acker liegen lassen, nach andern an trockne Orte ausschütten. Dörren sei gut, sagten die einen, Beizen noch besser, die andern. Die Allerklügsten gaben an, man solle die Erdäpfel in kleine, feine Scheibchen schneiden, sorgfältig dann jedes Scheibchen mit Salz bestreuen, säuberlich sie dann im Backofen langsam trocknen, dann kriege man ganz herrliche Kartoffelschnittchen, vornehmlich für Salat. Eine äußerst interessante Arbeit für einen Bauer, der die Erdäpfel von zwei bis drei Jucharten in Scheibchen zu schneiden und diese säuberlich mit Salz zu bestreuen hätte. Die Einen rieten, im Herbste Kartoffeln zu setzen, die Weisesten aber meinten, am allersichersten führe man, wenn man im Februar die Kartoffeln in Blumentöpfe stecke, sie so an der Wärme hätte im Zimmer, bis es draußen warm werde, dann setze man sie hinaus ins Feld; eine allerliebste, interessante Arbeit, für drei Jucharten die Setzlinge in Blumentöpfen zu ziehen. Das wäre ein Herrenfressen für die Töpfer, eines Absatzes von billionenmal Millionen Blumentöpfen wären sie sicher. Ach, das wäre schön!

Die Trompeter der Wissenschaft, die Hausierer der Kultur, welche dieselbe en détail vertragen und verschachern bis in die unterste Klasse der Kulturmenschen, die Zeitungsschreiber ermangelten nicht, was die Gelehrten entdeckten, so kräftig auszuposaunen, daß Jerichos Mauern eingefallen wären, wenn sie nicht glücklicherweise schon eingefallen gewesen wären.

Je merkwürdiger und interessanter so eine gelehrte Entdekkung war, desto lauter wurde sie ausposaunt, desto nötlicher angepriesen; die Regierungen gebärdeten sich wirklich sehr landesväterlich, es fehlte nicht viel, sie wären ausgezogen, die Räte, die Schreiber allzumal hätten den Bauern gezeigt, wie man Erdäpfel in Scheibchen zerschneide, mit Salz bestreue säuberlich, wären mit Töpfen (Setzer, setze nicht etwa Tröpfe!) gekommen und hätten den Bauern gezeigt, wie man Erdäpfel ziehen könne akkurat wie Hyazinthen. Ach Gott, wie schön wäre das gewesen! Wie hätte dies das Vertrauen zwischen Regenten und Volk festigen müssen, ganz anders als so ein lumpichtes Vertrauensvotum oder eine noch lumpichtere Adresse! Und welch Exempel für die Nachwelt, wenn die Regenten selbst die Träger der Kultur gemacht, mit leeren Töpfen im Lande herum von Hütte zu Hütte gezogen wären, mit leeren Töpfen, worein man was setzen könnte! Ha, das war eine Zeit, wo die Wissenschaft sich geltend machte, die ihr gebührende Stelle einnahm, wo wie ein Hirsch zur Wasserquelle, zu diesem Borne der Weisheit jeder Landmann lief um Rat und Regeln, welche die Erfahrung bei dieser unerhörten Erscheinung ihm nicht an die Hand gab. Da hätte mancher dumme Junge lernen können, was das Wissen ohne Erfahrung ist, und das wollte Gott vielleicht auch zeigen, als er diese Lebensfrage vor die Völker stellte. Und mancher Gelehrte hätte sich veranlaßt finden können, alle seine unumstößlichen Sätze von neuem zu durchgehen. Vielleicht wollte Gott diesmal nicht bloß den Unmündigen was zeigen, sondern auch den Gelehrten. Indessen dumme Jungen und Gelehrte sind nicht immer so weit auseinander, als man denkt; nicht selten haben sie mit einander gemein Augen, die nicht sehen, Ohren, die nicht hören, einen Verstand, der nichts begreift, und namentlich Gottespredigten nicht.

Wir sind weit davon entfernt, den Wert des Wissens nicht zu schätzen, aber sein Überschätzen mögen wir nicht leiden. Das Wissen allein hat noch keine Nation groß gemacht, wohl aber dessen Überschätzen sie verdorben und in Knechtschaft gebracht. Als die Babylonier reden wollten wie Gott, wurden sie verrückt, und als die Griechen nur räsonieren, disputieren, definieren wollten, wurden sie erniedrigt bis zu Hunden der Türken. Es soll in allem Maß und Schranke sein; werden diese überschritten, so öffnen sich die Abgründe.

Nun stand Käthi, wir wollen es offen bekennen, nicht

einmal auf der Kulturhöhe, daß die Wellen des Wissens ihre Schwelle bespült hätten; ihr Lebtag hatte sie keine Zeitung gelesen, höchstens eine gesehen, jedoch immer nur von weitem. Was Andere gelesen, gehört hatten, das vernahm allerdings auch Käthi, aber so kraus und kunterbunt durcheinander, daß sie recht traurig ward und dachte, wenn es doch Gottes Wille wäre, daß er jemand schicke, der einem sage, welcher unter den Räten der beste sei; so aber habe man vor lauter Räten gar keinen Rat.

NEUNTES KAPITEL

Vom Verlauf der Frage, und wie es Käthi und Andern dabei geht

Das Erste, was man Sicheres vernahm, war eben, daß die angesteckten Kartoffeln nicht giftig seien und mit Vorsicht genossen werden könnten. Wenn es recht finster ist, kömmt das kleinste Licht willkommen, und wo man das Ärgste erwartet hat, ist jede Milderung ein Trost. «Gottlob», sagte Käthi, «so ist doch nicht alles verloren. Es war mir von Anfang, ich wollte mich darein ergeben, wenn man doch nur zur Notdurft zu essen hätte. Gottlob, es ist doch einer über uns, und der lebt noch.»

Das Zweite, was man glaubte, war, daß man die Erdäpfel so rasch als möglich aus dem Boden machen müsse. Das traf sich nun in eine Zeit, wo man ohnehin alle Hände voll zu tun hat, und in ein Jahr, wo man der vielen Regentage wegen ohnehin mit allen Arbeiten zurück war. Mit Emd, Hafer hatte man noch zu tun, sollte dazu den ganzen Tag mit dem Pfluge im Felde sein, denn früh Säen hat Gold im Munde, und voll Obst hingen an vielen Orten die Bäume, und jetzt, in das alles hinein, das Erdäpfelausmachen, welches man sonst zuletzt vornahm oder wenn an den Erdäpfelacker die Reihe kam, gesäet zu werden, was zumeist zuletzt geschieht.

Da wurden die Hände rar. Nicht bloß die gewohnten Leute mußten alle an Tanz, und kein Bauer knauserte und wollte alles mit seinen eigenen Leuten erzwingen. Da sandte man hinaus auf die Kreuzwege und las zusammen, was man fand, fragte nicht, ob sie taub, blind oder lahm seien, sondern bloß, ob sie Erdäpfel ausmachen oder doch wenigstens auflesen könnten.

Die meisten ärmern Leute haben ihre Häuser oder ihr Haus, aus welchem ihnen ihr Verdienst zuwächst, wo sie nachrechnen, wann sie wieder hingehen oder ihnen was zufallen könne, und wo sie es sehr übel nehmen, wenn sie einmal übergangen werden sollten. So einer macht oft ein sauer Gesicht und spitzt die Ohren, man weiß nicht warum. Er hat vernommen, Jöre Joggi fange morgen an zu heuen, und ihm hat noch niemand was gesagt. Da pocht es an seinem Fensterchen, plötzlich macht er glückliche Augen, öffnet und hört: «Peter, morgen geht sHeuen an, fehl nicht, der Melker sollte es dir gestern sagen, vergaß es aber.» «Der ist ein Löhl und bleibt ein Löhl», sagt Peter und fragt: «In welche Matte gehts?» und ist glücklich, daß der Verdienst wieder angeht. Jetzt aber dachte jeder Arme: Wenn es nur Gottes Wille wäre, daß mich niemand bestellte, daß ich meine zuerst ausmachen könnte. Und nun klopfte nicht bloß ein Finger an sein Fensterchen, sondern mancher, die Fragen purzelten ordentlich übereinander. «Hab dich wollen fragen, ob du morgen kommen könnest? Bin schon an sieben Orten gewesen und an allen hatten sie schon versprochen, und Leute müssen wir haben, selb ist fertig!» Diese reichen Nachfragen freuten den Armen nicht. Gepreßt sagte er: «Kann nicht kommen, hab schon versprochen, wäre aber lieber daheim geblieben», und macht mit Seufzen das Fensterchen wieder zu. Er muß gehn und andere ausmachen, seine im Boden lassen. Äußerer Zwang ist freilich keiner da, aber er denkt: Lasse ich den Bauer stecken in seiner Not, so hilft er mir auch nicht in meiner Not.

Es scheint schrecklich, daß der Arme dem Reichen helfen muß sein Vieles retten, statt daß der Reiche dem Armen zuerst hilft sein Weniges aus dem Boden machen, daß der Arme einem solchen Zwange zu unterliegen scheint, nicht von einem solchen emanzipiert wird. So scheint es theoretisch, und so würde es auch ein Dachstübchengelehrter darstellen, der für die Emanzipation des Volkes schreibt, im Grunde aber sich vom Dachstübchen emanzipieren und zu einem komfortabeln Leben, zuweilen mit etwas Champagner, verhelfen möchte. Indessen sieht dieses viel grausamer aus, als es wirklich ist. Vor allem aus darf man das patriarchalische Verhältnis, welches gottlob noch öfter stattfindet, als man denkt, nicht vergessen. Der Reiche, welchem der Arme arbeitet, wird vom Armen betrachtet als seine sichtbare Vorsehung, welche ihn nicht im Stiche läßt, und der Reiche ists auch. Bedarf der Arme was, Geld, Holz, Zug, Taufzeugen, so ists bei seinem Bauer nie Nein, wie er sagt, und sagt jener: «Ich sollte morgen absolut daheim sein», so sagt der Reiche: «Es ist lätz, es ist mir zwider, aber wenn du es nicht anders machen kannst, so seis, aber übermorgen komme mir, du weißt, was zu tun ist.» Nun betrachtet sich der Arme auch als dem Reichen notwendig, er glaubt, ohne ihn könne es dort nicht gehen, das ist sein Stolz. Er betrachtet seinen Verdienst als die Hauptsache, die eigenen Pflanzungen als eine Nebensache, welche durch Frau und Kinder zu beschicken sind, und wenn Not an Mann kömmt, so sagt er: «Meister, wenn du die Frau oder die Kinder brauchen kannst, so sags, sie müssen auch kommen; was sie daheim zu machen haben, können sie immer noch machen.» Ferner hat der fromme Arme, welcher seine Abhängigkeit von einem höhern Willen täglich erkennt und bekennt, zumeist mehr Ergebung und Geduld als der Reiche, welchem mehr Mittel zu Gebote stehen, den eigenen Willen durchzusetzen, welcher mehr zwängen kann. «So bös, wie man sagt, wird es kaum gehen, der liebe Gott wird wohl noch an die armen Leute denken. Und wenns ist, wird man es ertragen müssen, bis es besser kömmt, wer weiß, für was es gut ist; wenn er nur die guten Leute nicht alle nimmt und der alte Gott bleibt, so wird es wohl zu leiden sein», so heißts. Was der Arme entbehrt, darf ferner nicht beurteilt werden vom Standpunkte des verwöhnten Menschen und des verderbten Menschen, der meint, was der Reichste genieße, sei Bedürfnis für alle, weil ihm der Neid dasselbe zum Bedürfnis macht. Es muß beurteilt werden mit den Augen des Armen selbst. Per Exempel, so ein Taugenichts von Stadtschlingel muß das Leben eines Tagelöhners für eine Hölle ansehen, während der ehrliche Tagelöhner den Stadtschlingel von oben bis unten mit der allersouveränsten Verachtung ansieht. Mit viel mehr Resignation stirbt auch der Arme aus den gleichen Gründen, bleibt bei einer Gefahr, welche in sein Leben hineinragt, gelassen, während der Reiche zappelt und mit Händen und Füßen dreinschlägt.

So ists im Gewöhnlichen; nun aber war die Kartoffelkrankheit was Ungewöhnliches, Ungeheures, sie war eine Lebensfrage und ergriff Reiche und Arme, und mancher Arme hörte den Ruf zur Arbeit nicht gerne; es war ihm wie einem Hausvater, der bei einem Brande erst die eigenen Kinder, sein Weib, seine Habe retten will, ehe er Andern zu Hülfe eilt, denn da schien eben kein Warten zu sein, so wenig als bei manchem Brande. Er machte Tag und Nacht

Kartoffeln aus in seiner Seelenangst, reife und unreife, während Andere sich Gewalt antaten und Andern halfen.

Käthi gehörte zu den Letztern, sie gehorchte, ging und half; aber manchen Kampf hatte sie zu bestehen, und manchmal brannte ihr der Boden unter den Füßen, meinte sie, vom Acker laufen zu müssen. Verschieden waren die verschiedenen Sorten angesteckt; die Leute meinten, es liege an den verschiedenen Sorten, meinten, die Insekten oder die Schwämme liebten die einen mehr als die andern usw. Machten sie nun an einer Sorte aus, wo es keine oder wenig angesteckte gab, so waren die Arbeiter wohlgemut und Käthi schlief prächtig selbe Nacht. Kam nun eine andere Sorte, bei welcher die meisten Knollen Flecken trugen oder ganz krank waren, dann wars, als ob keine Sonne am Himmel sei, wie schön sie auch scheinen mochte; keinen Spaß hörte man, kein hell Gesicht sah man, und wer in die Gemüter gesehen hätte, der hätte gesehen, wie in mancher sonst leichtfertigen Seele die Wolken des schwersten Kummers heraufgezogen waren. An solchen Tagen mochte Käthi den Feierabend nicht erwarten, und obs auch Nacht war, wenn sie heimkam, ging sie mit dem Laternchen auf ihr Äckerlein, hob Stauden auf, forschte, wie es mit den Erdäpfeln bestellt sei, und vielleicht entrann ihr wohl zuweilen das Wort: «Gottlob, noch lange nicht so bös wie dem Bauer seine!»

Das war ein Herbst, in welchem die Hausfrauen geprüft wurden, eine recht fest sein mußte, wenn sie bestehen wollte, und ob eine bestanden ohne Ungeduld, das weiß Gott. Im Herbste wartet der Bäurin in gewöhnlichen Jahren Arbeit, daß sie oft nicht weiß, steht sie auf den Füßen oder geht sie auf dem Kopf und wo sie zu allem die Hände hernehmen soll. So viel Hände, als er kann, nimmt der Mann selbst, wenn er kein schlechter Hauswirt ist, auf den Acker, zu dem großen Geschäfte des Sammelns, der Hausfrau bleiben die

Geschäfte des Innern. Was sie nicht selbst machen kann, dazu muß sie Zeit und Hände stehlen. Sie muß die Besorgung von Flachs und Hanf zu Ende bringen, den Samen der Gartengewächse einsammeln, das Obst, den Kohl, die Rüben und Möhren dörren und einkellern, sollte waschen, sollte noch eine Menge Dinge machen, denen man keinen Namen geben kann. Zu diesem allem kam nun noch die Erdäpfelplage mit allen den unsäglichen Plackereien, welche die Gelehrten anrieten, von denen kaum einer eine Kartoffel gesehen anders als geschunden und gebraten. In die Keller sollte man sie nicht tun, was schon in den Kellern war, herausnehmen, sie ums Haus herumlegen, bald an die Sonne, bald nicht an die Sonne, bald rühren, bald nicht rühren; gedörrt, gebeizt, gescheibelt mußte werden, ausgelesen alle Tage die neu sich ansteckenden aus den gesund gebliebenen. Dazu kam an vielen Orten das Obst, mit welchem man nicht wußte wohin, das auch gedörrt sein wollte oder faulte. Das alles sollte die Bäurin besorgen, dazu einen Trupp hungriger Arbeiter speisen, die Speisen selbst rüsten und kochen, und dazu nicht wissen wo laufen, ohne über Erdäpfel zu fallen oder Äpfel zu zertreten. Das war ein Herbst, an welchen jede Bäurin denken wird und ob welchem mancher Herrenfrau, wenn sie nämlich was davon begreift, das Haar sich zu Berge stellt beim bloßen Denken daran.

In diesem Herbste sah man selten eine Bäurin Erdäpfel graben auf dem Felde. Das Sammeln jeder Frucht erweckt sonst Freude, ein fröhlich Leben regt sich auf den Feldern, in den Weinbergen, es ist ein Vorgeschmack der seligen Zeit, wann der Landmann die Ernte sammelt, die auf dem Acker seines Geistes ins ewige Leben wuchs. Unter allen Ernten ist die Kartoffelernte wenn nicht die fröhlichste, so doch die bedeutsamste für den Lebensunterhalt. Es erntet da der Reiche und der Arme, und der Arme und der Reiche verrichten wenige Arbeiten lieber als das Ausgraben von Erdäpfeln. Es gibt Bauern und Bäurinnen, welche wenig mehr arbeiten im Felde, aber beim Erdäpfelgraben sind sie dabei, und selten wird Bauer oder Bäurin zu finden sein, welche nicht wenigstens einen halben Tag an diesem eigentümlichen Schatzgraben teilnehmen, denn da geht es hell und lustig zu bei heiterem, trocknem Wetter, und was da für ein Treiben ist um die schönen Stauden, welche der verborgenen Schätze viele versprechen, wie hoch die Hacke gehoben wird, um glatt und sauber in einem Ruck den ganzen Schatz zutage zu fördern! «Nein aber, sehet, sehet», schreit der glückliche Graber auf, «wie große, wie viele!» Und während man sieht und zählt, schreit am andern Ende ein Anderer auch über einen noch glücklicheren Fund. So läuft ein halber Tag herum, man weiß nicht wie, und unerwartet tönt die Feierabendglocke, welche die auf den Feldern Zerstreuten zu Weib und Kind und Vieh, zu ruhigem Schlafe unter sicherm Dache ruft. Freilich mag wohl hie und da ein faul Knechtlein, eine meisterlosige Magd, ein verzärtelt Töchterlein nicht bloß die Abendglocke gerne hören, sondern auch bei jeder Kartoffel, die sie auflesen müssen, seufzen: «Ach Gott, wenn die nur schon gegessen wäre, oder wenns ein Pfannkuchen wäre, oder gar ein Specksalat!» Ja, es mag sein, daß hie und da ein ganzer zuchtloser Haufe, vielleicht einem Wirte, einem Müller oder einem Fabrikanten angehörend, sich ärgert am Erdäpfelsegen, flucht: Wenn sie doch nur alle zDreck würden, ehe man sie zu fressen kriege, oder daß der Bauer oder die Bäurin sie allein fressen müßten, und daß der in alle Ewigkeit nichts als Erdäpfel fressen müßte, welcher sie ersinnet hätte!

Neben dieser heillosen Schar gräbt vielleicht ein einzig Weib Erdäpfel auf einem kleinen Acker. In der Furche sitzt oder liegt ein Kind, ein bedeckter Topf ist nicht weit davon, ein ander Kind trippelt mühsam um die Mutter, fällt alle Augenblicke nieder. Bald muß die Mutter dieses aufheben, bald das in der Furche trösten und ihm zu trinken oder zu essen geben, das andere neben ihns setzen, daß es mit ihm spiele, die Zeit ihm vertreibe und die Fliegen. Trotz diesen Mühen wird die Mutter nicht ungeduldig, sondern ist freudig bei der Arbeit. Groß und prächtig rollen die Erdäpfel zutage, bei jeder Staude schöner. Die gute Frau zählt sie mit freudeglänzenden Augen. «Nein aber, siebenundzwanzig unter einer einzigen Staude, und so schöne, zwei ganze Mahlzeiten, und wie die gut schmecken werden! Oh, man weiß nicht, wie gut man lebt, wenn man gute Kartoffeln hat! Gottlob, für ein Jahr wäre wieder gesorgt! Gottlob, daß mrs hey, können wir beten, und daß wir dazu beten können: Gottlob, daß mrs meu, das wird er wohl auch schaffen. Unsereinem sollte nicht kummern, lebt doch der alte Gott noch, und daß er an uns sinnet, das sehen wir den Kartoffeln an. So ein klein Stücklein Land, unserer Viere leben davon, können vielleicht noch verkaufen, und bringen wir das Geld zusammen für eine Ziege, so ist genug auch für die da, Gott Lob und Dank!» So spricht eine Mutter, deren Mann den Hauszins verdient und vielleicht was an die Kleider, welcher also die Sorge für die Haushaltung und deren Unterhalt fast allein obliegt; freudig gräbt sie, bis es Abend wird, und wenn sie endlich ihren Karren an den Wagen eines Bauern, der mit vier Rossen seine Erdäpfel heimfährt, hängen darf, geht sie, ein Kind auf dem Arme, eins an der Hand, freudevoll, mit munterm Schritt und kühnem Gesichte, fast wie ehedem, wenn sie vom Tanze kam und die Buben sich um sie die Haare aus dem Kopfe gerissen. Sie belebt das freudige Gefühl, sie habe nun Speise, welche sie selbst gepflanzt und besorgt, für sich und ihre Kinder einen langen Winter durch und einen noch längern Vorsommer; sie denkt in demütiger

Freude, sie müsse Gott doch lieb sein, daß er ihr alles so wohl behütet, so schön und reich habe gedeihen lassen.

Wer die Erdäpfel kauft, hat solche Freuden nicht, und wer nicht Mutter ist und arm dazu, der begreift solche Freuden schwer. Sie sind süß und wonnereich und stärken ein solch arm Weib mit der großen Kraft, sein Kreuz zu tragen und auszuharren treu in allen Nöten des Lebens und die Kinder zu erziehen in der Zucht und Vermahnung des Herrn. Solche Freuden sind wahre Zaubertränke, durch welche der Herr arme Menschenkinder erfüllt mit wunderbaren Kräften, sie groß macht in der Treue, wenn auch über wenigem. Aber solche Freuden sind nur bei dem, welcher sich genügen läßt und demütig ist, der den Bruder nicht beneidet, Gott seine Gelüste nicht vorzählt, ihr Gewähren fordert als ein Recht, nur bei dem, welcher weniges und vieles empfängt dankbar als unverdiente Gabe und in dem Wenigen und Vielen die Huld sieht, welche zum Heil führt, den Einen durch weniges, den Andern durch vieles, und jeden mit der gleichen Liebe und der Weisheit, welche die Mücken geschaffen hat und die Sterne gerundet. Wer auf einem großen Felde die Menschen übersieht, welche in der gleichen Ernte stehn, und er könnte sehen in die Herzen hinein und erfassen, was da wächst und wuchert, da würde er sehen, wie der Herr der großen Ernte auf dem gleichen Felde Tausende von Äckern hat und jeden verschieden, es würde ihn schaudern, wenn er denkt, was mit so vielen Äckern der Herr machen muß, er würde aber auch demütig werden und beschämt, wenn er sieht, mit welchem Wohlgefallen der Herr in Herzen sieht, welche der Mensch nicht achtet, welche aber in Liebe und Treue blühen und vor Gott die reichsten Früchte tragen.

Im Herbste 1845 war bei der Kartoffelernte keine helle Stimmung; stille war es auf den Feldern, trüb waren die meisten Gesichter, und wenn man schon einen Bauer und hie und da eine Bäurin auf dem Felde sah, so war es nicht wegen der Freudigkeit, sondern wegen der Bangigkeit, und wer sonst arme Weiber freudvoll sah, sah jetzt sie weinen bitterlich. Hie und da wohl mag ein frech Knechtlein oder gar eine ruchlose Gesindeschar frohlockt haben, daß die Erdäpfel bald gegessen seien, mit Reis und Mehlbrei der Bauer jetzt aufwarten, zweimal in der Woche backen und mit dürrem Obst und vorrätigem Fleisch zum Vorschein müsse; jetzt einmal sei die Zeit, wo der Bauer seinen Diensten gönnen müsse, er möge wollen oder nicht, was sonst Müller und Metzger kriegten. In solchem Gesindel ist keine Spur von der Treue, welche im Hunde wohnt, kein Blick, der über die nächste Stunde reicht, während in so vielen Tieren die Ahnung der Witterung ist und bedächtige Vorsorge für kommende Gefahren. Solche Tröpfe dachten nicht, daß in dem Maße, wie die Speise fehle, desto mehr Leute verabschiedet würden, weil der Bauer Arbeit verschob, mehr selbst machte, mehr den Kindern zumutete, und daß der Bauer den Instinkt habe, die zu verabschieden, welche sich am meisten auf Reis und Mehlbrei freuten. Wo sollte dann so ein verabschiedet Knechtlein Platz finden bei dem Mangel an Speise, den überflüssigen Händen, den hungrigen Bäuchen ohne Zahl?

Verflucht wunder nehme es ihn, was die Bäurin für ein Gesicht machen werde, wenn sie den ersten Reisbrei an einem ungeraden Werktage auf den Tisch stelle, sagte ein halbbatzig Knechtlein. Am folgenden Tage schon kam eine große Schüssel Reisbrei auf den Tisch, und eine zweite noch brachte die Bäurin eigenhändig, stellte sie vor das Knechtlein ab und sagte: «Jetzt sieh, was ich für ein Gesicht mache, dann iß, und wenn du genug hast, so komm und hol den Lohn, er ist schon aufgezählt. Dann kannst an andern

Orten auch sehen, was die Bäurin für ein Gesicht macht, wenn sie Reisbrei auf den Tisch stellt.» Da waren dem Knechtlein Freude und Hunger so ziemlich vergangen; indessen hielt er sich nicht dafür, abzubitten, er machte ein trotzig Gesicht, sagte, er lasse sich das Maul nicht verbinden, und was er rede, ginge niemand was an, holte den Lohn und marschierte ab. Aber wohl, diesem verging der Trotz; sechs Wochen marschierte er, und noch hatte er keine Bäurin gesehen, welche Reisbrei auf den Tisch gestellt hatte, ja er hatte noch keinen Tisch gesehen, an welchem man ihm einen Platz angewiesen hätte. Er mußte gebettelt Brot essen, mußte in Ställen schlafen; wohl, da verging ihm der Trotz und froh war er, als er um alle Tage genug Erdäpfel ganze Tage dreschen durfte, und was ihm dabei so noch alles in die Brüche gegangen, durfte er nicht einmal sagen. Er war kaum zwanzig Jahre alt, aber das Dienen hatte er schon grausam satt. Solche verfluchte Sklaverei stehe er nicht länger aus, und lieber wollte er ein Hund sein als ein Knecht, hatte er alle Tage gesagt. Nahe wohnte ein Mädchen, welches kürzlich dreißig Taler ererbt hatte, auf die hatte er spekuliert. So viel Geld hatte er sein Lebtag nie beisammen gesehen, seinen Lohn zog er immer ein batzenweise; dreißig Taler kamen ihm vor wie ein großes Vermögen, auf welchem er sich behaglich zur Ruhe legen, die Füße von sich strecken, eine Pfeife ins Gesicht stecken und so gemächlich den jüngsten Tag erwarten könnte. Nebenbei, dachte er, könnte er Tabaksfabrikant oder Müsterler werden, am liebsten Wirt; der brauche den Leuten nicht nachzulaufen, sie kämen zu ihm, und werde er durstig, so habe er den Wein nicht weit. Er glaubte die Katze im Sack zu haben, denn das Mädchen hatte sich schon bei ihm gestellt und mit ihm gesprochen. Er sei ein Uflat, hatte es ihm gesagt, ein Schlingel, nicht wert der Sonne, welche auf ihn scheine; wenn es der liebe

Gott wäre, es verschlüge ihm das Maul mit Dreck, und das wäre noch fast schade, es wäre das Sauberste, was er je darin gehabt. Komme er ihm näher als drei Schritte zum Leibe, so zeichne es ihm mit seinen fünf Fingern das Gesicht, daß man meine, der Teufel und seine Großmutter hätten darauf gneujahret. Das hatte der Bursche für Liebe genommen und gesagt, sie hätten es alle so, je stärker sie einen liebten, desto wüster sagten sie ihm; die Mutter hätte manchmal gesagt, sie hätte ihrem Alten nie anders gesagt als Hung und Schelm und sonst noch mehr. Er hatte schon lange gestürmt, nach Weihnacht müsse geheiratet sein. Jetzt war es aus mit dem Heiraten, um bittere grüne Erdäpfel konnte er einen ganzen Tag dreschen, und nach Weihnacht wußte er wieder nicht, wo er sein Haupt hinlegen solle und was essen. So gehts in der Welt, so oft ist der Mensch selbst der Bengel, den er sich selbst zwischen die eigenen Beine wirft, wir meinen nicht bloß wegen Mädchen, sondern auch wegem Reisbrei.

Auf ihr Äckerlein kam Käthi lange nicht; an gar manchem Orte mußte sie Kumm-mer-zHülf sein, wie man zu sagen pflegt. Eine vertraute Person, welche man über alles schicken konnte, kam gar mancher Bäurin wohl in diesem Herbste. Käthi verdiente ihrer Ansicht nach ein ordentlich Stück Geld, wenn auch der Taglohn nicht mehr als drei Batzen nebst der Speise betrug, und an den Erdäpfeln litt sie nicht Schaden, eher das Gegenteil. Nach und nach war der vor lauter Gelehrsamkeit stille gestandene schlichte Verstand wieder in Fluß gekommen und hatte begriffen, daß das Herumrühren der Erdäpfel um die Häuser, wie man geschmolzene Butter rührt, daß sie nicht Knollen kriegt, nicht bloß die Krankheit nicht hemme, sondern auch die gesunden verderbe, indem Erdäpfel das Trockenliegen und absonderlich die Sonne nicht ertragen mögen; Erdäpfel wollen Erde über sich oder Kellerluft um sich. Wer spät ausmachte, hatte den Verdruß nicht, daß ohne Flecken ausgemachte hintendrein die Pestbeulen zeigten; was er gesund ausmachte, blieb gesund. Indessen hatte auch Käthi kein freudig Ausgraben, denn sehr viele angesteckte fanden sich, und je mehr Erdäpfel im Boden sich fanden, desto mehr drängte der Gedanke sich auf: Wie schade, so viel angehängt und so viele nichts wert! Bei dem vielen Graben jedoch und dieweil man anfänglich alles verloren gab, hatte Käthi sich angewöhnt, jeden gesunden Erdapfel als einen gefundenen anzusehen, während man zuerst jeden kranken als einen verlorenen betrachtete. In Beziehung auf den Ertrag kam es wohl auf eins heraus, ob man es auf die erste oder zweite Weise ansah, doch in Beziehung auf die Gemütsstimmung lag zwischen beiden Ansichten eine himmelweite Kluft. Nur reuten Käthi die sogenannten Tschäggen oder Korsikaner grausam, sie blieben am längsten, und Käthi hatte viele dieser Art, und wenn man deren übrig hat, so gelten sie am meisten, weil sie noch um Michelstag so schön mehlicht sind, daß einem ordentlich das Herz im Leibe lacht; diese fehlten fast ganz. Der giftige Wind hatte gerade diese in der Entwickelung im Blütenstande getroffen, in welcher die Pflanze Schädliches am wenigsten ertragen mag, wie man an den Obstbäumen das Exempel so oft hat. Mit den kranken wußte Käthi nichts zu machen, als sie zu essen oder zu dörren; um eingebeizte zu brauchen, muß man Schweine haben, diese fehlten Käthi. Scheibchen zu machen, ein Büschelchen Salz auf jedes zu streuen wie Kinder auf das Butterbrot, dazu fehlten ihr drei Dinge: Glauben, Salz und Zeit. Dem Brenner mochte sie sie nicht geben, sie hatte ein Grausen darob; sie sah, wie viele Menschen sich ob dem Brennen und dem Branntewein versündigten, und wie sehr sie sich bei diesen Sünden beteilige, wenn sie ihre Erdäpfel brennen ließe, vermochte sie nicht zu ermitteln. Alle auf einmal essen war wohl stark, besonders für eine alte Frau und ein Kind, denn zehn Zentner angesteckter Kartoffeln waren ungefähr zu versorgen.

Zum Dörren hat man Holz nötig; Käthi besaß keinen Wald und auch kein Recht in irgend einem Walde. Wohl hatte sie eine sogenannte Kunst in der Stube, das heißt in der Stube einen Tritt am Ofen von Sandstein, welcher durch das Kochen von der Küche her warm wurde. Aber so ein arm Fraueli, welches das Holz kaufen oder von guten Leuten erbitten muß, kocht weder Schinken noch Rinder, hat nicht wie eine Herrenköchin entweder halb zu viel Feuer oder halb zu wenig, sondern geht mit dem Holze um wie sparsame Weiber mit dem Zucker; so ein Tritt wird daher vom gewöhnlichen Kochen nicht heiß zum Dörren. Eigentlich zu heizen schon im Oktober brachte Käthi auch kaum über das Herz, ihre Großmutter selig hatte es auch nie getan. Käthi wäre eigentlich eine Frau gewesen für die neue Zeit, wo unvernünftig Holzschlagen und unvernünftig Holzbrennen viele Länder holzarm machen. Es ist ein heillos Ding, wie Staatsmenschen und Küchenmenscher aus Mutwillen, Bosheit, Hochmut, Unverstand Holz brauchen, das Holz verdünnern. Was Küchenmenscher nutzlos verbrauchen, diente Tausenden von Armen für einen warmen Ofen. Waren doch die Küchenmenscher auch arm, sind arm und bleiben arm! Und was die sogenannten Staatsökonomen in diesem Punkte sündigen, werden sie wahrscheinlich damit büßen müssen, daß sie in der Hölle nicht ins Feuer geworfen, sondern in Eis gesetzt werden, denn sie sündigen nicht bloß an diesem Geschlechte, sondern auch an dem zukünftigen, und nicht nur wegem Holz, sondern auch wegen dem Klima, wegen Wassergüssen, Schneelawinen und Erdfällen. Der Arme muß Holz haben, je schlechter er gekleidet ist, um so mehr bedarf er der Wärme. Ehedem war es ihm zugänglicher, jetzt je länger, je weniger, und je teurer es wird, desto spärlicher fallen die freiwilligen Holzspenden aus, und in dem Maße, als alles teurer wird, steigen die Tagelöhne nicht, und am Ende wo nehmen und nicht stehlen? Und wenn gar noch reiche Spitzbuben das Holz stehlen zum Verkaufen, was bleibt den armen alten Weibchen zum Erdäpfeldörren? Zu alten Weibern ist in Forst- und andern Räten selten Sympathie, dieselbe nimmt zumeist ganz conträre Richtungen. Und wenn das Sprüchwort so handgreiflich sanktioniert wird, daß man die großen Diebe ungestraft laufen läßt, so ist ja jeder ein Narr, wenn er nicht gleich mit einem Satz ein großer Schelm wird. Erstlich lohnt es sich besser der Mühe, zweitens wird er nicht als kleiner gehängt, und drittens hat er die Hoffnung, daß jedes Justizbabi ihm Schmollis anträgt und um seine Gunst buhlt, Theorien einsammelt, den Kommunismus von oben herab praktisch einzuführen.

Käthi wohnte an einem Orte, wo man noch Verstand hatte, wo kein Ratsherr wohnte. (Bei einer Büchersteigerung forderte ein Herr den Ausruf eines Buches außerhalb seiner Reihe, es geschah. Alsbald forderte ein Student das Gleiche, es wurde ihm abgeschlagen. Derselbe begehrte auf, weil dem Herrn Ratsherr X. dasselbe soeben gewährt worden sei. «Seid Ihr auch ein Ratsherr?» frug der Buchhändler. «Nein», antwortete der Student. «Nun so dann», meinte der Buchhändler, «so habt Verstand!»). Es herrschte noch nicht die herzlose moderne Selbstsucht, und die eiskalte Freisinnigkeit war noch nicht allgemein, sondern das patriarchalische Verhältnis bestand noch, und ein gewisser väterlicher, vorbauender Sinn dachte an die Bedürfnisse der Armen, ehe sie gen Himmel schrien. Es traten die besitzenden Bauern zusammen und beschlossen, damit die Armen nicht genötigt seien, die kranken Kartoffeln faulen zu lassen oder dem Brenner zu geben, sondern für Speise sorgen könnten, ihnen das nötige Holz zum Heizen in ihren Wäldern anzuweisen. Leider weckte diese Freigebigkeit in vielen Armen eine Begehrlichkeit, daß sie den Reichen ihr Tun verbitterten, daß man sich ordentlich zwingen mußte, zu sagen: Vater, vergib ihnen, sie wissen nicht, was sie tun. Sie verleumdeten sich gegenseitig, um einer den Andern aus dem Verzeichnis der Bedürftigen zu bringen, sie verleumdeten die Geber, als ob sie damit die Armen für immer abspeisen wollten, als ob sie eine allgemeine Maßregel nur darum verabredet hätten, damit einzelne Hausbesitzer ihren Mietsleuten nicht mit Holz helfen müßten usw. Kurz sie trieben es so, daß den besseren Armen bange wurde, eine solche Unverschämtheit werde die milden Hände verschließen für immer, daß sie um so inniger dankten, um gut zu machen, was die Andern böse gemacht. Freilich soll man seine Gaben nicht um des Dankes willen geben, aber wo kein Dank beim Empfänger ist, da ist in der Gabe kein Segen, da wird die Wohltat zur Rechtsansprache. Tut doch auch Gott von Zeit zu Zeit seine milde Hand zu, läßt die Sonne nicht scheinen, nicht regnen zu rechter Zeit, den trotzig gewordenen Menschenkindern zu zeigen, daß sie nicht souverän seien, sondern Sonne und Regen, Gedeihen und Leben Gnadengaben seiner Hand sind. Dank ist keine Erniedrigung, sondern ein Zeichen hellen Verstandes, welcher die Verhältnisse erkennt, und ein Zeichen eines guten Gemütes, welches der Liebe fähig ist, denn wer nicht danken kann, kann auch nicht lieben, steht unter dem Hunde, welcher, wenn ers auch nicht sagen kann, sich alle Mühe gibt, mit Wedeln und Lecken seine Dankbarkeit sichtbar zu machen. Wie man bösen Hunden aus dem Wege geht, sie meidet, so hat man es mit unverschämten, hoffärtigen Armen, während dem demütigen und dankbaren die Gunst der Menschen sich zuwendet; wer sich erniedrigt, wird erhöhet werden. «Frau, hast gehört, wie der gedankt hat so recht von Herzen, so wärs noch eine Freude, zu geben», sagt der Bauer. «Denk dem daran, wenn er wieder kömmt, und wenn er krank werden sollte oder sonst in Leiden kommen, so gib ihm!» Wo unverschämte Arme sind, sind auch harte Reiche; beide sind böse Geschwüre, Zeugen innerer Fäulnis, Vorboten schwerer Krankheit, und jede Krankheit kann in Auflösung übergehen.

Käthis Bauer hatte schandenhalber mitstimmen müssen, aber von Herzen ging es ihm gar nicht, die Sache machte ihm böses Blut. Er war eigentlich kein böser Mann, aber er hatte es wie viele Andere und namentlich sehr hohe Herrschaften, er war in einer Übergangsperiode. Er wollte sein Gut nicht verschwenden, im Gegenteil, er wäre gerne alle Tage reicher geworden. Nun aber mußte er, wie er meinte, standesgemäß leben, das heißt wegen seiner Freisinnigkeit alle Tage mehr Zeit versitzen und mehr Geld verblitzen im Wirtshause. Damit brachte er seinen Hof nicht in Aufgang, sondern in Abgang, aber er wollte doch nicht zurückkommen. Wie nun das machen, wie den Ausfall decken? Da sind allenthalben zwei Wege, und akkurat die gleichen in Moskau und in Nidau, zum Beispiel erstlich tröstet man sich mit der Zukunft, der Aufwand soll nur sein, was eine Wurst an eine Speckseite, entweder ists eine Heirat oder das Vaterland, ein vaterländischer Aderlaß, was man im Auge hat; zweitens zwackt man ab, wo man kann und mag, will an Knechten und Mägden, Arbeitern und Armen, Schneidern und Schuhmachern, an Weib und Kind, kurz an allen Seelen und allem Vieh, mit welchen man in Verkehr kommt, einbringen, was man versitzt und verblitzt. So hatte es nicht bloß Käthis Bauer, so haben es sehr hohe Herrschaften in Moskau und sonst noch wo. Demselben waren einige alte Weiber, unter diesen auch Käthi als seine sogenannte Hausfrau, zugeteilt worden, und diesen wies er nun eine steile, wüste Halde an, auf welcher nicht viel andres stand als Dornen, um da Reiswellen zu machen. Mancher, welcher nicht vorrätiges Holz beim Hause hatte, wies die Armen in seinen Wald, aber Keiner an eine Dornhalde, und namentlich alte Weiber nicht. Das Ding wurde natürlich bekannt und erregte großes Aufsehen, und es wurde viel von der Freisinnigkeit gegen alte Weiber geredet.

ZEHNTES KAPITEL

Volksdiplomatik und Volksjustiz

Wenn man alte Rosse ausschirrt, so gehen sie ordentlich dem Stalle zu und machen sichs behaglich, schirrt man junge Rosse unachtsam aus, schlagen sie hinten und vorne aus und suchen das Weite. Hört am Samstagabend die Arbeit auf, freuen sich die Alten der Ruhe, das junge Volk aber, wenn der Zügel ihm freigelassen ist, springt erst jetzt zu vollem Leben auf, zu allen Streichen und Schwänken aufgelegt.

Vor dem Dorfe, zu welchem Käthi gehörte, lagen gezimmerte Balken zu einem neuen Hause; dort sammelten sich eines Samstagabends die jungen Bursche, tubakten und schwatzten, als ob sie eigentlich nichts wollten als tubaken und schwatzen. Als aber allgemach die Leute sich verliefen, niemand mehr zu sehen war als der Mann im Monde, frug einer: «Laßt sehn, was muß jetzt gehn?» Er ginge mit, sagte einer, bis nach Sprützligen, und täten sie einen Sprützliger Burschen erwischen, wollten sie ihn abklopfen nach Noten und dann durchs Wasser ziehen wie gebauchtes Garn. Die Sprützliger Buben wollten allenthalben Hans oben im Dorfe sein. Am letzten Solothurner Markt seien sie ihnen den Weg vorgelaufen, aber mit langer Nase hätten sie abziehen müssen; ein Mädchen hätte es ihnen verraten, und da sei es ihnen wohl gekommen, daß mehr als ein Weg sei auf der Welt. Heute seien jetzt ihrer Viele beieinander, sie könnten es ihnen eintreiben. Dem, welcher diesen Vorschlag machte, war aber an den Sprützliger Buben nicht viel gelegen, sondern der Weg nach Sprützligen führte durch Schlüfligen; dort wußte er ein reich und hübsch Mädchen, hoffte unter der starken Begleitung sicher und doch unvermerkt zu demselben gelangen zu können. Das sei weit, und Prügeln koste Geld, sagte ein Zweiter. Er ginge lieber dem Raggerbauer zu Schnürfligen in seine Birnen. Erstlich seien die Birnen gut, und zweitens könnten sie große Freude am Bauer haben, denn der schlafe das ganze Jahr nur auf dem Ellbogen, und wenn er höre, daß jemand hinter seinen Birnen sei, so komme er im Hemde heraus, den könne man dann narren nach Herzenslust. An den Birnen war aber diesem wiederum nichts gelegen, aber der Bauer hatte eine schöne Tochter, die hüteten er und sein Hund gar sorgfältig. Sprangen nun der Bauer und sein Hund den Birnendieben nach, so war der Weg zum Meitschi frei. Das war ziemlich richtig kalkuliert. Die Birnen seien noch nicht reif, rief ein Dritter. Zum Wirt im Surgraben ginge er mit, der solle ganz besonders guten neuen Wein haben, noch ganz süßen, und da wisse man doch, wieviel man zu zahlen habe; auf den andern Wegen könnte die Zeche leicht größer werden, als man denke. Klug war das geredet und dem Burschen doch nicht ernst. Aber der Wirt im Surgraben hatte eine gar süße Stubenmagd oder Kellnerin, und diese hatte obendrein süße Hoffnungen zu bedeutenden Erbschaften. Diese Süßigkeiten stachen dem Burschen in die Augen, und in solchem Geleite hoffte er ganz unvermerkt seine Laufgräben eröffnen und Bresche schießen zu können.

Gewöhnlich nimmt man an, fein sei die Jugend nicht, und um ein Diplomat zu sein, müsse man wenigstens halb grau geworden und beim Gonzenbach oder gar beim Amrhyn in die Lehre gegangen sein. Du mein Gott, das Ding ist nicht halb so rar und schwer, und mancher Bub suchte in eidgenössischen Räten und Kanzleien umsonst seinesgleichen, müßte vielleicht bis zum Metternich laufen, ehe er seinen Meister fände. Ja, wenn solche Buben an die Tagsatzung könnten, da wäre erst der Bürgermeister von Zürich, welcher der Tagsatzung vorsitzen sollte, in grausamer Verlegenheit und wüßte nicht, ob er stehen oder sitzen, das Maul zu- oder aufmachen solle. Er soll Arzt von Natur sein, der Bürgermeister von Zürich, daneben kann er uns manchmal sehr dauern, der arme Tropf, denn es scheint ihm wirklich manchmal zu gehen wie einem Doktor, der oben an einem Tische sitzt, rundum Patienten von allen Sorten. Der Doktor hat so quasi kannibalische Sympathien, die Patienten zarte Nerven- und andere Systeme, welchen Milchspeisen wohltun und sonst was Zartes; der Doktor ist nicht für das Zarte, den Patienten ist das Kannibalische tödlich, jetzt was machen? Wer kein Tropf von Natur ist, täte begreifen, daß an einem eigenen, besondern Tisch zu sitzen das Beste wäre. Wer ein Arzt wäre, würde begreifen, daß wirklich doch wohl nichts schädlicher sei, als wenn der Arzt zwischen seinen Sympathien und seinen Pflichten schwankt, er bald um der Patienten willen was Zartes nimmt, handkehrum die Patienten um des Doktors Sympathien willen an was Kannibalischem würgen müssen. Wer aber gar ein Bürgermeister von Zürich wäre, sollte achten, daß er von Dorf- und andern Buben an Manier, Takt und comme il faut nicht übertroffen würde.

Unsere Dorfbuben brachten nichts Anzügliches vor, auch war kein Präsident da, der Gift streute, um Sturm zu ernten, oder der kannibalische Sympathien hatte; so sah man ruhig einander an, ohne sich die Fäuste zu machen, wußte aber doch nicht recht, was machen. Da erhob sich noch eine Stimme: Ein andermal sei ihm das Eine, das Andere recht, auf ein paar Prügel mehr oder weniger komme es ihm nicht an, Birnen liebe er und auch den Wein; aber diesmal hülfe er zur Seltenheit alten Weibern was machen zLieb und zEhr. Der Grotzenbauer habe alten Weibern die Dornhalde angewiesen, um Reiswellen zu machen zum Erdäpfeldörren; er hülfe ausziehen, dort den alten Weibern die Wedeln hacken, und wenn Buchäste und Tännlein ihnen in der Dunkelheit in die Finger kämen statt Dornen, so sei eben die Dunkelheit daran schuld und nicht sie. Gingen sie rasch dranhin, so sei gemacht, was die alten Weiber in acht Tagen nicht fertig brächten, und vielleicht sei noch Zeit, sie ihnen gleich vor das Haus zu bringen, daß die Bauern mit dem Fahren nicht geplagt würden. Der Vorschlag fand rasch Beifall, es war was Neues, und bei allgemeinem Beifall verstummen bekanntlich diplomatische Bedenken. Selbst ein Bürgermeister von Zürich soll zuweilen nach der Sonne laufen, um sein Sackührlein zu richten.

Bloß ein klein, eitel Knechtlein, an dem nichts groß war als der Hochmut, welcher dann aber auch so groß war, daß er in Sonne, Mond und Sternen und daneben auch in allen Planeten und Kometen nicht Platz hatte, begehrte schrecklich auf: Für solch alte Hexen, welche einem nicht einmal einen Schnaps zu geben vermöchten, rühre er keinen Finger, und er habe Durst und wolle saufen, bis er nicht mehr Babi sagen könne. So brüllte das Bürschli und streckte dabei seine Pfeife hoch, als ob er Löcher stechen wolle in die Sterne. Aber kein Mensch sah den Brüllhund über die Achsel an. «Wer nicht in zehn Minuten mit einem Werkholz beim Kräzerntürli ist, zahlt eine Maß», hieß es, und zerstoben war der ganze Haufe bis an das halbbatzige Knechtlein. Dieses fluchte erst eine ganze Zeit lang, endlich sagte es: «He nun, wenn sie nicht wollen, so will ich. Das Meitschi im Surgraben wird es haben wie die anderen; wenn Hirsche nicht kommen, sind Hasen auch gut.» Er ging, machte den Zärtlichen, kriegte Kopf und Buckel voll Schläge, mußte acht Tage das Bett hüten und wußte nicht einmal, von wem er das Schmerzengeld fordern könne, und das war das Schlimmste.

Am folgenden Morgen war, wo Zwei zusammenkamen, zwischen ihnen die Frage: «Nein aber, hasts auch gehört in Grotzenbauers Dornhalde, wie doch das gemacht hat! Was ists wohl gewesen?» Wer es nicht gehört hatte, dem erzählte man: Zwei Stund vor Mitternacht und zwei Stund nach Mitternacht habe es an der Dornhalde gehackt, gerasselt, geschleift, als ob hundert Holzer dort gewesen seien, und doch seien es nicht Holzer gewesen, man habe keinen menschlichen Laut gehört; zuletzt seien Wagen davongerasselt, aber Pferde hätte man keine gehört. Die Gelehrten waren auch da verschiedener Meinung. Die einen meinten, es sei der Zwingherr auf der Wartburg, welcher dort den Schatz hüten müsse, der habe Holz geholt und müsse Dornen hacken, wenn er Holz haben wolle; es werde einen grausam kalten Winter geben, man könne sich in acht nehmen. Andere glaubten nicht an den Zwingherrn, aber Herrenköchinnen seien es gewesen, sagten sie, welche grausam Holz verschwendet und immer drei Scheiter gebraucht, wo sie es mit einem halben hätten machen können; die schicke der Teufel auch bei aufgehendem Mond herum, Dornbündel zu machen zu Hauptkissen für böse Weiber, welche Kinder in Kost genommen und sie schlecht und unbarmherzig hielten. Die hätten ringsum Feuer wie die Andern, aber unterm Kopf Dornen, weiter unten Nesseln, die Füße in einem Eiskübel und ein Deckbett von Skorpionen und Hurnussen. So erzählten die

Leute, und selben Morgen ward gar mancher Kaffee später getrunken als sonst, weil die Bäurin das Feuer wieder ausgehen ließ, die arme Frau die geholte Milch eine Stunde später als sonst nach Hause brachte.

So gings auch mit der Kirche. Der Pfarrer war ganz verwundert, so wenig Leute zu finden, als er auf die Kanzel kam. Viele kamen später, Viele nicht; sie gingen nach der Dornhalde, nachzusehen, ob man da etwas sehe, und was. Käthi hatte sich auch verspätet, so kam sie nicht mit Menschen zu reden; bloß so im Hinterdreingehen hörte sie etwas von Dornhalden und Teufel, aber sie wußte nicht, was die Leute damit meinten.

Ob Käthi in der Predigt andächtig war, wissen wir nicht; aber sobald die Kirche aus war, fingen die Leute wieder davon an, und Käthi vernahm Bericht, was man gehört und was man denke und meine, und Käthi erschrak sehr. «Der liebe Gott soll mich bewahren, was muß ich erleben! Sollte ich dem Teufel, Gott sei bei uns, so lieb und wert sein, daß er mir Holz zum Hause schafft? Das kann doch wohl nicht sein!» Als die Leute sie ansahen, erzählte sie, wie sie diesen Morgen, als sie Wasser im Bache geholt, um Kaffee zu machen, einen prächtigen Haufen, wohl bei hundert Wellen, vor ihrem Fenster gesehen, und prächtige Wellen, viel grobes Holz, tannenes und sogar buchenes darin. Sie sei ganz versteinert und habe denken müssen, sie seien aus dem Boden gewachsen, denn sie habe einen so leisen Schlaf, daß sie es höre, wenn ein Mäuslein gähne, und die ganze Nacht sei sie nie erwacht, hätte keinen Menschen ums Haus herum gehört. Sie sei ganz verblüfft gewesen, hätte mit nichts fertig, nicht zum Fragen kommen können. Wenn sie doch dr tusig Gottswille wüßte, wie der Haufe daher gekommen sei, und ihr nur jemand wieder davonhülfe.

«Fürs selbe laß dir keine grauen Haare wachsen», sagte

ein Mann, «vom Holz kömmt man immer, und wenn man es vom Teufel selbsten hätte. Aber warst du nicht an die Dornhalde gewiesen, um Wellen zu machen?» «Wohl», sagte Käthi. «Dort wurde diese Nacht geholzet. Hast du etwa jemand hingesandt?» frug der Mann. «Was denkst», sagte Käthi, «wer wollte mir gegangen sein, und solche Wellen gibt es nicht an der Dornhalde.» «'s ist doch kurios», sagte der Mann, «da wird wohl ein Zusammenhang sein zwischen deinem Holz und dem Holzen dort. Es will mir fast in Sinn kommen, wer die Ungeheuer waren.»

Da stellte sich eine Bäurin mit unterstellten Armen, so dick wie Zwölfpfünderröhren, und einem Gesichte wie das Zifferblatt an einem Kirchturme, vor ihr Haus und rief mit einer Stimme, wie sie der Goliath gehabt haben wird, als er das Volk Israel ausspottete: «Kann Euch aus dem Gwunder helfen! Soeben brachte man unser Knechtlein halb totgeschlagen, und als man ihn fragte, ob denn die Andern ihm nicht geholfen, sagte er, es sei keine Gerechtigkeit mehr im Himmel und auf Erden; er habe nicht einen Holzschelm abgeben wollen wie die Andern, die gegangen, dem Grotzenbauer zu holzen, und weil er keinen Schelm habe abgeben wollen, so habe er jetzt so heillos Schläge gekriegt; ob das jetzt recht sei?»

«So, also die Nachtbuben haben den Spuk gemacht», sagte ein Mann, und viel ward gelacht über das Stücklein, und nur hier und da nannte man es ein kreuzdummes, dieweil es noch nicht erhört worden sei, daß man wegen drei armen alten Weibern einen Bauer bös gemacht.

Da erschrak Käthi sehr, denn wer siebenzig Jahre alt wird, ist so weit in seinen Erfahrungen, daß er weiß, wie, wenn zwei große Mächte (und Nachtbuben sind eine Macht) einander recht böse gemacht, eine dritte schwache ihren Zorn entgelten muß. Also warm machte sie sich dem Grotzenbauer zu, den sie nicht in der Kirche gesehen hatte. Seit er freisinnig geworden, sah man ihn selten dort. Er schäme sich, sagte er, so mit allem Schelmen- und Lumpenpack zusammenzusitzen, für einen Liberalen schicke sich das nicht. Dann wolle es ihn je länger, je mehr dünken, ds Kirchelaufen sei überflüssig. Einer mit der rechten Gesinnung brauche das nicht, und dann frage es sich noch, was am ganzen Gerede wahr sei. Er hätte einen Ton davon gehört, es werde nicht mehr lange gehen, so werde man den Leuten sagen, woran sie seien und daß sie sich wegen Himmel und Hölle nicht mehr zu schinieren hätten.

Käthi traf ihn noch am Frühstück an. Gestern abends war er in einer Kneipe dem Vaterland obgelegen und hatte es grausam geliebet, bis er den Mond nicht mehr von den Sternen unterscheiden konnte, den Dorfbach für die Heerstraße ansah, den Kirchturm für den Nachtwächter und ihn prügelte, weil er ihm nicht aus dem Wege wollte. Es ging lange, bis er was von der Sache begriff, deretwegen Käthi sich tausendfältig entschuldigte; als ihm endlich ein Licht aufging, ward er schrecklich zornig, und je mehr Käthi sich entschuldigte, wie sie sich der ganzen Sache nichts vermöge, sie ihr von ganzem Herzen leid sei, desto mehr zog sie des Bauern Zorn auf sich. Wenn es so gemeint sei, sagte er, so vermöge er das Häuschen leer zu lassen, wenn er nicht Hausleute finde, welche es besser mit ihm meinten und seine Gesinnung mit ihm teilten. Aber er wisse es wohl, sie sei auch so eine verfluchte Konservative! Käthi erschrak sehr, aber jetzt schwieg sie; sie wußte nicht, was das Wort bedeute, dachte aber, da der Grotzenbauer als Ungläubiger galt, Konservative sei eine, welche noch an Gott und Teufel glaube; darum schwieg sie, sie wollte weder den Einen noch den Andern verleugnen.

Vom Frühstück weg lief er stracks, den Schaden zu sehen,

kam noch zorniger heim, aber langsamer, denn bei jedem Begegnenden stellte er sich und fluchte sich fast die Finger ab, wie er es den Schelmenbuben anstreichen wolle. Er wisse wohl, er müsse das nur leiden wegen seiner Freisinnigkeit; aber jetzt sei nicht mehr die Zeit der Landvögte, welche über solche Dinge nur gelacht hätten, die Donners Buben müßten ihm ins Zuchthaus.

Auf der Stelle spannte er an und fuhr die Wellen heim, welche die Weiber zu viel erhalten. Er wollte alle nehmen, aber das litt seine Frau nicht. Drei Weiber waren ihm zugeteilt, und jede sollte vierzig Wellen machen können; nun hatte jedes Weib einen Haufen von wenigstens achtzig beim Hause, und nicht Dornwellen, sondern ganz andere. Es wollte ihm fast das Herz abdrücken, daß seine Frau mit geballter Faust ihm erklärt hatte, er solle ihr ds Herrgotts sein und ein Stück von den vierzig einem Weibe wegführen, sie sei dann auch noch da und habe was zur Sache zu sagen. Der Grotzenbauer kannte sein Weib und hatte Ursache, es einstweilen nicht aufs Äußerste kommen zu lassen. Aber, sagte er für sich, es komme noch die Zeit, er sei gut dafür, wo man den Weibern zeige, wofür sie gut seien und was sie der wahren Sache nach zu bedeuten hätten.

Nun richtete er seinen ganzen Zorn gegen die Nachtbuben; denen wolle er einen Konto machen, daß ihnen das Wedelnmachen ihr Lebtag verginge, drohte er. Man wollte es ihm ausreden, stellte ihm vor, an den Nachtbuben gewinne niemand was, am besten komme man aus mit ihnen, wenn man lache zum Spaß. Wolle man sich rächen, so greife man in ein Wespennest; den letzten Streich wollten sie haben, das sei gewiß. Seine Frau sagte bloß: «Sieh, was du machst; daneben, wenn du es zwängen willst, so zwängs, vielleicht ist es dir gut.»

Er klagte förmlich und ward, wie üblich, zur Freundlichkeit gewiesen. Volkstümliche Behörden befassen sich nicht gerne mit Klagen gegen das Volk, und namentlich nicht gegen Nachtbuben, die Parteien zur Freundlichkeit weisen ist kürzer. Bleibt der Fortschritt entschieden, so wird ganz sicher bei allen Diebstählen nicht weiter amtlich verfahren, als die Parteien, das heißt den Dieb und den Bestohlenen, an eine Freundlichkeit zu verweisen. Der Urheber des Vorschlags erschien an derselben. Es war ein stiller Bursche, aber einer, der ein heißes Herz hatte. Er haßte alle Ungerechtigkeit, alle Heuchelei, geistliche und weltliche, haßte ärger als falsches Geld alle falschen Worte, zum Beispiel daß einer sich liberal und freisinnig nannte und war doch der ärgste Zwänggrind, hart gegen die Armen und unduldsam und unverträglich gegen jeden mit einer andern Meinung. Hans hätte unter Umständen ein Räuberhauptmann werden können. Er hatte schon manchmal Justiz geübt, Prügel ausgeteilt, dem Schwächern zum Recht verholfen, schon manchem sogenannten Freisinnigen die Larve vom Gesicht geschlagen und ihn erscheinen lassen ärger als einen Jesuiten und ärger als einen Dominikaner, welche bekanntlich die Inquisition einführten und alle marterten oder verbrannten, welche anders dachten als sie und ihnen nicht nachbeten wollten. Daneben war Hans vermögend, hatte so viel Bildung, um ein eigen Urteil zu haben, war also wirklich innerlich und äußerlich unabhängig und selbständig, souverän.

Hans trieb an der Freundlichkeit das Gespött mit dem Grotzenbauer. Das werde seine Liebe zum Volke sein, daß er alte Weiber, um Wellen zu machen, an seine Dornen weise, und das seine Freisinnigkeit, daß er nicht einmal Andern erlauben wolle, der alten Weiber sich zu erbarmen. Wenn es junge Weiber gewesen wären, vielleicht daß er ihnen näher einen schicklichern Platz gewußt hätte, um Wellen zu machen! Begreiflich loderte der Grotzenbauer auf wie ein Feuerteufel, auf welchen feuriger Schwamm gelegt wird, und wer weiß, wie weit er in seiner freisinnigen Kultur gegangen wäre, wenn er nicht einen unwillkürlichen Respekt vor Hanses sehr tüchtigen Knochen verspürt hätte. Er begnügte sich daher mit Schimpfen und sagte: Wer ihm wegem Weibervolk Schlechtes nachrede, lüge wie ein Schelm, und in anderer Leute Wald zu holzen wie ein Schelm und Spitzbub, dessen hätte er sich sein Lebtag geschämt. Wenn das ihn angehen solle, so wolle er vermahnt haben, sagte Hans. Sie hätten für alte Weiber Reiswellen gemacht, da wo es ihnen erlaubt gewesen sei, und gesagt habe ihnen niemand, daß nicht jemand anders sie machen und daß es bei Tage und nicht bei Nacht geschehen müsse. Tann- und Buchenholz dazu zu nehmen, hätte ihnen niemand verboten, und als man den Armen Holz erkannt, hätte gewiß niemand daran gedacht, daß einer Hunds genug sein könnte, alten Weibern Dornen anzuweisen, sonst würde man Dornen ausdrücklich verboten haben. Daß sie sich verzählt, dafür könnten sie nichts; es verrechne sich Mancher, der meine, er sei mehr als gut zum Ratsherrn, und wenn sie der Schulmeister besser gelehrt hätte, so könnten sie es besser. Übrigens sei er nicht zu Schaden gekommen; sie hätten die Wedeln dahin geführt, wo sie hingehört, dort habe er, wie die Leute sich nicht genug darüber aufhalten könnten, die, welche zu viel gewesen, weggenommen. Es wäre noch nachzusehen, ob er sich nicht auch verzählt; jedenfalls sei er ihnen den Macherlohn schuldig, und unverschämt genug werde er nicht sein, ihnen nicht wenigstens einen Schnaps einzuschenken, wenn sie ihm nächsten Samstag vors Haus kämen. Sie wüßten zwar wohl, daß er freisinnig sei; aber für so unverschämt hielten sie ihn doch wirklich nicht, daß er für das Wedelnmachen nicht wenigstens ein Trinkgeld gebe.

Da meinte der Vermittler: Ja, darum sei es nicht zu tun. Der

Bauer habe geklagt, und jetzt frage es sich nicht, was derselbe tun wolle, sondern wie sie ihn zufrieden zu stellen und was er zu empfangen hätte an seinen Schaden. Da gebe er keinen faulen Rappen, sagte Hans, und wie sonst üblich, solle der Vermittler in der Mitte sein und nicht dem Einen oder dem Andern sein Agent; aber das werde die neue Mode sein. «Sei es, wie es wolle, so behalte ich mir meine Rechte vor», und «Adie wohl!» so sprach Hans. Man wollte ihn zurückbehalten, aber Hans war fort. Nun saß man da, sah sich verblüfft an, und endlich ward man einig, das Beste sei, man rede so wenig mehr von der Sache als möglich, denn der Hans sei ein Donners Bub.

EILFTES KAPITEL

Neuer Kummer und ein großer Entschluß

Bei der ganzen Sache und besonders, als der Ausgang bekannt wurde, war es Käthi bang; sie hatte nicht vergessen, was der Bauer gedroht hatte. Nun war Käthi kein Diplomat, so wenig als der Bürgermeister von Zürich, was freilich bei einer alten Frau weniger auffallend ist; sie bedachte nicht, daß es Leute gibt, welchen man, wenn sie zornig sind, aus dem Wege gehen muß, indem sie am ersten besten Gegenstand, welcher ihnen vor die Augen kömmt, ihren Zorn auslassen, sei er nun mit dem Zorn im Zusammenhang oder nicht, daß es ferner Leute gibt, die desto gröber werden, je mehr man sich demütigt, um so mehr Ursache zu Zorn und Wüsttun zu haben glauben, je mehr man sich in Entschuldigungen erschöpft. Käthi meinte, sie müsse da handeln, abwenden, zuvorkommen und Gott weiß was alles, was eben nur gut ist, wenn die Personen darnach sind, und sind sie nicht darnach, so ists eben hundsschlecht. Mit leeren Händen dürfe sie nicht kommen, dachte sie; dies war allerdings das Richtigste bei Käthis Kalkulieren, daß wenn sie dem freisinnigen Grotzenbauer unter die Augen wollte, es am richtigsten war, es geschehe wenigstens nicht mit leeren Händen. Käthi raffte alle Batzen und Kreuzer, welche sie zusammentreiben konnte, zusammen. Als sie alles, was ihr noch übrig war vom Erlös von Beeren und Kräutern, von ihren Tagelöhnen, beisammen hatte, so hatte sie an den zwei Talern, welche sie an der Miete noch schuldig war, noch drei Batzen zu wenig, an die Miete dagegen, welche in wenig Tagen aufs neue verfiel, keinen Kreuzer und wußte nicht, wo einen nehmen. Indessen, dachte sie, bezahle sie das Alte, so habe der Bauer desto eher Geduld mit dem Neuen, und der alte Gott lebe noch, er habe bisher geholfen und werde ferner helfen, wenn nur einstweilen der Bauer wieder zufrieden sei. Käthi suchte die drei fehlenden Batzen zu leihen, und als es gelungen, wanderte sie dem Grotzenbauer zu.

Die Bäurin stand am Brunnen, ihr zu trappte Käthi und wünschte ihr guten Abend und sagte, warum sie komme. «Lieber wäre mir, du wärest nicht gekommen, so lieb du mir sonst bist», sagte die Frau. «Aber es ist noch nicht gut Wetter, und sieht er dich, so geht es frisch los. Hat er dich nicht gesehen, so gehe wieder und zeige dich nicht, bis ich dir Bescheid mache. Du kannst dich auf mich verlassen; aber erzeige es nicht, daß du es weißt.» Während Käthi dankte für den guten Bescheid, aber leider etwas lange, kam der Grotzenbauer um die Ecke und machte Augen wie Pflugsrädli. Nun mußte Käthi warten, rückte mit den zwei Talern aus und vielen Entschuldigungen, Bitten um einstweilige Nachsicht, Versprechen, daß es besser werden müsse. Der Bauer nahm das Geld, vom Nachlaß wegen Hagel war keine Rede, schimpfte viel über schlechte Münze und frug endlich, wie es sei mit der Miete, welche in wenig Tagen verfallen sei?

Die müsse er gewiß haben, sagte Käthi, aber wann, könne sie ihm nicht bestimmt sagen. Sie habe alles Geld zusammengerafft, welches sie im hintersten Winkel gehabt, und noch drei Batzen dazu leihen müssen («Das dumme Babi», sagte die Bäurin am Brunnen halblaut), und jetzt wisse sie nicht, wie schnell sie wieder was zusammenbringe. «Und dein Maulaffe, hilft der dir nicht?» frug der Bauer. «Er macht, was er kann», sagte Käthi, «aber ds Vaterland hat ihn im letzten Jahr zurückgebracht; er mußte die Ismaeliten helfen erwehren, und das kostet Geld, und dazu verloren ihm die Aargauer noch ein Hemd.» «Ja wolle, was geht einen Solchen das Vaterland an», sagte der Grotzenbauer. «Versoffen hat er sein Geld, sonst hätte er es machen können mit dem Solde, so gut als die Andern. Und kurz und gut, mach daß du zahlen kannst, zahle dann, wer wolle! Sonst sieh, wie es dir geht! Vielleicht, daß dir die Nachtbuben auch hier helfen, geh und frag sie!» So sprach er und schoß von dannen, fast wie ehedem die Hexen auf den Besenstielen, wenn sie auf den Blocksberg ritten.

Da stand nun die arme Käthi angedonnert, und als sie sich endlich aufmachte, war ihr Gemüt beschwerter als je. Bisher war des Herrn Hand über ihr gewesen, jetzt sollte sie noch in die Hände der Menschen fallen. Beim ersten Unglück beugte Käthi ihr Haupt bis auf den Boden, sie glaubte sich geschlagen auf das Härteste. Da kam die Pestilenz über die Kartoffeln, Käthis Seele erbebte in ihren Grundfesten, und wie mühsam sie sich wieder stellte auf den Fels, der nie wankt, weder im Sturmwinde noch in den Wasserwogen, haben wir gesehen. Jetzt schwebte der härteste Schlag über Käthis Haupt, an den sie nicht gedacht, den sie auch nicht zu überleben dachte. In dem Häuschen zwischen Bach und Emme, im freundlichen Boden hatte Käthi seit vierzig Jahren gewohnt; hier war ihre Heimat, die sie nicht zu verlassen gedachte, bis der Herr die himmlische ihr öffne. Mit dem Häuschen war sie zusammengewachsen wie die Seele mit dem Leibe, und das Stücklein Land war ihr auch ins Leben gewachsen. Seit vierzig Jahren hatte sie es verbessert und hielt mehr darauf als mancher Bauer auf seinem Hof. In der Welt war sie ein Fremdling geworden; ein Gang in einen andern Ort als da, wo ihre Kirche stand, ihr Krämer, ihr Apotheker wohnte, kam ihr vor wie eine Reise nach Amerika, und bloß bei dem Gedanken, dort wohnen zu müssen, kam sie ein bitter Heimweh an. Und wie sollte sie das Kind durchbringen, wenn sie das Land nicht mehr hätte und die Häuser nicht mehr mit den guten Leuten und dem schönen Verdienst? Eine wahre Seelenangst kam über Käthi, ob welcher sie Flachs und Kartoffeln vergaß, welche sie nicht schlafen ließ. So gehts dem Menschen oft: das Schwerste hat ihn getroffen, Schwereres hielte er nicht aus, so glaubt er. Nun kömmt Schlag auf Schlag und immer Schwereres, und er hält es aus. Es soll der Mensch zuweilen erfahren, wie groß seine Kraft ist und wie wenig ihm Gott gewöhnlich zu tragen gibt, wie wenig er ihm nimmt, wie viel er ihm läßt.

Wie einer, der in finsterer Nacht in der Wüste irre gegangen, die Augen anstrengt, einen Weg zu finden, doch umsonst, nichts erblicken kann als Nacht um und um, so wanderte Käthi heim, dachte nach, wie sie die Miete schaffen sollte in so kurzer Zeit, und dachte immer umsonst. Nur kreuzerweise tropfte der Verdienst, drei Batzen hatte sie geliehen mit großer Mühe, wie zu sieben und einem halben Taler kommen? In diesem Kreise bewegten sich Käthis Gedanken, darüber hinaus streiften sie nicht. Gar manche Frau wird sich über Käthis Dummheit wundern und sagen: Dieser kömmt doch nichts in Sinn, hat die denn nichts zu verkaufen? Es gibt Leute, und namentlich Weiber und Frauen, welche immer was zu verkaufen und zu verschachern haben, Leute, sie haben den Eltern gemaust und verkauft, dann dem Mann gemaust, dann wiederum den Kindern, ja wenn unser Herrgott sie zu sich nimmt, so ist er nicht sicher, daß sie ihm nicht den Himmel mausen und ihn verschachern ums halbe Geld. Es gibt andere, welche alle Tage schachern, weil sie, was sie acht Tage im Besitz haben, nicht mehr mögen, Neues sie gelüstet, Weiber, welche ihre Röcke verschachern, ihre Männer um neue plagen, Dienstmädchen, welche Hals- und andere Tücher verschachern ums halbe Geld, weil eine andere Farbe Mode geworden, Hemden verschachern, um eine neue Haube, Kappe oder Hut zu kaufen. Es gibt leichtsinnige Leute, welche von der Hoffnung leben, alles die Fülle sehen, im Herbst die gewonnenen Speisen verschachern um geringen Preis, im Frühjahr hungern, betteln und vielleicht Kleider und Betten verkaufen müssen, um Speise zu kaufen zu hohen Preisen. Diese alle an Käthis Platz wären durchaus nicht verlegen gewesen, war da doch um mehr als sieben und einen halben Taler zu verkaufen: Kartoffeln, Kleider, Hühner, Geräte, kurz in vielen Augen große Reichtümer. An das alles dachte Käthi wirklich nicht. Käthi war eine viel zu gute, treue Hausmutter gewesen von jeher. Gute Hausmütterchen nun können selten was verkaufen, was einmal zu ihrem Haushalt gehörte. Geräte lassen sie flicken, bis es zusammenfällt; die Röcke werden zu Unterröcken, Unterröcke zu Futtertuch, auch gibts Kinderkleidchen; das Futtertuch, die unbrauchbaren Hemden liefern sogenannte Plätze, Lappen, Hudeln, kommod in hundert Fällen, und selbst die Hudeln kriegt der Lumpensammler nicht, sie werden zu Ehren gezogen, bis sie gar nichts mehr sind. Grämplerinnen und Hausierjuden machen bei solchen Hausmütterchen schlechte Geschäfte. Nicht einmal an die Erdäpfel dachte Käthi, welche vielleicht entbehrt werden konnten. Man war so in Angst gekommen wegen der Speise im Frühjahr und bange, die meisten möchten in den Kellern faulen, daß Frauen wie Käthi gar nicht ans Verkaufen dachten.

Johannesli war ein verwöhnter Junge und regierte die Großmutter meisterlich, aber er war kein böser, selbstsüchtiger Junge noch, wie verwöhnte Jungen später gerne werden. Er liebte die Großmutter innig, ihr Leid war sein Leid. Als sie selben Abend so kummervoll am Tische saß und weder essen noch trinken mochte, da wollte er wissen, was sie habe. Als sie Ausflüchte machte, brauchte er sein unfehlbar Mittel: er begann zu weinen und zu sagen, wenn sie ihn nicht mehr lieb hätte, so habe auch er sie nicht mehr lieb, wolle fort, wolle sterben, «du wüste Großmutter du, daß ich von dir fortkomme!» Da war begreiflich die Großmutter überwunden und erzählte ihm, wie der Bauer es ihr gemacht und wie es sie fast töten wolle, daß sie aus dem Häuschen müßten, und wüßte nicht wohin, und sei hier gewohnt, wisse an einem andern Orte nichts anzufangen, könnte nicht mehr pflanzen, und seine Hühner würden auch fort müssen, und das werde sein müssen, sie sehe keine Hülfe. Johannesli hörte alsbald auf zu weinen, ward dagegen zornig und sagte: «Weißt was, Großmüetti? Morgen, wenns Tag ist, wollen wir zu ihm und ihm recht wüst sagen und ihm sagen, wenn er arme Leute so plage, so nehme in der Tüfel!» Da sagte Käthi: «Du guets Bubi, das hülfe wenig, das ist einer von denen, welche an keinen Teufel glauben und sonst nichts.» «Warum nimmt ihn dann der Tüfel nicht?» sagte Johannesli, «du sagst ja, solche Leute, welche nicht an den Tüfel glaubten, die nehme er zuerst.» «Kann es dir nicht sagen», sagte Käthi, «er spart sie vielleicht zusammen und nimmt dann einen ganzen Haufen miteinander.» «Oder weißt was, Großmüetti, er wird z'alte sein und wohl fule oder keine Zähne mehr haben, um recht zu beißen. Wir wollen den lieben Gott bitten, daß er einen neuen Tüfel mache, so einen recht haarigen und e wüesten und e böse; was gilts, der nimmt dann den Hausbauer, und dann können wir dableiben.» «Kind», sagte die Großmutter, «mit solchen Reden könntest dich versündigen. Was dir doch nicht zSinn kömmt, ein neuer Teufel! Der liebe Gott wird dem Teufel schon Beine machen, wenn er es an der Zeit findet, aber dann bin ich wohl längst tot und du weiß Gott wo!»

Die Großmutter weinte jetzt, Johannesli schmiegte sich an sie und sagte: «Weißt du was, Großmüetti, so nimm du die großen, schönen Batzen in meinen Taufzetteln, sie gefallen mir nicht mehr, ich mag sie nicht mehr sehen, die Buchzeichen im Psalmenbuch und die Bilder im Kalender gefallen mir viel besser. Nimm die Batzen und bringe sie dem Bauer, und dann solle er stille sein, oder er solle sehen, wie es ihm gehe!»

Das löschte fast die Glut von der Großmutter Schmerz, daß das Bubi von seinem Liebsten, seinem einzigen Eigentum sich trennen wollte um ihretwillen. Aber sie nahm das Opfer nicht an; sie müßte sich schämen ihr Leben lang, wenn sie ihm seine Einbünde verbrauchen wollte, und die wenigen Tage, wo sie noch zu leben habe, wolle sie sich nicht noch so was auf das Gewissen laden, sagte sie.

«So weißt du was», sagte das Bubi, «wir wollen zum Vater gehen, der hat Geld und gibt uns davon, was wir nötig haben, oder er nimmt den Säbel und haut dem Bauer den Kopf ab; dann wird er schon aufhören, uns zu plagen.» «Du gottlos Kind», rief die Großmutter, «was dir nicht alles in Sinn kömmt! Ja wolle, den Kopf abschlagen, das käme noch Manchem wohl, wenns erlaubt wäre, so seine Schulden zu bezahlen! Aber komm, Kind, wir wollen ins Bett und beten, das sind Gedanken vom Teufel, die gibt er dir ein, weil du ihn vorhin verspottet hast; o Kind, man kann sich nicht genug in acht nehmen mit den Worten, gar leicht kommts, daß man sich versündigt.»

Wie die Großmutter gesagt, geschah es, sie gingen zu Bette. Aber der Junge war aufgeregt, schlief lange nicht, begehrte auf, bis er einschlief. Im Renommieren und Schwadronieren zeigte er bedeutende Anlagen; wenn er eines Ratsherren Sohn gewesen wäre, es hätte mancher Ratsherr seine große Freude an ihm gehabt. «Wenn ich bete, kann mir der Tüfel nichts tun, und kömmt er, nehme ich mein Messer und steche ihn tot; dann ist kein Tüfel mehr, dann hat ers!» Ob diesen Worten schlief er endlich ein.

Die Rede des Kindes hatte sich eingehakt im Herzen der Großmutter, freilich im hintersten Winkel nur. Dort war der wunde Fleck, wo Gedanken entstanden, welche Käthi so gut als möglich vor Gott selbst zu verbergen suchte. Dort stand zuweilen der Gedanke, es sei doch nicht recht von Johannes, daß er sich so wenig um sie kümmere. Sie meine nicht, er solle mehr tun, als er könne, aber doch zuweilen kommen, sehen, wie es ihnen gehe, und raten, was sie anfangen sollten, das sollte er doch können. Ein bsunderbar Witziger müsse er sein, und andere Leute werden es auch finden, er wäre sonst nicht Korporal geworden, und sie hätte sonst niemand auf der Welt, wo sie besser zRat könnte, als ihn. Dieser Gedanke stand gar fest und aufrecht in Käthis Seele, die ganze Nacht durch konnte sie denselben nicht loswerden. Es war aber auch, als ob derselbe in Johanneslis Seele sich festgesetzt hätte, denn er erwachte mit der Frage, wann sie zum Vater wollten? Als es Morgen war, da kam der Gedanke, zum Sohne zu gehen, Käthi viel schrecklicher vor als gestern abend, denn das war mehr als Amerika, mehr als zwei Stunden weit wohnte Johannes! Es ist ein merkwürdiger Unterschied zwischen Jungen und Alten, nicht bloß an der Haut, sondern auch darin, daß die Jungen reisesüchtig sind, die Alten reisemüde. Das ist auch eine Ordnung Gottes. Eine schwere, weite Reise liegt vor den Jungen, darum hat Gott ihnen Reisekraft und -lust ins Herz gegeben; wohl ihnen, wenn sie munter sind und klug, Lust und Zeit wohl nützen und sorgfältig achten auf den Weg! Lange sind die Alten gewandert, darum kommt das Sehnen der Ruhe über sie, darum mögen sie nicht mehr reisen, nicht mehr wandern; wohl ihnen, wenn sie klug gewandert sind, in die Nähe des Hafens gekommen sind, wo das Schifflein wartet, welches fromme Seelen zur seligen Ruhe führt! Die Müdigkeit mahnt die Alten ernst, zu gedenken dieses Schiffleins, es zu suchen zu rechter Zeit.

Also nicht bloß Großmüetti und Großkind, sondern die alte und die junge Welt stritten sich um die Frage: Solls gewagt werden, soll es nicht; wollen wir zum Vater gehen oder hier bleiben? Darum war dieser Kampf andauernder als sonst einer und dauerte mehr als einen Tag. Und als es endlich dem Grundsatze nach entschieden war, daß sie reisen wollten, entstand erst ein langes Beraten über das Wann und das Wie. Käthi wußte, daß Meisterleute nicht gerne von den Angehörigen ihrer Dienstboten überlaufen werden. Nun war Käthi noch nie beim Sohne gewesen, aber an was der Unbescheidene vielleicht beim zwanzigsten Male denkt, das hat der Bescheidene schon beim ersten Male im Auge. An einem Werktage schicke es sich nicht zu gehen, sagte Käthi, man dürfe einen Knecht bei seiner Arbeit nicht versäumen; sie hätten den Lohn zum Arbeiten, nicht für das Klappern. An einem Sonntage, wo Fleischtag sei, möge sie auch nicht gehen, meinte sie, die Bäurin könnte sonst glauben, sie käme wegem Schmarotzen, wegem Speck und Fleisch, und nicht wegen dem Sohne. Da nun aber zwischen Sonn- und Werktagen keine andern Tage sind, so war guter Rat teuer. Johannesli war sehr gestimmt für den Sonntag, es ist möglich wegem Speck und Fleisch; indessen gab er die neuen Hosen vor, welche er dann anziehen dürfe, an einem Werktage aber nicht. Als die Großmutter ihm sagte, eine solche Reise mache eine Ausnahme, da ziehe sie dieselben ihm auch am Werktag an, so sagte er: «Aber was sagt dann die Bäurin, wenn du an einem Werktag herumläufst? Balgest du nicht immer über die, welche am Werktag herumlaufen, und sagst, es seien faule Leute, sonst blieben sie daheim und täten was?» Das schlug die Großmutter, denn wer nicht völlig radikal unverschämt ist, den schlägt nichts mehr als die eigenen Worte. Sie stand da, die Großmutter, ganz als ob sie vom Himmel herabgefallen wäre, und sagte endlich: «Selligs habe ich doch noch nicht erlebt, so ein Pfiffiger ist mir nicht vorgekommen! Was wird der Pfarrer für Augen machen, wenn du zu ihm in die Unterweisung kömmst! So einen Pfiffigen hat er sicher auch noch nicht gehabt. Der kann sich nur vorsehen, sonst wirst ihm auch Meister. Nein aber auch, mir so was aufzulesen und mich damit abzutrümpfen!»

Also war es abgemacht und beschlossen, am nächsten Sonntag ward die Wanderung unternommen; das war ein Ereignis in ihrem Leben, für Johannesli das allergrößte, welches er mit Bewußtsein erlebte. Er sollte die ersten, vom Paten geschenkten Hosen tragen, mit denen die Großmutter bis dahin auf das Sorgfältigste hinter dem Berge gehalten, und zwar aus guten Gründen. Mütter und Großmütter hinterhalten sie gerne, ists ja das Kleidungsstück, in welchem Buben ihrer Zucht entwachsen; heißt es nicht: Der hat Hosen an, wenn man des Mannes Souveränität bezeichnen will? Und gibts nicht so viele Weiber, welche dem Mann die Hosen nehmen, an ihre Unterröcke sie tauschen möchten? Ach, 's ist oft nicht einmal nötig. Ja, der Bube, der die ersten Hosen anzieht, kömmt sich vor auf das Allerwenigste so groß wie der große Philister, der Goliath, als ein Held von erster Sorte, und statt zu Helden geraten die meisten zu erbärmlichen Höselern. An so was denkt freilich der Knabe nicht, wenn er zum ersten Male in den ersten Hosen steckt, mit einer Kaisermiene die kurzen Beine über die hohe Schwelle streckt, vor das Haus sich stellt, zu triumphieren, das heißt die Bewunderung der Welt in Empfang zu nehmen. Denkt doch gar mancher Erwachsene nicht, der mit Schnauben auszieht als wie ein Held, daß er ausziehen werde vor dem Feind wie ein Hase und heimkommen mit Schlottern! Gar Mancher will über Gott aus mit kurzem Sinn wie der Kleine mit kurzen Beinen über die hohe Schwelle, und wie er das eine Bein am höchsten hat, will ihn das andere nicht mehr halten, er fällt in das allerjämmerlichste Siechtum, schickt sein Wasser von einem Wunderdoktor zum andern, schickt um Bündelchen aus und Kapuziner nach allen vier Winden und wäre bereit, mit Leib und Seele zu allen Religionen der Welt zu schwören, wenn nur irgend ein Schimmer von Hoffnung das Feuer in Gebein und Seele kühlen wollte.

Sie freuten sich Beide sehr auf die Reise, das Kind wegen Hosen, Fleisch und Speck, die Großmutter, einen solchen Staatsbuben durch die Welt führen zu können; nur kummerten sie, es möchte vielleicht nicht schönes Wetter sein. «Großmüetti, es macht nichts, wenns schon ein wenig regnet», sagte das Staatsbubi, «es macht dann nur weniger warm.» Das gute Staatsbubi, es ging ihm wie andern Staatsbübchen, es hatte den Spruch im Sommer gehört und wendete denselben nun auf den Winter an; es fehlte ihm halt noch der Verstand für die rechte Anwendung, es war bloß noch aberwitzig und vorwitzig.

Der Samstag rückte endlich ein, und zwar schön. Johannesli ward es angst, je länger es ginge, desto eher könnte sich das

Wetter ändern, und meinte, wenn er seine Hühner zMittag in den Stall jage und gleich darauf die Großmutter ins Bett, so sei der Samstag auch vorbei und der Sonntag im Nu da. Er versuchte der Zeit vorzugreifen. Aber junge Bübchen ändern die alte Welt nicht, die Hühner wollten für alle Gewalt nicht in den Stall. Wären diese gegangen, dann hätte Johannesli es wahrscheinlich bei der Großmutter durchgesetzt, daß auch sie mit ihm zu Bett gegangen wäre. Endlich nach vier Uhr ließen sich die Hühner herbei, suchten ihre Sitze, und bald darauf mußte auch die Großmutter daran glauben, wie sie auch seufzte und jammerte: Wenns die Leute vernehmen würden, sie sei schon zu Bette, so würden sie glauben, es fehle ihr im Kopfe. Desto früher am Morgen krähte der junge Hahn, und die Großmutter mußte auf, was sie auch sagte, es sei nicht viel über vier Uhr. «Je früher wir gehen», sagte der Bub, «desto mehr können wir unterwegs ausruhen; dann weißt du noch nicht, wann wir fortkommen, mit neuen Hosen gehts manchmal lang, bis man sie anhat.»

ZWÖLFTES KAPITEL

Käthi tut eine Reise und hat das Glück, wieder heimzukommen

Mit den Hosen ging es rasch, aber eine andere Geschichte gabs, an die man nicht gedacht. Johannesli hatte gegen Ende des vergangenen Winters Schuhe und Winterstrümpfe von einer Patin erhalten. Diese hatte gesagt, sie hätte sie etwas groß genommen, damit man sie sparen könne, wenn man sie diesen Augenblick vielleicht nicht nötig hätte. Diese hatte die Großmutter hervorgenommen; es sei ihr lieber, das Bubi erfriere ihr nicht, sagte sie. Hier haperte es, die Schuhe wollten nicht über die Strümpfe. Die Großmutter schwitzte und schnaufte, Johannesli schrie, die Hühner gackelten, es war ein streng Dabeisein; wer vorbeiging, hätte leicht glauben können, man hätte jemand am Messer. Wirklich ging auch die Türe auf und eine Stimme frug: «Mein Gott, was gibt es doch da?» Es war Andrese Anne Bäbi, des nächsten Nachbars Tochter, welche die Hut des Häuschens übernahm, wenn Beide fortgingen, und die des Buben dazu, wenn Käthi ihn allein lassen mußte. Als Anne Bäbi die Sache vernommen, schlug sie zuerst alte Schuhe vor. «Wer würde darauf achten, was so ein kleiner Junge für Schuhe anhat», sagte sie. Aber potz, so meinte es der Bube nicht; er hielt sich für die allerwichtigste Person, welche selben Tags auf der Welt sei, auf die aller Augen sehen würden, und Käthi neigte sich bedeutend dieser Ansicht zu. «Nun meinethalb, so lauf barfuß, oder wenn doch absolut die neuen Schuhe mitsollen und ihr Blasen wollt, so müssen dünnere und kleinere Strümpfe herbei; in die könnte man ja ein Elefantenbein stoßen», sagte sie. Das gefiel, und es ging, und Johannesli sagte: «Jä gäll, wenn Andrese Anne Bäbi nicht gekommen wäre, so hättest du nicht gewußt, was machen?» Das war der Dank, daß vorhin die Großmutter seine Meinung wegen den Schuhen geteilt hatte.

Nun trat aber was Wichtiges hervor, eine wahre Lebensfrage, die Frage über den Proviant, der mitzunehmen sei. Da müsse man zu essen mitnehmen, sagte Johannesli, viel, viel, sonst stünde man es nicht aus, so weit wie es sei. Das meinte die Großmutter auch, aber wegen dem Quantum konnten sie sich nicht verständigen. Johannesli wollte an Brot, Äpfeln, Birnen, Pfannkuchen so ziemlich einen Tragkorb voll oder einen Karren; indessen mußte er es sich endlich gefallen lassen, daß man bloß mitnahm, was man füglich in die Taschen bringen konnte. Als man das im Reinen hatte, gings unerwartet noch einmal los. Der Junge wollte nun auch einen Stock, und zwar Großättis Stock, den langen, dicken, den die Großmutter zum Andenken aufbewahrt hatte. Er müsse einen Stock haben, sagte er. Er müsse sich wehren, wenn böse Hunde kämen und die Großmutter beißen wollten; sie könne nichts mehr machen, sie sei afe gar eine Alte. Und da in den Dörfern seien gar böse Buben, die werden ihn plagen wollen, die wolle er abschlagen vom Tüfel.

Der Junge zog zu seinem ersten Abenteuer aus. Wie der Ritterssohn vor alters gerne des Vaters Schwert umgürtete, wenn er zum ersten Male in die Welt ritt, stritt jetzt der Bube um des Großvaters Stock. Die Großmutter rühmte ihn, wie er ein Braver sei, daß er sich für sie wehren wolle, aber der Stock sei ihm zu schwer, sie wolle ihm einen viel bessern schneiden im nächsten Zaune; aber sie hätte diesmal vielleicht doch nachgeben müssen, wenn nicht Andrese Anne Bäbi mit Spott gekommen wäre: Was doch die Leute sagen würden, und Buben und Mädchen würden ihn auslachen, wenn so ein kleiner Knopf mit einer langen Bohnenstange daherkäme, noch manche Woche würden sie davon reden und lachen. So ließ der kleine Held sich endlich beschwichtigen mit dem Versprechen, daß die Großmutter im nächsten Zaune ihm einen großen, dicken Stock schneiden wolle; dann befahlen sie Andrese Anne Bäbi Häuschen und Hühner wohl, sagten adie und zogen endlich von dannen in die Welt hinaus, zwei Stunden weit!

Es war ein gar schöner halb Winter-, halb Herbstmorgen, kurz vor Martinstag, so einer von den duftigen Tagen, wo wie in träumerischem Glanze die Erde schwimmt, ein durchsichtiger Schleier die Welt verhüllt wie helle Ahnung die zukünftige Welt. Das sind Tage, an welchen so gerne ein süßes Heimweh über den Christen kömmt. Es ist nicht das Heimweh, welches mit schweren Tränen die Augen füllt, wie eiserne Klammern um den Hals sich legt, wie mit siedendem Blei das Herz erfüllt, es ist dies Heimweh ein freundlich Sehnen, dem Wehen der ersten Liebe vergleichbar. Die Seele vergißt die wirkliche Welt, die Seele träumt, das Auge wird feucht, sieht in den blauen Himmel hinein, sucht und weiß nicht was, sieht der scheidenden Sonne nach, fühlt zum Zerspringen süßer Wehmut voll das Herz. So träumen Jungfrau und Jüngling, wenn die erste Liebe sie durchglüht, so träumen aber auch der alte Mann, die alte Frau, wenn in süßem Bangen die ewige Liebe ihre Herzen schwellt; es ist das Heimweh nach dem Himmel, das Sehnen nach Gott.

Es war tiefe Sabbatsstille, als die Beiden wanderten in die Welt hinaus, kühn und stolz der Junge, bang die Alte, aber Beide neugierig, was die Welt zum jungen Helden sagen werde, und neugierig die Großmutter noch, wie die Welt dem jungen Recken gefallen und wie er über sie urteilen werde. Anfangs hatte er auch Augen für die Welt, zeigte der Großmutter große Tannen, große Bäche, späte Birnen an den Bäumen, Hühner vor den Häusern, und die Großmutter freute sich sehr, was der für Augen habe und wie er alles sehe.

So hatte er anfangs ein weites Herz und Augen für vieles; aber nach und nach, wie es auf der Reise durch die Welt geht, zog sich ihm das Herz zusammen, er dachte mehr und mehr an sich allein, und seine Augen sahen nur sein eigen Persönchen. «Großmüetti, du zerdrückst doch das Essen nicht, und die Birnen, hast du die nicht zermatscht?» Bei Feldzügen ist nicht das die Hauptsache, daß man Proviant mitnimmt, sondern nach den allerneusten Erfahrungen das, daß man zu ihm sieht, zu rechter Zeit ihn verteilt und ja eher zu früh als zu spät. Wie es Leute gibt von großem Talent, welche der Erfahrung nicht bedürfen, so faßte unser

Junge in seinem Genie den Satz «Besser zu früh als gar nicht» mit mathematischer Sicherheit auf, und was er erkannte, setzte er durch mit rücksichtsloser Entschiedenheit, kurz der Junge entwickelte eine große Natur und hatte noch keinen Schnauz. Gott, was wird aus dem werden, wenn er mal noch einen Schnauz kriegt!

Als er sich vergewissert hatte, daß die Vorräte noch wohlbehalten seien, sagte er, es dünke ihn, er möchte was, es sei da ein Apfel gewesen, der hätte ihm bsunderbar gefallen. Die Großmutter schälte ihn, Johannesli aß ihn, und bald darauf sagte er, es dünke ihn, er möchte absitzen, er sei ein wenig müde. «Gäll Großmüetti, jetzt ist es gut, daß ich pressiert habe, jetzt können wir absitzen, wenn wir müde sind.» Als er abgesessen war, nahm es ihn wunder, ob die Großmutter, als sie den Apfel aus dem Sacke genommen, den Pfannkuchen nicht zerdrückt hätte. Was sie sagen mochte, Johannesli war von denen, welche erst sehen, dann glauben wollen. Als er ihn endlich gesehen hatte, nahm es ihn wunder, wie er schmecke, und als er dies erforscht hatte, war nur noch eine kleine Ecke mehr übrig.

Endlich ging es weiter, aber nicht weit. Es klagte Johannesli: «Großmüetti, hab ein Steinchen im Schuh.» Die Großmutter hatte seit diesem Morgen wegem Schuhabziehen ein Grauen im Leibe; sie meinte, Johannesli solle es ertragen, das werde nicht viel machen. Aber das half nichts, sie mußte dran; sie schlug den Schuh wacker aus, rieb die Sohlen an den Strümpfen rein und schraubte den Schuh unter vielen Seufzern wieder an den Fuß. Kaum waren sie hundert Schritte gegangen, so lamentierte Johannesli aufs neue: «Großmüetti, du kannst nichts, der Stein ist noch im Schuh, ui! ui!» Was die Großmutter auch sagte, es half nichts, sie mußte aufs neue an die Operation; unter schweren Nöten vollbrachte sie dieselbe, aber kaum war der Schuh an seinem Orte, fing das Jammern des Buben von neuem an. Jetzt begriff die Großmutter den Stand der Dinge. «Schweig, Bübchen, schweig», tröstete sie, «das ist kein Stein, das ist eine Blase, die kann man dir nicht aus dem Schuh machen; du mußt dich gedulden, bis wir beim Vater sind, dort zieht man dir dann den Strumpf ab, und vielleicht sticht sie dir der Vater auf.»

Aber das Bübchen wollte sich nicht gedulden; was es sich selbst angelaufen hatte, sollte die Großmutter wegmachen, geschwind, schnell, auf der Stelle; je weniger er wußte, was es war, desto wüster tat er – begreiflich. Als die Großmutter die Blasen nicht wegmachen konnte, schrie er nach Andrese Anne Bäbi; da diese nicht kam, schrie er, die Großmutter solle ihn tragen. Begreiflich trägt eine siebenzigjährige Frau einen fünfjährigen gewaltigen Jungen nicht lange; in den Schuhen wollte er nicht laufen, und da es ihn schmerzte, in den Strümpfen zu gehen, so mußten auch diese abgezogen sein, er wollte barfuß gehen. Und als er barfuß ging, tats ihm wieder weh und die Großmutter mußte ihn tragen, und auf der Großmutter Armen winselte er fort und fort, und die Großmutter hatte ebenfalls Lust dazu. Ach, sie waren im bittersten Jammer und dazu das Wetter so schön, und von schön geputzten Menschen waren die Straßen voll, und die meisten standen still bei ihnen, teilnehmend wegen dem Gewimmer, und wenn sie weitergingen, sagten sie, daß es Käthi hören konnte: «Das ist mir jetzt doch der wüsteste Bub, den ich noch gesehen; wenn der der Meine wäre, dem zerhübe ich den Hintern, daß man ihn spinnen könnte wie den besten Flachs. Und eine dumme alte Frau ists, der sollte man es auch salben, daß man es durch ein Nadelöhr ziehen könnte, es ist eins wie das Andere.»

Solche Schande mußte jetzt Käthi ausstehen, und alles darum, weil sie eitel war und mit dem Bubi groß tun wollte und weil sie schwach war und ein jung Bubi das Regiment führen ließ und jetzt sie aneinander zaaggeten und schleppten zum Gotterbarmen und wimmerten und winselten gegenseitig zum Allerweltsgespött. So gebären oft die herrlichsten Erwartungen die jämmerlichsten Entsprechungen, und so ist Zeit und Wetter oft so herrlich, und so gebärdet sich oft der Mensch so jämmerlich. Mehr als vier Stunden zaaggeten sie so aneinander, da stand endlich das Haus, in welchem der Vater diente, vor ihnen. Es war Essenszeit, die hätte Käthi gerne vorübergelassen; allein der Kleine, der Speise und Trank nach ihrer Bedeutung in der heutigen Kriegskunst zu würdigen wußte, der wollte nicht. Ihr Proviant war trotz des Jammers aufgezehrt, und jetzt wollte er hinter die Fleischtöpfe Ägyptens. Freilich sagte er dieses nicht, sondern mitten im Jammer war er diplomatisch und schrie, der Vater könnte hintenaus und fort, und dann kämen sie nicht zu ihm, und was Käthi dagegen sagen mochte, das Bubi schrie das Gleiche immerzu. Der Kleine war kein Konservativer, der auf Gründe hört oder meint, Schreien sei nicht vernünftig; der Kleine war radikal und meinte, Schreien sei die Hauptsache, und je unvernünftiger und unbegründeter, desto besser.

Käthi mochte wollen oder nicht, sie mußte vorrücken zur Türe und klopfen daran, und zwar zweimal, denn bekanntlich machen Dienstboten so wenig gerne eine Pause im Essen als ihre Herrschaften, geschweige denn, daß sie aufstehen von demselben. Endlich, wahrscheinlich auf Geheiß der Bäurin, öffnete sich ein Schiebfensterchen, eine hässige Jungfernstimme fuhr heraus und frug: «Was habt Ihr wollen?» «Der Johannes solle herauskommen», antwortete Käthi, welche nur an einen Johannes in der Welt dachte, zog sich dann neben die Türe zurück, um nicht wie eine Bettlerin davorzustehen.

«Johannes, du sollest hinaus», sagte die Magd. «Wer ists?»

frug eine Frau, welcher man die Meisterfrau alsbald ansah, obgleich sie unten am Tische saß. «Eine alte Frau mit einem Buben», war die Antwort. «Es wird deine Mutter und dein Kind sein», sagte die Frau. «Geh, heiße sie hinein, sie kann mit uns essen.» Johannes war ganz rot geworden im Gesicht und sagte: Er sei fertig mit Essen, wolle hinaus und sehen, wer es sei, vielleicht sei es jemand ganz anders. Da ward auch die Bäurin rot im Gesicht, stand auf und ging hinaus. Während sie draußen war, munkelte Johannes vieles, was die Bäurin nicht hörte und doch vernahm. Es dauerte einige Zeit, bis sie wiederkam, denn Käthi machte sehr Komplimente, und zwar von Herzen, während der Bub zuerst dumm tat, der Bäurin nicht die Hand geben wollte, sich unter der Großmutter Schürze verkroch, dann aber unter derselben hervor rief: «Wohl, wir wollen hinein, wollen zum Ätti, zum Ätti will ich!» Da lächelte die Bäurin und sagte: «Du wirst müssen, magst wollen oder nicht», und Käthi ward auch rot; sie fühlte, wie die Sünden der Eltern an den Kindern zutage kommen. Da streckte die Bäurin die Hand dem Johannesli dar. «Komm, ich will dich zum Ätti führen», sagte sie. Alsbald schoß derselbe der Bäurin zu und ließ die Großmutter im Stich. «So komm jetzt auch, sieh, der Kleine will», sagte die Bäurin. Sie wolle draußen warten, sagte Käthi. «Jetzt mach mich nicht ungeduldig», sagte die Bäurin, «komm herein und iß mit uns.» Sie sei nicht deswegen gekommen, sie möchte gerne mit Johannes reden, wolle warten, bis sie fertig seien usw. «Hasts gehört, und komm», und Käthi mußte nach, aber immerfort protestierend, und zwar nicht bloß zum Schein, sondern wirklich von Herzen. Innerlich weinte sie über das unverschämte Bübchen; so sei die Welt jetzt, seufzte sie, ehedem sei es doch nicht so gewesen. In die Stube zu müssen, wo alle zu Tische saßen, war ihr fast, als müsse sie aufs Hochgericht.

«Kennst du den Ätti?» frug die Frau, als sie in die Stube traten, den Jungen, welchen sie an der Hand führte. Als derselbe mit dem Finger auf den Ätti zeigte, sagte sie: «So geh zu ihm, er solle dir zu essen geben.» Das ließ der Bube sich nicht zweimal sagen, desto größere Not dagegen hatte man mit Käthi, bis man sie beim Tische hatte. Sie war mit dem üblichen Gruße: «Gottwillche und Gott gsegn echs!» eingetreten, dann drehte sie sich dem Ofen zu, wollte dort absitzen, wollte nicht zum Tische, wollte nicht hungerig sein, und deretwegen seien sie nicht gekommen; sie hätte warten wollen, bis gegessen sei, aber das Bubi habe ein gar zu großes Verlangen nach dem Vater gehabt. Sie hätte es recht ungerne, daß sie es so getroffen, daß man meinen könnte, sie seien deretwegen gekommen. Aber die Bäurin verstand nicht Spaß. Eine Schmarotzerin hätte nicht so lange gewartet, ihren Sohn zu besuchen, sagte sie, und dann sei es ihr lieber, die, welche einander angehören, liebten sich, als sie schämten sich der Verwandtschaft. Auf Solchen hielte sie nichts, sagte sie und schoß einen scharfen Blick gegen den Herrn Korporal hin.

Käthi mußte essen, und als die Andern die Löffel abwischten am Tischtuche und Käthi es auch tun wollte, sagte die Frau: «Noch nicht, iß du nur; die haben lange vor dir angefangen, und mit deinen alten Zähnen ißt man nicht mehr so schnell wie mit jungen. Bist du draußen im Stalle fertig, so komm herein», sagte sie zum Korporal, der mit dem Buben ebenfalls hinausging. Nun legte die Bäurin Käthi vor, was für alte Zähne am besten paßte, nahm das Kraut weg und sagte: «Mit dem mühe dich nicht, wirst deren auch haben, Fleisch wird dir seltener sein. Das ist brav, daß du einmal kömmst; wirst es nicht gewagt haben, dein Bub wird mich verklagt haben, wie ich eine Böse sei?» Käthi wollte begreiflich dies nicht glauben, sondern sagte: Sie komme sonst nicht von Hause, und sie wisse sich nicht zu erinnern, wann sie eine so große Reise getan, und wenn nicht der Kummer sie getrieben hätte, sie hätte den Weg kaum mehr unter die Füße genommen.

Hier war der Punkt, wo wahrscheinlich die Bäurin Käthi haben wollte, denn sie war auch ein Weib und wußte gern alles. «Hast was Ungerades?» frug sie. Nun erzählte Käthi ihre Lage, wie sie jetzt fürchte, aus dem Häuschen zu müssen, was ihr Tod wäre, und wie, wenn Johannes nicht helfe, es werde sein müssen, dieweil ihr Bauer, seit er sich mit dem neuen Zeug abgebe, ein gar Harter gegen die Armen geworden sei. «Johannes wird dir ein Tischgeld geben für das Kind?» frug die Bäurin. «Er gibt mir, was er kann, er ist gar ein Guter gegen mich», sagte Käthi ausweichend. «In diesem Jahre, wieviel gab er dir?» frug die Frau. «Kanns nicht bestimmt mehr sagen, das Gedächtnis hat mir gar grusam gschwachet», antwortete Käthi. «Doch sorgt er für den Hauszins?» setzte die Frau wieder an. «Bhüetis, was denkt Ihr, Frau; der fremdest Mensch hätte es ja wohlfeiler, und ich bin die Großmutter und muß auch was für ihn tun, wie recht und billig. Und mir ist es nicht einmal ein Muß, es ist meine Freude; wenn man mir das Bubi nehmen würde, es wüßte kein Mensch, was ich anfinge. Hergegen der Sohn ist noch jung, e grusam ein Militärischer und ein Postierter, und ein Solcher hat das Geld nötiger als eine alte Frau, wenn er nicht ganz verachtet sein will. An Böshaben bin ich gewöhnt, und es ist mir wohler dabei als Manchem, der Haus und Hof hat und Geld am Zins.» «Du bist eine rare Frau», sagte die Bäurin, «Solche finden sich heutzutage selten. Jetzt will jeder seine Bürde dem Nachbar auf die Achseln legen, du aber nimmst noch einem Andern seine ab und entschuldigst dich, daß du nicht doppelt trägst, während manche Jüngere als du für niemand sorgt, dem Bettel nachläuft oder

der Gemeinde zur Last liegt. Aber für deinen Jungen ists eine blutige Schande, daß er dir nicht besser hilft!»

Da erschrak Käthi sehr, merkte erst jetzt, was sie eigentlich geoffenbaret, bat dringlichst, die Bäurin möchte doch ja nichts merken lassen; er sei der beste Mensch unter der Sonne, aber wie Feuer und Büchsenpulver; er wäre imstande, er nähme ihr das Kind auf der Stelle fort, und das wäre ihr schrecklicher, als wenn man ihr bei lebendigem Leibe das Herz aus der Brust risse.

Ehe die Bäurin antworten konnte, kamen Vater und Sohn zur Türe herein. «Gehe mit der Mutter in die Hinterstube», sagte die Frau, «die ist warm, und wann sie wieder fort will, so sage es mir.» Johannes meinte, vielleicht daß die Mutter lieber draußen an der Sonne wäre. Die sei heute lange genug an der Sonne gewesen, meinte die Bäurin, und Johannes mußte mit der Mutter gehen, aber er tat es unwillig. Er war sehr böse, daß die Mutter gekommen war, er schämte sich ihrer, fürchtete das Gespött seiner Mitdiensten. Er fürchtete Vorwürfe von der Bäurin, welche ihn schon lange gemahnt hatte, einmal wieder zur Mutter zu gehen, was er unter allerlei Vorwänden immer abgelehnt hatte. Er fürchtete sich, mit der Mutter allein zu sein. Nicht daß er sich vor ihren Vorwürfen fürchtete, aber sie erbarmte ihn, und er konnte ihr doch nicht helfen, und zwar durch eigene Schuld, und nun ist wohl nichts peinlicher als ein solches Erbarmen, dem man keine Folge geben kann, und zwar durch eigene Schuld. Bei vielen Menschen regt sich wohl das Gewissen, peinlich fühlen sie dessen Schläge; aber eben deswegen fliehen sie ängstlich Gelegenheiten und Menschen, welche dieses Gewissen wecken, dessen Schläge erregen, und können sie es nicht meiden, kommen Menschen, welche es erregen, ihnen unerwartet über den Hals, werden sie mürrisch, unwirsch, unhold, Kindern gleich, welche man aus dem Schlafe weckt.

Die meisten Mütter verstehen sich auf die Mienen ihrer Herren Söhne und kümmern sich darum häufig mehr als um die Mienen ihrer Männer. So ging es auch der guten Käthi. Mit schwerem Herzen betrat sie die Hinterstube, und mit Entschuldigungen begann sie die Unterhandlungen. Entschuldigungen recht zu würdigen, dazu muß man etwas mehr sein als bloß simpler Korporal; es vermögen dieses sehr viele hochgebildete Leute nicht, es vermögen dieses nur eigentliche Christen. Alsbald entlud sich auch unseres Korporals Zorn, doch nicht über die Mutter, sondern zuerst über die verfluchten Bauern. Das sei aber ein schön Müsterchen ihrer Freisinnigkeit, sagte er. Freisinnig seien sie, wenn sie aus anderer Leute Säcken Geld in ihre Säcke kratzen könnten. Würde jemand ihnen die Häute armer Leute abkaufen wollen, noch heute würden sie dieselben schinden und geschunden wieder laufen lassen. Aber das komme anders, darauf könnten sie zählen; es sei die Zeit nahe, wo diese Dorfkälber froh sein würden, wenn man ihnen Brot gebe mit der einen Hand und Schläge mit der andern und wo sie barfuß kämen und bäten, über Nacht sein zu dürfen in den Ställen, die Himmels–! Jetzt solle sie den Bauer nur machen lassen, es komme die Zeit, wo sie in einem großen Bauernhause wohnen werde ohne Zins.

Käthi schlug die Hände über dem Kopfe zusammen, als sie solche Worte vom eigenen Sohne hörte; es war ihr, als dürfe sie nicht mehr warten, ob aus Furcht vor Gott oder aus Furcht vor der Bäurin, in deren Hause solche Worte geredet wurden, wußte sie selbst nicht. Sie hielt ihm der tusig Gottswillen an, er solle doch schweigen; wenn ein Mensch solche Worte hörte, so könnten sie ja unglücklich werden zeitlich und ewig. Wenn sie ihm Ungelegenheit mache, so solle er es doch recht nur sagen; sie wolle sich ja leiden, und wenn es sein müsse, noch in ihren alten Tagen weiter. Sie wüßte zwar nicht wohin, und wenn es bekannt werde, daß sie den Hauszins nicht zahlen könne, so würde man sie nicht gerne irgendwo hineinlassen.

Das sei ein verfluchter Zwang, dem aber bald ein Ende gemacht werden würde, daß die Bauern ihre Häuser vermieten wollten, und gerade nur denen, welche ihnen anständig seien und schmeicheln könnten; wen Gott geboren werden lasse, der hätte ein Recht an eine Wohnung, und das sei eine verfluchte Ungerechtigkeit noch aus der alten Zwangzeit her, daß die Einen Häuser hätten, die Andern nicht; Gott hätte die Welt für alle geschaffen und nicht bloß für Großgrinde, Geizhälse und Gerichtsäße, polterte der Korporal.

«Aber Johannes, aber Johannes, schweig dr tusig Gottswille; du weißt nicht, wie leicht man sich versündigen kann für Zeit und Ewigkeit. Hast gehört, ich will mich ja leiden, der alte Gott lebt noch und wird mir ja schon helfen; es ging am Ende immer besser, als ich dachte.»

«Mutter, habt nicht Kummer, das versteht Ihr nicht, das ist nicht halb so bös», antwortete der Sohn. «Aber verflucht ists, daß man immer die Hand im Sack haben soll, um Geizhunden und Gerichtsäßen ihren Reichtum zu mehren, ihnen alles wiedergeben muß, was wir mit saurem Schweiße ihnen abverdient haben. Das ists, warum wir nie zu was kommen. Haben wir ein paar Krönlein verdient, so ist ein Hund da und bellt sie uns ab, bald wegem Holz, bald wegem Zins, bald wegen diesem oder jenem.» «Deswegen bin ich doch kein Hund», sagte Käthi traurig, «und habs dir ja gesagt, ich wolle mich leiden, dir nicht Ungelegenheit machen.» «Mutter, das geht Euch nicht an», sagte Johannes, «Euch habe ich nicht gemeint. Wieviel hättet Ihr nötig?» «Wenns vier Taler wären, oder auch nur drei», sagte die Mutter, die eigentlich an den ganzen Hauszins gedacht hatte, «so könnte ich es machen.» Jetzt, gegenüber dem aufbegehrischen Sohne, fielen ihr die Kartoffeln ein, von denen sie wohl etwas entbehren konnte, um daraus die überbleibenden drei und einen halben Taler zu bezahlen.

«Geld müßt Ihr haben, nur ists mir zuwider, daß ich es der Meisterfrau abfordern muß; die grännet allemal ärger als der Teufel, wenn sie Geld geben soll. Wäre uns das Arbeiten so zuwider wie ihr das Geldgeben, wohl, der Hof würde schön aussehen. Habt Ihr mich etwa bei ihr verklagt?» «Bewahre», sagte Käthi. «Ich will sehen, wo sie ist», sagte Johannes, «aber es wäre mir lieber, wenn Ihr mir ein andermal Bescheid machen ließet, statt selbst zu kommen. Das Gehen wird mir leichter als Euch, und mir ists lieber, sie stecke die Nase nicht auch noch in unsere Sache; sie hat sie schon zu viel an Orten, wo es sie nichts anginge.»

Als Johannes zur Bäurin gegangen war, seufzte Käthi: «Ach Gott, wie hat sich der doch geändert, ich muß mich fast fürchten vor ihm. Einen Kummer habe ich fortgetragen, zwei trage ich mit mir heim. So kommt es ihm nicht gut; aber ich will den lieben Gott Tag und Nacht bitten, daß er es ihm nicht anrechne, sondern ihn bekehre.»

Johannes erschien vor der Frau halb verlegen und halb zornig, akkurat wie einer, dessen Gewissen nicht ganz eingeschlafen ist, dem aber der Zeitgeist eine Art von Blendung fabriziert hat, so daß er seine Schuld großenteils an Andern sieht, den Widerschein für die Sache selbst nimmt. Auf sein kurzes Gesuch um Geld antwortete sie: «Wenn du es der Mutter geben willst, so mußt du den Rest deines Jahrlohnes haben, besser kannst ihn nicht anwenden, aber groß ist er nicht mehr. Hast aufgeschrieben, was ich dir schon gegeben?» «Nein», sagte Johannes, «ich weiß es sonst.» «Selb ist mir nicht recht», sagte die Frau. «Was man zu fordern hat, vergißt der dümmste Bub nicht, aber gar kurz sind die Gedächtnisse für das, was man eingezogen hat. Sieh, ists so?»

sagte die Frau und legte ihm ein groß, blau Buch vor. «'s wird sein, und wenns nicht wäre», sagte Johannes, «was sollte ich, das ist ja ein Hausbuch, dem muß man glauben.» «Johannes, Johannes», sagte die Frau, «seit einer Zeit hast du was im Kopfe, was nicht gut ist; du lebst übel daran und Andere auch, und nützen tuts dir nichts. Hast gerechnet, wieviel ich dir noch schuldig bin?» «Zwei Fünffränkler» (zwanzig Kreuzer weniger als fünf Gulden), sagte Johannes kleinlaut. «Hör, Johannes, ich muß dir was sagen in Liebe und Ernst. Noch lange nicht Weihnacht, der Lohn so groß, hast ihn schon eingezogen, und gibst deiner Mutter wenig, sie muß fast allein dir dein einzig Kind erhalten. Sie hat es mir nicht gesagt, aber du weißt, ich habe meine Augen nicht hinten am Kopf, und Merks muß man mir nicht einschütten wie einer Kuh einen Trank. Aber denk, wenn es die Leute wüßten, was würden sie von dir halten, und wenn du noch einen Tropfen gutes Blut hast, so schämst du dich vor dir selbst. Sieh, statt zwei Taler will ich dir vier geben, zwei Trinkgeld, aber gib sie deiner Mutter! Die zwei will ich dir auch das nächste Jahr geben; wegen der Arbeit bist du mir anständig, aber den Kopf mußt du ändern, der ist mir nicht anständig. Du mußt nicht meinen, daß wir euch den Lohn nicht gönnen. Ja freilich, haben müßt ihr, was ihr verdient, und gerne; aber nehmen lassen wir uns es nicht, Meister wollen wir im Hause sein und jedem sagen, was wir für recht und anständig halten, und wem das nicht recht ist, dem kann es Feierabend geben ungsinnet. Merks und sinns! Jetzt sag der Mutter, sie solle kommen, es sei ein Kaffee bereit.» Es gramselte Johannes im Kopf, aber sein Dienst war gut und die Zeit schlecht; er faßte sich daher, dankte wenig und ging trotzig.

Käthi machte starke Komplimente, ehe sie sich zum Kaffee setzte; aber als sie einmal dran saß, da zitterte ihr das Herz vor Behagen, denn derselbe war sehr gut. Als der Kleine von Heimgehen hörte, begann er wüst zu tun, sagte, er möge nicht gehen, der Fuß tue ihm weh, er wolle dableiben. Käthi tröstete, wie sie konnte und mochte. Die Bäurin bot ihnen das Übernachten an, was aber Käthi ausschlug, weil sie nicht wüßte, wie ihr wäre des Nachts an einem fremden Orte. Dazu müsse sie morgens an eine Wäsche, da gäbe es einen Kreuzer zu verdienen, und das sei nicht zu versäumen. «Es wäre gut, es dächten alle so, darum will ich dich auch nicht aufhalten», entgegnete die Frau. «Geh, schirre die Mähre», sagte sie zu Johannes, «die hat wohl Zeit und in vergangener Woche wenig getan, und fahre ein Stück mit ihnen! Es ist mir sonst zuwider, am Sonntag die Rosse aus dem Stalle zu nehmen, es ist ihnen Ruhe geordnet so gut als dem Menschen; aber ich denke, hie und da eine Ausnahme, und nicht wegen Hochmut und Hoffart, sondern einer alten Frau zulieb, werde keine große Sünde sein.» «Die Mähre ist nicht gut beschlagen und das Wägeli nicht gesalbet», sagte Johannes. «Das Wägeli schmier ein, der Mähre ziehe die Eisen ein wenig an, und wenn was fehlt, so sags ein andermal zu rechter Zeit und nicht erst, wenn man die Sache brauchen will», sagte die Bäurin unwillig. Er wisse nicht, ob noch Wagenschmiere da sei, sagte Johannes. «Ist nicht da, so sieh, daß du bekömmst, und ist angespannt, so komm und sags», befahl die Frau in einem Tone, dem man es anhörte, daß sie wußte, was Befehlen sei.

Johannes hätte gerne noch was gesagt, allein er kannte den Ton und ging. Unterdessen hatte Käthi immer geredet, gesagt, sie dürfe nicht fahren, fürchte sich, ertrüge es nicht, schäme sich, so eine arme alte Frau im Wägeli fahren! usw. Die Frau hatte sie reden lassen; als Johannes endlich draußen war, schnitt sie alles Gerede mit der Frage ab: «Und mit den Erdäpfeln, wie stehts, halten sie sich in den Kellern?» So eine Frage gleicht einer aufgezogenen Schleuse. Wie bei der Schleuse das Wasser, strömt bei der Frage unwillkürlich eine ganze, vielleicht längst aufgestauchte Gedankenreihe nach, absonderlich bei Weibern. Aber lange ehe das Wasser durch die Schleuse war, kam Bescheid, es sei angespannt, doch brachte Johannes ihn nicht selbst; es half ihm aber nichts, er mußte hineinkommen. «Da ist ein Kacheli Kaffee», sagte die Bäurin, «trink, dann fahr so weit du willst; auf ein Bitzli weiter kommts nicht an, wenn es einmal angespannt ist.» Er möge nicht Kaffee, sagte Johannes, und wenn man lange mache, so wäre es besser, der Bub fahre, sonst sei er zum Melken nicht zurück. «Du fährst», sagte die Frau, «und wenn du nicht da bist, so milcht ein Anderer. Du wirst dich wohl erinnern, daß schon mehr als einmal ein Anderer für dich gemolken hat, es wäre heut nicht das erste Mal.» Johannes ward rot und ging. «Aber ich wollte für ihn angehalten haben», sagte Käthi, «wenn er nicht gerne fährt, daß er nicht muß, er könnte es an mir zürnen. Es deucht mich nichts anders, daß er lieber daheim bleibt, wenn das Melken nahe ist.» «Mutter, höre ein Wort, und nimm es nicht für ungut», sagte die Bäurin. «Du bist viel zu gut gegen deine Buben, gegen den großen und den kleinen; so mußt du der Narr im Spiele sein, ihnen ists der größte Schade, und zuletzt versündigen sie sich an dir und schämen sich deiner.» Das sei doch nicht, sagte Käthi; er habe sie letzten Sommer ins Wirtshaus gerissen wie ein jung Meitschi. «Habe nichts darwider, das war bei dir daheim, wo man dich und ihn kennt; daneben sind solche Bursche heute so, morgen anders, je nachdem es sie ankommt, haben keine Regel und keine Liebe. Aber das weiß ich, Mutter, daß ich denen ganz anders den Daumen auf das Auge hätte, sonst gings mir wie der Regierung: ungsinnet müßte ich an einem schönen Morgen in den Spital. Aber jetzt komm, sonst gibts noch schlimmer Wetter.»

Als Käthi das Wägeli besteigen wollte, sah man wohl, daß sie dasselbe nicht in der Übung hatte. Sie wußte nicht recht, sollte sie der Mähre über den Kopf steigen oder von unten herauf auf den Sitz kommen. Als man sie endlich an die rechte Stelle gebracht hatte, gabs Mühe, ehe man sie oben hatte, und als sie oben war, seufzte sie schwer auf: «Ach Gott, wenn ich nur wieder unten wäre!»

Die arme Mähre mußte Johannes' Zorn über die Bosheit und Teufelsüchtige der Bäurin entgelten. Johannes nahm die Guttat an Mutter und Kind eben auf als eine Bosheit, ihm die Schande zu machen, am hellen Tage, und noch dazu an einem Sonntage, mit einer solchen Bettlerfuhre im Lande herumfahren zu müssen, damit, wenn jemand die Bäurin oder eine Magd frage: «Habt ihr jetzt die Bettlerfuhre?» man antworten könne: «Nein, es waren dem Johannes seine Mutter und sein Kind.» Ein vergiftet Gemüt saugt Gift aus den süßesten Blumen.

Der Kleine hatte große Freude am Fahren und an der Mähre, sein Geplauder hinderte den Korporal am Loslassen seiner Galle. An einer einsamen Stelle der Straße hielt Johannes, von wo sie noch eine gute halbe Stunde bis nach Hause zu gehen hatten. Die Mutter hatte einige hundert Schritte vorher in einem Dorfe gefragt, ob er der Mähre nicht was wolle geben lassen? Die mangle nichts, hatte er gesagt, und jetzt stellte er sie plötzlich ab. Käthi fühlte wohl warum, es tat ihr weh, aber sie sagte nichts. Es kostete viele Mühe wieder, ehe sie den Boden ergriffen hatte. Endlich unten, wollte sie abladen, was ihr schwer auf dem Herzen lag. «Hör», begann sie den Zuspruch, «laß dich doch recht nicht verführen von denen, welche keine Religion haben und nichts als Neid und Durst, Lumpenhunde sind und Herren werden möchten. Bleib fromm und gut und werd mir dr tusig Gottswille nicht freisinnig, wie unser Bauer und Andere noch mehr! Denk, der alte Gott lebt noch, an den halte dich und nicht» – «Adie, Muetter; bhüet dih Gott, Bueb, dMähre will nicht stehn», und auf und davon fuhr er und nahm sich nicht einmal Zeit, die Hand zu fassen, welche die Mutter ihm in der Eile noch darstreckte, als er ihr das Wort vom Munde schnitt. Plötzlich hielt er stille und winkte. Die alte Käthi humpelte so schnell als möglich, um Mähre und Sohn nicht ungeduldig zu machen. Unterdessen hatte der Sohn aus dem Kasten des Sitzes ein Säcklein genommen und sagte: «Hätts bald vergessen, die Frau hats hineingetan für Euch, hätte es auch können bleiben lassen; aber sie möchte die Gute machen und man soll nicht merken, wer sie ist, und denen nicht glauben, wo es sagen können. Adie», schloß er und hörte nicht den Dank der Mutter und alle die Aufträge, welche sie ihm nachrief, ebenfalls nicht. Eine Handvoll dürre Äpfelschnitze, welche im Säcklein waren, tröstete Johannesli über die davonsprengende Mähre und machte ihn recht liebenswürdig, solange er Äpfelschnitze zu essen hatte.

Unterdessen war von der Aare her ein dichter Nebel, den man mit dem Messer hätte schneiden können, einer ungeheuren Schlange gleich das Land herauf gekrochen, hatte sich die Emme herauf links und rechts in die Täler hineingewunden. Dunkel, ja finster ward es auf Erden, unheimlich, und Angst kam über unsere Wanderer. Die Angst fängt innerlich an, dann kriegt sie Augen, dann sieht sie Gespenster, dann schreit sie, dann läuft sie, wenn sie nämlich noch die Beine rühren kann. Erst schwiegen Beide, dann begann der Junge zu jammern über Nacht und Nebel und daß sie den Weg nicht finden würden, und: «Großmüetti, wenn jetzt der Bölimann käme oder gar der Tüfel, Großmüetti, was wollten wir machen?» Käthi zitterte an allen Gliedern; «beten», sagte sie bebend. «Lue, lue, Großmüetti, jener dort mit den Hörnern, beim Baum, dort ist er, er kömmt, er kömmt», so rief der aufgeregte Bube und drängte sich unter die Schürze der Alten. Diese sah zwar nichts, aber sie glaubte, junge Kinder sähen mehr als alte Leute, und hätte Reißaus genommen, wenn ihre Beine sie getragen hätten.

Da Käthi nicht rennen konnte, begann sie zu beten, und zwar stark, und obendrein machte sie noch das Kreuz, so viel sie konnte. Sie hatte einmal gehört, das sei bsunderbar gut gegen die bösen Geister. Da niemand kam, niemand sie nahm, erholten sich Beide langsam; der Schlotter verließ sie jedoch nicht, mit Beben gingen sie weiter. Bekanntlich streckt sich die Zeit einem Menschen, welcher Angst hat, unendlich, darin ist sie ähnlich dem Golde. Jeder Schritt schien ihnen eine Viertelstunde lang, es schien ihnen daher, sie sollten längst zu Hause sein, und rundum schien ihnen alles fremd; sie mußten verirrt sein oder verhext, eins von beiden. Wohin sollten sie sich wenden in der trüben Nebelnacht? Einem Schiffer auf dem weiten Weltmeere im Nebel und ohne Kompaß kann es nicht banger ums Herz werden als unserer guten Käthi. Und wie in solchen Ängsten und Nöten die Einbildungskraft lebendig wird: alle Schrecknisse und alle bösen Geister, von denen die Alte je gehört, dem Bübchen davon erzählt hatte, die wurden jetzt lebendig, erschienen ihnen, stellten ihnen zu Berge die Haare: Schlangen, Drachen, Löwen und Elefanten, feurige Männer, Teufel und Bölimann, Abgründe, Waldmenschen, Wasserjungfern, Mörder, Stiere, alles bunt durcheinander in greulichem Gemische tanzte vor ihnen, griff nach ihnen, und bald schrie Käthi fast laut auf wegen einem schrecklichen Waldmenschen, bald Johannesli über eine Schlange oder den Bölimann mit dem langen, langen Haken. Und das Ding wollte kein Ende nehmen, immer lebendiger ward der Nebel und scheußlicher, eine Ewigkeit glaubten sie gewandert zu sein, und nirgends eine Spur eines Fetzleins bekannter Welt! Schon redeten sie davon, das Beste wäre, wenn sie ein trocken Plätzlein fänden, da zu bleiben und den Kopf zu verhüllen; erleiden möchten sie es wohl, dieweil es so kalt noch nicht sei. Da glaubte Käthi was Helleres zu sehen, einen bessern Weg. «Komm, besser links wollen wir gehen», sagte sie zu Johannesli, und kaum hatte sie das gesagt, plumps, so lag sie im Wasser, stieß einen greulichen Schrei aus, und Johannesli, als er die Großmutter plumpsen hörte, schrie noch viel greulicher, denn an natürliches Wasser dachten Beide nicht. Dazu färbte sich vor ihnen der Nebel rot, ward ganz wie Feuer, und mitten im Feuer sahen sie noch eine Flamme, und die Flamme kam näher und näher; Käthi konnte vor Schreck nicht aus dem Bache und betete und bekreuzte sich immer heftiger, und Johannesli tat ebenso, und jetzt kriegte die Flamme noch eine Stimme und rief: «Wo seid ihr?» Da war ihnen nicht mehr zu helfen. «Mein Gott, so gebt doch Antwort, wo seid ihr?» riefs wieder.

Das Wort «Mein Gott» kam über sie wie das Wort Gnade über einen armen Sünder, welcher schon einen Fuß in der Hölle hat. Ein guter Geist wars also, der da aus der Flamme sprach, und da er noch näher kam, erkannten sie ihn. Es war ein Geist, der einstweilen noch Fleisch und Blut hatte, es war Andrese Anne Bäbi, welche sagte, sie hätte schon lange nach ihnen geblanget, die Laterne angezündet, um ihnen entgegenzugehen, und, als sie hätte schreien hören, gleich gedacht, daß sie es seien. «Sag um Gottes willen, wo sind wir, wie konntest du uns finden?» frug Käthi. «Aber mein Gott, Mutter, was ist mit Euch?» frug Andrese Anne Bäbi und konnte sich nicht erwehren, an ein Gläschen zu viel zu denken, «Ihr seid ja daheim, nicht zwanzig Schritte weit steht Euer Häuschen.» «Nein, aber nein», sagte Käthi, «daheim sein und es nicht wissen, das ist mir doch noch nie begegnet! Jetzt weiß ich, was Verhexen ist: laufen und immer laufen, laufen eine Ewigkeit lang und nicht heimkommen können! Du mein Gott, was soll das wohl zu bedeuten haben, bös Wetter oder gar Krieg?» «Kommt, Mutter, heim und geht ins Bett, daß Ihr wieder erwarmen könnt! Unterdessen will ich Euch Kaffee machen oder Tee, wenn Ihr glaubt, der mache Euch besser.» «Du denkst doch nicht, Meitschi, daß ich zu viel getrunken! Nicht ein Tropfen Wein oder sonst was Hitziges kam heute über meine Zunge; aber wenn du erlebt hättest was wir, Meitschi, dann dächtest du nicht mehr an einen Rausch, dann wüßtest du, was Ungeheuer sind und was verhexet sagen will. Was ist wohl für Zeit? Es wird bald Mitternacht sein oder doch zehne?» «E aber, was denkst, Mutter, nicht vor langem hat es sieben geschlagen drüben an der Kirche, halb achte ists noch nicht.» «Aber nein, aber nein, wär das möglich», sagte Käthi, «und sind wir doch gelaufen, es dünkte mich, viel, viel Stunden lang, und jetzt noch nicht achte!» Das war ein sicherer Beleg der Schrecken, die sie erlebt, und daß sie verhext gewesen.

Schon oft ward beschrieben, wie herrlich es dem Schiffbrüchigen zu Mute gewesen, welcher aus Meereswellen und Todesnot aufs Trockne geworfen und jetzt nicht von wilden Menschenfressern empfangen wird, sondern von Leuten mit Manieren, welche ihn freundlich aufheben, in ihre Häuser führen, ihm trockne Kleider geben und was zu essen, was Warmes, wenn sie es haben. Ach, wie gut und wie schön wars ihm da ums Herz, und lange kam er nicht recht zu sich und konnte es nicht ordentlich fassen, daß er gerettet sei. Als er es endlich loskriegte, da weinte er selige Tränen, und als er sie geweint hatte, trocknete er mit was Trockenem die nassen Backen ab. Schön, prächtig ists, wir geben es gerne zu, denn allweg ist ein großer Unterschied zwischen

Ersaufen im kalten Wasser und gerettet im Trocknen Sitzen mit was Warmem im Munde.

Aber bei allem Wonnegefühl fehlt denn doch ein Element, das Heimelige, das unbeschreibliche Behagen, daheim zu sein, daheim bleiben zu können. In der Hütte, in welche der Schiffbrüchige aufgenommen wird, ist er fremd, muß wieder weg, weiß nicht wie. Wo sind jetzt die Deinen, denken sie wohl an dich, siehst du je sie wieder? Diese Gedanken flattern wie düstere Nachtvögel vor seiner Seele, stören das Behagen am Feuer, das Gefühl, gerettet zu sein. Eine ganz andere Wonne strömt durch eine ausgewanderte Familie, die in fremden Landen, sei es in Amerika oder im Kirgisen- oder Baschkirenlande, in Not und Drangsale gekommen ist, statt ein gelobtes Land ein verlogenes Land gefunden hat, und dazu schlich hinter ihr drein leise, unsichtbar das Heimweh, und als sie sich niedersetzte im fremden Lande, alles anders fand, als sie erwartete, fremde Leute, fremde Sprache, fremde Lebensweise, als sie ermattete in Not und Drangsalen, so ergriff leise, unsichtbar das Heimweh die Menschen, schlich ihnen in die Herzen bis mitten hinein. Hier nun beginnt es sich zu regen, es nagt da innen ein Wurm, es brennt ein unaussprechlich Weh, und das Weh dehnt sich aus durch alle Glieder, zieht den Hals zusammen, trübt die Augen, bricht die Stimme, lähmt die Kräfte, versengt den Mut, gießt Blei ins Gebein. Plötzlich schwillt es auf zur Meereswelle, braust es auf zur Windsbraut, reißt die Familie von der Scholle, auf welcher sie sich niedergelassen, auf welcher sie verlassen weint, treibt sie heim durch Not und Drangsale, fast wie die Familie Lot aus dem brennenden Sodom. Der Schlaf will nicht weilen bei ihnen, Ruhe nicht kommen über sie, weiter und weiter über Meer und Land jagt sie bange Hast; je näher sie kommen der Heimat, desto mehr brennen die Herzen, es dehnen sich unendlich Weg und

Stunden, zu Ewigkeiten werden die Tage, sie kommen sich vor wie Gespenster, welche ruhelos irren müssen in unsäglicher Pein, ohne je das Ziel zu finden. Ihre Seufzer vertrocknen, ein stummer Harm, schwarzem Nebel gleich, legt sich über ihre Seelen. So wandern sie Wochen, Monate in unaussprechlichem Sehnen, aber in unaussprechlicher Pein. Die Heimat will nicht kommen; wohl kömmt dem Einen, dem Andern der Tod, löst die müde Seele aus dem gebrochenen Leibe und trägt sie ins bessere Land, die ewige Heimat. Endlich aber, endlich kömmt doch der Tag, der ans Ziel sie bringt. Hinter einem Hügel taucht der Kirchturm auf, es breitet sich das Dörfchen aus, es öffnet die alte, traute Hütte sich, drinnen sitzen sie ab, daheim sind sie! Nun aber geht es lange, bis das Bewußtsein kömmt, die Seele auftaut, der Harm sich verflüchtigt, das Heimweh sich verklärt ins selige Gefühl, daheim zu sein. Dann wird es aber auch den armen Wanderern unaussprechlich wohl, unendlich seliger sind sie als gerettete Schiffbrüchige; sie sind daheim, müssen nicht weiter, sie können schlafen gehen, und wenn sie erwachen, haben sie das selige Gefühl, sie müssen heute nicht weiter; sie sind daheim, da können sie weilen, da werden sie weilen. Wem es so recht weh geworden ums Herz in der Fremde, der erst weiß, was die Heimat ist, der geht nicht mehr in die Fremde, wo eine Angst ihn ergriffen hatte, als ob von dort kein Weg zum Himmel führe.

Ähnlich wars Käthi und dem Kleinen, als sie vom Bache sich losgemacht, des Häuschens Schwelle ergriffen hatten und daheim saßen, behaglich, wohlig, vor ihnen ihr Tisch, hinter ihnen ihr Bett. Ach Gott, solch Glück zu erleben hatten sie nicht mehr gehofft, und jetzt saßen sie, seit Käthi andere Strümpfe angezogen, im Trocknen, und zwar daheim, und jetzt kam Andrese Anne Bäbi mit warmem Kaffee, stellte denselben vor sie auf den Tisch; hinter ihnen wartete das warme Bett, in demselben süße Ruhe für viele Stunden und am Morgen ein Erwachen mit dem seligen Bewußtsein, daheim zu sein, daheim bleiben zu können. Daheim bleiben zu können, ist doch immer das Schönste für alle, welche Ruhe gefunden haben für ihre Seele. Und all diese Wonne und das Glück, zu begreifen, was Daheimsein sei, hatten sie mit einer Stunde Angst erkauft. So wohlfeil gibt Gott denen, welche ihn lieben, was zu ihrer Seligkeit dient, und wer ihn nicht liebt, der faßt, und wenn er die Weisheit der Welt im Leibe hätte, die Liebe Gottes nicht, würdigt seine Gaben nicht.

Dem Weltmeer entronnen, war Käthi glücklich am Gestade ihrer Hütte gelandet, vor den Gefahren der Welt geborgen, und so bald wage sie sich nicht mehr so weit hinaus, sagte sie, es sei denn, man trage sie hinaus, und der Kleine werde einstweilen der Welt auch satt sein. Bei jedem Schlucke Kaffee sagte sie, wenn sie ihr Kacheli absetzte: «Eh gottlob, daß wir wieder daheim sind! Oh, es weiß kein Mensch, wie wohl es einem daheim ist, bis man fort gewesen ist und geglaubt hat, man komme nie mehr heim!» Glücklich ist, wer vom Reisen als die beste Beute den Spruch heimbringt: Gottlob, daß ich wieder heim bin. Und als am folgenden Morgen Käthi erwachte, war wieder das Erste, was sie sagte: «Ach gottlob, daß ich wieder daheim bin!»

DREIZEHNTES KAPITEL

Wie Käthi in Ehren und ohne jemand zu plagen mit Beten und Arbeiten sich durchzuschlagen sucht

Darauf trieb Käthi alsbald ihre Hauptangelegenheit ab und verkaufte Erdäpfel, bis sie die sieben und einen halben Taler beisammen hatte. Es hielt sie sehr hart. Man wisse nie, was es gebe, sagte sie, aber die Hauptsache sei, daß sie dableiben könne; ein paarmal mehr oder weniger hungrig ins Bett, darauf komme es nicht an. Als es einmal geschehen war, Käthi das Geld beisammen hatte, da waren die Erdäpfel auch verschmerzt. Frohgemut wanderte Käthi dem Bauer zu und zahlte.

Der Bauer nahm das Geld sehr gerne und schmunzelnd. Er habe es wohl gewußt, daß die Alte zahlen könne, wenn sie wolle. Es komme nur darauf an, daß man ihnen den Verstand zu machen wisse und daß sie wüßten, wen sie an der Hand hätten. Er wisse die Flausen zu vertreiben, und es werde sich nicht leicht jemand einfallen lassen, den Grotzenbauer zum Besten haben zu wollen, so rühmte er sich. Er tat sich viel zu gut auf seine gute Manier; wie hart sie in die Herzen schnitt, davon hatte er keinen Begriff. Er hatte trotz seiner Freisinnigkeit keinen Begriff von einem Herzen, sondern nur vom Gelde. Seine Frau hatte das äußerst ungern, doch hielt sie an sich und sagte Käthi nur im Vorbeigehen kurz: «Das hätte nicht halb so pressiert. Es mag geben, was es will, so vergiß nicht, daß ich auch noch da bin.» Ganz glücklich ging Käthi heim. «Gottlob», sagte sie, «dableiben kann ich, und das ist die Hauptsache, das Andere alles wird sich schon machen.»

Für viele tausend Haushaltungen begann eine sehr bange Zeit; unter diese gehörten aber alle die nicht, welche sich darauf freuten wie Käthi auf das Ährenlesen, um ungestraft und gleichsam von Gott- und Rechtswegen betteln zu können. Die, welche wir meinen, hatten beim Beginn des Winters wohl alle noch zu essen. Aber wie lange noch, und was dann? Das lag so schwer auf ihren Herzen. Es waren Hausväter und Hausmütter, welche sich vorgesetzt hatten, mit Ehren durch die Welt zu kommen und ohne jemand zu plagen. Mit Ehren durch die Welt kommen und niemand plagen, das ist ein gar schöner Spruch, und der hat einen goldenen Klang. Allerdings ists eine Ehrensache, und zwar nicht bloß für diesen oder jenen Stand, sondern eine allgemeine, rein menschliche, mit eigenen Kräften und ohne Beihülfe und ohne Krücke sich so durch die Welt zu helfen, daß man vor Gott und Menschen bestehen mag mit Ehren. Dieses Vermögen bedingt die Selbständigkeit des Menschen, es allein macht den Mann zum Manne, es allein gibt die Würde, mit Rat und Tat das allgemeine Wohl und Heil fördern zu dürfen. Dieses Vermögen zu erlangen, soll das erste Ziel des Menschen sein, an der Hand der Eltern soll er ihm zuerst entgegengeführt werden, des Menschen höchstes Ziel ist es aber nicht. Das höchste Ziel des Menschen ist die Seligkeit im Himmel, aber beide Ziele liegen nicht in entgegengesetzten Richtungen, sie liegen auf der nämlichen Straße, sind bloß verschiedene Stationen auf der Lebensreise. Die erste zu erreichen, tut Arbeiten not, zur zweiten kömmt man ohne Beten nicht. Beten heiligt die Arbeit, denn Beten gibt die Treue, die sich nicht durch jeden Wind hin- und herblasen läßt, sondern fest bleibt in den Fußstapfen des Herrn und ausharrt darin bis ans Ende. Beten allein heiligt die Tage des Reichen, daß wenn er auch nicht für sein täglich Brot schaffen muß, er sie doch verbringt, daß er Gott Rechenschaft zu geben vermag über seine Gaben.

Bleibt ein Mensch, eine Nation auf der ersten Station, ist sie so in die Materie hineingerannt, daß sie den Aufblick zum Himmel nicht mehr hat, so gleichen sie den Ameisen in einem Haufen von Tannennadeln, mit dem Unterschiede nur, daß die Ameisen bewunderungswürdig sind, denn sie erfüllen vollständig ihre Bestimmung, die Menschen aber bejammerungswürdig, denn zum Ziele ihrer Bestimmung gelangen sie nie. Sollte es aber je geschehen, daß der Repräsentant einer Nation von derselben sagt, ihr Beten sei Arbeiten, so legt er von dieser Nation ein traurig Zeugnis ab. Ist es wahr, so steht die Nation auf einer sehr tiefen Stufe, und der Repräsentant ist zu bedauern, eine solche Nation vertreten zu müssen. Legt er das Zeugnis aber fälschlich ab, vielleicht bloß um einen gemeinen Witz zu machen, dann ist die Nation zu bedauern, daß sie unwürdig vertreten wird von einem Menschen, der sein Volk nicht begreift, ja nicht einmal begriffen hat, wie ein Mensch mit Ehren durch die Welt kömmt und ohne jemand zu plagen. Denn wo das Beten aufhört, das Hinaufsehen zu Dem, welcher die Arbeit geheiligt, befohlen hat: «Sechs Tage sollst du arbeiten und schaffen all deine Werke, der siebente ist der Tag deines Gottes, da sollst du ruhen, den Tag sollst du heiligen», da verleidet dem Menschen die Arbeit, das Fügen in die Ordnung Gottes hört auf, die Arbeit wird eine Plage, Fleischeslust, tierische Genußsucht die leitende Kraft, dazu gesellen sich die Raubsucht und schließlich der Blutdurst; Rauben und Fressen, darin allein besteht dann noch die Arbeit. Freilich nur der Christ, dessen Seele kein gedankenloser Geldsack geworden ist, begreift den Zusammenhang zwischen Beten und Arbeiten und den tiefen Sinn in den einfachen Worten: mit Ehren durch die Welt kommen, ohne jemand zu plagen. Wenn einem Menschen die Augen zugehen wollen zum letzten Schlafe auf Erden, sei es ein Held oder ein Hausvater, eine Witwe oder ein König, was kann er wohl Bedeutsameres sagen, als er sei mit Ehren gewandert alle Tage seines Lebens und habe niemand geplagt? Dazu mußte er den Sinn haben, der Andern tut, was man selbst gerne hätte; dazu mußte man den Fleiß haben, der alle seine Gaben und Kräfte zu Nutz und Heil der andern Glieder anwendet; dazu mußte man den Geist von oben haben, der nur dem Beter gegeben wird. Der kennt dann aber auch das Genügen mit dem, was Gott beschert, das unbeschwert

Mangel leiden kann und übrig haben; der kann zur Ehre Gottes essen und trinken und volles Vertrauen haben zu dem, welcher die Lilien kleidet und die Vögel speiset. Freilich begreift ein Mensch der Kultur solche Grundsätze nicht, sie kommen ihm vor wie Ringe in der Nase des Schweins, er spottet sie aus, macht kommune Witze in seiner kommunen Dummheit.

Das Greuliche aber ist, daß man die kommunen Witze kommuner Dummheit dem Volke vorwirft als hohe Wahrheiten neuer Weisheit, dem Volke sie aufdrängt mit einer Heftigkeit, die man Fanatismus nennen würde, wenn der Heftigkeit etwas Religiöses zugrunde läge und nicht bloß der gemeinste tierische Sinn, den man jedoch mit dem buntesten Floskelngehänge bekleidet wie verarmte Komödianten mit kaiserlichen und königlichen Lumpen. Das Greuliche ist, daß das Volk sie einsaugt wie dürrer Boden lang entbehrten Regen, die Arbeit ihm verflucht erscheint, Genießen seine Religion wird und alle Mittel dazu ihm geheiligt scheinen, Gnadenmittel. Das Greulichste ist die Frucht dieses Einsaugens: tierische Barbarei, aus welcher das Christentum uns heraufgewunden hat. Der Anfang zum Ende hat begonnen und besteht eben darin, daß Tausende ein Recht zu haben glauben, Andere zu plagen, und keinen Sinn dafür, sich mit Ehren durchzubringen, daß Tausende jeden Anlaß benutzen, ihr vermeintlich Recht geltend zu machen, jeden Vorwand geltend machen, der von ihnen verfluchten Arbeit sich zu entziehen, weil Tausende eben nicht mehr beten, den Glauben nicht mehr haben, daß alles, Regen und Dürre, fruchtbare und unfruchtbare Jahre, Reichtum und Armut nicht von ungefähr, sondern aus Gottes väterlicher Hand uns zukomme. Tausende können nicht mehr in Liebe empfangen, was Liebe gibt, und im Trotze, der nimmt, erstarrt so gerne die Liebe, die gibt.

Es ist schön, einen Helden zu sehen in der Schlacht, wie er durch die Reihen bricht, nach den Kronen der Ehre ringt, schön, das Schiff zu sehen, welches dem Sturme trotzt und durch die Wellen schneidet; aber unendlich schöner ists, ringen zu sehen einen treuen Vater, eine treue Mutter mit des Lebens Nöten, mit den Drangsalen der Armut, welche Jahre dauern, alle Morgen neu werden, oft nicht enden bis zum letzten Morgen, welcher ihnen anbricht auf Erden. Nur beim treuen Ringen ist die rechte Demut, welche zu empfangen weiß, nicht plagt, das Almosen zu Ehren bringt und trotz dsm Almosen nicht bloß mit Ehren durch die Welt, sondern mit Ehren in den Himmel kommt. Wie dem Helden, der in der Schlacht Glieder verloren hat oder gelähmt worden ist, die Gaben des Vaterlandes verdiente Ehrenzeichen sind, so sollen auch dem treuen Krieger mit dem Leben, dem die Kräfte ausgegangen sind im Kampfe, der an erhaltenen Wunden darniederliegt, die Gaben der Liebe Ehrenzeichen sein; in Ehren hat er sie verdient, mit Ehren darf er sich ihrer rühmen. Dieses Sinnes sind wirklich noch Tausende, sie kämpften treu einen harten Kampf, Mancher siegreich, Mancher erliegend.

Dieses Sinnes war auch Käthi; war sie auf der einen Seite der Schuld los, so war sie auf der andern auch geldlos; vor ihr war der Winter, Ernte hatte sie keine in demselben, und wie groß der Verdienst einer alten Frau ist, ist bekannt.

Ihr Hauptverdienst war das Spinnen. Seit Baumwollenzeug dadurch, daß die Baumwolle mit Maschinen gesponnen werden konnte, das Leinenzeug im Preise hinunterdrückt, nahm der Verdienst der Spinnerinnen von Flachs und Hanf ab. Mit dem Verdienst nahmen auch die Spinnerinnen ab und der Spinnerinnen Geschicklichkeit, die Aufmunterung begann zu fehlen. Nach vielen Proben und fehlgeschlagenen Versuchen gelang es endlich, auch den

Flachs mit Maschinen zu spinnen; englisches Garn überflutete die Schweiz, und der Verdienst durch das Spinnen schmolz fast auf nichts zusammen. Im Handel ward fast nur Maschinengarn benutzt, für den Hausgebrauch allein ward Handgespinst gebraucht. Nun bewährte sich auch hier der alte Grundsatz, daß wer sich Mühe gegeben hat, sich in einer Arbeit auszuzeichnen, Verdienst hat, solange noch irgend etwas von dieser Arbeit zu machen ist, während erst alle schlechten, dann alle mittelmäßigen Arbeiter brotlos werden. Und wenn endlich alle Arbeit aufhört, so hat der geschickte, treue Arbeiter gute Leute oder aber, ist er noch in rüstigen Jahren, Gewandtheit und Willen, welche ihn leicht was anderes ergreifen lassen. Es gibt keine Tugend, welche nicht in gegebenen Fällen den Lohn in sich trägt. Käthi war eine der treuen, fleißigen Spinnerinnen, denen nie das Gewicht fehlt, welche aus einem Pfunde schönen Flachses fünfzehn, zwanzig und mehr Tausend spinnen konnte, das Tausend zu zweiundzwanzig Ellen, wenn man es so haben wollte, und trotz der Feinheit doch so fest, daß die Weber nie über dieses Garn klagten, was doch von einem Weber viel sagen will. Ihr fehlte es selten an Arbeit, aber klein blieb der Verdienst dabei. Es war eine Zeit gewesen, wo Käthi mehr als zwei Tausend gesponnen hatte, und damals hatte sie acht bis zehn Kreuzer vom Tausend Spinnerlohn. Jetzt, bei steifer gewordenen Gliedern, spann Käthi wohl noch Tausend im Tage, erhielt dafür statt zehn Kreuzer sechs Kreuzer; statt fünf Batzen verdiente sie also sechs Kreuzer, wenn es wohl ging, für jedes von ihnen also drei Kreuzer im Tag, oder wenn sie anderthalb Tausend spinnen konnte, acht bis neun Kreuzer.

Nun aber war es nicht mehr jene Zeit, wo der Baumeister, welcher den Münster in Bern baute, seinem Weibe das Mittagessen hinter die Türe schmiß (wird doch Augen gemacht haben, die Frau Baumeisterin), dieweil ein Mann, welcher täglich seinen Batzen verdiene, nicht bloß mit Bohnen und Speck vorlieb nehme über Mittag. Indessen, Käthi murrte nicht, sondern dankte Gott, wenn sie zu spinnen hatte, und das hatte sie auch, dieweil sie eben bewährt war in diesem Fache. Es gibt noch immer viele Leute, welche mit dem Baumwollenzeug nichts zu tun haben wollen, nicht Maschinengarn mögen und schönes Leinenzeug für eine Zierde des Haushalts halten. Die Frau Pfarrerin gab Käthi gerne, und noch manche Frau im Dorfe sagte zu ihr im Vorübergehen: «Käthi, wenn du einmal nichts zu spinnen hast, so komm, habe schon lange was da für dich.» Und Käthi war dankbar für den Batzen, hörte sie doch, daß mancher Händler kaum einen Batzen zahle.

Hier und da gabs wohl größern Verdienst, an einer Metzg zum Beispiel oder sonst einem häuslichen Geschäfte, zu welchem man mehr Hände bedurfte, als man im Hause hatte; doch diese Fälle waren selten. Indessen ging es doch mit Ehren und ohne jemand zu plagen. Wir können keine Rechnung anstellen, wie Käthi es machte, für wieviele Kreuzer sie brauchte von diesem und für wieviele von jenem. Zwei Dinge waren da, welche sich durchaus nicht in Rechnung bringen lassen. Das erste ist der Segen Gottes. Was ist das? frägt man wohl. Der Segen Gottes ist der Segen Gottes, und mehr kann man nicht sagen, so wie Licht Licht ist und Geist Geist ist und Gott Gott ist; er ist da, er ist dort augenscheinlich, so wie da, dort augenscheinlich der Unsegen ist; der Witwe Ölkrüglein ist an einem Orte, ein Faß ohne Boden an einem andern, und sagen kann man doch nicht: es liegt an dem, es liegt an diesem. Es ist so, aber erklären kann man es nicht, so wenig man erklären kann, warum die einen Menschen immer saubere Kleider haben, reinlich aussehen, während andere immer unrein, immer unsauber sind. Bei Bruder und Schwester treten diese Gegensätze heraus, und Vater und Mutter wissen, daß es so ist; aber das Warum wissen sie nicht, helfen können sie nicht. So ists mit dem Segen Gottes, man kann ihn so wenig mit Worten fassen als das Licht der Sonne mit den Händen; aber wo er weilet, macht er aus wenigem vieles und segnet es an Leib und Seele. Dieser Segen ist das Erste, was das Rechnen in Käthis Haushalt unmöglich macht. Das Zweite ist gerne bei diesem Ersten und zumeist, das sind die guten Leute mit ihren freundlichen Gaben. Brachte Käthi Garn in ein Haus, so trug sie wenigstens zum Lohn noch Brot heim, manchmal noch Äpfel, manchmal was anderes, was einer guten Frau gerade bei der Hand war, denn es war gar zu schön, Käthi, die so dankbar empfing, so innig dankte, etwas zu schenken, als daß man die Gelegenheit dazu vorüberließ. Nun wird es anderwärts sein wie bei uns, daß noch gar viele Weiber darauf Anspruch machen, eine gute Frau zu sein. Man glaubt gar nicht, wie so viele Menschen vom Wunsche beseelt sind, gut zu heißen und lieb zu sein, und besonders unter den sogenannten untern Klassen findet sich dieses Sehnen nach Liebe, dieser Drang, wohltätig zu sein. Man lacht so oft über den heiligen Crispin, welcher Leder stahl und armen Leuten Schuhe daraus machte. Das ist eine von den Geschichten, welche alle Tage neu werden, und daß man darüber lacht, beweist nur, daß man ebenfalls noch immer Augen hat, welche nicht sehen, und Ohren, welche nicht hören. Solche Crispine gibts noch alle Tage, nur werden sie nicht mehr heilig gesprochen, sondern einfach geprügelt oder fortgejagt.

Wie oft mausen Kinder den Eltern, Dienstboten den Meisterleuten aus keinem andern Grunde, als nur um zu verschenken, lieb zu werden und gut zu heißen! Ach, und wie manches Weib erhielt ihre heiligen Prügel, weil sie gerne die gute Frau sein wollte und über diesem Wunsche den Mann vergaß und seine Interessen. Im Schweizerlande, wo alle Männer souverän scheinen, sind gar viele Weiber wirklich souverän, und wir möchten den Mann sehen, welcher Hand an ein solch souveränes Weib legen wollte. Daher findet man wirklich viele gute, freigebige Frauen, zwischen welchen bloß der Unterschied obwaltet, daß die einen gut sind mit Verstand, die andern gut ohne Verstand. Die guten ohne Verstand sündigen vielfältig, sie machen die Armen schlecht und unverschämt, und schon manche hat ihren Mann um Hab und Gut gebracht, Kinder oder Kindeskinder zu Bettlern gemacht. Im Gutsein muß Verstand sein und Bedacht, sonst artet dasselbe übel aus; es gibt keine Tugend, welche ohne Bedacht und Verstand sich nicht zum Laster gestaltet. Die guten Frauen mit Verstand, das sind nicht bloß Perlen unter ihrem Geschlechte – Perlen sind leicht zerbrechlich –, das sind Diamanten in der Menschheit, und was solche gute Frauen Gutes tun, das ist vom Allerschönsten, was im Himmel angeschrieben wird.

Mit Gottes Segen und guten Frauen schlug Käthi sich durch, doch nichts vor; der Hochzeitstrumpf blieb leer, kein Silberstück wanderte in denselben. Zu diesen Beiden gab Gott noch ein Drittes, aber nicht bloß Käthi und allen denen, welche mit Ehren und ohne jemand zu plagen durchkommen wollten, sondern auch denen, welche um Ehre und Plage sich nicht kümmerten, sondern bloß ums Guthaben, sei es nun auf welche Weise es wolle: er ließ über Gute und Böse, Gerechte und Ungerechte seine Sonne scheinen. Der liebe Gott erbarmte sich sicherlich so viel tausend armer Kinder, die bitterlich hätten frieren müssen bei der teuren Speise, wenn es noch so recht kalt geworden wäre und der Vater nicht Geld gehabt hätte für Holz und warme Kleider und gute Schuhe. Und wenn es so recht kalt geworden wäre, so wäre man auch, wie bekannt, viel hungeriger geworden, hätte um so mehr entweder von Kälte oder Hunger leiden müssen. Absonderlich der guten, armen Kinder wird er sich erbarmet haben, welche die Sünden solcher Väter hätten büßen müssen, welche ihr Geld verschmauseten, für Branntwein gaben, unbekümmert darum, daß kein Brot zu Hause war, keine Erdäpfel im Keller, kein Holz in der Küche, keine warmen Kleidchen an den Gliedern ihrer Kinder.

Dem Reichen, besonders dem Städter, sind liebliche Wintertage ein Labsal, schönen Damen die warme Wintersonne eine Wonne. Was müssen sie erst alten Mütterchen, armen, übelbeschuhten Kindern sein! Gar manchen Nachmittag spann Käthi draußen auf dem Bänklein an der Sonne, ward dabei wie verjüngt, sagte, das hätte sie nie erlebt um diese Zeit; da könne man sehen, daß der alte Gott noch lebe und wie gut er es meine mit den armen Leuten. An andern warmen Nachmittagen ging Käthi mit dem Bübchen in den Wald, vornehmlich in den Schachen (so heißt Busch und Wald der Emme nach), sammelte Reiser, obgleich sie dieselben jetzt noch nicht nötig hatte. Aber sammelt man in der Zeit, so hat mans in der Not, so kalkulierte die alte Käthi; junge Gelehrte kalkulieren anders. Unangefochten wanderte sie durch Wald und Busch, Johannesli ging schon treulich an die Hand, und die Großmutter freute sich mehr über dessen Emsigkeit und Anstelligkeit als über das gefundene Holz, obgleich noch manch ansehnlich Stück ertappt wurde, welches, hergeschwemmt, erst nach abgefallenem Laube sichtbar wurde. Da, wo Käthi wohnte, war es nämlich noch Sitte, daß man alte Weiber und Kinder unangefochten Holz lesen ließ, Holzschelme aber, welche Tannen und Buchen fällten, solche, die mit Rossen sie aus dem Walde führen, zuweilen sogar zur Säge, ja vielleicht sogar an öffentliche Steigerung bringen, die strafte man als Diebe.

Das schöne Wetter schlug aber niemand besser an als den Hühnern, den beiden, dem schwarzen und dem weißen. Hühner sind bekanntlich etwas kuriose und sehr kapriziose Personen, akkurat wie man sie in Serails zumeist finden soll. Und je üppiger ein Serail ist, um so kurioser und kaprizioser sollen dem Vernehmen nach die Personen werden, bald rapplicht, bald brütig, bald mit dem Pips behaftet, bald wassersüchtig, bald geschwollen an der Leber, bald sturm im Kopfe oder gar kaput an den Nerven, was gar bös sein soll, und akkurat auch so gehts den Hühnern. Man hat Beispiele, daß Hühner grundschlecht Eier legen und nichts als üppig sind, den Hafer verschmähen, den Hähnen nachstreichen, an der Sonne liegen, dreimal im Jahre sich mausen und alles, was sie fressen und fordern, mit der größten Unverschämtheit an die Federn wenden und immer schöner werden möchten, als sie von Natur werden können. Arme Hühner, das heißt Hühner von armen Personen, die haben es ganz anders; ach, die wissen nicht einmal, was Hafer ist, leben glücklich bei den armütigen Brosamen von des Herrn Tische, sind von Herzen glücklich, wenn unser Herrgott die Sonne scheinen läßt, die Erde offen erhält, sie Futter suchen können; sie denken nicht an die Federn, aber sie legen prächtig. Ach, und bei Hühnern, was kömmts doch auf die Federn an, sind nicht die Eier die Hauptsache alleweil? Hühnerfedern – pfui! Käthis Hühner waren traute Hühner, teilten genügsam die Armut, benutzten die Sonne draußen, waren zufrieden mit wenigem, legten Eier, ließen nicht bloß Federn fallen. Sie legten nicht alle Tage, sondern über den andern Tag, wenigstens solange sie an die Sonne konnten; ja, und sieben Eier in einer Woche, wenn das Ei einen Kreuzer wert ist oder gar fünf Eier zwei Batzen oder acht Kreuzer gelten, sind für eine arme Haushaltung keine Kleinigkeit. Wenn am Samstag Käthi ins Dorf ging mit fünf Eiern, konnte sie vom

Bäcker ein Brötchen dafür bringen oder fast ein halb Pfund Butter und hatte doch noch zwei Eier übrig, am Sonntag einen Eierkuchen zu machen als Festtagsspeise, ob welcher sie gar herrlich satt wurden, halb am Kuchen, halb an der Freude über die treuen Hühner, welche legten im Winter, und den guten Herrgott, welcher die Sonne dazu gab.

Freilich gab es auch trübe Tage, und Schneeflocken wimmelten vom Himmel, aber auch diese Tage gingen ihnen heiter und kurz vorbei, und das ist doch die Hauptsache an den Tagen. Doch machte Käthi den Tag so lang sie konnte. Selten war es viel über fünf Uhr, wenn sie aufstand, Licht machte und ans Rad saß, bis es tagte oder das Büebli sich rührte. Dann stellte sie das Rad beiseite, ging in die Küche, machte Feuer, wärmte Wasser, Milch, machte Kaffee. Zwischendurch kleidete sie das Bübchen an, rührte Erdäpfelstücklein in etwas Butter und Wasser um über dem Feuer, und wenn alles fertig war, frühstückten sie. Nun kamen auch die Hühner, welche im Winter unter dem warmen Ofen ihre Herberge hatten, schüttelten sich frisch, machten sich bemerklich und schauten begierig nach ihrem Anteil am Mahle. Hatte alles abgegessen, dann ward das gebrauchte Geräte gewaschen, das Bett gemacht, das Stübchen gelüftet und gekehrt; Käthi saß wieder am Rade, und neben ihr spielte Johannesli mit Stäbchen oder Steinchen, klaubte Bohnen aus, versuchte sich am Buchstabenlernen, oder die Großmutter mußte ihm erzählen vom Teufel und dem Bölimann, von Gott und den Engeln und vom Heiland, kurz alles, was sie wußte. Käthis Wissen mehrte sich begreiflich nicht, das schadete aber ihrem Erzählen durchaus nichts, denn Johanneslis Geschmack war noch nicht so verdorben, daß er alle Tage was Neues hören wollte, sondern das Alte genügte ihm vollständig. Er hatte seine Lieblingserzählungen, welche ihm die Großmutter nicht oft genug wiederholen konnte, und allemal, wenn er sie hörte, dünkten sie ihn schöner und ergreifender. Man täuscht sich sehr, wenn man glaubt, im Volkssinn sei das Streben, alle Tage was Neues zu haben, was Wunderlicheres, Kurioseres, Ungereimteres. Im Volkssinn, der sich auch im unverdorbenen Kinde offenbart, liegt das Gegenteil: das Volk liebt das Einförmige, Bekannte, Bleibende, und zwar in seinem ganzen Lebenskreise, in Sitten und Speisen, Büchern und Gesängen, Häusern und Bekannten, kurz in allem. Diese Eigentümlichkeit liegt in der Natur aller Kernvölker, und was Gott in die Natur gelegt, ist gut, und wer es aus der Natur tun will, frevelt. Pfropfe man einen Baum alle Jahre neu oder versetze ihn alle zwei Jahre und sehe dann zu, wie mächtig er wächst, welche Früchte er trägt, wie lange er lebt! Ein Baum, der schön, stark, fruchtbar werden soll, muß festwurzeln auf seiner Stelle, nicht immer neu gepfropft werden; in seinen Ästen und Zweigen darf man nicht herumfahren wie ein Perückenmacher oder Friseur in den Haaren einer Pariser Dame. Darum sind Leute, welche wenig mehr als ihre uralten Hausbücher lesen, gründlich viel gescheuter, wirklich gebildeter als die, welche nichts lesen als alle Tage frische Zeitungen. Würde man diese Wahrheit besser begreifen, man würde nicht am Volke herumpfuschen und -zerren ärger als Buben an einem jungen Hunde.

Oft, wenn die Großmutter am besten im Erzählen war, unterbrach sie ein Huhn mit fröhlichem Gegackel, die Nachricht verkündend, daß es glücklich ein Ei geboren. Wenn dann bald darauf ein zweites Gegackel ein zweites Ei verkündigte, dann war die Freude groß in der Hütte, denn zwei Eier in einem Tage von zwei Hühnern im Winter, selb ist ein rar Ding. Läutete es endlich von der Kirche her Mittag, was um elf Uhr zu geschehen pflegte, damit die Mütter Zeit hätten, bis zum wirklichen Mittage ihren Kindern zu kochen in Gottes Namen, so stellte Käthi ihr Rad wieder beiseite und ging zu kochen, wusch Erdäpfel im Bache, kranke, solange sie deren noch hatte, kochte sie dann im Wasser, ein Süpplein dazu und als Dessert, doch meistens nur für Johannesli, ein Schnefelchen Brot; das war ihr Mittagessen, auf welches sie sich allemal freuten, Gott lobten, daß er es ihnen gab, Gott dankten, daß es ihnen schmeckte, denn der Hunger würzte es ihnen, der Neid vergiftete es nicht. Sie genossen ungetrübt und unverkünstelt die hohe Wohltat Gottes, für welche Gott den Menschen durch die Gabe der Zunge, in welcher der Geschmack sitzt, empfänglich gemacht hat. Ihnen schmeckte zumeist das ärmliche, spärliche, einförmige Essen herrlich, besser als dem reichen Bankier oder Fabrikanten sein gekünsteltes, verwickeltes, alle Tage neues Essen, für welches er zumeist noch den Appetit erkünsteln muß. War abgegessen, so ward abgewaschen, und wie der Morgen verging der Nachmittag mit Spinnen und Spielen, Erzählen und Fragen, nur fehlte das Gackeln der Hühner. Ehe man es sich versah, dunkelte es, die Hühner suchten ihre Sitze unter dem Ofen, Käthi mußte das Spinnen lassen und ging nun an die Hausgeschäfte, trug Wasser und Holz, wobei Johannesli schon wacker half und die Großmutter häufig sagte: «E aber nein, wie ein Großer du doch bist und wie du mir schon helfen kannst!» Die notwendigen Gänge wurden gemacht, Milch geholt zum Beispiel, auch Brot oder Kaffee. Dann kochte Käthi wieder das Abendbrot, Kaffee und Kartoffeln, und wieder lebten sie zum dritten Male herrlich an Gottes Gaben, während ein reicher Schlemmer mit großer Mühe es dahin bringt, einmal im Tage wohl zu leben, und dann wenigstens zwölf Stunden mit Überladungen und Belästigungen zu kämpfen hat. Nachher wurde das Nötige für den folgenden Tag besorgt, namentlich mit den kranken Kartoffeln gefochten und das Dörren besorgt, schließlich Johannesli ins Bett gebracht, mit ihm gebetet, und wenn alles stille war, um die sieben herum ungefähr, setzte Käthi sich wieder ans Rad und spann bis gegen zehne und manchmal weit darüber, wenn sie einmal wieder versuchen wollte, zwei Tausend zu spinnen, weil drei Batzen ihr besonders wünschenswert waren. Stille Stunden waren dies, aber kurze für Käthi; da ging die Vergangenheit an ihr vorüber, ein Stück heute, ein Stück morgen, bald ein Kindbette, bald eine Kindtaufe, manchmal der Hochzeitstag, manchmal ein Todestag, und manchmal suchte das Auge in die Zukunft zu dringen, stellte sich Johannesli vor in erwachsener Gestalt, dachte an Johannes oder an die nächsten Tage und was ihr wohl noch beschert sei in selbigen, Gutes oder Schlimmes. Wenn dann das Öl zu Ende ging in der Lampe, der Docht sprenzelte, stellte Käthi das Rad wiederum beiseite, goß neues Öl auf, damit der Morgen keine leere Lampe finde, legte das Feuerzeug zurecht, ging zu Bette, empfahl dann ihre Seele Gott und harrte des Schlafes.

Und so ging ein Tag fast wie der andere vorüber, und in dieser Einförmigkeit war sie glücklich, und von Langerweile wußte sie nichts, nichts von Lebensmüde. An jedem neuen Morgen erwachte sie frisch gestärkt an Leib und Seele zum neuen Tagewerk. Während des Winters gab es wohl auch einige Abende, an welchen diese Einförmigkeit unterbrochen wurde, dies waren Ereignisse im Leben. Es kamen junge Mädchen, Andrese Anne Bäbi und noch eins oder zwei zu Käthi mit ihren Rädern, bei ihr zu spinnen. Junge Mädchen machen sich gar gerne an alte Mütterchen, hören sie erzählen, von Gespenstern sowohl als von des Mütterchens Vergangenheit, ihrem Hochzeitstage, ihren Kindbetttagen oder sonstigen Erlebnissen. Es ist ihnen, es rolle ihre Zukunft auf, sie freuen sich oder schauern, je nachdem sich dieselbe gestaltet; es ist ihnen, als wären sie bei einer Wahrsagerin, welche junge Mädchen so gern besuchen, um den Vorhang heben zu lassen vor den kommenden Tagen, denn jungen Mädchen klopft das Herz gar mächtig und voll der Zukunft entgegen, es könnte zerspringen, meinen sie, wenn sie es nicht zuweilen sänftigten mit Versprechungen und Hoffnungen, welche verbotene Blicke in die tiefverborgene Zukunft ihnen geben. Käthi erzählte dann, und die Mädchen hatten es wie Johannesli: jedes hatte seine Lieblingsgeschichte, welche es hören wollte, mit welcher Käthi hervorrücken mußte, sie mochte wollen oder nicht. Die Mädchen ihrerseits rückten auch mit etwas hervor, die Eine mit Brot, die Andere mit Nüssen oder Äpfeln; manchmal brachte eine sogar ein klein Fläschchen mit süß angemachtem Schnaps, und sehr möglich wars, daß alle drei, um gute Mädchen zu sein, ihre Gaben gemaust hatten, den Schnaps wenigstens sicherlich. Spät gingen sie heim, sich schrecklich fürchtend, legten sich zu Bette und freuten sich der Träume, die da kommen würden, denn süßere hatten sie nie.

VIERZEHNTES KAPITEL

Wie Käthi die Weihnacht feiert und am Neujahr sich labet

So kam Weihnacht heran, ein großer Tag im Volksleben wie im Leben der Menschheit. Es ist der Tag der Kinder. Durch ein Kind ward die sündliche Welt gesühnt und geheiligt, darum bringen die Erwachsenen den Kindern Gaben dar, Dankopfer, sichtbare Zeichen heiliger Gelübde, an den Kindern zu vergelten, was ein Kind an ihnen getan. Die Kinder freuen sich inniglich, es ist ein Gefühl in ihnen, daß sie die Heiligen der Eltern seien. Wo keine Kinder sind, fehlt oft der kindliche Geist, der nach oben zieht; nur zu gerne bemächtigt sich die Materie in hunderterlei Gestalt der Menschen und zieht sie nach unten. Kinder bleiben die Mittler zwischen Gott und den Menschen, verbinden und sühnen die Menschen mit einander. Ohne Kinder wäre die Welt eine Wüste, die Wandernden würden erst zu Tieren werden, dann verschmachten. Wo Kinder nicht eine Gabe Gottes sind, jedes ein Zug nach oben, wo Kinder erst eine Last sind, später Diener der Selbstsucht, welche sich auch auf hundert Weisen formiert, werden sollen, da ist dem Volke der Himmel verhüllt, bei den Wurzeln fault es an. Weihnacht ist alten Leuten, was den Weisen im Morgenlande der Stern war, der ihnen erschien, der Stern, der ihnen den Heiland verkündete, sie auftrieb aus ihrer Ruhe, daß sie Schätze zusammenrafften, sich auf die Beine machten, um den König der Ehren zu suchen, ihn anzubeten. Weihnacht ist ihnen die heilige Nacht, welche sie weiht und stärkt, getrost zu treten in die Nacht des Todes, denn sie verheißt ihnen, daß in der Todesnacht ihnen das ewige Licht geboren wird, welches leuchtet zur Seligkeit. Und mit dem Kindlein, welches geboren wird, steigt die Sonne höher, die Nacht nimmt ab statt zu, der Tag mehret sich, und lieblicher wird es auf Erden. Aber der Tag nimmt wieder ab, steigt nicht für und für, bis er die Nacht verdrängt hat; die Nacht dehnt sich aus und geht dem Tag ans Leben, und wohl uns, daß das Jahr zu Ende geht, ehe die Nacht den Tag verschlungen, ein neues Jahr an die Stelle des alten tritt. Wie die Jahre sich ablösen, lösen die Geschlechter sich ab, und wohl uns; wie jedes Jahr von vorne beginnen muß, so jedes Geschlecht, so jeder Mensch, das vergesse man nicht! Und wie die Nacht ihre Grenzen hat und der Tag die seinen, so hat bei den Menschen die Barbarei ihre Grenzen, und wohl uns, und wenn die Finsternis den Tag verschlungen, die menschliche Weisheit über alle Schranken steigt, zur Torheit wird, sagt einer

Halt, und zwischen Tag und Nacht ordnen sich die Grenzen wieder, wie eben Einer sie geordnet haben will.

Käthi freute sich immer sehr auf diesen Tag, aber wir möchten fast sagen, mit Furcht und Zittern, es war ihr geistiger Lostag. Der Bauer hat viele Lostage im Jahre, Tage, deren Beschaffenheit ihm deuten auf künftige Witterung, den Ertrag der verschiedenen Ernten. So zum Beispiel deuten vom kürzesten Tag weg die ersten zwölf Tage auf die Witterung der zwölf Monate; wenn an Alt- und Neulichtmeß die Sonne scheint, so wird jede Frucht reif bis in den hintersten Bergwinkel hinein, wenn es am Agathetag schneit, so schneit es noch vierzig Male. Geht am Gregorstag (12. März) der Nordwind, so gibt es eine schlechte Heuernte; ist es am Urbanustag schlecht Wetter, so ist die Weinernte schlecht, und die Waadtländer schleppen ein Bild, welches den heiligen Urbanus vorstellt, im See herum, um ihm seine schlechte Vorsorge einzutränken. Solche Lostage sind eingestreut ins ganze Jahr. Fromme Frauen aber haben einen geistigen Lostag, und das ist Weihnacht. Wenn die zwölfte Stunde der Nacht geschlagen hat oder wenn sie später erwachen durch die Nacht, so schlagen sie die Bibel auf und das Psalmenbuch, legen in beide ein Zeichen, und wenn der Tag anbricht, lesen sie die aufgeschlagenen Stellen, das Kapitel und den Psalmen, und je nachdem sie lauten, verheißend oder drohend, klagend oder lobpreisend, gehen sie freudig oder zagend ins neue Jahr hinein, Trübes gewärtigend oder Heiteres hoffend. Diese Sitte hatte auch Käthi, und wenn sie in der Nacht die heiligen Bücher aufschlug, erbebte ihr Herz in heiligem Schauer, als ob sie eine Offenbarung Gottes empfangen sollte. So hatte sie auch diesmal getan, und als sie am Morgen die bezeichneten Stellen aufschlug, fand sie in der Bibel bezeichnet das siebente Kapitel im Buche Hiob, allwo es heißt: «Hat nicht der Mensch eine bestimmte Zeit auf Erden, sind nicht seine Tage wie die Tage eines Taglöhners? Wie sich ein Knecht sehnet nach dem Schatten und ein Taglöhner auf seinen Lohn wartet, also habe ich eitle Monat zum Erbteil bekommen, und mühselige Nächte hat man mir bestellt. Wann ich mich lege, so spreche ich: Wann werde ich aufstehen? Und wann der Abend dahingeflogen ist, so werde ich satt von Hin- und Herwälzen bis an die Dämmerung. Mein Fleisch ist angezogen mit Würmern und Schollen des Staubes; meine Haut ist aufgerissen und zerflossen. Meine Tage sind leichter denn ein Weberspul und vergehen ohne Hoffnung. Gedenk, daß mein Leben ein Wind ist und daß meine Augen nicht wiederkommen werden, zu sehen das Gute, und daß mich auch das scharfsichtigste Auge nicht mehr sehen wird; ja wann auch deine Augen nach mir sehen werden, so werde ich nicht mehr sein. Eine Wolke vergehet und fähret dahin, also wer ins Grab hinunterfähret, kommt nicht wieder herauf. Er kommt nicht wieder in sein Haus, und sein Ort kennet ihn nicht mehr. Darum will auch ich meinem Munde nicht wehren, ich will reden von der Angst meines Geistes, ich will klagen von der Betrübnis meiner Seele. Bin ich denn ein Meer oder ein Walfisch, daß du mich also verwahrest? Wann ich spreche: Mein Bette wird mich trösten, mein Lager wird von meiner Klage etwas benehmen, so erschrekkest du mich mit Träumen und betrübest mich mit Gesichten, daß meine Seele wünschet, daß ich erhenkt werde, und den Tod mehr als mein Gebein. Ich verachte das Leben, ich werde nicht ewiglich leben. Höre auf von mir, denn meine Tage sind eitel. Was ist der Mensch, daß du ihn groß achtest, daß du dich mit ihm bekümmerst? Und daß du ihn alle Morgen heimsuchest, daß du ihn alle Augenblicke prüfest? Wie lange willst du dich nicht von mir wenden, wie lange nicht von mir ablassen? Habe ich gesündigt, was soll ich dir dann tun? O du Menschenhüter! Warum machest du mich zum Zweck, auf welchen du anlaufest, und bin mir selbst eine Last? Und warum vergibst du mir meine Übertretung nicht und nimmst nicht weg meine Missetat? Denn also würde ich nun in der Erde liegen, und wann du mich schon frühe suchtest, so würde ich doch nicht da sein.»

So las Käthi, und ihrer Seele ward bange. Also sollte die Hand Gottes noch schwerer auf ihr liegen, bis sie zu sterben wünsche, ihr einziger Trost der sei, nicht mehr zu sein. Was wohl kommen werde, dachte sie, obs der Hunger sei oder Johannesli sterben müsse oder eine grausame Krankheit sie überfalle? So dachte sie und weinte sehr, aber stille, daß Johannesli nicht erwachen möchte. Da dachte sie an das Psalmenbuch, daß da vielleicht ein Trost für sie sein möchte; sie streckte ihre Hand darnach aus, aber die zitterte sehr, daß sie die Stelle fast nicht finden und aufschlagen konnte. Endlich schlug das Buch auseinander, und vor ihr lag der zweiundvierzigste Psalm, und in Angst zuckte ihr Herz, denn sie las:

Ich erhebe meine Seele
Mit Verlangen, Gott, zu dir,
Wie nach einer Wasserquelle
Ein Hirsch schreiet mit Begier.
Nur nach dir, o Lebensgott,
Dürstet sie in ihrer Not.
Ach, wann werd ich dahin gehen,
Wo ich kann dein Antlitz sehen?

Meine Nahrung ist das Klagen
Und das Weinen. Mir zum Spott
Hör ich meine Feinde fragen:
Wo ist er, wo ist dein Gott?
Traurig denk ich an die Zeit,

Da ich mich in Gott erfreut,
Da ich dankend ging, den Herren
Mit den Frommen zu verehren!

Seele, was willst du dich kränken
Und voll banger Unruh sein?
Hoff auf Gott, er wird dir schenken
Seines Trostes Gnadenschein.
Hoff auf ihn mit Zuversicht,
Denn sein holdes Angesicht
Gibt dir Freude, Heil und Leben!
Du wirst ihn mit Lob erheben.

Meine Seele ist betrübet,
Doch ich denke stets an dich,
Gott, den meine Seele liebet,
Siehe doch mit Gnad auf mich!
Wenn das Elend mich umringt,
Wenn das Unglück auf mich dringt,
Will ich gläubig zu dir beten,
Du, o Gott, wirst mich erretten.

Zu dir ruf ich nie vergebens;
Deine Güte, deine Macht
Will ich rühmen, Gott des Lebens,
Und dich preisen Tag und Nacht.
Wie, vergissest du mich gar?
Soll ich trauern immerdar,
Wenn die Feinde spottend sagen:
Ist dein Gott auch zu erfragen?

Meine Seele, sei nur stille,
Bleib getrost und zage nicht!
Hoff auf Gottes Gnadenfülle
Und sein liebreich Angesicht!

Du wirst in der Ewigkeit
Gott und seine Freundlichkeit,
Seine Hülf- und Liebesproben
Einst mit frohem Danke loben.

So las sie, und ihr Herz bebte fort, doch rieselte durch die bittere Angst ein süßer Trost, daß, was kommen möge, Gott bei ihr bleiben und alles zum Besten lenken werde, so daß ihre Seele wieder froh werden und Gott loben und preisen könne, daß er sie so geführt und nicht anders. Und sie betete innig zu Gott und dankte ihm für alles Gute, so er ihr bis dahin erwiesen, und bat, daß der Kelch nicht zu bitter sein oder an ihr vorübergehen möge, «doch nicht mein Wille geschehe, sondern dein Wille», daß, komme was da wolle, keine Kreatur, keine Drangsal, keine Not sie von seiner Liebe scheiden möge, sondern daß sie ihrem Heiland eigen bleibe im Leben und im Sterben, mit Leib und Seele, in Zeit und Ewigkeit.

Johannesli erwachte, während das Licht noch brannte, die Weihnachtsfreude hatte ihn geweckt. Die glücklichen Kinder, sie werden durch Freude und freudige Erwartungen aufgeweckt, das Alter durch Bangen und Kummer. Wer erinnert sich nicht an die goldenen Tage, wo er nicht schlafen konnte, weil am Morgen Bescherung war, eine kleine Reise bevorstand oder was Neues ins Leben trat! Das waren die Tage, wo die Menschen uns noch nicht Spießruten jagten durch Examen, Gott es noch nicht nötig fand, uns zu examinieren, ob wir fromm und standhaft genug für das ewige Leben seien. Freilich war die Bescherung, welche Johannesli zu hoffen hatte, nicht groß, nicht viele Kreuzer kostete sie; aber auf die Größe, auf die Kostbarkeit kommt es nicht an, ob die Freude groß oder klein sei, sondern auf das Gemüt, welches sie empfängt, so wenig als das sogenannte

Glück bedingt wird durch sogenannte große Glücksgüter. Das wahre Glück, welches das Wasser nicht nimmt, der Hagel nicht verhagelt, hat einen ganz andern Grund. Splendide, große, stolze Herren und Damen sieht man dick in Palästen und auf Schlössern, aber glückliche, he – das ist was anders! Gar mancher Herr mit sieben Sternen auf der Brust und gar manche Dame, splendid und elegant vom Teufel, rauschen daher, als ob die Glücksgöttin ihre Patin wäre, und machte der Schönlein ihnen ein Loch ins Herz, so täte lauter Gift und Galle herausspritzen und kein einzig Tröpflein Glück und Friede. Chlei Ding freut dChing, sagt das Sprichwort. Wohl denen, welche in ihren Kindern den Sinn bewahren, daß kleine Dinge sie freuen, wohl denen, welche in ihren Herzen den Sinn bewahren, daß auch sie freut, was die Kinder freut, denn den Kindern gehört das Himmelreich, und wenn wir nicht wie sie werden, so haben wir nur teil an der Welt, und die Welt ist eng, und der Sinn, der die Welt liebt, ist unersättlich und findet kein Genügen, und wo kein Genügen ist, da ist kein Glück, da ist keine Freude.

Was aber Johannesli für eine Freude hatte über seine Bescherung, so wird sie wirklich selten gefunden auf Erden. Die Bescherung bestand aus acht Nüssen, welche einen Kreuzer gekostet hatten, einem bezuckerten Schäfchen, dessen Schwanz ein Pfeifchen war, es kostete zwei Kreuzer, einem Lebkuchen für zwei Kreuzer, Summa Summarum fünf Kreuzer; dabei lag noch ein Semmelring, sogenannter Weihnachtsring, welchen die Bäckerin Käthi geschenkt hatte. Das war eine unendliche Freude, ein Glück über alle Worte, und auch Käthi nahm teil an diesem unendlichen Glücke, während immerfort Tränen ihr über die Backen rieselten und sie denken mußte: Ach Gott, du armes Bubi, wenn du wüßtest, was ich, und wo bist du wohl übers Jahr?

Als der erste Rausch des Kleinen vorüber war, der graue Tag durch die Fenster guckte, rief der Kleine: «Großmüetti, habe dir auch was, rate mal!» Aber die Großmutter konnte es nicht raten, da holte der Kleine in großem Triumphe zwei Eier, welche in der Großmutter Abwesenheit gelegt worden waren und welche er versteckt hatte, um ihr auch eine Freude zu bereiten. «Sieh, Großmüetti, sieh, zwei Eier, und wie schöne und wie große! Daraus machst du heute Eierbrot zum Kaffee, und dann kannst den Leuten sagen, daß ich dir auch das Weihnachtskindlein habe kommen heißen.»

Ach, wie manches Kind bittet so innig: «Vater, laß mir doch das Weihnachtskindlein kommen», und wie manches Kind danket innig, daß ihm dieser Wunsch erfüllt worden, und die Eltern freuen sich der Freude der Kinder, und ihr Gewissen rühmet sie, daß sie den Kindern gute Eltern sind, so viele Freuden ihnen bescheren. Aber, Leute, klebt nicht am Zeichen, treibt nicht Kindisches, gedenket an das, was das Zeichen bedeutet, und an das Himmelreich, welches vom wahren Weihnachtskindlein den Kindern beschert wurde und welches Vater und Mutter ihren Kindern öffnen sollen, das wahre Weihnachtsgärtlein, in dessen Mitte der Tannenbaum voll Lichter und ohne Schlange. Das Weihnachtskindlein kommen heißen in Zuckergebäcken und buntem Spielzeug und das wahre Weihnachtskindlein, das vom Himmel kam und zum Himmel führt, verleugnen, den Kindern es verbergen, goldene Schäfchen bescheren und um das Lamm, welches der Welt Sünden trug, sie betrügen, heißt das nicht den Kindern Steine, Schlangen bieten, Brot und Fische ihnen vorenthalten, mit Kindischem sie kindisch machen, die Augen blenden für das Ewige, den Stamm verstümmeln, der zum Himmel wachsen soll, zum Zwergbaume, der nicht von der Erde will? Das Weihnachtskindlein kommen lassen und die Kindlein nicht weihen in der heiligen

Nacht dem ewigen Heiland, der um ihretwillen ein Kind geworden, das heißt geblendet und kindisch geworden sein, die Augen versengt haben an der Afterweisheit des Tages, wie die Mücken die Flügel am Lichte versengen, dasselbe für die Sonne haltend, welche sie geboren.

So war es aber bei Käthi wirklich nicht, sondern sie mußte dem Kinde erzählen vom rechten Weihnachtskindlein, das in Bethlehem geboren worden in einem Stalle und gelegt ward in eine Krippe, und wie die Engel des Himmels den Hirten es verkündet und die es angebetet hätten und die Engel gesungen in der Klarheit des Himmels das himmlische Lied: «Ehre sei Gott in der Höhe, Friede auf Erden und den Menschen das Wohlgefallen!» Wie dann die Weisen aus dem Morgenlande gekommen, der Melchior, der Balthasar und der Kaspar, mit Kamelen und Elefanten und ganz schwarzen Mohren, und Gold, Weihrauch und Myrrhen gebracht und das Kindlein auch angebetet hätten. Wie ihnen dann ein Engel im Traume erschienen, vor Herodes sie gewarnt hätte, sie schnell in ihr Land geeilt, und wie Joseph auch gewarnt worden durch einen Engel und schnell ein Eselein gekauft hätte und mit der Mutter und dem Kinde geflohen sei ins Ägypterland, wo früher die Kinder Israel als wie in einem Diensthause gewohnt hätten viele hundert Jahre lang. Und wie dann der grausame, gewaltige König Herodes von Jerusalem gekommen sei mit all seinen Soldaten und das Kindlein gesucht, welches der neugeborne König der Juden sein sollte, und wie er, da man es ihm nicht gezeigt, weil es nicht mehr da war, alle Kindlein habe töten lassen in und um Bethlehem, und wie ihn darauf eine schreckliche Krankheit elendiglich zu Tode gemartert, dieweil Gerechtigkeit im Himmel sei.

So erzählte die Großmutter, und Johannesli weinte fast vor Zorn und Wehmut und meinte, wenn er dabei gewesen, so wäre es nicht so gegangen, er hätte dem bösen König den Kopf abgeschlagen und den kleinen Heiland zum König gemacht, daß er nicht in Ägypten hätte fliehen müssen und bös haben dort und zimmern nachher. So verfloß ihnen der Morgen, da Käthi diesmal schlechten Weges wegen nicht in die Kirche sich wagte und ja auch den Heiland zu Hause hatte und nach ihrem Vermögen mit dem wahren Christkinde das Kind zu bescheren suchte. Auch war wohl der Gedanke im Hintergrunde, sie wollten bei einander sein, solange sie könnten, es wisse kein Mensch, wie lange es währe; sie habe Ursache zum Glauben, nicht mehr lange, und wenn es auch nicht im Februar sei, so sage das Sprichwort: Was der Hornung nit will, das nimmt der April. In ganz eigener Weichheit durchlebte Käthi den Tag; es war ihr immer, als müsse sie noch was Besonderes erleben, und als nichts kam, war es ihr wie einem, der noch jemanden erwartet; sie durfte nicht einschlafen, aus Furcht, sie möchte es dann nicht hören, dann nicht bereit sein. Aber es ging Käthi wie Vielen: wenn man erwartet, kommt nichts, während das Unerwartete unverhofft kommt.

Ein Sprichwort sagt: Wo man Gott eine Kirche baut, da baut der Teufel eine Kapelle daneben, und ein ander Sprichwort sagt: Alle Gleichnisse täten hinken. Indem wir die Wahrheit beider Sprüche und namentlich auch des letzteren erkennen, sagen wir doch, an das erste Sprichwort mahnten uns Weihnacht und Neujahr, die erstere an die Kirche, das letztere an die Kapelle. Wir wollen hier nichts Gelehrtes anbringen und von den Römern reden und warum das Jahr am ersten Januar anfange, während die Sonne das neue Jahr bereits acht Tage vorher begonnen hätte, sondern wir wollen ganz einfach dabei bleiben, zu sagen, daß das Neujahr eine Lebensstation sei, eine alte geschlossen werde, eine neue beginne, und zwar so eine ziemliche Station, nicht bloß von drei oder vier kleinen, das heißt preußischen Meilen, sondern eine von circa 8790 großen Stunden. Diese Station ist nicht bloß lang, sondern sie geht durch unbekannte Gegenden; durch Kornfelder und Schlachtfelder kann sie gehen, durch üppige Gegenden oder wüste Steppen, durch stürmische Meere, über schauerliche Abgründe, rechts der Tod, links der Tod, oder über Blumenteppiche, umgaukelt von Freuden ohne Zahl vom Anfang bis ans Ende. Ohnmächtige Geschöpfe sind die Menschen, feige von Natur obendrein, möchten aber doch gerne stolz sich geben, die Helden machen, Herren ihres Geschickes scheinen. Sie gaukeln daher ordentlich ins neue Jahr hinein, besteigen, mit Blumen bekränzt, unter fröhlichem Singen und Läuten den Reisewagen, und in lustigem Galopp tanzen sie in die neue Station hinein, und vor lauter Galopp und Singen und Jubilieren kommen sie Tage, Wochen nicht zu sich; sie tun, als ob es das ganze Jahr durch auf der ganzen Station also gehen müßte, in lauter Saus und Braus und dulci jubilo. So tun sie, aber innerlich ists ihnen wie einem Drescher oder einer Kuhmagd, welche mörderlich Zahnweh haben, aber schrecklich Angst, den Zahn ausziehen zu lassen, und weil es sein muß, eine Flasche Branntwein trinken, um Courage zu kriegen und keinen Schmerz, wenn der Zahn rausgerissen wird; sie taumeln sturm ins neue Jahr hinein, um die Angst vom Leibe zu kriegen, daß wieder eins dahinten ist und ein neues da, von dem sie nicht wissen, geht es für sie zu Ende oder brechen sie in irgend einem Abgrunde den Hals oder verschmachten sie in dessen Wüsten. Sie stoßen den Kopf bis an den Hals in Rauch und Staub der Welt, verkleben die Ohren mit Musik, verkleistern die Augen mit Geschenken und rasen herum wie toll in Wein und Branntwein, in Pasteten und Braten. Ans Kindlein, das sicher durch alle Stationen leuchtet, der Menschen Bürde trägt, die Türe des

Himmels öffnet, denkt Keiner; in den Himmel will nämlich vorläufig Keiner, sondern eben nur lustig leben auf Erden. Darum wird mit dem Neujahr die Weihnacht verschwendet, und statt dem Himmelskinde zu folgen, wird zu einem Kind der Welt der Mensch neu gesalbet und geschmiert, und zwar sehr oft von Obrigkeits wegen.

Es ist oft, als ob die Obrigkeit Angst hätte, das Volk könnte ihr zu gut, zu fromm, zu christlich werden, als meine sie, sie müsse dem Teufel Gelegenheit machen, so recht mal wieder im Volke zu fischen und zu krebsen und Rekruten zu machen auf jegliche Weise. Wenn wirklich am Schein was Wahres sein sollte, so wird wahrscheinlich eine solche Obrigkeit meinen, ein christlich Volk könnte am Ende Ärgernis an ihr selbsten nehmen, sich ihrer schämen, wie bekanntlich liederliche Mütter sich über die Fehltritte ihrer Töchter eben nicht härmen, sondern sogar mit vieler Schadenfreude sich daran freuen. Wenn der Rausch vorbei ist, ach, da sitzt Mancher nackt und bloß im Schnee, hat weder Brot für sich noch für seine Kinder und Mancher keinen Mut mehr fürs ganze Jahr, Mancher keine Kraft mehr fürs Leben und Mancher alle Freude verhudelt fürs ganze Leben. Da ist vor dem Neujahr keine Polizei mehr, und nach demselben ist keine, und jeder Wirt stellt das Möglichste an, die Leute anzulocken und auszubeuten. Meint man endlich, der letzte Atemzug sollte vertanzt, der letzte Kreuzer ausgepumpt sein, so gehts von vornen los, es kommt das sogenannte alte Neujahr, das heißt das Neujahr nach dem alten Kalender, und noch einmal muß es angesetzt sein und versucht, was noch möglich sei. So wird die Weihnacht durchs Neujahr verschwendet und alles versucht, den Menschen nicht bloß nicht zu sich selbst kommen zu lassen, sondern ihn so recht planmäßig zu berauschen, um ihn glücklich über die Stelle, wo er sich vielleicht bekehren könnte, unbekehrt hinüberzubugsieren.

Nun, so gings bei unserer Käthi nicht zu, sie ging ohne Rausch bang ins neue Jahr hinein. Es war stürmisch, ungestüm Wetter, fast bis Neujahr. Als am Silvester mit allen Glocken das alte Jahr eine Stunde lang ausgeläutet wurde, da mußte Käthi weinen. Es war, als scheide sie von einem Freunde auf Nimmerwiedersehn. Alles Böse, was dasselbe gebracht hatte, war vergessen, und nur des Guten gedachte Käthi, an die ungestörte Gesundheit, den schönen Verdienst, die vielen guten Leute, und es war ihr fast, als sollte sie von dem allem Abschied nehmen. Dazu plagte sie das Büebli, wie sie morgen neujahren wollten. Andrese Anne Bäbi hätte gesagt, sie hätten Wein und Wecken und zwei Arten Fleisch und von allem, bis sie nicht mehr möchten. Darum müßten sie auch Fleisch und Wein haben. Käthi mochte trösten, wie sie wollte, das Büebli blieb auf seinem Sinne, und Käthi brachte es nicht übers Herz, die wenigen Batzen, welche sie im Körbchen hatte, während noch gar nichts im Hochzeitsstrumpf war, für Leckerbissen auszugeben. Betrübt ging sie ins Dorf, Milch zu holen, Johannesli an der Hand, der in einem fort an ihr war, auch zum Metzger zu gehen und ins Wirtshaus. Am Wirtshaus hatte er es akkurat wie ein alter Kutschengaul, er ward stettig und wollte nicht vorüber, wie auch Käthi sich schämte und ihm zusprach, er sollte nicht so tun, sie hätte ja kein Körbchen, wie er sehe, um was heimzutragen, und wenn sie was wollten, so könnten sie es morgen noch immer holen. Aber Johannesli ließ sich nicht abbringen. Kinder haben viel Instinkt für günstige Augenblicke und große Standhaftigkeit, sie zu benutzen, sie sind sehr oft viel nachhaltiger und durchgreifender als große Staatspersonen. Da kam plötzlich eine Stimme: «Was gibts, Käthi, will der Bub dir einen Schoppen zahlen?» Käthi weinte fast und erzählte. Die dicke Wirtin lachte und sagte: «Der Bub hat recht, er wird wissen, was Zwängen ist, und meinen, wenn alle Leute neujahreten, so hätte er auch das Recht dazu.» Sie hieß sie hineinkommen, und Käthi trug ein Stück Braten heim und einen Schoppen Wein, hatte es aber sehr ungern, sowohl weil der Bub so wüst getan, als weil die Wirtin glauben konnte, das sei ein abgekartet Spiel gewesen, um was zu erhaschen auf eine unschuldige Manier.

Am Morgen um fünf wurde Käthi geweckt durch das Läuten aller Glocken, da wiederum eine Stunde lang das neue Jahr eingeläutet wurde, das heißt feierlich begrüßt im Namen Gottes, und den Menschen verkündet, daß sie es mit Gott beginnen sollten, damit sie es auch mit Gott endigen könnten. Dieser feierliche Ruf, zu wachen und zu beten, mahnte manchen trunkenen Zecher, das Wirtshaus zu verlassen, ehe es Tag werde, und die Töne geleiteten den Wandernden; aber er hörte sie kaum, ins Herz drangen sie ihm nicht, er betete nicht, er stolperte, er fluchte, so beschaffen war sein erster Gang im neuen Jahre! Wie wird wohl sein letzter sein im begonnenen Jahre?

Käthi wachte auf schweren Herzens, es war ihrer Seele so bange, sie wußte nicht warum, ihre Gebete waren unaussprechliche Seufzer. Es war ein trüber, stürmischer Tag. Indessen ging Käthi dennoch zur Kirche oder vielmehr in die Predigt, am Neujahr hätte Käthi dieses nicht gerne unterlassen. Im Winter ward die Predigt zumeist in der geräumigen, warmen Schulstube gehalten, was den alten Gliedern und kühlem Blute der Alten besonders zuträglich war, und denen namentlich, welche weder Wärmflaschen noch Mäntel vermochten, sondern höchstens über ein dünnes Hemdchen ein dünnes Röckchen.

Der Pfarrer hatte den Text Matthäi 7, 24–27: «Darum ein jeglicher, der diese meine Rede höret und tut sie, den will ich vergleichen einem klugen Manne, der sein Haus auf einen

Felsen gebaut hat. Da nun ein Platzregen herabfiel und Wasserflüsse daherkamen und die Winde bliesen und an dasselbe Haus stießen, da fiel es nicht, denn es war auf einen Felsen gegründet. Und wer diese meine Rede höret und tut sie nicht, der wird verglichen werden einem törichten Manne, der sein Haus auf den Sand gebaut hat. Da nun ein Platzregen herabfiel und die Wasserflüsse daherkamen und die Winde bliesen und an dasselbe Haus stießen, da fiel es und tat einen großen Fall.»

Der Pfarrer begann zu predigen, und es war Käthi anfangs, als tue er ihr Herz auf und predige aus demselben; es war ihr ganz wunderlich, und oft wußte sie lange nicht, rede sie laut oder predige der Pfarrer. Er sprach, wie er erwacht sei vom Glockengeläute, welches rufe, zu wachen und zu beten. Wie ihm da bange geworden sei, sprach er, wie die leibliche Not und die geistige Not sich vor seinen Geist gestellt, wie er habe fragen müssen: Wie soll das enden?, daß er habe ausrufen müssen: Ach Herr, wie ist meiner Seele so bange! Und er nannte alles, was ihm bange gemacht, und wie leibliche Augen da keinen Ausgang erblickten und wie der Mensch in seiner Ohnmacht sich nicht zu helfen wüßte, nichts könnte als beben und zittern, des geistigen und leiblichen Unterganges gewärtig.

Nun aber sei einer, der nicht ohnmächtig sei, sondern allmächtig; wie sein Wesen unveränderlich sei, so sei es auch sein Wille und die Ordnung, welche dieser Wille geschaffen. Er sei der Fels der Welt, und während alles um ihn in ewigem Wirbel sich drehe, stehe derselbe für und für und in alle Ewigkeit, und wenn die Welt zu zersplittern scheine, so sei es nur ein Abschäumen des Unreinen, eine Läuterung, in welcher untergehe das Tote, ausgehauen werde das Faule, weggespült die Schlacken der Welt und ausgewaschen die Geschwüre der Zeit. Was im menschlichen Lebenskreise nicht von Gott sei und auf Gott ruhe, das gehe unter, und nur das bleibe, was in Gott und mit Gott sei.

Nun zeigte der Pfarrer an einzelnen Menschen, wie die zerstört würden, welche durch wilde Triebe sich treiben ließen oder segeln wollten nach den Eingebungen eigner Weisheit, welche am Ende nichts sei als die Selbstsucht mit einer Schlangenzunge, am gefährlichsten dem, der sie besitze, wie dagegen der Einfältige und Unmündige, der in treuem Glauben fromm wandle in des Herrn Wegen, mit Ehren bestehe, ein Ende nehme im Frieden und nicht mit Schrekken. Der Pfarrer zeigte an Häusern und Familien, wie die, welche in Gott gegründet seien und ihm treu blieben, mit Ehren beständen, feste Wurzeln schlügen und wahrhaft würden, was die Welt vornehm nennt, hochgeehrt von der Welt und Gott lieb, und zwar von Geschlecht zu Geschlecht, und wie Häuser und Familien fielen und desto größer der Fall sei, je höher sie stünden, sobald sie von Gott ließen, die Liebe wiche, der Teufel einzöge mit Hochmut und Hartherzigkeit, mit Hoffart und Üppigkeit, mit der ganzen Fleischeslust.

«Ja», sagte der Pfarrer, und sein Auge flammte wie ein Prophetenauge, «wie es Häusern und Familien geht, geht es Regierungen und Regenten; nur die, welche Gott erkennen und auf ihn bauen, bestehen, verlassen sie Gott, so verläßt sie Gott und sie tun einen großen Fall. Und warum bangt uns?» fuhr er fort. «Eben weil wir so viele Menschen, Familien, ja Regierungen und Regenten nicht stehen sehen auf dem Felsen, der nicht fällt, sondern wirbeln im Wirbel der Welt, dieser Wirbel immer wilder aufkocht, je mehr in denselben sich stürzen, je größer Gewühl und Gedränge von Unglücklichen in diesem grausen Wirbel ist. Es wird uns, als ob alles zugrunde gehen müßte, alles verschlungen werden würde von der Finsternis und den Schatten des Todes. Und es werden Viele zugrunde gehen, Menschen, Familien, Regierungen voran; vielleicht bricht die Zeit einer großen Läuterung an, vielleicht will Gott mit Wasserwogen und Meeresfluten ausspülen die Geschwüre der Welt. Aber bangen wollen wir nicht; weinen dürfen wir über Jerusalem, daß es nicht erkennt zu rechter Zeit, was zu seinem Frieden dient, aber zagen wollen wir nicht, und wenn die Flut unsre Leiber verschlingt, so vergessen wir nicht, daß wer dem Herrn lebt, auch dem Herrn stirbt und daß er in die Hölle führt und wieder heraus. Vielleicht daß er auch nur drohend den Finger aufhebt, damit man umkehre und sich bekehre, wie er es den Kindern Kains tat, daß unsre Lage eine Bußpredigt ist, wie Jonas den Niniviten eine hielt? Vielleicht, wir wissen es nicht! Aber das wissen wir, daß was Gott tut, wohlgetan ist und daß er die Niniviten nur deswegen schonte, weil sie Buße taten im Sacke und in der Asche. Nun, wem das Herz klopft in Sündenangst, wer sich bewußt wird, sein Fuß stehe nicht auf dem ewigen Fels, der tue Buße im Sacke und in der Asche, er suche den, der sich finden läßt von allen, die ihn ehrlich suchen. Und wer sich bewußt ist, ergriffen zu haben den ewigen Fels, der traue Gott und zage nicht. Der Herr der Ewigkeiten ist auch der Herr des betretenen Jahres; was er verhängt, wird zur Seligkeit dienen denen, die ihn lieb haben und seine Gebote halten, und wer in diesem Jahre sterben sollte, wird des Herrn bleiben, wenn er dem Herrn gelebt hat. Darum, was kommen mag, laßt uns des Herrn harren unverzagt; sei in seiner Hand die Rute der Züchtigung oder der Zweig des Friedens, so laßt diese Hand uns verehren in tiefer Demut, es ist die Hand, die segnet und selig macht die, welche Treue halten und die Liebe bewahren.»

So sprach der Pfarrer, und wenn auch Käthi die Beine zitterten, so ward ihr doch wohl; im Herzen blühte ihr die

Ergebung auf, welche das Größte trägt und vollbringt, die Ergebung, welche mit ganzem Herzen sagen kann: Der Herr hat es gegeben, der Herr hat es genommen, der Name des Herrn sei gelobt!

Solch ein kräftig Wort am Neujahrstage ist wohl das vornehmste und beste Neujahrsmahl, und Käthi empfand es auch und empfand es fort und fort, trotz dem seltenen Mittagsmahle, welches auf schönem, reinem Tischtuche stand: Braten, Wein und süße Äpfelschnitze, ein wahres Herrenfressen! Johannesli lebte schrecklich wohl daran und konnte den Braten nicht genug rühmen, und doch klagte er zwischendurch, er könne ihn nicht beißen und Schinken wäre viel kommoder; besser, hätte er gerne gesagt, aber er war auch schon angesteckt vom Weltgift, welches das Rare und Teure für das Beste hält. Und was er den Wein rühmte und dabei heimlich darüber grännete und am Ende sich nicht enthalten konnte, die Großmutter um einen Schluck Milch zu bitten! Der Wein sei viel besser, wohl hundertmal, aber er könnte ihn sturm machen, sagte der kleine Diplomat. Nachmittags hatte Käthi Besuch, erhielt Kram, ein sogenanntes Gutjahr von Johanneslis Pate. Es bestand in einem Hemde, ein Paar Strümpfen und einem großen Neujahrring, und für die Großmutter war ein halb Pfund Kaffee dabei, eine köstliche Bescherung für eine alte Frau, welche den Kaffee so liebt und doch die Bohnen zählt, welche sie zu jedem Kaffee braucht. Dabei aber stürmte es schrecklich draußen, es war, als ob ein schrecklich Gewitter heraufziehen wolle mit Blitz, Donner und Hagel.

Eine schreckliche Vorbedeutung am ersten Tage des Jahres! Die Fenster klirrten, die Hütte wankte, Nacht ward es draußen, und drinnen betete Käthi emsig, denn Angst hatte sie wieder ergriffen; sie bangte sehr, denn das Bangen ganz zu überwinden und das Zagen, daß es nie wieder kommt, wenn stark an ihm des Herrn Hand rüttelt, ist keinem Menschen gegeben. Endlich ließ der Sturm nach, Tag ward es wieder, das schwarze Gewitter jagte nach Osten. Käthi trat vor das Häuschen, ein milder Sonnenblick empfing sie auf der Schwelle, und als sie sich umwandte, dem jagenden Gewitter nachzusehen, sah sie gen Morgen hin das Gnadenzeichen des Herrn, einen prächtigen Regenbogen, am Himmel stehn. Unaussprechlich war der Eindruck auf Käthi, verstummt blieb sie stehn, sah mit gefalteten Händen zum Himmel auf; sie wußte es nun, Gott verließ sie nicht, und breche auch Sturm und Gewitter los, so komme doch die Gnade nach.

Das seltsame Zeichen in dieser Jahreszeit am Neujahrstage ward von vielen Menschen bemerkt, aber wir zweifeln, daß dasselbe auf Viele einen Eindruck gemacht habe wie auf Käthi. Um die Zeichen Gottes wahrzunehmen, muß man eben ein auf Gott gerichtetes Auge haben, und um sie zu empfinden, muß man haben ein gottergebenes Herz. Ganz hell ward es Käthi im Gemüte, und sie erzählte eben Johannesli eine schöne Geschichte von einem Knaben, welcher in der Jugend gestohlen worden, endlich aber wieder ein großer Herr geworden sei, als Andrese Anne Bäbi kam und sie einlud, diesen Abend mit ihnen zu neujahren, wie man zu sagen pflegt. Es ging Käthi wieder wie gestern vor dem Wirtshause: wie sie sich auch sträuben mochte, Johannesli ward Meister. Kurzweilig verging der Abend, und es war Zeit, auseinanderzugehen, ehe man daran dachte. Die Zeit recht kurz zu machen, ist eine Kunst, und recht kurze Zeit zu haben, ein Glück.

FÜNFZEHNTES KAPITEL

Was das neue Jahr Käthi Neues bringt

Am folgenden Tag war es Käthi wohler als Hunderten von vornehmen Herren; sie hatte weder einen schweren Kopf noch ein schweres Rechnen. Das ist gar fatal für so Viele, daß sie, wenn sie am zweiten Tage im Neujahre aufstehen, trüb im Kopfe sind und trübe im Gemüte; denn nun geht das Rechnen an, und sie sollen ausmitteln, obs im vergangenen Jahre mit ihnen vorwärts- oder rückwärtsgegangen, wir meinen nicht an der Seele, sondern bloß im Geldseckel. Ja, wenn man das wegen der Seele und wegen Ehre und gutem Namen ordentlich ausrechnen könnte, oder wenn man noch besser beim Aufstehen am Morgen die Bilanz gegenüber im Spiegel sehen würde, Herrgott, was würde das für Gesichter geben am zweiten Tage des Jahres und was für Guxe würde so manche Dame auslassen!

Ohnedies aber gibts bedenkliche Gesichter genug, wenn es am Morgen zu klingeln und zu klopfen beginnt und die Liebesbriefe kommen von Schuster und Bäcker, von Metzger und Schneider, von Perückenmachern und Putzmacherinnen, von Kaufleuten von allen Sorten, und es ist kein Geld mehr da; was eingegangen war, wurde alsbald für das Laufende gebraucht. Aufschreiben ließ man, was man konnte, und an niemand hat man zu fordern, und nun liegen sie da, die unbezahlten Kontos, und wie einen großen und wachsenden Verdruß muß man sie mitnehmen ins neue Jahr hinein, und wer weiß, wie Manchem sie, noch ehe das Jahr zu Ende ist, zu Mühlsteinen gewachsen sind, sich ihm um den Hals gelegt haben und ihn niederziehen in den Morast, zusammengerührt aus Not und Schande!

Da ist doch ein arm alt Fraueli besser dran; dem klingelt

es nicht, dem klopft es nicht, dem kommen keine Kontos, dem sagt höchstens der Bäcker: «Bist mir noch eine halbe Krone schuldig, wäre mir lieb, du gäbst sie mir; die Müller sind gar geldhungrig, ehemals war es nicht so, aber jetzt ist es nichts mehr mit ihnen!»

Käthi hatte es noch besser, sie war niemand was schuldig, hatte nichts zu rechnen; sie schrieb nichts auf, wäre ihr auch eine Kunst gewesen. Ihr Vermögen konnte sie alle Tage im Kopf ausrechnen, sie lief nicht Gefahr, daß es ihr ging wie zuweilen einem Kaufmann, der sich Millionär glaubt und an einem schönen Morgen zu seiner großen Verblüffung die Entdeckung macht, daß er unter Null sei.

Ganz friedlich und still begann Käthi das neue Jahr mit Beten und Arbeiten, um mit Ehren und ohne jemand zu plagen durchzukommen. Am dritten oder vierten Tage desselben war es, sie saßen eben an ihrem Mittagsmahl und unter dem Ofen gackelte ein Huhn. Da ging die Tür auf und Johannes trat ein, den Kopf verbunden, den Arm in der Schlinge (den Arm am Schlingel, sagt ein Volkswitz). Käthi fuhr hoch auf. «Mein Gott und Vater», rief sie, «bist du es oder dein Geist?» «Nur ich», sagte Johannes, «Gott grüße Euch!» «Gottwillche, Gottwillche», sagte Käthi, «mein Gott, was hast? Hocke nieder und iß! Bist gfalle? Soll dir Tee machen, oder willst Kaffee? Ist dir übel? Ach Gott, wenn ich Wein hätte, du müßtest Wein haben. Johannesli! Kannst wohl holen und die Flasche nicht zerbrechen?» So rollte bei der guten Mutter alles durcheinander, Kummer, Teilnahme, der Trieb, ihm was Gutes zu erweisen, die Angst, was er hätte. Eine Weile gings, ehe Johannes saß, was vor sich hatte, die aufgeregten Gedanken Käthis sich zur Ruhe gelegt hatten, so daß sie Antworten erwarten, Johannes' Bericht anhören konnte.

Dieser Bericht war nicht lang, aber betrübend; Johannes

war ein armer Märtyrer. Johannes war mit Andern den Tag nach dem Neujahr nach Michelhofen ins Wirtshaus gegangen, wie es üblich und bräuchlich sei allenthalben. Dort war Musik und Tanz, dort saß Johannes ganz ruhig bei einem Schoppen, bis es Feierabend gemacht wurde. Dann ging er ruhig heim, wurde unterwegs von den Neuhäusern überfallen. Er wehrte sich sehr, aber sie waren ihrer Viele, kamen mit Spießen und Stangen, er wurde wundgeschlagen, durch den Arm gestochen, mißhandelt, schrecklich, gräßlich, bis er sinnlos am Boden lag. Käthi weinte und bebte, Johannesli meinte, wenn er dabeigewesen wäre, so hätte er die Neuhäuser noch ganz anders stechen wollen, ganz durch und durch, daß sie nie mehr hätten aufstehen können. Als er wieder zu sich selbst gekommen, sei er zurück nach Michelhofen gegangen, habe den Doktor holen und sich verbinden lassen, sei einen Tag dort gelegen, dieweil ihm ein über das andre Mal übel geworden sei. Sobald er gekonnt, sei er heimgegangen, aber da sei das Wetter erst losgegangen. Die Bäurin gönne niemand eine Freude, geschweige eine freie Stunde, und wenn sie nichts zu arbeiten hätte, so würde sie, nur um die Dienstboten zu kujonieren, Holz ums Haus herum tragen und akkurat an gleichen Ort wieder legen oder Stroh von einer Bühne zur andern tragen lassen. Wenn das keine Hexe sei, so werde sie sicherlich noch eine werden; es sagten es alle Leute, die sei dem Teufel von dem Karren gefallen. Statt daß sie ihn bedauert hätte und gefragt, wie es ihm sei und was er möchte, habe sie ihn ins Stübli genommen und angefangen, ihm alles Elend vorzuhalten, ihn runterzumachen, als ob er keinen Kreuzer wert wäre, und allerhand zu drohen; jedes Kacheli Tee oder Kaffee und jeden Kreuzer, welchen er je erhalten von ihr, habe sie ihm unter die Nase gerieben. Aber eine Zeit sei nicht alle Zeit, jetzt lasse sich kein Knecht wie er mehr behandeln wie ein Schulbub oder wie ein Sklave. Er habe wohl gemerkt, worum es eigentlich der Bäurin sei. Die habe gefürchtet, sie müßte ihn einige Tage behalten, ohne daß er arbeiten könnte, und krank habe sie niemand gerne; wenn einer am Sterben wäre, sie jagte ihn mit der Mistgabel zur Arbeit. Sie habe wohl gewußt, daß er sich nicht behandeln lasse wie ein Hund, und sie habe auch recht gehabt; wie sie gewollt, habe er auch getan. Als sie ihm so gekommen, habe er ihr auch gesagt, wer sie sei, und wenn der Teufel nicht schon eine Großmutter hätte, so müßte sie es werden; bei einer Solchen bleibe er keine Stunde länger. Sie könne sehen, wo sie Knechte kriege, welche sich wie Hunde behandeln ließen. Gesund sei er ihr gut genug gewesen; jetzt, da er krank sei, da reiße sie alles aus dem hintersten Winkel hervor, um seiner los zu werden. So hielten es die eigennützigen Bauern, aber es werde noch anders kommen, da sei er ihr gut dafür. Mit ihm mangle es nicht halb so viel Federlesens, er werde einpacken und gehen, es werde sich wohl jemand finden, der ihn krank behalte, wenn er ihn auch nicht gesund gehabt. Das sei der Bäurin doch ins Leben gegangen, und sie habe allerlei gestürmt und hätte ihn zurückhalten mögen, aber ohä, er habe gedacht: Jetzt kannst mir pfeifen. Bis seine Sache ausgemacht sei, wolle er bei ihr bleiben, sagte er zu Käthi, es solle ihr Schade nicht sein; behalten werde sie ihn doch wohl können? «Wo wolltest sonst sein», sagte Käthi, «und wer wollte zu dir sehen? Ich litte es nicht, daß du an einen andern Ort gingest, es drückte mir das Herz ab und ich müßte glauben, du schätztest mich nicht mehr.» Nebenbei dachte sie, wie man sich doch in den Leuten irren könne; sie habe die Bäurin für eine ganz Andre gehalten, als sie sich jetzt zeige; aber es werde sein, wie man sage, eine sei wie die Andre, und Dienen sei bös, Sterben wäre besser! Ehedem sei es doch nicht so gewesen. Gottlob, daß sie nicht mehr dienen müsse und noch gute Leute habe! Die gute

Käthi dachte nicht daran, daß alle ihre guten Leute Dienstboten hatten und daß schlechte Dienstboten nirgends gute Meisterleute finden.

Nun, so einer alten Käthi und Mutter dazu ists erlaubt, trotz handgreiflicher Gegenbeweise, zu glauben an die Lügen ihres Sohnes und seine Schilderungen über seine Meisterfrau, welche seinen freien Aufflug hemmen und seinem entschiedenen Fortschritt Schranken setzen wolle als eine wahre Jesuitin. Ja wir gehen noch weiter, wir wollen allen Magistraten und Majestäten, allen Kapazitäten und Souveränitäten erlauben, an ihre Söhne zu glauben, an geratene und ungeratene (man drucke aber nicht etwa: gebratene und ungebratene); aber dann erlaube man uns, von all diesen Leuten zu sagen, das wundere uns nicht, dünke uns gar nicht anders, es werde halt es dumms Käthi sy!

Die Sache war wirklich auch ganz anders, als Johannes sie erzählte, und zwar so war sie: Johannes war nach Michelhofen gegangen, hatte dort ein Mädchen aufgegabelt, stark getrunken; das Mädchen machte sich von ihm los, schloß sich einem Vetter, einem Neuhäuser, an, der sich mit einem Trupp Kameraden auf den Heimweg machte. Johannes kriegte Zorn, er sah es an als einen Mädchenraub, lief mit einigen Kameraden den Neuhäusern den Weg vor, empfing dieselben mit Scheitern und Steinen und stürzte sich auf sie; die Neuhäuser aber waren ganze Bursche, verloren weder den Mut noch den Kopf, rissen Pfähle aus den Zäunen, und nun ging es an ein wildes, blutiges Schlagen, in welchem endlich die Neuhäuser siegten, Johannes liegen blieb mit zerschlagenem Kopf und einem Messerstich durch den Arm.

Leider gewinnt die verruchte Sitte des Messerzückens immer mehr Eingang, weil die witzigen Richter gewöhnlich fragen: «Nicht wahr, du hast nicht die Absicht gehabt, das Messer zu ziehen? Oder wenn du mit Absicht es gezogen hast, so hattest du doch weder den Vorsatz noch die Absicht, zu stechen, sondern der Stich wurde ganz zufällig gestochen, ganz von ungefähr ging ihm das Messer in den Leib; nicht wahr, so ists?» «Ja, so ists», sagt der Verklagte, «der Teufel hats gemacht mit meinem Messer.» «Nun, das habe ich doch gedacht», sagt der kluge Richter, «so ein braver und gebildeter Bursche sticht nicht mit dem Messer. So gehe du nun heim in Gottes Namen, geschehen soll dir nichts. Nur eines möchte ich dir sagen, aber nimm es mir nicht übel: ein andermal laß dem Teufel das Messer nicht, oder wenigstens nicht auftun; denke, der Teufel ist ein Schelm, zuletzt könnt es doch fehlen!»

Johannes schleppte sich ins Wirtshaus zurück, ließ den Doktor holen, sich verbinden, ein ärztlich Attest ausstellen und gedachte, die Neuhäuser anzugreifen und sich eine tüchtige Summe als Schmerzengeld auszahlen zu lassen. Da der Wirt in Michelhofen es mit den Neuhäusern hielt, vielleicht nicht mit Unrecht, so wollte er Johannes nicht behalten, ihn nicht bei sich in der sogenannten Leistung liegen lassen; er mußte zu seiner Meisterin zurück. Diese war allerdings bitterböse über das Lumpen im allgemeinen und das Lumpen von Johannes insbesondere, schoß im Hause herum wie ein Sturmwind und hielt dem Gesinde über Tisch eine Vorlesung, zwar nicht aus Heften, sondern aus dem Kopfe, aber doch wie sie mancher Professor nicht zu halten imstande gewesen wäre. Kaum hätten Knechte und Mägde die wenigen Batzen, welche sie nicht schon im Laufe des Jahres eingezogen hätten, in der Hand, so ließe man das Lumpenwerk los und reize die Tröpfe auf alle Wege, ihr Geld ganz und gar zu verhudeln. Sei das geschehen, hätten sie nichts mehr als leere Säcke und sturme Köpfe, so kämen sie wieder daher und die Meisterleute könnten sie wieder haben, aber wie! Mißmutig, übellaunig, unwirsch, daß lange Zeit nichts mit ihnen anzufangen sei, daß nichts besser wäre, als sie des Tages dreimal zu prügeln, statt dreimal zu füttern. Denn nun müßten die Meisterleute an allem schuld sein; jetzt werde geklagt über den schlechten Lohn und daß man halb umsonst arbeiten müsse, während die Hunde von Bauern im Wirtshause säßen. Und daß das Hudeln der Dienstboten niemand mehr zuwider sei als den Meisterleuten und daß einem Hudel kein Lohn groß genug wäre, daran denke kein Maulaffe, sondern jeder sperre die Nase auf, mache Glotzaugen und gebe wochenlang kein gut Wort, und weil er den Meister nicht prügeln dürfe, so prügle er dessen Vieh, daß es sie dünke, sie möchte so einen huschen und ohrfeigen, bis er weder Haare auf dem Kopfe noch Ohren am Kopfe mehr hätte.

Das sagte die Bäurin allen über den Tisch ins Gesicht, und als Johannes endlich heimkam, ging sie zu ihm in seine Kammer und kanzelte ihn also ab: «Es nimmt mich wunder, ob du niemals witzig werden wollest; es wäre Zeit dazu, sonst gibt es sich nicht mehr. Schämst du dich nicht, zu tun wie ein junger Löffel, Schlägereien anzustellen? Du solltest doch wissen, was dabei herauskommt; bist Witwer, hast ein Kind und tust noch so! Wenn du einen guten Blutstropfen im Leibe hättest, tätest du deinen Lohn nicht versaufen und deine alte Mutter dein Kind erhalten lassen! Du wirst es noch dahin bringen, daß sie noch dich dazu erhalten muß; du hast das neue Jahr darnach angefangen, daß es so wird kommen müssen.»

Ja, so was läßt ein Korporal sich nicht gerne sagen, wenn er es auch wohl verdient hat. Johannes begehrte auf: Was er für Blut im Leibe habe, gehe sie nichts an, und wer ihm sein Kind erhalte, ebenfalls nicht, einmal sie tue es nicht; es gebe noch an andern Orten zu essen und zu arbeiten als hier, es sei dann nicht, daß wenn er nicht mehr hier sei, ihn die

Mutter erhalten müßte, das noch lange nicht. Dr Gottswillebrot hätte er nie gegessen und wolle er nie essen. «Red nit so», sagte die Bäurin, «du Bürschli weißt noch nicht, wie weit es mit dir kommen kann. Und wenn ich dich nicht haben wollte in diesem Zustand, wo du, weiß kein Mensch wie lange, nicht arbeiten kannst, und halb aus Mutwillen, wo wolltest du hin als zur Mutter? Hast ja nicht einen Kreuzer Geld! Drum, Bürschli, poch nicht so!» Ja, so lasse er sich nicht kommen, er lasse sich nicht vorhalten, daß man ihn um Gotteswillen hätte. So hätten es die Dolders Bauern; solange man arbeiten möge, gäben sie zu essen notdürftig, und werde man krank, so jage man einen zum Loch aus wie einen Hund. So gehe es einem. Er lasse sich so was nicht zweimal sagen, sie solle ihm den Lohn geben, was es auch austragen möge, auf der Stelle wolle er fort. «Ich habe dich nicht gehen heißen», sagte die Frau, «habe dir nur gesagt, wie es dir gehen könnte. Und sagen, was wahr ist, wird wohl erlaubt sein, sagt ihr doch auch, was euch in den Mund kommt; man muß schlucken, daß man lange Zeit nicht weiß, bringt man es runter oder nicht.» Sie hätte es gehört, sagte Johannes, er wolle den Lohn und fort. Alles Leids und Schlechts sich vorhalten lasse er nicht, dazu sei er zu alt geworden. «Tue nicht dumm», sagte die Frau, «es fiel mir nicht ein, dich gehen zu heißen; ich habe dir bloß gesagt, was dir gehörte und mir zustand, solange ich die Meisterin in meinem Hause bin.» Das stehe ihm zu, ob er es annehmen wolle oder nicht, sagte Johannes, und sie hätte gehört, er wolle fort. «Anhalten will ich dir nicht», sagte die Frau, «so wenig, als ich dich gehen geheißen; aber bedenke es wohl, was du machst. Die paar Batzen Lohn, die du noch bekommst, sind bald gezählt; unterdessen komme zu dir und mache nichts, was dich übel gereuen könnte.» Aber als die Bäurin zurückkam, war Johannes gleich auf begehrisch, und die Bäurin ließ ihn ziehen. Sie wußte zu gut, welche Folgen es hat, wenn man Knecht oder Magd zu bleiben bittet; es gibt wenig Köpfe unter ihnen, welche solches Bitten ertragen mögen, die meisten werden geschwollen und groß wie Backöfen.

So war die Geschichte, und so sieht man wieder, daß wer nicht selbst dabei ist, selten weiß, was eigentlich vorgegangen, dieweil ein jeder, der eine Geschichte erzählt, derselben eine eigne Kutte oder einen eignen Rock anzieht, und so wie der Rock den Mann macht, macht die Kutte die Geschichte, und je nachdem man ihr eine anzieht, wird sie so oder ganz anders.

Nun also war Johannes bei der Mutter und aß wirklich ihr Brot, und sie mußte ihn einstweilen erhalten, freilich auf die Vertröstung hin, vom Schmerzengelde wolle er ihr ein schönes Kostgeld bezahlen. Sie pflegte ihn nebenbei treulich, schmierte ihm von Salben ein, was sie auftreiben konnte, und hatte Freude dabei, daß sie ihm Mutter sein, ihm zeigen konnte, wie sie es mit ihm meine, und dazu noch die größte Kurzizyti. Wenn sie jemand bedauern wollte, so sagte sie: Wenn sie wüßte, daß wieder alles gut käme, so könnte sie nicht einmal sagen aufrichtig, sie wollte, es wäre nicht.

SECHZEHNTES KAPITEL

Käthi kriegt den Johannes ins Haus samt einem Prozeß, und wie der Prozeß ausläuft

Johannes aber war in einem eigenen Zustande, er hatte einen Prozeß! Einen Prozeß haben, einen Prozeß, den man gewinnen, den man verlieren kann, mit dem man viel gewinnen, viel verspielen kann; einen Prozeß, durch den man eingeführt wird ins Labyrinth der Gesetze und Formen, der Ränke und Kniffe, wo man nie weiß, wo man daheim ist: oft plötzlich wieder beim Eingang, wenn man beim Ausgang zu sein glaubt, und plötzlich beim fatalen Ende, wenn man eben erst guten Boden errungen zu haben glaubt; einen Prozeß, der, wie man meint, einen zu einer ungeheuer wichtigen Person macht, auf welche Europa sieht, indem nie noch ein solcher Prozeß gewesen noch je mehr einer so sein werde! Was unwissende Menschen zum erstenmal erleben, das, meinen sie, sei zum erstenmale in der Welt: siehe Exempel an radikalen Häuptern und Quasikapazitäten. So nahm sein Prozeß Johannes ein, machte ihn fast sturm im Kopfe; er rutschte auf allen Ofenbänken herum, wo er ihn erzählen konnte. Allenthalben gab man ihm recht, und allemal kam er stürmer heim, baute größere Luftschlösser, lief hie aus, dort aus um Rat und machte, was ihm wohlgefiel, und wählte den Rechtspraktikanten, welcher ihm den Kopf am stürmsten machte, die kannibalischsten Luftschlösser vorspiegelte.

Wir wollen diesen Prozeß nicht verfolgen, wir könnten unversehens ein ganzes Buch voll darüber kriegen. Wir wollen bloß bemerken, daß er sehr verwickelt wurde, denn die Neuhäuser wußten sich zu wehren, und ganz besonders damit, daß die Gegner ihnen den Weg vorgelaufen seien und sie überfallen, so daß sie sich hätten wehren müssen, wie sie hätten können. Es gab Versöhnungsversuche, Erscheinungen, Eide drohten, und unterdessen aß Johannes bei der Mutter, und sie erhielt ihn. Johannes suchte keinen Dienst; erstlich meinte er, er müsse Zeit haben, seiner Sache nachzulaufen und sie recht zu betreiben; es habe schon Mancher seinen Handel verspielt, weil so ein Menschenschinder von Bauer ihm nicht Zeit gegönnt hätte, zu seiner Sache zu sehen, das heißt mit andern Worten, weil ein Meister einem Knecht nicht Lohn und Essen geben wollte, um einen Prozeß betreiben zu können. Zweitens wollte es mit seinem Arm nicht gut gehen, er konnte denselben nicht recht brauchen. Die einen Doktoren sagten ihm, sie wollten ihm alsbald helfen, und halfen doch nicht; die andern sagten ihm, er hätte ihn verquacksalbert, und wenn er alle Tage zu einem andern Arzt laufe, so komme es ihm nicht gut. Über diese fluchte er sehr und ging zu keinem wieder; das seien verfluchte Brandschätzer, sagte er, meinten, sie wollten alles alleine.

Nun war bei dem allem eines gut: er sah nun, wie es die Mutter hatte und wie er es als Knecht gehabt hatte. Käthi gab es so gut wie möglich, aber wie sehr man dehnbare Dinge dehnen kann, am Ende nimmt die Dehnbarkeit doch ein Ende. Viel mehr Pulver nahm sie nicht zum Kaffee, mit dem Wasser vorzüglich besserte sie nach. Brot aß sie selbst desto weniger, absonderlich gings über die Erdäpfel her. Käthi wagte es kaum mehr, die Lampe mit in den Keller zu nehmen; aber denken mußte sie manchmal, wie gut es gewesen wäre, wenn sie den Hauszins anders hätte machen können, nicht Erdäpfel hätte verkaufen müssen. Aber was sie dachte, sagte sie nicht, ja man sah es ihr nicht einmal an. Und auch Johannes machte kein bös Gesicht, und so manierlich war er doch, wie wirklich nicht alle Korporale es sein sollen, daß er es nicht besser verlangte, als die arme Mutter es geben konnte. Aber er magerte sehr bei dieser Kost, er war es ganz anders gewohnt. Da war Hülle und Fülle gewesen, aufgegessen wurde nie; zwei große halbe Brote lagen oben und unten auf dem Tisch, Milch genug, und wenn irgendwo was fehlte, so muckelte man sofort über den Tisch weg, als ob man das Recht dazu hätte. Man muckelte über magere Suppen, selten war das Fleisch allen recht; entweder schien es ihnen zu hart oder zu weich, gewöhnlich zu mager, und oft hörte man halblaut den Witz, das werde von einer Ziege sein, welche zum Himmel gefahren, und noch seltner war das Kraut recht, das sollte allemal alle Untugenden der Welt am Leibe haben, und manch üppig Knechtlein grännete über das Beste und lästerte, als ob alle Tage das Essen schlechter und ungenießbarer würde, und doch kochte die Bäurin bereits seit vierzig Jahren, und eher alle Jahre besser als schlechter.

Nun war bei seiner Mutter alles dünn, sparsam; man durfte fast in keine Schüssel fahren, ohne zu fürchten, es bleibe nichts darin und alles hange am Löffel, und ob das Kraut Butter gesehen hatte oder nicht gesehen, wußte man nicht, denn es konnte es nicht sagen, und sonst merkte man es ihm nicht an, und über das Fleisch hatte man gar nicht zu klagen, denn da sah man gar keines. Ja, jetzt sah Johannes ein, welch großer Unterschied zwischen Essen und Essen sei, wie man oft nicht wisse, wie gut man es habe, und wie leicht man sich versündigen könne. Aber so weit war er noch nicht, daß was er sah, er auch bekannte. Einen andern sehr bedeutenden Unterschied aber merkte er jetzt noch nicht, konnte ihn also auch nicht bekennen. Das Knechtlein kommt zu Tische und will essen, und zwar gut; ob der Bauer es hat und woher ers nimmt und was es kostet, das kümmert ihn nicht im mindesten; da siehe du zu, denkt er. Er ißt, solange er kann, und manchmal noch ein Stücklein mehr, dem Bauer zu Leid und zu Trotz, und kümmert sich im mindesten nicht, bleibt was übrig für den kommenden Tag oder nicht. Da siehe du zu, denkt er wieder. Und kommt nicht auf den Tisch, was er denkt, zum Beispiel nicht Milch, daß er und sein Babi füglich darin baden könnten, so wird er zur lebendigen Brummelsuppe und gibt deutlich zu begreifen, daß ein solch Hundefressen ihm nicht anständig sei, und wenn es nicht besser komme, so könne man sehen, was er anstelle. So ein Bürschchen weiß gar nicht, was es heißt, ohne Sorgen zum Tisch und ohne Sorgen davon! So hat es eine arme Hausmutter und namentlich so eine arme Käthi nicht. Die muß sich kümmern, woher nehmen und wie lange daran machen, muß sich kümmern, wenn das halbe Viertelpfund Kaffee all ist, woher die vier oder fünf Kreuzer zu einem neuen Viertelpfund nehmen, muß fast abwägen die Stücklein Brot, damit das zweipfündige seine acht Tage herhalte, muß unterdessen sich abarbeiten, um zwei oder drei Batzen für ein frisches Brot herauszuarbeiten, muß zur Butter Sorge tragen wie zu den eignen Augen, selbst mit den Kartoffeln zart umgehen und es als Gewinn achten, wenn eine weniger gebraucht wird, als man gerechnet.

So eine Hausmutter bricht manchmal ab mit Essen; sie möchte noch viel mehr, und manchmal bricht ihr der Schweiß aus bei dem Essen, wenn sie den muntern Appetit der Kinder sieht, wie sie das Essen zusammenschlagen; sie darf ihnen nicht wehren, sie muß sagen: «Gottlob, daß sie mögen», aber sie muß hinzusetzen: «Ach, mein Gott, wo soll ich genug hernehmen?» Zwischen den Mahlzeiten geht es ihr im Kopfe herum, was sie brauchen müsse, wieviel ihr überbleibe, wie sie es wohl machen könnten ohne Betteln oder Stehlen. Und nicht bloß arme Weibchen müssen so denken und sorgen, sondern auch weise Bäurinnen müssen denken und sorgen, was alle Tage kochen, damit die Kirche mitten im Dorfe bleibe, das heißt das Gesinde ihr nicht davonlaufe, sie aber sich nicht selbst arm koche. Von all dem weiß so ein Knechtlein nichts, muß es aber später zumeist bitterlich erfahren.

Das fühlte anfangs auch Johannes nicht; er saß zum Tisch akkurat wie an seinem Dienstorte, er dachte nicht daran, woher die Mutter es nahm, sondern bloß, wenn seine Gegner mit ihm abgemacht hätten und viel Geld ihm gezahlt, so wolle er die Mutter mit einem Kostgeld schadlos halten.

Der Staat erbarmte sich in diesem Winter der armen Leute,

ließ Lebensmittel austeilen, die kamen Käthi wohl. Wars auch nicht viel dem Anschein nach, so ist doch, wo nichts ist, wenig eine große Wohltat. Den alten Joseph mit seinen sieben guten und seinen sieben schlechten Jahren, mit seinen Speichern und Vorratskammern hat man vergessen und sich ganz modern eingerichtet, hat keine Vorräte und das Geld auf Prozente ausgelegt. Die alten großen Schränke der Großmütter sind zum Trödler gewandert, die Hausfrau behilft sich mit sechs baumwollenen Bettüchern und drei baumwollenen Hemden. Die Keller hat man einem Seifensieder oder Lichtzieher vermietet und läßt den täglichen Bedarf täglich vom Markte holen, dieweil man ja auch bloß für das tägliche Brot bittet und nicht für zwei oder drei Tage oder gar ein Jahr zusammen.

Die Regierungen haben ebenfalls dieses Prinzip angenommen, rechnen nach Prozenten, nehmen keine andern Faktoren in ihre Rechnungen auf, ja einige Hexenmeister im Rechnen haben es klar bewiesen, daß Schulden einem Staat viel vorteilhafter seien als Gulden, das Volk ein verhudelt Vaterland, dem man alle Tage mit neuen Steuern auf die Beine helfen müsse, viel zärtlicher liebe als ein habhaftes und zahlungsfähiges. Also auch die Regierungen haben keine Vorräte mehr, die Vorratskammer verschenket oder vermietet. Solange die guten Jahre dauerten, gab es einen klaren Beweis, wie viele Prozente ein solcher Haushalt eintrüge, und aus diesen Prozenten könnte man in Fällen der Not schon viel anschaffen, hieß es. Daran dachte man nicht, daß dann, wenn die Not kommt und die Regierungen kaufen wollen, es einen Mordsspektakel gibt. Man sagte, die Transportmittel seien jetzt so gut, der Verkehr so rasch, daß man im Hui aus allen Weltteilen Sachen mehr als genug zusammengepfiffen hätte. Man dachte nicht daran, daß die Leute, von denen man es kaufen wolle, auch Bericht kriegten vom Mordslärm und nun Preise stellten aus dem ff, ja daß der Wucher den Mittler machen und Regierungen nötigen könnte, den Speck von den Mäusen zu kaufen, ja daß es Regierungen in den Sinn kommen könnte, den Weg zu versperren oder Krieg anzufangen. Eine Regierung kann rappelköpfig werden so gut als irgend ein anderer Christ. Jedenfalls ist ein sehr unheimlich Gefühl dabei, wenns heißt: «Die Not ist da! Getreide haben wir nicht, aber in Amerika ist mehr als genug, wollen geschwind holen lassen.» Ja, Amerika ist ein Stück von hier und gar ein breiter Bach dazwischen!

Und wenn überhaupt wenig oder gar kein Vorrat in einem Lande ist, so braucht es gar ungeheuer viel, bis das Bedürfnis befriedigt, das Loch, welches eine schlechte Ernte macht, ausgefüllt ist. Eine einzige mißratene Ernte kann die Not bis nahe an den Hungertod steigern, vide Irland. Nun, so arg gings im Jahre 1845 noch nicht, aber bedeutenden Lärm gabs doch, als es hieß, die Regierungen wollten was kaufen. Und es war wirklich sehr lustig, wie man das anstellte, ungefähr so wie ein Kaufmann, welcher Kaffee oder Zucker in Marseille oder in Havre kaufen will und vor sich her sieben blasende Trompeter sendet und hinter diesen sieben Herolde, welche in allen Gassen es verkünden, hintenher komme gefahren der reiche Mutz aus Lümliswil und wolle Zucker und Kaffee kaufen, so viel er finde und um jeden Preis. Indessen, man fand, was man wollte, brachte glücklich ins Land Weizen und Reis, kaufte noch Hafermehl, teilte Reis und Hafermehl aus und erquickte manchen Menschen damit, namentlich mit dem Hafermehl. Reis verstehen die wenigsten ländlichen Köchinnen zu kochen, jedenfalls brauchten sie viel Holz. Haferbrei und Hafermus oder -suppe sind gesunde vaterländische Speisen, die vorzüglich nährten, ehe Erdäpfel und Kaffee kamen, die alte

Landeskraft. Nur wenige Pfunde erhielt jede Haushaltung, aber wenn sie nur eine Woche oder zwei die Ausgaben unnötig machten, daß man den Verdienst zusammenlegen konnte, so reichte derselbe wieder einige Wochen, und so viel war glücklich überstanden, vom Winter abgelöst. Und wir können es nicht oft genug wiederholen: wo Wille, Sinn und Segen ist, da reicht weniges unglaublich weit.

Indessen, wenn sie sich freuten, daß der Winter zu Ende rückte, so nahte damit was anderes, welches Käthi bange machte, und das war der Tag, an welchem die Hälfte des Hauszinses fällig war, der sogenannte Frauentag oder Mariä Verkündigung. So ist es oft im Leben, daß das Eilen der Zeit wohl angenehm und wünschbar ist, wenn nur eines nicht wäre, welches mit jedem Tage näher tritt und nicht zu umgehen, nicht zu überspringen ist. Oberhalb des Rheinfalls kann man landen und unterhalb wieder einsteigen, aber es gibt Tage, vor denen man bleich wird und durch die man doch muß, der Kandidat durchs Examen, die junge Frau durch ihren schwersten Tag an den Pforten des Todes vorbei, der alte Mann durch den Begräbnistag seiner alten Frau, mit welcher er manch Jahrzehnt in treuer Einigkeit gelebt, nun die arme Käthi über den Frauentag, an welchem sieben und ein halber Taler fällig wurden, zu denen kein Kreuzer lag im Hochzeitsstrumpf, und keine Aussicht, irgendwie dazu zu kommen, außer wenn Johannes viel Geld erhielt von denen, welche ihn geschlagen.

Diese Hoffnung aber verdüsterte sich mehr und mehr. Johannes behauptete, es helfe alles einander und ein Schelm sei wie der andere. Seine Gegner seien Bauernsöhne und seine Richter Bauern, bekanntlich hacke keine Krähe der andern die Augen aus; seine Gegner hätten Geld und er keines, bekanntlich aber seien die Agenten für das Geld da, und wo sie welches sähen, da täten sie nehmen und frügen

Gott und Teufel nichts nach, wie sie sich dessen selbst rühmten; er merke, wo es hinaus solle. Der gute Johannes meinte, es müßten alle Leute die Sache ansehen wie er, und wer es nicht täte, sei bestochen oder sonst ein Dolders Schelm, und daß er den Weg vorgelaufen und zuerst geschlagen, das, meinte er, das könne ihm kein Teufel beweisen. Es gibt kuriose Ansichten in der Welt, aber doch die kuriosesten bei Prozessen. Das Hauptunglück dabei war, daß der Arm nicht heilen wollte, er hatte nicht Kraft darin, es schien, als schwinde er und werde dünner; er konnte in keinen Dienst, keine Arbeit verrichten, höchstens ein wenig holzen, wo er das Meiste mit einer Hand machen konnte. Er verdiente dabei nicht das Essen, und es kränkte ihn sehr, wenn er, der große Bursche, kaum so viel verrichtete als ein halbgewachsener Junge, wenn ein alter Mann mehr zu schätzen war als er.

In ihrer treuherzigen Ehrlichkeit meinte Käthi, sie müsse gehen und sich bei ihrem Bauer wieder entschuldigen, daß sie den Hauszins noch nicht bringe, und ihm sagen, es solle so bald geschehen, als Johannes seinen Prozeß gewonnen hätte. Sie traf ihn aber nicht zu Hause. Die Frau nahm Käthi ins Stübli und sagte ihr: «Hör mal, du bist das dümmst Fraueli, welches auf zwei Beinen läuft, du schickst dich nicht mehr in die heutige Welt. Wenn du jemand was schuldig bist, kriegst du Himmelangst, läufst dem, welchem du schuldig bist, auf den Schuhen herum und zappelst und bittest, daß es einem selbst angst wird dabei; das ist nichts, damit mahnst du die Leute an die Forderung, machst entweder sie böse oder daß sie meinen, weil dir so angst sei, so müßten sie eilen mit Eintreiben, sonst sei alles verloren. Sieh, Käthi, das geht heutzutage ganz anders; je mehr sich jemand duckt, desto gröber verfährt man mit ihm, und jeder Lumpenhund meint, er könne auf ihm herumtrappen. Man muß keck und aufbegehrisch sein vom Teufel, dann kriegt man was, dann wird man was. Denn sieh, eine Zeit ist nicht alle Zeit; ehemals hieß es, wer demütig sei, dem sei Gott hold, und jetzt heißt es: Wer unverschämt ist, der lebt dest bas, und wer der Wüsteste ist, der wird der Öberst! Und der Gebrauch ist, daß man denen, welchen man schuldig ist, nicht vor der Türe ist und unter der Nase herumläuft, im Gegenteil, man flieht sie, man läßt sich verleugnen, man wird wie unsichtbar für sie, und wenn mans nicht meiden kann und ihnen unter die Augen muß, so tut man weder schüchtern noch demütig, sondern daß die Leute sagen müssen: Er wird ihm gewiß nicht schuldig sein oder doch nicht Ursache haben, sich zu fürchten. Wenn aber dein Gläubiger trotzdem dich mahnt, so mußt du ihm sagen: Du brauchst mir den Verstand nicht zu machen, gib du mir Geld, so will ich dich schon bezahlen! Meinst, du hättest den Verstand allein gefressen und es wäre mir nicht selbst in Sinn gekommen, zu zahlen; aber wenn du kein Geld hast, so zahl, du Löhl! So mußt es machen, dann läßt man dich ruhig. Kannst es nicht machen, wegen der täglichen Ausgaben, so geh vor die Gemeinde und sage ihnen wüst, und geben sie dir nicht, was du willst, so sage, du wollest sie verklagen oder sie sollen sich in acht nehmen, daß ihnen nicht die Häuser ob dem Kopf verbrannt würden; dann lassen sie das Herz fallen bis in die Schuhe und du hast, was du willst. Nur recht wüst tun, so schlottert alles; es ist keine Courage mehr in der Welt, sind alles Höseler, und wenn ein Hund einen Obrist ansieht, so wird der Obrist verlegen und nimmt eine Prise Schnupf, und vertreibt das den Hund nicht, so sagt der Obrist: Das ist ein schöner Hund, Landjäger, geht und sagt der Köchin, dem solle sie zu fressen geben, so gut sie es habe! Man kann es dann dem Staat aufschreiben; besinnt Euch daran und vergeßt es nicht! So gehts, Käthi, und jetzt geh heim, mach daß mein Mann dich nicht sieht! Läuft er dir ungsinnet an, so erschrick nicht, sondern schimpf über die Zeit, so viel du ins Maul bringst; willst aber was von mir, so komm, wann er im Wirtshaus ist, alle Abend ungefähr und alle halbe Jahr eine Stunde länger. Das steigt mit der Aufklärung, und wenn sie endlich ganz aufgeklärt sind, so werden sie erst heimkommen, wenn die Sonne am Himmel steht, im Sommer um viere, im Winter um achte.» So sprach die Frau, zornige Tränen standen ihr im Auge, aber weich blieb ihr Herz für die Armen und offen ihre Hand. Dankend und segnend verließ Käthi das Haus.

Wenn es Käthi an einem Ort besserte, so bösete es ihr an einem andern; es lag ein eigen Verhängnis über ihr. Als die Bäurin ihr diesen Trost eingesprochen hatte, ging Käthi nicht wohlgemut, aber doch gelassen nach Hause. Wenn kein Mensch in ähnlichen Fällen bösern Bescheid erhielte, so wäre es dabeizusein und man hätte Ursache, Gott zu loben und zu preisen, dachte Käthi. Aber nun begann ein eigen Leiden mit Johannes. Seine Sache ging zum Abdrükken, wie man sagt, obschon sie sich sehr verwickelt gestaltet hatte, dieweil die Rechtsgelehrten es, absonderlich seit die Tarife beschnitten worden, mit den Prozessen haben wie Buben mit den Schweinsblasen. Haben die Buben mal einen Federkiel in eine Blase gebracht, blasen sie, so viel sie Blast haben, und aus einem kleinen Ding wird ein gewaltig großes, daß man meinen sollte, was es wäre. Es wurden die Parteien in den Eid erkannt, und die Agenten hatten es mit den Parteien akkurat wie die Engländer mit Hahnen, welche mit einander kämpfen und bedeutende Wetten entscheiden sollen. Jeder Agent stärkte, steifte seine Partei, blies ihr den Kamm in die Höhe, kämmte ihr die Schwanzfedern, schnitt die Sporen zu, kurz tat alles, um dieselbe stolz auf den Kampfplatz zu führen und wenn nicht mit Ehren, so doch als Sieger davon wegzugehen. Wie es nun den Hahnen geht, ob sie auf dem Platz bleiben, Federn verlieren oder lebensgefährlich gepickt werden, ist denen, welche die Hahnen halten, ganz gleichgültig, wenn sie nur gewinnen und wirklich Geld kriegen. Merkwürdig ists zu sehen, wie solche Hahnenhalter oder Rechtsagenten mit ihren Parteien zu Gericht marschieren und vor Gericht aufmarschieren; es ist ein irländisch Bild, welches wir auf ein andermal versparen. So wurde von seinem Rechtsbeistand auch Johannes gekämmt und gesteift, und Johannes ließ sich steifen und kämmen, obgleich er das größte Mißtrauen in den Rechtsagent setzte, denn gar merkwürdig ist das Menschenherz. Es ist wohl selten ein Mensch, welcher nicht den Teufel fürchtet und haßt, und doch glauben von Natur alle lieber dem Teufel als Gott, setzen ein größer Vertrauen auf den Teufel als auf Gott, und von Hunderten würden auf Zureden des Teufels immer Sechzig in den Apfel beißen. Wären wir ein Weib und nicht ein Mann, so würden wir wenigstens von Neunzig reden.

Käthi hatte darüber eine schreckliche Angst. Ein Eid kam ihr ganz schrecklich vor; soviel sie wußte, war in ihrer Familie nie einer getan worden. Es machte sie schlaflos; ein Eid kam ihr wie eine Verletzung der Seele vor, wenn sie auch so im Allgemeinen sagte: Ja, ja, sie habe nichts dawider, ein rechtmäßiger Eid werde wohl erlaubt sein, es heiße so im Fragenbuch. Aber doch sei es ihr grausam zuwider, wenn Johannes einen tun sollte; gar leicht sei die Seele berührt, und er sei ihr einzig Kind, und wenn sie einmal nicht wieder zusammenkommen sollten, sie grämte sich zu Tode.

Doch der Eid ging nicht vor sich, es legten sich Mannen dazwischen. Das ist ein ganz eigen Wort: dManne – haben gesagt, sich dazwischengelegt, dem Spiel ein Ende gemacht. DManne, das sind nicht die Erwachsenen, nicht die, welche

Weiber haben oder gar Gemeinderäte sind, oder auch Neuhäuser ohne Knöpfe, aber mit Bärten. DManne können Gemeinderäte sein, Weiber haben, Bärte oder Knöpfe, das ist gleichgültig, aber drei Dinge dürfen nicht fehlen: ein weiser Rat, ein festes Wort und saubere Finger. Das sind drei Worte und drei Dinge, welche nicht zu oft beisammen sind, aber beisammen sein müssen, um jemand zum Mann zu machen, der als ein solcher gilt in allen Dingen und bis zu seinem Tode. Diese drei Dinge sind notwendig, um ein Individuum zu einem Manne zu machen, um unter dManne gezählt zu werden, so notwendig, als drei Linien nötig sind zu einem Dreieck. Ratsherren, Regierungsdinger von allen Sorten, Präsidenten usw., solche Dinger macht man viel wohlfeiler. DManne ohne andern Titel und mit der selbsterworbenen Würde, wozu weder Patent noch Diplom nötig ist, bilden eine große, unsichtbare Macht, sie sind die Felsen am Meeresstrand; wo dManne anfangen zu fehlen, wo der Statthalter sagen muß: «Verzeiht, Junker Landvogt, mr hey se nit, mir hey se nit», da hats gefehlt, da ist das Volk trotz allen Ratsherren, und hätte man sie wie Sand am Meere, unberaten und Beute von Schnapphähnen und andern reißenden Vögeln und Volksliebhabern. DManne machen einfach durch ihre Persönlichkeit den Dorfgeist, machen Zucht und Ordnung, erhalten das Streben nach oben bei aller Unterordnung gegen höhere Geister und obere Mächte, ersetzen, wenn es sein muß und die Obrigkeit oben abfault, die Gewalt, welche das Volk in seinen Fugen hält, sie sind die Volksratsherren, zu welchen Witwen und Waisen, zu welchen alle Bedrängten und Ratlosen zu Rate gehen. Sie sind aber nicht zu verwechseln mit den sogenannten Dorfmagnaten oder Dorfmatadoren; oft ist ein Dorfmagnat wirklich ein Volksratsherr im besten Sinne des Wortes, oft aber ein Dorftyrann, und die eigentlichen Volksratsherren, dManne, sind seine bestimmten und ausgesprochenen Gegner. Oft geschieht es wohl auch, daß einer ein Mann scheint, aber der Schein vergeht, ein gleisnerisch Wort kommt zum Vorschein, falsche Räte, und die Finger werden allgemach unsauber, wie Gelegenheit ebenfalls Diebe macht. Ein Solcher kommt in vernünftigen Zeiten nie mehr zu Gnaden, bloß in trüben, aufgerührten, wo es ist mit der Zeit wie zu Zeiten mit den Teichen: es hebt der Schmutz sich obenauf, man mag machen, was man will, man warten muß, bis der da oben ander Wetter macht.

Solche Manne legten sich dazwischen. Diese werden von einer Sorte Rechtstreiber gefürchtet wie das Schwert und gehaßt wie Gift, jedoch nur heimlich und verblümt werden sie verdächtigt, denn sie gehören zum Volke und können bedenklich schaden. Einer der Schläger hatte einen Vater, welcher ein solcher Mann war, und zwar von den bessern einer. Es sollte geschworen werden, man wisse nicht, wer gestochen habe, oder Johannes sollte schwören, er wisse bestimmt, wer gestochen, bestimmt, daß nicht einer von seinen Freunden es gewesen sei usw. Der Mann hatte alle Ursache, zu glauben, sein Sohn habe das Messer gebraucht, und es schien ihm nicht recht, daß derselbe straflos darauskomme, denn er haßte das Messerziehen als etwas Banditenmäßiges sehr. Er gab so halb und halb Notwehr zu, aber es dünkte ihn hart, daß Johannes so schwer gestraft sein sollte, vielleicht sein Lebtag arbeitsunfähig, und Kosten und Schmerzen an sich selbsten haben oder aber einen falschen Eid tun müsse. Es dünkte ihn, wegen einigen Talern sollte man keine Seele versuchen, vielleicht verloren gehen lassen. Er steckte sich hinter einen Mann in Johannes' Gemeinde; derselbe fand die Gelegenheit, Johannes die Sache aus dem rechten Gesichtspunkte darzustellen, ihn aufmerksam zu machen, daß es sich eigentlich handle um seine Seele oder den Verlust des Prozesses, indem die Fragen so gestellt seien und er so hineingearbeitet, daß kein Ausweg mehr für ihn sei. Johannes polterte gewaltig, endlich begriff er, daß eine Vereinigung um jeden Preis für ihn das Beste sei. Wiederum wurde eine Freundlichkeit angestellt und dafür gesorgt, daß man nicht mit Schimpfen beginne und mit bösern Köpfen fortgehe, als man gekommen. Die Rechtstreiber wurden nicht beigezogen. Endlich wurde ausgemacht um eine runde Summe, welche Johannes erhielt, dabei aber seine Kosten, sowohl Rechts- als Arztkosten, übernehmen mußte.

Es war Johannes schwer, in diesen Apfel zu beißen. Zwei Gespenster standen vor ihm, vor beiden bebte seine Seele. Das eine Gespenst war ein zweifelhafter Eid, wie es deren viele gibt, wo man sich mit Gewalt einredet, man habe recht, und es wirklich glaubt, bis der Eid getan ist. Dann fällt es plötzlich wie eine Binde, ein Nebel von den Augen, und klar und fest steht der Meineid da, und er weicht nicht mehr, er macht sich Platz in der Seele, gräbt seine Krallen alle Tage tiefer ein; denn da will er Herberge für immer, will der wüste Teufel sein, welcher in des armen Sünders Seele die Hölle bereitet. Das andere Gespenst war ein armer Krüppel, arbeitsunfähig, mit gelähmtem Arme. Der arme Krüppel siechte, bettelte, fror und hungerte, war allen eine schwere Last, ein Stein des Anstoßes, wohin er kam, und dieser arme Krüppel war er selbst. Krüppel im fünfundzwanzigsten Jahre, sonst so stolz, aufbegehrisch, Korporal, und jetzt ein Krüppel, und wie viele lange Jahre durch! Und wie oft wird er wohl hören müssen, daß ein Vater zu seinem Buben sagt: «Sieh, Bub, den da, der war einmal einer der stolzesten Bursche und jetzt ein armer Bettler, so lange ich mich besinnen mag. Er fing Streit an und trug einen lahmen Arm davon. Sieh, so geschwind hats dem Menschen was gegeben, und so wenig ist nötig, so ist er nichts mehr. Darum,

Bub, bleibe demütig, und soviel an dir, so halte Frieden, damit, wenn es dir was gibt, die Menschen nicht sagen: dem geschieht es recht, du dir nicht selbst vorwerfen mußt, als geschehe dir recht und sei wohlverdient.» Das ist ein grausig Gespenst für einen jungen Menschen, der meinte, er hätte nach niemand zu fragen, der beim dritten Worte sagte, er lasse sich nicht kujonieren und frage niemand was nach. Dieses Gespenst sah ihn grausig mit hohlen Augen an, hob die rechte Hand und daran drei Finger auf und stand vor ihm Tag und Nacht, und aus dem bleichen Munde quollen ohne Unterlaß die Worte: Schwöre, schwöre! Den Eid tat er nicht gerne, er schauderte, wenn er daran dachte; aber dann ein armer Krüppel sein, ein Bettler sein Leben lang! Er hatte sich eingeredet, er werde, wenn er schwöre, eine Pension erhalten oder doch eine so große Summe, daß er von den Zinsen leben könnte. Dieses Hoffen und das Fürchten vor dem Eide hatten in seiner Seele täglich sich gestritten; bald war das Eine Meister, bald das Andere, doch keines lange. Das Besiegte erhob sich mit neuer Macht und ließ nicht ab, bis es die Oberhand hatte, doch nur, um wieder unten zu liegen.

Als nun die Manne ihn in die Hände nahmen, redeten sie ihm ganz anders, als ihm sonst geredet worden war. Sie sagten ihm: «Sieh, du erbarmest uns, darum wollen wir versuchen, es auszumachen, darum tue vernünftig. Sieh, du tust den Eid ungern, und rechtmäßig und ohne Gefährde kannst du ihn nicht tun, man mag dir sagen, was man will. Und tust du ihn doch, so hast du einen Eid auf dir, den wäscht der Rhein dir nicht mehr ab, und gewonnen hast du nicht viel, denn man wird dir beweisen, daß du deinen Arm selbst verpfuscht hast, daß er längst wieder gut wäre, wärst du bei einem rechten Arzt geblieben; noch mit anderm kommt man dir vielleicht, was das Blatt wenden, das Prozedieren dir vielleicht doch dann verleiden könnte. Darum mach aus! Billig und recht ists nicht, daß du alles allein tragest, denn das Messer zu ziehen ist unrecht. Aber denk daran, du hast angefangen, denk, ob es nicht möglich ist, daß jemand eure Abrede gehört habe und hintendrein auch noch reden könnte! Darum ist es billig und recht, daß du auch was leidest. Wir geben es zu, es kommt dir schwer und du vermagst es fast nicht. Aber deretwegen ist dir nicht mehr erlaubt als Anderen, du hättest zu rechter Zeit daran denken sollen.» So sprachen die Mannen, und Johannes fühlte die Wahrheit ihrer Worte wie ein zweischneidend Schwert, und er mußte bekennen, wenn die gleich anfangs dahintergekommen wären, so wäre die Sache nicht so weit gelaufen. Er machte also endlich aus um eine runde Summe und hoffte dabei, daß ihm über seine Kosten aus immer noch ein Ziemliches übrig bleibe, und einer der Mannen gab ihm noch den Rat mit, er solle sich im Spital zu Bern, die Insel genannt, melden, dort werde er unentgeltlich kuriert oder aber in ein Bad geschickt und ebenfalls unentgeltlich, wie bekannt. Johannes sagte, er hätte auch daran gedacht, aber des Prozesses wegen wäre er nicht gegangen.

Der Rechtsagent oder Anwalt von Johannes ward schrecklich böse, als Johannes ihm die Nachricht von der Vereinigung brachte und seine Rechnung verlangte. Jetzt schimpfte er mörderlich über die Bauern, welche arme Knechtlein auf solche Weise beschummelten, und über die dummen Knechtlein, welche sich so beschummeln ließen. Hätte er ihn machen lassen, für wenigstens tausend Gulden wäre er ihm gut gewesen, jetzt solle er sehen, was ihm übrig bleibe, er werde Augen machen, sagte der Rechtsagent. Sei das jetzt, wie es wolle, so sei es ihm zuwider gewesen, zu eidigen; ein Eid sei immer eine schwere Sache, habe man recht oder habe man unrecht, entschuldigte sich Johannes.

«Ja, du Narr», sagte der Agent, «für dumme Leute, welche noch den Pfaffen glauben, denen Dolders schwarzen Vögeln; aber wer ein wenig in der Nase hat, was Trumpf ist, dem ist ein Eid und eine Prise Schnupf akkurat gleich. Ein paar Worte, damit ists aus, und kein Hahn kräht darnach. Der Teufel kam noch nie und holte einen, wenn er schwur nach seinem Kopf und nicht nach der Sache. Was frägst darnach, tot ist tot, und was die Pfaffen schwätzen von der Ewigkeit, ist Gstürm, kein rechter Mensch hält ihnen was darauf, und wer leicht aufgeheitert ist, lacht sie aus, und nur das dumme Volk und Tröpfe wie du lassen sich den Bölimann machen und ins Bockshorn jagen.»

Während er also seine scharfsinnigen und tiefgehenden Ideen entwickelte, machte er seine Rechnung. Praktischer Sinn war ihm nicht abzusprechen; so er Geld witterte, ließ er sich die Rechnung nicht zweimal fordern, ausgenommen wenn er jemand länger im Netz behalten wollte und nicht zu fürchten brauchte, daß das Geld derweilen ausgehen könnte. Gänse, welche sich rupfen ließen und welchen die Federn immer nachwuchsen, liebte er ungeheuer. Diese Rechnung fiel allerdings aus, daß sie Johannes die Augen übertrieb, denn ihm blieb fast nichts übrig. Der Agent sah sein Erschrecken wohl, und gewöhnt, aus dem Stegreif zu reden, sagte er: «Erschrick nur, du hast recht. Da nimm Exempel, wie es geht, wenn man so dummen Bauern und Dorfmagnaten mehr glaubt als guten Freunden, welche die Sache verstehen. Hättest du die Finger aufgehoben und mich machen lassen, die Sache wäre anders gekommen, ich bin dir gut dafür, denen hätte ich es zeigen wollen, was Stechen kostet. Aber es ist einer nur ein Narr, wenn er sich euretwegen Mühe gibt; was Gutmeinen ist, das wißt ihr nicht und lernt ihr nicht. Ich habe dir nicht zu viel aufgesetzt, im Gegenteil, weil du ein armer Bursche bist, so hatte ich ein Einsehen;

wenn du Verstand gehabt hättest und den Andern die Kosten überbunden, wohl, die hätte ich anders schroten wollen!»

«Ich habe wollen», sagte Johannes, «aber sie wollten nicht. Sie sagten, Ihr seiet gar ein Betrügerischer, sie wollten lieber nichts mit Euch zu tun haben.» «So, haben sie das gesagt?» fragte der Agent, «hast Kundschaft dafür, kann man es im Fall beweisen?» «Es war niemand weiter in der Stube, sagte Johannes. «Denen grauen Schelmen kommt das wohl; wohl, denen wollte ich den Marsch machen und ihnen zeigen, wer betrügerischer ist, sie oder ich; die müßten mich gut machen, daß besser nichts nützte. Aber damit du sehen kannst, wer es gut mit dir meint, sie oder ich, will ich dir, wenn du mich gleich bezahlst, zwei Taler schenken, obgleich mir deine verfluchte Freundlichkeit mehr als zwanzig Taler schadet.» Johannes erkannte diese Gutmeinenheit, zahlte, kriegte desto größeren Groll gegen die Bauern wieder in den Leib; dabei dachte er, er hätte der Mutter nie glauben wollen, wie schlecht die Welt sei, aber jetzt fange er doch an zu glauben, sie habe recht. Es sei keinem der Schelme mehr zu trauen, jeder wolle es gut meinen, und wenn man es glaube, so sei man betrogen und beschummelt. Wenn es aber einer gut meine, so müsse es der Agent sein; der habe sich seiner doch noch erbarmet, und als er gesehen, wie ihn die Manne betrogen wie die ärgsten Schelme, ihm zwei Taler geschenkt. Der gute Johannes begriff nicht, daß dem Agenten alles am Erhalten des Geldes lag, erstens, weil er in der Klemme war, großen Durst hatte, eine leckere Zunge und wenig Verdienst, und zweitens, weil die Rechnung eine Moderation nicht ertragen mochte. Ging nun Johannes mit derselben herum und klagte, so hätte man ihm gesagt: «Zahle nicht, laß dich angreifen, das macht sich dann anders, oder gehe und laß moderieren!» War die Rechnung einmal bezahlt, war das Ding viel schwerer, da mußte ordentlich geklagt werden, und zwar bei Solchen, welche eben wieder nichts mehr als Rechtsagenten sind, und ehe man solche Klagen wagt, welche zudem wieder viel Geld kosten, leidet man lieber vieles.

Mit viel Zorn über die Dolders Bauern, aber mit wenig Geld ging Johannes heim. Das seien die wahren Unglücksmacher, dachte er, und wenn man denen einmal auf den Leib könnte, sein guter Arm reuete ihn nicht; ob einer mehr oder weniger, es komme fast auf eins.

Gar manche Erscheinung dieser Zeit kann man sich nicht erklären, und zwar einfach darum nicht, weil gar viele Menschen von der gänzlichen Urteilsunfähigkeit der Menge keinen Begriff haben. Alle die haben keinen davon, welche selbst in diesem Spitale krank sind, und dann die größere Hälfte derer noch, welche mit dem Volke sich befassen. Bloß die pfiffigen Demagogen kennen sie und wissen sie auch auszubeuten. Man konnte sich nicht erklären, wie das Volk von heute auf morgen seine Ansicht ändern, Leuten volles Vertrauen schenken kann, welchen es ohne siebenfache Bürgschaft nicht drei Gulden anvertraut hätte, und doch ist dies einfach.

Eine große Masse ist urteilsunfähig, hat aber zwei Handhaben, woran man sie führen kann wie die Pferde am Leitseil: Mißtrauen und Eigennutz. Verleumde, verdächtige man ihr die besten Leute, welche die Wahrheit sagen und Recht und Ordnung wollen, und stelle sich dar als gutdenkend, verspreche, was man alles für sie tun wolle, lüge Vorteile her, daß Himmel und Erde krachen, und fahre dann fort im Lügen, Verleumden, Versprechen, Aufhetzen, so wird man eine urteilslose Masse an diesem Leitseil führen, bis daß sie die Beine schindet, den Kopf voll Beulen kriegt, die Finger statt im Honig in Wespennestern, das Haus leer von Brot, den Bauch voll Hunger hat; dann stolpert man über die

Wahrheit, und was der Verstand nicht einsah, das machen Beulen und Hunger begreiflich und klar. Kurz es geht der Masse akkurat wie unserm Johannes, der auch kein eigen Urteil hatte und doch Korporal war.

Nicht bald macht was so durstig als der Zorn, darum kehrte Johannes auf dem Heimweg ein, was er sonst wirklich in der letzten Zeit nicht öfters getan hatte, als er mußte. Dort war auch der Grotzenbauer mit einigen andern Freisinnigen, und alle weingrün. Sie redeten frei und freuten sich laut über die kommende Zeit, wo sie zeigen wollten, wer Meister sei und daß der Kern des Volkes der Bauer sei. Die Herren seien runter, jetzt möchten Fürsprecher und Schreiber auf den Thron, aber ohä, denen wollten sie zeigen, wer Meister sei. Sie, die Bauern, hätten eine Zeitlang gezahlt und gehorcht; jetzt wollten sie probieren, wie das Befehlen und Nichtzahlen gehe. Der Unglücksmacher und Agenten seien viel zu viel im Lande, an den halben sei es zu viel. Wenn der Napoleon noch lebte, so könnte man ihm ein Regiment auf die Beine bringen, und wenn das in Rußland dahinten bliebe, so wäre der Schaden nicht groß und niemand würde sich zu Tode weinen usw. Diese Reden machten den Johannes zorniger, also durstiger, und als er auch weingrün war, konnte er sich nicht enthalten, einige Worte gegen die Bauern fliegen zu lassen. «Wenn alle Unglücksmacher und Leuteschinder zum Land aus müßten, so könnte mancher Bauernhof feil werden, und wenn die Bauern regierten, so wäre es den armen Leuten besser, man schlüge sie vorher tot», so sagte er.

Nun gabs bös Blut und ungute Worte, und bei ihrem Auseinandergehen sagte der Grotzenbauer zum Beweis seiner Freisinnigkeit und wie unrecht Johannes den Bauern täte: «Wart, Bürschli, du bist mir gerade der Rechte, dir will ich es eintreiben, daß du an mich denken sollst und ehe es lange geht. Ich will dir zeigen, wer du bist, wenn ich schon nur ein Bauer bin, wie du meinst.» Das war auch ein Beweis nicht bloß von der Urteilsfähigkeit des Grotzenbauers, sondern von seiner Logik überhaupt, die mit Taten beweisen wollte, welche das Gegenteil auswiesen von dem, was mit Worten behauptet worden war.

Käthi hatte eine gar unendliche Freude gehabt, daß der Eid vermieden worden war. Jetzt, sagte sie, sei ihr wieder wohl, es dünke sie, man hätte allen Leuten genommen und ihr gegeben. Das hätte sie geplaget bis ins Grab, und noch im Grabe hätte sie sich umgekehrt, wenn ihr Kind einen Eid getan hätte. Die einen Leute hätten ihr gesagt, Johannes hätte recht, er solle nur schwören, die andern, er solle es nur machen, wenn er dem Teufel zu wolle, und so hätte sie keine ruhige Stunde mehr gehabt auf dieser Welt. Sie könne dem lieben Gott nicht genug danken, daß es so gegangen, und den Mannen, welche sich die Mühe hätten nehmen wollen, ein gut Wort noch zu rechter Zeit dareinzureden; da das glücklich vorbeigegangen, so dünke es sie, was jetzt auch noch kommen möge, es mache ihr nichts mehr, das Gräßlichste von allem hätte sie jetzt ausgestanden.

Am folgenden Morgen wusch Käthi im Bache ihre Erdäpfel mit einem stumpfen Besen und dachte bei sich: Gottlob, wie schöne noch! Vielen sollen sie gefault sein, und keinen einzigen faulen finde ich unter den meinen! «Machst sauber?» tönte eine rauhe Stimme hinter ihr. «Ich sollte», antwortete Käthi im Umwenden und erschrak sehr, denn es war der Grotzenbauer in eigener Person. «Du wirst nicht mehr wissen, wann der Frauentag ist», fuhr derselbe Käthi an, «oder meinst, das Häuschen sei deins und das Zinsen abgeschafft?» «Bewahre mich Gott vor solchen Gedanken», antwortete Käthi, «nein, so schlecht denke ich nicht, und der Frauentag kam mir nie aus dem Sinn, und schon längst hätte ich mit dir geredet, wenn ich dich angetroffen hätte. Es war mir, weiß Gott, nicht möglich, den Zins zusammenzubringen. Konnte nichts verkaufen, der Verdienst war bös, das Essen teuer, und wie ich auch gespart, ich konnte nur dürftig mich durchbringen, ohne jemand zu plagen. Gewiß, sobald der Verdienst kommt, müßt Ihr alle Kreuzer haben.»

Nun brach der Grotzenbauer los, fast wie ein Waldbach, der durch einen Erdrutsch in seinem Laufe gestört worden und endlich Bahn gefunden. Er wolle nicht Kreuzer, sagte er, er sei kein Bettler, er wolle den Zins. Er hätte des Dings satt und wolle nicht schlechte Leute zu Hausleuten, welche andern Leuten zur Last wären und vor denen man nicht ruhig sitzen könne in einem Wirtshaus, die kein Geld hätten, aber schnöde Worte, einen zuschanden machen möchten vor allen Leuten. Faule Leute, welche aufeinander säßen und nichts zu verdienen begehrten, nur darauf ausgingen, die Bauern zu plündern und zuzugreifen, wo sie was fänden, solche Leute wolle er nicht haben unter seinem Dache; entweder solle sie ihn zahlen, und zwar in vierzehn Tagen, oder er nehme ihr die Sachen weg und jage sie aus, das ganze Pack miteinander, und den großen Schlingel voran.

SIEBZEHNTES KAPITEL

Wie es dem Grotzenbauer, dem neuen Helden, ergeht

Und als der Grotzenbauer das getan hatte, da ging er kühn von dannen; er hatte eine arme, demütige Frau niedergedonnert, er hatte einer armen Mutter die Schläge gegeben, welche er dem Sohne angeflucht, er hatte gezeigt, potz Himmelsakrament, daß er der Grotzenbauer sei und solche Lumpenleute nicht fürchte. Und dahin ging er, das Bewußtsein im Herzen, daß er eine Heldentat getan habe an einer ehrlichen alten Frau. Man hat heutzutage Helden von gar verschiedenen Sorten, darum muß man sich über den Grotzenbauer nicht wundern und sein eigentümlich heldentümlich Bewußtsein. Es wechseln halt die Moden in allen Dingen, und so auch die Moden im Heldentume. Bald heißt man die Helden, welche am längsten stehen, bald Solche, welche am längsten laufen, bald Solche, welche Eide brechen, das Vaterland verraten, bald Solche, welche ihre Treue mit dem Tode besiegeln, bald Solche, welche alte Weiber plagen und Kinder kujonieren, bald Solche, welche keinen Wurm zertreten, aber voranmähen in der Schlacht, sich und Hundert in die Luft sprengen. So ists auch mit den Weisen: ehedem mußten sie graue Bärte haben, jetzt liebt man Milchschnäuze, besonders wenn sie etwas nach Wein riechen. Je nach der Mode bildet sich auch das Bewußtsein; darum wollen wir es dem Grotzenbauer, einem treuen Kinde seiner Zeit, einem Modehelden, nicht verübeln, wenn er stolz war auf seine Heldentaten an unserer lieben, alten Käthi. Gab er sich doch auch nicht für einen alten Helden aus, sondern machte bloß Anspruch auf das Neuheldentum, dessen Kraft besonders im Maul sitzt, und zwar in jeglicher Beziehung. Denn eben auch in Beziehung auf das Organ des Heldentums, seinen Sitz, wechselt die Mode: bald ists oben, bald unten, bald hinten, bald vornen, bald im Kopf, bald in den Füßen, bald im Schnauz, bald in den Haarlocken, kurz bald hier, bald da, was man gar nicht nennen mag. Und wenn man das Ding bloß nach der Wirkung mißt, so ist es manchmal auch wirklich akkurat gleich. Hätte man zum Beispiel eine Batterie von Vierundzwanzigpfündern auf ein Regiment Kürassiere losgelassen auf zwanzig Schritte Distanz, so wäre dem Regiment akkurat nichts anders widerfahren als der alten Käthi durch den Grotzenbauer, es wäre halt niedergedonnert worden.

Niedergedonnert war Käthi wirklich auch und kam vor lauter Schreck lange nicht zum eigentlichen Jammer. An den verfallenen Zins hatte sie nicht gedacht, und jetzt, wo eine schwarze Wolke verschwunden war, sie lauteren, hellen Himmel gesehen hatte, auf einmal der Donnerschlag, fortzumüssen aus der alten Hütte mit dem gelähmten Sohne und dem unmündigen Kinde: war das nicht schrecklich? Und alles so Knall und Fall, nachdem bereits das Stückchen Land umgegraben, der Salat gesäet, die Bohnen gesteckt, der Flachsplätz gerüstet und die Kartoffeln zum Setzen erlesen waren! Jetzt fort, und wo sein, und wo pflanzen, und was essen, wo liegen, da der Bauer des Zinses wegen wahrscheinlich auf die Betten griff? Und warum kam der Bauer so in Zorn? War es wohl einzig wegen der siebeneinhalb Taler? Da kam es Käthi in den Sinn, was der Johannes gesagt, als sie ihn besucht hatten, über die Bauern und was mit ihnen geschehen solle, und ob er etwa hier auch so geredet und er wirklich so gesinnt sei, das fiel Käthi bei. Das machte Käthi noch mehr angst, denn wenn das auskomme, werde Johannes, wenn nicht gerädert, so doch geköpft, dachte sie.

Die gute Käthi war in Beziehung auf die Welthändel und den Zeitgeist auch nicht urteilsfähig, wie man sieht. Sie wußte, was recht und ehrlich war, sie wußte, was sie schuldig war, und daß was man schuldig sei, man zahlen müsse. Sie glaubte, daß Stehlen Stehlen sei, sei es nun viel oder wenig, und daß man halten müsse, was man versprochen, sei es nun Menschen oder Gott, sei man ein Obergerichtspräsident oder eine alte Käthi; das glaubte sie. Sie wußte nicht, daß der Grotzenbauer ihr Sachen angedroht, welche er nicht ausführen konnte, denn so geschwind geht Ausjagen und Ausplündern nicht, und wegen solchen Reden, wie Johannes führte, hängt man niemand mehr, ja man hat Obrigkeiten in der Welt, welche in großer Verlegenheit wären, wenn sie jemand strafen sollten, der so etwas wirklich auch täte. Käthi verlebte vielleicht den bittersten Tag in ihrem Leben und dachte öfters, so ergehe es einem, wenn man sein Herz an was Irdisches hängen, etwas erzwingen wolle in der Welt. Wären sie im letzten Herbst ausgezogen, so hätten sie doch vielleicht einen barmherzigeren Hausherrn erhalten und könnten jetzt ungesorgt pflanzen und sein und fänden Geduld mit dem Zins, bis der Flachs verkauft sei oder sonst ein paar Batzen zusammengebracht. Jetzt sei der Kelch, welchem sie damals entronnen, wieder da, werde getrunken werden müssen und sei viel, viel bitterer, als er im Herbste gewesen, jetzt, wo es so schön werde im kleinen Grunde, so schön die Vögelein sängen, so fruchtbar alles sich anlasse.

Mit ihrem Schmerz war sie allein, ihr Sohn war nicht daheim, er war nach Bern gewandert, um sich im Spital vorzustellen und Heilung zu erhalten, und jemand anders die Sache klagen durfte sie nicht, sie schämte sich; sie schämte sich wegen Johannes, sie schämte sich wegen der Sache selbst. Sie durfte nicht einmal dem Johannesli klagen, sie durfte ihm nicht sagen, was sie denke vom Vater und was er gesagt haben konnte. Selben Tag, die ganze Nacht und den folgenden Tag würgte Käthi an ihrer Angst, ihrem Leid und konnte sie nicht verwürgen; da dachte sie, was ihre Hausbäurin ihr gesagt hatte: «Wenn es was gibt, so komm abends, wenn er im Wirtshaus ist.»

Sobald Johannesli zu Bette war, machte sie sich auf, aber mit klopfendem Herzen. Es machte ihr Angst, das Kind alleine und schlafend im Häuschen zu lassen, sie hatte Angst, so spät abends noch fortzugehen, und Angst, sie könnte doch unversehens dem Grotzenbauer vor die Augen laufen. Glücklich kam sie zum Hause, schlich um dasselbe wie die Katze ums Mäuseloch, guckte zu diesem, zu jenem Fenster ein, konnte nichts ergucken, mußte endlich klopfen an die

Küchentüre, und glücklicherweise gab ihr die Bäurin selbst Bescheid. Dieser klagte sie ihr Leid. «Sieh», sagte die Frau, «daran ist dein Bub schuld. Warum geht er in die Wirtshäuser, säuft sich voll, räsoniert über die Bauern und wie man ihnen es machen werde! Dies, begreifst, macht nicht gutes Blut.» Käthi wollte erklären, wie das sicher nicht so bös gemeint sei. «Sei jetzt das, wie es wolle», sagte die Frau, «so habe nicht Angst. Pflanze wie sonst, so geschwind geht das Ding nicht, und ich glaube nicht, daß es ihm ernst ist, er will oft nur zu fürchten machen. Ich wäre längst gefressen, wenn er alles ausübte, was er droht, und kein Mensch weiß, wie alles schon gegangen wäre. Er wollte an dir seinen Zorn auslassen und dir eintreiben mit Angst, was dein Bub sich an ihm verfehlt; so gehts ja, daß man den Unschuldigen plagt statt den Schuldigen. Aber das muß ich dir sagen: deinem Bub sage, daß er künftig sein Maul halte! Es hat keine Manier und Art, wenn man so ist wie er und unsereinem tut, was er kann, so zu kommen und nehmen zu wollen, was ihm beliebt. Es ist zwar nur geredet, aber aus dem sieht man doch, wie er es meint. Unser Pfarrer sagte uns manchmal, jedes Wort sei ein Zeugnis unseres Inwendigen, ein Gedanke mit einem Kleide oder einem Leibe, und jeder habe ein Recht, dem Menschen seine Worte als solche Zeugnisse aufzunehmen. Darum habe man sich auch in acht zu nehmen, was man sage, und wenn hinterher einer lange sage, es sei ihm selbmal nicht ernst gewesen, so könne man auch nicht wissen, obs ihm jetzt ernst sei, wann es ihm ernst sei; man könne ihm nicht glauben, sei aber in Versuchung, ihm das Schlimmste zuzutrauen, so sagte der Pfarrer. Ich habe es meinem Manne auch gesagt, aber der meint, Reden sei die Hauptsache, denken könne man, was man wolle, selb hätte nicht viel zu bedeuten. Er ist auch auf die neue Mode. Dein Bub ist noch jünger, bericht ihn anders; es wäre mir leid, wenn du seinethalb noch mehr zu leiden hättest, denn du mußt es entgelten, über dich gehts aus, die Welt ist halt nicht gescheuter. Oh, ich bin schon manchmal so zornig geworden, daß wenn die Welt gläsern gewesen wäre, ich sie mit dem Besenstiel zerschlagen hätte. Doch gut Nacht, und schlaf ohne Kummer, aber jetzt geh; es ist mir lieber, er treffe dich nicht an einstweilen.»

Käthi blieb wirklich auch unangefochten und sagte oft bei sich, eigentlich sei es doch nichts gemacht, eine arme, alte Frau so zu erschrecken für nichts und wieder nichts; daneben sei es ihr doch lieber so, als wenn er Ernst gemacht hätte. Ein Ereignis trug auch bei, den Grotzenbauer die alte Käthi vergessen zu lassen.

In einer schwarzen, sternlosen Nacht – es war die erste Mainacht, wo die Hexen auf den Blocksberg reiten – erwachte der Grotzenbauer von einem dumpfen, seltsamen Geräusche. Er saß auf, er begriff nicht, was es war; es waren nicht die Rosse im Stalle, es war weder der Brunnen noch der Wind; er weckte seine Frau, sie begriff auch nichts an der Sache. Er ging ans Fenster, stieß ein klein Schiebfensterchen auf; die Fenster konnte man nicht aufmachen, sie waren nach der alten Mode in die Wand genagelt; er horchte hinaus. Es war schwarz draußen, kein Blatt regte sich an den Bäumen, aber bung, bung, bung machte es ums Haus herum in abgemessenem Fortschritt, akkurat wie eine abgespannte Trommel schlägt an militärischen Leichenbegängnissen. «Wer ist da, was soll das?» rief der Grotzenbauer hinaus, aber nicht mit fester Stimme, es rieselte ihm gar kühl von den Fußsohlen her den Rücken hinauf. Aber bung, bung gings ums Haus herum und nahm von Hans keine Notiz. Als es Hans fast gegenüber war, schlugs wie ein Wirbel, und plötzlich wards stille. Da kam eine Stimme von oben, gerade über ihm in der Luft, wie es dem Bauer schien, und die Stimme rief:

«Nachbarn und Freunde, es ist euch bekannt, daß der Grotzenbauer gestorben ist und wie und daß er hinterlassen hat nebst den Schulden seinen großen Hof, die Freisinnigkeit genannt. Die natürlichen Erben haben einstweilen nicht Lust dazu und wollen ihn nicht, ihm fehlt die nötige Ordnung, ihm fehlen gute Dienstboten und brav Vieh; aber wer ihn recht weiß zu nutzen, der wird ein reicher Mann, es ist alles da dafür, und er liegt darnach. Bietet brav, ihr Nachbarn und Freunde, tuts eurem seligen Freunde zu Lieb und zu Ehr; es wäre doch schlimm, wenn seine Freisinnigkeit an eine öffentliche Versteigerung müßte. Schreiber, leset die Voröffnung und die Steigerungsgedinge ab!» Eben wollte der Grotzenbauer dreinreden, da kam eine andere Stimme aus der Luft, fast wie aus dem Gipfel eines mächtigen Birnbaumes: «Mit gebührender Bewilligung läßt der Massaverwalter der Hinterlassenschaft des seligen Hans Begehrauf, genannt der Grotzenbauer, Sameli Stybitz, an eine öffentliche Steigerung bringen und wird auf genugsames Bieten kaufsweise hingeben lassen: den großen Hof, Freisinnigkeit genannt, so noch nicht ausgemessen, aber unschätzbar und alles in einer Einhäge, Mattland, Ackerland, Waldung und Weidgang für Vieh, so viel man will. An Gebäulichkeiten stehen darauf ein laufender Springbrunnen, dienlich fürs Federvieh, besonders für Enten oder Schneegänse, ein Branntweinkessel mit zudienlichem Loch, eine Scheuer zum Aufbewahren von Gegenständen, das schöne Wohnhaus, wenn es neu repariert wird, und endlich viel Platz zu zweckdienlichen Bauten, böhmischen Dörfern oder spanischen Schlössern. Rechte gehören noch dazu: zwei Fuß in der Kälberweide zur Hoffnung, ein Achtel Fuß im Sesselgraben, sieben Drittel Fuß im Renggloch und endlich Frevelrechte nach Belieben im Staatswald. Beigaben: der diesjährige Staub und ein Wagen, der dazu eingerichtet ist, Schweine zu Markte zu fahren, aber alsbald zum Staatswagen kann eingerichtet werden. Verhaftungen: eine Bürgschaft in der Verlassenschaft des Fürsprech Nix, eine Streitigkeit mit des Seligen Halbbruder Fritzli Häbdi, den Achtel Fuß im Sesselgraben betreffend, eine Abrechnung mit sieben Wirten und einer Kellermagd, dato noch nicht ausgerechnet, und endlich einige noch nicht ausgemittelte Versprechungen an einige Vaterlandsfreunde. Beschwerden, Zehnten und Bodenzinse sind umgewandelt in persönliche Leistungen: zu erscheinen bei allen Volksversammlungen, zu stimmen nach Befehl und jährlich bei den gedachten sieben Wirten zu verzehren vierzehnhundert Gulden. Gedinge: äußerst günstig. Die Restanz lassen die allfälligen Erben stehen nach Belieben. Bürgen genügen, und auf die Gesinnung wird gar nicht gesehen; wenn sie solid sind und habhaft, genügt es. Schließlich wünschen die Erben, daß der Ersteigerer die Freisinnigkeit, welche in den letzten Tagen des Erblassers etwas in Verfall geraten, neu decken und frisch anstreichen lasse zu Ehren der Familie. Schließlich wird bekannt gemacht, daß jedem Bietenden Bons ausgestellt werden, gut für sieben Maß Wein und sieben Bratwürste, zahlbar in einem Jahr, wer noch lebt nämlich. Also gegeben auf der Freisinnigkeit den 1. Mai 1846. Der Massaverwalter Sameli Stybitz, dato obrigkeitlicher Krüschler und freisinniger Honigtopfverwalter.»

So las der Schreiber, und dem Grotzenbauer war die Furcht vergangen, der Zorn gekommen. Er dachte an die alten Bubenwitze, welche in unserm, man kann nicht sagen nüchternen, auch nicht trockenen, aber materiellen, berechnenden Zeitalter selten geworden sind, und gedachte an Hans und die Dornhalde. Schon wollte er hinausstürzen, da tönte neu die Stimme von oben: «Nun, ihr Nachbarn und Freunde, bietet brav, zeigt jetzt eure Freundschaft, jetzt kann der Gestorbene und, so Gott will, selig Gestorbene sehen, wer sein wahrer Freund war, seine Freisinnigkeit im wahren Werte schätzte. Und jetzt geht es an, Weibel, ruf aus!» Da fesselte ihn die Neugierde wieder ans Fenster; es nahm ihn doch wunder, wie das ablaufen sollte, und je mehr er höre, desto eher gedachte er die Täter zu erkennen. Auf den Ruf des Weibels begann es lebendig zu werden rundum von allen Bäumen, aus allen Ecken; das bot, das trieb Witz! Da wurde eine schauerliche Kritik geübt, die den Grotzenbauer nicht zur Haut aus trieb, sondern zum Fenster hinaus. Er sprengte eins auseinander. Da ward es plötzlich stille draußen, jede Stimme verstummte, kein Blatt rauschte an den Bäumen, stockfinster wars rundum, verschwunden war die ganze Steigerung wie ein Gespensterspuk. Diese Stille fuhr dem Grotzenbauer wieder in die Glieder, denn es gibt wohl nichts Schauerlicheres, als wenn ein reges Leben um uns plötzlich versinkt, Nacht und öde es um uns wird, kein Sinn was wahrnimmt, wenn man so auf einmal zur blinden Kuh wird, welche was haschen möchte und nur an Bäume schießt oder sonst an was Hartes, aber an keinen Menschen. Er brüllte wohl, er wolle den Donnern runterhelfen, lief zum Hause, rief die Knechte, tat, als ob er sieben an einen Spieß stecken wollte wie Leipziger Lerchen. Aber gut zumut war ihm doch nicht, und der Laterne, welche die Knechte endlich brachten, ging er nicht voran, und auf die Leitern, welche er bringen ließ und an die Bäume legen, stieg er nicht; er benahm sich mit einer Vorsichtigkeit, welche sonst nicht sein eigen war. Und als endlich niemand gefunden ward, auf den Bäumen nicht, beim Hause nicht, nirgends, da ward es ihm unheimlich im Gemüte. Der Teufel werde es doch nicht gewesen sein, sagte er und ging ins Haus.

Sich als tot ausrufen, seine Freisinnigkeit versteigern hören hat schon an sich was Unheimliches, etwas, das böse Ahnungen wecket; denn man sage mir nichts, aber die Freisinnigen sind in casu immer so abergläubisch als die Konservativen, man hat Beispiele von Exempeln. Endlich aber niemand finden, nichts als schwarze Nacht, nicht wissen, wer gerufen, und die Stimmen kamen doch von oben, das alles hatte etwas, welches durchaus nicht freisinnig im Grotzenbauer herumkrabbelte und -wurmte. Es ging ihm gleich wie dem Johannes, er stand auch zwischen zwei Gespenstern. Bald glaubte er, das habe ihm der Hans angetan mit den andern Nachtbuben; dann ward er schrecklich zornig über solche Frechheit und traurig über das Vaterland, daß man seinen Liebhabern ihre Liebe also lohne, daß noch so schrecklich viele Jesuiten und Aristokraten im Lande seien; das Geld fließe von ihnen, so viele Finsternis sei, so dumme Leute und so viele so dumm, das sei das Schrecklichste. Er hob den Fuß, dasselbe der Gemeinde anzuzeigen, daß sie von ihr aus den Handel untersuche und auf ihre Kosten die Schande tilge, daß in einer so freisinnigen Gemeinde so was begegne, einem freisinnigen Manne seine Freisinnigkeit öffentlich zu versteigern und auf so spöttische, anzügliche Weise.

Dann aber kam es ihm doch wieder vor, das Ding sei was andres. Die Knechte wollten nichts gehört haben. Der Meister fluchte nur mit ihnen und arbeitete selten mit ihnen, und solche Meister sind selten beliebt. Seine Frau wußte auch nicht viel zu sagen. Als er zum Fenster gegangen, habe sie der Schlaf übermannet, sagte sie. Die Stimmen kamen von oben, man hatte von seinem Tode geredet, allerlei sonst, das ihn tief in die Seele brannte, das er Geheimnis glaubte. Wars doch vielleicht eine nächtliche Erscheinung in der Mainacht, eine grause Vorbedeutung seines baldigen Endes? Das bloß mit Wasserfarbe übertünchte Alte trat hervor, und der Grotzenbauer fing an, ernst zu bedenken, was er eigentlich sei, was er werden und wohin er fahren könnte. Es wurde nun viel über ihn geklagt, seine Freisinnigkeit nehme stark ab, seine persönlichen Leistungen bei den sieben Wirten erfülle er nicht; dagegen ward er manierlicher gegen die andern Leute, machte niemand mehr Stierenaugen, und die alte Käthi ließ er ganz in Ruhe.

ACHTZEHNTES KAPITEL

Johannes wird gesund am Herz, muß aber ins Bad wegen des kranken Arms

In Bern war, wie man zu sagen pflegt, der Johannes vor Schausaal gewesen. Die Herren Doktoren und Professoren hatten ihn beschaut und befragt, hatten gewelscht und einander angeblickt, und darauf hieß es: Er solle die Kutte wieder anziehen und abtreten. Er möchte den Bescheid wissen, sagte er. Den werde er vernehmen, hieß es, er solle nur abtreten. Noch was, sagte Johannes, er hätte es bald vergessen. Die Herren drehten rasch sich um, glaubten was Neues, eine andere Verletzung, andere Ursache, Motiv, Erscheinung zu vernehmen. Er sei Korporal im Auszug, sagte Johannes und sah die Herren stark an. «So», sagten diese und drehten sich so, daß Johannes nicht sah, wie sein Wort wirkte. Als die Beschauung vorüber war, wurden deren Resultate den Wartenden eröffnet. Als Johannes dann abgelesen wurde, daß er eine Badefahrt erhalten, freilich erst bei der zweiten Fahrt in der Mitte des Sommers, da sagte er im Weggehen: Es sei doch gut, daß es ihm noch in Sinn gekommen, zu sagen, er sei Korporal, sie hätten ihn sonst beim Hagel nicht genommen; das aber habe gewirkt und Respekt gemacht, sie hätten gewußt, daß sie ihn zu ästimieren hätten.

Sonst aber war Johannes nicht breit, wie man diesen Worten nach hätte glauben sollen, sondern sehr schmal. Wie es zu gehen pflegt, auf dem Wege nach Bern hin und her hatte er hundertmal seinen Fall erzählt, und wenigstens zweihundert Geschichten hatte er vernommen von solchen Fällen und was sie für einen Ausgang genommen, und zwar zumeist einen schlechten. Den Einen war der Arm so klein geworden wie ein Kindsärmlein, daß sie nicht einmal mehr zu einem Schneider taugten, Andern war er endlich ganz verschwunden, daß man gar nicht wußte, wohin er gekommen, oder es trat der Brand dazu, oder es artete in eine Auszehrung aus, oder in eine Wassersucht, oder gar in einen Hirnebrand, kurz es war fast keine Krankheit, welche ihm nicht in Aussicht gestellt worden wäre. Das war ihm auch nicht entgangen, daß die Herren einander bedenklich angesehen, und wenn sie welscheten mit einander, so sei die Sache nicht richtig, das sagte man ihm allenthalben. Und jetzt mußte er noch bei zwei Monaten verdienstlos warten, ehe er an eine Besserung nur denken durfte, mußte von der Mutter Verdienst leben, sie aufzehren!

Das begann ihm alle Tage härter zu werden. Die Augen waren ihm nach und nach, besonders seit der Prozeß zu Ende war, aufgegangen; er sah, wie schwer es der Mutter ward, sie zu erhalten, wie wenig sie aß, wie sichtbar sie magerte. Von dem Gelde, welches er erhalten hatte, war ihm, nachdem er alle seine Kosten berichtigt, wenig übrig geblieben. Was er hatte, wollte er wirklich der Mutter geben; sie aber wollte nicht alles, nur das Nötigste, um einige Rückstände zu berichtigen beim Bäcker und für Milch. Er werde auch Geld brauchen im Bade, und wenn er da ein paar Batzen habe, so sei er froh, sagte die Mutter; so geldlos ihn in die Fremde lassen könnte sie nicht, nur zu seinen Hemden sollte er Sorge tragen, wenn er fort müsse. Einen Kreuzer Geld im

Sack müsse man allweg haben in einem Bade, sagte sie, sonst könnte es sich treffen, daß man fast Hungers stürbe.

Damit der Sohn nicht Hunger leide, aß sie einstweilen kaum halb genug. Sie hatte auch etwas Grund dazu. Sie war am Erdäpfelsetzen, dabei half ihr der Sohn, und das freute sie sehr; es gehe noch einmal so schnell und sei gar kurzweilig, wenn man einander helfe, sagte sie. Doch verrichtete er bloß die leichtere Arbeit, legte den Mist bei, die Erdäpfel ein; mit dem Spaten konnte er nicht umgehen. Aber bei dem Setzen minderte ihr Vorrat; sie sahe mit Schrecken, daß derselbe kaum noch wenige Wochen dauern werde, und dann – was essen? Sie hatte ein oder zwei Mäß dürre, aber das Kochen von dürren Erdäpfeln ist immer kostbarer als das Kochen von grünen, und dann sind zwei Mäß auch kein großer Haufe. Zudem grämte sie sich heimlich mit dem Gedanken, daß wenn der Johannes die Speise recht hätte, so wäre er auch eher auf dem Platze, und gar manches bösen Gedankens gegen dessen Meisterfrau, daß dieselbe ihn zu solcher Zeit aus dem Hause gestoßen, ward sie nicht Meister.

Wenn Käthi ihren Flachs zeigte, welcher wirklich sehr gleichmäßig gesäet war, nicht zu dünn, nicht zu dick, wie der Flachs wirklich schwer zu säen ist, so konnte sie sich nie enthalten, zu sagen: Der Johannes habe ihn gesäet, der könne es bsunderbar wohl, er hätte bei seiner letzten Meisterfrau alles allein gesäet; sie habe immer die schönsten Sachen gehabt weit und breit, und jetzt gehe sie und mache es ihm so, Schlechteres hätte man nicht leicht gehört. Aber in Gottes Namen, es werde auch vorbeigehen, und es werde so haben sein sollen. Sie müßte es sagen: wenn es nicht wegem Verdienst wäre, sie wünschte es nicht anders. Man wisse nicht, was man habe, wenn man bei einander sein könne, einander helfen und abraten bei Sachen, besonders wenn einer so fein und gut sei wie der Johannes. Sie müsse ihn rühmen, wie er mit allem zufrieden sei und vorlieb nehme, wie schlechtlich sie es ihm auch geben könne; aber sie hätte es in Gottes Namen nicht besser. Daß sie es nicht hätte, wolle ihr fast das Herz zerreißen, besonders weil sie sehe, wie es ihm leid wäre, daß er nicht verdienen könne, und wie er das Brot schone und vielleicht nicht genug nehme, weil er sähe, daß sie es nicht wohl hätte. Er könne sie grausam dauern, und das Wasser schieße ihr allemal in die Augen, wenn er da so sitze, seufze und ein schwermütig Gesicht mache und manchmal nicht wisse, wo er sei, daß man oft dreimal ihn ansprechen müsse, ehe er merke, daß jemand mit ihm reden wolle. Er sei ganz nicht mehr der Gleiche, wie ein Engel hätte er ein Gemüt und tue so weich und sanft, daß sie sich oft von ihm wegkehren müsse, weil sie denken müsse: stirbt mir der wohl auch noch?

In der Tat war Johannes so, und nicht bloß die Mutter sah ihn so. Das muß man sagen, das versteht sich nicht von selbst, denn bekanntlich sehen nur zu oft die Mütter ihre Söhne ganz anders als die übrige Welt. Das Herz der Menschen ist ein gar wunderlich Ding, es hat viel Ähnlichkeit mit einer Kalbsleber. Wer das Glück genossen hat, zuweilen mit Köchinnen ein vertraut Wort zu reden, der weiß, wie es mit der Kalbsleber ein sonderbar Ding ist, daß die gleiche Leber zart wird wie Butter oder zäh wie Sohlleder, je nachdem das Feuer ist, auf dem sie sitzt oder sitzen muß. Akkurat so hat es auch des Menschen Herz, das heißt es wird hart oder weich, bitter oder gut, je nachdem die Luft ist, in welcher er ist, während die entscheidenden Momente über ihn ergehen. Wäre Johannes bei seinen Anlagen und eingesogenen sogenannten Ansichten bei schlechten Leuten gewesen, welche seine Bitterkeit genährt, über Gott und Menschen aufbegehrt, ihre Zeit mit Plänen verbraucht hätten, wie sie die Macht in die Hand kriegen und wann der Augenblick gekommen sei, um loszuschlagen und zuzugreifen, so wäre Johannes ärger, bitterer, zurückstoßender geworden als je. Seine Lage hätte zu nichts gedient, als ihm die Glücklichern zeitlebens zu einem Steine des Anstoßes zu machen, dem er noch gerne einen Mühlstein an den Hals gehängt und ihn versenkt hätte, wo das Meer am tiefsten ist.

Nun war Johannes bei seiner guten, weichen Mutter, welche ihr Möglichstes tat, Genügen hatte bei wenigem und Gott und Menschen rühmte. Ihre Liebe zu ihm machte sein Herz weich, mild, und weiche, milde Herzen reflektieren ganz anders als harte, bittere, trotzige; in der Liebe spiegelt sich die Welt ganz anders als im Haß, so wie ein Menschengesicht auch ganz anders aussieht in kotiger Pfütze als im klaren See. Quasiphilosophen möchten vielleicht sagen, wo bei solchen Umständen die Freiheit des Menschen sei. Denn wenn die Beschaffenheit des Menschen abhange von der Luft, in welcher er sitze, so sei er ein unfreies, unzurechnungsfähiges Wesen. Wir haben vorhin von der Urteilsunfähigkeit vieler Menschen gesprochen und damit allerdings auch die Unfreiheit vieler Menschen behauptet; denn wer urteilsunfähig ist, ist unfrei, er wird hin- und hergetrieben wie ein Rohr im Sumpf vom Winde. Eben darum tut eines so not, was die Quasiphilosophen so gerne wegphilosophieren möchten: das ist der Glaube, und zwar der christliche Glaube, der den Unmündigen geoffenbaret wurde. An den Vater sollen sie glauben und was er geoffenbaret und tun, was er befohlen hat. Tun sie dies, so bildet sich ihr Urteil; sie kommen zur Freiheit, und in dieser Freiheit wollen sie eben, was der Vater will, und wie die Sonne die Erde verklärt, verklärt die Liebe ihr Herz. So muß das Kind an Vater und Mutter glauben, es ist urteilsunfähig, und ebenso ist es der Alte, und er ist ein Tor dazu, wenn er das Feld des Glaubens verlassen und seinem Bub alles erklären will, das Warum und das Darum, das Was und das Wie, das Wann und das Dann und den andern Rest auch noch. Hat das Kind im Glauben sich gestärkt, dann kömmt ihm das Urteil: es begreift den Vater und auch die Mutter und liebt Beide. Nun wird eben dieser feste Boden, der Fels im Meer, der Glaube, verlassen. Buben sollen räsonieren statt parieren, klauben statt glauben, fliegen statt wandeln. Was nicht feste Wurzeln hat, wird nie ein Baum, der Bube in der Luft bleibt ein Bube, wird nie ein Mann, kriegt nie ein Urteil, wächst nicht zum Himmel auf. Die hin- und herwogende Masse, heute so, morgen anders, heute Hexen suchend, morgen Gott verleugnend, heute aristokratisch, morgen demokratisch, heute schimpfend, morgen lobpreisend, heute das Herz in den Hosen, morgen ein Maul wie Goliath, wird ein Volk am Leitseil der Verführer wie ein Wachtelhund an der Leine, parierend dem Pfiff von hinten.

Nun führte Gott den Johannes zu seiner Mutter; bei der Bäurin wäre er nicht kuriert worden an der Seele, und auch jetzt war er noch nicht kuriert, doch auf dem Wege zur Besserung. Wenn er betrachtete, wie die Mutter es hatte und was sie tat, so schämte er sich in seine Seele hinein, daß er ihr nicht besser beigestanden; er hätte es wohl denken können, aber er hatte eben nicht gedacht, und weil sie ihn immer festlich aufnahm, so dachte er, es sei immer so, alle Tage Juchhe und frisches Brot, und woher es kommen sollte, daran dachte er wiederum nicht. Jetzt sah er es, und sie klagte wieder nicht, sie trug alles mit der Liebe, die nicht das Ihre sucht, sich nicht aufbläht, sich nicht verbittern läßt, die aber auch alles überwindet. Er dachte nach, wie manchen Schoppen er zum Überfluß getrunken, während seine Mutter aus ihren Kreuzern Milch für sein Kind gekauft, wie manche Taler er hätte beiseite legen können, welche ihm jetzt wohl kämen. Er konnte nicht Latein, aber er dachte, was der Lateiner sagt: O si redderet Jupiter mihi praeteritos annos, o wenn mir Gott wieder schenkte die vergangenen Jahre! Vor solchem fruchtlosen Wunsche schützt eben nichts als der Glaube, der die Jahre braucht, wie Gott es geboten hat. Er stellte immer wieder vor sein Gedächtnis die unglückliche Nacht, in welcher er angetrunken den Streit begonnen, welcher ihn in die Lage versetzte, und wie er repetieren und repetieren mochte, zwei Dinge wurden ihm immer klarer: er hatte den Streit angefangen, er wußte nicht, wer ihn gestochen! Und wenn er jetzt den Eid getan hätte, einen Eid, den der Rhein nicht abwäscht und alle Wasser, die auf der Erde und über der Erde sind, nicht! Den Eid, der brennt mit einem Feuer, welches nicht verlöscht, den hatte er nicht getan; das wars, was ihn freute und aufrecht erhielt. So nahe dem Abgrunde war er gestanden, und Gott hatte ihn nicht hineinfallen lassen, und er durfte daran denken, daß sein Zustand zum Sterben führen, vielleicht eine Wassersucht oder ein Hirnbrand kommen könnte; durfte er doch hoffen, selig zu werden! Er fühlte, daß er wohl ein armer Sünder sei, aber doch stand kein Meineid zwischen ihm und Gott, keine Scheidewand, durch welche kein Strahl der Gnade dringt. Er hatte auch getrieben was Andere und war noch nicht so schlecht gewesen wie Andere; er hatte getan, was ihm wohlgefiel, und dabei um die Gebote Gottes sich nicht gekümmert; er hatte nicht getan, was ihm nicht gefiel, und dann gesagt, so schlecht sei er doch noch nicht, solches zu tun, selb sei ja verboten; er hatte ganz nach der gewöhnlichen Religion gelebt, nach welcher der Mensch sagt, er sei auch ein armer Sünder, und dabei keinen Fehler haben will; der selig werden will, aber wie *er* will, um Gott sich nicht kümmert, auf seine Gerechtigkeit pocht, auf sein Wesen stolz ist, dabei über alles andere schimpft und mit der ganzen Welt unzufrieden ist. Und ob das alles recht sei, darum hatte er sich gar nicht gekümmert, hatte darüber in keinem Buche nachgeschlagen, in der Bibel nie mehr gelesen, und in der Kirche war er selten gewesen. Ungläubig, ein Unchrist hatte er freilich beileibe nicht sein wollen, aber über alles Christliche lachen, spotten, fluchen können, je nachdem er einfaches Wasser, Kirschenwasser oder Bätziwasser im Leibe gehabt hatte oder gar nichts, und hatte dabei gar nicht gedacht, daß er sich versündigen könnte, kurz er hatte eine gar wunderliche Religion, wie leider Viele sie haben, eine Kutte, welche man diesen, jenen Weg tragen kann, verkehrt und nicht verkehrt oder gar nicht, wenns schön Wetter ist und lustig in der Welt. Jetzt kam es ihm anders: er hatte Zeit, zu denken, Zeit, zu lesen; er ging in die Kirche, seine Seele taute auf wie ein Blumenbeet in der Frühlingssonne; die Dinge der Welt kamen ihm ganz anders vor und seine Person ganz anders. Jetzt begriff er, daß er ein armer Johannes sei und ohne Gottes Hülfe nichts mehr in dieser Welt und ohne Gottes Gnade ein verstoßener Sünder in jener Welt. Er kam zur Demut, er wurde klein, und das kam ihm wohl.

Der Polizeidiener, welcher zumeist von Polizei nichts weiß, sondern mit Weibeln sich die Zeit vertreibt, kam einmal beim Häuschen vorbei und sagte zu Johannes: «Du sollst zu den Mannen kommen, sie sind bei einander, sie wollen dich was fragen.» Dem Johannes war das ganz sonderbar. «Was ists, was haben die mit mir?» frug er. «Weiß nicht», sagte der Polizeidiener. «Es ist ein Schreiben da, wo was von dir drin ist, es wird wegen dem sein. Mach gleich und komm!» Das kam dem Johannes schwer vor. Daß er sich in etwas verfehlt, wußte er nicht; endlich dachte er, vielleicht daß sie ihm ein Pöstlein geben wollten aus Erbarmen, etwa Mauser oder Betteljäger oder sonst was. Er machte ziemlich lange Schritte, und bald stand er vor den Mannen. «Schreiber, lies ab», sagten sie. Der las nun ein Schreiben ab von der Inselverwaltung, worin die Gemeinde aufgefordert wurde, den üblichen Beitrag von ungefähr einem Drittel, welches vier Taler betragen mochte, zu bezahlen. Das war ganz das Gewöhnliche, aber Johannes wußte nichts davon, er erstaunte daher ganz. «Wir haben dich kommen lassen», sagte einer, «um dich zu fragen, ob du das etwa machen wollest? Es dünkte uns, du könntest das wohl; du hast erst brav Geld bekommen, und das wendest du gerade hier am besten an, denn um dich heilen zu lassen, wirst du es bekommen haben. Wir haben ohnehin so viel Unkosten, daß wir gar nicht auskommen können, und wenn wir anfangen wollen, für solche Bursche zu zahlen, wie du einer bist, so gmeindrätlen wir uns selbst von Haus und Hof und können nach Amerika.» «Ja», sagte ein Anderer, «du weißt dann, was du Anderen den Weg vorzulaufen hast; wärest du daheim geblieben, so hätte kein Mensch dir was getan, du bist an der Sache halt selbst schuld. Vor Gott und Menschen ists nicht recht, wenn es zuletzt noch über die Gemeinde ausgehen soll, nein, ists nicht.» «Gemeinde, Gemeinde», sagte ein Dritter, «die soll an allen Orten herbei, den Buckel darhalten. Den Lohn versauft ihr, und sagt man ein Wort, so heißt es: Du hast mir nichts zu befehlen, ich versaufe mein Geld und nicht deins. Und handkehrum ist er einem vor der Türe, und zum Helfen ist man gut genug.» «So ists», sagte ein Vierter. «Zu allem sollte man nichts sagen, alles gehen lassen, je wüster, desto besser; aber zu helfen, dazu ist man gut genug. Da kommen sie dann daher und wollen befehlen, und wenn man ihnen nicht nachsagt, was sie vorsagen, und gibt, was sie befehlen, so muß man wüste Hunde sein, ist nirgends mehr sicher, und das Haus wolle man einem über dem Kopfe abbrennen, kann man hören.» «Ja, nicht einmal mehr einen Schoppen in Ruhe trinken kann man. Kommt man in ein Wirtshaus, so sitzen ein Halbdutzend deren Lumpen da, wo die Kinder mit Betteln einem alle Tage vor der Türe sind und die Weiber mit Jammer und Heulen uns bald um Schuhe bitten, bald um Butter, eine Suppe zu machen. Und die Lumpen fressen Braten und saufen roten Wein, daß man vor Zorn verspritzen möchte, und darf doch kein Wörtchen sagen, wenn man nicht Streit haben will und das Schlechteste alles hören.» «Und wenn man schon kein Wort sagt, so ist man nicht ruhig», sagte ein Sechster. «Es ist bald, als ob wir kein Recht mehr hätten, in einem Wirtshaus einen Schoppen in Frieden zu trinken. Kaum sitzt man ab, so fängt das an zu sticheln und zu spötteln, daß es ein Elend ist, daß man meinen sollte, wir seien nur dr Gottswillen da. Sagt man nichts und nimmt alles an, so ist man kein Mann, und sagt man was, so rührt man im Kot und hat die Nase voll. Es ist ein Elend heutzutage, aber zähl darauf, das kommt anders; es ist dann endlich Einer, wenn der kommt, der macht dann Ordnung, zähl darauf, Bürschli!»

So wetterte es auf Johannes ein, Schlag um Schlag, mit keinem Hämmerlein hätte man dazwischen gekonnt. Die Mannen waren offenbar übler Laune, und in Gemeindräten geht es akkurat gleich wie in Ministerräten und andern Räten mehr: von den Stimmungen hängt das Meiste ab. In Johannes' Kopfe pochte ein Hämmerlein alleweil rascher und stärker, es war das Hämmerlein des Zornes, welches auf die Stirn trat, sagen wollte: Wie das eine schlechte Sache sei, einem Armen sein Unglück vorzuhalten, und sie seien nicht da, um den Leuten wüst zu sagen, sondern um ihnen zu helfen, und wenn die Bauern bessere Beispiele geben würden, so wären die Armen auch anders usw. Aber der alte Johannes und Korporal war nicht mehr allein Meister; es war nun noch ein anderer Johannes da, es war der arme, lahme Johannes. Dieser arme, lahme Johannes fand, die Mannen hätten eigentlich recht, und wenn ihnen der Ärger zuweilen auch überlaufe, so sei es sich nicht zu wundern, und als Gemeindväter hätten sie nicht bloß die Pflicht, zu geben, sondern auch das Recht, ein Wort dazu zu reden und zu strafen, akkurat wie die leiblichen Väter auch. Und in der Tat, wenn sie allen helfen sollten, welche faul wären oder Streiche gemacht, so wären es nicht rechte Väter, sie brächten sich um ihre eigene Sache und pflanzten nichts als Begehrlichkeit, Bettelei und Unordnung. Es fühlte der arme, lahme Johannes, daß er wirklich ein armer Sünder sei und diese Strafpredigt mehr als verdient hätte und daß sie ihm eigentlich nichts sagten, als was er sich oft schon selbst gesagt habe, aber wahrscheinlich nicht wußten, daß er dieses schon getan, und im Glauben standen, sie kämen ihm mit lauter Neuigkeiten. Der Apostel Paulus sagt: So wir uns selbsten richteten, so würden wir nicht gerichtet werden. Das ist ein tief und schwer Wort, denn wer über sich selbsten zu Gerichte sitzt, den zu richten werden die Menschen sehr selten sich veranlaßt finden, Gott vollends nicht. Bescheidenen, fleißigen Armen wird kein vernünftiger Mensch Strafpredigten halten, oder bloß verstockte Tröpfe werden es tun, welche bloß auf einer Saite geigen können und meinen, es sollte niemand auf der Welt sein als fette Schweine, gute Kälber, sichere Zinsleute und sie. Die Wehmut rang in Johannes mit dem Zorne. So weit habe er es gebracht in der Welt, dachte er, vor dem Gemeindrat stehen zu müssen wie ein armer Sünder, sich die bittersten Sachen sagen lassen und bei allem gestehen zu müssen: sie haben ganz recht, so ists, und wenn sie nichts auf mir halten, so bin ich daran schuld und nicht sie. Das Weinen war ihm zuvorderst und löschte des Zornes Flamme.

Sobald eine Pause entstand, war der arme, lahme Johannes hinterher, die Rede zu ergreifen. «Ja, ihr ehrenden Vorgesetzten», sagte er, «ihr habt recht, es ist mir leid, daß ich es sagen muß. Wenn es mir erlaubt wäre, so möchte ich ein Wort sagen.» «Red, aber machs kurz, wir haben noch anderes zu tun», sagte der Präsident. Da ließ der alte Johannes einen Blitz fahren, und der Blitz wollte sagen: Wenn ihr so viel zu tun habt, warum reden dann Sechs auf einen Einzigen ein und jeder so lange er will, und wenn der Einzige reden will, sagt man ihm: Machs kurz! Indessen der Blitz verzuckte, und der neue Johannes fuhr fort: «Ihr habt mehr als recht, die Augen sind mir aufgegangen, und es wird wohl den Meisten so gehen, daß sie nicht witzig geboren worden, sondern es erst mit der Zeit wurden. Ich hätte besser hausen können, es ist wahr, aber das Militär kostet viel Geld, und was ich für eine Frau gehabt, wißt ihr, und damals habe ich doch niemand geplagt, wie schwer es mir auch ankam, sie in ihrer langen Krankheit durchzubringen. Es ist wahr, die letzte Schlägerei ist ein Unglück, aber es war nicht die erste, es wird nicht die letzte sein. Ihr Manne wißt, wie das geht; es wird wohl Keiner sein, der nicht auch schon dabeigewesen ist. Wenn 's Feuer im Dache ist, so kommt man dazu, man weiß nicht wie. Ich habe das Unglück davon; was ich erhielt, war ein Trinkgeld, das Meiste nahmen wie üblich die Agenten. Oh, vor denen sollte man sich hüten, ärger als vor Wanzen oder Krätzigen. Was mir überblieb, ist nichts, bloß noch ein paar Batzen; nicht einmal ein Tischgeld konnte ich der Mutter geben, und das ist, was mich am meisten plaget, ihr Manne; das ist eine Frau, wenn sie alle so wären, ihr müßtet weniger versorgen und erhalten. Ich wußte auch nicht, was sie tut, und hätte ihr besser beistehen sollen, als ichs tat, und daß ichs nicht getan, das kommt mir oft des Nachts vor, ihr mögt es mir glauben oder nicht. Jetzt weiß ich mir, weiß Gott, nicht zu helfen; was hier nötig ist, habe ich nicht, die Mutter hat es nicht, aber sie würde das Bett unter dem Leibe verkaufen, wenn sie wüßte, wie ich dran bin. Das werdet ihr aber nicht wollen, das weiß ich, und wenn es Gottes Wille ist, daß ich gesund werde, so soll es mein Erstes sein, wiederzugeben, was ihr mir vorgestrecket. Glaubt mir, ich weiß jetzt, wie es einem ist, wenn das Bettlerbrot vors Maul kommt und wenn man nicht zu rechter Zeit denkt, was kommen könnte, und an seine Schuldigkeit. Gottlob, jetzt sind mir die Augen aufgegangen, und wie bitter mir manchmal das Essen wird, das stellt sich Keiner unter euch vor. Ich möchte daher angehalten haben, daß ihr das Geld für mich nach Bern schicktet; denket, ihr tätets der Mutter, sie hat euch noch nie geplaget und ist immer mit Ehren durchgekommen.»

Die Manne hatten die lange Rede geduldig angehört und noch mit einer Art Behagen. Es kam ihnen gar selten vor, daß einer sich als Sünder bekannte und in Demut unterzog; die Meisten begehrten auf wie Häftlimacher, wollten an nichts schuld sein, ja behandelten oft die Gemeindräte, als wären es lauter Schulbuben oder Blutsauger.

«Deine Mutter ist eine brave Frau», sagte der Präsident, «darwider sind wir nicht; es wäre gut, es täte Mancher Exempel an ihr nehmen und du auch.» «Es will mir scheinen, es käme ihm», sagte einer, «er fängt an einzusehen, daß andere Leute nicht bloß für ihn da sind, und das ist schon etwas.» «Ja», sagte ein Anderer, «und wenn sich einer auch noch dafür hält und kommt mit Manier und gibt sich dar, wie er ist, so ists wieder eins. Man kann auch noch Erbarmen haben, einmal ich will ihm für diesmal das Wort geredt haben.» «Ja, wenn sie alle so kämen», sagte ein Anderer, «so wäre es wieder eins. Wenn man jung ist, so sinnet man es oft nicht besser; es wird sich ein jeder besinnen, wie man ist in selber Zeit. Und gäll, wie leicht hat es etwas Ungeschicktes gegeben, wo man ein Näggis hat für sein Lebtag! Aber was hast eigentlich am Arm, daß du ihn nicht brauchen kannst?»

Nun kams auf ein neues Feld, und es war, als ob plötzlich der Gemeindrat verschwunden, eine Versammlung von Ärzten emporgetaucht wäre. Johannes zog die Kutte ab und zeigte die Wunde, erzählte, wieviele Ärzte er gebraucht und was dieser, was jener mit ihm vorgenommen. Nun hatte ein jeder der Räte auch was erlebt und noch viel mehr gehört, und jeder fand es lätz, daß Johannes nicht zu diesem gegangen, nicht jenes gebraucht, er wäre sicher längst davon, denn die, zu denen er gegangen, könnten alle nichts, zögen die Sache auf die lange Bank, es sei ihnen nie um die Leute, sondern nur ums Geld. «Geh ins Bad, aber es wird dir nicht viel helfen», sagte einer. «Wenn sie nichts mehr anzufangen wissen mit den Leuten, so schicken sie dieselben ins Bad, habe ich mir sagen lassen. Wenn du wieder kommst, so komme zu mir; ich will dir dann eine Anweisung geben, die hilft gewiß, wenn einmal noch was zu machen ist. Ist nichts mehr zu machen, je nun, so hilft kein Zeug nichts, selb weiß man.» «Ich denke», sagte endlich der Präsident, «wir führen fort. Du kannst jetzt gehen in Gottes Namen, und vergiß nicht, was du versprochen hast. Leb wohl.» «Ists erkannt?» frug der Schreiber. «Ich denke», sagte der Präsident, «oder wenn jemand was darwider hat, so sag ers, und wers genehmigen will, heyg uf. Einhellig! Die Armenkasse solle das Geld schicken, aber es nicht wieder vergessen, wie sie es zuweilen tut oder das Geld lieber an einem andern Orte braucht.»

Johannes ging viel langsamer nach Hause, als er nach dem Gemeindrat gegangen war. Über die Behandlung konnte er nicht klagen, sie war väterlich, sie war ihm fast wie eine Bürgschaft für die Zukunft, daß wenn er mit guten, freundlichen Worten komme, er sicher auch gute Leute und offene Hände finden werde. Wenn man sich das Maul gönnt, wie der Schweizer sagt, das heißt wenn man nicht zu hochmütig ist für ein gut Wort, eine freundliche, manierliche Bitte, und nicht alles wollte von Rechts wegen, mit geballter Faust und unter Blitz und Donner, es wäre gewiß ganz anders unter den Menschen, viel Liebe und Erbarmen würde sich finden, und manches Herz, das ganz verhärtet scheint, würde sich weich und voll Mitleid erzeigen.

Es war ihm aber doch, als trüge er eine schwere Bürde, und er trug auch eine; er war in Schuld verfallen, da ja die Gemeinde für ihn zahlen mußte. Das Wort hat einen eigenen Klang und ein besonder Gewicht. Nun gibt es wohl Ohren, welchen der Klang nicht auffällt, Gemüter, welche das Gewicht nicht gewahren. Indessen gibt es noch Viele, welche Klang und Gewicht empfinden werden und schwer dran tragen, denen es fast ist, als seien ihnen Hände und Füße gebunden, als rufe das Wort eine Scheidewand zwischen ihnen und anderen Leuten auf, als klebe es sich wie eine Art Brand, Malzeichen auf ihre Stirn. Das ist allerdings drückend, aber es liegt dieses Gefühl in der Natur der Sache und konzentriert sich im Worte; es liegt nicht in den zufälligen Nachteilen, welche damit hier oder dort verbunden sind, es liegt im Bewußtsein des eigenen Unvermögens, der mangelnden Kräfte, sich selbst zu ernähren oder eingegangene Verpflichtungen zu erfüllen, im Bewußtsein, eine Persönlichkeit zu besitzen, welche gleichsam unter der Grundzahl eins steht, das heißt unter der Fähigkeit der Selbsterhaltung. Kinder und Kranke und Alte wird dieses Bewußtsein nicht plagen, denn ihr Unvermögen ist ein unverschuldetes, und Kinder gleichen den Vögeln des Himmels, sie nähren sich, aber kümmern sich nicht, wer säet und wer schneidet und woher ihre Nahrung kommt. Aber wer das Unvermögen verschuldet hat, sie es, daß er die Kräfte brach läßt oder verschwendet und vergeudet, der soll dieses Gefühl haben, ihn soll es drücken, ihn soll es plagen, bis er sucht der Plage los zu werden. Nach den mondsüchtigen Humanitätsideen und Kulturansichten dieser Zeit gestaltet sich das ganz anders; es soll dieses Gefühl verwischt werden, es ist ein Gefühl, der Menschenwürde unwürdig, und wer nicht mag, was er soll, oder mehr mag, als er hat, den soll man dies ja nicht fühlen lassen, sondern eben brüderlich sorgen dafür, daß er nicht tun muß, was er nicht mag, und daß er alles hat, was er braucht, und Nachteil soll das durchaus keinen haben für ihn, der gebende Mensch soll darin durchaus Gott gleich sein, der seine Gaben auch niemand aufrücket. Das sind prächtige Ideen, eben von denen ersonnen, welche nicht tun mögen, was sie sollen, und Dinge möchten, welche sie nicht haben und den kreuzdummen, indessen aufgeklärten Menschen dieser Zeit dieselben aufbinden und noch teuer verkaufen als die allerneueste Weisheit. Diese begreiflich wollen alle Nachteile, welche das Schuldigsein mit sich bringt, weg, alle daherigen Gesetze aufgehoben, den Schuldner den übrigen Menschen gleichgestellt in jeglicher Beziehung. Ja Einige gehen noch weiter und wollen diese Gleichstellung auch auf Züchtlinge und Sträflinge ausdehnen, so daß zum Beispiel ein Galeerensklave Großrichter, ein Ausgepfändeter Tagsatzungspräsident werden könnte, und ist man einmal so weit, so geht man einen Schritt weiter und es wird in den Verfassungen ein stehender Punkt werden, daß ein Abdecker oder Schinder Kultusminister sein müsse und zu Ratsherren oder Richtern niemand erwählt werden dürfe, der nicht gemordet, geraubet, falsch geschworen oder doch wenigstens der Falschmünzerei überwiesen worden, damit eben recht kräftig peinigende Gefühle, herstammend aus den barbarischen Kulturzuständen des Mittelalters, getilget würden. Auch hier zeigt sich die Richtung der Gesetzgebung, Gesetze zu machen zur Schonung der Schlechten und nicht zur Sicherung der Guten, Gesetze, die Schlechten zu ermutigen, die Guten zu entmutigen. Die heutige Gesetzgebung beweist von zweien Dingen eines: daß entweder die Gesetzgeber, was fast so viel sagen will als die Juristen, urteilsunfähig sind, dieweil sie keinen Glauben haben, oder aber daß sie unwillkürlich mit dem Gedanken beschlagen sind, wie froh sie wären, gelinde wegzukommen, wenn sie als Spitzbuben, Räuber, Mörder einmal ergriffen werden sollten. Wer dem Worte Schuldner für Teufelsgewalt sein Gewicht nehmen will, der versucht es umsonst bei allen, welche ein Gefühl für wahre Menschenwürde haben, der ermutigt nur Faule und Freche, der sorget nur für sich, im Fall ihn die Ahnung plagt, er möchte auch in diese Klasse fallen, der bahnt der Ordnung den Weg, wo der Stärkere Meister ist, der Mensch zum Raubtier wird, des Tages im Walde liegt, des Nachts Beute macht und Fleisch frißt.

Nun, Johannes fühlte das Gewicht des Wortes Schuldner sehr schwer, und wir freuen uns darüber. Und als er nach Hause kam und der Mutter erzählen mußte, wo er gewesen und warum, da legte sich das Wörtlein noch schwerer auf die Mutter, sie weinte fast und zankte zum erstenmale mit ihrem Sohne, daß er ihr die Sache nicht gesagt; sie hätte sehen wollen, wie machen, um sich der Schuld zu erwehren. Als sie der Sohn aber fragte: «Aber Mutter, wie hättet Ihr es denn machen wollen?», da war sie freilich in Verlegenheit, denn was zu verkaufen fiel ihr nicht bei, und wer hätte ihr drei oder vier Taler leihen wollen für so was? «Und was haben sie gesagt?» frug Käthi. «Du mein Gott, wie wüst werden die getan haben über mich! Es sind gute Mannen daneben, aber steuern tun sie je weniger, je lieber, und wenn ich hätte vor sie gehen sollen deretwegen, die Beine hätten mich nicht getragen.» Da erzählte Johannes, wie alles gegangen, was sie gesagt, was er gesagt, was sie dann wieder gesagt und wie es ihn bei allem gefreut, daß sie Verstand gehabt, und am meisten, daß sie die Mutter so gerühmt und einer gar gesagt: Vor der hätte er Respekt, es sei Mancher, man ziehe vor ihm den Hut ab, er sei nicht, was sie. «Mutter, wenn du vor den Gemeindrat gingest, du hättest, was du wolltest.» «Nein aber, was sagst, schäme dich», sagte Käthi, «nein aber, ich vor den Gemeindrat, ei, was denkst du! So was soll man nicht sagen; manche Nacht kann ich jetzt nicht schlafen, es wird mir immer vorkommen. Ich glaube nicht, daß ichs übers Herz brächte. Vor den Gemeindrat, nein aber, das stünd ich nicht aus, lieber noch sieben Kindbetten, verzeih mir Gott meine Sünde!» Käthi war sehr unschuldig in diesem Punkte, wie man sieht. «Aber was sie da gesagt haben von mir, das hast du ersinnet, das haben sie nicht gesagt», meinte sie. Als nun Johannes ernst versicherte, nicht mehr oder minder hätten sie gesagt, da kam Käthi das Augenwasser. «Nein aber», sagte sie, «das hätte ich nicht geglaubt, daß solche Manne einem armen Fraueli sich achteten! Nein aber, und Respekt haben sie gesagt! Sie werden vexiert haben, gedacht haben, so einem jungen Löhl könne man sagen, was man will.» Als aber Johannes versicherte, das hätten sie gewiß gesagt und sehr im Ernste, da ward Käthi gerührt und glücklich, gewiß inniger glücklich als mancher General, dem nach gewonnener Schlacht sein König ein Kreuz an den Hals hängt, ihn zum Marschall macht und Graf sagt, wo er sonst nur Baron gewesen. Käthi hatte aber vielleicht auch mehr Ursache, glücklich zu sein, denn nicht bloß einstündiger Heldenmut hatte ihr das Lob verdient und den Respekt, sondern ein mehr als vierzigjähriger Heldenmut, der im Kampfe aushielt und standhielt, wenn auch der Feind nie fliehen wollte, sondern alle Tage neu ansetzte. Sie wiederholte oft: «Aber nein, sie werden doch wohl nur vexiert haben!» Das war, was sie im Schlafe störte, aber nicht plaghaft, und ihr Vertrauen und Respekt vor den Mannen gab, die einen Unterschied machten zwischen den Leuten, die doch nicht so von ungefähr regierten, wie die Leute immer sagen wollten, und nicht zu vornehm seien, sich einer armen alten Frau zu achten. Das seien Manne, sagte Käthi, wenn es allenthalben solche geben würde, es ginge besser in der Welt, und hatte von Stund an noch viel größern Respekt vor ihnen als vorher und arbeitete viel glücklicher und leichter. Es sei eine Freude, zu arbeiten und sich zu leiden, wenn jemand es schätzte und ästimierte, sagte Käthi.

«Ja, ja, mit einem guten Worte kann man manchmal viel machen», sagte ein Sekretärchen, in dessen Gunst und Wohlgewogenheit man sich einmal spaßweise empfahl. Ja, mit einem guten Worte kann man viel machen! Wenn die Reichen den Armen, die Armen den Reichen gute Worte geben würden aus gutem Herzensgrunde, da wäre schon unendlich viel gewonnen. Die Herzen ständen sich freundlich offen, der brüderliche Sinn zöge wieder ein. Aber wo lernt man gute Worte, wie kommt man zu gutem Herzensgrunde? Nicht in den Zeitungen, nicht in Volksversammlungen, nicht in den Kneipen und auf den Straßen, sondern im Evangelium findet man die Perlen und die Worte, welche das ewige Leben haben, und die Liebe, die mehr ist als Engelszungen, welche über alles geht. Am Tische des Herrn, wo um den Hausvater die Kinder sich sammeln, gedenken dessen, der aus Liebe für alle gekommen, der nach der gegen einander erzeigten Liebe richten will, wo wir das Pfand erhalten, daß wir durch den armen Menschensohn, der da nicht hatte, wohin er sein Haupt legen konnte, von Sünde und Tod erlöst werden sollen und das ewige Leben erhalten, da soll die Bruderliebe aufflammen, der brüderliche

Sinn fest werden in den Herzen. Aber wie Viele kennen das Evangelium nicht mehr, wie Viele sammeln sich nicht mehr um des Herrn Tisch, und zwar Arme und Reiche nicht! Ist sich da zu wundern, daß die guten Worte fehlen und der gute Herzensgrund?

Es war ein schönes Frühjahr; früh tat sich der Schoß der Erde auf und ward fruchtbar, gar manches edle Kraut bot dem Menschen Speise, und fleißig wurde diesmal das weiße Kraut, welches den Winter über unter aufgefahrener Erde gelegen, jetzt freigehackt, wurde aufgelesen, gut verkauft oder mit Behagen selbst verspeist.

Früh fand Käthi zu ihrer unaussprechlichen Freude das Zeugnis, daß die lieben Erdleutchen Wald und Busch nicht verlassen hätten, sondern fleißig gewesen seien den Winter über und reichlicher und üppiger die Sträucher gepflanzt und Blüten gewoben, und lustig waren sie wieder gewesen im grünenden Busche, im keimenden Grase, denn verschlungener und größer waren die Ringe, welche sie im Grase getanzt. Bald röteten sich lieblich und jungfräulich der zarten Beeren blasse Wangen, und ehe der Mai zu Ende war, konnte Käthi ihre erste Ernte beginnen und löste gar manchen schönen Batzen aus dem süßduftenden Waldsegen. Diese Batzen halfen etwas nach; kümmerlich gings, aber von Tag zu Tag ging es doch, und allemal stand was auf dem Tische. Freilich, das könnte man nicht sagen, daß sie allemal wohlgesättigt den Tisch verließen.

Johannes hatte großes Verlangen, bald ins Bad zu gehen, um zu erfahren, was aus ihm werden sollte. So konnte es nicht bleiben, das begann er zu begreifen. Besserte der Arm sich nicht, daß er wieder stark wurde zur Bauernarbeit, so mußte er was vornehmen, um zu verdienen. Aber es ist wirklich schwer, wenn einer bald dreißig Jahre alt ist, einen Broterwerb suchen zu müssen. Wir sagen absichtlich müssen, denn freiwillig ändern gar Viele, springen von einem Ast zum anderen und alle Tage auf einen anderen, wollen es immer leichter und bequemer haben, schaukeln sich immer luftiger, bis es endlich genug ist und sie groß purzeln und tief hinunter, oft bis ins Zuchthaus und noch tiefer, wenn alles mit rechten Dingen zuginge. Bäcker, Metzger, Lohnkutscher, Verwalter, Schaffner, Garnhändler, Wirte, Agenten, Ratsherren, Bauern, Schuhmacher, Käsehändler, Gerichtspräsidenten, Spengler, Vorsinger, Trompeter, Schleifer, Bankdirektoren und endlich Müller, Salzfaktoren und Schulmeister, und wie eine Laus im Kraut wohl auch ein Pfarrer, das alles purzelt bunt durcheinander in lustigem Gemisch. Heute ist das oben und morgen das Umgekehrte, und jeder kann alles und eins akkurat gleich gut wie das Andere. Es ist, als ob die Leute das Hexenwerk mit der Muttermilch einsaugen täten; haben aber doch wahrscheinlich die Fertigkeit, alle Tage was anderes zu sein, der heutigen Kultur und Bildung zu verdanken. Aber was anderes werden müssen, das ist was anderes, besonders wenn das Auslesen nicht frei ist, nicht die Lust entscheiden darf, sondern ein lahmer Arm die Hauptstimme hat. Johannes dachte wirklich an Mausefallenhändler oder Topfträger, Schwammträger, Fußbote, ja es dünkte ihn manchmal, er könnte auch Landjäger sein, am Spazieren und Tragen von Briefen hinderte ihn sein lahmer Arm nicht. Aber es war ihm alles zuwider, denn Johannes war eine stabile Natur; aus freiem Triebe ändern oder ersinnen, das war seine Sache nicht. Ein guter Knecht war er gewesen, hatte namentlich Freude am Vieh gehabt, wäre daher gern beim Vieh geblieben. Wir begreifen diese Richtung vollkommen, ist einem doch wirklich beim Vieh oft viel wohler als bei Menschen; wird wahrscheinlich wegen der beiderseitigen Kulturstufe sein. Käthi dagegen schwebte zwischen Bangen und Verlangen. Johannes sah übel aus, er hätte keinen Mut mehr, sagte Käthi, und wenn man so weit auseinanderkomme, so wisse man nie, ob man wieder zusammenkomme. Und wenn sie schon bös hätten, so ginge es doch. Er sei so ein Guter, mit allem zufrieden, helfe ihr, trage Wasser, helfe, wo er könne und möge, sei jetzt immer daheim, lese in einem Buche, lehre den Johannesli, daß sie oft denke, wenn es doch immer so bliebe. Der Friede, und wenn man einander liebe, so sei das am Ende doch die Hauptsache. Daneben, wenn er wieder gesund werden könne, so möge sie es ihm grausam wohl gönnen, denn eine schreckliche Sache wärs für einen solchen Bursch, wenn er ein Krüppel bleiben sollte sein Leben lang.

Die Befehle zur Abreise in die Bäder kommen rasch; kurze Frist bleibt zur Zurüstung, was bleibt, darf man nicht verjammern, man muß sich zurechtmachen und scheiden. Käthi und Johannesli gaben dem alten Johannes das Geleit, und ein Stücklein Weges liefen noch beide Hühner hinterdrein. Erst blieben die Hühner zurück, dann meinte Käthi, welcher der Atem zu fehlen begann, sie wolle nicht säumen, er hätte zu pressieren. «Aber du hast doch alles?» frug sie, und als sie sich dessen vergewissert hatte, gab sie ihm die Hand und sagte: «Lebe wohl und gib Bescheid, wenn du kannst, wies dir geht. Da, nimm das noch und häb nit Hunger!» Es war Käthis ganzer Schatz, es waren fünf Batzen. «Nein, Mutter», sagte Johannes, «das nehme ich absolut nit, bin Euch lange genug eine Last gewesen.» «Glaub das nit», sagte Käthi, «und nimms; es täte mir in der Seele weh, wenn du es nicht nähmest. Glaube, du bist mir wert, kommst du heim, gesund oder wie jetzt, nur gleich gut gegen mich; wo die Liebe ist, da steht man alles aus und hat noch Freud dabei.» «O Mutter!» sagte Johannes. «Geh», sagte Käthi, «denk, wenn du zu spät kämest! Mach Bescheid, hast gehört? Lebe wohl und geh mir sacht!» Johannes mußte gehen, aber er hatte noch lange Tränen in den Augen, er mußte denken, wenn das Weibervolk alles wäre wie seine Mutter, was das für ein Leben wäre in der Welt! Aber wie sie sei Keine mehr, dachte er. Hatte ungefähr so recht als der Jesaias, der wimmerte, es gebe keine gottergebenen Juden mehr. Wohl, es gibt noch gute Weiber, absonderlich gute Mütter. An Liebe fehlts dem guten Weibervolk nicht, zuweilen wohl an Verstand. Daß es ihm an der Liebe nicht fehlt, sieht man absonderlich an der Eifersucht, welche viele so schrecklich plagt, noch viel schrecklicher als der Bandwurm manchen Mann plagt; was man auch vorkehrt, der Wurm will nicht fort.

Wir wollen den Johannes baden lassen und uns um ihn nicht kümmern, obgleich so eine Badefahrt von manchem Dutzend verschiedenartiger armer Kranken ein eigentümlicher, und zwar noch unberührter Stoff wäre.

NEUNZEHNTES KAPITEL

Zwei erscheinen, eine alte Bekannte und eine neue: die Erdäpfelkrankheit und ein hübsches Mädchen

Bekanntlich war es im Juli 1846 manchmal sehr warm, das erfuhr niemand mehr als Johannes' ehemalige Meisterfrau. Sie saß an einem heißen Morgen auf einem Wägeli und schwitzte gar mörderlich. So eine Bäurin sei doch das ärmste Geschöpf von der Welt, brummte sie; arme Weiber könnten morgens in der Kühle gehen, Leute ihrer Art aber müßten erst sorgen für gehöriges Frühstück, dann noch für das Mittagessen, denn wenn ein Brösmeli fehlte, so gings über sie her, es wisse kein Mensch wie, und wenn sie heimkäme, kriegte sie Gesichter, daß eine Kuh daran ersticken müßte. Hinten auf dem Wägeli hatte die Bäurin ein Fäßchen, sie wollte weinen für die Ernte. Es war Markttag im Städtchen, doch ziemlich leer war die Straße. Die Meisten hatten eben die Kühle benutzt. Auch dies machte die Frau ärgerlich; sie war nicht gern lange alleine, hatte Langeweile. Sie ging nicht zu Markte, um nichts zu vernehmen, ihre eigenen Gedanken abhören konnte sie daheim auch. Sie pflegte, wenn sie zu Markte fuhr, alsbald jemand das Heimfahren anzubieten, doch mit Auswahl. Heiratsfähigen Männern erwies sie diese Gunst nie, denn wie leicht, so komme man ins Geschrei, und das begehre sie nicht. Sie frage dem Zeug allem nichts nach, und da möchte sie doch den Namen auch nicht haben, pflegte sie zu sagen.

Endlich sah sie was Weißes durch die Bäume. «Hü, Mähre!» sagte sie, «du tust heute so faul, als wärest eine Welschlandjungfer», und stark schüttelte sie das Leitseil, denn sie fuhr immer ohne Peitsche. Ein Mädchen ging vor ihr her, ein dickes, rundes, und als es sich umdrehte, hatte es ein freundlich Gesicht, weiß und rote Backen, blaue Augen, kurz so ein Gesicht, wie es sich für ein liebevolles Mädchenherz am allerbesten schickt. «Ei Base, hü, Mähre! Komm, sitz auf! Kannst nicht stehen, du alte Täsche? Komm auf die andere Seite! Hast den Hafer schon in der Nase? Gib mir das Säckli! So lauf denn, wenn es dir so pressiert!» Also eine Base bescherte der Bäurin das gütige Geschick, und nun kam die Rede in Fluß, was die Frau ungemein erleichterte. Sie schwitzte nicht halb mehr so stark als früher. Die Base war ihr nicht nahe verwandt, wohnte ihr nicht nahe, um so mehr hatten sie sich zu fragen und zu sagen. Die Base war eine Waise, welche ein Vermögen von einigen tausend Gulden besaß und so viel Liebhaber hatte, daß sie vor lauter Liebe zu gar keinem Manne kam. Sie konnte nicht ausfindig machen, welcher sie am meisten liebe und am längsten lieben würde, und wie das erforschen, wußte sie nicht und hätte es doch gar zu gern gewußt; sie war in sehr großer Verlegenheit, und während sie sich besann, wurden ihr die Liebhaber verjagt, und dies verminderte die Verlegenheit nicht.

Sie hatten sich noch nicht halb ausgeschwatzt, als sie bereits am Ort ihrer Bestimmung angelangt waren, der Stallknecht erst nach seiner Kappe, dann nach der Mähre griff, die Bemerkung nach hinten schickte: «Es macht warm heute», und zur Mähre sagte: «Komm nur, komm, fürchte dich nicht, du wirst nicht alle Tage solche Fuhrwerke sehen.» Nach getroffenen Abreden wanderte die Frau ihrem Weinlieferanten zu, zu welchem sie ein unbedingtes Vertrauen hatte. Das sei ein rechter Herr, sagte sie, und der vermöge den Wein recht zu geben, er brauche nicht allen möglichen Dreck dreinzumachen, um den Schulden Bescheid und Antwort geben zu können. Sie wollte aber nur mit ihm selbst verkehren und mit den Schreiberbuben nichts zu tun haben. Das sei ihr ein Volk, das, sagte sie, die wären imstande, ihr halb Wasser dreinzulassen und den Wein selbst zu saufen, denn das sei ihr ein durstig Volk und ein nichtsnutziges!

Der Herr aber, der wußte sie auch zu nehmen. Er begrüßte sie wie die beste Bekannte, hieß sie sitzen, frug nach dem Stande der Arbeit und der Früchte, zeigte ihr Respekt vor ihrer Meisterschaft, redete von selbem Male, wo er bei ihr gewesen war, und rühmte Kaffee, Milch und Kuchen, versprach, bald wieder zu kommen, hieß Weinproben bringen, sagte: «Den kann ich Euch nicht raten, aber von dem würde ich nehmen, er ist einen halben Batzen teurer, Euch lasse ich ihn für fünf Batzen. Wer auf mich hören will, dem rate ich immer, für Ernten und solche Feste bessern Wein zu nehmen. Bewahre, nicht wegen mir, ich verkaufe den schlechtern Wein viel lieber als den bessern. Aber glaubt mir, Ihr kauft wohlfeiler; den schlechten Wein saufen sie Euch weg wie Wasser und hören nie auf, vom bessern kriegen sie bald genug. Und wenn sie schon noch möchten, so können sie nicht, und obendrein rühmen sie den Wein, und über den anderen schimpfen sie um so ärger, je mehr sie davon saufen. Also fünfbatzigen. Aber jetzt wollen wir ein Glas bessern mit einander trinken. Holt vom hintern Gestell rechts! Da hilft jetzt Wehren nichts, und sei es Morgen oder nicht Morgen; wenn man so weit gefahren ist, so tut einem ein gut Tröpfli wohl. Es freut mich viel zu wohl, ein Wörtlein mit Euch zu reden, so bald lasse ich Euch nicht fort; oder wollt Ihr mit uns essen, wie wir es haben, nichts Gutes, es würde meine Frau freuen. Mit dem Gelde pressierts ja nicht, hol es einmal. Nun, wenns sein muß, Geld nimmt man immer. Friedrich, rechnet es aus, wieviel bringts? Wenn alle Leute so exakt mit dem Handeln wären, da wärs eine Freude, Handelsmann zu sein; vielhundert Zentner Papier brauchte man weniger, und vieltausend Gulden reicher wäre ich.»

So und viel anderes redete der Herr und machte sich sehr bemüht um die Frau, so daß, wer sich ein wenig auf die Leute versteht, es begreift, daß die Bäurin ihren Wein nirgends anders kaufte und den besten Wein, der nicht von ihrem braven und rechten Herrn kam, schlecht gescholten hätte. Indessen beim Fortgehen sagte sie doch: «Daß ich aber doch von dem bekomme, wo Ihr gesagt, und der Küfer oder einer von Euren Jungen da mir nicht was anderes dareinmacht!» «Habt nicht Kummer, Frau», sagte der Herr, «es sollte sich einer unterstehen, wohl, dem wollte ich! Es kommt kein Fäßchen fort, wo ich nicht erst versuche, was drin ist.»

Noch allerlei hatte die Frau zu verrichten, und allenthalben trat sie ein mit dem heitern Bewußtsein, eine willkommene und respektierte Erscheinung zu sein. Sie hatte immer Geld, wenn sie kam, über alle Dinge ein verständig Urteil und wußte immer, was sie wollte. Man brauchte ihr nicht den ganzen Kram hervorzuschleppen und stundenlang bei ihr zu stehen und ihr Überlegen abzuwarten, welches oft noch dahinausläuft, daß man sagt: «Excusez, komm ein andermal wieder.»

Die Stunde, in welcher die Bäurin und die Base, welche Bäbeli hieß, sich ein Stelldichein gegeben, hatte längst geschlagen, als die Bäurin zu der harrenden Base sich fand, schwitzend, müde und klagend, was das für ein Geläuf sei. Sie habe schon manchmal sich fest verschworen, nie mehr auf einen Markt zu gehen, und dann müsse es doch wieder sein, wenn man niemand hätte, dem man die Sache anvertrauen könnte. Abhocken wolle sie und mal auch versuchen, wie das Sitzen hinterm Tisch in einem Wirtshause ihr zuschlage und wie lange sie es ertragen möge. Beim fragenden Stubenmädchen bestellte sie für Beide eine gute Flasche und was auf einem Teller, doch nichts Aufgewärmtes und keine Überbleibsel, sondern was Rechts, daß es einen freue, davon zu essen, und nicht ekle. Die Stube war voll; es schien, die Leute wünschten die Hitze vorüberzulassen. Von einem anderen Tische ward die Bäurin gegrüßt; es war die Beselise, welche wir auch schon kennen, welche es tat. Wie es solche Weiber haben, welche vom Hausieren leben, sie sind um Konversationen nie verlegen, der Gesprächstoff geht ihnen nie aus; sie führen ihn mit sich von allen Sorten und wissen zumeist jede Person nach Stand und Würde mit der rechten Sorte zu bedienen. Nach allgemeinen Bemerkungen, es mache warm und wenns so fortgehe, so seien in acht Tagen allenthalben Ernten oder wenigstens in vierzehn, frug sie: «Und habt Ihr vernommen, wie es Euerm Knecht, dem Johannes, geht, wo so wüst getan? Dem Lumpenbub geschieht es recht, es sollte allen so gehen.» Die Bäurin sagte, sie hätte gehört, er habe lange prozediert und sich immer krank beschrieben, um die Andern recht zu brandschatzen; als es aber habe zum Eid kommen sollen, sei er abgestanden und habe ausgemacht. Wo er jetzt sei, wisse sie nicht und nehme sie apart nicht wunder; er hätte in der letzten Zeit einen gar zu bösen Kopf gehabt, sonst wäre er ihr anständig gewesen, einen bessern Knecht werde sie nicht bald bekommen. «He nun, wenn du es nicht weißt, so kann ich es dir sagen», sagte Beselise. «Es sollte allen, welche nicht wissen, was sie tun wollen vor Hochmut, so gehen wie ihm; die, welche nachkommen, könnten dann ein Exempel nehmen daran.»

Nun erzählte sie auf ihre Weise und färbte das Ganze, wie eine Beselise zu färben pflegt. Er sei im Bade, sagte sie, der Arm sei lahm, und wahrscheinlich komme er nicht mehr zurück, denn er habe noch die Auszehrung und sonst noch was, dem sie den Namen nicht geben könne. Er hätte seine Gegner mögen brandschatzen, aber nicht können, derweilen seine Mutter fast aufgefressen; die hätte grausam bös gehabt, man könne denken, eine siebenzigjährige Frau, ein unmündiges Kind und solch einen Schlingel alleine durchbringen, das wolle was sagen. Die Frau hätte sie fast erbarmt, wenn sie nicht eine so Überwitzige wäre. Sie gehe herum wie ein Schatten an der Wand, und wenn der Mond ein wenig anwendete, so möchte er durch sie durch. So erzählte die Beselise.

Da fing es an lauter zu werden in der Wirtsstube, die Stimmen polterten zornig durcheinander. «Einer, der das redet, ist ein Aristokrat und Lumpenhund!» hörte die Frau. «Und du bist ein Donners Löhl, und was ist, das ist, und was ich gesehen habe, das werde ich auch sagen dürfen, ein Schlingel wie du wird es mir nicht verwehren!» «Und ich sage, wer redet, was du, ist ein Schelm und Spitzbube und kein Vaterlandsfreund!» «Und sei ich, was ich wolle, so bist du eine Kuh, und die Erdäpfelkrankheit ist wieder da, und brülle du, wie du willst, so ist sie da!» «Herr, was, was sagen sie?» frug die Bäurin, aber vor dem Streite, der lauter ward, hörte sie niemand. Der Streit ward immer lauter, Schläge hätte es wohl gegeben, da kam ein Landjäger und legte sich darein, wie man zu sagen pflegt. Er frug, was es gebe, mit gewaltig barschem Gesicht, und als er endlich gehört, was er schon gehört, da entschied er wie Solon: Wer so was sage und von der Kartoffelkrankheit rede, der sei des Volks Freund nicht, der wolle nur aufreizen und die Leute böse machen, ein Lumpenbub sei er und halbwegs ein Spitzbub. Er wolle nicht fragen, wer so was geredet, aber er wolle gewarnt haben, daß in seiner Gegenwart niemand so was sage, sonst gehe es ihm nicht gut. Er nehme jeden auf der Stelle, führe ihn ins Schloß, und der Regierungsstatthalter werde ihn an Schatten tun, wo er diesen Sommer nicht mehr schwarz werde. Man kenne die verfluchten Aristokraten, Spitzbuben, Patrioten und Burgdorfer und wie die das Volk aufrührten und unzufrieden machten, und von denen und von niemand anders rühre der Lärm her. Aber denen werde man das Handwerk legen, ein für allemal und nicht für Spaß. Der droben habe es ihm gesagt, wenn er einen höre, der so was treibe, den solle er ihm bringen ungesäumt, und wenn es sein müsse, gekettet oder mit einem Ring in der Nase; den wolle er lehren, was Reden heiße und was das sei, das Volk aufwiegeln. «Ihr Leute, ich will euch gewarnt haben, und daß ich kein Wort mehr höre von Kartoffelkrankheit, sonst seht, wie es geht! Aber lieber wäre es mir, wenn ich niemand unglücklich machen müßte.» «Donner, es wird doch erlaubt sein, zu sagen, meine Erdäpfel haben die Krankheit; das zu sagen, habe ich das Recht, ich möchte den Schelm und Lumpenhund sehen, welcher es mir wehren will! Und will es einer nicht glauben, so sage ich ihm: komm, setze die Brille auf und halte die Nase dar, und das sage ich, und sollte es der Regierungsstatthalter sein und nicht bloß so ein Lumpenbub und Halunke!» Ja, da brannte der Landjäger himmelhoch auf und hatte Hülfe.

Da kam der Wirt herbeigeschossen und schrie als wie fünfhundert Ochsen: Er dulde hier keinen Streit. Der Himmelstürk, welcher hier Streit mache, müsse ihm raus, und finde derselbe die Tür nicht, so wolle er ihm zeigen, wo das Fenster sei. Der arme Teufel, der nicht nachgeben und zurücknehmen wollte, daß keine Kartoffelkrankheit sei, wurde nun unsauber erst zur Türe, und da er nicht aufhörte, zu protestieren und seine Sache zu behaupten, die Treppe hinunterspediert, und zwar unsauber, und verspritzte fast vor Zorn, daß man bei aller Glaubensfreiheit Gott verspotten, aber nicht sagen dürfe, die Kartoffelkrankheit sei da. Allerdings kurios! Aber eben, das ist die kuriose radikale Freiheit, daß sie alles sagen dürfen, was ihnen ins Maul kommt, aber was Andere sagen wollen, soll entweder ihre Zensur passieren, oder der, welcher es sagt, wird verleumdet und verketzert. Das ist die gelindeste Strafe; macht er nicht peccavi, so wird von Hängen, Ersäufen, Vergiften und Erstechen gesprochen. Die Radikalen haben es akkurat wie Mucker, Neutäufer und andere religiöse Sekten. Erst predigen sie unbedingte Freiheit und locken dadurch das Volk; läßt dasselbe sich äffen, kriegen sie es in die Hände und durch dasselbe das Mehr, so kehren sie den Spieß um, predigen die größte Unduldsamkeit, üben den schrecklichsten Zwang, vide Exempel an Cromwell und Robespierre, und Manche rauben noch dazu, was sie können, Geld und Weiber, vide Exempel an Johann von Leyden, welcher zu Münster einen so merkwürdigen Spektakel aufgeführt hat, einen merkwürdigen Zauberspiegel für alle politischen und religiösen Schwärmer und Fanatiker.

Die Leute in der Wirtsstube waren ganz verstaunet und verstummet der Mehrzahl nach. Erstlich waren alle sehr erschrocken, wie über einen Blitz aus heiterm Himmel, und zweitens dünkte es sie doch wunderlich, daß man davon nicht reden sollte. Ja, wenn einer gesagt hätte, der Schultheiß sei ein Judas und Lumpenhund, hätte das Vaterland verraten: das in einem offenen Wirtshause zu sagen, das hätten sie wohl begriffen, das durfte man nicht sagen. Aber sollte man denn nicht sagen dürfen, unser Herrgott habe wieder die Kartoffeln krank gemacht? Was Gott tut, ist wohlgetan, sagte der Christ, und was wohlgetan ist, darf man nicht sagen? Die guten Leute begriffen halt nicht, daß man das wegen der Wohlfahrt des Vaterlandes nicht sagen darf, sintemalen die Wohlfahrt des Vaterlandes, versteht sich nach moderner Ansicht, davon abhängt, daß das Volk glaubt, die Wohlfahrt des Vaterlandes hänge eben nicht von Gott, sondern von einer freigesinnten, kulturfüßigen Regierung ab, so eine habe zu befehlen im Lande, und Gott, wenn er noch lebe, das Zusehen, wie ein altersschwacher Großvater.

Als der Wirt schnaufend und keuchend von seiner vaterländischen Expedition zurückkehrte und sehr triumphierende Blicke von sich gab, scholl es hier, scholl es da: «Wirt, was bin ich schuldig? Wirt, mach mir die Rechnung! Wirt, wo ist wohl der Stallknecht, er soll anspannen! Wirt, wo hast du mein Säcklein?» So erscholl es aus allen Ecken und Enden. Und wie der Wirt auch sagte: «Ich würde noch warten, es ist noch gar zu warm, es ist noch viel zu früh für heim; wartet doch, bis der Staub sich gesetzt hat», nahm das Rufen kein Ende: «Wirt, sieh hier einen Taler, hier einen Gulden; ich bin pressiert, muß zeitlich heim sein» usw. Ganz erstaunt und verblüfft sagte endlich der Wirt, die Silberstücke betrachtend in der Hand: «Habe nicht Münz im Sack, muß holen.» Im Stübli schüttelte er schrecklich den Kopf und verzählte sich beständig. Da schoß seine Frau hinein und rief: «Wo Tüfel bleibst? Die Leute pressieren, es ist, als ob alle Büchsenpulver unter den Beinen hätten, weiß gar nicht, was die Leute haben, daß sie alle schon fort wollen.» «Es ist beim – nicht mehr zu leben heutzutage», stieß der Wirt als Seufzer aus, «man weiß gar nicht mehr, was man sagen soll, um es allen zu treffen; am besten wäre es, man sagte gar nichts.» Da hätte er dem Landjäger geholfen, einen rauszuschmeißen, welcher gradeaus gebrüllt hätte, die Erdäpfel seien wieder krank. Zum Donner, solche Leute könnten einen ganz unglücklich machen; da heiße es gleich, es sei dort oder dort geredet worden, und dem Landjäger hätte er helfen müssen, derselbe sei auch ein Gutgesinnter und Vaterlandsfreund, und so ein Hagel könne einen gleich unglücklich machen, denn wie leicht könne man ein Gesetz übertreten, bis am Morgen aufhaben, statt um zehn das Haus zu schließen, und ganze Festtage hudeln lassen statt gar nicht. Und jetzt brülle alles: Fort, fort! Wenn er das gewußt hätte, der Landjäger hätte seinethalben Mordio schreien können, er hätte nichts gehört; er wollte, solche Lumpenhunde setzten keinen Fuß mehr über seine Schwelle. Aber auf die Leute verstehe er sich nicht mehr; vor acht Tagen hätte alles gebrüllt, wenn er nicht dem Landjäger geholfen, heute schreie alles, weil er es getan, so möchte am Ende der Teufel dabei sein. Die Leute hätten halt keine Gesinnung, keine Grundsätze; kein Mensch wisse, woran man mit ihnen sei, den Ketzern.

Als der Wirt endlich mit dem Münz wiederkam, wollte jeder zuerst haben; es schrie in allen Ecken, und der Wirt spedierte sehr langsam, wollte wieder gutmachen, sagte, man solle doch nicht so pressieren und er habe nichts dawider, etwas könne an der Sache sein, es sei alles möglich, aber allweg sei es eine wüste Sache, und besser sei, nichts davon zu reden oder so wenig als möglich. Es sei ihm wegen der armen Leute, denen müsse man nicht angst machen, und die Landjäger und Regierungsstatthalter hörten es auch nicht gern, wie sie ja selbst hätten mögen merken. So daheim herum könnte man reden davon, aber nur leise, dawider hätte er nichts, und wenn es sei, so könne man die Sache in Gottes Namen nicht anders machen; aber öffentlich solle man sichs nicht merken lassen, bösen Sachen müsse man ja z'best reden, dies sei allweg das Beste. So redete der Wirt, aber es half ihm nichts, die Leute stoben fort, und wirklich redete kein Mensch mehr von der Erdäpfelkrankheit. Der Wirt machte ein langes Gesicht und sagte, er würde einen Taler geben, das wäre ihm nicht passiert, solches seien fatale Sachen. Wärs dem Bärenwirt passiert, so hätte es ihn nur gelächert; der hätte dann auch erfahren, was einem die Freisinnigkeit eintrage, und der hätte es besser verdient als er.

Die Bäurin und ihre Base gehörten auch unter die, welche Reißaus nahmen wegen der Kartoffelkrankheit und wegen der Freisinnigkeit. Nicht schnell genug konnte der Stallknecht einspannen; bald hätte sie den Wein aufpacken zu lassen vergessen, und erst frei atmete sie auf, als sie das Städtchen im Rücken hatte. Es sei ihr in allen Gliedern, sagte sie zur Base; wenns wäre, daß die Erdäpfel wieder fehlen sollten, so gehe es viel übler als im vergangenen Jahre; «da waren noch Vorräte, jetzt sind keine mehr. Ich glaube indessen nicht daran; allweg habe ich lauter gesunde gesetzt, und hieß es doch, auf den Samen komme alles an, und das Kraut habe ich auch verbrannt, wies vorgeschrieben war, obgleich es mich sehr reute, denn was Mist gibt, geht über Zucker. Aber eins hab ich gehört, und das plagt mich, denn es wird das Meiste wahr sein daran», fuhr die Bäurin fort und wandte sich zu ihrem sehr schweigsamen Bäschen, dem Bäbeli. «Das ist wegen dem Knecht, dem Johannes, das ist dem doch zu übel gegangen, wenn der ein Krüppel geworden sein sollte. Und die Mutter dauert mich auch, das ist die bravste Frau von der Welt, Böshaben nimmt sie für gut, wenn nur die Leute zufrieden sind mit ihr. Und wenns solchen Leuten ganz bös gehen sollte, so ists nicht gut; da sagen einem die Leute gleich, wenn ein Gott im Himmel wäre und Gutsein was nützte, dem oder jenem ginge es besser; der erfahre jetzt, was Frommtun und Ehrlichsein abtrage. So bös, wie die Lise es machte, wirds nicht sein, aber allweg nicht gut, und wenn ich wüßte wie, ich täte der Frau von Herzen gerne was. Aber eine Magd schicken oder selbst gehen mag ich nicht, du weißt, wie die Leute sind und einen ins Geschrei bringen, absonderlich eine Witfrau; man kann nicht Tüfels genug sein, damit die Leute einem nicht nachreden, man hätte die Knechte zu lieb.»

«Base», sagte das Bäschen, «ich möchte dir was sagen, wenn du hören willst und mir nicht zürnen.» «Red», fuhr die Base auf, «bin ich etwa schon im Geschrei, das wäre mir doch der Teufel!» «Nein, Base», sagte Bäbeli kleinlaut, «was denkst, es ist wegen mir. Aber du sagst es nicht weiter, versprich mirs.» «Du wirst doch nicht etwa – ?» sagte die Base. «Bewahre, was sinnest», sagte Bäbeli. «Du hast dich vorhin, als die Frau das erzählte vom Johannes, der bei dir Knecht war, meiner nicht geachtet, sonst hättest du gesehen, daß ich ganz blaß wurde; es war mir, als gebe mir jemand mit einem Schlegel auf den Kopf, so daß mir die ganze Welt ringsum ging. Du wirst gehört haben, daß sein Streit wegen einem Meitschi entstand hauptsächlich. Weißt du, wer das Meitschi war?» «Doch nicht etwa du?» frug die Base mit großen Augen. «Eben», sagte Bäbeli, «war ich es.» «So, das wußte ich nicht, an dich hätte ich zuletzt gedacht, wußte nicht, daß du dich mit Knechten abgäbest», sagte die Bäurin. «Base, zürnt mir doch recht nicht», sagte Bäbeli, «ich bin nicht so viel im Fehler, als ich scheine, habe mir ein Gewissen daraus gemacht schon lange, und jetzt, wo ich weiß, wie die Sache einen Ausgang nimmt, weiß ich nicht, was machen; ich glaube, ich habe keine ruhige Stunde mehr. Ihr wißt, ich wohne bei meinem Bruder; er gibt mir nichts und ich ihm nichts; ich meine, ich verdiene mein Essen wohl mit Arbeit, an einem andern Orte bekäme ich für das, was ich mache, einen schönen Lohn. Nun, mit dem Bruder gings, über den hätte ich so viel nicht zu klagen; aber sein Weib, das ist ein Hagel, böser ist nichts, gönnt niemand was, und selber Essen macht feiß, das ist ihre Meinung. Es vergeht kein Tag, daß sie nicht verstohlen Kaffee oder Pfannkuchen macht; daß sie mir nichts davon gibt, das dünkt mich nichts anders, aber auch nicht ein Augvoll davon kriegt mein Bruder, selb dünkt mich eine strenge Sache und macht mir das Herz bluten. Und wenn sie zum bösen Essen mir noch böse Worte zumessen kann, so spart sie es nicht. Es dünkte mich oft, es wolle mir das Herz zerreißen.» «Bleib nicht dort», sagte die Base, «du vermagst an einem anderen Orte das Kostgeld zu geben. Was wollt ihr euch quälen und gegenseitig aneinander versündigen!» «Du hast wohl recht», sagte Bäbeli, «aber der Bruder dauert mich, und er hat mir gesagt, ich solle ihm nicht die Schande antun und weitergehn. Dann hab ich mich gewöhnt an sein Haus, war mein Lebtag darin.» «Wirst doch einmal daraus müssen», sagte die Base.

Bäbeli gab darauf keine Antwort, sondern fuhr fort: «Nun am Neujahr und den Tag nachher tat die Frau bsunderbar wüst. Man brauchte begreiflich mehr, das reute sie schrecklich, sie machte ein Wesen und hatte ein Aufbegehren, daß man glaubte, sie wolle allen wieder aus dem Halse herauskratzen, was sie genossen hatten. So verleidete es mir, dabei zu sein. Ich gab vor, bei einer Wollenrüsterin was zu verrichten zu haben, und machte mich fort. Als ich meine Sache verrichtet hatte, war es über Mittag; ich hatte nicht Lust, des Bruders Frau unter die Augen zu kommen und sie zur Unzeit um etwas zu essen zu bitten, obgleich sie Fleisch genug gehabt hätte im Küchenschrank. Die Wirtin zu Michelhofen ist mir noch von weitem verwandt, daneben meine gute Freundin. Dorthin ging ich und dachte an gar nichts, als daß ich es mir dort einmal recht wohl sein lassen wolle für mein Geld, einmal essen ohne saure Augen. Es freute die Wirtin, daß ich kam, sie wartete mir gut auf und versäumte sich bei mir, daß Keine von uns dachte, was es für Zeit sei. Da hörten wir geigen. Teufel, sagte die Frau, sind die Geiger schon da? und schoß hinaus. Sie kam lange nicht wieder, und für die Langeweile gehe ich in den Tanzsaal, um zu sehen, was da gehe. Da saßen drei Geiger, geigten in der leeren Stube, nur damit man wüßte, sie seien da. Einige Bursche waren da und tranken in einer Ecke, ich kannte sie nicht. Wie ich hineinkomme, schreit ein Geiger: Seht, da kommt eine, nehme sie einer, wir wollen aufspielen, es soll nichts kosten, nur damit was geht und es einmal angefangen werde! Nun kam der größte der Bursche auf mich zu und nahm mich, was sollte ich da machen? Aus einem Tanze wurden zwei, drei usw., er tanzte gut, und wenn man tanzt, hat man nicht Zeit, zu sinnen und zu denken, was klug sei und am besten wäre, und besonders wenn man so aus dem Verdruß herauskommt und weiß, daß einem daheim niemand was nachfrägt, weiß man nicht, wie es einem wird, wenn man sich einmal lustig macht und das Elend vergessen kann. Nach und nach kamen Leute, die Stube füllte sich. Ich hätte mich von ihm losmachen sollen, es ist wahr, aber ich wußte nicht, wer er war; er tat manierlich, und ich kannte sonst niemand hier. Ich mußte ihm mit Wein Bescheid tun, er wurde wilder, übermütiger, es kamen Bekannte, und ich vernahm, daß er nur ein Knechtlein sei, wurde ausgelacht und ausgespottet. Es ward mir angst vor Streit, angst vor dem Bruder, absonderlich vor seiner Frau, was die mir sagen würden, wenn sie vernähmen, wo ich gewesen und mit wem ich getanzt habe. Ich machte mich von ihm los, und in der Angst nicht mit Manier, schloß mich an Bekannte an, trieb zum Fortgehen, und was geschah, weißt du. Ich bin nicht schuld, und doch hatte ich es schwer auf dem Herzen, denn wenn ich nicht gewesen wäre, so wäre das alles nicht begegnet, und erst jetzt, wo ich weiß, was die Sache für einen Ausgang hat, wird es mir Tag und Nacht nicht Ruhe lassen. Daß mich die Gwundernase in den Saal getrieben und des Bruders Frau mich böse gemacht, das ist daran schuld, daß ein Bursche ein Krüppel wird und eine alte Frau fast verhungert, wie die Beselise sagt. Das ist doch schrecklich, und da weiß man wahrhaftig nicht, wie beten und wie tun, daß man sich nicht Unglück auf den Hals zieht oder Andern, und während man keinem Kinde das kleinste Leid antun will, macht man Leute zeitlebens elend und weiß es vielleicht nicht und vernimmts erst, wenn man vor den Richter muß am jüngsten Tag und links die Böcke sind. Es dünkt mich, ich möchte zur Mutter und ihr etwas tun, und jetzt, weil er im Bade ist, schickt es sich am besten. Sie kennt mich nicht und in der Gegend dort niemand, soviel ich weiß. Wenns dir recht ist, so will ich mich für deine Magd ausgeben und sagen, du sendest ihr was.» «Meitschi, nimm dich in acht, was du machst», sagte die Bäurin, «denk, wenn es dir auskäme, so könntest du Verdruß haben, und Meitscheni müssen sich in acht nehmen, das hast du ja erfahren.» «Ach, was frage ich dem allem nach», antwortete Bäbeli, «es hat mich doch niemand lieb, und nirgends sollte ich sein; ach wenn ich nur sterben könnte und unter die Erde, da wäre mir wohl», und gar bitterlich begann Bäbeli zu weinen.

Die Bäurin ließ Bäbeli eine Weile machen, wahrscheinlich wegen eigener Bewegung, denn es zuckte ihr gar seltsam um den Mund herum. Endlich sagte sie: «He nun, wenn du meinst, es mache nichts, und die Sache liegt dir am Herzen, so ist es mir sehr anständig. Aber dann kommst du erst bei mir vorbei, ich möchte auch was mitgeben, und wieder bei mir durch; es nimmt mich wunder, obs wirklich so ist, wie die Beselise sagte, der ist nicht zu trauen, die hat ein Maul, als ob sie es des Teufels Großmutter gestohlen hätte. Komm abends zuvor und bleib bei mir über Nacht, es ist weit, und dann können wir noch eine Weile mit einander plaudern. Und Meitschi, hörst, wenn es dir deines Bruders Frau zu arg macht, so mach nichts Dummes, sondern komm zu mir, ich habe dir zu arbeiten und zu essen.»

«Das ist guter Bescheid, Base», sagte Bäbeli, «ich danke Euch. Aber was meint Ihr, Base, wann soll ich gehen, wann wäre es Euch recht?» «Wann du willst», sagte die Base, «wenn es dir am schicklichsten ist.» «Wäre es vielleicht nicht am besten, so bald möglich?» sagte Bäbeli, «er könnte ungsinnet aus dem Bade kommen, dann dürfte ich für mein Leben nicht hin.» «Es ist mir völlig recht», sagte die Base, durch diese Bereitwilligkeit sichtlich erfreut, «fahre gleich mit und gehe morgen!» «Das, Base, das geht nicht, muß erst heim, hatte Sachen zu verrichten für den Bruder. Und wenn ich so gekleidet ginge, so würde man nicht glauben wollen, daß ich eine Magd sei, oder eine in geliehenen oder gestohlenen Sachen.» «Du hast recht», sagte die Bäurin, «Mägde in solchen Hemden und mit solchen silbernen Ketten sieht man nicht oft, und wo man sie sieht, gehts nicht mit rechten Dingen zu und viel darauf hält ihnen niemand.»

Unter diesem Gespräche war die Mähre langsam weitergeschritten, als ob sie in Behaglichkeit dem Gespräch der beiden Basen zuhöre, und endlich an ein Wirtshäuschen gekommen, wo sich die Wege schieden. Gegen alle Gewohnheit trank dort die Bäurin mit Bäbeli einen Schoppen, wegem Durst, sagte sie; aber Bäbeli zahlte ihn, die Bäurin mochte sagen, was sie wollte. Das offene Herz hatte auch eine offene Hand gemacht, und wenn nicht das Hemd, so doch das Mieder hätte Bäbeli vom Leibe gegeben, wenn sie darum angesprochen worden wäre.

ZWANZIGSTES KAPITEL

Von einem Besuch und alten und jungen Gedanken

Diesmal schlug die Nachricht von der Anwesenheit der Kartoffelkrankheit nicht wie ein Blitz ins Volk, sie schlich wegen den Landjägern verstohlen ein und nistete langsam sich ein, weil des ungläubigen Zeitgeistes wegen auch der Unglaube an die Erdäpfelkrankheit von oben her sehr begünstigt und unterstützt ward. Alle Radikalen durch die Bank weg leugneten sie pflichtgemäß, und jeder, der auf sie aufmerksam machte, wurde schlechter Gesinnung wegen sehr verdächtig. Es gab bekannte Orte, wo er bei solcher Meinungsäußerung Schläge riskiert hätte, auch wenn er sich mit großen Bürden angesteckten Erdäpfellaubes legitimiert haben würde. Es gehörte förmlich zum guten Ton, die Sache abzuleugnen, und bloß die guten Urner dachten an den, der die Wahrheit ist, vor dem Leugnen nichts hilft, der alles macht und alles gnädig wenden kann, hielten Bittgänge, unterzogen sich demütig seinem Willen, suchten gläubig seine Gnade. Anderswo gedachte man mit Landjägern und Leugnen die Sache zu machen, an Gott dachte man gar nicht. Wenns mal zu viel regnet, werden die guten Leutchen den Himmel mit Lumpen verstopfen wollen, und wenns hagelt, mit Bundesbrüdern die Wolken verschlagen, wie man ein Faß verschlägt mit einem Zapfen. Die guten Leutchen sind aber eben nur aus einer jungen Schule!

Die Gelehrten mischten sich wieder drein, so wie wenn das Moor aufgeht, die Frösche zu singen beginnen, und gaben wunderliches Zeug an und namentlich, man solle alles kranke Laub über dem Boden weghauen, dann kriege man jedenfalls vortreffliche Kartoffeln. Die guten Kinder wußten nicht, daß sobald man an den Kartoffeln das Laub oben wegschneidet, unten das Wachstum der Knollen stille steht. Sie wußten nicht, daß spätere Sorten oder später gesetzte Erdäpfel erst Knollen anzusetzen begannen oder eben angesetzt hatten und daß nach abgeschnittenem Laub jeder Fortschritt der Knollen, und ganz besonders der entschiedene, radikal abgeschnitten sei. Indessen trotz Lumpen, Landjägern, Gelehrten kam die Krankheit doch unter die Leute, man redete davon, jedermann eilte auf sein Feld, aber vom Zeitgeist waren die Meisten angesteckt. Denn wenn sie auch die bekannten schwarzen Flecken an den Blättern sahen, redeten sie doch sich ein, das mache dieses Jahr wenig, die Hitze vertreibe alles wieder, die Stengel schlügen neu aus, und wenn der Herbst gut sei, würde eine Masse wiedergeborner Kartoffeln zu ernten sein.

Auch zu unserer Käthi war die Nachricht geschlichen und hatte sie gröblich erschreckt. Diesmal ging sie tags hin und sah zu ihrem Schrecken ganz frühe Erdäpfel schwarz im Laub. Sie grübelte, wie die Weiber pflegen, und fand zu ihrer großen Freude viele und fast ausgereifte unter einer Staude, freilich mehrere gefleckt. Sie dachte: Gottlob, doch wieder was zu essen! Denn daß man im Juli Erdäpfel graben könne, daran hatte sie nicht gedacht. Ausmachen wird das Beste sein, dachte sie, und gedacht, getan.

Aber nicht manchen Tag ging es, so waren die ausgegrabenen Kartoffeln größtenteils in Fäulnis übergegangen. Als Käthi darübersah, erschrak sie grausam, denn selbst sie wäre geneigt gewesen, diesmal das Bessere zu glauben. Die Flekken schadeten in diesem Jahre nicht so viel, böse Leute hingen ihnen böse Verleumdungen an, so glaubte auch Käthi, bis sie durch Anschauung anders unterrichtet wurde. Käthi weinte und wußte nichts zu sagen als: «Du mein Gott, so ists doch; du mein Gott, wie soll es jetzt gehen?»

«Gott grüß Euch», erscholl eine Stimme hinter ihr, daß sie erschrak und herumsah. «Habt Ihr einen Sohn im Bade und heißet Käthi?» frug ein Mädchen, sehr schlicht angezogen, mit einem großen Säcklein in der Hand. «Ist er etwa gestorben?» frug Käthi und fuhr hochauf. «Weiß nichts davon», sagte das Mädchen, «aber ich habe einen Gruß für Euch und sonst noch was von Eures Bubs alter Meisterfrau.» «So», sagte Käthi gedehnt, «sinnet die noch an ihn und hat ihn doch so schnöde zum Hause hinausgejagt; ists ihr etwa übers Gewissen gekommen?» «Glaub nicht, daß sie Ursache dazu hätte», sagte das Mädchen, «soviel ich weiß. Aber man kann eine Sache auf mehr als eine Art erzählen. Eine Meisterfrau hat das Recht, ein Wort zu sagen, und Euer Sohn mochte nicht viel ertragen, und unsere Frau läßt sich auch nicht auf die Füße treten; da ist man bald neben einander vorbei.» «Bist du bei ihr?» frug Käthi. «Sollte Jungfrau sein dort», sagte das Mädchen. «Sie hat letztlich vernommen, es gehe deinem Sohne bös, und das hat sie erbarmet; sie kann wohl scharf auftreten, ist daneben aber eine Gute und hat ein lind Herz. Ich hatte sonst noch was zu verrichten, da gab sie mir das Säcklein mit einem freundlichen Gruß, läßt fragen, wie es gehe, und wenn Johannes zurückkomme, so solle er einmal zu ihr kommen.»

Käthi hatte auf der Zunge, zu sagen: «Das wirds kaum geben»; indessen wendete sich das Wort ihr unwillkürlich im Munde, und sie sagte: «He, das kanns wohl geben. Aber sieh doch, wie ich Erdäpfel habe, es geht mir viel zu übel, ich darf gar nicht daran denken, wenn die andern auch so sein sollten. Aber komm hinein und sitz ab, es wird dich nicht wunder nehmen, wie es so einer alten Frau geht; junge, lustige Meitli haben anders zu sinnen.» Das Mädchen tat manierlich, sagte, es sei schrecklich für viele Leute, wenn es so kommen sollte, fragte, was sie da für ein hübsches Bubi habe und ob es auch so gut sei wie schön, und frug das Bubi, ob das seine Hühner seien und ob sie legen täten oder nicht? Vor lauter Fragen und Antworten brachte Käthi das Mädchen fast nicht in die Stube. Käthi entschuldigte sich, es sehe strub aus und gar so armütig, sie werde es anders gewohnt sein, in Bauernhäusern sehe das anders aus. Oh, sagte das Mädchen, das mit hellem Behagen sich umsah, es gebe viele Bauernhäuser, wo es nicht halb so sauber aussähe und wo man nicht halb so gerne absitze als hier. Das Mädchen hatte aber auch recht, es sahe so hell und nett aus wie in manchem Herrenhause nicht. Selbst Hühner und Fliegen schienen dressiert zu sein, nichts am unrechten Orte fallen zu lassen.

Während drinnen das Mädchen mit dem Kinde sich abgab, ließ draußen Käthi das Feuer prasseln, Kaffeebohnen springen in der Pfanne, und sogar an drei Eiern vergriff sie sich rasch, denn es war Mittagszeit, und wenn es Käthi gehabt hätte, sie hätte alle Hungrigen und Durstigen in der ganzen Welt gespeiset und getränket. Als Käthi mit dem Kaffee hereinkam, protestierte das Mädchen wohl gegen alle Ungelegenheiten und in Kosten Bringen, ließ denn doch das Weitere geschehen, besonders da Johannesli, in beiden Händen Lebkuchen, seine Stimme stark geltend machte und als kleiner Hausherr der Großmutter befahl, sie solle Pfannkuchen machen, viel, viel, das Meitschi sei gar ein gutes und müsse auch was haben! Als Käthi mal abgesessen war und Kaffee eingeschenkt hatte, stellte sich das Behagen ein und der trauliche Redefluß, um dessen willen die Weiber den Kaffee so sehr lieben. Käthi erzählte vom Sohne, und das Mädchen hörte freundlich zu, erhielt den Fluß warm und die Rede im gleichen Geleise. Käthi ward nicht müde, zu erzählen, wie er so lieb und gut geworden, ganz ein Anderer, und wenn es nur Gottes Wille wäre, daß er wieder geheilt würde und sie bei einander bleiben könnten. Doch wenn das Erstere geschehe, so wolle sie es gerne leiden, hätte sie doch die Hoffnung, daß sie einst im Himmel desto länger bei einander sein könnten. Mit dem Essen wolle sie nicht rühmen, aber sonst habe sie nie so gut gehabt wie die letzte Zeit. Holz und Wasser hätte ihr ihr Lebtag niemand so treulich getragen und angefeuert und alles, was er konnte, als der Johannes; es habe ihr oft das Augenwasser übergetrieben, wenn er sie so bedient, als wäre sie eine Herrenfrau. Sie müsse sagen, sie hätte nie geglaubt, daß er ein so gutes Herz hätte. Sie hätte wohl gesehen, wie ihn jedes Stücklein Brot gemüht hätte, welches er habe essen müssen. Sie müsse sagen, erst sei sie bitterböse über die Bäurin gewesen, daß sie ihn krank so schnöde aus dem Hause gewiesen; aber jetzt wollte sie um kein Lieb, daß es nicht so gegangen wäre.

Bäbeli meinte, sie könne nicht glauben, daß die Bäurin es böse gemeint; aber hitzig sei sie, und der Johannes werde es auch sein, da ziehe ein Wort das andere nach und man sei uneins, man wisse nicht wie; die Frau meine es sicher gut, sonst solle sie nur sehen. Und nun erst packte Bäbeli das Säcklein aus und zog Brot hervor, ein schwarzes großes und ein kleines weißes, ein Stück Käse, Butter und sonst noch allerlei, und aus dem weiten Sack im Mieder wanderte eine Flasche Wein und ein klein Papier, in welches was gewickelt war. Käthi schlug die Hände über dem Kopf zusammen über die Bescherung, rief in einem fort: «E nein aber, das ist zu viel, das darf ich nicht nehmen! War ich so böse über die gute Frau; wenn sie gewußt hätte, was ich manchmal über sie gedacht habe, gesagt habe ich nichts, keinen Mundvoll hätte sie mir gesandt! Sage es ihr, wie ich mich an ihr versündigt hätte; aber es sei mir von Herzen leid, sie solle mir verzeihen, und ich will den lieben Gott bitten, daß auch er mir vergebe, ihr aber vergelte hunderttausendfältig.»

Eine solche Dankbarkeit hatte Bäbeli noch nie gesehen, und einen guten Teil davon konnte sie auf ihre Rechnung nehmen. Der Johannesli vergaß seine Kuchen, schrie nach weißem Brot, nach Käse und Wein. Da Käthi bemerkte, sie wollte einschenken, wenn sie ein Glas hätte, so sagte Johannesli, Andrese Anne Bäbi hätte zwei, er wolle sie holen. Nun mußte Bäbeli mittrinken, trotz allem Protestieren. Da ging der Käthi das Herz erst auf, sie erzählte von alten Zeiten, was Johannes für eine Frau gehabt und wie er doch gut gewesen sei gegen sie bis zuletzt und jeden Kreuzer, den er hätte aufbringen mögen, an sie gewandt hätte, und wie er erst gegen eine Frau sein würde, die anders täte und auch gut gegen ihn wäre. Sie hätte schon manchmal gedacht, wenn es doch Gottes Wille wäre, daß Johannes wieder eine fände, aber nicht wie er eine gehabt, sondern eine Gute und mit etwas Mittel, daß er was anfangen könnte, ein klein Händeli mit irgend etwas, was er am besten verstehe, wenn es mit dem Arm nicht bessern sollte. «Das Kind sollte sie nicht plagen, das lasse ich nicht von mir, oder wenn sie zu mir kommen wollte, so brauchte sie nicht zu fürchten, daß sie das Wüstest alles machen müßte, für das wäre ich immer da. Wenn man einander treulich helfen würde, wir könnten die besten Geschäfte haben, wenn Gott uns gesund ließe. Waret ihr wohl für einander?» Bäbeli frug: «Wie meinst?» «He, ob du und er, als er noch bei euch war, wohl für einander gewesen seiet? Du weißt, man kann einander viel helfen oder aber einander viel plagen, wenn man am nämlichen Orte dient.» Das Mädchen ward sehr rot und sagte, es sei damals noch nicht dort gewesen, sondern erst seither hingezogen. «Selb ist schade», meinte Käthi, «ich glaube, ihr hättet euch gut vertragen.»

Nun frug Käthi hin und her, und das Mädchen mußte ein förmlich Examen bestehen über seinen Lebenslauf. «Du wirst Mitteli haben, oder noch zu erwarten?» meinte endlich Käthi. Das Mädchen ward sehr rot und sagte endlich: «Etwas wenigs, aber nicht viel, und obs noch was gibt, weiß ich nicht, allweg auch nicht viel.» «He nun, wenn es nur etwas ist, dann kann man es leicht weit bringen. Ich und mein Sami selig brachten nichts zusammen als gesunde Glieder, wie man sagt. Nun, weit brachten wir es nicht, aber kamen doch mit Ehren durch und ohne jemand zu plagen, mit Beten und Arbeiten. Hätten wir was gehabt, um was anzufangen, es wäre vielleicht auch anders gegangen, wir hätten etwas vor uns bringen können. Nun, es wird so haben sein sollen, alle Leute können nicht reich sein. Wieviel ists, was du hast?» «Fünfzig Taler», sagte mit einigem Stottern das Meitschi, «und nur ein Bett.» «Bhüetis, du meine Kraft, fünfzig Taler», sagte Käthi, «nein aber, fünfzig Taler sind ein Geld, habe mein Lebtag so viel nie beisammen gesehen! Wenn Manche dieses Geld hätte, sie säße nicht so da bei einer alten Frau und hätte Geduld mit ihrem Geplauder und hätte noch einmal so viel gesagt oder gar von zweihundert Gulden und die Sache recht groß gemacht, gerühmt ist bald viel und kostet wenig. Es hat schon Mancher einen Schuhvoll rausgenommen; er meinte, er hätte eine reiche Frau, und als er nach dem Hochzeittag das Vermögen untersuchte, fand er ein alt paar Schuhe und drei Strümpfe und mehr nicht. Wie du bei einem solchen Vermögen so brav daherkömmst, nichts Überflüssiges und alles währschaft, nicht so Hudelzeug, welches in Fetzen fährt, wenn man es von weitem angrännet! O mein Gott, wenn ich an Johannes' Frau selig denke, was die für Kleider gehabt hat und Schühli, man hätte dieselben fast wie eine Brille brauchen und Geld durch dieselbe zählen können! Kein einzig Stücklein hat sie angehabt, wie da dein Fürtuch ist. Wirst das selbst gesponnen haben und haben machen lassen? Ja, so ists recht, so gefiels mir; wenn alle Mädchen so wären, es würde weniger arme Leute geben. Ja, wenn mein Johannes so eine bekommen könnte, dann wollte ich mit Freuden unter die Erde, wüßte ich doch, daß das arme Bubi da eine Mutter hätte, welche zu ihm sehen würde. Johannesli, möchtest ein solches Müetti?» «Wolltest du mir dann noch mehr Lebkuchen geben und so schönes Brot?» frug Johannesli. Dem Mädchen ward es eng ums Herz vor lauter Traulichkeit; Abbrechen sei das Beste, dachte es. «Wolltest mich als Müetti? Aber du weißt ja nicht, daß ich grausam böse sein kann.» «Das kannst du nicht», sagte das Bubi. «Meinst!» sagte das Mädchen, nahm den Buben, gab ihm einen herzhaften Kuß, hätte gerne ihm noch ein Stück Geld gegeben, schon griff es in die Tasche; aber daß sich das für eine Magd nicht schicke, kam ihr noch zur rechten Zeit in den Sinn. «Muß fort», sagte sie, «du mein Gott, was wird die Frau für ein Gesicht machen, wenn ich so spät heimkomme, die wird mir was sagen!»

Umsonst suchte Käthi das Mädchen wieder zum Sitzen zu bringen, es wollte fort und ging doch nicht, ein Wort zog immer das andere nach, und wirklich schien die Sonne schon tief durch das niedere Fensterchen, als das Mädchen endlich ging, mit unendlichem Danke beladen und vielen Wünschen, daß es ihm doch gut gehen möchte, und wenn es da vorbeikomme, so solle es nicht vorübergehen, ohne einzusprechen. Als es endlich fortging, sah Käthi ihm so lange nach, als es zu sehen war. So eins, das einen so schönen Gang hätte, geschwind und doch gut abtrappend, hätte sie lange nicht gesehen, und so ein Manierliches und Ehrbares und doch so reich! Ja, das wäre eins! Wenn das der Johannes gekannt hätte vor seinem Unglück, sie glaube, die wären zusammengekommen, es hätte nicht gefehlt, die schickten sich zusammen wie zwei Tropfen Wasser; aber jetzt! Und Käthi fuhr mit verkehrter Hand über die Augen und ging ins Häuschen.

Das Mädchen aber, Bäbeli, wischte die Augen nicht, obgleich sie glänzten wie zwei flimmernde Sternlein. Leicht wie ein Reh, das im Mondschein der bekannten Waldmatte zutanzt, flog Bäbeli in den schönen Abend hinein, wo die ganze Welt rosenrot ihr entgegenglänzte. Vom erquickenden Wonnegefühl, jemand eine reine Freude, jemand glücklich gemacht zu haben, ward Bäbeli zuerst durchströmt; so war ihr nie gedankt worden, so innig dankbar hatte sie noch keinen Menschen gesehen wie die alte Käthi. Ward in ihres Bruders Hause gegeben und empfangen, so sah man zumeist dem einen Gesichte an, daß ungern gegeben wurde, und dem andern Gesichte, daß es die Gabe gering schätze und eine bessere erwartet hatte. Hier hatte man sie gehalten wie ein wohltätig Wesen, fast wie eine Fee, und obgleich angeblich nur fünfzig Taler reich, war sie doch von Käthi viel höher geehrt worden als je irgendwo, wo man wohl wußte, wieviel tausend Gulden sie besaß. Wie gute Leute waren das und wie hatten sie sich so lieb, wie friedlich und sauber sah nicht alles aus, wie wußten sie nicht mit wenigem sich zu begnügen, als ob es viel wäre, und wie sah es dagegen in ihres Bruders Hause aus und was waren da für Gesichter bei allem Reichtum! Wenn man eins derselben in eine Schüssel mit Salat getaucht hätte, Pfeffer und Essig wären völlig überflüssig geworden und der Salat doch scharf und sauer mehr als genug. Da sei es ein gut Weilen, wo Freundlichkeit sei, ein friedlich Wesen, die Leute einander gönnten, was sie brauchten, und jedes gerne dem Andern diente und in Liebe an ihm hinge. So an einem Orte möchte sie leben, dachte Bäbeli und seufzte schwer. Und wenn in ein so armütig Hauswesen eine käme mit einem schönen Sack voll Geld und ohne Stolz und Hochmut, ihr Geld brächte und dagegen ihren Frieden mit ihnen teilen könnte und diesen Frieden noch höher schätzte als das Geld und die Andern befreiet wären von allen Kümmernissen, Speise und Trank hätten ohne Sorgen und den alten Frieden, noch neue Liebe dazu: was wäre das für ein Leben, das wäre ja das Paradies!

Was ist wohl mehr, Friede oder Geld? Und wer erheiratete mehr, wer das Geld brachte oder wer den Frieden brachte, und wer wäre der Vornehmere? Was ist mehr: Friede und Liebe oder Geld und Vornehmsein? Und doch dachte Bäbeli: Was wäre es für eine Herrlichkeit, wenn ich mit meinen Gulden in diese Armut käme! Da wäre ich wie die Sonne, wenn sie in die Finsternis kommt. Was hilft es mir, wenn meine Gulden in einen Bauernhof fließen? Akkurat das, was einem Bach, wenn er in die Emme, die Aare, den Rhein fließt, akkurat nichts; er ist nichts mehr und man weiß von ihm nichts, während er ästimiert war und hochgehalten, solange er Bach war und der größte in dem Tale. Hier wäre ich die Sonne und alles in allem, und mein Geld wäre, was ein guter Regen in trocknem Sommer in durstendem Lande. Wenn ich auch wäre wie der Regen, niemand es vorrückte und demütig zufrieden wäre, wenn ich das Land tränkte, daß es grün würde, so lebten wir im Paradiese, in Friede und Einigkeit. In Pracht leben könnten wir nicht, in Chaisen fahren nicht, es hieße nicht, die große Bäurin von da, von dort oder die Ratsherrin oder was Narrs sonst; aber was hilft das Prächteln, das Chaisenfahren, das Ratsherrlen, wenn das

Weib daheim der Hund sein muß und der Mann alle Abend mit Stierenaugen heimkommt, wenn der Friede, das Geld, der gute Name alle Tage Stück für Stück abgehen und das Böshaben alle Tage Stück um Stück zunimmt? Das Vornehmsein nun, wie viel versüßt das das Böshaben, und was ist das Vornehmsein, wenn man in alle Wege drin ist bis über die Ohren, in Schulden, in Verachtung, im Gespött, kurz wenn man selbst nichts ist? Ach Gott, dachte Bäbeli, so Mancher hat mich wollen und grausam gefochten mit Zärtlichkeit und Rühmen und Versprechen, und wenn ich nachfrug, so wars Lüge und Lüge. Bald hätte ich der Familie auf die Beine helfen, bald des Burschen Schulden bezahlen, bald Geld liefern sollen, für sich von einem Andern loszukaufen, oder gar um Pulver zu haben, um an ein Scheibenschießen zu gehen, oder um zu vermögen, Ratsherr zu sein. Wäre ich hineingetrappet, so wäre es mir wohl gegangen wie jemand, der in einen Morast kommt, tiefer und tiefer geht, bis zuletzt derselbe über den Kopf geht. Gottlob haben sie es mir daheim immer gewehrt und wüst getan, wenn mich einer wollte! Alles ist doch zu etwas gut. Wehren ist doch immer besser als an den Hals Werfen dem ersten Besten, als ob es niemals mehr gut wäre oder ein Meitschi wäre, was ein Stein im Schuh. Hätten sie nicht gewehrt, wäre ich längst unglücklich, jetzt sehe ichs; was will man, ein jung ledig Meitschi ist ein Löhl und meint, ein Mann und das Himmelreich sei akkurat das Gleiche, und ohä! Wenn der Mann heiratet, um mehr vorzustellen, und das Meitschi heiratet aus gleichem Grunde, und jetzt will jedes voran, da gibt es ja erst den rechten Streit, und am Ende werden Beide nichts, Beide verachtet, Beide arm, ja Beide verteufelt, und was das sagen will, das weiß man. Ach Gott, das sieht man alle Tage, und glücklich bin ich mit meinem ledigen Leib und daß ichs machen kann, wie ich will. Ein bsunderbar Guter soll er sein – was will ein Meitschi mehr! Wenn er gegen die Mutter schon so gut ist, wie wird er es nicht erst gegen ein Weib sein, und was hilft einem die ganze Welt, wenn man einen Bösen hat, da hat man ja den Teufel auf der Welt. Vornehm ist er nicht, aber was ist das, vornehm, und was hat das zu bedeuten, wenn einer ein Wüster ist! Was nicht ist, kann werden, wenn man sich recht aufführt und Gott und Menschen liebt. In jeder Familie war einer der Erste, der vornehm ward. Ach, wenn ich einen erhielte, der mich so von Herzen lieb hätte, daß ich auch so recht wüßte, ich sei jemandem, was früge ich allem nach; es dünkte mich, der liebe Gott hätte allen genommen und mir alleine gegeben! Aber wehren würden sie es mir! Mein Gott, wie tun, und wie sollte ich es zwingen; sie schlügen mich tot oder bänden mich an, und kein Mensch auf der Welt, der mir beistünde! Die Base vielleicht, aber sie ist auch eine Bäurin und wird meinen, Knecht sei nur Knecht. Und er? Bin ich ihm anständig, und möchte er mich?

Da war Bäbeli an einem eigenen Punkte. Geld hätte ich, hübsch genug wäre ich, arbeiten kann ich, und was Schlechtes kann mir niemand nachreden. Aber gefalle ich ihm, oder hat er eine Andere oder meint, ich würde ihn verachten nachher, oder ich wollte die Dame machen und er sollte der Knecht sein und vermöchte zuletzt mich nicht zu erhalten? Es wäre möglich, daß es ihm so vorkäme, man hat ja Beispiele genug, daß es so ging. Aber bei mir gings nicht so, ich meine ja nicht, daß ich das Glück alleine bringe, im Gegenteil, was er mir bringen sollte, Liebe und Friede, das ästimiere ich ja mehr als Geld und meine nicht, daß ich deswegen mehr sei als er. Aber, und wenn er mich schon wollte, wer sagte ihm, daß ich ihn möchte? Von ihm selbst kommt das ihm nicht in den Sinn, und ihm es selbst sagen, das tue ich doch wahrlich auch nicht. Er sah mich ein einziges Mal und weiß, denk ich, kaum, wie ich heiße. Hundertmal habe ich es schon gehört, wie es hundertmal so gehe, daß Zwei einander liebten oder sich von Herzen gerne heirateten und ganz glücklich mit einander würden, aber es weiß Keins vom Anderen, sie kommen nicht zusammen, oder es vernimmt Keins, was das Andere denket und sinnet, und darf und kann nicht sagen, wie es ihm ist, und niemand ist, der berichtet von dem Einen zum Andern, und sie kommen nie zusammen und Keins wird je glücklich. Wäre doch schrecklich, wenn es mir so gehen sollte und niemand berichten wollte zwischen ihm und mir.

Dem Mädchen kamen Tränen in die Augen; es hatte sich so in Heiraten und Liebesglück hineingedacht, als ob morgen schon geheiratet werden sollte, daß der Gedanke, es könnte am Ende gar nichts daraus geben, niemand zwischen ihnen berichten wollen, ihm Stiche durchs Herz gab, daß es hätte laut aufschreien mögen und sich setzen mußte. Mädchen werden am besten begreifen, wie ein Mädchen sich so tief in der Liebe Lust und Weh hineinreden und -denken kann, daß es alles wirklich zu erleben glaubt und bald das Jauchzen ihm zuvorderst ist, dann es des Weinens sich nicht erwehren mag. Manchmal zieht das ganze Gebilde rasch vorüber wie ein Frühlingsnebel überm See, manchmal aber heftet es sich fest, hakt sich an, wurzelt ein, und wie nach Mahomet jedes Gebilde von Menschenhand zu einem Gespenste wird, welches seinen Schöpfer verfolgt, Leben und Seele von ihm fordert, so tut es auch ein solch festgewurzelt Gebilde und peinigt die Seele dessen, der es hervorgerufen und gestaltet, hinausgestellt zu werden in die Welt. Zur Wirklichkeit will es werden, Leben und Seele erhalten. Und wenn wir den Ursprung fixer Ideen in den Seelen der Wahnsinnigen verfolgen könnten, so würden wir zumeist auf solche luftige Gebilde treffen, die über der Seele schwebten wie ein luftig Nebelwölkchen über der Wiese oder überm See. Ja den Ursprung von noch andern Dingen könnte man in solchen Gebilden finden, wenn unser Herrgott Fensterchen gemacht hätte, durch welche man in die Seele gucken könnte. Es ist ein gar wunderliches Spiel, das Gedankenspiel; alle Menschen treiben es, die meisten, wie sie meinen, nur zur Kurzweil, die wenigsten erkennen es in seiner Bedeutsamkeit, machen es zur Quelle, die Gold führt, Diamanten sprudelt.

Spät kam Bäbeli zur Bäurin heim. «Du hast lange gemacht, wirst kurze Zeit gehabt haben, war er vielleicht schon heim?» frug die Bäurin in einem Atemzuge. Bäbeli stattete Bericht ab, und zwar einen sehr ausführlichen. Wie die Frau gedankt, wie sie so arm seien, kein Glas hätten sie gehabt im Hause, und sie glaube, keinen Kreuzer Geld. Die Frau habe lange gesucht, sie glaube, sie hätte ihr ein Trinkgeld anbieten wollen, aber nichts gefunden. Und doch sei alles so sauber gewesen und in Ordnung, daß man im ersten Augenblick an diese Armut gar nicht gedacht hätte; noch nirgends hätte sie es so gesehen. Dann kam alles durcheinander vom Bubi und vom Frieden und Liebe und vom Sohn im Bade, und wie es ihm nach erhaltenem Bescheid nicht sonderlich gebessert, aber wie er sich geändert hätte, so lieb und gut geworden sei, damit konnte Bäbeli gar nicht fertig werden. Aber vom andern, den fünfzig Talern, und wie Käthi an eine Sohnsfrau denke und wie sie ihr gefallen und daß das Bubi sie zum Müetti möchte, davon sagte Bäbeli kein Wörtchen. Und doch hätte Bäbeli es so gerne gehabt, wenn die Base alles gewußt hätte, für ihr Leben gerne gesehen, was sie für ein Gesicht dazu gemacht, und gehört, was sie dazu meine.

Aber die Frau war eine kluge Frau, brachte Bäbeli nicht zum Plaudern, stichelte nicht, machte keine absonderlichen Mienen. Sie merkte Bäbeli wohl, aber sie wollte nicht wehren, nicht fördern. Wir glauben nicht, daß sie ihre Tochter ihrem

Knechte gegeben hätte, doch wissen wir es nicht. Auch bei Bäbeli stieß sie sich anfangs an diesem Gedanken, dachte aber, das werde ihr schon erleiden. Als sie aber sah, daß das Ding ihr im Kopf blieb, dachte sie: Geschehe am Ende nichts Böseres, und leicht zehnmal schlimmer als so könnte es ihr gehen, wenn man auch anfangs meinte, wie gut man es mache. So Kinder ohne Eltern mit etwas Vermögen seien akkurat wie Kirschbäume mit Frühkirschen, wo man meine, alle Spatzen auf der ganzen Welt täten sie riechen und wollten da absitzen. Ein blindes Ungefähr gewöhnlich entscheide, wen sie heirateten; wer am nötlichsten tue, kriege sie gewöhnlich, und das seien selten die Besten, eher das Gegenteil. Es möge gehen, wie es wolle, so hätten sie keine Heimat, wo sie klagen, wo sie rühmen könnten, sie seien verlassene Geschöpfe. Absonderlich weil ein dummer Bruder und eine böse Schwägerin das Heiraten hätten verwehren wollen, so hätte sie keinen Schutz und Schirm in der Welt, und ungestraft könne man sie mißhandeln, ihr Vermögen verschleudern, und am Ende könne sie Gott danken, wenn man sie nicht verhungern lasse oder gar totschlage. So gehe es vermöglichen Kindern ohne Eltern gerne in der Welt.

So übel würde Bäbeli allerdings nicht mit dem Johannes fahren, das wußte die Base. Indessen, daß es gut gehe, verbürgte ihr niemand, und daß Bäbeli später nicht reuig würde und ihr Vorwürfe mache, sie hätte weiser sein sollen, ebenfalls nicht. Jedenfalls gebe es ein mächtig Gerede, dachte sie, und da wolle sie lieber, es heiße nicht, sie hätte da gekuppelt und die Sache gemacht. Man könne es nicht immer erwehren, aber sagen müsse sie, sie sei lieber im unflätigsten Ort als in der Leute Mäulern. So ein böses Maul sei ihr der Unflat aller Unfläte, da werde man dreckig und stinke, daß man den Gestank oft sein Lebtag nicht mehr wegbringe. Sei es dem Bäbeli Ernst und unserm Herrgott recht, so werde es was daraus geben, habe sie die Finger darin oder nicht. Sei die Sache einmal richtig, nun, dann sei sie immer noch da und könne dann um so besser ein Wort zur Sache sagen und helfen, wenn es sein müsse. So kalkulierte die Base, und nicht dumm, wie wir glauben. Aber recht war es Bäbeli nicht, denn verschlossene junge Liebe ist ungeduldig und verzagt, alte Liebe ist geduldiger und hat sich fassen lernen in Geduld. Sie hatte gehofft, die Base werde eintreten, werde wissen wollen, wie es ihr ums Herz sei, die Mittelsperson zu machen sich geneigt zeigen, und von allem dem geschah nichts.

Am folgenden Morgen redete die Base weder was von Käthi noch von den gestrigen Erlebnissen, und als Bäbeli fort wollte, hieß sie sie bloß bald wieder kommen. Da konnte Bäbeli sich nicht mehr halten und sagte: «Wenn du was vernimmst, so machst du mir doch Bescheid?» «Wenn du willst», sagte die Base. «Aber man weiß nie, wie so was verrichtet wird und wann. Das Beste ist, du kommest bald zu mir. Zeit hast du wohl, und willkommen bist du immer.» «Danke, Base, du bist allweg immer mein Trost; ich sehe, du meinst es gut mit mir. Wenn ich dich nicht hätte, keinen Menschen hätte ich auf der Welt», sagte Bäbeli, und bitteres Weinen quoll ihr herauf, daß sie lange nichts sagen konnte. «Lebe wohl und erhalte dich Gott gesund!» Mitleidig sah ihr die Base nach. «Du arms Tröpfli», sagte sie endlich, «dein Herzchen ist dir wohl voll. Aber warte nur, das wird sich schon legen; ich habe noch vollere gekannt, und jetzt sind sie leer wie ein vorjähriges Wespennest.»

Aber nicht bloß Bäbelis Herz war so angeschwollen, Käthis Herz war es nicht minder. Käthis altes Herz, von dem man glauben sollte, es gliche dem Geldseckel eines verarmten Batzenklemmers, Käthis Herz war angeschwollen, glich akkurat einer alten Blumenzwiebel, die neu treiben will,

Grünes und Schönes. Vor allem aus war dasselbe mit dem innigsten Danke erfüllt über die erhaltene Gabe; im Papier waren zwei Fünffrankenstücke gewesen, eine große Summe für die arme Frau, ein Reichtum, welcher ihr vom Himmel gefallen, an welchem sie wenigstens drei oder vier Wochen zu verdienen gehabt hätte. Die beiden Stücke wanderten alsbald in den Hochzeitstrumpf, denn wenn Käthi Geld kriegte, dachte sie nicht an Wünsche und Bedürfnisse, sondern an ihre Schuldigkeiten, diese waren ihr heilig. Und zu was jetzt Geld brauchen, wo man so viel zu essen hätte und so Gutes! Dann war das Herz voll Reue wegen des Urteils über die Bäurin. Schon hundertmal habe sie sich vorgenommen, sagte Käthi, nicht leichtlich und ungehört verdammen zu helfen und nicht alles zu glauben, selbst wenn es der Johannes sage, und immer wieder fehle sie und glaube das Böse lieber als das Gute. Das werde daher kommen, daß sie selbst noch immerdar zu allem Bösen geneigt sei und meine, andere Leute hätten es ebenso, und daß müßte sie der Frau noch abbitten; sie glaube nicht, daß sie sonst ruhig sterben könnte.

Aber am allervollsten, daß es gar keine Art hatte, war sie von dem Mädchen; das hatte ihr gefallen, sie wußte nicht wie, fast als ob sie selbst ein junger, heiratslustiger Bursche wäre. Sie sei alt, aber so ein anständig und gescheut Mädchen habe sie nicht angetroffen, und so ein hübsches, mit solchem Vermögen. Wenn der Johannes so eins kriegen könnte oder gerade dieses, er wäre der glücklichste Mensch unter der Sonne, und wenn sie ihm dazu verhelfen könnte, sie wollte mit aller Freude am Tage nach der Hochzeit unter die Erde, sie wüßte dann doch, daß der Johannes und das Bubi versorget wären. Das bringe sie nicht aus dem Kopfe, es dünke sie, wenn sie es nur hätte dabehalten können und einschließen, bis der Johannes wieder da sei. Gewiß seien ihm Zehn nachgelaufen, ehe es heim gewesen, und wenn der Johannes noch lange nicht heimkomme, so sei das gewiß hundertmal verheiratet. Es war Käthi, als ob sie das Mädchen neu entdeckt hätte und dieses jetzt vor niemand sicher sei, und doch lief dasselbe schon mehr als zwanzig Jahre auf der Erde herum und war weder gekapert noch sonst gestohlen worden. Und mitten in Freude und Dank wuchs ihr der Kummer hinein, ob Johannes sich darüber berichten ließe? Seit die Erste ihn so angeführt, hasse er alles Weibervolk grausam, sie ausgenommen, und eine Reiche möchte er nie, er möchte sich nicht jeden zugebrachten Kreuzer vorhalten lassen, habe er oft gesagt. Die gute Mutter! Das alles glaubte sie wie das Evangelium – aber so sind eben die Mütter. Wenn er nur heimkäme, das stach der guten Käthi viel mehr im Kopf, als daß er geheilt heimkäme; sie hatte es ähnlich wie Buben, welche ein Vogelnest wissen und immer fürchten, andere Buben möchten es auch entdecken und ihnen zuvorkommen.

Den allergrößten Kampf hatte Käthi auszustehen, wenn die Beselise beim Häuschen vorüberging. Ungeheuer gerne hätte sie Erkundigungen eingezogen bei derselben über die liebliche Magd, obs wahr sei, was sie gesagt, und wie sie daneben sei und was die Leute sagten von ihr, und Käthi wagte es doch nicht. Die Beselise war eine abgefeimte Person, handelte nicht bloß um Besen, sondern um Witwen und Mädchen, wenn was dabei zu verdienen war. Derselben Aufmerksamkeit auf das Meitschi lenken wollte Käthi nicht; sie wußte, sie waren Beide eben nicht wohl für einander, und wenn die Hexe etwas von weitem riechen würde, so rührte ihr dieselbe Schmutz in die Suppe. Aber die Hexe, die von allem Möglichen redete, könnte wohl einmal ihr zu Gefallen von der Bäurin Magd reden, meinte Käthi, und das wollte die Täsche nie. Alles Mögliche brachte sie auf die Trommel, nur das Meitschi nie. Absonderlich verhandelte sie die Erdäpfel und verketzerte alle, welche nichts aus der Sache machen wollten, und meinte von ihnen, das seien Kühe mit Brettern vor den Augen, welche meinten, weil es ihren Köpfen nach ginge im Kanton Bern, so dürfe der Herrgott nicht anders als nach ihrer Geige tanzen, sagte die Beselise. Aber Käthi, obgleich ihre Stauden alle Tage schwärzer wurden, frug den Erdäpfeln wenig nach, glaubte auch, sie würden alle Tage besser, schlügen aus, wüchsen nach und der Teufel weiß was alles, was die Gelehrten gegen alle Grundsätze in der Pflanzenwelt verbreiteten und das gläubige Volk gerne glaubte, dieweil es ihm gefiel. Je mehr die Beselise schimpfte über die Verblendung, desto kühler ward Käthi, je mehr die Beselise zu verstehen gab, wenn die armen Leute Hungers krepierten, desto mehr täte es die Bauern und die Herren an der Regierung lächern, desto eifriger gab Käthi zu verstehen, es gäbe Leute, denen nie was recht sei und die immer die Leute aufzureizen suchten. Wenn ihnen die Tauben nicht gebraten ins Maul flögen, seien sie nicht zufrieden, und Viele seien gekauft, um den Leuten recht angst zu machen, und sehe man doch augenscheinlich, wie es besser würde. So redete unsere gute Käthi, dieweil sie Bäbeli im Kopf hatte und böse war, daß die Beselise ihr nicht von dem redete, was sie so gerne gehört hätte.

EINUNDZWANZIGSTES KAPITEL

Käthi macht einen entschiedenen Fortschritt, beginnt Unterhandlungen, übernimmt eine Gesandtschaft

Ungsinnet kam ihr der Johannes heim, nicht geheilt, bloß mit dem Troste, er solle nur Geduld haben, es werde schon noch bessern; die Wirkungen eines Bades kämen erst hintenher, akkurat wie das Gras nach einem Regen. Ach, was die gute Käthi für ein Mitleid hatte mit dem Sohne, was er werde ausgestanden haben, wie schlecht er aussehe; aber das dünke sie nicht anders, man lebe da unten so schlecht, sie hätte gehört, da habe man nichts zu essen als abgeschweizte Rüben und gekochte Kabisstorzen. Johannes war wohl, daheim zu sein, rühmte, wie es ihm da unten nicht schlimm ergangen, nicht halb so bös, als die Mutter denke. So in einem Bade kämen gar viele Menschen zusammen, sagte er, von den Vornehmsten, wo man finden wolle, daß alles um und um glitzere von Gold und Seide. Aber er hätte nicht geglaubt, daß unter ihnen noch so viel Vernünftige wären, welche sich darum kümmerten, wie es anderen Menschen sei, und die sich nicht für zu vornehm hielten, nachzufragen. Freilich gebe es auch Andere, welche sich nur spienzeln möchten, Weibervolk und Mannevolk, und gerne einen guten Schick machen möchten mit Heiraten. Aber er habe bei sich selbst gedacht, wenn er mal wieder weiben wollte, einmal in einem Bade möchte er Keine auflesen (was das Käthi leichtete ums Herz, als sie das hörte!). Da seien sie dahergeflogen und herumgefahren, daß er oft lange nicht gewußt habe, seien es Pfyfolter oder Schneegänse. Solche hätten sich allerdings armer Leute nicht geachtet und hätten ihre Nase getragen wie ein Wachtelhund, welcher spüre. Aber viele Andere hätten mit den armen Leuten gesprochen, sie gefragt, wer, was, wie usw., hätten Räte gegeben, Beschäftigung, Geschenke dieser, jener Art, hätten sich gegen sie benommen, daß man gesehen habe, sie hielten einen auch für Menschen. Er hätte gedacht, da könnte mancher Bauer und noch mehr deren halbbatzigen Schreiberlein oder sonst Agenten ein Exempel daran nehmen. Ein alter Herr mit einem grauen Schnauz – «dä Göhl», meinte Käthi – hätte sich viel mit ihm abgegeben und ihn gebraucht. Da habe er verdient, daß es ihm nicht übel gegangen sei und ohne Geld er nicht heimkomme, so daß die Mutter einstweilen nicht zu kummern brauche wegen der Erdäpfel, mit welchen es so schlecht stehe. Johannes war ganz verwundert, als er die Mutter das Ding so halb und halb leichtfertig nehmen sah, sie nicht recht an die Krankheit glauben wollte, meinte, wenn man es recht anfinge, so käme man davon, allweg werde es nicht so übel gehen als voriges Jahr, und wissen tue man nie, ob einem nicht ungsinnet ein guter Schick in die Hände laufe.

Johannes wunderte sich über die Redeweise der Mutter. Er dachte, sie werde sich Zwang antun seinetwillen, um ihm mit Kummern seine Lage nicht peinlicher zu machen. Er sagte, er sei müde, und ging zu Bette, weil es ihn jammerte, so ohne Aussicht wieder dazusein. Käthi wars nicht recht, daß der Johannes schon zu Bette wollte; das Bubi schlief, und spät wars nicht. Indessen, Käthi ließ ihn gehen. Käthi war siebenzig Jahr alt und wußte, daß man nicht einen Müden und Schläfrigen mit Gewalt auf den Beinen halten und vom Bette abhalten muß, wenn man ihm angenehme Eindrücke beibringen und mit Behagen was auseinandersetzen will.

Am nächsten Morgen besichtigten sie die Pflanzungen, und es war der Johannes, welcher über das Abdorren der Erdäpfelstauden am meisten jammerte. Das werde bös kommen, sagte er, es sei an allen Orten gleich schlimm, bis in die höchsten Bergtäler hinauf. Er könne daher unmöglich glauben, daß die Ursache am Boden liege oder an der Sorte oder an einem besonderen Regen, welcher hier oder dort gefallen sei. Man habe im Bade viel davon gesprochen. Einer habe allen dargehalten, und endlich habe, was er gesagt, am meisten gefallen. Die Sache liege in der Luft, im Winde, habe der gesagt. Sonst sei der Föhn oder Flühluft nicht gegangen im Sommer, sondern im Frühjahr, und da habe er ja den Bäumen immer geschadet. Wenn sie so recht im Saft gewesen, habe er die Blüten getötet, manchmal die Bäume selbst. Dem einen Baum habe er mehr geschadet als dem anderen, manchen ganz übersprungen. Warum, das könne er nicht sagen; entweder bringe der Wind das Gift nur stoß- oder schichtenweise, oder die einen Bäume seien nicht im Zuge gestanden oder nicht so im Safte gewesen, daß er ihnen habe schaden können. Gewöhnlich hätte man im Sommer keinen Föhn oder Südwind gehabt, sondern Byse und Regenluft hätten mit einander abgewechselt. In den beiden letzten Sommern habe man Föhn gehabt und Nordwind, die hätten mit einander abgewechselt. Daher auch die fürchterlichen Regengüsse, wegen der großen Abwechselung von Kalt und Warm in der Luft, und die unbeständige Witterung überhaupt. Im vorigen Jahre sei bei uns der Föhn erst im September gekommen, wo die Kartoffeln schon Knollen angesetzt hätten, teilweise fast ausgewachsen gewesen seien. Daher hätten die frühen Sorten fast nichts gelitten; man habe viele und große Erdäpfel gefunden, aber viele angesteckte. In diesem Jahre werde es viel böser gehen. Da sei der Föhn früh gegangen, schon anfangs Juli, als die Erdäpfel eben Knollen ansetzten. Daher werde man wenig Erdäpfel finden und viele ganz kleine, wenn sie nicht vor dem Ausmachen verfaulten im Boden. Gegen diese Krankheit sei nichts zu machen, die komme von unserem Herrgott, nur er könne sie wieder nehmen, und das werde er sicher auch, wenn der Übermut der Menschen gebrochen sei und sie die allmächtige Hand wieder anbeten würden, gegen welche kein Sterblicher was vermöge und ohne welche kein Sterblicher was wäre. «So hat dieser Herr oft gesprochen, und viele Leute sind dabei gestanden und haben ihm zugehört. Der müsse recht haben, meinten die Meisten. Einigen gefiel er auch nicht, sie sagten, das sei ein verfluchter Pfaff oder Aristokrat, der wolle nur das Volk aufreizen und unzufrieden machen, dem sollte man das Reden abstellen. Aber man hat sich ihrer nicht viel geachtet, es dünkte die Leute, über solche Dinge sollte man doch seine Meinung sagen dürfen, und was der Herr sagte, war vernünftig und bestätigte sich, wo man nachfragte. Und so, Mutter, steht eine schwere Zeit vor uns; weiß Gott, wie es gehen soll den Winter durch, wenn die Erdäpfel wieder fehlen und mehr noch als im letzten Jahre.»

«Du mußt nicht jammern, Johannes», sagte die Mutter, «der alte Gott lebt noch, und hat er bis hierher geholfen, so wird er weiter auch helfen; ungsinnet kann er einen darausnehmen, wenn man am tiefsten darin ist. Sieh, wir haben schönen Flachs, bsunderbar schönen, man sieht nicht schönern. Morgen wollen wir ihn ziehen, und geht nichts darüber, so gibt das eine schöne Handvoll Geld, daß der Hauszins uns wenig Kummer machen soll. Und dann ist noch was begegnet, während du fort warst. Ich wollte es dir schon gestern erzählen, aber du wolltest zu Bette, du kannst nicht erraten was.» «Wie sollte ich, Mutter», sagte Johannes. «Denk», sagte sie, «deine Meisterfrau hat geschickt. Sie hatte nicht gewußt, wie übel es dir gegangen. Die Beselise hat es ihr gesagt. Da sandte sie auf der Stelle eine Jungfrau mit einem Säcklein voll Sachen und zwei Fünfunddreißiger in einem Papier, denk, zwei; ich will sie dir zeigen, wenn wir heimkommen, ich habe sie in den Strumpf getan. Ich habe mich schämen müssen gar erschrecklich, daß ich mich so an der Frau versündigt habe und gemeint, wie das eine Wüste und eine Böse sei. Du mußt auch im Fehler gewesen sein, Johannes, und geredet haben, was nicht recht war.» «Ja, Mutter», sagte Johannes. «Aber sie hätte witziger sein sollen, und ich wollte nicht, daß es anders gegangen wäre. Ich habe viel gelernt unterdessen, und wäre ich Euch nicht zur Last gewesen, so wollte ich sagen, es sei recht gut gegangen. Es gingen mir hier über manches die Augen auf, was ich sonst wahrscheinlich nicht gesehen hätte. Und wenn es nur Gottes Wille wäre, daß ich wieder verdienen könnte, so wollte ich von Herzen zufrieden sein. Aber jetzt muß gsinnet werden, was ich anfangen soll, so kann das nicht gehen. Wer weiß, wie lang es geht, bis ich den Arm wieder ordentlich brauchen kann wie ehedem, doch wahrscheinlich nie mehr.»

«Ja, du kommst mir gerade recht, ich wollte noch was mit dir reden, ich habe unterdessen auch gsinnet und gedacht an dich», sagte Käthi und erzählte nun Johannes von der Jungfrau, welche das Geschenk gebracht, wie die ihr so ausnehmend wohl gefallen von wegen der Hübschi und der Manierlichkeit und wie sie doch so ehrbar dahergekommen, sie könnegar nicht sagen wie. Das Mädchen habe ein schön Vermögen, fünfzig Taler, und sie glaube nicht, daß es gelogen, daneben könne man so etwas bestimmter vernehmen. Nun hätte sie gedacht, er solle das Meitschi heiraten, sie glaube, es nehme ihn, und dann das Korben lernen. Fünfzig Taler seien ein schöner Anfang; wenn sie je so viel gehabt, es wüßte niemand, wie weit sie es damit gebracht hätten. Die Frau könnte ihm helfen oder aber die Körbe vertragen. Man glaube gar nicht, was da für ein Verdienst sei, Körbe seien allweg die Hauptsache in einer Haushaltung, und im Umsehen sei so ein Korb dahin. Hier seis der beste Ort für das Korben, hier am Schachen, wo Weiden genug seien, dann könnte er auch die obrigkeitlichen empfangen der Straße nach. Das sei eine Arbeit unterm Dache, welche er vertragen möchte, und schon mancher Korber sei zu Geld gekommen und hätte keinen solchen Anfang gehabt. «Und du glaubst gar nicht, was das für ein Meitschi ist, es wollte mir seither gar nicht aus dem Sinn.»

«Aber Mutter», meinte Johannes, «wenn das Meitschi ist,

wie Ihr sagt, so nimmt sie mich nicht; herrje, das muß ein anderer Kerli sein! Das Korben aber wär nicht das Dümmste, es gefiele mir nicht übel, und ganz unbekannt ists mir nicht. Ich habe in den langen Wintern gar manchen Korb gemacht, die feinsten nicht, aber sie hielten doch, und das ist die Hauptsache; das Andere, wenn es sein muß, ist dann bald gelernt.» «Wegem Meitschi habe nicht Kummer», sagte Käthi, «das ist gar nicht wie ein Anderes, sondern ganz anders. So den lüftigen Ungeheuern von Buben frägt es nichts nach, so einen nimmt das nicht. Gesagt hat es mirs nicht, aber ich habe es ihm angesehen; ein guter und manierlicher Bursche, bei welchem es nicht bös hat, das ist dem gewiß die Hauptsache. Und für Körbe zu vertragen und Besen, wenn es sein müßte, warum nicht, schickte das sich bsunderbar wohl; es könnte die Sache den Leuten anrekommandieren, sie müßten sie nehmen, sie möchten wollen oder nicht. Und wenn das Wetter strub wäre oder der Weg bös, so wollte ich schon gehen und auch mein Möglichstes tun. Ich weiß Weiber, sie würden gleich niemand mehr einen Besen oder einen Korb abnehmen als mir.» «Mutter, wenn das Meitschi ist, wie Ihr sagt, so muß das was Wurmstichiges sein, sonst hätte es ja längst einen Mann und wäre nicht mehr Jumpfere.»

«Gerade Solche», sagte Käthi eifrig, «bleiben am längsten ledig; die tun nicht so nötlich, wie wenn es nur heute gut wäre und sonst nie mehr, reißen dem Burschen nicht die Kuttenfecken vom Leibe und schleppen ihn heim wie die Landjäger einen Hausierer. Die wollen auslesen, und es pressiert ihnen nicht; die denken, sie fänden immer noch einen Mann, wenn es sein müßte. So eine Hübsche mit einem solchen Vermögen – denk, Johannes! Und vielleicht gibt es noch mehr, einen Deut davon ließ sie fallen.» «Mutter, die nimmt mich nicht», sagte Johannes, «Körbe und Besen tragen tut Keine, wenn sie es anders machen kann.» «Körb und Bese trage ist keine Schande», sagte Käthi unwillig. «Was fragt die übrigens Körb und Bese nach! Der Mann ist dere die Hauptsache, glaubs doch, Johannes! Das ist eine ganz Andere als die Anderen, nicht so ein eitel, gedankenlos Ding, wie man sie sonst hat! Geh selbst und schaus, das ist das Best. Du kannst zu gleicher Zeit der Frau danken für ihre Guttaten, und wenn es dir gefällt, so redet sie dir noch z'best beim Meitschi.» «Nein, Mutter», sagte Johannes, «das mache ich nicht, der Frau darf ich einstweilen noch nicht unter die Augen, mag mich nicht vom andern Gesinde auslachen lassen, und mit dem Meitschi ist es nichts, zähl darauf! Möchte mir keinen Korb holen, daß ich zu allem Unglück noch zum Gespött würde. Aber wenn Ihr meint, es schicke sich, wenn man gehe und der Frau danke, so geht Ihr, ich will gaumen. Ihr seht dann selbst am besten, wie die Sachen stehn, ohne daß Ihr mit dem Holzschlegel an die Wände zu schlagen braucht.»

Johannes wollte nicht den Namen haben, aber der Funke hatte doch gezündet, das Mädchen stach ihm im Kopfe. Wenn alles so war, wie die Mutter sagte, so hätte er wirklich lieber heute angebissen als morgen. Aber er wollte den Schein nicht haben, er hatte es wie hie und da Söhne, welche die Mütter verheiraten möchten. Es ist nämlich sehr kurios: so sehr die Weiber über ihre Männer die Nase rümpfen, ein so großes Verlangen haben sie, Mädchen mit ihren Söhnen glücklich zu machen. Sie müssen entweder denken, ein Mann sei ein Herrenfressen, oder aber aus Teufelssucht den armen Mädchen das Unglück an den Hals hängen wollen, unter welchem sie zu seufzen scheinen. Die gedachten Söhne kommen nämlich den Müttern durchaus nicht heiratslustig vor, und die guten Mütter meinen, sie müßten alle Kräfte im Himmel und auf der Erde anwenden, um ihr Söhnelein zu bewegen, sich glücklich machen zu lassen, und reden nun und stellen vor und verwerfen die Hände und spitzen die Augen und machen Gesichter, als ob sie posaunen oder gar donnern und blitzen möchten. Und das alles wäre gar nicht nötig, denn das Söhnelein ist von ganzem Herzen und allen Kräften bereit, zu heiraten, will nichts lieber, als was die Mutter will, aber zeigen will er es nicht, man soll ihn so gleichsam zwingen. Er meint, im Fall der Not könne er dann sagen: «Was kann ich dafür, ihr habt es so haben wollen, ihr habt mich gezwungen.» Der dumme Kerl, was hat er davon, wenn er schon so sagen kann; lebt er damit desto besser, und ists ihm wohler dabei, wenn er sein Lebtag denken muß: Du warst ein Esel, daß du dich hast zwingen lassen? Zudem läßt zu solchen Dingen sich gewöhnlich niemand zwingen, der es nicht halbwegs gerne tut, wenn er auch nicht den Namen haben will und selbst vor der eigenen Seele nicht. Die Mutter werde schon reden, dachte Johannes, und wenn es fehle oder ihm allfällig nicht gefalle, so könne ihn niemand hineinziehen und ihm was anhängen.

Der Mutter dagegen war dieser Gedanke, dieser Plan so in den Kopf gewachsen, daß sie sich wirklich zu der Reise entschloß, man denke! Doch wollte sie ohne Johannesli gehen und nicht an einem Sonntage. Die Tage seien lang, sagte sie. Zeitlich am Morgen sei sie dort, könne vor dem Mittagessen wieder fort, damit die Frau nicht meine, sie komme deswegen; auf dem Wege werde dann wohl ein Teller Suppe zu erhalten sein oder sonst was, es gebe aller Orten gute Leute, gottlob! Was sonst der guten Mutter schrecklich war, das wurde ihr auf einmal wie einem jungen Mädchen eine Tanzpartie, welche gewöhnlich nicht warten mögen, bis sie angeht. Man wisse nicht, was es geben könne über Nacht, sagte sie; heute rot, morgen tot, sage das Sprichwort. Was dann eine alte Frau, welche nicht mehr rot sei, zu gewärtigen hätte? Was sein solle, das müsse sein, und wenn es morgen schön Wetter sei, so mache sie sich auf die Beine, aber dem Bubi müsse man nichts sagen, sonst wolle der mit.

Am andern Morgen war es wirklich schön Wetter, und Käthi machte sich auf in aller Kühle. Ein arm Weib hat es darin besser als eine reiche Frau, sie hat nicht für so Viele zu sorgen, ist zehnmal unabhängiger und freier. Man glaubt es nicht, aber es ist doch so, daß sehr reiche Weiber angebunden sind, nicht zusammengezählt, aber doch akkurat wie der Haushund, und wenn sie das ganze Jahr durch zu einem freien Tage kommen, so ist es viel; ihre Mägde haben es gar viel besser. Unser Mütterchen beinelte davon fast wie ein jung Mädchen. Junge, lustige Gedanken sind Flügel, sie tragen alte Beine davon, als ob es junge wären. Und was gibt es in eines Weibes Herz für lustigere Gedanken als Heiratsgedanken, absonderlich in einem Mutterherz! Wenn so eine Mutter einen Sohn unter eine Haube bringen kann, so ists ihr nicht bloß, als habe sie das große Los in der Lotterie gewonnen, sondern als habe sie den Sohn aus dem Rachen des Teufels gerissen und unter sicheres Obdach gebracht.

Käthi war des Glaubens voll, fehlen könne es nicht. Das Mädchen, wenn es das sei, wofür sie es ansehe, werde mit beiden Händen nach dem Johannes greifen, dachte sie. Es sei jetzt bloß die Frage, ob nichts am Mädchen zu scheuen sei und ob es nicht gelogen habe. Sie glaube es nicht, ihr Lebtag hätte sie dann niemand so betrogen; aber man könne doch halt nicht wissen, die Welt sei gar zu schlecht und das heutige Weibervolk, sie müsse es leider sagen, nicht das Zehnteil mehr so viel wert, als wo sie jung gewesen sei. Aber wie bei der Bäurin einrücken: mit der Tür ins Haus oder hintenum? Das beschäftigte die gute Käthi stark, denn auf die Manier kommt gar viel an, das wissen die Diplomaten gut und müssen sich manchmal fast den Kopf zerbrechen, um die beste herauszukriegen, besonders wenn sie was Krummes gerade machen sollen. Das erfährt zum Beispiel der eidgenössische Geschäftsträger in Wien, der Effinger, wenn er die Bockssprünge seiner lieben Eidgenossen vor dem Fürsten Metternich entschuldigen muß, daß es eine strenge Sache ist. Der wird, wenn er von einem neuen Bockssprung hört, manchmal mit der Hand über das Gesicht fahren und dahinter was muckeln, welches ein Diplomat nicht laut sagen darf. Eine große Kunst ists auch für sie, einander die gröbsten Grobheiten höflich zu sagen und so, daß man nichts daraus machen oder die Sache nach zwei Seiten drehen kann. Der englische Gesandte in Spanien war, wie es scheint, darin kein Hexenmeister und wird aus dem Platz müssen, das macht ihm wegem Lohn einen großen Apropos. Doch excusez und nichts für ungut; von einer alten Käthi auf einen Diplomaten zu kommen, ist wirklich auch ein Bockssprung.

Käthi erwog die Gedankenreihe sehr, welche sie bei der Bäurin in Worte kleiden wollte. Erst kam natürlich der Dank, dann frug es sich: sollte sie sagen, sie sei expreß gekommen oder hier durch und habe nicht vorbei können, ohne sich zu künden, sollte sie so hintenum nach dem Mädchen sich erkundigen oder geradezu die Frau um Rat und Fürsprache ersuchen usw.? Käthi neigte sich zur feinen Manier, zum Hintenum. Käthi kriegte Anfälle von Mucken und dachte, sie wolle schon herauslocken, was sie möchte, ohne daß die Bäurin was merke. Indessen war Käthi doch noch nicht zu einem festen Entschluß gekommen, als sie schon am Ziel ihrer Wanderschaft war. Sie traf es sehr gut. Die Bäurin war alleine daheim, besorgte die Haushaltung, rüstete eben Bohnen auf der Bank vor dem Hause. Käthi ward alsbald erkannt, freundlich empfangen und konnte nicht anders als sagen, sie sei expreß gekommen, um zu danken. Es hätte sie und den Johannes gedünket, es hätte keine Art, wenn nicht eins von ihnen den Weg unter die Füße nehme, um zu sagen, wie groß ihr Dank sei und wie das Geschenk viel zu groß gewesen; sie hätte sich verköstigt, daß es über alles Maß gehe. Der Johannes wäre selbst gekommen, aber das Bad hätte ihn angegriffen, und weit laufen dürfe er nicht. Nun erzählte sie von Johannes, wie er sich geändert und jetzt so gut sei gegen sie, ihr alles tue, was er ihr an den Augen absehen könne, er sei gar nicht mehr der Gleiche.

«Und was will er jetzt anfangen?» frug die Frau. «Das ists eben», sagte Käthi, «was uns Kummer macht und viel zu sinnen gibt. Es kam mir in Sinn, er sollte das Korben lernen und weiben, und ihm gefällt es auch nicht übel. Korben ist eine gute Profession und er kann sie verrichten, und Körbe sind Sachen, welche man immer braucht; die Frau könnte helfen und die Körbe vertragen, ich will die Haushaltung machen und pflanzen, und wenn so alles einander hülfe und die Frau Vermögen hätte zum Anfangen, so könnte man es weit bringen.» «So», sagte die Bäurin, «meinst? Habt ihr eine im Spiel?» Ja, da war die Diplomatik aus, das Hintenum und das unvermerkte Ausfragen, und stotternd anfangs rückte Käthi mit der Hauptsache heraus. «Eben deretwegen bin ich eigentlich gekommen, darfs aber schier nicht sagen. Ich weiß es wohl, wie es die Meisterleute haben: wenn eins für sie ist, so ists ihnen zwider, wenn sie es fortlassen müssen.» «Weiß nit, was du meinst», sagte die Frau und spitzte die Ohren. «He, so will ich es gradeheraus sagen, aber zürn mir doch recht nicht! Das Meitschi, welches die Sache brachte, dein Jungfräuli, hat mir bsunderbar wohl gefallen, so ein Manierlichs und Ehrbars ist mir lange nicht vor die Augen gekommen; dem sieht man es von weitem an, daß es von rechten Leuten herkommt, und scheint arbeitsam zu sein und anschlägig, und wie es gesagt hat, hat es ein schön Vermögen. Fünfzig Taler, hat es gesagt, habe es, und vielleicht könne es noch erben, hat es gesagt, aber bestimmt sei es nicht, und ich kann nicht glauben, daß das Meitschi gelogen hat.» Da hielt Käthi an, eine Antwort gewärtigend.

Als die gute Frau Käthis Projekt hörte, Bäbeli zur Korberin zu machen und Hausiererin, da hatte sie ein Lachkrampf ergriffen, der sie fast von der Bank aufhob und in einen Husten überging, der sie hochrot im Gesichte machte, daß Käthi lange auf eine Antwort warten mußte, denn allemal, wenn sie ein Wort sagen wollte, kam der Husten wieder. Endlich sagte sie: «Eher mehr als weniger; aber rede nur, es kam mir was in den Hals.» «Besser als mit dem Johannes kann es das Meitschi nicht machen», fuhr Käthi fort. «Ein Hübscher ist er immer noch, ein Guter dazu, und wenn er einmal was ergriffen hat, so ist er bald darin Meister. Und gut hätte es eine bei uns, hundertmal besser als so bei einem Schuldenbäuerlein, wo man nur über das andere Jahr den Zins geben kann und nur halb genug zu essen und ds Halb zviel zu arbeiten hat. Sein Geld brächte die Sach in Gang. Der Gemeinde hat Johannes vier Taler zu zahlen, zehn brauchte er als Lehrgeld, ein Vierteljahr müßte er doch noch zu einem Meister, mit vier oder fünf Talern könnte man ein zweiräderig Handwägelein anschaffen, daß das Fraueli die Körbe leichter fortbrächte» (die Bäurin hustete gräßlich, zum Ersticken); dann blieben immer noch dreißig Taler übrig, so daß man sich kehren könne und sich nicht zu ängstigen brauche, wenn man nicht alle Tage alle Körbe verkauft hätte. Sie sei gut dafür, wenn Gott sie gesund ließe, so gehe nicht manch Jahr vorbei, so hätten sie ein Vermögen beisammen, sie gäben es nicht um hundert Taler. Aber Johannes sage, «das Geld sei gut, aber nicht alles, und wenns ein Mädchen sei, wie ich sage, so sei vielleicht was Wurmstichiges da, sonst hätte es bereits einen Mann. Ich habe ihm gesagt, gerade solche Meitschi blieben am längsten ledig, weil sie nicht so nötlich täten und ohne alles Bedenken jedem Mannebein nachspringen.» Aber er sei wunderlich darin, und sie könne es ihm nicht übel nehmen, gebrannte Kinder fürchteten das Feuer. Da habe sie gedacht, die Bäurin könnte am besten darüber Auskunft geben; wenn was Schlechtes an ihm wäre, so hätte die das Meitschi sicher nicht ins Haus genommen.

«Was das betrifft», sagte die Bäurin in Absätzen, «so braucht da niemand Kummer zu haben; wenn sie alle wären wie das, so müßte das nichtsnutzige Mannevolk sich bessern oder hängen, eins von beiden.» «He nun so dann», sagte Käthi, «ich dachte es doch, es gefiel mir nicht bald ein Weibervölkli besser als das. Ich muß fragen: wäre es erlaubt, mit ihm zu reden? Ich mag nicht warten, bis ich die Sache richtig habe, dann will ich gerne sterben.» Die Bäurin hustete wieder, doch nicht ganz in gleichem Tone, dann sagte sie: «Es ist mir leid, heute gibt es sich nicht, ich habe das Meitschi fortgesandt, mir was zu verrichten; es kommt erst spät abends wieder, und das wird dir zu lange gehen, um zu warten. Aber wenn du willst, so will ich mit ihm reden und kann dann Bescheid machen. Allweg wird es den Johannes erst sehen wollen, so die Katz im Sack wird ein Meitschi wie Bäbeli und mit fünfzig Talern Vermögen (da kam der Frau das Husten wieder an) nicht kaufen wollen.» «Das wird sein», sagte Käthi, «aber was meinst du, nimmt es ihn, oder hats vielleicht schon einen Andern? Ich hätte es nicht meinen sollen, so wie es getan.» «Ja», sagte die Bäurin, «da hast du zu viel gefragt. Du weißt, solche Meitscheni sagen es nicht zu allererst der Meisterfrau, wenn sie einen haben; gemerkt habe ich nichts. Im Gegenteil, es tut, als wenn ihm Sterben und Heiraten auf eins herauskäme. Aber du weißt, gerade Solchen ist am wenigsten zu trauen, und wenn ihnen der Rechte vor die Augen kommt, so nimmt es sie wie die Fliegen.» «Selb hast recht, man kann sich oft gar nicht auf sie verstehen. Aber es wäre mir an der Sache grausam gelegen, und wenn du ein gut Wort einlegen kannst, so machs doch recht; du weißt ja, mit einem guten Worte kann man oft viel machen, und wenn du z'best redst, so tuts das Meitschi.» «Weiß nit, weiß nit», sagte die Bäurin. «Meitscheni tun oft das am liebsten, was man ihnen am meisten wehrt, haben es von der Eva gesogen, und in solche Sachen mische ich mich nicht gerne. Gehts nicht gut, muß man schuld daran sein. Da kommen sie mit Heulen und Zähneklappern: Hättest mirs gewehrt, hättest mirs gewehrt, du hättest es sinnen können, wie es gehen konnte; so einem jungen Meitschi, wie ich war, ist nicht zuzumuten, daß es es sinnete, für was sind sonst die Alten auf der Welt! Das ist der Dank, den man hat, wenn es bös geht, und gehts gut, so sagen sie: I, es geht gut, habe apart nicht zu klagen; aber es ist auch nicht eine zehn Stunden in der Runde, die tut, was ich, und er ist auch nicht der Dümmste und daneben ein guter Lappi; es wäre dumm gewesen von dir, wenn du uns abgeraten hättest. Einreden will ich darum nicht. Aber reden will ich mit dem Meitschi, wenns heimkommt. Es kann sich die Sache überschlagen, und wenn es weiß, was es will, so soll es dir Bescheid machen. Aber so geschwind geht es nicht, darauf zähle! Habe also nicht Langeweile und denke, ich habe es dir versprochen, daß du es vernehmen sollest.»

«Wie du meinst», sagte Käthi, «und Dank sollst du haben für den guten Bescheid. Aber pressieren täte es mir doch, von wegen, wenn Johannes das Korben lernen will, so sollte er diesen Herbst daran hin. Du weißt, das Korben geht im Herbst am besten, es kostet auch am wenigsten Lehrlohn.» «Wie gesagt», sagte die Bäurin, «du sollst Bescheid haben; aber gar zu nötlich darf man dem Mädchen doch auch nicht tun, es faßt sonst Verdacht und meint, es sei was Besonderes dahinter.» «Hast wohl recht», sagte Käthi, «aber kannst ihm ja sagen, was es sei, und vorstellen, wie gut es es haben werde. Wenns bös Wetter sei oder ihm sonst nicht anständig, so wolle ich mit den Körben fahren, und kannst ihm sagen, so für zu hausieren und den Leuten was zu verkaufen, schicke sich niemand besser als es. So ein manierlich, anständig Weibervölkli wie es verkaufe ds Halb mehr als ein anderes. Und dann sei es nicht, daß man meinen werde, es solle nichts brauchen, und daß man ihm das Geld so exakt nachzählen und meinen werde, es solle alles beim Kreuzer heimbringen. O nein, wenn ihns was gelüste, für einen halben Batzen Suppe und sonst noch was um einen halben Batzen, oder sei es auch um einen ganzen, so werde ganz sicherlich kein Mensch was dagegen haben. Es könne sicher brauchen, was es ertragen möge und was ihm wohl mache.» Das sei alles gut, sagte die Frau, und sie wolle es ausrichten, und möglich sei es, daß dem Meitschi die Sache gefalle; daneben wisse sie es nicht, und zu stark dareinmischen tue sie sich nicht, Käthi hätte gehört warum. «He ja», sagte Käthi, «aber mit einem Worte kann man manchmal sehr viel machen.» «Allweg», sagte die Bäurin, «aber komme jetzt hinein, du wirst hungrig und durstig sein, und halte es nicht für ungut, daß ich dich nicht früher kommen hieß, aber ich mußte fertig machen.» Wie Käthi sich sträubte, die Bäurin blieb Meister und bewirtete Käthi brav, doch mit einem gewissen Wesen, welches eben nicht langes Säumen zuließ und welches, wo es sich zeigt, immer sehr fühlbar wird.

Als sie abgegessen hatte, konnte Käthi nicht anders als Abschied nehmen, und die Frau hielt sie nicht. Es wurmte Käthi zwar etwas, zu gehen, ehe das Volk vom Felde kam, denn das übliche Mißtrauen wollte sich in ihr regen, das Mädchen könnte doch daheim sein, die Bäurin sie nur abschüsseln wollen, damit sie nicht zusammenkämen. Beinahe wäre sie hinterm nächsten Zaune liegen geblieben und hätte gelauert, bis das Volk zum Essen kam. Käthi jedoch tat es nicht, und wenn sie es getan hätte, so würde sie wirklich gesehen haben, daß das Meitschi nicht da war, die Frau insoweit die Wahrheit geredet hatte.

Als Käthi fort war, wußte die Bäurin wirklich nicht, sollte sie lachen oder weinen, denn gar zu merkwürdig kam ihr die Sache vor. Sie dachte an das Sprichwort, daß wenn es geordnet sei, daß Zwei zusammenkommen, weder Berg noch Tal, weder Mensch noch Teufel es hindern könnten. Es sei vom Meitschi eine strenge Sache, zu meinen, es müsse ein halblahm Knechtlein haben, welches es nur einmal gesehen habe. Es sei wohl wahr, etwas sei es an dessen Unglück schuld. Aber wenn alle Meitscheni so zarte Gewissen hätten und meinten, sie müßten alles Unglück gutmachen, welches sie anrichteten, der Kuckuck wüßte, wie es ginge. Viele würden um ihren Verstand kommen und die anderen sich wohl gar an dem eigenen Leben vergreifen. So bloßes Erbarmen habe ich bei Meitscheni selten gesehen, im Gegenteil, viele haben die größte Freude daran, wenn sie recht viel Unglück anrichten können, und tuen, als ob sie ganz frisch dem Teufel vom Karren gefallen wären. Aber wenn die Liebe ins Erbarmen kommt, dann wird dasselbe grausam groß, habs schon erfahren, und so wirds bei Bäbeli sein. Das Meitschi hat bös, lieb hats niemand, niemand gönnt ihm was, am wenigsten einen Mann, hätten es am liebsten im Kirchhof und sein Geld im Sack. Und wenn einer von weitem dem Hause nahekommt, so wird er geplagt, in den Brunnen geworfen oder ins Mistloch, so daß das Meitschi ganz verlassen ist, und dazu ist der Bruder noch sein Vormund. Natürlich ist, daß ein Meitschi lieber heiraten will als eingemetzget werden, und er wird ihm gefallen haben, als es mit ihm tanzte; er wird ihm anständig und manierlich gewesen sein, und von ihm wäre es schon selbmal nicht gelaufen, wenn es nicht Angst gehabt hätte vor dem Bruder oder dessen Weib, dem Hagels Strohstuhl. Jetzt möchte es ihn, könnte es doch dann mit seinem Gelde machen, was es wollte, hätte es deswegen dann doch jemand lieb, während man es jetzt deswegen haßt und verfolgt, und zwischen Liebhaben und Verfolgen ist doch allweg ein großer Unterschied. So viel könne sie dem Meitschi nicht dawider haben; fange es es nicht auf diesem Wege an, so komme es zu keinem Manne. Es wäre möglich, wenn sie in ähnlichem Falle gewesen wäre, sie hätte es längst so gemacht. Was Teufels hätte man am Ende von der Vornehmheit, wenn man nur halb genug zu essen hätte und alles mit Mißgunst gesalzen und Mißgönnen gepfeffert! Aber das alt Muetterli, das hätte sie fast versprengt; sie habe gemeint, es müsse sein. Da ist das alte, siebenzigjährige Fraueli von der Narrheit noch nicht geheilt, daß im Heiraten alles Glück liege! Hat bös gehabt sein Lebtag wegem Heiraten, und weil auch der Sohn geheiratet, den Angstkarren gezogen mehr als vierzig Jahre, und nun kommts zum drittenmal, läuft in der Welt herum, immer für alle Gewalt soll es wieder geheiratet sein und gekorbet und gehausiert und für einen halben Batzen Suppe und für einen halben Batzen sonst noch was! Wohl, das Bäbeli wird luegen, wenn es mit Körben hausieren soll! ZTod schlüge es der Bruder, das ist nur zu richtig. Aber wie die Alte das sich ausgedacht hat und ausgespitzt! Wenn es nichts daraus geben würde, ich glaube, die rührte der Schlag. Nun, Korben ist nicht nötig, wenn es was aus der Sache gibt, die Sache läßt sich anders machen. Groß ist das Vermögen nicht, aber wenn Beide gut tun, so kriegen sie schönen Handel bei einer Arbeit, ihrem Stande und Kräften gemäß, ohne Korben und Hausieren, deren ich übrigens keines verachte.

Aber, was machen jetzt? Nichts, denk ich, sagte die Frau. Steckt das Ding dem Meitschi noch im Kopf, war es nicht bloß so ein Wind, der vorüberweht, so kommt es zu mir und möchte was vernehmen. Freilich wird es nicht sagen, es komme deswegen, es wird wegen Blumen kommen oder einem Muster zu irgend was oder einer Person nachfragen, die weder im Himmel noch auf der Erde ist, an welche es dergleichen Dinge zu verrichten hätte. Kurz es wird kommen, und dann kann man weiter sehen, und wenns nicht kommt, he nun, so ist die Sache vorbei, wies öfters der Fall ist. So kalkulierte die Bäurin. Uns kommt dieser Kalkul nicht dumm vor, vielmehr zehnmal gescheiter als der Kalkul von Hungerleidern, mögen sie nun künstliche Hochzeiten oder künstliche Revolutionen machen. Es ist und bleibt immer eine verruchte und verfluchte Sache, wenn man Leben und Lebensglück von vernünftigen Geschöpfen aufs Spiel setzt, um einem Tier Speise und Trank zu verschaffen.

Käthi hatte nicht daran gedacht, so früh wieder heimzugehen. Sie hatte nichts anderes geglaubt, als das Mädchen anzutreffen, die Sache mit demselben richtig zu machen, was ja leicht bis auf den Abend dauern könnte, wenn auch an einem anderen Orte als bei der Bäurin; dann hätte sie am liebsten das Mädchen gleich wieder mit sich heimgenommen. Jetzt war Käthi fast wie sturm, wußte nicht recht, welchen Weg, hätte sich gerne irgendwo gesäumt, noch was ausgekundschaftet über der Bäurin Jungfrauen. Aber die gute Käthi war zum Kundschafter so wenig als zum Diplomaten auserkoren, zudem sorgte Gott, daß sie auch nicht in die geringste Versuchung geführt wurde, denn auf der ganzen Straße regte sich nichts Lebendiges, weder Mann noch Maus, selbst die Spatzen ließen den Abfall auf der Straße unbeachtet und machten es sich behaglich im grünen Zaun.

Käthi ward recht ärgerlich und hätte für ihren Lebtag gerne

gleich getan, sich an ein schattiges Plätzchen hingesetzt und ein gut Schläfchen gehalten. Allein sie traute nicht an der Straße, sie traute nicht in des Waldes tiefen Gründen. An der Straße konnte sie überfahren, von Zigeunern gestohlen werden, im Walde konnten Räuber, Schlangen, Leoparden kommen. Alle Geschichten, welche sie je gehört, wie es schlafenden Reisenden ergangen, fielen ihr ein, vertrieben ihr den Schlaf gründlich und machten ihr rasche Beine, denn es fielen ihr auch Geschichten ein, wo Reisende, welche nicht schlafen wollten, endlich wachend gefangen oder gefressen wurden. Das waren ganz andere Gedanken, als sie gehabt beim Hingehen. Es ist aber auch sehr merkwürdig, wie die Seele zu jeder Tageszeit Neigung zu anderen Gedanken hat; sie hat es fast wie die Erde, welche zu jeder Tageszeit eine andere Färbung hat, eine andere am Morgen, eine andere am Mittag, eine andere am Abend, Nebel und Regen, Winter und Sommer nicht einmal gerechnet.

Dem Johannes kam das Benehmen der Bäurin merkwürdig vor, er wurde mißtrauischer als die Mutter. Dahinter stecke was, sagte er. Die Jungfrauen schicke sie nicht so mir nichts, dir nichts an Werktagen fort, und wenn sie nicht gefürchtet hätte, die Mutter käme mit dem Mädchen zusammen, sie hätte sie nicht bald um Mittag weggehen lassen, dies sei sonst auch nicht ihr Brauch.

Tag um Tag verging, und Tag um Tag gingen die Ansichten der Mutter und des Sohnes weiter auseinander. Der Sohn behauptete immer bestimmter, die Bäurin hielte sie zum Besten und wolle nichts von der Sache, vielleicht habe sie mit dem Mädchen nicht einmal davon gesprochen. Die Mutter dagegen behauptete immer bestimmter, wenn nichts wäre, so hätte die Frau was sagen lassen und hielte sie nicht so hin, und weil sie nichts sagen ließe, so werde jemand kommen und guten Bericht bringen; aber einen so weiten Weg zu machen, schicke sich einem nicht alle Tage. So kann man halt die gleiche Sache nicht nur ungleich ansehen, sondern das Gegenteil daraus schließen. Endlich wurden sie einig, bis zum nächsten Sonntag zu warten; wenn dann niemand komme, so müsse etwas geschehen. Was, darüber sprachen sie sich noch nicht aus. Am nächsten Sonntag kam jemand, aber nicht Bäbeli, sondern eine ganz Andere.

ZWEIUNDZWANZIGSTES KAPITEL

Die Emme bricht los, begräbt, was Käthi hoffte und hatte

Es war regnerisch Wetter gewesen die Woche über, heiße Winde hatten geweht vom Welschland her, schwärzer waren die Kartoffelfelder geworden; an manchem Orte sah man die Stauden kaum mehr, während grünes Unkraut lustig wucherte, die Kräfte des Bodens in Anspruch nahm, welche durch keine gute Pflanze mehr verzehrt wurden. Da hätten Viele ein Exempel daran nehmen können, denn akkurat wie auf dem Feldacker geht es auf dem Seelenacker: die inwohnende Kraft will gebären, treiben, schaffen; liegt nun nichts Gutes da, welches die Kräfte anzieht und verbraucht, so schaffen die was Böses und lassen Unkraut lustig wachsen, Disteln und Dornen. Solche verwilderte Äcker, und unbemerkt verwildert, laufen millionenweise in der Welt herum. Es ist, wie der Heiland mit andern Worten sagt: Wenn der böse Geist ausgetrieben wird und man läßt das Haus leer stehen, so kehrt der böse Geist mit sieben andern wieder, und der Zustand wird siebenmal ärger, als er zuvor gewesen ist. An den schwarzen, abgestorbenen Kartoffelstauden und dem grünen Unkraut konnten Millionen ihr Herz wie in einem Spiegel sehen und Exempel nehmen. Aber wir leben halt in einem Zeitalter, wo niemand mehr Exempel nehmen, aber jeder Bube, der noch nicht trocken hinter den Ohren ist, dem höchsten ein Schnauz gewachsen ist, ein Exempel für Andere sein will, das heißt in einem Zeitalter, welches die Geschichte verachtet, aus der Vergangenheit keine Lehren mehr ziehen will, sondern jeder Tropf meint, bei ihm solle die Geschichte erst anfangen, er sei der erste Mensch, der erste wahre Kulturstöffel!

Dabei ward es den Menschen doch bang, trotz den Versicherungen der Landjäger, denn das sah man, daß diese an der Krankheit nichts machen, auch nicht eine einzige Staude wieder grün machen konnten, ja selbst Leute von sogenannter guter Gesinnung, das heißt dem Radikalismus blind ergeben, konnten nicht umhin, zu bekennen, es sei wirklich was an der Sache, die Erdäpfel würden nicht geraten wie andere Jahre, aber man solle doch nicht etwa so dumm sein, zu glauben, das seien Strafgerichte Gottes, daran mache der so wenig als die Landjäger, das sei halt in der Natur, und wenn es nicht mehr in der Natur sei, so werde es schon bessern. Indessen glaubten dies doch nicht alle Leute, und viele hielten an dem Glauben fest, daß alles, Kleines und Großes, nicht von ungefähr oder von der Natur, sondern durch Gottes väterliche Hand uns zukomme. Diese suchten den Gott, von dem alles kommt, baten, daß der Kelch an ihnen vorübergehen, doch wenn es nicht sein Wille sei, derselbe ihnen zum Heil der Seele dienen möchte.

Dieses Sinnes war auch unsere Käthi, und Johannes begann mehr und mehr in der Mutter Sinnesweise Trost, Ruhe und Kraft zu finden. Wenn früher was geschah, wallte der Zorn in ihm auf, er fluchte über die Menschen, faßte böse Anschläge, fluchte über die bestehende Ordnung, und wenn er auch noch nicht Gott verleugnete, so schimpfte er doch die Religion Pfaffengeschwätz und nannte sie den Ring, den man den armen Leuten durch die Nase ziehe. Er begriff halt nicht, daß sie der Ring in des Sünders Nase ist, das Schwert, das über den alten Menschen geschwungen ist. Er hatte es wie Tausende, die wollüstig, faul, neidisch, diebisch, hoffärtig, eitler Ehre begierig und weiß der Gugger was alles noch sind und arm obendrein. Nun schwingt das Christentum sein feurig Schwert gegen die Wollust, den Neid, die Diebslust, die Faulheit, setzt Damm und Schranken ihnen entgegen. Nun schreien sie mörderlich, nicht daß sie diebisch, neidisch usw. seien, sondern arm, arm, und auf dem Armen sei alles und nur gegen die Armen das Evangelium gekehrt, während es doch nur gegen den alten Menschen ist und eine fröhliche Botschaft gerade für den Armen. Aber damit eben legen sie Zeugnis ab, daß sie weder kennen, was in ihnen sich reget, noch kennen, was das Evangelium ist und will, daß in ihnen nur das Tier lebendig geworden ist, das Tier, das reden, schreiben und lästern tut und weglästern möchte, was Gott zum Heil der Menschen getan, welche nicht bloß dem Fleische leben, sondern dem Geiste. Der Arme, der den Armen des Fleisches sich entrungen, den alten Menschen erkannt hat und ihn töten möchte, der erkennt im Evangelium das Heil für die Armen, die Kraft, welche selig macht, welche töten hilft den alten Menschen mit seiner Wollust, seinem Neid, seinem Raubsinn und lebendig macht den neuen Menschen, der da nach Gott geschaffen ist in wahrer Gerechtigkeit und Heiligkeit. Ein solcher Armer findet darin Trost in der Not, Ruhe für die Seele und den Frieden, der über allen Verstand geht und weit, weit über das Glück, welches Reichtum gibt oder Macht der Welt.

Diesem Evangelium hatte Käthi es zu verdanken, daß sie aufrecht blieb in allen Stürmen des Lebens, daß sie trotz aller Not glücklicher war als Millionen, die in aller Fülle sich wälzen, glänzen in der Pracht der Welt. Diesem Evangelium wandte Johannes unwillkürlich sich zu, und dasselbe verzehrte ihm das Gift, den Neid und den Zorn und das Ungenügen, wie die Sonne den Schnee verzehrt und den Nebel.

So ging auch Johannes wiederum zur Kirche, was ihm um so leichter ward, da es hier niemand auffiel, weil niemand wußte, wie lange er an andern Orten in keiner Kirche gewesen war. So war er auch den 23. August mit der Mutter zur Kirche gegangen, während Johannesli bei Andrese Anne Bäbi blieb, welche ihn mit Haselnüssen geködert hatte. Während der Predigt ward Unruhe in der Kirche, Gepolter auf dem obersten Chor. Man wußte nicht, was es war, achtete sich jedoch dessen nicht besonders; so ganz ungewohnt war ein Lärm von dort her nicht.

Als die Predigt zu Ende war, die Türen geöffnet wurden, scholl den Heraustretenden ein gewaltiges Brausen entgegen; sie sahen alsbald die Emme hoch aufgeschwollen in ihrer grimmigsten Wut das Tal herniederrollen mit gewaltigem Schnauben und Brüllen, die Ufer überflutend, bereits über die Dämme schlagend. Man hatte hie und da von einer zu erwartenden Wassergröße gesprochen, man hatte auf trokkenem Lande Kröten, Blindschleichen, Molche gefunden, sonstige Anwohner der Emme, man hatte den alten Ritter von Brandis mehrere Nächte durch an der Emme schwellen hören, man hatte das Bett der Emme hinauf das Gerassel eines schwer beladenen Wagens gehört am hellen Tage, und als man nachsah, war kein lebendig Wesen auf dem Emmengrund zu sehen, so weit man ihn überblicken konnte; aber jetzt hatte man an das Anschwellen nicht gedacht. Es hatte wohl geregnet im flachern Lande, über die niedern Hügel, doch nicht überschwenglich, furchterregend. Aber es war wie im Jahre 1837 bei der großen Wassernot.

Eine Masse Dünste hatte sich gesammelt in den Bergen und Tälern; schwer geschwängert hatten sie nicht Kraft, sich zu erheben über die Berge, und die Berge wollten sich nicht beugen vor luftigem Gewölke, dem vergänglichen Gesindel, das heute tobt, morgen, zu Kot geworden, machtlos liegt, um bald sich zu verflüchtigen. Da brach die Wolkenburg, maßlos strömte die Flut über die Bergwände, füllte die höchsten Täler und stürzte mit der Wut eines Bergsees, der tausendjährige Wände gebrochen, ins tiefere Land, verwüstend, wie vor Zeiten ein wild Tartarenheer, das aus des Morgenlandes geheimnisvollem Schoße daherbrauste wie auf des Sturmes Fittigen, einem ungeheuren Feuerbrande gleich zerstörend durch die Länder flammte.

Erstarret standen die Menschen auf dem über der Emme gelegenen Kirchhofe und schauten in die Wut der Wasser. Wellen, hoch wie kleine Häuser, wie man sie nie gesehen, warf die Emme stellenweise auf, fegte Holz und Bäume an ihren Ufern weg, warf sie wütend an Brücken und Schwellen, warf sich über die Dämme, brach sie stellenweise, flutete weithin über das wohlbebaute Land, besuchte die alten Gründe wieder, in denen sie sich vor vielhundert Jahren ergossen hatte, in denen sie wahrscheinlich alle Jahre zur Abwechselung einigemal spazieren gegangen war.

Käthi war sterbensangst. Jenseits der Emme war Johannesli, die morsche Brücke bebte im wilden Wogensturme, jenseits der Brücke schlugen einzelne Wellen bereits über die Straße. So rasch sie konnte, eilte sie trotz allem Mahnen über die zitternde Brücke, aber schon war die Straße mit Wasser bedeckt, und jeden Augenblick drohte ein Einbruch und der ganzen Emme donnernde Flut. Käthi achtete auf das Wasser nicht, obgleich niemand wußte, wie tief es war. Da ereilte sie Johannes und wollte ihr zureden, diesseits zu bleiben, er wolle alleine gehen. Aber um keinen Preis wollte die Alte sich dazu verstehn. Da lud Johannes sie auf seinen Rücken und trug sie durch das Wasser. Aber schon konnten sie nicht mehr den nächsten Weg zu ihrem Häuschen gehn; auf einem großen Umweg gelangten sie dazu und nicht, ohne daß Johannes die Mutter noch einmal auf den Rücken nahm. Trocken stand noch die Hütte, aber o Himmel, die Emme lief über ihren Flachs, welcher auf der Roße lag. (Im Bernbiet wird der Flachs nicht im Wasser geroßet, sondern mehrere Wochen auf einer Wiese ausgebreitet und fleißig gekehrt, bis das sogenannte Linti vom Stengel läßt. Nun ist nichts schädlicher als das trübe Emmenwasser, wenn es über den Flachs kommt; zudem, wie leicht es anläuft, spült es ihn weg, und im Gehölze und auf Bäumen kann man einzelne Stengel wiederfinden, natürlich ein schmerzlich Wiedersehen). Käthi schrie laut auf, warf die Hände über dem Kopf zusammen und wollte ins Wasser, ihr Hab und Gut war ja darin. «Nit, nit», sagte Johannes, «Ihr könnt doch nichts machen; laßt mich einen Rechen nehmen, stellt Euch hier an den Rand und nehmt mir ab, was ich fischen kann.» Aber wenig war es, denn höher und höher schwoll das Wasser, stieg dem Johannes von den Knöcheln bis an die Knie, spülte Käthi um die Füße, stieg über die Schuhe. Da brauste es im Busche, und als ob ein wilder Drache breche durch das Gebüsch, krachte es und schoß heran; es war die Emme, welche den Damm durchbrochen. Hochauf schrie Käthi: «Johannes, spring, spring!» Springen konnte Johannes nicht, aber mächtig brach er zu rechter Zeit noch mit Hülfe des Rechens durch das wütende Wasser und frühe genug noch, um die in Schreck erstarrte Käthi auf die Arme zu nehmen und dem Häuschen zuzutragen, welches, eine kleine Insel, mitten in dem flutenden Gewässer stand.

Dort setzte Johannes die Mutter ab und schaute aus, wohinaus sich weiter retten; aber rundum war Wasser, Wasser, das nicht bloß so schwellte über den Boden, sondern strömendes, Wellen werfendes Wasser. Der Emme Wasser ist ein fressend, grabend Wasser; wo es in Strömung kommt, entstehn Löcher und Gräben, leicht verliert den festen Stand und wird verschlungen, wer hinein sich wagt. Johannes sah, daß sie im Häuschen selbst noch am sichersten seien. Es war Tag und also sichtbar, wo das Wasser am gefährlichsten andrang. Aber Wassernot in schwarzer Mitternacht, wo man den Donner der Wogen hört, das schauerliche, geheimnisvolle Plätschern näher und näher, der Boden lose wird unter den Füßen, Wellenschaum das Gesicht bedeckt, auf einmal man gehoben wird wie von unsichtbaren Armen und dahingespült wie ein Blatt, welches ins Wasser gefallen, das ist schrecklich! Johannes sah, daß die Strömung im Grunde war, der Zug nicht gegen die Hütte ging, das Wasser da nur schwebte und der Überfluß über die Höhe gespült ward, aber einstweilen nicht gefährlich, bloß daß man naß ward und Kummer und Angst ausstehen mußte. Das Wasser stieg noch immer, und wenn die Strömung stockte, indem Holz sich stauchte oder ein untergrabener Baum querüber fiel oder das Wasser in lockerer Erde Löcher und Gräben grub, so war die Gefahr groß, und Hülfsmittel hatte Johannes keine als höchstens ausgehobene Türen und Bettgestelle, den Drang des Stromes beiseite zu lenken. Er stand Wache vor dem Häuschen. Drinnen wimmerte und betete Käthi, redete zum Schiebfensterchen hinaus mit dem Sohne, die Hühner standen auf dem Tische, der Kleine kniete auf der Bank und ergötzte sich an den Trümmern aller Art, welche auf dem Wasser trieben. Der arme Kleine begriff die Gefahr nicht und jubelte über die Fische, welche nach abgelaufenen Wassern zu fangen sein würden. So hats mancher Junge, beschwört den Sturm herauf und freut sich auf die Fische, welche er im Trüben zu fischen hofft, und bedenkt nicht, daß der Sturm ihn verschlingen könnte. Der Sage nach beschwor mancher dumme Junge den Teufel herauf, und zum Dank nahm ihn alsbald der Teufel.

Es war ein trüb, grausig Harren auf der umfluteten Insel für Leute, welche so etwas nicht erlebt. Für Leute in Friesland drunten, für Schiffer, welche schon auf einem Brette sich im Meere herumgetrieben, hätte die Lage nichts Besonderes gehabt, aber für Leute, ans Trockene gewohnt und höchstens an der Emme Gebrüll, nicht an ihre Wellen über die Höhe hinein, auf welcher das Häuschen stand, war es etwas anderes. Trüb hingen die Wolken auf die Erde herein, über die Erde flutete graugelb das ausgebrochene Gewässer, und hinterm Busch brüllte noch mit voller Stimme der gewaltige Strom. Zwischen Wolken und Wasser, auf den Rändern der Hügel sah man Menschen stehen, welche schauten in den Graus der Wogen, bedeckt mit Holz und Bäumen, mit Trümmern von Schwellen und Häusern. Aber diese Menschen konnten nicht helfen, konnten nur schauen und schreien, wenn sie untergingen, denn Stunden in der Runde herum war kein Kahn. Kein Wind ging, es regnete leise, man hörte nichts als das Rauschen der ausgebrochenen Wasser, das Donnern des Stromes, und manchmal wars, als sehe man über den Busch hin der ungeheuern Wellen eine ihr graugelb Haupt erheben, als wolle sie sehen, ob jenseits des Busches noch was zu zerstören sei. Und höher schwoll noch immer das Wasser, spülte durch die Küche hin; bald hier, bald dort brandete es, schien das Wasser Wirbel ziehn, graben zu wollen, die Strömung sich zu verändern. Es war, als ob unter dem Häuschen im Grunde keine Tiefe mehr sei, die Flut dem Hause zu über die Wiese hin dem westlichen Emmenrande zu getrieben werde. Und Johannes war da alleine, tat, was er konnte; hinter ihm wimmerte Käthi und schloß das Bubi in die Arme, damit dasselbe, wenn es gestorben sein müsse, nicht so allein sterbe, sondern mit dem Großmüetti zum Tode entschlafe, so wie es auch im Leben in dessen Armen geschlafen.

Wenn ein Löwe dahertrabt mit donnerndem Brummen, sich duckt und in wildem Satze auf den Wanderer einspringt, da zuckt wohl der Schreck, einem Blitzstrahl gleich, durch dessen Glieder, und ehe die Gedanken ihm kommen, hat er den Tod gefunden. Wenn vor dem Wanderer aus hohem Grase eine mächtige Schlange ihr Haupt erhebt, weit auseinander die Kinnladen klaffen, über ihnen ein grün Augenpaar glüht, dann erstarrt derselbe auch, kalt wird das Blut, kalt steht der Schweiß auf der Stirne, langsam hebt sich die Schlange höher, langsam schleift sie den langen Leib durchs hohe Gras, ringelt sich dann kalt und eng an ihm herauf, legt eng sich um seinen Hals, ringelt sich hinunter, zieht enger und enger ihre Ringe; es schwellt der Kopf auf, es knackt Knochen um Knochen, es endet der Atem, es bricht der tote Leib zusammen, und langsam sah der Wanderer die Schlange kommen, fühlte, wie sie sich ringelte an ihm herauf, fühlte, wie sie legte den kalten Leib um seinen Hals, fühlte, wie sie sich hinunterschlang, ihre Ringe enger zog, fühlte alles langsam, eines nach dem andern, konnte denken, konnte rechnen, konnte mit den Gedanken den letzten Atemzug begleiten – Mensch, was meinst du, was willst du lieber, durch einen Löwen sterben oder durch eine Schlange? Wenn in der Blitze Glut der Himmel brennt, im Donner des Himmels die Erde bebt, von den Bergen die Bäche strömen, die Brunnen der Tiefe aufbrechen, der Sturm die Wälder bricht, die Häuser umwirft, die Elemente ihre Fesseln brechen, wütend aufeinander sich stürzen, ineinander sich mischen, und mitten drinnen steht der Mensch, vor ihm gähnt der Tod, erstarrt ist er schreckensvoll, aber es ist der Rachen des Löwen, der ihm entgegengähnt. Aber wenn grau der Himmel ist, tief die Nebel hängen, der Regen leise fällt, die Wasser langsam steigen, höher die grauen Wellen ihre Häupter heben, höher ihren Schaum spritzen, näher und näher rollen, kalt um die Füße spülen, höher und höher plätschern, in engeren Ringen ums Häuschen branden, Stück um Stück bricht, endlich das Ganze in einer wilden Woge begraben wird, gleicht das nicht dem Schlangentode, dem langsamen und greulichen?

Dieser Tod schien den Armen näher und näher zu schleichen, denn immer höher spülten die Wellen, immer näher dem Häuschen wurde der Zug des Wassers gedrängt. Johannes hatte die Haustür entgegengesperrt, sie wurde weggerissen, einen alten Schweinstrog rammelte er ein, es drohte ihm das gleiche Schicksal. Stunde um Stunde war verronnen, langsam, in grausamer Angst, der Himmel war so trübe, daß es Nacht werden zu wollen schien. Offenbar mußte der Abend nahen, und wenn noch immer die Wogen stiegen, so war es ihr letzter Abend auf Erden und nach dem Abend kam die Nacht, nach welcher der Morgen nicht mehr anbricht auf Erden. Da schien es Johannes, als schwanke der Schweinstrog nicht mehr so heftig in der Brandung, die Wellen schienen nicht mehr so hoch über ihn herzuschlagen, seine Oberfläche ragte schon mehr aus dem Wasser empor. «Mutter, ich glaube, die Emme setzt sich!» rief er zum Fenster hinein in die Stube. «Gott Lob und Dank», sagte Käthi, «also noch nicht sterben! Habe geglaubt, es mache mir nicht so viel, und doch graute mir jetzt so davor. Ach, wenn die Sache weit von einem ist, so erscheint sie ganz anders, als wenn sie einem vor Augen steht! Aber, Johannes, gib wohl acht, die Emme ist nie böser, als wenn sie abnimmt, erst dann gräbt sie so recht und frißt sich ein.» «Ja, Mutter, an den Schwellen und Dämmen ists so; aber hier, wenn das Wasser abnimmt, so sind wir gerettet, denn dann zieht das Wasser sich zurück und läuft ab.» Und richtig, das Wasser setzte sich, wie man sagt, tiefer und tiefer, bald stand das Häuschen nicht mehr ganz im Wasser, hier und dort ward eine Stelle frei, und die Stelle ward immer größer, und der Stellen gab es immer mehrere. Dann schlug wohl eine Welle wieder über alles herein, und alles war wieder ein See. Aber wenn die Welle abgelaufen war, dann war des Trockenen desto mehr, und bald konnte man ums ganze Häuschen gehen, ohne Wasser in die Schuhe zu kriegen.

Aber kaum freuten sie sich so recht innig der Hoffnung, das Leben zu retten, so begann es zu läuten oben, unten im Tale; wimmernde, schmerzliche Töne schwammen über dem Gewässer, wimmerten um Hülfe. Es war Sturmgeläute. Ausbrechen hier, dort, an Stellen, wo ganze Dörfer, große Ländereien gefährdet waren, wollte die zornige, tückische Emme. Die geängstigten Menschen verkündeten ihre Not, riefen nach Erbarmen und Hülfe. Dazu ward es trüber auf Erden, es begann zu nachten. Lichter sah man funkeln. Es war, als wären alle sogenannten feurigen Männer in Bewegung und müßten den Menschen leuchten bei ihren gefährlichen, unheimlichen Werken. Denn nichts ist wohl unheimlicher und gefährlicher, als im Laternenschein zu arbeiten gegen zornige Gewässer. Da kommt es einem unwillkürlich übers Herz, als hätte man es zu tun mit geheimen, finstern Mächten. Die Not schien am jenseitigen Ufer zu sein, und die gute Käthi konnte sich ihres Glückes nicht mehr freuen; sie mußte sich ängstigen für die armen Leute, über die jetzt in schwarzer Nacht die wilde Flut komme. Das hätte man denken können, dort würde die Emme einbrechen, jammerte sie. Dort sei ein Wegknecht, der habe keinen Glauben und achte sich auf keine Zeichen. So lange sie lebe, habe sie gehört, im Krebs solle man die Emme ruhig lassen. Was man im Krebs an ihr arbeite, schwelle, dämme, brücke oder sonst was, das sei verlorne Arbeit, das nehme sie alsbald weg, und gegen welches Ufer hin man Steine wegmache, grabe, gegen dieses Ufer richte sie beim nächsten Anlauf ihren größten Zorn, Schwellen und Dämme müßten dort fort. Nun habe man schon lange gemuckelt, Säbelberger, der Schneider, sei manchen Morgen auf dem Emmengrunde gesehen worden, Manche sagen, auf einem schwarzen, magern Bock, und habe mit einer Hacke gegen das andere Ufer hin gescharrt, und im Krebs solle es gewesen sein. «Ich habe es nicht glauben wollen, daß ein Mensch so schlecht sein könne; aber es wird sein, er wird machen müssen, was sein Meister will, solange er ihn am Leben läßt. Zum Dank dafür dreht er ihm dann ungsinnet den Hals um. Verdienet hat ers, es ist nichts dawider zu sagen, aber erbarmen tut er mich doch, ich muß es sagen; es ist doch allweg immer ein Mensch, wenns schon ein Schneider ist und noch dazu so ein boshafter und tüfelsüchtiger.»

Selbe Nacht schliefen die Anwohner der Emme wenig. Wenn auch das Wasser abnahm, so ward die Emme dadurch nicht weniger gefährlich, versuchte allenthalben ihre Tücke, und als es Tag ward, dankten wohl alle Gott, denn mit dem neuen Tage kam Trost und Hoffnung, allen weitern Schaden mit Erfolg abwenden zu können.

Fernerer Schade ward wohl abgewendet, indes war der geschehene groß genug. Viel Land war verwüstet, viel Holz weggeschwemmt, viele Schwellen weggerissen, ja Häuser und Menschen. Das Land an der Emme ist meist sogenannter Schachen, besteht, soweit es urbar ist, zumeist aus kleinen Stücken, welche gewöhnlich von ärmern Leuten besessen oder gemietet sind und als Pflanzland benutzt werden. Ganz besonders ist dieser Emmenboden, das heißt von der Emme angeschwemmtes, aber im Laufe der Jahrhunderte urbar gewordenes Land, geeignet zum Flachsbau, wird daher auch besonders dazu benutzt. Der Schade war daher besonders groß. Der ganze Jahrertrag war zumeist dahin und verdorben. Der Flachs, wenn auch gezogen, lag in der Nähe auf einem Grasstück, ward weggeschwemmt oder verdorben, und wo die Emme die Erdäpfel nicht selbsten grub, im Boden ließ und bloß überschwemmte, da faulten sie doch nach wenig Tagen gründlich und sämtlich. Es traf arme Leute, nahm ihnen alles, ihre ganze Arbeit, ihre ganze Hoffnung, wenn es auch in Silber berechnet wenig war, einem reichen Menschen nichts geschienen hätte. Aber denke man sich eine arme Haushaltung, sechs Kinder um den Tisch und die Mutter, der Vater geht der Arbeit nach, sucht einen Kreuzer Geld zu verdienen. Die Mutter und die Kinder, welche laufen können, haben das ganze Frühjahr durch geschafft und geschwitzt, um sattsam Essen zu pflanzen, dasselbe nicht kaufen zu müssen. Sie haben Kohl, Rüben, Rübli, Bohnen, Kartoffeln, Flachs, und alles schön und hoffnungsreich. Und am Sonntag, wenn der Mann heimkam, hatte ihn die Frau hinausgeführt, hatte ihm ihre Hoffnungen gezeigt, ihm gesagt, wie sie geschafft, vorgerechnet, wie viel sie erwarte und was noch zu verkaufen sein werde, was sie möglicherweise noch einschießen könne in die gemeinsame Kasse, woraus, wie wir wissen, der Zins gegeben, die Kleider gekauft werden. Wenn dann der Mann sagte: «He nun ja, es ist gut so, so ists dabei zu sein und man mag auch gern heimkommen. Es wäre gut, es wäre an allen Orten so. Aber mein Nebenknecht ging vor vierzehn Tagen auch heim, kam ganz krank wieder, und vorgestern hat man ihn begraben. Er hat zu einem Trupp Kinder eine schlechte, faule Frau; obgleich er sein Möglichstes tat, kam er alle Tage tiefer in die Armut. Er meinte, sie sollten auch pflanzen, und wenn er nachsah, so war alles im Unkraut erstickt. Er meinte, sie sollten Flachs säen, kaufte Samen und Dünger, die Frau sollte es besorgen, und als er vor vierzehn Tagen heimkam und nachsah, war kein Flachs gesäet; Flachs und Dünger hatte die faule Frau wieder verkauft. Da ward er schrecklich zornig, die Galle lief ihm über, und ehe vierzehn Tage um waren, lag er im Grabe. So aber kommt man gerne heim, hat gerne bös und spart, wenn man sieht, daß die Andern auch gern helfen, was ihnen möglich ist.» Wenn der Mann so spricht, so ist es großer Lohn für die Frau. Sie sagt ihm wohl: «He nun, es wundert mich, daß du einmal zufrieden bist!» Aber sie ist doch glücklich im Herzen, braucht noch etwas weniger Mehl in die Suppe, trinkt den Kaffee dünner, steht früher auf, geht später zu Bett und freut sich allemal beim Essen, wenn die Kinder so hungrig tun: «Gottlob, für einen Winter hätten wir wieder, wenns Gottes Wille ist.» Aber Gottes Wille war es nicht, an der verwüsteten Pflanzung steht sie am Montagmorgen, liest mit bebenden Händen die Trümmer zusammen, und Mut und Kraft in ihrem Herzen gleichen dem glimmenden Docht, der verlöschen will. Die Tränen laufen ihr über die blassen Wangen, und was anfangen und wie es gehen soll, das weiß sie nicht. Wie ein schwarzer, unergründlicher Abgrund gähnt die Zukunft sie an; wenn die Kinder nicht wären und dazu auch der Mann nicht, am liebsten täte sie beide Augen zu und stürzte sich zu Grabe.

So trostlos stand an selbem Morgen manche Mutter an ihrem Stücklein Land, so trostlos stand an selbem Morgen auch unsere Käthi vor ihrer Hütte. Gestern den ganzen Tag hatte sie um ihr Leben gebebt; als die Sturmglocken wimmerten, jammerte sie für die andern armen Leute. Jetzt, als der Morgen kam, das Leben gesichert war, die Sturmglocken schwiegen, als sie vor die Hütte trat und grau wie der Himmel auch die Erde vor ihr lag, jetzt mußte sie an dem Türpfosten sich halten, jetzt erst sah sie, wie übel es ihr ergangen. Ihr kleiner Grund war überschwemmt, noch ganz anders als im vergangenen Jahre, er sah aus wie das Bett der Emme selbst; der Flachs, und auch der, welchen sie vor dem Durchbruch herausgefischt, aber nicht geborgen hatten, war spurlos verschwunden. Übersandet fußhoch war ihr ganzes Grundstück, keine Spur von Anbau sah man mehr. Das war hart! Johannesli wollte mit seinen Fischen trösten, aber dieser Trost war wie mancher andere leer, denn wie er auch suchte, Fische waren nirgends, des Wassers Zug war zu mächtig gewesen.

Schwermütig stand Johannes da, sagte lange nichts, meinte endlich, wo er sei, sei Unglück, das sei ausgemacht! Das Beste sei, sie schickten sich drein, täten es nehmen, wie es komme, arbeiteten, bis sie nicht mehr könnten, das Weitere überließen sie Gott. Hungers sterben werde man sie nicht lassen, und täte man es, he nun so dann, so seien sie Leidens ab und gestorben müsse es doch einmal sein. Sie wollten abzuräumen suchen, wo der Sand am mindesten tief liege, und die Erdäpfel nehmen, welche noch gut seien. Es sei eine böse Arbeit, aber wenn sie das Möglichste täten, so könnte später ihnen niemand was vorhalten. Ein Nachbar, welcher vorbeikam, meinte, das Beste wäre, Johannes lasse sich von den Vorgesetzten ein Zeugnis ausstellen, wie es ihm ergangen sei; mit diesem Zeugnis solle er im Lande herumgehen, Almosen fordern, aber pressieren und machen, daß er der Erste sei. Er könne ihm sagen, wenn man es recht anstelle und nötlich tun könne, so sei das eine Sache, die nicht dumm sei. Der aber hatte Zeit, zu gehen, Johannes wollte vorderhand noch nicht betteln.

DREIUNDZWANZIGSTES KAPITEL

Auf den Gräbern wachsen die schönsten Rosen, und wenn die Not am größten ist, ist Gott am nächsten

Traurigere Arbeit gab es wohl keine, als sie jetzt verrichteten. Sie konnten stundenlang schaufeln und Kies abtragen, und wenn sie endlich zu einer Erdäpfelstaude kamen und gruben sie aus, so waren einige schlechte Erdäpfel darunter; sie taten sie in die Tenne zum Trocknen, und wenn sie nach einigen Tagen nachsahen, so war die Hälfte davon schon gefault, und was mit der andern Hälfte werden werde, das wußten sie nicht. Sie sputeten sich, sie wollten das Möglichste retten. Es wurde geredet, die Emme werde wieder losbrechen, und zwar bald. Man bebte davor, denn Schwellen und Dämme waren zerrüttet, das Wenigste wieder hergestellt, Sommerarbeiten aller Art nahmen alle Hände in Anspruch. Einige, die Zeit gehabt hätten, hatten nicht Holz, und Andere plagte der Widerspruchsgeist. Es sei schon viel geredet worden und nicht in Erfüllung gegangen; wenn man sich jedem Geschwätz achten wollte, man würde das ganze Jahr nicht fertig. Indessen, mit offenen Dämmen und Schwellen läßt sich nicht spaßen. Wenn ein Schloß zerbrochen ist, so läßt man den Schlosser holen, wenn es einem schon unkommod ist; man läßt es nicht darauf ankommen, ob Diebe kommen und einbrechen. Nun ist die Emme viel mächtiger als ein Dieb; Diebe kann man noch verjagen, aber verjage einer die Emme, wenn die einmal vor einer offenen Tür ist! Aber das Schwellen um diese Zeit war eine ungewohnte Sache; man war gewohnt, anderes zu machen um diese Zeit, und meinte, gemacht müsse es sein und geschrieben stehe nirgends, die Emme komme wieder. Gelesen habe man es nirgends, daß sie so rasch hinter einander anlaufe. Man hatte schon vergessen, daß es im Jahr 1837 zwei Abende hinter einander geschah.

Und geschrieben oder nicht geschrieben, sie kam wieder. Akkurat am Sonntag darauf, als niemand dessen sich versah, kam sie wieder die Täler herunter, aber nicht brüllend und brausend wie das erstemal; sie schlich leise, unvermerkt daher, aber tückischer und böser. Als der wahre böse Talgeist erschien sie und jagte die Menschen mit Schrecken auf die Beine; statt zu Schoppen und Karten mußten sie greifen nach Äxten und Ketten, mußten ins Wetter hinaus, an den drohenden Strom. Sonderbar, daß die Emme immer die Sonntage wählt zum Anlauf und Ausbrüchen. Oder wählt sie dieselben etwa nicht, schickt sie ein Anderer an diesen Tagen den Menschen zu, den Menschen, die am Sonntage an die Arbeit sich gewöhnen und keine Zeit mehr haben für Gott? Den schrecklichen Prediger aus der Wüste sendet er ihnen zu, ihnen zu verkünden, daß wenn sie doch arbeiten müßten am Sonntage, so wolle der Herr selbst ihnen Arbeit schaffen, und zwar Arbeit genug und für manchen Tag, bis sie wieder wüßten, was Sonntag sei, und Verstand bekämen, ihn zu heiligen, damit der Herr ihnen nicht wieder sende seinen schrecklichen Prediger aus der Wüste.

Zornig predigte dieser wüste Prediger. Ringsum bebten die Herzen der Menschen, der Schlaf wich aus den Augen, die feurigen Männer liefen wieder an der Emme auf und nieder, Lichtschein tanzte hier, tanzte dort auf den grauen Wellen. Käthis Hütte stand diesmal nicht in Gefahr, der Emme Launen wechseln. Aber nicht weit davon, doch auf dem anderen Ufer, geschah ein schrecklicher Ausbruch mitten in der Nacht durch einen Boden, in welchem die Häuschen stehn fast wie der Hanf auf dem Acker, und in jedem Häuschen Menschen, absonderlich Kinder sind, fast so viel als Schindeln auf den Dächern. Wer Jäger ist, weiß, wie das flattert im Eichwalde, wenn nachts ein Zug Wildtauben aufgestöbert wird. Man denke sich, wie das schrie und zappelte, als die wilden Fluten um die Häuschen brausten, die Kinder aus den Betten mußten, nackt auf die obern Böden geschoben wurden, und wußten nicht warum, und niemand hatte Zeit, es ihnen zu sagen, und wer etwas sagte, ward nicht verstanden. Alles schrie, jammerte und heulte; es war ein Gemisch von Tönen, wie es am jüngsten Tage kaum verworrener aus den Gräbern brechen kann. Von Häuschen zu Häuschen stieg das Schreien auf, dazwischen brauste die Flut, aber wie es hier ging, wie es dort ging, warum man hier schrie und dort schrie, das wußte man nicht, niemand konnte zum Andern. Das Ärgste, stellte man sich vor, ergehe über die Anderen, erwartete das Ärgste für sich, und wenn irgendwo eine Laterne erlosch, glaubte man das Häuschen im Wellengrabe.

Weiter unten stand der Emme ein Berg im Wege. Mit schrecklichem Gebrülle brach sie sich einen tiefen Schlund auf, mitten durch Häuser, brach Brücken und Masten und stürzte sich wieder ins alte Bett, beladen mit Beute aller Art, denn rein fegte sie um die Häuser weg, was Sorglosigkeit nicht hinter eine Türe getan oder was nicht dahintergetan werden konnte. Droben ließ sie die Armen in Todesangst, fuhr mit Schnauben das Land hinab, rüttelte an allen Schwellen, brach deren für viele tausend Taler, trug die Kunde von ihrem wilden Tun auf ihrem Rücken durchs Land, und wo sie durchfuhr, erhob sich der Jammer; die Weiber weinten um die Greuel, welche geschehen sein mußten im oberen Land, und sowie die Weiber zu weinen begannen und die Herzen dem Erbarmen sich geöffnet hatten, erhob sich die Sage, oder wenn man lieber will, die Fama aus ihrem Grabe, blies ihre Backen auf, lief die Emme auf und nieder und streute ihre Merkwürdigkeiten aus. Kinder in den Wiegen hatte sie gesehen, Mütter mit den Säuglingen an der Brust, Kühe herdenweise, eine ganze Haushaltung von neun Personen, alle mausetot, ganze Häuschen, auf einem ein Hahn, der unbefangen krähte, so schön er konnte, ja sie hatte eine Scheune auf der Emme treiben gesehen, in welcher sechs Drescher emsig fort droschen, ohne zu merken, daß sie auf dem Wasser waren. Dieses und viel anderes und Merkwürdiges breitete sie aus, und es war fast, als wolle sie nicht wieder zur Ruhe, denn durch eine lange Reihe von Tagen brachte jeder neue Tag neue Merkwürdigkeiten auf die Trommel, Land auf, Land ab. Besonders von diesem Einbruche ward Grausiges erzählt, und eine unzählbare Menge zog hin, den Einbruch und das neugegrabene Bett der Emme zu sehen. Dieses eine Unglück zog die Aufmerksamkeit von den übrigen Beschädigten ab, sie konnten ungestört weinen bei ihren verödeten Pflanzungen, man ließ sie in Frieden.

Da alles hinlief, so wurde auch Johannesli lüstern, den Einbruch zu sehen, und war stark am Vater, er solle mit ihm kommen, und die Großmutter redete zu. So was sehe man in hundert Jahren vielleicht nur einmal, und wenn einst in fünfzig oder mehr Jahren davon die Rede sei, so könne das Bubi dann doch sagen, es habe die Sache auch gesehen, der Vater sei mit ihm gegangen und habe ihm alles gezeigt; damals habe die Großmutter noch gelebt, und er habe die ersten Hosen getragen. Dies war ein sehr vernünftiger Grund, welchem Johannes nicht widerstehen konnte. Dies ist der natürliche, allererste Geschichtsunterricht, der über den allerkünstlichsten geschichtlichen Schulunterricht geht.

Käthi blieb alleine daheim mit den beiden Hühnern. Es ist bekannt, wie es die Leute dahin zieht, wo ihr Schatz ist, oder nach den Stätten, wo Liebes begraben liegt, nach den Orten, wo man jung gewesen und die harmlosen Freuden der Jugend an einem vorübergegangen sind. So sieht man Menschen auf Gräbern weinen, und wenn auch allemal die Wunden frisch aufbrechen, das Weh neu wird, so zieht es sie doch dorthin an allen Haaren. So sieht man Menschen auf Brandstätten herumirren; hundertmal haben sie alles durchstöbert, und doch müssen sie wieder hin zum Grabe ihrer Habe. Ähnlich hatte es Käthi mit ihrem Pflanzplätz, wenn ihr schon jedesmal das Herz fast brach, wenn sie so grau und leer vor Augen hatte, was so schön geblüht, woran sie so manche Hoffnung geknüpft hatte. Viel ließ sich jetzt nicht machen, zu irgend einer Aussaat war es zu spät und der Boden nicht tauglich dazu, gute Erde mußte wieder herbei, noch mehr Sand und Steine weggeschafft werden. Aber Käthi war doch dort, schaffte etwas, wußte kaum was, suchte und wußte auch nicht was, und wußte vorher, daß sie nichts finden würde. Wenn sie dann so umsonst gearbeitet hatte, sie wußte nicht was und nicht warum, dann setzte sie sich, wenn sie alleine war und niemand sie sehen konnte, an des Grundes Rand und weinte und trauerte, suchte Hoffnungen und fand sie nirgends.

Vor etwas mehr als einem Jahre, dachte Käthi, sei sie auch dagewesen, hätte Sand weggeräumt, über den Flachs geweint und gemeint, sie habe alles erlebt, was zu erleben sei, größeres Unglück könne nicht über sie kommen. Ach und jetzt, was alles hatte sich abgelagert seit einem Jahre über sie! Zweimal die Erdäpfelkrankheit, eine Lähmung des Sohnes, und jetzt nochmal eine Überschwemmung, welche alles, alles vernichtete. Damals noch etwas Geld im Gänterli, jetzt dasselbe mehr als leer; damals noch gute Leute, und jetzt hätten die Leute mit anderm zu tun; damals seien Wenige beschädigt worden, und die Leute hätten mit denen großes Mitleid gehabt und es auch erzeigt, jetzt sei das Unglück über gar Viele gekommen, und vom Erbarmen und Mitleid ziehe es dem Einzelnen wenig oder nichts. Die Leute hätten mit sich zu tun oder sonst die Köpfe voll, und wen das Unglück nicht betroffen, der laufe zu dem großen Einbruch, und daß es Andern ebenso übel ergangen, daran denke niemand. Da könne sie allein verlassen sitzen, weinen, denken: Was machen? Um sie kümmere sich kein Mensch! Damals sei sie auch so dagesessen, habe gekummert, woher Erdäpfel nehmen, um in den Flachsplätz zu setzen; da habe der Busch sich voneinandergetan und eine gute Frau sei herausgekommen und habe darausgeholfen. Aber jetzt könne sie lange hier stehn, Busch bleibe Busch, und keine gute Fee trete daraus.

Aber wie Käthi hinsah an die Stelle, wo die Bäurin herausgetreten war, stand wieder jemand dort, aber nicht eine dicke, schwere Frau, sondern ein lieblich Gesicht wie Milch und Blut sah durch die Tannenzweige. Bald hätte Käthi laut aufgeschrien; sie glaubte im ersten Augenblick, es sei eine wirkliche Fee, ein Waldfräulein oder gar ein Engel, den Gott ihr sende, ihren Jammer zu stillen. Ganz nahe mußte das Mädchen kommen und freundlich sie begrüßen, ehe sie sich zurechtfand und in demselben der Bäurin Jungfrau erkannte, die reiche mit den fünfzig Talern im Vermögen. Sie hatten alle Hoffnung aufgegeben gehabt, da kein Bescheid gekommen, und vor lauter Elend gar nicht mehr daran gedacht. Die Emme hatte mit dem Flachse Hoffnungen und Pläne fortgeschwemmt. Als sie das Mädchen endlich erkannte, tauchten alle Hoffnungen plötzlich auf, standen wie ein Zaubergarten vor Käthis Augen, über welchem bloß eine kleine, düstere Wolke hing, der Zweifel nämlich, ob sie komme, um ab- oder zuzusagen. Doch hoffte Käthi das Letztere, denn den Abschlag, dachte sie, würde das Mädchen doch kaum selbsten bringen; vielleicht, daß es sich die Sache noch besser ansehen wolle.

Mit glücklichen Augen bewillkommte die alte Frau das liebe Mädchen, führte es dem Häuschen zu und nötigte es in die Stube. Das Mädchen machte Komplimente, sagte, es könne sich nicht aufhalten, habe nur im Vorbeigehen sehen wollen, wie es ihnen gegangen, habe gedacht, sie hätten auch gelitten, es müsse noch weiter. «Doch ein wenig», sagte Käthi etwas entmutigt, «da draußen kann man kein vertraulich Wort reden; du wirst mir doch den Bescheid bringen?» «Was für Bescheid?» frug Bäbeli. «Die Bäurin wird dirs doch verrichtet haben?» frug Käthi. «Die Frau hat mir nichts gesagt», antwortete das Mädchen. «Nein aber, seht mir doch, was das für eine Frau ist, und traue einer mehr einem Menschen!» rief Käthi. «Dachte einen Augenblick, sie könnte so was im Sinne haben, als sie mich so geschwind fortließ und mir das Mittagessen nicht anbot, und war doch so heiß, und hatte Lust, zu leuen hinterm Zaun. Sie wird dich nicht fortlassen wollen, du wirst sie reuen, und deretwegen fertigte sie mich so kurz ab und sagte dir nichts, die wüste Frau, was sie ist!» «Ihr waret also dort?» frug Bäbeli. «Jawohl war ich dort, aber komm hinein und sitz ab, ich will dir einen Kaffee machen und berichten, wie die Sache ist. Die wüste Frau das, was sie ist!»

Indessen war die Bäurin nicht ganz so wüst, wie Käthi sie sich dachte. Bäbeli war unterdessen nicht zu ihr gekommen, und Bescheid machen, die Unterhändlerin sein wollte sie ja nicht. Bäbeli hatte es gar schmerzlich empfunden, als die Base ihr nicht mehr Teilnahme zeigte, nicht merken wollte, was ihr auf dem Herzen lag. Das sei eine grobe, wüste Frau, dachte sie, frage niemand viel nach; wenn sie nur regieren und befehlen könne, so sei sie lange zufrieden. Aber sie hätte keinen Menschen auf der Welt, der ihrer sich annehme. Vater und Mutter seien im Himmel; ach, wenn sie auch nur bei ihnen wäre, dann wäre sie niemand mehr im Wege, und ihr wäre wohl. So dachte Bäbeli, und nicht bloß so flüchtig wie ein Schein, der vorüberfährt, sondern das war ihre Stimmung, die sich ausprägte auf ihrem Gesicht, in all ihren Gebärden; ihr ward es so schwer im Gemüte, und diese Schwere legte sich in alle ihre Glieder, von weitem hätte ein kundig Auge es sehen können, daß etwas mit dem Mädchen sei. Auch gab es Augen, welche es bemerkten, diese machten Bäbeli einen bösen Lärm; die Schwägerin stichelte giftig, der Bruder polterte und stellte Bäbeli zur Rede. Dies machte sie noch trauriger und elender, und auf der ganzen Welt keinen Menschen, welchem sie sich hätte anvertrauen mögen! Es kam ihr wohl zuweilen an, sie möchte zur Base gehen, und dann ließ sie es doch sein; die lacht dich aus oder putzt dich gar ab, dachte sie.

Mit dem eigenen Weh beschäftigt, hatte Bäbeli keine Teilnahme für die Händel der Welt; daß die Emme wüst getan, hörte sie wohl, achtete es aber nicht. Als der zweite Ausbruch kam und die Leute dahin liefen wie an eine große Feuersbrunst, wie von einem Wirbel, der immer weiter und weiter seine Kreise zieht, ergriffen, da fuhr Bäbeli ein Gedanke durch den Kopf: wie es wohl der armen Frau ergangen, ob sie noch lebe, ob sie alles verloren, ob man ihr vielleicht helfen könne? Der Johannes blieb im Hintergrunde, fast wie in einem Puppenspiel die Hauptperson; die sieht man nicht, und doch regiert sie die Drähte und alles Leben geht von ihr aus. Bloß bangte Bäbeli, wenn sie ginge und nachsehen würde, sie könnte ihn antreffen, wollte lieber nicht, und doch dachte sie immer: Du mein Gott, wenn ich ihn antreffe, was will ich für ein Gesicht machen und ihm sagen, und was macht er für ein Gesicht? Und kennt er mich wohl, und was sagt er mir, und wie kommen wir wohl wieder auseinander? Und je mehr Bäbeli Angst vor einem solchen Zusammentreffen kriegte, um so mehr nahm es sie wunder, ob sie ihn wohl antreffen und mit was für Augen er sie ansehen würde. Und dieser Gwunder ließ ihr keine Ruhe, nahm ihr vollends Essen und Schlaf, sie mußte gehn und sehn.

Zur Base wollte Bäbeli aber nicht, wollte die Reise auf eigene Faust machen; im Gewühl der Menschen konnte sie hierhin, dorthin unbemerkt, und daß sie ging, fiel ja nicht auf, da alles ging. Was sie plagte, war, daß sie fast kein Geld hatte um mitzunehmen, und hätte sie doch gern beide Taschen damit gefüllt, und von dem Vormund fordern mochte sie nicht. Bäbeli hatte es wie Viele unter einem unverständigen Vormund, derselbe wollte schöne Rechnungen machen, das heißt viel sparen; ob Bäbeli ihre Sache habe, das kümmerte ihn nicht, und wenn sie Geld wollte, so mußte sie betteln darum, wie ein Bettler bettelt um einen Kreuzer. Gewöhnlich liegt solcher scheinbaren Unverständigkeit wohlermessener Eigennutz zugrunde; man spart nicht dem Mädchen, man spart sich, man betrachtet das Mädchen als ein gut Stück zum Einmetzgen und mästet es daher bestmöglichst. Es gibt Behörden, welche solcher Unverständigkeit kein Ziel setzen, dieweil sie eben auch nicht verständig sind, so wie es wiederum Behörden gibt, welche die Vormünder ungerügt und unbelegt hunderterlei aufschreiben lassen, von denen der Mündel nie was gesehen noch gehört. Gewöhnlich sind die Vormünder der letztern Art dem Mündel nicht verwandt, wenigstens nicht so nahe, daß sie ans Erben denken können; begreiflich müssen die für sich sorgen, während der Mündel lebt, ist er einmal tot, so ist nichts mehr zu machen.

Bäbelis Vormund war der erstern Art. Sie ging bloß mit zwei Gulden im Sack, aber um so schwerer im Gemüte, daß sie nicht einmal mit ihrem Gelde machen könne, was sie wolle, obwohl sie es hätte, ein wenig zu helfen, und dazu nicht einige Taler fordern dürfe. Die Lage des Häuschens war ihr also bekannt; sie wollte auskundschaften, ob wohl Johannes daheim sei oder bloß die Mutter, und da sah Käthi in den Tannenzweigen ein Gesichtchen, das ihr wie das Gesicht eines Engels erschien, und Bäbeli trat hervor, erleichtert ums Herz, weil Johannes nicht sichtbar war, und doch sah sie in alle Ecken, ob nicht Johannes aus einer kommen wolle, und da er nicht kam, fehlte ihr was, und fragen, wo er sei, schickte sich ihr einstweilen noch nicht. Käthi feuerte und redete und mahlte Kaffeebohnen und war in einer Aufregung, daß es wirklich ein groß Wunder war, daß endlich die Kaffeekanne wohlbehalten auf den Tisch kam und daß wirklich Kaffee darin war. Und als endlich eingeschenkt war und Käthi zum Absitzen kam, legte sich nach und nach die Aufregung und sie kriegte den Faden ihrer Gedanken zur Hand. «Also nichts gesagt hat sie dir, ist doch schlecht von ihr! He nun so dann, so kann ich es dir selbsten sagen; es verdreht es mir doch dann niemand und du vernimmst die Sache Punktum.»

Nun erzählte Käthi, was sie gedacht, wegem Korben und wegen Bäbeli und Johannes und wie sich Beide dazu vortrefflich schickten und Johannes es recht sei und Bäbeli es wohl auch gefallen müsse, denn wegem Brauchen werde man nicht wüst sein; wenn es ihns gelüste um einen halben Batzen Suppe, so werde ihr niemand was dawider haben, und wenn es wüst Wetter sei, so wolle sie gehen, und wenn es sein müsse, so könne man bei einem solchen Vermögen daheimbleiben, wenn es gar zu häßlich Wetter sei. Wegen der Bäurin brauche sie sich nicht zu fürchten; wenn eins heirate, könne es aus dem Dienst, so wie der Tod einen Akkord breche, wenn er nicht darnach gemacht sei, und gewiß werde sie es nicht bereuen, sie wollten sie auf den Händen tragen. So redete Käthi lange, und Bäbeli hörte mit Wonne zu, denn so viel gegolten hatte sie lange nicht, und solche Liebe hatte man ihr seit Jahren nicht erzeigt. «Und jetzt, Bäbeli, was meinst, was sagst dazu?» frug Käthi.

Ja, jetzt war Bäbeli in großer Verlegenheit; anfangs hatte sie mit Wonne zugehört, und nachher hatte es Bäbeli sehr gelächert wegen dem Korben und dem Körbevertragen, und sie hatte gedacht: was die für Augen machen werden, wenn die hören, wer ich bin und was ich habe und wie wir es ohne Korben können! Aber jetzt, als die plötzliche Frage kam, fiel sie Bäbeli doch zentnerschwer aufs Herz, hatte sie doch den Johannes nicht gesehen; alle ihre Verwandten standen ihr vor Augen samt der Base, die sie für falsch hielt, und wie sollte so eine arme, verlassene Waise Widerstand tun und durchbrechen? Gegen so eine gescharte Verwandtenschar durchzubrechen! Hat man doch Beispiele, daß Männer im besten Alter und mit Köpfen wie der Knopf an der Münsterkirche zu Solothurn und mit einem Geldseckel wie eine Zehntscheuer vor einem solchen Gedanken erblassen; soll es dann einem zarten Mädchen in solchen Umständen nicht fast übel werden? Ach, Bäbeli mußte weinen, so süß und so bitter kam es ihr übers Herz, und wenn Nord und Süd hintereinanderkommen, so gibts bekanntlich Platzregen.

Als nun das Mädchen so bitter zu weinen begann, so verstand sich Käthi nicht darauf. Es fiel ihr nicht ein, was da für ein Jungfräulein zu weinen wäre, wenn es den Johannes kriegen könnte und alles in der Ordnung wäre, wie es sein sollte. Sie begann zu fürchten, sie komme jetzt zu spät mit dem Antrage, Bäbeli wolle und könne nicht, und wenn die Bäurin das Maul aufgetan zu rechter Zeit, wäre es noch frühe genug gewesen, aber jetzt sei es aus. Das kam auch Käthi übers Herz; der erschienene Zaubergarten ward von der schwarzen Wolke ganz niedergedrückt, war am Versinken, und Käthi begann auch zu weinen, so recht bitterlich, aber doch nicht so schön und nötlich wie Bäbeli. Zwischen dem Weinen von jungen Mädchen und alten Weibern ist nämlich ein Unterschied.

Und als sie so weinten, ungleich schön, aber gleich herzlich, kam plötzlich eine Stimme über sie: «Was Tüfels!» Und als sie Beide erschrocken sich umsahen, stand die Base hinter ihnen und der Johannes unter der Türe. Nun gabs auch eine Stille in Käthis Stübchen, doch keine bei einer Stunde, aber wunderlich sahen die vier Gesichter einander sich an. «He nun so dann», sagte die Bäurin, «jetzt sage ich nichts mehr. Meinetwegen, was ist, das ist, und was sein muß, wird geschehen. Seh Mutter, hast du auch ein Kacheli für mich und ein Tröpflein noch in der Kanne? Durst hätte ich. Wird von den Bratwürstchen kommen, welche ich droben aß, sie werden was Wunderliches dreingehackt haben. Nicht wahr, Mutter, das dünket dich kurios, daß ich daherkomme wie vom Himmel herab. Es ist mir gegangen wie Andern auch. Da alle Leute den Ausbruch der Emme sehen wollten, so glaubte ich, ich müsse ihn auch sehen. He nun, reuig bin ich nicht, aber vorstellen hätte ich es mir auch können. Wie ich da hinaufkomme, dünkt mich, der Gstabi mit dem Kind sollte mir bekannt sein, und richtig, es war auch so. Aber wer lange nicht zeigen wollte, daß er mich kenne, und auf die andere Seite sah, wie es die Herrenleute machen, wenn sie einander sich verschämen, das war auch der da. Nun, ich habe ihm den Kopf gedreht, er mußte, ob er gleich nicht wollte. Von ihm vernahm ich, daß ihr auch großes Unglück gehabt habt, und da das Kind absolut fahren wollte, dachte ich, es gehe in einem zu, auch zu sehen, wie die Emme hier es getrieben, und wüst genug ists gegangen; treffe da ungsinnet Gesellschaft zum Heimfahren.» So redete die Bäurin und sah mit spöttischen Augen auf Bäbeli hin.

Käthi konnte von dem allem nichts begreifen, begriff gar

nicht, was das bedeuten solle, daß die Bäurin ihre Magd nicht vaterländisch aushudle, da, wie Käthi vermutete, dieselbe sich hinter dem Rücken der Bäurin fortgemacht hatte, nach dem Sprüchwort: Wenn die Katze aus dem Hause ist, so tanzen die Mäuse. Käthi hatte Bosheit im Leibe, gedachte der Bäurin ihr verräterisch Stillschweigen einzutreiben und sie hier vor allen zuschanden zu machen. «Johannes», sagte sie, «das ist das Jungfräuli, welches einmal hier war und von dem ich dir geredet habe.» «Wo Stiefmüetti werden will, gäll du?» ergänzte das Bubi. Bäbeli nahm den Kopf in beide Hände. Johannes aber sagte: «Mutter, das ist gvexiert, das ist keine Magd.» «Was sagst?» meinte Käthi, «wer sollte es dann sein?» «He», antwortete Johannes, «das ist das Meitschi, wegen welchem ich den Streit gehabt habe; es soll eine Bauerntochter sein, hat man mir gesagt.» «Wird nicht sein», rief Käthi, «eine alte Frau wird man doch nicht so zum Besten halten!» «Wohl, es ist!» sagte Johannes. «Nein aber, und kann so manierlich tun, und ist so nichtsnutz? Und am Vermögen wird auch nichts sein, und für jemand, der witziger sein sollte, zu helfen eine arme, alte Frau zum Narren halten, dünkt mich das auch nicht viel gemacht», sagte Käthi zornig, wie sie vielleicht ihr Lebtag nie gewesen, ausgenommen zur Zeit, als die Sohnsfrau bei ihr war.

«Etwas Recht aufzubegehren hast du», sagte die Bäurin halb im Lachen, «aber so, wie du meinst, ist die Sache doch nicht. Zum Besten haben hat dich niemand wollen, sondern das Gegenteil, aber wenn ich geglaubt, die Sache ginge so weit, so hätte ich mich wohl besonnen, ehe ich mit einem Finger dazu geholfen; aber es wird so haben sein sollen. Sieh, ich und das Meitschi haben Erbarmen mit euch gehabt, als wir vernahmen, wie ihr übel daran seiet, und sie hat dazu noch das Gewissen gebissen, weil sie die Ursache des Streites war. Ihr schickte es sich nicht, zu dir zu kommen unter ihrem Namen, und ich wußte auch nicht wie machen, um den Leuten nicht in die Mäuler zu kommen und euch doch etwas zu helfen. Base, von wegen, wir sind noch mit einander verwandt, Base, sagte sie, wißt Ihr was, dort oben kennt mich niemand, ich will mich für Eure Magd ausgeben und die Sachen bringen, dann kömmts nicht unter die Leute. Ich, Narr genug, lasse es mir gefallen und sinne nicht daran, was einer alten Frau und einem jungen Meitschi Narrs alles in Sinn kommen könne. Was ihr mit einander alles berichtet habt, weiß ich nicht, aber viel Weises wird es nicht gewesen sein; als das Meitschi zurückkam, machte es Augen wie ein verstaunet Huhn. Jetzt fiel mir ein, daß hier vielleicht wohl viel geredet worden sei; aber ich dachte: wenn niemand bläst, so erlischt es wieder. Da kamst du, Mutter, mit deinen Heiratsflausen und wolltest zu meiner Jungfrau. Es wollte mich fast versprengen, ich meinte, es müsse gestorben sein, als du da mit deinen Vorschlägen wegem Korben kamest und wegen dem halben Batzen für Suppe. Ich hätte es dir sagen können damals, aber einerseits lächerte es mich viel zu sehr, anderseits sagte ich es ungern, wie es sich verhalte, und dachte, entweder erkalte die Sache von selbst, wenn niemand mehr was sage, und wenn es doch erzwungen sein müsse, so sei es immer noch früh genug. Wäre das Meitschi zu mir gekommen seither, hätte ich ihm vielleicht was gesagt und zugesehen, was es für ein Gesicht mache. Aber das Meitschi trauete mir nicht oder war sonst böse, daß ich nicht mit Händen und Füßen schieben half, zeigte sich nicht bei mir, und so ließ ich die Sache gehen, dachte, es sei dem Johannes und euch vielleicht auf eine andere Weise zu helfen, ohne Meitschi, denn vergessen hatte ich euch wirklich nicht. Aber siehe, das Meitschi weiß sich selbst zu helfen, ungsinnet treffe ich da mein sauber Bäschen hinter dem Tische; habt wahrscheinlich tapfer über mich geschimpft, über die bösen Leute und die böse Welt, und werdet jetzt mit dem Korben richtig sein und wegem halben Batzen für Suppe?» Und gar mächtig schüttelte es wieder die gewaltige Bäurin, daß die Fenster klirrten.

Unterdessen war die gute Käthi wieder weich geworden und wischte sich die Tränen ab. Sie sehe, daß es nicht böse gemeint gewesen, aber übel nehmen solle man es ihr auch nicht, daß sie an so was gesinnet; wenn man nicht mehr wisse, wo aus und an, so habe man allerlei Gedanken, und wer ertrinken wolle, halte sich an jeden Strohhalm. Das Meitschi habe ihr sehr gefallen, sie müsse es sagen, und das Vermögen auch; mit dem hätte der Johannes etwas anfangen können. Jetzt sei die Sache aus, sie sehe es wohl; eine Bauerntochter sei immer eine Bauerntochter, wenn schon manchmal gar kein Vermögen dasei. Das daure sie sehr, sagte sie, sie seien jetzt wieder auf dem alten Flecke.

«Höre, Mutter», sagte die Bäurin, «man muß nicht gleich verzappeln und alle Hoffnung fahren lassen. Ich habe den Glauben, seit ich das Meitschi hier angetroffen, es gebe was aus der Sache. Ich und du brauchen die Jungen nur machen zu lassen. Spektakel wirds geben, aber das geht vorüber.» «Es ist doch nichts», sagte Käthi, «was soll Johannes mit einer Bauerntochter anfangen? Hof hat er keinen, Körbe vertragen tut sie auch nicht, wovon dann leben? Fünfzig Taler, wenn sie da sind, sind freilich ein Geld, aber wenn man davon leben soll, so werden sie doch bald ausgegeben sein.»

Da kriegte die Bäurin wieder Krämpfe, sagte endlich: «Für diese Lüge kann ich nichts, die ist vom Meitschi alleine.» «Hat es dann nichts?» frug Käthi traurig, «das hätte ich ihm doch wirklich nicht zugetraut.» «Sieh», antwortete die Bäurin, «das ist eine Lügnerin, wie es nicht bald eine gibt. Sonst lügen sich die Mädchen Vermögen zu, daß die

Schwarten krachen; einen Hof, so groß wie Amerika, und ein Zinsbuch, so dick wie eine Bibel, lügt sich Manche an, welche keinen ganzen Strumpf hat. Nun, Hof hat das Meitschi keinen und kein Zinsbuch, so dick wie eine Bibel, aber doch ein Büchlein, und darin werden wohl – was meinst, Alte? – he, wohl zweitausend Taler stehn!» Da sah Käthi die Bäurin auch an mit Augen wie ein verstaunet Huhn, aber sagen konnte sie kein Wort. «Komm, Alte, und zeige mir dein Pflanzland und wo die Emme eingebrochen», sagte die Frau und nahm Großmutter und Großkind hinaus. Sie war der Meinung, die Jungen drinnen könnten zusammen reden, während sie draußen ihre Ansichten der guten Käthi des Nähern erläuterte.

Als sie meinte, genug Zeit sei verflossen zu allen möglichen Erklärungen, wandte sie ihre Schritte dem Häuschen zu. Nach stattgefundenen Präliminarien schien der Abschluß bald gemacht und ohne großen Zeitverbrauch. Aber auch eine Bäurin kann sich täuschen. Als sie eintrat mit der Frage: «Nun, seid ihr richtig?», antwortete ihr weder Johannes noch Bäbeli. Sie hatten während der Zeit vielleicht kaum zehn Worte mit einander gesprochen. Jedes meinte, das Andere sollte anfangen, und Keines hatte das Herz dazu, Johannes nicht, weil er ein armer, lahmer Bursche war, und Bäbeli nicht, weil sie trotz dem Herzen voll Liebe ein Meitschi blieb. Da sagte die Bäurin: «Jungs, dumms Zeug seid ihr, wißt nicht, daß man die Zeit brauchen muß, wenn man sie hat. Aber jetzt wollen wir fort, und du, Meitschi, fährst mit mir; es scheint mir nötig, dich im Auge zu haben.» Als Johannes ein Wort reden wollte, sagte sie: «Hättest geredet, du hast Zeit gehabt; jetzt mach, daß mir angespannt wird! Hast noch was mit dem Mädchen zu reden, so geh nicht zu ihm, dort könntest du übel wegkommen; komm nicht zu mir, ich will nichts damit zu tun haben, bis die Sache richtig ist. Man soll mir nicht nachreden, ich habe gekuppelt; später kann ich dann schon reden, und je weniger ich vorher mit der Sache zu tun gehabt, um so unverdächtiger kann ich helfen, wenns not tut und im Fall ihr richtig werdet, was ich nicht weiß. Probierts meinethalben, ich dächte, bei der Base zu Michelhofen wäre kein unschicklicher Platz, und bis nächsten Sonntag könnt ihr allfällig noch Schuhe machen lassen, wenn es einem oder dem Andern daran fehlen sollte, und euch besinnen, was ihr einander sagen wollt, und jetzt adie und lebet wohl.»

Wie das Lied sagt: Scheiden und Meiden tut weh, absonderlich wenn das Herz so voll ist und was im Herzen ist, das den Gang durch den Mund noch nicht gefunden hat. Gerne hätten sie jetzt noch geredet, aber was die Base mal gesagt hatte, das war gesagt.

Käthi war wie sturm über alles, was sie gehört und was ihr die Bäurin noch extra vertraut hatte. Sie wußte nicht, träumte sie oder war sie sonst verwirrt; sie hatte Fieber, mußte am folgenden Tage, seit ihrer letzten Kindbetti zum erstenmale wieder, einen Tag zu Bette bleiben, und wenn sie schlummerte, träumte sie, sie hätte Flügel und fliege, und plötzlich ließen die Flügel, und plötsch, stürzte sie zur Erde, fuhr hoch auf im Bette und ließ einen gewaltigen Notschrei aus, und wie sie die Augen wieder schloß, so kam der Traum wieder; er war wie ein Hund, der, wo er einmal ansetzt, nicht wieder absetzen will.

Wahrscheinlich redete auf der Heimfahrt die Bäurin ebenfalls deutsch mit Bäbeli und löste ihr die Zunge, denn als am folgenden Sonntag Johannes von der angestellten Zusammenkunft heimkam, freilich sehr spät, kam er noch zu der Mutter Bette und sagte ihr, die Sache sei richtig, er wolle ihr morgen das Nähere sagen. Da träumte Käthi wieder, und ihr wuchsen Flügel und sie flog in die Luft; aber die Flügel ließen nicht, sie plötschte nicht nieder, sie flog in einen schönen Paradiesgarten, dort blühte Flachs, dort standen Erdäpfel, wie sie in solcher Pracht nie gesehen, dort waren die schönsten Bäume, war Korn in üppiger Fülle, Bohnen, Salat und Kohl, war ein schön Haus, zierliche Tauben flogen darin herum, kleine Engelein mit goldenem Haar und goldenen Flügeln liefen zu den Türen aus und ein, und die Tauben und die Engelein flogen und liefen durch einander, flogen und liefen endlich alle ihrem Schoße zu, hold und schön und wunderbar. Eine unendliche Wonne erfüllte ihr Herz und groß ward ihr Schoß, Tauben und Engelein hatten Platz darin, wie viele kamen, und sanft, leise hob sie sich mit allen gen Himmel, glitt leise durch die Luft, und süß und lieblich, wie sie nie erlebt, schwebte sie höher und höher, und herrlicher sangen die Engelein, und über ihnen strömte immer goldener und flammender das Licht; es ward ihr, als atme sie ewiges Leben ein, als öffne weiter sich ihr Auge, als trete leise vor ihr Angesicht, was sie hier nur in Rätseln gesehen, als ginge ein heilig, unaussprechlich Beben durch ihre Seele, als – da erfaßte sie plötzlich ein wild Tier, schrecklich schrie sie auf, ihre Augen gingen auf; aber wirre irrten sie herum, Sehkraft war nicht da, lange gings, bis sie zu sich selbst kam, die entschwundene Kraft sich wieder einstellte, sie wußte, wo sie war, und Johannes an ihrem Bette stehen sah.

«Mutter», sagte Johannes, «ich mußte Euch wecken; zürnet nicht, aber Ihr machtet ein gar wunderlich Gesicht, ich kriegte Angst.» «Ach, Johannes», sagte sie, «du hast mich grausam erschrecket, ich hatte einen so schönen Traum. Aber und jetzt?» Da erzählte Johannes, sie seien einig geworden, «und am nächsten Sonntag wollen wir verkünden lassen. O Mutter, Ihr seid mein guter Engel. Danken kann ich Euch nicht, aber unser Herrgott wolle es Euch vergelten in der Ewigkeit. In der Zeit wollen wir tun, was wir können; auf den Händen tragen wollen wir Euch, keine Arbeit sollt Ihr mehr tun, so haben wir es abgeredet.» «Gott Lob und Dank», sagte Käthi, und die Tränen liefen ihr die Backen ab, «so bist du versorget und das Bubi auch. Aber mit mir habt nicht Mühe, ich bringe mich gut durch, und unser Herrgott und gute Leute helfen mir schon nach. Aber Gott Lob und Dank, daß einmal ihr versorget seid, und plagen will ich euch nicht, habe nicht Kummer, die Leute sollen nicht sagen, die alte Käthi lasse die Arbeit jetzt der Sohnsfrau. Aber was sagt die Meisterfrau dazu und die andern Verwandten?» «Die Verwandten werden wüst tun, aber können nichts machen, und die Frau hat gesagt, wir sollten machen, was wir gut finden, und wenn wir es zur Hochzeit gebracht, dann sollten wir kommen, vielleicht habe sie uns was zu sagen. Was, sagte sie nicht, aber wir haben vermutet, sie wolle uns ein Häuschen vermieten und ich solle dann Hausknecht oder so was sein, wo ich machen kann, was ich mag, daneben ein wenig zu ihren Sachen sehn.»

«E aber, du mein Gott! Ja, der alte Gott lebt noch, und wenn die Not am größten ist, so ist die Hülfe am nächsten! Aber jetzt, in der teuren Zeit, wo die Erdäpfel fehlen und das Pfund Brot sechs Kreuzer gilt, da graut es mir doch, eine Haushaltung anzustellen, Haushalten hat ein weit Maul. Hast das gsinnet, Johannes, und meinst, du mögest es wagen?» «Mutter», sagte Johannes, «man muß die Schnepfen schießen, wann sie im Lande sind; das Meitschi könnte ich nicht lassen, lieber das Leben, und hat Gott bis hieher geholfen, warum zagen? Und Geld ist ja da.» «Wieviel doch, was haben sie gesagt?» frug Käthi. «Wenigstens zweitausend Taler», antwortete Johannes. «Das macht mir ganz angst», sagte Käthi, «kann mir gar nicht denken, wieviel das eigentlich ist. Aber, Johannes, um Gottes willen, vergiß nie, daß die Liebe die Hauptsache ist und nicht das Geld, und mach nicht, daß das Geld der Rost wird, welcher die Liebe frißt; viel besser wärs, der Rost käme dir hinter das Geld als hinter die Liebe.»

Es war sehr merkwürdig, welche Wirkung dieses Glück vom Himmel herab auf Käthi hatte. Manche Mutter wäre daraufhin ungeheuer aufgeschwollen, hätte keine bleibende Stätte mehr gehabt, wäre herumgefahren wie ein angebrannter Feuerteufel, hätte allen Leuten gerühmt, was der Sohn für ein Glück mache, und siebenmal mehr dazugelogen, als an der Sache gewesen, hätte einen Hochmut gekriegt fast wie ein Ratsherr, der keinen Rat hat, sondern nur den Titel so vom Himmel nieder, daß er selbst nicht weiß, wie er dazu kam, und daher meint, es sei apart aus Gottes Gnaden. Käthi blieb nicht bloß bescheiden, sondern sie schämte sich ihres Glücks, sie durfte nicht ins Dorf, sie ging aus dem Wege, wenn sie jemand von weitem kommen sah; sie machte sich schier verdächtig, die Leute wußten nicht, sollten sie es als Hochmut auslegen oder als ein bös Gewissen.

Eine sehr harte Stunde war es für Bäbeli, dem Bruder zu eröffnen, daß sie am nächsten Sonntag verkündet oder aufgeboten werde, und das mußte sie tun des Anstands wegen, damit nicht etwa derselbe oder seine Frau zugegen seien in der Kirche und das Kreuzfeuer der Blicke ausstehen müßten. Der Bruder sagte eben nicht viel als: «So, das ist schön, das ist mir eine saubere Sache; aber habe Geduld, den Nagel wollen wir dir stecken, daß du weißt, daß er gesteckt ist!» Darauf polterte er hinaus, aber alsbald kam die Schwägerin dahergefahren als wie eine, welche geradewegs auf dem Besen von dem Blocksberg kommt, und turnierte aus, daß die Mäuse Reißaus nahmen und alle Fliegen wieder wach wurden, am Ende Bäbeli selbst aufpackte und die Flucht nahm. Bäbeli wollte erst zur Base, die aber hieß sie zu ihrer

Freundin, der Wirtin, gehen. «Glaubs», sagte sie, «je weniger ich jetzt was mache, desto besser kann ich dir hinterher helfen. Geh aber zum Pfarrer und berichte ihn über die Sache, so kann er vor jeglicher Einsprache sein, welche doch nichts hülfe.» Bäbeli gehorchte, aber ungerne, brachte einige Nachmittage bei der zukünftigen Schwiegermutter zu, und gar liebliche Nachmittage, denn da war lauter Liebe, und Keines konnte aussprechen, wie wohl es ihm in dieser Liebe war, und jedes blieb dabei so demütig, denn jedes fühlte, wie es viel mehr Liebe empfing, als es geben konnte. Wie die alte Mutter der schönen, reichen Tochter einen Respekt erzeigte und den Reichtum von zweitausend Talern nicht fassen konnte, das läßt sich nicht beschreiben.

Die Hochzeit konnte allerdings nicht gehindert werden, wie guten Willen dazu die nächsten Verwandten auch hatten, und wurde baldmöglichst vollzogen. Ein Mittagessen wurde bei der Freundin bestellt, Mutter und Base mußten sich einfinden, sie mochten wollen oder nicht.

«Und jetzt, du neuer Vettermann», fragte die Base, «wann soll jetzt das Teilen angehen, was meinst?» Es sei ihm nie ernst gewesen, meinte Johannes; man sage manches, wenn das Blut heiß sei. «Glaubs, Vettermann, der Teufel ist ein Schelm, und was man erst im Spaß sagt, tut man endlich im Ernst. Aber gäll, Vettermann, wie das kurios ist, wie man andere Augen hat und einen ganz anderen Verstand, wenn man selbst ein paar tausend Gulden hat! Ja, das ändert, es hat gar Mancher seine Grundsätze in der Hosentasche und ändert damit, je nachdem was oder nichts darin ist. Ja gäll, Vettermann, könnte dir Beispiele von Exempeln geben; aber es ist wüst, davon zu reden.»

Die alte Käthi saß hinterm vollen Teller, und vor dem Teller stand ein volles Glas, aber sie aß nicht, sie trank nicht. «Aber Mutter», sagte Bäbeli mit ihren weichsten Tönen, «aber Mutter, warum eßt Ihr nicht, warum trinkt Ihr nicht, ists Euch nicht wohl?» «Ach Bäbeli», sagte Käthi, «weiß Gott, wies mir ist, so voll, so voll, Platz hat nichts mehr.» «Wollt Ihr Tropfen, Mutter, oder Wasser?» frug Bäbeli. «Hülf nicht, und wills ja nicht vertreiben», antwortete Käthi. «Voll Dank bin ich, voll Glück, weiß nicht mehr, wer ich bin, erst noch in finsterer Nacht und jetzt mitten in der Sonne. Wenn ich lebendig im Grabe gewesen wäre und man erlöste mich, es würde mir wahrhaftig nicht viel anders sein, möchte auch nicht essen, nicht trinken, könnte nur Gott danken. Erst den schwarzen Hunger vor Augen und jetzt es manierlichs und es lieblichs Gschöpfli zur Sohnsfrau, wie wohl nicht manches auf Erden läuft, und ein Vermögen, es weiß kein Mensch wie groß! Weiß Gott, ich muß alle Tage unsern Herrgott bitten, daß er mich nicht zur Närrin werden läßt. Und dann muß ich immer denken: so viele arme Leute in so bitterer Not und viel frömmere als wir, und uns hat Gott geholfen, und sie sind noch in bitterer Not, und ist dann niemand da, ihnen zu helfen! Ach Gott, wer nicht darin gewesen, der weiß nicht, wie es einem ist, wenn der Winter vor der Türe ist, nichts im Keller ist, nirgend was ist, als noch Schulden auf dem Halse. Ach Gott!»

«Gsundheit, Mutter», sagte die Base, «und trink und nimm jetzt nicht den Kummer der Andern auf dich, da du deinen eigenen los bist! Ich weiß zwar wohl, daß es derlei Menschen gibt, die immer kummern müssen, und sind sie den eigenen los, über fremden, habs auch erlebt. Es gibt Herzen, denen nichts fremd ist, es gibt Zeiten, wo einem auf die Seele brennt, was hundert Stunden von einem vorgeht, geschweige dann, was sich in der Nähe zuträgt. Du aber, Johannes, nimm ein Beispiel an deiner Mutter! Oft gehts nicht gut, wenn ein armer Bursche ein reiches Meitschi heiratet; gerne wird derselbe hochmütig und brutal gegen seine Frau und alle Leute, und gerne wird er im Alter wieder ein Bettler. Weil es ihm gelungen, zu einer reichen Frau zu kommen, bildet er sich ein, er sei ein halber Herrgott, und verachtet alles rundum im Himmel und auf Erden, behandelt alles schlecht, vorab seine Frau und dann die Armen. Und weil der Hochmut alle Liebe austreibt, kriegt er Laster um Laster, bis keines Kreuzers groß Gutes mehr an ihm ist, bis er endlich wieder ein armer Bettler ist. Glaubs oder glaubs nicht, aber es ist viel schwerer, in Ehren reich zu sein, wenn man arm gewesen, als in Ehren arm zu bleiben und arm zu sterben. Wenn es gut gehen soll, so muß die Frau auch helfen und nicht sagen: Das Geld kommt von mir. Ach mein Gott, es ist so eine Handvoll Geld bald vertan, besonders wenn Beide helfen, und wenn ihr zehnmal mehr hättet, so käme man doch in wenig Jahren zu Ende, wie sehr man auch einwendete, man brauche nicht viel.»

«Aber was sollen wir jetzt anfangen?» frug Johannes. «Davon wollen wir heute nicht reden; bringe du erst mit Bäbelis Vormund alles ins Reine; wenn du weißt, woran du bist, kann man dann sehen. Gsundheit alle mit einander, und daß es euch jetzt allen wohl ergehe und daß es der Mutter vergolten werde siebenmal, was sie an euch getan und was sie ertragen, und daß sie euch Gott noch lange gesund und wohl erhalte, auf daß ihr ein Exempel an ihr nehmen könnt, wie ihr werden sollet, daß euch Gott und Menschen lieben, und wie die sein müssen, welche Gott im Leben segnet und nach dem Leben selig macht. Gsundheit wohl alle mit einander!»

Diesem ehrwürdigen Toaste haben wir nichts beizufügen; es ist noch nicht manche Woche her, daß er gehalten worden ist. Wir wünschen bloß, und zwar von ganzem Herzen, daß derselbe in Erfüllung gehen möge.

Anmerkungen

Kursivschrift bezeichnet die von Gotthelf in Klammern beigefügten, in unserer Ausgabe gestrichenen Erklärungen berndeutscher Ausdrücke. – «Erstdruck» bedeutet, daß eine Stelle von uns verbessert oder aus der zweiten Auflage übernommen wurde.

Seite

2 «im Aesch»: Erstdr. «im Ansch». – Balmwand: Erstdr. «Palmwand».

4 Viertelstunden: Erstdr. «Viertelstunde».

6 Härzig: Erstdr. «Hänzig». – Flachsplätz: Erstdr. «Flachsplatz». – ihre Miete: Erstdr. «ihrer».

7 um welche sie rechnet: Erstdr. «rechnen».

8 Erdäpfelrösti: *(Bratkartoffeln)*.

12 Macht: Erstdr. «Nacht». – ward die Erde: Erstdr. «war».

13 wo die Augen: «wo» fehlt Erstdr.

20 sterben eines elenden Todes: Erstdr. «eines elenden Todes sterben».

26 behauptete: Erstdr. «behauptet».

27 klüpfig: *(leicht zu erschrecken)*.

30 breitet: Erstdr. «bereitet».

32 niemand: Erstdr. «jemand».

34 Es sei: Erstdr. «Er».

36 So allein, Käthi? Was ist mit dem Sohn?: Erstdr. «So allein mit dem Sohn?» – Meisterleute: *(Dienstherrschaften)*.

41 Lebkuchen: *(Pfefferkuchen)*.

42 zu holen: «zu» fehlt Erstdr.

43 bringen will: «will» fehlt Erstdr.

53 Ecken und Enden: Erstdr. «Enden und Ecken». – das schrecklich: Erstdr. «was». – mit ihr stände: Erstdr. «zwei mit ihm stände».

55 das, was: Erstdr. «daß, was». – nichts Bessers: Erstdr. «nicht».

58 gedachte ihrer: Erstdr. «seiner».

Seite

62 Gemeinwesen: Erstdr. «Gemeindewesen».

63 allerlei Teufeleien: besonders der eidgenössischen Intervention im Wallis. – ein quasidiplomatischer Handstreich: der erste Freischarenzug gegen Luzern (Dezember 1844).

64 draufgeht: Erstdr. «daraufgeht». – Blindekuh: Erstdr. «Blindemaus»; gemeint ist der gleichfalls mißglückte zweite Freischarenzug vom Frühling 1845, der im April wieder ein eidgenössisches Truppenaufgebot nach sich zog.

65 der sich ihrer annahm: fehlt Erstdr. – nicht einmal kam: Erstdr. «kam nicht einmal».

66 hatte es eingerichtet: «es» fehlt Erstdr. – He: Erstdr. «Ha».

68 Das eben mache: Erstdr. «macht». – es hätte das alles: Erstdr. «er hätte».

69 paßt: Erstdr. «passen». – kummerte: Erstdr. «kümmerte sich» (die Form «kummert» hat der Erstdruck im Titel des fünften Kapitels); ebenso S. 85, 126, 131, 387.

70 Wegem: Erstdr. «Wegen» (zweimal, ebenso S. 86, 163, 187).

71 Brävste: Erstdr. «bravste». – für ein paar Ellen: Erstdr. «für ihn ein paar». – Leinwand: Erstdr. «Leinewand» (ebenso S. 73).

72 E aber: Erstdr. «Ei aber» (ebenso S. 73, 130, 213, 317). – Batzen: so Entwurf, Erstdr. «Gulden». – wieviel: Erstdr. «wie vielen».

73 mit dem Vater könne: Erstdr. «komme». – Vexier: Erstdr. «Vexiert». – dr Narr: Erstdr. «da Narr».

74 geschroten: so Entwurf, Erstdr. «geschoben».

75 in den obern: Erstdr. «in obern». – dr tusig Gottswille: Erstdr. «der tusig Gotteswille (zweimal, vgl. zu S. 109, 110).

76 e nein: Erstdr. «ei». – vor dessen Augen: Erstdr. «deren». – erlitten: Erstdr. «gelitten».

77 zu seinem großen Schrecken: Erstdr. «zu großem». – es waren ihr: Erstdr. «aber es». – Äcker: Erstdr. «Acker».

78 überwintert: Erstdr. «sich überwintert».

Seite

81 ihre Hausgeräte: Erstdr. «ihr». – gebannt: Erstdr. «gebaut».

87 vorziehen: Erstdr. «vorzuziehen».

88 Dort wäre: Erstdr. «hätte». – manches Malter: Erstdr. «mancher».

89 vergolten wird: Erstdr. «werden».

90 Abweißsteine: Erstdr. «Abreißsteine».

92 ergoß sich: fehlt Erstdr. – alle Jahre: Erstdr. «Jahr».

93 prasselte: Erstdr. «rasselte».

95 Sträuchern: Erstdr. «Sträuchen». – Sträucher: Erstdr. «Sträuche». – versilberten: Erstdr. «versilbern».

98 heute steht: «steht» fehlt Erstdr.

100 besser vermögen: so Entwurf, Erstdr. «können».

101 hudeln: Erstdr. «sudeln» (vgl. zu S. 227).

102 aufgewiesen: so Entwurf, Erstdr. «aufgeredet».

103 habs gesagt: Erstdr. «g'sagt». – aber man täte: Erstdr. «hätte». – Tag und Nacht: Erstdr. «nach und nach».

104 Huebech: Erstdr. «Hubech»; kleine, süße Apfelsorte.

106 einen Karren: Erstdr. «ein».

109 jeden dritten: Erstdr. «je den». – dr Gottswille: Erstdr. «der Gotteswillen». – daß man ihnen: Erstdr. «ihr».

110 dr Gottswille: Erstdr. «der Gotteswille» (ebenso S. 111, 186, 192). – genug tun: sich abplagen. – putzt einen ab: Erstdr. «einem aus». – schnauzt einen nicht an: Erstdr. «nicht aus».

111 wegem guten Herzen: Erstdr. «wegen guten Herzens».

114 den Weibel: so Entwurf, Erstdr. «den Auspfänder». – es plage sie: so Entwurf, Erstdr. «sie plage sich». – nicht kummern: Erstdr. «mich kümmern». – einmal: Erstdr. «wenigstens».

116 wenn er sie: Erstdr. «ers». – im Ernst: Erstdr. «in».

117 verborgen: Erstdr. «verborgene».

118 schlechten: *(armen?)*.

121 Trümpfen: *(Sticheln)*.

Seite

122 nachhaltend: Erstdr. «nachhaltender». – stille war es: Erstdr. «ward».

123 Bitzli: Erstdr. «Bißli».

124 Erdäpfelbresten: so Entwurf, Erstdr. «Erdäpfelresten». Die Erdäpfelkrankheit grassierte im Kanton Bern vom Herbst 1844 an während mehrerer Jahre und richtete schwere Schäden an. Die «Käthi» spielt im Jahr 1845 (s. S. 144). – verzog sich: Erstdr. «sie».

125 Gestürm: Erstdr. «Gestürme».

127 sie war das Erzeugnis: Erstdr. «es war». – gaben: Erstdr. «geben».

129 ward ihr heiß: Erstdr. «ward es».

133 Manchen: Erstdr. «Manchem».

134 billionenmal Millionen: Erstdr. «Billionen Millionenmal».

135 Regenten und Volk: Erstdr. «Regent».

136 traurig ward: Erstdr. «war».

137 Da sandte man: vgl. Evang. Matth. 22,9. – an sein Fensterchen: Erstdr. «seinem».

138 komfortabeln: Erstdr. «conform».

140 bös: Erstdr. «böse».

141 ausgelesen: Erstdr. «auslesen».

142 Graber: Erstdr. «Gräber».

143 neben ihns: Erstdr. «neben sich». – meu: *(Gott Lob, daß wirs haben, Gott Lob, daß wirs mögen)*.

146 um alle Tage: Erstdr. «nur alle». – Müsterler: *(Musterreiter)*.

149 damit büßen: «damit» fehlt Erstdr. – Ehedem war: Erstdr. «ward».

152 gedankt hat: «hat» fehlt Erstdr. – sagt der Bauer: Erstdr. «sagte».

153 Reiswellen: so Entwurf, Erstdr. «Reisbündel» (ebenso S. 156; vgl. zu S. 158). – gebauchtes: in Lauge gewaschenes.

154 auf den andern Weg: Erstdr. «Wegen».

155 Amrhyn: *(berühmte eidgenössische Diplomaten)*. – der Bürgermeister von Zürich: der 1844 von den Radikalen portierte

Seite

Arzt Dr. J. U. Zehnder, der zugleich die Tagsatzung zu präsidieren hatte und den Gotthelf hier als Kompromißler verhöhnt.

156 komme es ihm: Erstdr. «ihm es». – Wedeln: so Entwurf, Erstdr. «Bündel». – dranhin: so Entwurf, Erstdr. «dahin».

157 Dieses fluchte: Erstdr. «Dies». – Zeit lang: Erstdr. «Zeit weg».

158 Wellen: so Entwurf, Erstdr. «Bündel» (ebenso S. 159, 161). – ganz verblüfft: Erstdr. «ganz wie verblüfft».

161 Freundlichkeit: so Entwurf, Erstdr. «Versöhnung» (ebenso S. 162, 257, 261).

162 Zwänggrind: Erstdr. «Zwängkopf». – verholfen: Erstdr. «geholfen». – das Gespött: so Entwurf, «das» fehlt Erstdr.

164 seinen Schaden: Erstdr. «seinem».

165 dachte sie: fehlt Erstdr.

166 mach: Erstdr. «mache».

167 seinem Hof: Erstdr. «seinen».

168 Grämplerinnen: *(Trödlerinnen)*.

169 fule: *(taub)*.

170 böse: Erstdr. «bösen».

171 Im Renommieren: Erstdr. «In».

174 Bündelchen: s. Band 6, Anm. zu S. 68. – es war bloß: Erstdr. «er».

176 auf die aller Augen: Erstdr. «auf den». – Jä gäll: Erstdr. «Ja».

177 afe: *(bereits)*. – vor alters: Erstdr. «vor allem».

180 in den Strümpfen: Erstdr. «auch in den Strümpfen». – bittersten: Erstdr. «bittersüßen».

183 Auf Solchen: Erstdr. «solche».

184 gschwachet: Erstdr. «gschwächt».

187 Großgrinde: so Entwurf, Erstdr. «Großköpfe». – bellt sie: Erstdr. «es».

192 Teufelsüchtige: so Entwurf, Erstdr. «Teufelsstücke».

193 dürre Äpfelschnitze: so Entwurf, Erstdr. «Backobst». – Lue lue: so Entwurf, Erstdr. «Siehe, siehe».

Seite

194 gewandert zu sein: «zu sein» fehlt Erstdr.

195 geblanget: so Entwurf, Erstdr. «gebanget».

199 fort gewesen ist: «ist» fehlt Erstdr.

201 des Menschen höchstes Ziel: Erstdr. «der Menschen».

202 gerne hätte: Erstdr. «hatte».

208 blieb leer: «leer» fehlt Erstdr. – diesen Beiden: Erstdr. «diesem». – kümmerten: Erstdr. «kümmern».

210 schlug aber niemand: Erstdr. «niemand aber».

212 Ungereimteres: Erstdr. «Gereimteres».

214 Tausend: Erstdr. «Tausende».

217 Psalmenbuch: Kirchengesangbuch.

218 Wie sich ein Knecht ... Lohn wartet: fehlt Erstdr.

222 der Schönlein: der 1833–40 in Zürich, dann in Berlin tätige berühmte deutsche Arzt Joh. Lukas Schönlein. – Chlei Ding freut dChing: so 2. Aufl. (Berlin 1856), Erstdr. «Klein Ding freut Kind». – der die Welt liebt: Erstdr. «den die». – Lebkuchen: Erstdr. «Pfefferkuchen» («Lebkuchen» hat Erstdr. an den Stellen S. 41 und 320); ebenso S. 316.

223 konnte es nicht raten: «es» fehlt Erstdr.

224 kindisch geworden sein: Erstdr. «zu seïn». – versengt haben: Erstdr. «zu haben.».

225 so sage: Erstdr. «sagte».

227 verhudelt: Erstdr. «versudelt» (vgl. zu S. 101).

228 stettig: störrisch.

229 Bub: Erstdr. «Bube».

230 was ihm bange: Erstdr. «ihn».

234 ward Meister: Erstdr. «war».

235 einen großen und wachsenden Verdruß: Erstdr. «ein großer und wachsender».

237 keine Hexe sei ... noch eine werden: Erstdr. «noch keine ... eine werden».

238 worum: Erstdr. «warum».

239 Dienstboten hatten: Erstdr. «hätten».

Seite

241 huschen: ohrfeigen.

242 will ich dir nicht: Erstdr. «dich nicht».

243 Kurzizyti: Erstdr. «Kurz-Zyti *(kurze Zeit)*».

247 daß sie mögen: Erstdr. «es mögen».

249 vide Irland: wo 1846 eine große Hungersnot herrschte. – oder -suppe: Erstdr. «Suppen».

252 dest bas: *(desto besser)*. – Er wird ihm gewiß: Erstdr. «es ihm».

253 ungsinnet: Erstdr. «ungesinnet» (ebenso S. 333) – ging zum Abdrücken: kam zur Entscheidung. – Blast: Erstdr. «Blas».

254 Fragenbuch: Katechismus.

255 mr hey se nit: *(wir haben sie nicht, wir haben sie nicht)*; vgl. «Fatale Zumutung» im Kalender 1840.

259 dort werde er unentgeltlich kuriert: vgl. Bd. 1, Anm. zu S. 81.

261 Moderation: rechtsgültige Ermäßigung.

264 Machst sauber: Erstdr. «Machsts»; vgl. Band 9, S. 204.

266 voranmähen: Erstdr. «vornan mähen».

267 auf die Betten: Erstdr. «auch».

269 obs: Erstdr. «ob». – wann es: «es» fehlt Erstdr.

271 Voröffnung: Eröffnung, Erstdr. «Voröffnungen».

272 Massaverwalter: *(Verwalter des Vermögens)*.

273 ans Fenster: Erstdr. «am».

275 Stierenaugen: Erstdr. «Stieraugen». – Schausaal: s. zu S. 259.

276 Hirnebrand: *(Gehirnentzündung)*. – lassen: Erstdr. «zu lassen».

277 kurzweilig: Erstdr. «kurzweiliger». – aber das Kochen: «das» fehlt Erstdr. – kostbarer: kostspieliger.

279 wie ein Rohr: «ein» fehlt Erstdr. – So muß das Kind: Erstdr. «So muß auch».

282 sie sind bei einander: *(Gemeindrat)*.

283 gmeindrätlen: Erstdr. «gmeinrätlen». – die soll an allen Orten: «die» fehlt Erstdr. – dazu ist man: Erstdr. «da ist man».

284 dr Gottswillen: Erstdr. «um Gotteswillen».

285 Gemeindväter: Erstdr. «Gemeindeväter». – sagen lassen: Erstdr. «sagen zu lassen». – auf mir halten: Erstdr. «auf mich».

Seite

286 witzig: *(weise)*. – damals habe ich: «ich» fehlt Erstdr.

288 Näggis: *(Schade)*. – lätz: *(fatal)*. – heyg uf: *(hebe die Hand auf)*.

290 aufrücket: Erstdr. «aufdrücket».

292 haben sie gesagt: Erstdr. «hatten». – ihn zum Marschall: Erstdr. «ihm».

293 von Stund an: Erstdr. «Stunde».

294 Beeren: Erstdr. «Beere».

296 hast gehört: Erstdr. «hast es».

297 Brösmeli: Erstdr. «Brosämlein».

298 weinen: *(Wein kaufen)*. – war ihr nicht nahe verwandt: «ihr» fehlt Erstdr.

300 Küfer: Erstdr. «Küper».

301 Geläuf: Erstdr. «Gelaufe». – fest verschworen: Erstdr. «fast».

303 des Volks Freund: Erstdr. «der Volksfreund». – Der droben: *(der Regierungsstatthalter)*. – bringen ungesäumt: Erstdr. «und ungesäumt».

304 gelindeste: Erstdr. «gelinde». – von Hängen: Erstdr. «vom». – üben: Erstdr. «über». – Johann von Leyden: Johann Bockelson, der «Schneiderkönig» der Wiedertäufer in Münster.

305 durfte: Erstdr. «dürfte». – Münz: Erstdr. «Münze».

306 auf die Leute verstehe er sich: Erstdr. «auch die Leute verstehen sich». – dem Münz: Erstdr. «der Münze».

307 z'best: Erstdr. «zum Besten».

308 wegen mir: Erstdr. «meiner».

309 feiß: Erstdr. «fett». – bsunderbar: Erstdr. «bsonderbar».

311 wo ich weiß: Erstdr. «da ich». – Gwundernase: *(Neugierde)*.

312 solchen silbernen: Erstdr. «solch».

315 Anschauung: Erstdr. «Anschauungen». – Das wirds kaum geben: Erstdr. «Das wird kaum gehen».

316 das kanns wohl geben: Erstdr. «das kann wohl gehen» (Verbesserung Bohnenblusts).

319 Sami selig: Erstdr. «Samiselin».

Seite

322 Emme: Erstdr. «Ems».

323 Bald hätte: Erstdr. «hatte». – bsunderbar: Erstdr. «sonderbar» (ebenso S. 337, 342).

325 dann es des Weinens: «es» fehlt Erstdr.

326 Sohnsfrau: Erstdr. «Sohnesfrau».

327 an diesem Gedanken: Erstdr. «diesen». – könnte es ihr gehen: Erstdr. «könne». – nötlichsten: Erstdr. «nötigsten» (ebenso S. 365). – Mäulern: Erstdr. «Mäuler».

328 nun, dann: Erstdr. «da». – Du arms: Erstdr. «armes».

329 Und zu was: «zu» fehlt Erstdr.

330 und dieses jetzt: «dieses» fehlt Erstdr. – hasse: Erstdr. «haßt».

332 das dünke sie: Erstdr. «sich». – Kabisstorzen: Erstdr. «Kohlstrünke». – spienzeln: Erstdr. «spreizeln». – Mannevolk: Erstdruck «Männervolk» (ebenso S. 344). – Pfyfolter: (*Schmetterlinge*). – deren: Erstdr. «der». – Göhl: (*Narr*).

333 einstweilen nicht zu kummern: Erstdr. «sich einstweilen nicht so zu kümmern». – mit Kummern: Erstdr. «Kümmern».

334 Byse und Regenluft: (*Ost und West*).

336 Es gingen: Erstdr. «ging». – bestimmter: Erstdr. «Bestimmtes». – Korben: (*Körbeflechten*).

337 herrje: Erstdr. «Herr». – lüftigen: Erstdr. «luftigen». – Jumpfere: Erstdr. «Jungfere». – dem Burschen: Erstdr. «den». – Kuttenfecken: Erstdr. «Kuttenfecke (*Rockschöße*)».

338 dere: Erstdr. «deren». – zähl: Erstdr. «zähle». – gaumen: (*hüten*).

339 spitzen: Erstdr. «stützen».

340 Zehnteil: Erstdr. «Zehntel».

341 erwog: Erstdr. «erwägte» (ein solcher Schnitzer ist dem Setzer, aber nicht Gotthelf zuzutrauen).

342 Das ists eben: Erstdr. «ist». – Ja, da war: Erstdr. «Hä».

343 nur über das andere Jahr: Erstdr. «über das andere Jahr nur».

344 Mannebein: Erstdr. «Mannbein». – an ihm: Erstdr. «an ihr».

345 so nimmt es sie: Erstdr. «so haut».

Seite

346 wenn ihns: Erstdr. «ihm».
347 an dem eigenen Leben: Erstdr. «an das eigene».
348 fange es es: «es» fehlt Erstdr. – luegen: Erstdr. «sehen» (Verbesserung Bohnenblusts).
349 dann hätte sie: Erstdr. «hätte es». – für ihren Lebtag: Erstdr. «ihr».
354 flachern: Erstdr. «flächern».
356 Rosse (Erstdr. «Roste»): Grube zum Aufweichen des Flachses. – Linti: Bast. – schmerzlich Wiedersehen: die Klammer schließt im Erstdruck schon nach «vom Stengel läßt».
357 strömendes: Erstdr. «strömend». – Höhe: Erstdr. «Höfe».
358 über die Höhe: Erstdr. «über der». – Schwellen: aus Balken und Reisig bestehende Uferbefestigungen.
360 zum Fenster hinein: «hinein» fehlt Erstdr.
363 Rübli: *(Möhren)*.
364 an dem Türpfosten: Erstdr. «an den».
368 Böden: Erstdr. «Boden».
369 droschen: Erstdr. «draschen» (diese korrektere Form war Gotthelf kaum bekannt).
370 Pflanzplätz: Erstdr. «Pflanzstück». – über den Flachs: «den» fehlt Erstdr. – Gänterli: Schränkchen.
371 darausgeholfen: Erstdr. «der ausgeholfen».
372 leuen: Erstdr. «lauern».
374 dieser Gwunder: Erstdr. «dieses Gewunder».
375 ihns: Erstdr. «ihr».
376 Verwandten: Erstdr. «Verwandte». – wolle und könne: Erstdr. «wollte und konnte».
377 Gstabi: *(ein steifer, unbeholfener Mensch)*.
378 Sprüchwort: Erstdr. «Sprichwort». – dünkt mich das: Erstdr. «das dünkt mich».
379 wir sind noch: Erstdr. «doch». – in Sinn: Erstdr. «Sinnen».
385 des Anstands wegen: Erstdr. «des Anstands willen».

Inhaltsverzeichnis